JN246704

［監修・和田博文］

コレクション・戦後詩誌

6　戦前詩人の結集Ⅱ

大川内夏樹 編

ゆまに書房

『現代詩』表紙、第３巻第４号（1948 年５月）
～第３巻第 10 号（1948 年 11 月）。

『現代詩』表紙、
第４巻第１号（1949 年１月）〜
第４巻第５号（1949 年５月）。

凡例

◇『コレクション・戦後詩誌』は、一九四五～一九七五年の三〇年間に発行された詩誌を、トータルに俯瞰できるよう、第一期全20巻で構成しテーマを設定した。単なる復刻版全集ではなく、各テーマ毎にエッセイ・解題・関連年表・人名別作品一覧・主要参考文献を収録し、読者がそのテーマの探求を行う際の、水先案内役を務められるように配慮した。

◇復刻の対象は、各巻のテーマの代表的な稀覯詩誌を収録することを原則とした。

◇収録にあたっては本巻の判型（A五判）に収まるように、適宜縮小をおこなった。原資料の体裁は以下の通り。
・『現代詩』（第3巻第4号～第10号、第4巻第1号～第5号）　縦二一センチ×横一五センチ
収録詩誌のそのほかの書誌については第7巻に収録の解題を参照されたい。

◇表紙などにおいて二色以上の印刷がなされている場合、その代表的なものを口絵に収録した。本文においてはモノクロの印刷で収録した。

◇本巻作成にあたっての原資料の提供を監修者の和田博文氏より、また、日本近代文学館よりご提供いただいた。記して深甚の謝意を表する。

目次

『現代詩』

第3巻第4号〜第10号、第4巻第1号〜第5号（一九四八・五〜一九四九・五）

第3巻第4号 5／第3巻第5号 57／第3巻第6号 109／第3巻第7号 161／

第3巻第8号 213／第3巻第9号 281／第3巻第10号 349／第4巻第1号 417／

第4巻第2号 485／第4巻第3号 553／第4巻第4号 621／第4巻第5号 689

戦前詩人の結集Ⅱ

——コレクション・戦後詩誌　第6巻

『現代詩』

第3巻第4号〜第10号、第4巻第1号〜第5号（一九四八・五〜一九四九・五）

THE CONTEMPORARY POETRY

現代詩

昭和二十三年四月二十五日印刷納本
昭和二十三年五月一日發行　現代詩　第三巻第四號（通巻十九集）

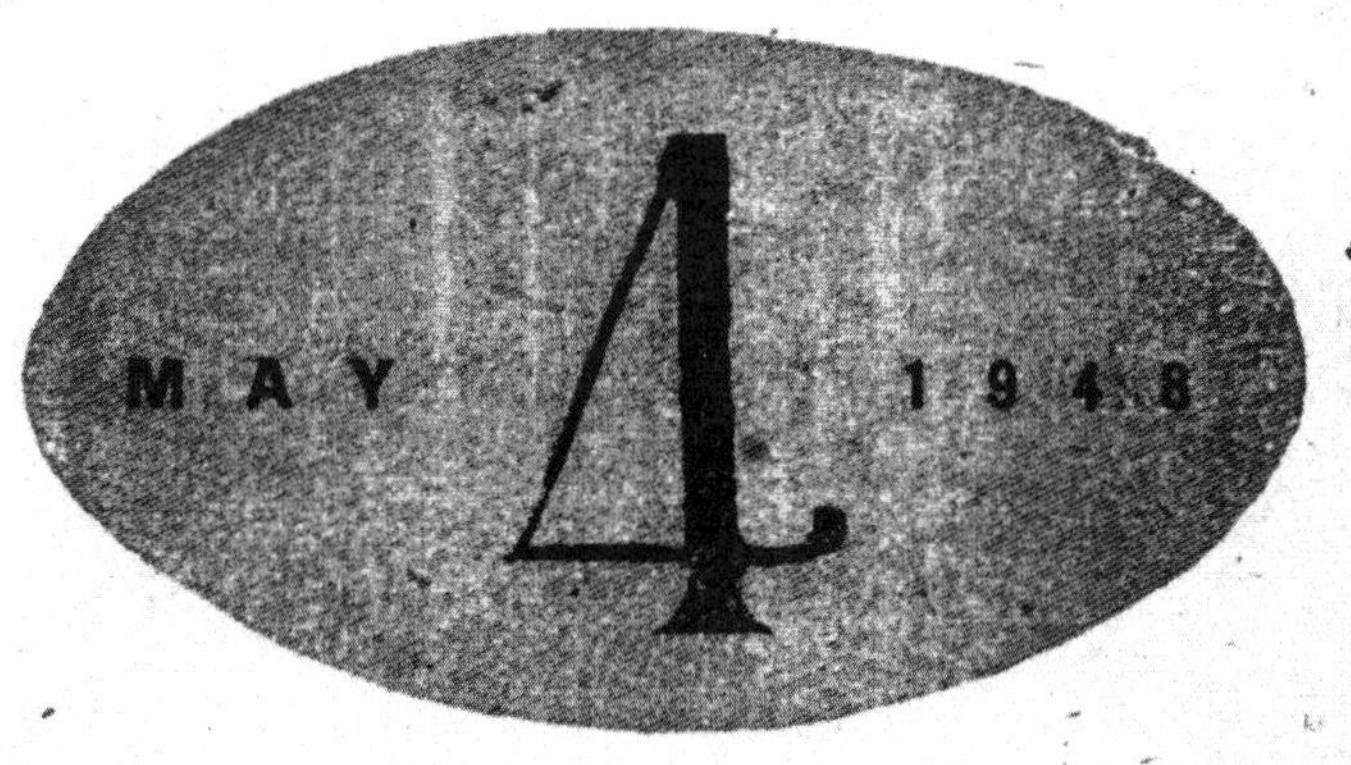

詩と詩人社

二十三年 現代詩 五月號

目次

詩論 稀薄な裂目について……笹澤美明（三）

作品

第三審判律5……浅井十三郎（一三）

髪の白い青年……岩尾美義（一六）

詩人達……阪本越郎（二三）

都會わすれ……永瀬清子（二八）

エッセイ CARNET……北園克衛（二六）

詩は本音である……北川冬彦（一）

時評 「現代詩」……永瀬清子（三〇）

紹介 海外詩消息……瀧口修造（三二）

同人語 絶望について（笹澤美明） 發見（永瀬清子） 蜩二匹（北川冬彦） 書名にからまる出版モラルの糞面白くない話（浅井十三郎） 詩誌編輯の夢（安藤一郎）

シナリオ 阿Q正傳……北川冬彦（三八）

後記 北園克衛・北川冬彦・浅井十三郎

現代詩

五月號

詩は本音である

北川冬彦

近頃、小説家が詩を書き出したことが目立つ。これに對し、詩人が物を云つているのを二、三見掛けたが、いずれも小説家の詩を余技と見、その出來榮えの拙劣さを指摘するに止つていたようである。

ところで私は、小説家が詩を書き出したことに意義を認めたいのである。と云うのは、いよいよ日本の小説家も世界並の在り方へその足を踏み出したと思うからである。いままでの小説家は詩を輕蔑し、小説家が詩を書くなぞと云うことは以つての外だつたのである。自然主義の小説家、理知派の小説家がそうである。それが、無感覺派あたりから、作品の根底に詩を置き出したのだが、敗戰後の小説家は詩作品をさえ書き出したのである。

この傾向は、まさに喜ぶべき現象なのである。

私は、小説家が詩を余技としてなぞ書いてはいないと思うのである。むしろ、その詩で本音を吐いていると思ふのである。その詩は、その小説の本質を露呈していると思うのである。その詩が下らなければ、その小説も下らないのである。

稀薄な裂目について

——韻文衰退論考——

笹澤美明

まへがき

　最近、小說衰退論とか、大分、衰退論が流行してゐるやうだが、それを眞似をして書くわけではない。このエッセイの草案は、一九四六年末から出來てゐたが、今迄、書くことを控へてゐたものである。敗戰後、すべては絕望の四圍の狀態の中にあつた。終戰後、さる新聞に依賴された文章の中で民族の正體について絕望論を吐き、この民族の植民地人の性格が將來の日本を滅亡に導くことを書いたが、政治的意味からか削除されてしまつた。

　それから現實はすべて私を絕望の底に導き、つひには虛無感を抱かせるに到つた。そこに浮び上つたのが、この論考の草案だが、その頃は絕對の衰退論で、むしろ衰亡論であつた。しかし今日では、やや現實的な抵抗力のある生命感を持つやうになつたし、冷性な考へ方にもなつたので、只衰退の徵を論述したに止めた。現に、精神の敗北を感じた私であるが、今日では、精神の敗退を認める。この伸縮自在な精神が、或る線まで退いたに過ぎず、次第に又、前進の徵を認める。その私なりの世界觀によつて、このエッセイを否定論ではなくなつてゐる。何故なら、現代の韻文形態の詩がレーゾンデトウールを保つてゐるのは、そこに時代的意義があるからだと思ふからである。

　この一文は、恐らく歷史的に見て、大昔、榮華を誇つた韻文が散文に天下をゆづり、尙餘命を保ちながら今日迄來たところの筋書のやうなものであるかも知れない。しかし現代の韻文は勿論、韻文形態の詩がレーゾンデトウールを持ちながら、中央的存在ではなく、一隅に存在する性格を持つてゐることは否定しない。それだけに、その純粹性に對して誇りもし、自負も持つてゐる。

一、日本の韻文

日本の韻文と殊更したのは、それが日本の五七調、七五調から傳統を引いてゐる、短歌精神的な抒情詩や徒らに行を別けた自由詩に及ぶからで、西歐の韻文は、その發達やその他の事情によつてゐるので、その發達過程やその他の事情によつているので當てはまらないかも知れない。しかし現代の若いジェネレーションの書いてゐる詩の一端をかすめると同じ程度に、西歐の韻文に對しても、私の筆が觸れるかも知れない。

詩が韻文の形で榮位を極めたのは古代であつた。無論、歌謡といふ音樂が一足先に發達したことは、言語の發達しない古代にあつては、單純な音樂が先づ藝術本能を滿足させるために起る現象として考へてよいことである。そこで韻文は、妹姉としての歌の協力によつて存在理由を確保した。リラや七絃琴の樂器によつて、朗詠したといふことは、西歐の文學にしばしば出て來るから、この考へも誤りではないだらう。その頃、詩人は神から派遣された使者として、天來の者として厚遇を受けたのは、宗教が原始的な信仰の時代であつた、非科學的な古代にあつては、詩人の歌や言葉が充分な威力を持つてゐた。實際、神秘な言葉が武器に代つて、征敵の具とされたことも史上に遺つてゐる。

この時代の韻文は、音樂の波にのつて、流麗は立派な音調をもつて歌はれたに違ひない。當時は立孤な存在であつたには相違ないが、聽覺は視覺よりも原始的な感覺なのだから、今日から見れば、さして立派とは思はれない。今日の我々の朗讀詩が　讀まれる詩よりも品位の劣つてゐるのを見ても判る。このことは戰時中の私の實驗によつて、同じ發想の下に、耳できくために解り易い音樂によつて表現された詩が、默讀されるべき作品に劣つてゐることを發見した。この事實をアランの言葉が証明してゐる。「眼のために作られたこの（散文の）藝術に於ては、すべて耳に訴へるものは事實下品である。」と。現代詩が活字の活用によつて讀まれる詩となつてゐる今日、詩も又、これと變りはないだらう。

韻文は、日本を除外した諸外國の詩が、未だに古典的な魅力と傳統を保つてゐるのは、その音樂的要素によるからに他ならない。ヴァレリーの「純粹詩」の志向と努力は、詩語を樂の如く純粹な音にすることであつた。外國の韻文が長い歷史の中に成育し、依然として音樂的性質をもつてゐることから、日本の現代詩はそれの例外とされねばならない。

日本の詩にあつては短歌の音樂的特性がメロディクな調子であり、傳統の音樂である琴と同じやうな性質を帶びてゐる。このメロディは最も外部的なものであり、長短の奇數の語調は、詮じつめれば、日本人の生理的性格に歸することと思ふが、ハーモニーの特性のない音調は單調に過ぎて、傳統の稀薄性を感じさせる。

果して、明治中期に起つた新体詩から、藤村の抒情詩を経て、有明の象徴詩に到つた、旋律音（メロデーガルトーン）は、近代的思潮の複雑した内容の重荷に堪えねて崩壊した。

今日に於ては、七五調、五七調の韻文は、歌謡によつてゐる。古代の姉妹関係によりどころを認めるのみで、我々はそこに高尚な（文化的な意味に於て）姿を見ることは出來ない。その魅力は、古典的内容の場合に限つて、我々に作用する。それは血族に對する親和と古きもの、貴族的な性格に對する崇敬感によるからではないだらうか？。第一義的に言つて、この韻文の獨立性は今日では失はれてゐる。その詩的美は、他の藝術形態の中にもぐり込み、わづかにその開きを見せてゐる。能狂言や歌舞伎に見る音樂と舞踊の儀式の中に寄生する姿を見るがよい。他のジャンルの中に於て、初めて餘命を保ち得る性質のものと化してゐる。

ここに、先づ衰退の初期の特徴を見るのである。

二、象徴詩の韻文性

それが自然の事物を象徴するといふ意味ではなく、事物の全体を敍述せず、その主要なポイントを捕らへて、表現の省略によつて一つの心象を形づくる意味の象徴詩といふ觀點から、俳句を象徴詩と解釋すれば、この詩形は又　韻文としても主要な論題である。

この形態は、短歌の上半を採つて、しかもその最も緊密な部分を借りて、一つのフォルムを創造したところに驚嘆すべき特性がある。短歌は抒情と抒事の兩性のために便宜なフォルムを具へてゐる。そして五七五の上半は抒情に適し、七七の下半は抒事に格構なものである。ここで言ふ抒事とは、主として自然や人間の狀態や行爲を敍述の意味で、メロデイクに表現し、、餘韻を保つことができる。しかし、抒情と抒事の渾合に美事な表現を果し得るこの短詩形はややもすれば、冗漫と情感過多の弊を生じるが、その責めは、その多くは、下半の七七にある。

詩を美しく表現する一つの力は、緊密感に含まれてゐる場合が多い。その冗のない言語の構成は、却つて餘韻や餘情をかもし出すものである。この特徴を洞察して、利用した創始者は賢明であつた。詩の表現上の手段として、象徴詩が最も詩的美内容に適應してゐるとすれば、俳句のフォルムは、詩の表現手段として、これ以上、短縮された形態のない、最小のフォルムである。そこでは一つのイメージではなく、數個のメージが組み合され、尙そこに思想や感情の複雜した内容を最も單純に表現し得る意味に於て最小のフォルムだと思ふ

行く春をあふみの人とをしみける　　芭蕉

この句の抒情味は溢れるばかりだが、このリリシズムが可なりフォルムの力によつてゐることは、仔細に見れば納得さ

れる。つまり語音の按配とその音樂的効果である。詩音の巧みに役立つてゐるやうに思ふ。無論、フオルムから作られた句ではないが、語言の音樂性を活かすのに極度の注意を拂つた作者の技巧を一應、考慮に入れて分析してみると、

行く春を
あふみの人と
をしみける

一行目の終尾音と第二行の頭部と、同列の終尾音と、第三行の頭部の同列系音は、この句の內容を柔かな、靜かな、落ちついた音によつて、逸脱させずに置いてゐる。そこに內容のリリシズムが完全に表現されてゐると考へられる。むろんこの句は、「行く春」とか「近江の人」とかいふロマンディクな、情感的な語句によつて構成されてゐるが、一方に於て、リズムの點も重要視してもよいと思ふ。この句を作者の如く舌頭にのせて、反復して吟ずれば、この句の悠久的な、落ちついた抒情味は一層、增加される。

この短詩形の象徴詩は、日本語の語尾のメロデイクな特徴を活かし、詩律の方面からのリリシズムを發揮させ力を持つてゐると思ふ。俳句は眼で讀む場合も、耳で聞く場合も、その心象を作るのに妨げないのは、內部感覺と外部感覺を一致調和させることが出來るほどの短いフオルムにあるやうに思ふ。そしてそのリズムが、二つの五音の間に七音を挾んだ、緊密感と冗のない表現の特質を持つてゐるところに、詩にも適應したエレメントを含んでゐる。

しかし、すべて小さな藝術形態の中では、再度の試みは禁物である。一つ切りない太陽のやうに、最上の作品は只一つに限られなければならない。俳句の第二藝術論の論者は讀まなかつたのでどの點が强調されてゐるか知らないが、論者に代つて私が、その欠陥をつくとすれば、俳句がフオルム、卽ち五七五音の音調のリズムの中に、內容をはめこむ、かの月並俳句に墮した、イージイゴーイングな句作態度にある。陳腐な、固定化したフオルムのすべての制約に拘泥する態度は、作者を自然に、時代から逸脱させ、精神を沈滯させ、思想を凝固させるのである。

俳句のもつリズムは、舊時代の感覺や感情によつて創造されたものであり、現代人がそのフオルムに時代精神や近代感覺を、强いてあてはめやうとするところに、矛盾があり、破綻がある。內容はフオルムを破ることにではなく、フオルムを創造することに、重大な意義を認めねばならぬと思ふ。明治の近代詩人が、俳句と短歌を捨て、歌代詩といふフオルムによつたことは、何パーセントか、この事を証據立ててゐるではないか？。

俳句がそのフオルム故に、それが第二藝術的な存在理由をもち、韻文藝術として過去の存在であることは明らかであると、思ふ。

日本の象徴詩も又、同じやうな運命の道をたどつてゐる。ここでも又、舊來の七五、又は五七の律呂と、文語調をもつて構成されたフオルムによつて、フランス象徴詩の再現を企てたところに、宿命的な方向をもつてゐた。もつとも、象徴詩の本質として、文語調は日本に於ては最も適當した表現手段であるが、詩律に最適であることは、一方その欠陥をも併有することになる。

嗟嘆

ステファンヌ・マラルメ

静かなるわが妹、君見れば、想すずろく、
朽葉色に晩秋の夢深き君が額に、
天人の瞳なす空色の君がまなこに、
憧るるわが胸は、苔古りし花苑の奥、
淡白き吹上のごと　空へ走りぬ。
その空は時雨月、清らなる色に暈りて、
時節のきはみなき鬱憂の池に映ろひ、
落葉の薄黄なる憂悶を風の散らせば、
いさよひの池水に、いと冷やき綾は亂れて、
ながながし梔子の光さす入日たゆたふ。

（上田　敏譯）

象徴詩の特徴の一つは、詩人の觀念と同じものを讀者に與へることにより、類似した心象を讀者に起させることに目的があり、詩の本義は象徴詩にあると見ても差支へないと思ふが、この名譯による日本象徴詩の詩語の音樂的要素が果してヴエルレーヌなどの企圖した象徴詩の音樂的性格を完全に移し得たかは問題であり、これは飽くまで、日本語の象徴詩であり、その性格に外ならない。

象徴詩がフランス詩人の強調するやうに、パルナシヤンの詩人群が、全部を表現するのと異り、七分をもつて止めるとすれば、この名譯が、その特性を忠實に實現させたかどうかも疑問である。「嗟嘆」を一讀して、先づ注意を惹かれるのは、日本語の用語の巧みと五七調と七五調の、すぐれた配置法であり、詩語（一雅語）への美しさに氣をとられることが餘りに重大に過ぎる。そして、この日本語のリズムから知らず知らずに拘束と抵抗を受けることを感じないだらうか？。ここでも又、單調なメロデイの及ぼす弊を感じる。

現代人の感覺は、調整美より、不協和音的な特性の魅力に惹かれる。日本象徴詩が、かうした調整されたフオルムによつて得た存在理由は、貴族的傳統の中に流れるクラシツクな美の魅力をもつて、讀者を引留めたからに他ならぬと思ふ。かうしたフオルムは、亂雜な刺激や興奮の連續の後に、特にその美を發揮するものであつて、慰安や鎭靜の作用によつて讀者を惹きつけるのはまさしく短歌や俳句の如く、時には書畫骨董的[illegible]制をもつものである。そして、この魅力は、時代によつて珍重されるばかりでなく、どの時代にあつても、社

會生活人の日常の生活にも、あらはれる現象である。このやうな性格を持つ象徴詩の運命は、やがて破壞されるべき結果を生ずるものである。その破壞作業を自由詩が實行したことは、すでに知られてゐる。

三、自由詩の場合

明治四十一年に、川路柳虹が敢然、創始した自由詩の清新さは言ふまでもないが、この魅力は、幾つかの素因がある。

それは、時代の特性であつた、當時の思潮が反貴族的な、反趣味的なディレクトネスの要求を持つてゐたこと、その直接性は、自然主義文學に影響された肉体や性慾の強調によつて、詩人達には、鋭い、時には病的な近代感覺と、ホイットマンなどに示唆された民衆の感覺として現れてゐたやうである。

前者の特質は、後に白秋や、朔太郎を生み、後者の性格は、民衆詩人や、大正期のプロレタリア詩人を亂出せしめた。この自由詩の道は、あまりに自由であつたがために、單純な詠嘆や怒號の亂用と共に、わづかにその不用意な、無神經な行別けのフオルムによつて、存在の理由を保つてゐるに過ぎなかつた。そこには音樂的なエレメントも　詩的心象を與へる特徴もないフオルムをもつて、讀者に對して作者の意圖を言葉の意味を持つて傳達するに過ぎない、極端なディレクトネスを發揮させるに到つたのである。

これ以上、私はこの退屈な歴史的事實を述べるに堪へられない。自由詩についての韻文的問題は別の處で述べることにしよう。

四、抒情詩の韻文性

日本の抒情詩は、最初、七五、五七調音によつて、發達したが、私が重要視したいのは、そのフオルムよりも、抒情詩そのものの性格と現代に於ける存在理由について問題にしたいのである。

自由詩運動は形態破壞と共に、文語を口語に變へる用語の革命をも果したが、口語による抒情詩の發達の一段階を築いたのは、萩原朔太郎ではないかと思つてゐる。この一見、ぐうたらな、酒に醉ひ痴れて、誇張された表現をもつて、一生を終つた詩人は、實は大正、昭和にかけて顯著な足跡を遺し、又、その功績にも並々ならぬものがあつた。他の同年輩の詩人が、職業詩人型、或ひは教師型か宗教型の多い中にあつて、獨りランボーに似た　純粋の詩人型であり、貧のない、非妥協的な作品とエッセイによつて、終始したのは異例であるそれに、西歐詩人に見るやうな幾分コスモスの特徴を持つてゐたことや、詩脈に飛躍や發展を示してゐたのは特筆に値すると思ふ。

彼の功績は、口語体の抒情詩を創始したこと、詩の彫塑上の音樂性から、內臭的音樂、即ち韻律を內部感覺に渡つて表現したこと、晩年、觀念的な、稍々、宇宙的な苦惱をもつて詩作したやうに、大詩人的性格を備へてゐたので、未知數ではあつたが、そこに日本詩界に大きな足跡を遺したことなどが、その主なものだと考へる。

もつとも、詩の音樂性も岩野泡鳴や福士幸次郎等と共に、外形上の韻律から出發したやうであつたが、これは、彼が初期の「月に吠える」や「靑猫」等に散見する、詩語の音樂性に潔癖と思はれるほど神經を費してゐるのを見ても解る。犬や猫や鷄の擬音、例の有名な「てふてふ」といふ蝶々の音に對するデリケートな感覺などがこれを示してゐる。

竹

（第一節）

光る地面に竹が生え
青竹が生え
地下には竹の根が生え
根がしだいにほそらみ
根の先より纖毛(わたげ)が生え
かすかにけぶる纖毛が生え
かすかにふるゑ。

この詩は內容と共に、表現の上に病的と見える神經質な注意が拂はれてゐる。動詞を連用形で用いて餘韻を殘し、それを各行で重ねてゐるのは、外形的なリズムを孕んだ代表的なものだらう。この口語体の韻文の創始は、凡庸の詩人のよくなす業でなく、柳虹が破壞した文語調の韻律を、しかも、散々荒された口語詩に音樂性を與へたことは、大きな功績であつた。彼の日本詩に於けるリズムの追究は、文語調でなければ完全でないといふところまで、彼を追ひつめたのだから口語調の韻律に對する苦心の程が推し測られる。彼が或るエツセイの中で、フランス人がドイツ人に比べて音樂の聽覺力的に欠陥があるのは、彼等が內部的な音樂的性格に秀でてゐることを、魚をもつて證明してゐるのは卓見だと思ふ。それがフランス人の方がドイツ人より文學的に卓越してゐることに結論してゐるのは興味がある。

かうした口語体の韻文は、短歌精神や感情によつて表現した、彼の後進である三好達治などより、遙かに新しい、革命的な意義があり、新時代の特性を持つてゐるやうに思ふ。彼の抒情詩と韻文の關係は、放すことの出來ない因果關係があるので、「靑猫」の序文に、この詩集には哀愁があることを强張してゐるやうに、中期に於ける彼のペーソツは、彼の作品に韻文性格をもたせねばならなかつたやうである。ニーチエによれば「抒情詩は厭世的であり、抒事詩は樂天的である。」と言ふがニーチイに傾倒した朔太郎の詩格は初めから、この因果關係を決定してゐたのである。

　この厭世的といふ意味は、悲劇的にも酌みとれるが、古代ギリシヤでは、抒情詩を女々しいとして排作したと言はれ、中世紀以後の抒情詩は發展以來、次第に主觀性に傾いた抒情詩が、時代の悲觀論的思潮によつて一層、悲劇化し、厭世的になつた事實、日本の短歌が、ペシミズムを主潮してゐる實例を見ても、抒情詩の本質が、悲劇的な性格を持つてゐることは首肯できる。

　朔太郎の場合の、厭世的といふ觀念は獨特のもので、彼にあつては、その相對觀念である「死」といふものは確然とは認められない。彼の性格である、貴族主義的、厭人主義的傾向を發動させた病的な神經が、彼の環境を、彼の生活を、彼の現在を、彼自身まで嫌惡させ、身の置き場に困惑させた結果が、彼をペーソスから厭世觀を持たせたやうに考へられる。

　彼の我儘に似た、自意識の强すぎる性格から、現世のすべてに不滿をもち、堪へられない感情がペーソスを生み、抒情詩を作らせたとも思はれる。彼を滿足せしめる世界があつたとすれば、彼は生きながらそこへ行つたであらうが、さうした世界は、彼の病的な性格をもつてしては、阿片窟以外にはなかつたのではないだらうか?、彼は死を思ふにしては、あまりに生命の瞬間的な感激の本能が强かつたやうにも想像される。日常の生活の中に、彼を引きつける（彼獨特の病的な官能を滿足させる）何ものかがあつたに相違ない。その秘密が彼を明瞭にロマンテイク詩人と銘打たせず、假令さう思ふ人があつても、在來の浪漫派詩人と同型であるか否かの判定に戸迷ひさせたに違ひない。

　それで彼の宇宙的理念は、上述のやうな現實的な（現世的な）苦惱が直接、强烈に彼の詩人的感情を動かしたが故に、彼を思想的方面から動かした素因は稀薄だつたのではないか?、ニーチエが彼の共鳴を買つたのも、彼の獨斷的な素質や貴族的な性格がさうさせたやうにも思はれるし、簡單に言へば、ニーチエの思想そのものより、思考態度に共鳴點をみいだす筋がある。そして私の判斷が冷酷すぎるならば、ニーチエの虚無的な、反逆的な、逆說的な思想に共鳴点を持つてゐると訂正してよいと思ふ。これは「虚妄の正義」や「絶望の逃走」に見られる點で、詩作方面には、あまりその特徴は認められないと考へるからである。

　詩作品を主として考へれば、彼の抒情性は情感的、氣分的、人間的であり、形而上的、宇宙的性格は感じられないとも言へる。その点、彼は眞の大詩人として未完成であり、この上、幅のある、奥行のある作家的性格が欠けてゐなかつたならば彼の存在價値は一層、堂々たるものであつたに相違ない。彼に「フアウスト」のやうな劇詩的作品を書かせるために、五年の壽命を與へなかつたことも私は惜しむものである。

　彼の抒情性は韻文に特徴づけられ、それがあくまで肉体的である故に、彼の肉体から離れた抒情性は、宇宙的性格を完備してゐないために、永遠性を失つてゐるとも言へる。そこで、彼を代表的な、現代の抒情詩人として俎上にのせ、抒情詩の韻文性の衰退を論じてみたのである。

五、現代詩の韻文形態について

日本の現代詩は、朔太郎の音樂性の詩の本質から「詩と詩論」以後の繪畫的エレメントを含む詩の本質へと變轉して、個々の作品は別問題としても、時代的に言つて　そこに劃然と一線が引かれたことは事實である。

現代詩は、印刷術の發達と共に、益々そのフォルムの上に視覺重用の傾向を帶びて來た。印刷技術、活字、用紙の素材の上に、編集技術やレイ・アウトの技術は、讀者の視覺を對象にして研究され、それによる心象は、音樂的な、聽覺機關を通して作られるものとは、進歩的な變化をもたらしたと言へる。讀むことは、聞くことより文明的な精神生活を我々に與へた。たしかに視覺より聽覺の方が單純であり最早、現代では繪畫より音樂の方が原始的である。これは聽覺が素速く直接的に、精神觸覺である神經に傳達されるのに反して、視覺によれば、この內部觸覺に傳達される時間的餘裕と鑑賞的餘裕が、自由な心象を作り得るからとも考へられる。イメージは空想や連想や幻想によつて、讀者に自由な、複雑な形態をもづて作られる。

韻文は聞くことによつて味ひ、散文は讀まれるべきものといふアランの說に從へば、現代詩はまさしく散文に近い性格を備へつつあると言へるだらう。本來、朗讀されるべき詩が時間的で、一言一句が鑑賞者から飛び去りつつ、音樂的快音を伴ひながら、時には言葉の消失や脱落を生じて、心象を置き去るに反して、活字による詩作品を讀む者は、靜止した、額椽のやうなフォルムの中で、くりかへし、ゆつくり味へる、しかし詩の場合は、散文と異り、理性や悟性よりも感覺が多分に傳達手段になることが考慮に入る。これが現代詩の一つの特性なのである。

そこで、現代詩は韻文の形態、行別けのフォルムを踏襲しながら、そこに別な必然性を備へてゐる。それは一行一行に獨立的なイメージなり、觀念なりを關連的に植ゑつけ、全体として異種異物のそれらが構成する渾然とした心象が與へられるからである。

只、以上の意義の他に考へられるのは、現代詩の行別けの理由が、一行が短いフォルムであるために、音樂と同樣、讀者に鮮明な印象を氣樂に、瞬間的に與へ得ることである。「瞬間的」に或る種の快感を與へるといふ、このエレメントが、現代詩に存在理由を許してゐる魅力を持つてゐることは迂濶に考へられぬことであると思ふ。

すべての本能は飽滿と刺激の間を終始する。言葉を變へれば、鎭靜狀態と興奮狀態を往來する。我々の興味や關心は、對象の魅力と結びついて生活本能を滿足させる。科學者の興味、商人の興味、政治家の趣味、藝術家の興味は、夫々相異る對象の中に、魅力を求める。しかし現代人一般の享樂本能、藝術本能は、本質として「瞬間」が放つ魅力に感じ易い。これは社會狀態の複雜や生活の煩雜などによつて、一層、我々の興味は「瞬間的」の魅力と合体することを欲求するものである。現代人は、自然主義時代の長篇小說より刺激的な短時間の映畫に惹かれるだらう。戰時中から詩が關心をもたれた一つの原因に、詩のもつ「時間的」な魅力があつたことも考へられる。

この「瞬間」の魅力の要素をもつて、現代人の享樂本能を最も滿足させるものは映畫であり、映畫が散文藝術の魅力である「筋」と韻文形態の（同じく音樂の）魅力である「時間」の特性以外に繪畫や彫刻などの特長を併せた時代性を持つた上に、トーキーによる言葉すら文學から奪つたことは、その現代の生存理由を確實に獲得する權利があり、現代人の興味を奪ひとる資格は充分ある。

現代詩の「時間性」が一部の現代人の興味を惹きつけ、映畫の「時間性」が大部分の現代人に魅力を與へるといふ豫定の、本質的な性格の相違を考慮の外にしても、時代は、演劇や小說などと同樣に、現代詩の韻文形を置き去りにする傾向はあり、そこに衰退の徵を認めるのである。現代詩のアマルガメーションの說を、かくて私は肯定しよう。

詩が他のジャンルに化合することは、それ自体少しも悲觀すべきことではない。何故なら、その中にあつても、詩の本質（ポエジー）は失はれないからである。傳統のフォルムは、これが破壞されたとしても、傳來の實質が分散される場合と同樣、現代では最早、感傷的な事件ではないだらう。重要なのは形態ではなく、精神といふ無形の形象だからである。やがて再びフォルムを創造するのは　時代と天才に約束されるべきことであるが、現在では、讀まれるべき詩、視覺を重んじてゐる現代詩が散文性格に近いことを指摘するに止めよう。しかし、どこにその存在理由を認めるかは、個性の問題であり、各人の見方によることであり、私の獨斷を强いる理由は少しもないことを一言附け加へよう。

更に、言ひたいことは、私の一文が、韻文形態とそれに固執しようとする詩の衰退を論じてゐることであつて、現代詩そのものの衰退を指摘してゐるのでないことである。只、そこに、細胞分裂に似た現象を發見したに過ぎない。と言ふのは、詩が從來の韻文の特性である音樂的な、時間的なエレメントと、韻文形態を踏襲しながら、散文の特性との間で引裂かれようとする裂目を指摘してゐることである。恰かも一枚の布を兩手で引裂かうとする時のやうに、そこに現れた稀薄な裂目を感じたに過ぎないことである。むしろ、私は詩そのことより、時代性について語つてゐるのかも知れない。現代のすべては、稀薄な裂目である。

（一九四八、三、二八）

第三審判律

5 不愉快な祝禱

淺井十三郎

不在をねらつて
ききみみをたてる
鬼どもをあおり
物と物の
對立の影から
その敵意にみちた影の中から　不信が立ちあがり
鬼をまねく。

鬼わたちまち夜をつくり
これみよがしに
するすると玄關先え、自動車を横ずけて　おどかしたり
議政壇上にほざいたり
耕土にリックを背負いこんだり
影が影にかさなる
不愉快な足どり
を祝福する。

いや、まつたく取引きわ
崩れかかつたバベルの塔でおこなわれ
めざめを呼ぶごとに
僕わ少女の身もだえを知り
おりもおり、僕らにはげしいまさつがおこり
少女わ天えのぼると言え

「空中分解わ必至だ」と僕わあらそい
とにかくへたな別れをしたものだつだが
とつぜん闇の底からわきたつた
あの哄笑
「罪だの罰だのつて、もうとつくにあいつわ地べたを嗅いだんだ」
「惜しいところで逃がしたつてことよ」
「こうなつたらあいつだつて自縄自縛さ、ほらあそこえ來る貧乏つたらしいやつ」
「ところがあいつ、キチガイでさ」
「指輪をおくるんだね、君のそいつを贈つて、もう一度、怒りをみるんだね」
「人間さま、まえる。とお返しするかな」
「どこかで見た憶えがあるわ……これ！と少女がでてくる仕組さ。あつははは……」
「わつはつはは……」
「一人や二人でない、それとわかる。鬼どものにえくりかえるわつはつはは　あつはつ
はは　くすくすの

あざわらい
森をゆさぶり
鬼わ大きなドラマを背負い
影が影にかさなる。
不愉快な祝福。傷ついたツルース。

ごんがんぢやん．ごんがんぢやん　銅鑼鳴りやまず　風ふきやまず。　鬼わあまりに
組織的すぎる。嗜好わあまりに便宜的すぎる。方法わあまりに宗派的で世界がない
生わ生であり、死わ死以外の死である。

少女よ
その湖の噴水をここにむけないか
この敵意にみちた
物質たちに
稲妻のようにキラメク洗滌をあびせないか。

髪の白い青年

岩尾美義

霧の中の
庭に面した階段を素裸の男が降りてくる
こつこつ鳴る地下での錆びた時計の響音聞きながら
そこからは
（眞晝　爛れた亂反射の中に溶けていた）
夥しい瓦礫や枯木や
白骨や鐵骨や石膏像やらの面輪が鈍くひろがる
粘つこいものに髪を引かれながら
胸にぶら下げたロケットを握りしめる
蒼い手の人よ
褪せた寫眞にあなたは何を探さうとするのか

もはやぼろぼろの過去は暖める術もない
霧の向ふには神話がふくらんでゐる
しめつた跫音を聞きながら
罅のは入つた顔が動く
無氣味に響く音響の傍らを
鐡砲を擔いだ男や
みごもつたお腹にモンペをつけた女や
幾つもの亡靈が歩いてゆく
髮の白い青年よ
あなたの眼は溶けたのか
亡靈共の指先からは更に深い霧が滴り落ちる
牛角の切斷面にも似た切株によろめき
皮膚を裂かれて摸索の表情をする
ああ　だが空しいあなたの掌よ
絶望の吐息も絶えた
そして傾いた破片の影の中を神話や亡靈と共に

隣りの眼球突出の男よ　僕に手を借してくれ
たが君は電氣學の講義をしてゐるだけですね
相變らず無表情な顔の
おお　あの眼
砂丘に溶けてゐた
洪水のひとだかりでこつちを瞶めてゐた
屍肉にちりばめられてゐた
カフエの廣告に貼られてゐた
時計をにらむでゐた
あの眼
僕を殺さうとたくらんでゐるのは誰だ
よろめきながら癈墟を逃れ
やつとこの部屋に辿り着いたのだが
鍵をぢやらぢやらさせながら鍵穴から覗いてゐる
誰かが
ああ　僕は金属のベツトに青いピンで刺される

1948・1・31

血痕を押しながら
あなたは何處へ行くのか

1948・1・28

蝶

乾いた笑ひに充ちてゐる部屋では身動きも出來ない
ひと思ひに押入れの蓄音機を鳴らそうか
散大した瞳孔の向ふから吹いて來るもの
（隣りの椅子に腰掛けてゐる男は　各國の大統領を集めて電氣學の講義をしてゐる）
でも向ふ側の壁に貼られた動かないモナリサの表情
逃げようとする僕の心は
動かうとする僕の體は
ああ　だが此の部屋には把手さへもない
僕の內部のからくりに氷の手を伸ばし
蛆蟲への冷笑を注ぐものよ
支へきれない混亂を僕は何處い持つて行つたら良いのか

現代詩

○

詩の沈滞を語る人が相變らずあるが、どんな時代でも「昔はよかつた」と云ふ事しか云へない人がある。さう云ふ人にかぎつてそれが自分自身が沈滞してゐるのに他ならない事に氣づかない。週圍がもし沈滞してゐても自分がさうでなければ何かを發見する。客觀的に云つても必ずしも今は睡眠的な時ではない。何かが動顚し、何かがさまよひ求められ、欠乏してゐる時である。それは沈滞と云ふものとは全然ちがふ。それが判らなければ今詩人である値打がないと思ふ。

今手許にある雜誌のうち「現代詩」「至上律」「爐」「コ、モス」「日本未來派」などにやはり私は眞面目な探求があるやうに思ふ。

短歌俳句の第二藝術論に引つづいて詩もその渦に巻きこまれるかも知れないとの老婆心もをつて注告してゐる人もあるが短歌俳句は詩を喪失したから第二藝術に陥つたのである、詩はあくまで第一藝術であるべきだ。他の文學、即ち小説、劇等に先んじて藝術であるべきだ。勿論こう云ふ事は小説や劇を否定することではない。

北川冬彦氏が「泥を吐くのが小説だ」と云つてゐられるのは面白いと思ふ。近代詩に於いては純粋な敍事詩と云ふものは變んでゐると思ふ。敍事即抒情である。その事をはつきり自覺していゝと思ふ。それで、そんな近代詩におさまりきれぬ敍事的要素は、小説又は戯曲、或はシナリオの方で表現すればいゝと思ふ。ことにコント形式は詩人の取あげるによいものではないかと思ふ。日本ではコントと云へば惡洒落のあるもののやうにまちがつて卑くしてしまつてゐるが多くのフランスの詩人たちは珠玉のやうなものを書いてゐる。私はことにシュペルヴイエルなどに學びたいと思つてゐる。詩人が詩人であるのは單に詩作品をかくからだけではないど思ふ。精神のあり方の問題なのだ。だから彼が小説をかき或はコントを書くのは、一向さしつかへないが、それは小説一本槍の小説家、或はシナリオ專門家のそれといくらかちがつてゐるが當然だと思ふ。結果から云つて。そしてそれらの作品は、專門的小説家、或はシナリオ作家を何らかの意味で目覺めさせる所がある筈だと思ふ。そんな意味の詩人の作品の氾濫するのを期待したい。私の場合に於いては今の所、詩で吐きされないものをアフオリズムのやうなもので吐きだしてゐる。形の上でより自由に思つてるし、それでゐてより一般人に通ずるものに思へて書きやすくもあるし、もつと書きたいと思ふ。

こんな風に考へれば詩を沈滞させてゐるのはその人自身だ。いくらでも領土もあるし自己にむく形でも考へられるべきだど思ふ。

○

「至上律」の座談會でも、「コスモス」の座談會でも詩の言葉の問題が取あげられてゐるが、これらの事は詩人が最初に云はれた意味より一歩深く思考と感受性と、作品どによつて問題をすゝめなくてはならない。

口語で書くと云つても、それはまだはつ

きりしてゐない。口語は日常會話語とは又ちがつたものだから混亂がおきやすい。今私の書いてゐるのは口語ではあるが日常會話語ではない。さきほどラヂオの錄音でアナウンサーがホールの一ネージヤーに對して質問してゐるとマネージヤーは「さうざんすね」などと云つてゐたが、そんな調子の言葉は日常會話語ではあつても、詩の正常の用語ではない。詩を現代語で、或は口語で書くと云つても問題は少しも解決してゐない。現代語で、と云ふ意味はその詩人が實際それで思考してゐる言葉で、と云ふ事になつてしまふが、それらは又問題があい昧事になつてしまふ三好達治氏は文語体で考へ且感じてゐられるのであらうから

つまり口語、（この上体又下体）、日常會話語、現代詩、文章語文語体、雅文体、擬古体等の現言葉の範圍が亂れてゐるので、漢然とした論爭になりやすい。私としては詩の用語は、日常語よりははるかに範圍のひろいものと解釋する。より多くの角度と視野と、回顧と、方便と、夢想と新機軸と、透明度と、硬度と、群落性と、孤獨性と、はゞたきと、みだれと、とゝのひとを要求する。それらは現代的ではあるがそれは私が現代人だからと云ふことに等しいのであつて、文語体を使用することに何等痛痒を感じないのだ。すでに出來上つた現代語の範圍でかけと云ふことはもう不自由になつてくるのだ。たゞ彼女が現代人であると云ふこと、どの程度に現代に生きてゐるかと云ふことは、その作品がはつきり證明するから恐ろしい。彼女の使つてゐる文章体は擬古体にすぎないことがわかつたら彼女は恥かしくはないか？。

今一つ各々の題材は各々の語彙を要求してゐると云ふ事がある。これは嚴密に云へばをかしな云ひ方であるが、千番に一番のかねあひと云ふ選び方をするのは素材の方の權利でもある。それで「大いなる樹木」でなしに「大きな樹」とすれば物事はちがつてくる。又さら改めたとたんに私が現代人になると云ふ事は考へられない。ただ最も根本的、初發的な意味で「詩は現代語でかゝれねばならぬ」と云ふ命題は正しい。そして「現代語」の意味がかなり廣義のものであることを、そしてその範圍が探求せられねばならないことを提言したい。勿論擬古体詩は排斥したい。

○

抽象的な詩論のほかに、個々の作品に對する權威ある批評又は發言があつてほしい。個々の雜誌は各その鑑識によつて作品を網羅してゐるのだから、それはそれで仕事は盡されてゐるか讀む人がらよりはつきりした批評が毎月なされたら、新人の出現にも役立つしお互の勉强にもなるだろう。今記憶してゐるものだけを一寸擧げると「日本未來派８號」では港野喜代子さんの作品（キリストの事をもつと敬語で書かれたらよかつた。これではいかにも親父さんの事を云つているんだな、と云ふ氣がする。）「至上律」では竹中郁さんの「わが眼つき」がよかつた。伊東靜雄氏と藤原定氏とは同じやうな境地がうたはれ、しかも年齢と云ふ事がふと思はされた。「爐」ではもつと以前の若い人々が活躍せられんことを望む。今は石原氏、冬木氏等がいゝものを書いてゐる。

詩集では「青猪の歌」「水浴する少女」少し以前の「淵上毛錢詩集」に感心した。

永瀬清子

詩人達

阪本越郎

田舎の夜よりも暗いおそろしい都會の夜
春の風が生暖かにふいて
亡靈のやうな月が出てゐる
この國の昔の詩人達
心やさしかつた友輩よ
若い小鳥のやうに空をめざし
海の烈風に得堪えで折れて行つた
あれは幸福な輩ではなかつたか

うす桃いろの陽をすかし
花鳥のこころをうかがひ
すみれの花を愛すると宣言した詩人よ
人の世ならぬ天地(あめつち)に心を托した人々よ
すみれの花は枯れ枯れて
公園のベンチに置き忘れ
今はその空(そら)の所在もあきらかでない
あはれな夢をみた戀人達は
毀(こわ)れた町のどこにゐるのか
過去の亡靈を葬るために
現在に面伏(おもふ)せた青い顏
死んだ者が生きてゐて
生きてる者が死んだ者ともみえる
この乾地のどこを歩いてゐるのだらうか

死んだ者よりも心青ざめ
この國の詩人達
觀念の饒舌も論理の毆打も
今はその心に響かない
ただ湖心のやうな靜謐を欲し
しんしんと悲しみのたまつてくる
水底のやうな心になつてしまつた
樹よ水よその上を行く雲よ
春は流れる季節の光と色を造型するが
どんな心の故郷もありはしない
町のどこを堀りかへしたら
すみれの花が萠えてくるといふのか
暗い往來に首垂れたまま
漂泊の旅の つづきに
どんな悔の明らむ日があるのだらうか

田舎の夜よりも暗い恐ろしい都會の夜
ひそかな物腰の死者達の屋根の上に
亡靈のやうな月が出てゐる
なつかしい詩人達
心やさしかつ友輩(から)よ
君達の悲しみが影のやうにめんめんとして
絶望の凍りついた風景の中をうろついてゐる
墓場のやうな家々のかげから
つめたい螢の火が燃えてゐる

CARNET

北園克衛

アアネスト・ヘミングウェイは「群小詩人は重大なものを試みないから失敗しない」と言つてゐる。僕達はかういふ意見をきくと、いくぶん慰められるやうな場合が多い。絶えず完璧な作品を書くといふことは、望ましいことであり、殆んど本能的にそれに向つて努力してゐるにも拘らず、ヘミングウェイの言葉が光つてゐるのは仕方のない詩人の運命かも知れない。しかし詩人のキャラクタァを分類して完璧型と失敗型とにわけることはできるのである。最初につかまいた一つの場で、いつまでも詩を書いてゐる詩人たち、あの坐業者の哀しい勞働を思はせる努力型、熟練工型の詩人たちに對して、絶えず詩に對する何かしらのアンビションに燃え、冒險を試みつつ書いてゐる詩人は言はば失敗型の詩人たちである。この型の詩人は東洋でも西洋でもあまり讀者からカンゲイされないし、また詩から生活の糧を得ることも多くはないらしい。だが結局彼らも亦酬ひられるといふ点に於ては或る程度酬ひられてゐるのだ。すくなくとも彼らはより豊富に詩をエンヂョオイしてゐるし、職工化した詩人よりも、より高い水準に於て詩を弄ぶ術さへ心得てゐる。詩を弄ぶといへば、W・H・オウデンは最近ある書物のなかで「詩はゲイムだ」などと言つてゐる。これは詩を宗教的な臭氣のなかで考へることに慣れてゐる詩人たちやその愛讀者へのアテコスリであるとしても、かういふ勇氣はいつも持つてゐる方が面白い。神託派の詩人達が後退すると入れかはりにキエルケゴオル宗やヤスパア派が髪の毛を掻きむしりながらプロセニアムに躍り出して來てゐる。この實存主義の信奉者達の言ひぶんは大いに傾聽に値ひするとしても、何とはなしにこのイズムにも亦宗教臭がつきまとつてゐる。多分 Dao Seienbe に對して Das Seienden を分離したりしてゐるうちに教壇が祭壇のやうに搖れ出してくるのかも知れない。かういふ考へかたをしてゐるうちに、ふとUの手紙を思ひ出した。Uの手紙はこんな風に書いてあつたやうである「近代詩の悲劇も知らない近代詩人といふやうなものはどうも退屈なかぎりである。日本の近代詩人たちも現實の側面ばかり歩まないで、もすこし大通りへでて二十世紀の文化に全面的に挑戰してもらいたいものだそして主觀の客觀的裁斷なのか、客觀の自己顯現なのかを明らかにしてもらいたい氣持ちだ。精神の歴史的な對決を廻避したくぼみでいつまでも無責任なハンスウを繰返すことは危險である。藝術は主觀的なパタンでなく、客觀的、一般的なパタンへの限りない努力でなければならない。多くの現象的混亂が日本をうづめてゐる。この混亂を貫いて何かを正し、その眞の歸屬を示さねばならない實理的を包含してそれに新しい光を與へるやうな原型を示さない限り近代詩は多くのッフイストを育てあげるに過ぎない」こいつにも何だかナフタリン臭い宗教的リズムが感じられるが、然し好むと好まざるにかかはらず何かを正し、その眞の歸屬を示すためにいよいよ精神の歴史的な對決に立向はねばならないやうである。思へば「藝術家たちあ街頭のシヤボオ・ルウヂユさ」と言へた時代、あの一九二〇年代のエスプリ・エレクトリシテの時代はまことにツガもねえ　奇妙な時代であつたのかもしれない。そしてあの退屈　そしてあの不安、僕がラムネのやうなポエジイの把手を握つて逆立ちしてゐた時代、一瞬、フル・スピイドで去つていつたあの時代、僕はいま徐々にそのフキルムを巻き戻さうとしてゐるのかも知れない。VON KUNST ZU LE BEN さういふ標語のもとにいよいよ愉快なスフアンタテイツク・リアリテイを追つていつたモホリイ・ナギイは一九四七年遂にシカゴで死んでしまつた。僕が世界で最も價値高く買つていた五人のうちの一人が彼であつた。彼こそは二十世紀の新しい光であり、將に來らんとするすべての藝術への一つの原型であつた。そして彼が遺していつた　"Molerei. Photographie. FiIm" や "Von Material Zu Srchitektur" やそれらの再整理された "The Newvision" は汲み盡されざる新しいイデの源泉となるにちがひない。最近の詩の雜誌ではヴアレリイ特輯が目立つてゐる。あの詩人を十九世紀に賣り渡した老詩人のどこに魅力があるのだ。一生韻文で詩を書き、マラルメに學びしかもマラルメの片側しか書けなかつた詩人の片言雙語をネクタアの如く啜りあげている日本の若い詩人達こそ將に世紀の奇蹟である。

（一九四八年四月）

都會わすれ（散文詩）

永瀬清子

東京へかへりたくはありませんかと人がきく。東京では、とても田舍でくらす自分を考へられなかつたが、今は充分ここでよい。そのことでさびしさも大してはないない

東京へいつてぜひ會いたい人もない。ぜひ會いたいと思はなければ會はない方がよい。ぜひ會いたいど思ふ人があれば會へない方がよい。

三十九才まで東京にゐたから、それから先きの年をとらないでよい。

實を云へばここへ來てからは逆に年をとりだして、いま三十六七なのだけれど。みんなは知るまい。

突然桃源境からの人のやうに歸つていつたらみんなはおどろくだらう。

もう東京の事がわからなくなつて、何もかもにこちらもおどろいてこんな所では息

が出來ないと思つて雪が消えるやうにすぐ歸つてしまふだらう。

こちらの方言ばかり出るのに自分で困るだらう。すぐに田舍の人たちがなつかしくなるだらう。

すぐに母のことや夫や子供のことが心配になりだすだらう。

もう昔の東京はないだらう。ちがつたものしかないだらう。自分がそこの住人でない事がすぐ解るだらう。

心のかぎり會いたいものはもう濟んだのだ。それはもう時と共にいつてしまつたのだ。

もしも昔の時と一緒に東京が在るならどんなにか會いたいのだが。

ああああ東京へゆくことはやめやう。

今誰にも會はないから、私のペンはどん〳〵飛ぶやうにはしるのだ。手紙をかくやうに何でも書きたがるのだ。自分の思つてゐることがわかるのだ。まわりに人がゐてその人たちにおだてられては自分を透かしてみることは出來ないのだ。私のゐる所が宇宙の中心なのだ。

山ですつかり自分をとりまいて靑空の蓋だ。それでよく蒸溜する。

人に會はないのがちつともさびしくないことは至極心にかなつた。前にはこう云ふ事がわからなかつたのだ。孤獨と云つても觀念的だつた。をしまひにはもうそこらの石ころと同じになつて何も書く必要もなくなるんだらう。

農夫や農婦にまじつてあすは山へ檜苗を植えにゆく。それがさてもたのしみなのだ。すつかり古い株や枯れ草を燒きはらつて、それに一日かかつてその焔がをさまつた時そのあとへみづ〳〵しいものを植えるのだ。「醉ひどれ船」の詩人のやうにもうすぐ詩はかかなくていいと思ひ出すだらう。私を全く理解しない人々の中にゐるのが快よいのだ。

船出した東京へはもうふたたび歸へらなくていいのだ。會ひたいものには會へない方がよほどいいのだ。そのことが檜苗のやうに自分の中でどん〳〵のびてゆくのだ。

ほとばしるような　私の情熱はいつも私を知らない人々にむかつて流れてゆくのだ都會の磁力はいまや私を圏外にしてむなしくはためいてゐるのだ。山々の中にかくれて私はもう殆んど誰からも見えなくなつてゐるのだ　私の苦惱や嗟嘆ももうありえないものに屬してゐるのだ。さるとりいばらや枯れ羊齒の線條のもつれと一緒に燃えてゆくのは私の全意識なのだ。早春の山のうす煙となつて透明にはや風の中に渦巻き去るのだ。

海外詩消息（1）

瀧口修造

ロバート・ローエル

戰後のアメリカ詩壇で問題になつた第一人としてロバート・ローエル Robert Lowell をあげるのに誰も異存はないと思ふ。彼は一九四四年に處女詩集 Land of Unlikeness を出しているが、一昨年公にされた第二詩集「ウィアリー卿の城」、Lord Wearys Castle に對してピュリッツア詩賞をおくられ、つづいて議會圖書館の詩の顧問に任命された（前任はカール・シャピロ）。さらにグッゲンハイム財團、國民文藝協會から奬金をおくられるといつたように、いくつもの榮冠がまだ三十才といふ若い彼の頭上に一度に輝いたわけである。從來の日本詩壇あたりの通念からすれば、このような名譽は何か世俗的な詩人を想像させるかも知れないが、彼の詩人としての知的水準は高く評價されているし、常識的にいつてもその詩は非常に難解な要素を含んでいる。ピータア・ヴィレックが「アトランティック」誌で「詩人對讀者」と題してふれている言葉は、ローエルの現アメリカ詩壇における位置を要約していると思ふ。ローエルはカトリック改宗詩人の一人であるが、ヴィレックによると、この宗教詩人としての面が強調されるあまり、その詩のすぐれた藝術性が看過される傾きがある。彼はホプキンスやフランシス・トムスンのような意味での宗教詩人ではない。彼の詩のカトリック的要素はネガティウな意味をもつもので、商業主義と、特に淸敎徒的なプロテスタンティズムへの反動を示しているが、ローエル自身はニュー・イングランドの新敎徒的個人主義をつよく受けついでいるのであるこの逆說的な位置を解決すれば、おそらく彼は一九五〇年代には偉大なアメリカの詩人になるだらう。なぜなら彼こそ悲劇性と崇高さとをアメリカ文學にとりもどす最もよき資格にめぐまれているからだといふのである。そしてアメリカの讀書界でローエルのような高度な詩人の作品が讀まれ出したことは（一方ヘンリー・ジェームズの小說が復活し出したことも思い合せて）從來の反知性的傾向から讀者の理解が高まりつつある證據であり、一方詩人の側では孤立的な態度や不必要な難解さから脫し初めたことと相步み寄つて、詩人對讀者への「休戦」のしるしだとさえ見ているのである。

詩集「ウィアリー卿の城」の題名の出所であるが、これは城館を建てさせて置いて、その代價を支拂わなかつた城主に災悪がふりかかることを歌つた古いバラッドに取材したものであり、ローエルはこの城主に、カルヴィニズムとキャピタリズムとが結合した古いニュー・イグランドを象徴している。この詩集は全体として一種の神話的な構成をもつており、ラングル・ジャレル（「ネーション誌」）によると、この詩集の根抵には一つの物語があつて、その本質的なテーマを理解すれば、彼の態度はおどろくほど明瞭になる。それは相反するものの相剋であつて、その一つは、習慣の塊、無氣力、自己満足であり、古い律法や權威と結びついた古いニュー・イングランドの暗黒の世界、すべてが「閉された世界」を代表する。他の一つは、その内部に酵母のように存在して光のようにそれを照らし、たえず變化せんとするもの、卽ち寛容、意力、開放の世界であり、自由、律法に代わる「恩寵」、詩人のいわゆる「クリスト」などがそれを代表する。この二つの世界が彼の詩の中に相剋し交差しているのである。

從つてローエルの詩の最も著しい特徴は過去と現在との混合であるとされている。彼はニュー・イングランドの文學的名家ローイル家の子孫であることも興味深く想い合されるのである。彼はまず「ロバート・ローエルの教育」に見られるように、自己の生命の意味を、遺傳と文化的環境に見出そうとする。そしてさらに母方の里であるウィンスロー家、ボストンの貴族的靈所であるキングズ・チャペルから　コットン・メーザーやジョナサン・エドウァーヅなどのカルヴィン派の支配したニュー・イングラントへと溯る。ジャレルがいうように、ローエルの現在は、皮膚の下の骨格のように、つねに過去を含んでいる。これは現代詩人として極めてまれな資料だというのである。

「インディアン殺害者の墓にて」はキングズ・チャペルの傍にある十七世紀墓地を歌つたもので、ここにはインディアンを殺した淸敎徒たちが眠つている。しかしボストンはもはや彼らのものではなく、異邦人が州議事堂の黄金の圓屋根を掌握している……「長老の園」のスレートの下には地下鐵が軋つている……だがもう一つの園が詩人に現われる。それはマリアの園であり、そのひとの魂は花花で新鮮にされた花嫁の部屋であり、そのひとの肉体は一つの惚恍たる子宮であり、不意の花聟は思わず格子窓からのように覗くのである。（ここで彼は大膽に Womb と Bridegroom とを押韻している。）このように詩は頽廢、死、悪運のグロテスクな詩句のあとで、突然リリカルな生の告知を歌う。

ローエルは極度に専門的な詩人であり、その詩の烈しい効果はモザイクのような構造力に比例している。この点、彼の詩の構造は傳統的英詩のそれに近似しているが、しばしば意識の流れ、夢、または獨自的な語句によつてさらに複雜にされている。これが難解の一つの理由なのであるが、しかし彼の詩を概念化から救つているのは、この不思議な近代人的な神經と幻想とであらう。

ローエルの詩はモダニズムと傳統詩の獨特な結合であり、そこに新しい効果が生れていることは事實である。ジャレルはこれを後期モダニズム乃至反モダニズムの詩であるという

ローイルについては研究すべき点が多い。すくなくとも筆者はそう考えている。アメリカ詩人として宗教性、特に彼の詩的影像の獨自な意味、等。

彼の夫人ジーン・スタッフォードはまた難解な象徴的な小説を書いている。ニューヨーク、ワールド、テレグラム の書評家ハンセンは、この二人は朝食の卓でどんな話をしているだらうか? まさかお天氣の話ではあるまい、などという笑談を書いている。

「レットリスム」

戰後のパリーの新しい詩の運動として、先頃の「タイム」誌はレットリズム Lettrisme なるものが起つたことを報じていたが、その後「ポエトリー」で、ジャック・アラマンといふ詩人が「レットリスムの系圖」と題して書いているのを讀んだ。彼はダダ・シュルリアリスムの發展に大部分を割いて、レットリスムについては一頁しか書いていない、それによると、シュールレアリスムが戰鬪的な性格を失つた現在では、レットリスムこそ文學の最前線に立つものだ、世論を刺激する能力において彼らにひけをとらぬ、と書いている。シュルレアリスムは Speech あるいは(Verbe)の解体をめざしたが、レットリスム(レツトルは文字の意)は語 mot そのものの解体をめざすもので、これこそ原子力時代の詩であといふのである。その方法は、それ自身で知覺される音やイマージュを模倣するために、文字を新しく結合し直すのである。「煙草のけむりの行方についてのヴァリエーション」という詩がある。

グルー ソルカ――ニエ――ニエ
アラボ ビタミ ネ――グルー
ラガビオ ソルフィ
ラガビオ ソルフィ
ネラネ―ボツィミ――シュルファテ

ロマン主義は詩形を破壞し、シュルレアリスムは文章を、レットリスムは語を破壞した。この發展は極めてノーマルなものだと彼らは主張する。そしてやがてノーマルならざる何人かが立つて文學に論理を再建することを希望しようと結んでいる。

ダダの再來のようであり、シュルレアリスムの發展といふよりは逆行させたといつた根據の薄いものに思われるが、これもフランス詩運動の火花の一つとして注目される。(シュルレアリスムのその後については「アトリエ」一月號に書いた)。

同人語

絶望について

鐘澤美明

この頃、絶望といふ言葉が使はれて、大分非難や反對を受けてゐる。私なども去年の初め頃、二三度作品の上にも使つたことがあるそれが去年の春の雜誌にのつたりして的にもなつたらしい。たしかに、絶望などといふ言葉をナマのまま使ふのは不味い。使はなくても絶望感を出せる。しかし、端的な言葉も有効な場合がある。

最近の説は眞向から反對しないが、冷然と自分なんか絶望しないといふ言葉である。これには反感もあるし、又、一度絶望したが、もう立直つたといふ意味にもとれる。

一度は絶望すべき現實である。しない人間は餘ほど理智の發達した人か、物質慾旺盛な、又、それによつて滿足した生活の出來る人である。大体、絶望といふものは感情的なもので ヴァレリイなどの絶望は、冷性な計算から出た答案にすぎない。精神强固な人間だつたと見えて、ダヴイレチやデクルトなどの純正理性派と共に、冷かに人生の一つの塲に精神を置き据えることに成功してゐる。しかし、私みたいに、明治大正期の感情時代の洗禮の飛沫を少しでも浴びた凡人は、いつも感情的な絶望に引づられてゐる。これは時代（へ日本は遙かに遲れてゐる）や性質によることだが、境遇にも原因もしてゐる。この絶望感は可なり物質に支配される。家族の人數、子弟の年齢、家族たちの性格も、少からぬ影響を與へてゐる。感情はフイッカルな事柄に左右されるのは明らかだが、絶望が思想性の裏づけがないから淺薄だといふが、さうばかりは言へないと思ふ。家庭や狹い社會では、フイッカルな問題が、直接に、短時間にひびいて來るが、ヨーロッパのやうな、大きな、複雜した社會では、資本主義經濟とか國家經濟とかいふ問題が、國家の人口や民族問題に絡らんで、間接に、長い間に影響して、メタフイジックな問題になつて、精神界に現れて來てゐるものだと信じてゐる。この時の絶望感は、もはやフイジカルに關係したものでなく、立派に、しかも、冷性な世界觀になり、思想になつてゐる。

最近の絶望否定論者は、比較的若く、獨身で、家庭の殼も引ずつてゐない、或る意味でさほど生活苦を直接に感情的に受け入れなくても濟せる人たちのやうだ。下世話で言ふ、ノンキな境遇である。冷性や理智は近代の産物で決定的な性格になつてゐるが、この性格も又、絶対感を征服することが出來る能力を持つてゐる。

いづれにしても、感情の表現は愚劣だ。これで、私などは人生の大部分を損失してゐる。だから、詩作の上では、感情の表現を出來る限りセーヴして來た。そして日常の生活も努めて冷性にと思ふがいつも失敗を重ねてゐる。現代では親の愛情さへ百圓紙幣一枚に如かない。同や共感より、金錢を與へる方が遙かに有効で好いのだ。

發見

永瀨清子

麥の種を蒔く時に、みんな種を枡にいれて蒔いてゐる。あれはどんな民間傳承かと考へてゐたが、それは何升蒔いたかを知るためにほかならなかつた。

○

片眼のおぢさんが向ひ合せに住んでゐるので、童話的なおかしみを感じてゐたが、それはトラホームの漫延にほかならなかつた。

○

「馬鈴薯栽培の科學的研究」にしたがつて一芽づつに切りはなしたものを植えてゐると、通りかかつた人が皆、「それはあんまり細かすぎるぞな、やつぱり大きな種から太い芽が出るからな」とおしえてくれる。だからやつぱり自分でどちらが本當かをやつてみなくてはならない。この土地ではどうなのかを。

(未完)

蠅二匹

北川冬彦

○

私はどう云う譯か讃仰される一方、誹謗の的となることがしばしばある。

最近では、「詩風土」とか云ふ三文詩誌で、小池茉が私のことを何んのかんのと書いているそうであるが、その腹が見え透いていて私としてはおかしいが、しかし何も知らない人は眞ともに受けないとも限らない。

一昨年だつたか、「地球船」の編輯者上田幸法君が、當時私のところに居候していた安彦敦雄君宛にこんな意味のハガキをよこした。「小池が北川氏から詩談を申込まれたと云つて來たが事實か、北川氏にたしかめてほしい。もし事實なら記事にしたい」

勿論、そんなことのある譯はない。安彦君は、それは嘘だと返事した。

それからしばらくして、室町詩話會で、岩佐東一郎君が、これが小池ですと一人の青年を私に紹介した。するとその青年は、僕、小池です、どうぞよろしく、どうぞよろしくと、私にペコペコ頭を下げた。私は、「君は、北川彦冬が君に詩談を申込んだと上田君に書いたそうだが、どういふ積りなんだ?」といふと、その青年は狼狽の氣味をはつきり見せて、「そんなこととありません。きつと上田君のカン違いです、云つてやります」と答えた。間もなく、上田君から小池が怒つたハガキをよこしましたが、事實はこの通りですと、小池が上田君に出したハガキ三枚同封してあつた。一枚は、北川氏に詩談を申込まれたといふやつ。もう一枚は、僕(小池)が、北川氏に對談を申込まれたと書いたからといつて、それを問い合わせるとは怪しからんと憤慨したハガキである。もう一枚は、それに對して上田君が強く言つてやつたところ、「地球船」第二號の出來はよかつたとか、お世辭タラタラのものである。

小池茉が私にくつてかかるについては、こうしたイキサツがあるのである。これを根に持つての誹謗なのである、見下げ果てた奴である。

何處の世界にも蠅はいるものである、しかし、追つても追つてもたかつてくるのが蠅の根生であるのには、いささかうんざりせざるを得ない。

○

もう一匹の蠅は平林敏彦である この蠅がどういふ譯で私にたかつてくるのか見當が付かないが、「文壇」で岡本潤の詩集を批評して「朦朧茫漠」がないと私がいつたといつて、「甘つちよろい」ことをいふなぞと喰つてかかつたのが初めてである

ところで昨年の「秋の詩祭」で彼は自作の詩を朗讀したが 吹けば飛ぶような貧弱な肉体で「甘つちよろい」少女詩を少女のような聲で朗讀したのである。私はフキ出してしまつた その平林敏彦が評論を書くとなると、左翼公式張りのガクガクの論を書く 肉体(作品)と頭腦(評論)との、この分裂はまさに悲劇であり喜劇である

なお、平林は左翼人でありながら、平俗娯樂雜誌「新風」を編輯し、追放作家の原稿をあがめ戴いている生活者である 良心があるなら こんなバカげた仕事はやつていられるものではない 理論と實踐の一致。これなくして何の左翼か。大きなことをいふのなら生活を立派にしてからいふことだ

と、ど、平林が左翼公式詳細は何かの彈みの化けの皮で、本質は、「甘つちよろい」吹けば飛ぶような肉体にふさはしい少女趣味詩人が打つてつけのところなのでらう

書名にからまる出版モラルの醜面白くない話

淺井十三郎

「詩」と「詩人」の關係とか或わ藝術と人間についてとか其他形而下形而上の問題とかこれまで色々と論ぜられて來た。詩とヒユーマニズム等について特にその歴史的現實としての人間について僕らわ幾多の論議をもち尖狀や過誤を使しながら今わどうやら人間解放の基地としてのヒユマニズムをそしてその行動としてヒユマニスムを獲得しつつあると思うが、（昭和十四年、「詩生活」の廢刊後僕が「詩と詩人」をだした頃わ、ヒユマニスムに就いて論ずることわ、田舎者として扱われる位で所謂默殺と云う輕蔑感をわれわれわうけなければならなかつた。僕わ今それらのことについて十年の歴史を云云しようと云うのでわない。只その頃、誰も「詩」と「詩人」の關係に就いて論ずるに詩と詩人と言ふ言葉でこの問題を論じる者わいなかつた）最近わ、それらの關係に深い連繋を思うことなく、簡單に詩と詩人と云う言葉が評論の中に用いられている。　正しく考いられているかどうかわ疑問だが内面的な不忠實がその儘、商業的にまで使用されてくることとの安易な精神が巣喰つていなければ幸だ。單に一つの熟語を書きなぐると云うことでなく、我々の理解わつねに歴史的現實としての人間の「對立」と「關係」の中にそれを讀みとることから始らねばならない。にもかかわらず、例えば充分承知している筈の他人の雑誌名を自巳の著書名に使用することなども、つまりこの對立と關係に對する不認識な痴呆症からきている。

「詩と詩人」が十年間も續けられてきている雑誌であり、又店頭に並べられたり　寄贈もうけたことのある雑誌名を河井醉茗氏がその儘、自巳の評論集を「詩と詩人」と題してさる出版社から昨年出版したことも、現に又今年に入つてから創刊三年を經ている雑誌「現代詩」をその儘百田宗治氏が臼井書房から詩の解説入門書「現代詩」をだしたことなども登錄の如何にかかわらず、とにかく同じ部門に關係する著者、出版社がこう云う不道德を侵していることはゆるされておいていい筈のものでわない。それらの雑誌がすでに廢刊休刊中のものであつたとしても或年限を經過していないものは一言の挨拶や考慮わすべき筈である。菱山修三のヒヨウセツ問題。たとえ傳説をとり扱つたにしろ火野葦平の「羅生門」が芥川龍之介の「羅生門」の盗作であつたり又傳えるところの小林秀雄のヒヨウセツ紛議等々事柄わ違うが、僕わ、結極同質のものがその精神の中に在るのでわないかとおもう。つまり「関係」に對するエゴイズムの暴力「對立」に對する「人間の放棄」を主張することに於てわ軌を同じくしているのである。泥棒やパンパンが街頭を横行していてもそれが犯人だとわかつても何の責任も感じないほど我々の社會の精神わ政治もモラルも失つてしまつたのであろうか。

それらの人々の行爲が示す主張のごとく人間が物と物との影にしかすぎなく「関係」の中に主体を見出すことなどおろかなことだとでも云うのであろうか。ともあれ自社の雑誌名が他社に二つ共然も部門を同じくするところの單行本の書名に使われ、讀者から注文違いがくるなど決して氣持のいい話でわないのだ。

雑誌編集の夢

安藤一郎

二十年前に、詩誌「花畑」を三年程やつただけで、私は、その後自分一人で編輯した雑誌を持つたことがない。それからはいつもフリーランスで方々の雑誌に寄稿してきたのだが、この頃、それが少し寂しい感じがする。

私は、第一、詩壇といふ狹い枠内でこせこせしようと思はかなつたし、また、文學のもつと廣い未知の世界を探るのに忙しく、時間がどても惜しかつた頃だから、自分の雜誌など出す餘裕がなかつたのだ——それに、私には、印刷屋や書店との煩雜な交渉は、頗る苦手なのである。

それ以來、私の関係した雜誌も色々あるが、編輯事務に直接觸れれものは、殆んどない。ところで雜誌といふものに、全然無関心がといふと、さうではない——私は人一倍雜誌に興味を持ち、絶えず多くの雜誌に注意してゐるのである。單に、文藝雜誌ばかりでなく綜合雜誌や婦人雜誌にまで、批判の眼を向け、表紙とかカットとかのレイアウトも、その時々に見てゐる。リーダーズ　ダイジエストの仕事も、その意味で、仲々面白く、私の感覺を豐かにし、よい勉强になつてゐる。

正直に言つて、これまでの詩誌の中で、私の氣持にぴつたりするものは、殆んど皆無と言つてよい新しく出發した「現代詩」も、編輯はまだまだ工夫すべき餘地が多く、杉浦氏にも、屢々苦言を呈してゐる。

本當は、私自身、一生のうち一度でよいから、自分の思ふとほりに、理想的な雜誌を編輯したいと思つてゐる——尤もそれには、やはり、相當な金が要るからそれが先決問題だ。

寄稿者には、いい稿料を出さなければならない。その代り、力のこもつた、優れた作品をもらふことにして、萬一あまり出來のよくない作品を送つてこられた場合は（大家中堅を問はず）遠慮なくお返しする、そして、もつと良いものが出來るのを待つて、取り換へてもらふ。それもただ一篇でなく三、四篇を一時に掲載し、その詩人の或る時期を明かにするやうにしたい。また新人を紹介するときは、十篇位を一遍にまとめて發表して、それだけで實力の確かなことを示し得るやうにする。

評論、研究等は、がつちりしたものを選ぶと共に、藝術の他の部門、音樂や美術にも觸れるやうにする。作品及び詩集の批評を盛んにし、しかも情實と偏見を極力排除する。私は小さな流派を作つたことはないし、自分の特種なグループとか、弟子や子分といつたものは全くないから、この點は、自信を持つてゐる。そして、誰か詩のよく解る畫家に、表紙とカットを協力的に描いてくれるやうに頼む。といつた工合である。

文學に携はる者は、何を措いても書かなくては駄目だ。それには氣持の良い發表機関が必要である。故に、私は眞のヂャーナリズムは尊敬してゐる。文學者は、いいヂャーナリズムを作ることを考へなければならない。

その點、私は春山行夫氏の業蹟を高く買つてゐる。「詩と詩論」「セルパン」「雄鷄通信」は、日本の低劣なヂャーナリズムの中で、異彩を放つてゐる。思ふに、いい雜誌はそれ自身が「作品」であることを忘れてはならない。

先づ編集者はたえず勉强する人でなければならない——雜誌といふものは編集者の教養以上に出ることは絶對にない。このことは、いつか「ユートピア」の武田氏などに言つたことがあるが、實際、雜誌が質的に發展するか、しないかは、根本的に編集者の頭腦に依るのである。編集者は編集しながら勉强し、また勉强しながら編輯することが一番望ましい。

最近では「藝林間歩」の野田宇太郎氏は、注目すべきであり、北海道の「至上律」第一集の態度が私の印象に殘つてゐる。

然しながら、いざ自分で編集してみるとそれほど理想的にゆかないものであらうが、以上は、私がやつてみたい雜誌の夢である。その虫のよい夢を實現させてくれる出版屋はないものか、それもまた今日では虫のよい夢にすぎないかも知れない。

魯迅原作

阿Q正傳（四）

北川冬彦

數日後
河つ端、

女たちが、蹲み込みぽんぽん、ぴしやツ、ぴしやツと洗濯をしている。野菜を洗つている女もある。又、大きな鍋を洗つている女もある。

一緒に連れて來た子供たちは、河原で石をもて遊んでいる。

河縁りをノツノツ歩いている阿Q。

水の流れはゆつくりで、流れているのが判らないほどである。僅かにゴミの流れでそれと知れる。

婆さんが一人立ち上つて、ノビをし、腰を叩く。

阿Qの姿をフト見付ける。

「みんなよ阿Qが來たよゥ！」と鋭く叫ぶ。

「阿Qだとよ！」

「アラ、ほんとだ！」

「ホウ、おつかない！」

「ワーン」と子供たちは泣き出す。

「おつかない！おつかない！」

女たちは、あわてて洗濯物を籠に入れ、抱えて驅け出す。

阿Q、まさか自分を怖れて逃げ出したとは思わず、何だらう？と、そこらを見廻わしている。

舟着場のあたり。

鄒七嫂（チオウチーサオ）の家の前

若い女が用たしの途中なのだらう、めいめい籠を抱え、怖ろし聞きたしと云つた有様で、鄒七嫂を取り卷いている
「阿Qが、そんなことをするのかしら？」

「ほんとうにしたんだつてさア。趙旦那とこの男衆からちやんとこの耳で聞いたんだから」

「おつかないね」

「大奥様は、夜中までよく起きてたもんだネ」

「そうら、コレさ」

と鄒七嫂は、二本の人差指で角（つの）を作つて見せる。

「ああそうか、だから起きてたのね」

「何よ？何よ？」

「大旦那が若いのを圍つてから、大奥様、夜、寝ないんだそうだよ。」

「ふーん、そうなの？」

「大奥様、起きてらしてよかつたね」

「でも、吳媽さんどうしてそんなに遲くなつちやつたんでしよう？」

「それがね、趙司辰に聞くと吳媽も吳媽なんだとよ」

阿Q、のそのそ通りかかる。

娘達見かけて、

「アレ！」

と金切り聲をあげて逃げ去る。

五十ばばあの鄒七嫂まで、若い娘の眞似をして、門の内へ驅け込んだのは笑わせると云うものだ。

近くで遊んでいた十一歳の女の子までを、呼び入れるのだつた。

阿Q、怪訝そうな顔付をしている。

「こいつら、急に箱入娘みてえな眞似しやがるなア。何でえ？」

阿Q、舟着場へ近寄る。

閑人ども糸を垂れている。

「來たぞ。來たぞ」

「阿Qだな」

「出歯亀か」

「あんな面（つら）してよくなア」

「吳媽つてなかなか色つぽい樣子してても固てえて噂だつたが、ほんとなんだな」

祭りの日に吳媽と芝居を見ていた若い男、苦笑している。

阿Qには、これらの會話は聞えない。

阿Q、閑人どものうしろに立つ。

「エヘン、エヘン」とへんな咳拂いをしたり
「穢わしいナ」

等と云う者がある。

いくらそんな厭がらせをやつたところで、阿Qには通じ

ない。

閑人ども黙つてしまう。阿Qのことなんか放念して、水面のウキを一心に見詰めている。ウキは棒切れである。

阿Q、厭きずに見ている。

夕暮となり、閑人どもが歸えり仕度するまで見ている。

別の日

河つ端の道

阿Qが脊を曲げて蹲んでいる。

河原では、女達が洗い物をしている。

阿Qの姿を見かけると、例によつて奇聲を發しながら、逃げ出す。

阿Qは足元の草をムシリつつ、女達が逃げ出すのを眺めている。もう別に不思議にも思つていないし、また氣にも掛けないと云う樣子である。

孔乙己が、口に手をやつて咳き入りつつノコノコやつてくる。

「阿Qさん、どうなさつたね。大分考へ込んでいるようだが……」

「おめえこそ咳なんかして、何でえ！」

「すつかり寢込んぢやつてね、咳は出るしお腹は空くし……」

「オレもその實は、餓（ひもじ）いんだ。ここんとこ、どう云う譯だか、誰もオレを傭いに來てくれねえんだ。まさか仕事が消えちまつたわけでもあるめえに。それに、酒屋は掛け賣りしやがらなくなつたし、祠堂の管理人の奴、出て行けごかしのことばかりぬかしやがるんだ」

「阿Qさん、おめえ、へまやつたなア。春祭りの歸り途のことさ。みなあのせいなんだよ」

「ははーあ、そうか！」

阿Qは、つかんでいた草を体全体でグンと引いた。草が拔けて仰向けに阿Qはひつくり返つた。

「危ねえ、危ねえ」

と孔乙己は起してやりながら、

「近ごろぢや、能なしの小Dがおまえさんの代りだとよ。錢旦那も趙旦那も小Dを傭つてなさるつてよ」

「畜生……小Dみてえな奴にオレの米櫃とられてたまるもんけえ！」

阿Qは、また草を引つこ拔いてひつくり返つた。

趙旦那の家の門前

阿Qがそれとなく、うかがつている。

居酒屋の前
アヒルがクワツグワツと歩いている。
阿Qが、小Dはいないかと、ソーと覗いている。

街道筋の農家
阿Qがウロウロしている。

錢家の裏門
阿Qがうかがつていると、門が開いて、若い女中が出てくる。

　阿Q、（オヤ、こんな女いなかつた筈だが）

と云つた顔付。

阿Qを見ると、女は「キヤツ」と叫んで門の中に駈け込む。

「どうしたんだえ？」

と錢若旦那の母親の嗄れ聲が聞え、門から聲を出しマゴマゴする阿Qを見止め、

「おや、阿Qぢやないか？」

「へい、何か仕事があッかと思つて來たんだよ」と阿Q。

「ないとは云わんが、おまえぢや駄目なんだよ」

「へえ？」

「こんどうちぢや若い女を置いたからよ。わたしや見損つたよ、おまえ、へんな眞似したんだつてね」

阿Q、頭を垂れて一言もない。

後頭部の禿げがまる見えだ。

元は、この禿げも愛嬌があつたが、いま見るこの禿は、
醜い・婆、オゾ氣をふるい吐き出すように云う、

「アア！穢らわしい。サツサと歸つてくれ！」

門をガタガタ閉めて這入つてしまう。

阿Q、表門の方へ
自分のしくじりは棚にあげて、
「何でえ、あんなこと位えで」と呟く。
阿Q、不意に手をあげ、芝居口調で、
「わざもの大上段に振りかざし」
と躍りかかるように勢いつけて歩いて行く。

表門前
小D、門前を掃いている。
阿Q、躍りかかるような格好のまま現れる。
小Dを見つける。
阿Q、いいとこ幸い詰め寄る。
「畜生！」
と睨みつけて怒鳴つた。口角に泡を溜めて。
小Dは、阿Qの見幕に縮み上り、

「オラあ、蟲ケラだよ。蟲ケラだよ……これで勘辨してくれろ」

阿Qは、自分の眞劍な遁辭を眞似されて憤慨した。

飛びかかり手をのばして小Dの辮髪の根元を押えて防ぎながら、もう一方の手で阿Qの辮髪を摑んだ。

そこで阿Qも、空いている一方の手で自分の辮髪の根元をかばうように押えた。

（以前の阿Qならば、小Dなぞ物の數でもないわけだつたが、この頃は食にありつけずすつかり力を失つている阿Qには、小Dとてあなどり難い敵で、まさに勢力匹敵である）

四本の手がお互いの頭髪に絡み付いたまま屁つぴり腰で、四つに組んだ影がしばらく錢家の白壁に映つていた。

見物人がタカつて來た。

「何てざまだ！」

「しつかりやれ！」

「ようよう阿Q！」

「小D負けるな」

錢家の門の中では、外の騒ぎに犬が吠えている。

阿Qが三歩進んだ。

小Dが三歩退いて立ち止つた。

こんどは小Dが三歩押すと、阿Qは三歩退いて立ち止つた。

二人とも頭から湯氣をホツホツとのぼらせ、額は汗タクダクである。

阿Qの手が一寸緩んだ。

その瞬間、小Dの手も緩んだ。

二人は同時に腰をのばした。

ケロツとした二人は、同時に後へ退へて人垣を押しのけた。

阿Qは振り向いて云う、

「覺えてろ畜生め！」

小Dも振り向いて云う。

「畜生め！覺えてろ」

途上

暖かい風がそよぎ、初夏のようである。

しかし、阿Qは肌寒さを覺えている。ボロ袷も單衣も金に變えてしまつて、上体は裸なのである。股引だけは、はいている。これは脱ぐわけにはゆくまい。

埃つぽい地面を、熱心に見て歩いている。万一錢が落ちてやしないかと思つてゐるのである。

酒屋の前や饅頭屋の前を通つた。

しかし　阿Qには覗いて見る氣にもなれない。錢なしでは、もう酒一杯饅頭一個くれないことがわかつてゐるからである。

村を通り過した。

一面の青田である。

百姓達が黑く點々と動いている。

白壁に映えた靜修庵の石垣の外へやつて來た。

裏へ廻わると中が畑になつている。

阿Qはあたりを見廻わす。誰もいない。

石段をよぢ上つて、ツタカヅラにつかまつた。

乾いた石垣からは泥がサラザラ音を立てて落ちた。

阿Qの足はふるえている。

桑の樹の枝につかまつて内へ飛び降りた。

畑には樹と草が茂つてその中に

筍

油菜（もう種になつている）

芥菜（からしな）（花を咲きかけている）

白菜（トウが立つている）

等が目につく。

一つとして阿Qの腹のたしになるものはない。

阿Qはガツカリする。

ブラブラ奥へすすむ、

と大根が一うね作つてあるではないか！

阿Qは引き抜こうと思つてしやがむ。

畑の入口のところに、ツルツルの圓い頭が覗いた。どうやら若い尼らしい。

阿Qは大根を四本引き抜いて、青葉をむしり取り引つ抱えた。

そこへ年寄りの尼が出て來た。

「ナマンダブ。阿Q、なぜ畑へ這入つて大根盗つたりするのよ。おゝ罪の深いこと。ナマンダブ、ナマンダブ！」

「いつオレが、お前の畑え這入つて大根盗んだ？」

「そこに持つてるの何なのよ！」

「んと、これがお前のかい？お前大根に聞いて見たかね？……」

阿Qは云い終らぬうちに驅け出した。

すると、大きな黑犬が一匹追つ驅けて來た。

（この犬は、日頃は正門の方にいるのだがどうしてこの裏門までやつて來たのかわからない。）

黑犬は唸りながら追い着き、

阿Qの腿のあたりに咬み付こうとした。

そのとき、阿Qの脇から大根が一本轉がり落ちたのである。

犬は驚きたぢろいだ。

阿Qはその隙に桑の樹によじのぼり大根もろともに石垣

の外へ轉がり落ちた。

犬は桑の樹を見上げて吠え立てている。

年寄の尼は、念佛を唱えている。

阿Qは大根を拾うなり突つ走つた。

走りながら小石を二つ三つ拾つたが、犬は追つ驅けて來ない。

小石を拾て、走りながら大根にカブリ付いた。大根にカブリ付きつつ走つているが、だんだん小走りになり、やがて普段の足並みとなる。

阿Qの姿、小さくなつて行く。

阿Qの歩いている途は、城下へつづく一本道である。

短く輕い溶暗溶明

廣い畑に雨が煙つている。

街道。

荷馬車のワダチの跡へ水が溜り、なおも雨は降り續いている。

氾濫せる河。

そこに落ちる雨脚。

河の水は濁り返えり、木片れ、樹の根つ子、ゴミ、野菜の屑なぞ浮んで、ゆつたり流れている。


舟着場は水浸りである。

趙旦那のところは、少し高いところにあるからまだましだが、それでも土間には水がいい加減溜つている。

小Dと阿伍が、せつせと働いてはいるが、一向水の仕末がつかない。

趙大旦那、突立つて見ている。イライラしている。

「貴様等、何にぐずぐずしてんだ?」と怒鳴る。

大奥様と若奥様が見ている、

「阿Qだつたら上手にやるのにね。アレどこに行つたのかしら?」

「ほんと、阿Qはどこ行つててんのかしら?」と若奥様。

「うん」と趙大旦那は生返事をしたが
「阿Qのことなんか云ふな!」

とカンシヤク聲を出し、奥へ這入つてしまう。

錢旦那の家
「あそこ、雨が上つたらさつそくなおさなきやネ」
と錢若旦那の母親が嗄れ聲で云う。
窓から土塀の一角の崩れているのが見える。
「阿Qが居れやいいになア」と錢旦那。
「ほんとだ、阿Qは土塀なおしは得手だつたネ」と母親。
「趙家で、あれつくらいのことであんなに騒がなくてもよかつたのにな」と錢旦那。

「お前だつて、大きな口は利けないよ」

「お母さんこそ。阿Qの出入り差し止めを云い張んなさつたぢやないかよ」

祠堂裏
旺んに繁つた樹々の中から、手足をくねらせたような古木がそびえている。
管理人が阿Qの小屋に這入かけて、
「ああそうだ、居ねえんだなア。店賃がだいぶ溜つたのになア」と、ひとり言。

靜修庵
まわりの青田は水浸し
庫裡
お勤めをすました年寄りの尼と若い尼とが、降りしきる雨の裏庭を眺めながら話合つている。
「こんなひどい雨でも、あたし、このごろ外歩きが樂だわ、阿Qがいないからよ。何のうらみがあるのか、あの男あたしを見ると、石投げたり唾吐きかけたり、いつぞやまで抓つたりしたわ」
「イヤな奴ね。ほんとに。大根泥棒！いまごろどこをホツツキ歩いているやら。ナマンダブ……」

居酒屋
表でアヒルが數羽、ヒヨツコを連れてグアグアと雨の中をうれしそうに歩いている。

「こないだ、城下でどうも阿Qに似た奴を見かけたよ」と船頭の七斤。

「へえ?」

「街かどんとこでね。オヤと思つてよく見ようとしたら、もう見えなかつた」

溶暗長く
ゆつたり溶明
河つ端（夕暮れ近く）
女達が洗い物をしている。
黄ばんだ落葉が、しきりに水面を流れてゆく。
水はココア色に濁り、水嵩が春より増している。それは、夏の洪水以來のことである。
河つ端は泥水にひたされた跡、歴然としている。草や灌木は横倒しになつたまま起き上れないのである。
河原は狭くなり、女達は河つ端のすぐ傍で洗い物をしているのである。

阿Qが、春たけなわの頭躍み込んでいたところに、

新調の袷の上衣を着、ソフト帽をかぶり、身なりのさつぱりした男が、カメラに脊をむけて女達の仕事を見るともなく眺めている。

女達は、その男に見られていることを漠然と氣付いていたが、まさかこの男が、ボロ袷を着ていたうす穢い阿Qだとは思わない。

女達の一人が、籠に洗い物を入れ歸りかけて、土手上へ上ろうとして、

「アラッ！」聲を立てた。

女達に、めいめいの驚き方で驚く。

「アラ、阿Qよ」

「まあ驚いた」

「ふーん、見違えちやつたナ」

等と云つている。

春祭りの晩のしくじりがあつてからは、女達は阿Qの姿さえ見れば、コワがつて逃げ出したものだが、

今は、誰一人逃げ出そうとはしない。洗い物を手にしたまま、振り向いて口を開けている女もある。

中腰になつて、洗い物を一間ばかり流した女もある。

その日

外はもうすつかり暮れ切つている。

居酒屋の中

飲んでいる七斤がびつくりした顔をする。這入つて來た男の顔を見て、

「ほう、阿Q？」。

「阿Q？」

振り返つたのは孔乙己である。

阿Qは飲み台に就くや

腰の巾着から、銀貨や銅貨を一摑み取り出し、ふつんぞり返つて目もやらずに帳場へ抛り出して、

「現なまだぜ！酒だ！」

すこぶる景氣がいい。

袷の上衣は新調だし、

阿伍が見れば

阿Qの巾着は大きなもので、重さうである。帶がそこのところでグンと引き下つている。

皆阿Qの變り方に疑い深そうな、それでいて一目置いた態度である。

「阿Qお前、いつ歸つて來たんだ？」

「今だよ」

「へえ、今？」

阿Qが、釣してある黑板の下を見ると
いつもそこに＝ガリ切つて坐つている親爺の姿が見えない。

親爺の代りに、見知らぬ若い男が、居据わりのしつくりしない様子でいる。

「親爺どうした？」

と孔乙己に訊ねる。

「この夏死んぢつたよ」

「河ん中へ這入つてよ」

「女房や娘の後を追つてつたと云うことだ」

「儲けたのは、こいつよ（と孔乙己を指し）黑板の借り六百文ふつ消えちやつたんだ」と七斤。

「おい、それれや内密のことだつてば！」

と孔乙己は悄げる。

「ハハハハツ」

「ハハツハハ」

帳場の若い男イヤな顔している。

「ときに阿Q、お前どこへ行つてたんだね？」

「城下へ行つてたんだ！」

「やつぱりそうだつたのか！一ぺん街かどで見かけたよ。おめえらしいと思つて行こうとするともう見えなかつたよ」

と船頭の七斤。

阿Q瞬間イヤな顔をしたが、すぐケロリと元の得意な顔になる。

「ひどく儲けたようだね」

と隅に小さくなつていた小Dが、おべつかを使う。

「それほどでもねえや」

城下の屋敷街（深夜）

とある家の門の外で

一人の男がおどおどアチコチ見廻わしている。

よく見れば阿Qである。

荷物が次々と運び出されてくる。

阿Qそれを受取つては見張つているのである。

家の中が、急にざわめき出す。

「泥棒！」

「すな！」

阿Q手當り次第の落物を抱え逃げ出す。

居酒屋の中

「オラあ、擧人旦那んとこへ雇われてたよ」

（「擧人」とは「秀才」より一段高い官吏登用試験及第者のことである。城下には白と云うひと一人しか居ない。擧人旦那と云えばその人のことである。この人の名聲は、こんな小さな村へまで聞えているのである）

「へえ、凄えなア」

「オラあ、どうも擧人旦那樣が好かねえよ。誰が二度と行ってやるもんか」

「どうしてだよ、惜しいぢやないか」と小D。

「へん阿Qなんて、そんなてえしたところに雇われる分際かい」

と小聲で云ったのは、シラミつぶしの名人王胡(ワンフ)である。

阿Qは聞えないふりしている。大樣になったものである。

「城下の奴らなっちやいねえよ。床几を腰掛と云いやがるし、女どもと来たら、へんに腰をフラつかせて歩きやがるんだからなア」

中國の街獨得の雜踏の中（畫）

ゾロッとした色とりどりの長衣を着た女達が歩いている。

未莊(むら)の股引、上衣姿とは違い、腰の邊が妙に色っぽい。

阿Qが街角で、ポカンと眺め入っている。

居酒屋の中

みんな、酒飯むのも忘れて、阿Qの大氣焔に聞き入っている。

突然、阿Qは大聲を出し、

「おめえ達、人間の首チョン斬るところ見えたことあるめえ！革命黨の首だよ。青龍刀でな、ていした見物だったぜ。」

阿Qは頭を振り振り喋べる。

唾が

正面で聞いている孔乙己へ飛ぶ。

この話には、王胡さえもひどく感心している。

（續く）

編輯後記

△推薦の言葉――「現代詩」の一つの仕事として新人を探し出すことを始めたのは面白いと思ふ。しかしこれは實に冒險なのだ。それはまだ詩法も技巧も整つて居ない、言はばエスプリだけで書いてゐる詩人の素質に僕自身を賭けることである。しかし僕達はこの冒險によつて職業的文學や俳諧的草庵に隱退した詩人達の不眠症や午睡に腫れあがつた作品のかはりに、未訓練の力强いを、エキスペリメンタリズムの焦げつくやうな烈しさを紹介することが出來るのは愉快である。

△岩尾美義は一九四六年VOUクラブに加つた。彼は醫學生で鹿兒島に住んでゐる。すでに彼のラインには將來の完璧を夢みさせる美しいイデの結晶が燦めいてゐる。詩人には二流はない。第一流か三流である。岩尾美義はすくなくとも第一流の場に片足をかけてゐる。（北園克衞）

△大分前から杉浦君は入院すると云つていたが、まさかと思つていたら、ほんとうに入院した、この際、徹底的に療養することはいいことに違いない。それで、代つて當分「現代詩」の編輯を私は引受けた。

△この號、笹澤美明君が、過日、草原書房で遭つたときの約束を守つて、卷頭の長論文を書いてくれたのは有難かつた。これに引きかえ、吉田一穗君は創刊號から「詩學」を書くこの次はきつと書くと云つて、この4號にも間に會わない。いゝ加減しびれが切れるよ、吉田君。笹澤君の嬢「おるがん波調」も論文と一緒に書いているのだがスペースの関係で次號にのばさせて貰うことにした。

△北園君のCARNETは同人語として送られたもの獨斷で本欄に組んだ責任は私にある。

△瀧口君には病氣のところ、鮮新な讀者渇仰の「海外詩消息」を書いて貰い感謝の外はない

△本號新人紹介は北園克衞君推薦の岩尾美義君の作品。毎號同人責任を持つて一、二人の新人紹介に努めたい。「現代詩」の新人紹介が、他の如何なる雜誌でも企て得なかつた本格紹介であることは、讀者の見られる通りである。なお、新人の寄稿には、推薦者を指名された方が好都合、同人會議の意見である。（北川冬彥）

△書店の主人に近頃の賣れ具合わときくとどこの雜誌も賣數わずつとおちて來たし、賣れるのわエロ本が一番だ。癪にさわるからエロ本の配本はならべないで内でわこんなものみな返品にきめてしまつた。書店の權威にもかかわるし、社會的にも眞實目な出版社に氣の毒だと言う良心的な本屋さんもある。最近、すべての商店が量よりも質と云うことに變りつつあるが然し發行する側からみれば、發行など妙ぐとも五千から一万の發行部數をもたなければ算盤になぞ合うものでわない。一萬部を發行すれば一割の返品と假に考いて次に九千だらみんなはけるかと言いば逆比例に返品率わ高まつてゆくものである。何だかんだと役所通いをする雜誌の頁わ厚くなり、地方にいる我々の雜誌の指定發行部數なぞ、今日の經濟狀勢でわやめつちまい、と言われたとおなじような僅かな部數しかあてがわれていない。然し戰爭中はまるで發行停止を喰わされたと同じく一連や二連の紙すら滿足にあてがわれなかつたころの彈壓をうけていたのだから、（事實何度やめろと言ばれたか知れないが）今日、敗戰と云う事實の中でわ、そうゆうこととは別に良質な雜誌を創ることに一意專心すべきだとおもつている。遲刊をとり戻すためにも何とかして日配の資金運轉を今少し迅速にやつて貰うと共に讀者から直接購讀で聲援してもらいたい。（雜草洞主人）

現代詩　第三卷　第四號
定價　金貳拾貳圓

詩と詩人社暫定會費一年貳百貳拾圓、送料金五十圓（共ニ分納可）會費ニハ本誌ヲ直送ス（雜誌「詩と詩人」ハ別）
廣告料ハ一頁マデ相談ニ應ズ
送金ハ小爲替又ハ振替利用ノ事

昭和二十三年四月廿五日印刷納本
昭和二十三年五月一日發行

編輯部員　杉浦伊作　浦和市岸町二ノ二六
編集兼發行人　關矢與三郎　新潟縣北魚沼郡廣瀨村大字並柳
印刷人　佐藤和　新潟縣北魚沼郡堀之内町

發行所　新潟縣北魚沼郡廣瀨村大字並柳乙一一九番地
詩と詩人社
淺井十三郎
振替　東京一六一七三〇番　新潟五二二七番
本出版會協員番號A一一九〇二九

配給元　日本出版配給株式會社

昭和二十三年四月二十五日印刷納本 昭和二十三年五月一日發行 現代詩（第二・九集） 定價 金二十二圓

THE CONTEMPORARY POETRY

現代詩

昭和二十三年五月二十五日印刷納本
昭和二十三年六月一日發行
昭和二十三年五月廿八日第三種郵便物認可
現代詩 第三巻第五號（通巻二十集）

六　月　號

JUNE　1948

詩と詩人社

目次 現代詩 六月號

第三卷 第五號 第廿集

詩作品

暮春抒情……村野四郎（四）

雨もり……澁川驍（六）

或る一頁……杉浦伊作（二）

おろがん破調……笹澤美明（一三）

雪上にて……船水清（一五）

原罪……淺井十三郎（一六）

海外詩消息㈡……瀧口修造（一八）

精神的形姿……阪本越郎（一）

時評（下痢症えの反駁）……淺井十三郎（一〇）

新刊批評 詩集「水溶する少女」について 安藤一郎（二〇）

同人評 青年の死（阪本越郎）野焼（杉浦伊作）逃避（永瀬清子）

シナリオ 阿Q正傳㈤……北川冬彦（二五）

表紙デザイン・北園克衛・題字 門屋一雄

現代詩

第二十集

精神的形姿

阪本越郎

詩に書かねばならないのは、事象ではない。事象はぼくらのまはりでいつも生起している。それはぼくらの意志とはかかわりなく、自然が變化していくように。ぼくらは事象の奥を見ねばならない。見えるものが精神である。詩の形式とは精神の形式である。ところが事象の混亂は、ぼくらに落着いて見る眼を奪い勝ちである。ぼくらのいらだたしさは、詩人の眼を奪われたことである。かつて詩人は物の純粋な鏡である眼への信頼をもつていた。その澄んだ眼にうつるがままの物の形姿を歪みなく表現することで、その核心を剔出した。感じと思惟との關係は、實在と表現との關係のように進行したものであつた。

今日、ぼくらにはその均衡が失われた。ぼくらの眼には歪んだ姿しか寫らない。物自体が明確に實在するものとしてあらわされ、そこに永遠性をみることの信頼た、あのヨーロッパ的精神的形姿は、ぼくたちの見ることも經驗することも出來ないのであろうか。ぼくらは物の見えないいらだたしさにつきまとわれている。自分の周圍との調和は見出されないままに、自己へ自己へ、内面へ内面へと向つたぼくらの詩は、この洞穴の向うへいつになつたら出られるのであろうか。ぼくらの詩から直感と叡智とが失われ去つた。!

或る一頁

杉浦伊作

彼等は私をホテルのスペシャル・ルームに導ひ入れると、慇懃に挨拶して出て行つた。どうやらエレベーターで降下して行つたらしい。私は獨り窓を展いて、彼等がホテルの外に歸りゆくのを眺めやうと、窓に向つた時、堅く閉された鐵窓に、大いに憤慨した私は、ボーイを呼ぶために呼鈴のボタンを押した。まもなく這入つて來たのは、手術衣を着けた一人の老人だつた。私は老人のボーイを見たことがない。私は、君に用ではない。ボーイを呼べと、その老人を威嚇すると、老人は嚴めしい顏をして、靜かにせいと、逆に私を威嚇し命令するのであつた。この不快な行爲に、私は再び憤慨して、ホテルの支配人を呼べと嗚鳴つた。老人は小さな老眼鏡の奥に、冷やかな光をたたえ。君の精神が沈靜するまで君はこの部屋で病めるライオンの如く悠しく咆哮するさと。まつたくもつて暴言きはまりのない言葉を浴びせて、立ち去らうとする。

私はまるで狂人のやうに、その老人に襲ひかかり、床の上にたたきのめさなければならない。私は立ちあがる。突進する。私は、あつといふまに、その場に投げ出されていた。

なんたることだ。

若造騷ぐなここは狂人病院ではないぞ。と狂人らしい患者の包圍攻撃に、私はどうやら狂人扱ひだ。心外の至りだ。私は精神病者ではない。

彼等は私を計畫的に、狂人病院に收容したらしい。私は、この意識ある私を、病院に入れた彼等に對して、復仇するために、ここの病院を退出しなければならない。そして彼等をこそここにたたき込まなければ、私の肚の蟲が納まらない。私はラグビーの選手のやうに、ドアにダッシユした。そこで、又あつけなく突きとばされると、がんぢがらめに縛りあげられて、なんなくベッドの上に投げ出されてしまつた。

私はくやしさに、涙を流しながら、瞳を閉じた。瞳を閉じると、不思議に豁然と、大いなる擾亂が、パノラマのやうに展回するのであつた。この面白さは、私をベッドの上に安らかに靜止さす。

展回する擾亂は――

おお百萬の河童群が、枯葦の草原を蒲の矛をひつさげての追擊であり、百萬の飛蝗の飛來に大陸の曠野が灰色に變色する。狼群の追跡に困憊する野鳥の群、ああ、そして、私の過去の日の、上陸、突擊、匍匐、機銃の連續音、擾亂の世界になにか沈靜を保てる錯覺にいつか私は、終日英文タイプライターのキイをたたきつけていて、課長の極端なる忌避を得たらしいのだ、あたかも私が狂人であるが如くに。

私は、ここで一日中擾亂の沈靜に、タイプライターのキイを打ちつづけるであらう。

暮春抒情

村野四郎

夕空にさくらがさいている
いやらしい肉色の
追憶の反吐

僕はどこも悪くないのに
胸はこんなに息ぐるしい
この前額の熱はどこからくる

顔にかかる髪の毛のやうに
夜になだれる花のかげに
みじめな灯が　ちらちらしている

雨もり

澁川驍

雨もり

深夜ふと目を覺すと、疊に雨もりのしてゐる音がしてゐる。やがて妻が起きだして、水滴をうけるものを持つてくる。六疊と三疊の閾を中心にして、漬物桶、洗面器、鍋、盆などが置き散らされる。再び電燈を消した暗闇で耳をすましてゐると、雨もりの音は一層激しくなつてくる。入れものの大きさが違ふので、何かいらだたしい囃しをきいてゐるやうだ。間もなく私の顔の上に水しぶきがかかつてくる。冬のことなので、その冷たさが首をすくませる。子供たちもその氣持惡さを訴へはじめる。妻はまた起きあがつて、子供たちの蒲團を引き下げる。もしこの蒲團の上にでも雨もりがしたらどうしよう。もはや私たちは寝るところもなくなつてしまふのだ。二世帯で住んでゐる私たちはもう逃げて行く部屋もないのだ。ああ、早く何とかしなければならない。しかしそれがすぐできるならなんでこんなつらさに甘んじよう。やがて私はその入れものの水が溢れて、部屋にこぼれはしないかといふ恐怖を覺えて、妻に聲をかける。すると、彼女は眠りからさめて、その水をあけに起きあがつて行く。しばらくすると、今度は私自身ゐたたまれずに水を捨てに台所へ立つて行く。妻はすつかり熟睡に入つてゐるが、私はどうしても眠りつくことができない。いつの間にかガラス窓が薄明るくなつてくる。と同時に、幸運にも雨の降りがやまつたやうだ。やつと助かつたといふ氣がする。すると、私は泣いたあとのやうな氣持で初めてトロトロとした眠りに落ちて行くのだ。

河

薄曇りの晩春の晝さがり、一人の制服の警官が濁つた河面を見つめながら、河ぶちをユックリ歩いてゐる。彼は昨夜この河に身投げした女の溺死体の浮きあがるのを待つてゐるのだ。彼のうしろから、この近くの村の子供たちが、やはり同じやうに河面をのぞきながらついてゆく。警官はあるところまでのぼつて行くと、またひきかへして河ぶちをさがつて行く。そして、またあるところまで行くと、踵をめぐらして、河ぶちをのぼつて行くのだ。そんことを何度も何度もくりかへしてゐる。それと一しよに子供たちも相變らずそのうしろからついて行く。しかし、いくらたつても、河面には何の變化も起つてこないのだそのかはり河ぶちでは、警官の子供たちに話しかける度數が次第にふえてきたやうだ。時々光りを洩らしでもしさうに空が明るくなることがある。それでもなほ空一面をおほつた雲は少しも破れやうとはしない。

キノコ

朝目を覺まして、起きあがると、鬪ぎはの疊のへりから、五本のキノコが、思ひがけなく一夜のうちに生えでてゐる。雨もりに腐つた疊がつひにかういふものを產み出さしたに違ひないのだ。それは透き通るやうな白い、細長い華奢な胴体で、頭につけた傘の方へ行くほど薄い藍色へ次第に染つて行くのだ。何といふ氣品ある美しい姿であらう。私は興奮にかられて、そのそばに顏を近づけようとして足をさしだした。すると、まだ眼鏡をかけてゐない私は、キノコのわきに頭を出して寢てゐる子供の手をあやふく踏みさうになつてヨロヨロと倒れ、疊の上に這ひつくばつてしまふ。その恰好で私はしばらく感嘆しながらキノコの姿に見とれる。これこそこのむさ苦しい部屋に天のあたへた貴重な贈り物ではないのか。やがて、妻が緣側の障子をあけると初夏の陽光がその近くまで射しこんできて、キノコはなほ一層の美しさで艷やかな光澤を見せてくるのだ。

現代詩（時評）

下痢症えの反駁

この國の詩人風土わ余りに新奇な好みすぎている。そして余りに流行病にとりつかれがちである。唯物論が台頭すれば猫も杓子もそれにかぶれる。實存主義が持ちこまれ移入されれば一も二もなくそれにまつわりつく。そしてそれらが消化されないうちに移動してしもう。であるからたえず下痢症にかかつているとみてもよい。そして過去にどれだけの經驗實驗をたどつて來たかさえ忽ち忘却の底えたたきこんでしもう。實存主義わ今新に起つた運動でもなければ又、今日一世の幸運児をなしている肉体主義（言へかえれば一種のニヒリズムであり自虐にしかすぎない）などもサルトルの本意を傳えるにわ余りにコッケイなしぐさ（ユウトウ文學）である。海の向うでサルトルが泣いているかも知れないのだ。そして尚ハッキリ言えば一度びそれを口にすれば「常識」の名をもつて他を輕蔑すると言う觀念の非常識が至るところにころがつている。心理の追究を云云すれば「あ、心理主義なんて古くさい」「象徵」ああそんなものわ十九世紀の遺物だと云う風に、余りに事わ簡單すぎる。前向きだとおもひこんで實わつねに後を向いているところの下痢症を自覺しない。口に自己の變革を稱えながらその中に身をおこうとしない。健康であると言うことわいつの場合も、言行一致であることから初つている。言行一致、そんな古くさい言葉より新しい言葉で言わなければなぜか恥かしい、と言う臆病症にとりつかれている。言葉の社會性とか又我々の時代精神とか云うものわ民衆の中にあるものだ。現實を無視することの常識と非常識。そのいずれが我々の常識であるかわ精神の風土に影響される。進歩も後退も一しよくたに考える非常識を我々わ常識としてわならない。現代詩わ今、大きな法則を求めつつある。と僕は思う。然も、北川冬彦氏が「新散文詩運動は散文詩を生む運動でわなかつた（現代詩座談會）」といつているとうり、我々の求めている定型わ數の定型でわない。法則なのである。マチネポエテイク運動の一派と竹中久七氏の新定型詩論が「定型」という言葉から混同されるようであつてわならない。

◇

廿余年前、僕らが詩誌「無果樹」をだしていた頃（馬來田靜秋、多賀圭三郎、石川善助尾形龜之助などを同人としていた）わおそらく日本にわ詩の雜誌わ今日の何パーセントもでていなかつたとおもう。その頃わ四頁のプリント雜誌さえ多くの努力をもたなければならなかつたし、大きな雜誌をだすことわ、余ほどの團結がない限り、ほとんど三號雜誌で終つた。が然しそこに結集されたものわ程度の差こそあれ一つの主張と傾向をもつていた。そうした風潮の結實が「詩と詩論」の仕事となつて現れて行つたことわ、詩人の詩に對する追究が内部的にも激烈であつたことをものがたるものである。又それとおなじように「戰旗」と「文藝戰線」の對立、又わ「黒色戰線」等のなした「詩の社會性の問題」など共に我々に我々の耕地について、今なおそれを振り返つてみるべき幾多の問題を殘している。われわれに「空白わなかつた」筈である。然し新体詩から自由詩（内在律型）それから新散文詩運動のポエジー論の發展にいたつた昭和四年頃以降、日本詩わどれだけの變革成長をもち得たであのうか。現代詩とよぶ今日の詩わすくなくともそれらの歴史の上になりたつてきている筈であるしそこにわ幾多の實驗わもたされたが然し最近に於ける詩作品や詩に関する色々な座談會を見ても、ポエジー論の獲得もなされていなかつたり、むしろ、自由詩から新体詩え（マチネポエティクなどその一例だ、）の逆行をさえ疑わさせるものすらあるのである。西脇順三郎の意識の分裂も小児の片ことまじりの詩もすでに老いて、最早、バアレリーを論ずるだけでよく、日本の詩の發展の上にどれだけの＋αを示すかわ悲観的な資料でしやない。

•小野十三郎の詩論も作品も言つてみればバアレリーと共に抒情詩の確立である。そして今我々のぶつかつている問題わ改めて抒情のための抒情詩に陥つている詩や行切散文に対する散文詩運動の再認識と共にそれによる實驗の中から舊自由詩的抒情詩の否定から立ち上ることにあつた。そして更に我々の知性を現實の中に正しく位置させることから初つた筈であつた。このことわ、知性詩とか抒情詩とかを云云するよりも實にポエジー把握の再認識にあつたと言つてよいのである。

我々が敍事詩劇詩の再劍討から新敍事詩と呼ばれるものをうちたてたいと考えるのも勿論このことの上にたつているのである。

　昭和六年の滿洲事變以降日本フアシズムの中にまきこまれ知らず知らずのうちに多かれ少なかれ影響されたことについて僕らは口をぬぐらべきでわなく又その間を我々わ空白だとわ言わないが正常の發展をなし得なかつたもりの空白わ存在している。我々の詩の運動に於てわそのものの發展に空白があつたかないかわ歴史の證明するところである。それらの論議が廿二年度、物議をかもしたことさえ、日本の詩の發展を物語る上に於てわ一つの不幸でさえある。そうした不幸の存在わ、同人雜誌が同人雜誌の本質を失い、それら、詩の本質的な發展を詩人個々の努力にのみ責任を嫁して、協力を欠き同類項の集團的研究をおこたつたこともその原因の一つである。勿論その發展わ詩人各個の中からなされるのであるが一つの目標のもとに集團的研究の業績も又、無にするわけにわいかないのである。

若し、「詩と詩論」の運動以後、我々が各集團的に各々異つた立場からその主張傾向をハツキリさせ來つたならば決して得るところなしとわならなかつたこととおもう。

　藝術上に於ける大きな對立を日本の詩人たちわ敵對の中に世代の中にそれを押しこめて共同の目的を欠いたことわいなめなかつたのでわないか。とにかくそれがどのやうな立場から旗をかかげるにしろ共同の目的を欠いた同人雜誌の在り方わ、今後も研究の餘地わ充分殘されているとみなければならない。表紙を變えれば甲誌と乙誌の區別のつかないような雜誌の多すぎることに對する反省と警告を僕は再三記してきたことを承知の上で再びそれを敢えてすることの必要を感じる。

勿論イデイロギー論や政治論がとびでなければ主張や傾向がわからないと云う人々に対してその偏狭さについてわ、今日幾代の昔にかえらなければならないと言う必要わない。

浅井十三郎

おるがん破調（四）

笹澤美明

16

烈しい風が吹き忘れた
山蔭の土が呆けてゐる
土ぼけは春の肉体だ
群青の草の上に日は休む
ラブラードの描いたみどりが
私には實に眞あたらしい
誰よりもつよく感じながら
私は自分ひとりを見つめる
私の頭の中には海がある
いや　私は海の中にある
私の肉体は貝殼のやうに固い
私の頭はやがて石になる
晝の月はあくまでほそく
宇宙は遠くとざされてゐる
考へないところに自分は存在しない

17

晝は假想の世界としか思はれぬ

18

愛もなく
友もなく
情もなく
つぶつた眼の上を
一條の光の走るのは
風もない
音もない

聲もない
ひとときの
廣大な世界だ

19

ラプラードの綠の上で
私はふたたび自分に氣がつく
汚れた梅の花よ
さびしい連翹よ
とぼけた桃の花よ
すでに春は傷んでゐる

20

醉ひしれた人生ではあつた
恥辱にみちた人生ではあつた
春は私の眼に白い
村は私を笑ふ

21

假想の村の中で
一つの眞實が起つた
一軒の家から
一人の病人の死のしらせが

22

偶然は幸福を生むのか
この氣まぐれな神の手振りが
幸福を果して落すだらうか
村の子どもの輪の中心にある
不發爆彈が破裂したのは
何としたことだらう
不幸が二つの異つたものを
引き合せるために
時間を調整したのか
そして偶然は事もなげに去る
そのあとに時間の波がかぶさり
村のおどろきや悲しみを洗ひ去る
偶然は轟然と響を與へた
警告のやうに　村の人に
不幸は死ではなかつた
生きてゐることだといふことを

23

胡桃の家がある
夏の祭りの中で
固い實は眠つた
パンに塗られて
それは秋の末に
五合の酒と共に
私に供されたが
亞寒帶地に生え
乾きながら熟し
私を潤したのだ
乾いた熟し方よ
私はそんな女を
過去のどこかで
漠然とみつけた

24
幾つか先の向ふの村では
新しい現實が次々と起る
それがこの村へも傳へられる
米や麥の値上りについて
月を作るアメリカの科學について
勞働者の團結について
教育と社會の反比例について
暴行について
少年たちの賭博について
村は目をみはり
村は溜息をつく
少年たちの賭博は
村の母親たちを驚かせた
牝雞のやうに
そして牝雞のやうに
幼い少年を抱へた母もゐた
コマのために百圓をはつたといふ
かつて子どもの集るところに
神の庭がつくられた
しかし今は惡魔のサバトだ
酒と女のない席で
享樂はあまりに大きすぎる
それが破れて血が流れるのを

みんなおそれながら語る
だがそれが　サバトでなく
神の庭の入口であることを願ふと
私は村の僧に告げた
いや　神の庭の入口なのだと
寺の築地のそばで私は自分に言つた

25

一日中　風は流れた
森や樹は剝がれまいとするやうに
地面や丘にしがみついてゐる
季節風のためだらう
それらはすべて縮れてゐる
村の理髪店で
風の音を聞いた
硝子戸が鳴る
一枚の板が鳴る
この音を幼い時の村で聞いた
一筋の淋しさが今もつながり
その線は今も切れはしない

ふと幼い時　知り合つた
旅役者をおもひ出した
飴屋を　薬賣りを
彼らが村から村へ流れて行つたのを
風が彼らを追ひやつたのを
そしてそれが幼い私に
理髪店で歌を聞かせたのを
私は椅子の上でなかば眠りに落ちる
寂しさはかくもきびしく疲らせる

26

春の花は
葉のない枝に咲く
岩山に雲が湧くやうに
春の花は
葉のない木に咲く
そのため美しいと言ふ
かかる性格はすべてさびしく

（つづく）

雪上にて

船水灣

雪の暈があかるくなる。
透明な埃のなかに昏瞑がめざめた。

壜にのこつている水。
この水の量の半ばは、
誰が飲んだのか。

——灼けた鎖が犯した罪は
——灼けた鎖がつぐなわねばならぬ。

透明な埃が暈をつくる。
おのれの半生は
その暈の中心に磅礴する。
――渦の必然は
――渦の原因ではない。
雪の上に半身の影がある。
舌のない鴉があるく……

海外詩消息（2）

瀧口修造

詩の工程

アメリカのバッファロー大學内ロックウッド記念圖書館のチャールヅ、D、アボット教授は現代詩の蒐集と大規模な索引表の製作を計畫すると同時に、詩の生成過程に興味をもつて現代英米詩人の詩の下書きやノートやメモなどをできるだけ丹念に集めた。現存の詩人は親しく訪問したり手紙で依頼したりしたのである。

もちろんこうした材料の他見を毛嫌いする人もあるわけで、エズラ、パウンドなどがその筆頭であり、英國の前桂冠詩人ロバートブリッジズの未亡人も故人の生前の志を汲んで体よく斷つてきたという。しかしアボット教授の努力は十二年間つづけられた結果、約三千点の詩の下書きが集まつた。中には一つの詩で八十枚の下書きを寄せてきた詩人もあつた。下書きといつても、ノート・ブックにきちようめんに書いたのや、古封筒とかガス代の請求書の裏に走り書きしたものもあつた。こうして集まつた資料は圖書館の貴重なコレクションとなつたがアボット氏はこれらの資料から詩が作られる過程を解明しようとて、ジェネヴィエヴ、タガード、スティーヴン、スペンダー、コンラッド、エイキン、ルイス、マックニースの四人のものを選んで復製し、さらに四人の學者、詩人の論文を附して、「勞作中の詩人ー」Poets at work と題して刊行した。

解説者はプリンストン大學教授ドナルド、A・ストッファ、心理學者のルドルフ・アルンハイム、詩人ではカール・シャピロ（現米の中堅詩人、ピュリッツア受賞者、最近は劇詩「詩人の審判」を出版した）と英國から歸化したW・H・オーデンの二人である。アボット教授はまず序文で、この種の計畫は前時代には思いつかなかつたばかりでなく、忌わしい穿さくか、ばかげた笑談とて、斥けられたものであつて、精神の神秘を衝こうとする熱烈な探求は二十世紀にして初めて可能となつたと述べたが、その壯んな抱負も一つのこころみの限界を出なかつたようである。というのは學者側の解説が期待外れで、たとえばアルンハイムのように「作詩の努力は結局全体の構造が最適状態（オプティマル・ステート）に達するプロセスにすぎない」とか、文學の發生學者としてのストップァー教授のように「詩の草稿は完成作よりも詩人のいわんとする意味をよく示している」といつた平凡な結論しか得られなかつたからである。

しかしこれに對して詩人の言葉は、主観的だが詩の見解をちがつた角度から表明していて、まだしも興味がある。「捨てられた詩の意味」と題してカール・シャピロは、詩はデモニックな創造であり、創造の原理は分析をゆるさないものだが、これらのプロセスは詩というものや、特定の詩人を理解する上に非常に參考になることを認めている。彼によると、詩人は他の人間と異つている――つまり彼ら普通人の標準によると病的な人間である。詩人の心は記憶や慾望や感覺の深い部分を利用するが、これは推利的な人間や商業的な人間にとつても無用なばかりか、身の安全のために避けるところのものだ。しかし超自然的なもの、潜在自然的なものは、詩人が作業を加えないかぎりそのまま詩と稱することは出來ない。要するに詩の天才はおそらく形式の直觀的な知識にかかつているのであり、この詩人の工程をもつともよく示すものはむしろ紙に書かれた部分ではなく、心の中に捨て去られたものの中にあるといつている。提出された詩の神秘に關する材料の、さらに彼方へ神秘が設けられるわけである。

次にオーデンは下書きの直接な感想というよりは、詩人というものに對する彼獨特のアフォリズムを展開している。君はなぜ詩を書きたいのか？と問われて、僕には語るべき重要なことがあるからと答えるものがあれば、それは詩人ではない。しかし、僕は言葉をあさりながら、その言葉の語るところに耳を傾けるのが好きだからと答えたら、彼にはまず詩人として一歩をふみ出したものであろうというのである。また人生や宗教はまじめな問題だが、詩は一種の「ゲーム」であり、その魅力は要するにすばらしく巧みに演ぜられ、少しも生存闘爭めいた恐怖などを感じさせない點にある。そのテストはほんとにそれを樂しんで演じているかどうかにあつて、すぐれた詩人であればあるほど樂しんでいる。もし名外科醫になぜ外科醫をしているかと聞けば、野蠻な質問だ、勿論僕に手術が好きだからさと答えるにちがいない、とも書いている。（オーデンはいうまでもなく英國の前衛詩人で米國に歸化し、最近はニューヨークを背景にバロック風の田園詩「不安の時代」を書いた）

とにかくアボット教授の資料は詩の工程の神秘をとらえることには失敗したが、詩人の傳記家にはまたとない材料を提供するであろうし、読む人々によつては思いがけぬ示唆となるだろう。この種の綜合的なリサーチはアメリカ獨特のもので、それが詩の領土にまで手をのばしたところに意味があると思われる。

小雑誌

今日のアメリカの文學の生きた流れは大量生産の大雑誌だけでは到底接しることができない。それにはどうしても、いわゆる「リツトル・マガジン」によらねばならない。これは日本でも同じことであろうが、假に「小雑誌」といつただけでは、「大雑誌」との幅はもつと比較にならぬほど廣いし、性格としても日本のいわゆる同人雑誌と同日に論じることはできない。（「小雑誌」ではいかにも妙な感じだがかりに、小雑誌と呼んで置く。）

小雑誌は第一次大戰當時から現われ、その後の消長のあとも慌だしいが、詩の一本で通し、かつてはイマジズム運動の中心だつたシカゴの「ポエトリ」など現在も相變らず小型の雑誌で、昨年の十月に三十五周年號を紀念した。この雑誌は久しくも華やかな詩運動の機關ではなくなつたが、エドウィン・アーリントン・ロビンスンやエイミー・ローエルの名を廣く知らせ、フロースト、リンゼイ、サンドバーグ、ウォーレス・スティヴンスなど今は國民的詩人となつた人々を紹介した史的役割によつて一つの權威を持つているわけだが、依然として「小雑誌」の原型を保つている。そしてアメリカ詩壇の公器といつた態度を意識的にとつているらしいが、つねに前衛的詩人に注目を怠らないところも見える。最近は學校用の詩研究講座といつた別冊版の豫約募集をしているところなど、小雑誌のアカデミック的目」存在ともいえようか。

キ昨年はプリンストン大學出版部から「小雑誌、歴史と書と題したフレデリツク・ホフマン、チャールス・アレン、キャロリン・ヴルリック共著が出たほどで、小雑誌の活動は文學から除外しては考えられなくなつた。事實、フォークナーを發見し、ヘミングウェイの最初の散文を紹介した「ダブル・ディラー」、ピランデルロを初めて英語で紹介した「ブルーム」、ファレルやコールドウェルを發見した「ブルース」、T・S・エリオツトの最初の詩「ブルーフロツクの戀歌」を載せた前記の「ポエトリ」、ジョイスの「フィニガンズ・ウェーク」を紹介した「トランジション」等々とあげてゆくと、小雑誌が未來ある新人の溫床であることが、誰の眼にもはつきりと實証されたことになる。

面白いのは「タイム」「ライフ」の大出版社がいわゆる「小雑誌」發刊を備準中と傳えられたことで、この本末てん倒した現象は、小雑誌には獨自の新鮮味があり、大雑誌に見當らない傑作が時々見出されることに惹かれたためと見られる。どんな形のものが出るか興味はあるが、多くの大雑誌が懸賞で作品を募集しても、なかなか未來ある作家を見出していない事實から見てその効果は覺束ないであろうたしか「ポエトリ」の編集者の一人ジョージ・ディロンであつたと記憶するが、戰前のアメリカでは佛英と比較して文學雜誌が何か遊離した病的存在とみなされ、「小雜誌」という同情的な有難くない名稱で呼ばれてきたと書いている。實際、嚴密にいえば純粹文學雜誌というものは、ほとんど小雜誌で代表されているといつてよいほどで、一般的に讀まれている「アトランティック」にしても「ハーパーズ」にしても文學記事は少くないが綜合雜誌であり、「土曜文學評論」は一種の書評雜誌で純文學雜誌とはいえない。小雜誌が事實上、文學雜誌の代名詞だとすれば、ディロンの指摘するまでもなく甚だ奇異な呼び方であるわけである「ウェスタン・レヴィユー」の編集者のストールマンが小雜誌の定義をくだしている。それは經濟的標準でなく文學的なそれに基き、明確な編集方針をもつた雜誌であり、それには大体二つの種類がある。一つは一般にはあまり知られていないアヴァンギャルド雜誌であつて、研究的、實驗的、折衷的、地方的などの差異があり、体裁は「ブルーム」のように豪華なものから、イヴォア・ウィンターズなどの「ジャイロスコープ」のように謄寫版刷りのものまでが含まれ、また名稱は非オーソドックスで奇拔なものが多い（「五階の窓」「笑う馬」など）。もう一つは比較的著名なもので「ケニヨン」「パーティザン」「スウァニー」などの評論雜誌で、結局兩者とも非營利的で讀者が少數である點で同じであるが、前者はいわゆる小雜誌本來の面目をもつもので無名作家を發見紹介し育てるところがちがつていると說明している。

この種の雜誌は戰後いよいよ増加しつつあるが、「アクセント」「フューリオーソ」「カイミーラ」「スウァニー」「ウェスタン」「パシフィック・スペクテーター」などはすでに有名であり、その發行所も全米各地に散在している。最近の報道では、「ハドスン・ヒヴィユ」がニューヨークから出た。編集者の二人までが廿五、六才の歸還軍人で、創刊號にはE・E・カミングズ、ウォーレス・スティーヴンスの詩、英國のハーバート・リードの評論などが載つた。ブレークの詩から名を取つたらしい「タイガーズ・アイ」は畫家ジョン・スティーヴンと詩人のルース夫人の共同編集で、詩の稿料は一行二ドルを拂つているという（夫人は製藥王ウォルガリーンの娘である由）。季刊で最近三號まで出ているが、昨年十月創刊號はマリアン・ムアのノート・ブック、サルトルの「理知の時代」に關する五家の見解、近代畫家とブレークの方法などの論文などが載つている。また〃Instead〃（インステッド）は折りたたみの小冊子だが、超現實主義と實存主義とを共合した傾向であり、出版者はジョン・マイヤーズ。そのほか「ニューロ！ティカ」と題した自から神經症を名乘つた文學季刊誌が出た。神經症的性格の問題を探求する雜誌が必要だと宣言して、ケネス・パッチエンやアメリカ一流の音樂指揮者リオナード・ベルンスタインの詩などを掲載した。左翼雜誌として有名だつた「ニュー・マッセス」は經營困難から一月に廢刊し、季刊「メインストリーム」と合して新しく月刊として再出發した。

序ながらアメリカ人ユージン・ジョーラスがパリから出していた「トランジション」は今度やはりパリから久しぶりで再刊することになり、主筆はジョルジュ・デューチュイ（美術評論家で「中國神秘主義と近代繪畫」などの著書がある）、ジョーラスはサルトルやスチュアート・ギルバート（ジョイスの研究解說者、ヴァレリの英譯者として有名）等と共に編集顧問となつた。今度の雜誌はフランスの藝術を英語國に紹介するのが目的だと傳えられる。（五月初旬）

青年の死

阪本越郎

「僕の誠實さが僕を磔刑にした」と原田統三君は書いて、逗子の海に自殺した。遺著「二十歳のエチュード」の中に「僕に於ては、精神は飽くまで言語と區別される。それは別個に獨立したものである。「精神」という單語の受けとり方の問題になるなら、實は精神をかうしたものだと定義すると言はう。僕はこの決して人に知られない、沈默した實体の存在を信じてゐるのだ。それは「精神の肉体」という僕の發明した言葉で指摘していい。實證論者達は、これを亡靈だと揶揄して凱歌をあげるだらう。それは當然だ。けれども僕は奴等を無視することが出來る。僕はいつでも、「誰にも知られぬ、孤獨の中にのみ誠實さを見出すのだ」と書いて見せた。フランスの詩人ランボオに最も近く生きたといわれる、この年若い一高生が、かうした孤獨の淵に投身自殺した。

原田統三は間斷なく何物にも自己を許容することが出來なかつた。何ものも愛することが……「夢を見るもののみじめさ」というような言葉にさへ反撥して、彼は最も愛する詩にすら絶望した。

現在、金澤の四高でも砂丘に、海岸に、熱に、鐵道に思い思いの趣向をこらして矢つぎ早に自殺する學生が増加してゐる。「美しく死ぬことが明るい世界に生きることだ。」と彼等の手記に書かれてゐるという。精神の妥協と墮落と慣性とに抗する、この無言の死のプロテスト死に轉身することによつて、精神の肉体不斷の自己否定を守らうとする、この國の、この可憐な精神達……。

（二三、四、一七）

質疑

杉浦伊作

「コスモス」第八號の「コスモス」欄で廣澤一雄が、實に齒ぎれのいいたんかをきつてゐるが、これはいささか品質の引裂しの感がないでもない。それと同時に、少しさつばつな言論（概念）ではないかと思ふ。廣澤は、〃詩學〃創刊號の詩壇時評のある言質をとらへて「又、コスモスが左翼的詩人の印象を與へてるかの如きだがどういう根據から來てるのか。嘗て小野はプロレタリヤ詩なるものを書いたことがないし、淺井は、その頃「戰旗」の出版責任者として作家活動を中止していたし、さう云へばコスモスの同人では所謂プロレタリヤ詩を書いた者は一人もない。金子、岡本、秋山然りである。

字ヅラや雜誌ヅラで物を云う非文學的な不勉強さが、そして結締そんな者の言説が罷通つているとすれば、これだ。これが、もともと二十年前の詩壇人氣質であり、今日の詩壇人氣質なのであらう。」と語つてゐるが、これは、實に以外な言葉である。

廣澤一雄が「コスモス」とどう云ふ關係にあるか知らないが、（過日秋山君に會つた時、訊けばよかつたのだが、別れてから、この事を想ひ出したのは殘念であつた。なんとか誰かが辯明してくれると思ふが。）何故「コスモス」が左翼的と見られてはいけないのか。左翼的と見られるところに、現在の政治的動きにタッチして何か不都合――おつかなさとか――でも生ずることを杞憂してゐるのか。「コスモス」が左翼的であることは自他ともに許るしてゐることで、廣澤一雄がこれに辯明する意が何處にあるのであらうか。又「コスモス」の一派が左翼的であるといふレシテル（概念的であるとしても）をはられることが、どうして、さほどまでの苦痛であらうか。これはもつとも、「コスモス」の同人の總意見ではあるまいが、それを編輯者の秋山清が默認して、掲載したところのものは何んであるのであらう。代辯を承知の上か、又は言論の自由と、個人の文章には、個人が責任を持つことに於て、大きい度量を示したものかもわからないが、一應は不思議がるのも無理ないことと思ふがどうか。

どういう根據からといふが、根據のせんさくなんていふのは廣澤自身、おかしいやうな氣がしないかしら。なんとなれば、二十年も前から日本の詩壇のことを知つてゐる君ならば、プロレタリア詩なる（その起原から、隆盛時代の文獻だつて、僕はいくらでも持合せてゐるが）ものを、壺井、岡本、秋山が書かなかつたとは僕は思はない。意識的乂行動的に彼等がさうした詩を作つてきたのではないか。若し彼等がその當時から、プロレタリア詩なる冠稱が死ぬ程嫌ひなら、當時プロレタリア詩を標傍する雜誌や、プロレタリア詩集と銘打つたアンソロヂーに自選の詩を載せることは、絶對にあり得ないと思ふ。

プロレタリア詩なるものは、どう云ふ意味に解釋するは別として、左翼的陣營の詩人の詩を總稱して（アナもボルもひつくるめて）云はれてゐた歴史的事實は、いくらでも證據付けられるし、又御當人等も否定しまい。

壺井繁治を辯明するに、「壺井はその頃「戰旗」の出版責任者として作家活動を中止してゐたし」と云ふが、「戰旗」の出版責任者であつて見れば、たとへ、作家活動を中止してゐたとしても、プロレタリア陣營のソウソウたるメンバーの一員であつたことに違ひなく、プロレタリア（作家であつたとしても詩人ではないというかも知れぬが、）作家詩人であつたことには違ひなく、壺井自身にして見れば現在如何なる反動的惡影響があるにしても、それを、よもや否定することは、彼が良心的な詩人ならば、絶對すまいと思ふ。

尙、壺井がその當時、出版責任者のみで作家的活動を執つなかつたやうにも、受けとれるが、事實はどうか、今一册の一九一八年（昭和三年）の「戰旗」を繙いて見ると、「文藝時評」でもつて、當時の「文藝戰線」の葉山嘉樹あたりを、「政治的色彩を濃厚にして來たことが、「文藝戰線」の最近の著しい傾向の一つであるとすれば、もう一つの著しい傾向は彼等が筆を揃へて左翼の惡口に浮身をやつし出したと云ふことである」と、やつつけてもいるのを見ても彼が決して作家活動を中止していたのではないのである。

金子光晴と小野十三郎には、僕もすぐ、プロレタリア詩なるものを書いた、書かないの反證はあげないが、壺井、岡本、秋山だけは實にはつきりした左翼派（尙といふよりは、もつと派とする）詩人であつたことは少しの疑ふ餘地もないと思ふがどうであらうか。

自分のタンカに少し景氣をつけすぎて歴史的事實まで、まげて物をいふのは、詩壇人氣質で少し考へて見てにしいと思ふ。

何故僕がこんなことにこだはつてゐるか別にあげ足取りのためではない。實は、（猥雜粗笨な考へ方でなく）（文字ヅラや雜誌ヅラで、僕が認識したではないが）、左翼詩派的な「コスモス」の連中に訊ねたいと思つていることが、この一文を讀むと、出來なくなる譯であるから、一應この一文にまづ、說明を願ふやうなことに立至つた譯だ。

僕の訊きたいといふことは、左翼派の詩人が何故に、新散文詩の型式をもつて、詩を書かないであらうかの疑問を提出したかつたからだが、どうも、本文に這入らない前に少しくスペースを喰ひすぎた感があるので、以下は、「コスモス」の連中に質疑し、いささか知りたいと思ふ点を擧げて見る。

小野十三郎に云はしむれば、ナチの支配下にあつたフランスで、最後まで抗戰運動の組織者として、活動したルイ・アラゴンも、抗戰運動の道具として、詩を利用したが、その詩がソネ（Sonnet）だとか、バラード（Ballade）といふやうな古い型式の韻律にたよる詩で、アラゴンがかうした型式をとつた方便（小野が强調するところの、「しかし、ほんとうに詩人ならば、ソネやバラードといふやうなそういふ型に固有な韻律や音樂性に對して、らずなんらかの抵抗はあつた筈と思う、」それなのに彼が、單民衆を喜ばせ、民衆を樂せるに生きるところの、ソネを採つたといふことに）に、（つまりアンチテーゼのない。古い抒情に対する惜愍の表明が足りない」に依つて彼を彼の地の二流詩人と看破したやうに、敗戰後、再刊された「アカハタ」紙上に文語を使ひ、時には雅語をつかつて、萬葉調歌風に反歌などもつけた詩がひろし、ぬまやまといふ人が書き出して評判になつたが、是れ等も一應はプロレタリア詩派に於ては考へらる可き点ではないか。小野風に解釋すると、彼もルイ、アラゴン的に、（戰爭中彼が下獄していたとしても）二流の詩人のそしりをまぬかれないと思ふ。

かういふものを一應清算する上に於ては、プロレタリア詩人の連中は、「新散文詩」を書いてそこから出發しなほして見る氣はないか。つまり韻律にもたれかかる歌謠的な面に依つて大衆におもねるやうな指導性の少ない詩を切り捨てるために。

つまり、小田切秀雄の言ふ甘い抒情、甘い韻律を清算して、甘くない抒情、甘くない韻律、もつときびしい抒情と韻律をつくり出さうとする」ものを創造するためにも、古い抒情に反撥する意味にも。（ここまで書いたら少し熱が出て來たので、安静を執るために、この文を中絶するが、政治的にも、プロ派の詩人は、新散文詩の型式で詩を書いて見る可きではないか。これに就いてもつと、具体的に質問したいが、次の機會にする。——東京の某療養所にて。）

逢遇

永瀬清子

——四月の往來——

四月四日に久しぶりに安藤一郎さんに逢つた。都會といふものの波が一時に、私のそばまで押よせて來たかと思ふとその夕方滿員列車と共に引さつていつた。都會。それは何でもないものだ。自然。それが何でもないと同じに、然し心が非常にどきどきした。そして又再び都會にゆかぬであらう私と云ふものの中へそのどきどきした魂をおさめるのに一寸ひまがかかつた。その時の小集會の席に遇然來岡中の上村猷夫さんも來られた

四月十二日には又宮崎孝政さんが來て下すつた。丁度「詩作」の合評會がある日だつたので十一時半の汽車で熊山驛へ降りられたのをすぐさそつて同じ汽車にのり岡山へ出た。岡山までの沿線は桃の本場なのでその花の中をくぐつてゆくやうだつた。合評會では一脈のユーモアをただよはしつつかなり鋭い所を彼は見せ、私らをおどろかせて下すつた。上村猷夫さんのお姉様のお宅へ宮崎さんと宮崎さんに會ひに上房郡の山の中から出て來られた岡野徒彌さんとが一泊せられた。

十三日の午後今一度私は出岡して二時間あまり歓談の時を持つた。そしてお二人に燒けこげた銀杏の木のある四辻の所でわかれた。

四月の下旬に漸く「美女と野獣」が來た。最終の日に私と進平とがそれをみた。七才の子供にもかなり面白かつたらしかつた。私の前の席にゐる十二才位の子供は、ベートがベルのゐない家の中を寂寥に堪えかねて歩きまわつている時その舞踊風に様式的にうごかしてゐる手の形をそのまゝ、一心に眞似ながら見てゐた。進平が家へかへつてから自分で話した所によつても大人が思ふより子供に藝術品の印象することはかなり強いものなのではないかと思ふ。事實この童話を私は小さい時讀んでどんなにか愛してゐたらう。細かい點は忘れてゐたが時々庭に倒れてゐるベートの姿を心に思ひうかべてゐた。コクトオの映畫によつて私は再び詩の童話にめぐりあつたのだ。しかも高度に美しいものとして、フランスではだから私の考へはこの童話は、一般日本人が受けるものよりはるかにポピュラーなものであつて、たとへば竹取物語と云つた虚構ではなかろうかと想像す。それでどこまでがコクトオの創造であるかの境は私にははつきりしないけれど、いくらか想像出來る。許婚の男の存在などはたしかにコクトオの考へだらう。それにいろいろ様式的な美しさ。衣裳もたしかに何かなのだ。本質なのだ。

こんな風に詩人が仕事出來たらとみんなの思つたことを私も思つた。そして、再創作に適する日本の童話のあれこれを考へた。浦島、竹取、金太郎の伝、そしてコクトオのちりばめてゐる言葉の美しさ（これも私の想像の上で）の程度にこれらの童話を美しく出來たら。と思つた。フランス語に比べて「美女と野獣」などと云ふ譯語のいやらしさを情なく思つた。やはりその言葉の底にある意識を、イメージを改めてかからねばならぬと思つた。それは子供にも影響するやうなものでなくてはならぬと思つた。

その積極的な仕事も詩人の領分であると思ふ時、その大きさの前に又一入よろこびとなげきを感ずる。

新刊批評

詩集「水浴する少女」について

安藤一郎

壺田花子さんとは、個人的に親しむことはなかつたが、その名と作品を知つてから、もう二十年餘になる。——彼女は自分と全く同じ時代を歩んできた、「仲間」の一人のやうに、私にはおもはれる。女流詩人の多くは、若いときに、感覺又は才能の閃きを示すが、大抵は永續きはしない。途中でやめてしまふか、平俗化して發展しなくなるのが、普通の成行である。併し、壺田花子さんは、あまり目立たないが、ひとりで、彼女の豊かな詩心を練り上げ、終戦以後、その作品に、一層痛切の美があらはれてきたやうだ——今日の苦しい現實によつて、彼女の人間性には、これまでにない眞劍さ、生死の問題に向ふ深い眼射し、悲哀に堪へてほほゑむ愛情が、美しくにじみ出てゐることを私は氣附くのである。

このきずだらけの心のほうたい
いつになつたら　とれるでせう

壺田花子さんは、女性の持つ様々な夢を描く。夢が遂げられなかつたときには、その悲しみを、夢と同じやうに物語る。これは絶望ではない。夢は更に續いてゐるのだ——水車のゴットンゴットンといふ音と共に。

私達の過ぎて來た苦しみと愛情
の深い谷を越えて
やうやく行き暮れた野路の果て
に
ふと聞き入る
水泡も白い水車のきしり
ゴットンゴットンゴットントントン

詩は、人間性によるのか、才能によるのか——これを別々に考へることは誤りであらう。兩つが一緒になつたものが、詩人の精神なのだ。「鏡」の一篇を讀むと、旣に四十を越えた女流詩人（婦人の年齢に觸れるのは失禮だが）の、一貫したやさしさ、長く「孤獨の橋」を渡つてきた究極の悲願に、心を打たれずにはゐられない。

鏡よ私は裸で貧しくなつたのに
心は本當に　ゆたかなのです
でも私はたいそうつかれました
このやうなあなたに取り巻かれ
るとむせびたくなる
鏡よ
私は手さぐりをしてゐます
見えない愛に向つて——

不幸と疲れに、この謙讓な魂をひそめながら、なほ「聖なる愛を」希求する人がここにゐる！　壺田花子さんは、食糧や燃料の心配をし、矛盾だらけな日々の生活に追はれてゐる主婦であり、母親なのだ。夜になつて、家族が寝しづまると、狭い部屋の一隅で恐らくチャブ臺にでも原稿紙をおいて、かうした祈りに似た詩を書くのであらう。

處女詩集「喪服に挿す薔薇」から第二詩集「蹠の神に」至つて、壺田花子さんの美しい開花は完成された——その次に來る、この「水浴する少女」は、たとへ掌の中に入るやうな小型の愛らしい本でも、依然として、人生に燃え續く彼女の願ひを捧げてゐる——「どうぞ再び私に若い日をと。

（*January* 1948）

（發行所東京都澁谷區代々木富ケ谷一四三〇　須磨書房定價三十圓送共

原罪

（第三審判律第六章）

淺井十三郎

オヤこんなところに
面が一つ。
十字路。
里程標。
なんだ　肉附きの面じやないか
あの黄昏の中のざわめきわ夜のあしおとだつたのか
恐怖が目覺めている
世界に
誰が又、夜叉の面なぞはおりだしたのだ。

おそらく　白樺の俗物どもが教養を誇れなくなつたんだろう
身のしびれや顔のこわばりに氣附いたのかもしれぬ
あいつら　喧嘩のあげく。
斷崖のある夜の湖。單獨者の一人一人え　わずかに　それを投げすてる、
自由を
選んだとしても
この十字路でわね。
僕にだつてあの原罪わわかるよ。
——お孃さん
世界の隅々をあるいているおびただしい機械工場。日日、眼をむいている僕らの食卓。着
物を着ている不自由なやつ。理性を踏みにじつている言葉の數々。
そいつが何の特權でもなくなつたら
國敗れて山河あり、なんて感傷わおうよそつまらんね。
——とにかく行こうよ　僕らわね。
——うん　夜が深くなれば、火だつてあるさ。

葦がさかんに火勢をあほるだろうよ。

風わあるし
どつちみちのがれつこない
僕と僕らの對立の中で
誰が一体、神々の屍体を見たとゆうのかね
誰だつて死の經驗などないんだ
いつ死んでもいいなんてふざけるない。
あの晩
君が招いたのわ
チヨコナンと髭を生やした鬼畜の類だ
あいつの食慾や酒ぐせの惡るいことなど君の計算外だつたろうし
とんでもないものを招いた失策について、墮落すれば足りると言うのかね
恥しらずめ
この殘酷わ　この悲慘わ

誰かね？
誰のものかね？　え？。

あ。そうか
この面わ、君んのか
あいつの狂暴にひつかかつたつてのか。
（いやに冷たい風だな。こいつ默りこくつて、　（ひどい坂路だ。）
（おいおい、氣をつけろ）
（こう暗くつてはね）（ほら君の肩にもう一人誰かいるよ）
（なんだつて？）
（一体、誰かね　君わ）
少女をかこんで
恐怖がめざめている
物や精神の不當な壓迫に　決裂をつげるのわ誰であるか。
對話のきれめに雷管を置く僕らの手。

僕らの眼。
じーんと殺氣ばしつている
僕らの眼。
何ひとつ聽きのがすまいとしている
僕らの耳。

○

ピタリ、アイクチを突きつけている。
僕らとゆう、僕でない僕に、めりこんでいる　「假面」の大きさをはかりながら
僕わ　やにわに僕を押し倒すがはやいか
少女を抱く。たつた一度でいいはづの。
拒絶をくずす　驚きの中から　うまれてくる　少女の
はげしい口づけ。
僕らにひらく　時間の緊張に　歴史わ　わななき
おごろく。
ぎい　ぎいっ

とうく　焼瓦の壁の中からひびいてくる
すすりなきのような
ののしりのような　森の中の
敵意を
背にしながら。
僕らわおもう
あの眞晝のドラマに就いて
人生とゆう泥臭さに生涯をかけている
背徳について。
世界は一層ふかく
僕らわピタリと匕首をつきつけられる。

（一体、誰が幸福になつたかな？
僕らわ僕らの見た光源体について

――靜かにみつめている時間の變貌。
――斷崖を背にしている、僕らの原點。　回歸のない出發え。
僕わジリジリと燒けあがつてくる頭髮を意識する。（鋼鐵のような時間に爆發よ來い）
過失が過失でおわることのないために。
えらぶんですね。
――お孃さん。

魯迅原作

阿Q正傳（五）

北川冬彦

阿Qは
右手をあげ
首を伸し聽き入つている王胡の頸筋のところへ
「サッ！」と云いながら、打ちおろした。
「キャッ！」
と王胡とは腰掛けから飛び立ち
あわてて首を縮めた、
みな一齊に縮み上つたが
すぐ大笑いとなる。
「オラあ、革命黨つて、嫌だなァ。謀反（むほん）ちゆうもんがいい
つて筈はないやね」と阿Q。
「そうよ」
「そうともよ」

「そうだとも」
祠堂裏の小屋の中（夜）
「ハハハハハッ」と阿Q、いかにも愉快そうに大笑い
し、」ゴロリと横になる。

趙家
大奥様の部屋
鄒七嫂（チョチーサオ）が得意になつて
「これ見ておくんなせえ、阿Qに賣つて貰つたんだよ」
と絹の裾切れを展げる
「ほう、幾ら出したね？」
「古いもんだから、まけとくと云つて、九十錢」

「それや安かつたナ！」

「趙司晨（チャオスウチェン）さんのおッ母さんも紅い襦袢の切地を買いましたつけ。孫が出來たら着せるんですつて。たしか三百文」

書齋

趙大旦那と秀才旦那が書見している。

そこへ、大奥様があわただしく驅け込んでくる。

「あんた、これ御覽よ。鄒七嫂が阿Qからたつた九十錢で買つたんだとよ」

趙大旦那、絹の裾切れを受取り
　手で重味をはかり、

「ちよつとした掘出しもんだな」

「趙司晨のおッ母さんも、襦袢の切地を安く買つたんだとさ。まだ何かきつと持つてると思うんだよ」

大奥様は意氣込んでいる。

趙大旦那は、こんなときに機嫌をとつて置くのがトクだと思い、

「それなら、一つ阿Qを呼んで見るかな」

「ぢや、鄒七嫂に呼んで貰おうか」

河つ端

阿Q、女たちにタカられている。

嘗ては阿Qの姿さえ見てもキャツとばかり逃げ出した連中だのに、おかしなことである。

「阿Qさん、絹の裾切れはもうないのかい？」

「紗の單衣が欲しいんだがね？」

「あたしもこれが欲しいのよ」

「あたしもよ」

「あたしも」

中には、親にでもねだるように阿Qの袖につかまる若い娘もある。

「もうない、ない」

と阿Qはいい氣持である。

鄒七嫂が阿Qを見付け、驅け寄つて云う
「趙旦那が呼んでるよ。何かお前から買いたいつて」

「もうないんだよ」

「そう云わないで、一緒に來てお呉れよ」

「阿Qさん賣つてよ」

「あたしに賣つてよ」

「阿Qさんたら」

阿Qは引つぱり凧である。

趙家の書齋

「どうも阿Qは怪しいな」と大旦那。

「わたしもそう睨んでる」と秀才若旦那。

大奥様が這入つて來て、待ち遠しそうに云う、

「鄒七嫂たら遲いこと、どうしたのだらう？」

「いまにくるよ」と大旦那。

「この春出入りを差止めたから來ないのぢやないかしら？」

「心配せんでもえい。差止めたのは、このわしなんだ。そのわしが呼びにやつたんだから來ない譯はないよ」

しばらくすると、
趙大旦那の見識どおりである。阿Qは、鄒七嫂に連れられて裏門から台所口を拔けて內庭へ行こうとした。

　阿Qがこの家へ來るらしいことを聞き付けた吳媽は、瞬間青くなり台所の隅の竈の横に、おびえ蹲つていたが、
　通りかかる、阿Qの姿をおどおどした眼でチラッと盜見した。阿Qの視線とブツかつた。吳媽はすぐ目を伏せた。

阿Qはドキンとした。どうして吳媽に出會うとこうまで意氣地なしになるのか、自分でもイマイマしかつた。それでいて、吳媽のそのおびいてうかがうような目差しは、胸にしみる思いなのである。

　阿Qはしばらく見据えていた。

內庭

「大旦那！」

と阿Qはひきつるような顔をして一言云つた。

　「阿Q、お前、城下でだいぶ稼いで來たと云ふことぢやが……」

　こう趙旦那は云いながら、そこらを悠々と歩き廻り、阿Qの頭から足先までジロジロ見上げ見下げ、續けて、

　「それや、結構ぢやつた、結構ぢやつたなア。ところで、聞けばお前、何か古い切地を持つてるそうぢやが……みんな見せて貰えまいかな……外でもないが實はわしの家內が欲しがつているんでな」

　「オラあ、鄒七嫂さんにも云つといたが、もうみんな賣つちまつたんで」

　「賣切れ？バカに早いな、どうしてだ？」

　「仲間から出た品で、初めつからちよつとしかなかつたんだよ」

　「何か一つ位えありそうなものぢや」

　「うん、……のれんが一枚殘つてるよ」

大旦那、そんなものいらんてな顔をした。

　「あたしや毛皮の上衣が一枚欲しいんだけれど」

趙大奥様が阿Qに云つたが、阿Qは一向取合わぬ顔付。

　「阿Q、こんど何か品物あつたら、一番先きにわしんところへ持つて來て見せろよ。な」と大旦那。

阿Qは受合つたような受合わぬような顔付で出て行つた。台所の入口のところで、のぞいてみたが、竈の蔭に呉媽の姿は見えなかつた。

呉媽は扉の裏へへばり付いていたのである。

街路

「やつぱり阿Qは怪しいなア」と秀才旦那。

「うん」と大旦那。

「村長に云いつけて、この村から追い出したら?、」

「それやいかん、そんなことすれや返つて恨まれるよ、あんな奴は地元は荒さんものぢや」

「それもさうだな」

「夜なと、よく用心せんといかんな」と大旦那、續けて、鄒七嫂、

「鄒七嫂、いまのこと、誰にも云うんぢやないぞ!」

「へえ」。

大奥様は不服顔している。折角意氣込んでたのに何の收穫もなくて。

舟着場

鄒七嫂がかたまつた女達に、手を振り振り喋つている。

「阿Qは怪しいんだとよ。用心せんといかんて云うこつたよ」

農家

阿伍が一かたまりの百姓達に云つている、

「阿Qは怪しいんだとよ。用心せんといかんな」

錢旦那の家

若い女中が、婆さんに云つている。

「阿Qつて、怪しいひとなんだつて。用心しなきやいけないとみんないつてるよ」

「ふーん。いい布地うんと持つてるつて聞いたが、盜んで來たんかな」

錢若旦那、この二人の會話を聞いて何か思うところあるらしく、頷いている。

祠堂裏の小屋(甕ごろ)

村長がヒゲをピンとさせ突立つている。

「阿Q、てめえ、のれん持つてるそうぢやが、オレに見せてみろよ!」

阿Q、古いのれんを出して見せる。

「これ貰つとくぞ」

「いけねえよ。それや、趙旦那が要るつて云つてたん

かだら」

「てめえ、これ、どこから持つて來た?」

阿Q返事しない。

「それ見ろ。てめえ、怪しいつて、村中の評判だぞオ！」

村長歸えりかけ、

引返えし

「云つて置くが、毎月の酒手は三百文に値上げだぞ……」

阿Q、村長がのれんを提げて門から出て行くのを目送し

「ちえ……親父が餓鬼にネダリヤがる！」

と久方ぶりに、阿Qオハコのセリフをつぶやいたものである。

よく澄んだ月。中天にかかつている。（夜半過ぎ三時ごろ」

河の上に

この邊ではとんと見掛けない大型の屋形船が、月光の中に浮んで見える。

ギーギーと櫓の音。

屋形船は、靜かに趙家の傍の船着場に着いた。

黑い人影が數人、パラパラと船から下り

大きな箱をめいめい擔いで

趙家の門さしてゆくと

門は開き人影は門の中に消えた。

物音に眼を醒ました鄒七嫂が、戸をソーと開けて

その月下の光景を見ていた。

城下へ擢いで行くために、起きて何かと仕度をしていた船頭の七斤（チーチン）も、この有樣を見ていたのである。

屋形船は立派に塗り立ててあるようだ。黑塗りらしく月光にキラキラ映えている。

趙家の門から、パラパラと數人の人影が出て來、船に來ると

船は岸を離れ、下流の方へ、つまり城下の方へ、擢がれて行つたのである。

それを見ていた者がもう一人ある。それは、岸で夜釣りしていた未莊の閑人である。

舟着場（午後）

人だかりがしている。

鄒七嫂が、手を振りながら喋つている

俯瞰（遠景）

俯瞰遠景だから鄒七嫂が何を喋つているか聞えない、しかし讀者には、それと察しがつくだろう。

聞き付けるらしく

村の人々が次から次へと集つてくる、仕事もほつぽり出

して。
あちらに一かたまり。
こちらに一かたまり。
と、幾つものかたまりが舟着場の廣場を埋めてしまつた
そして一つのかたまりが崩れたかと思ふと、また新たなかたまりが形成されて行く。
そのかたまりの中を鄒七嫂が縫つて歩いているのである

この群衆のうごめきの中には、錢若旦那の黒眼鏡の顔がある。

その母親の姿がある。錢家の若い女中がいる。小Dがいる。"阿Qがいる。"王胡がいる。「この男は、阿Qに酒場でイエッと首筋を打たれてからと云うもの、妙に元氣がない。女達。大抵のことでは家に閉じ籠つていて外に出ない中國の女達だのに、現われている。仕事の中途で出てきたことのハッキリしている女達も大勢いる。


とうとう、靜修庵の尼二人もやつて來た。

酒屋の若い男も、小僧を連れて來ている。

こんな場合、いつも誰より早く驅け付ける村長が、どうした譯かようやく姿を見せた。村長は趙家の門へ行つて、金輪をしきりに叩くのだが門は開かない。


緊張していた群衆が退屈していた。

夕暮近くなつて
河つ端で、ソアッ……と聲が上つ。

城下の方から
七斤のジャンクが漕ぎのぼつてくるのである。

（七斤は、大きな黒篷の屋形船が城下へ引き返えすとすぐ後を追つて様子を調べに行つたのである。）

七斤の舟、舟着場に着く。

眞先に聲を掛けたのは、七斤の女房と鄒七嫂である。

「どうだつたのョ」と女房。

「早く聞かせなよ！」と鄒七嫂。

七斤は息をハズませ、すぐ言葉が出ないらしい。やつと吐き出すように云う、

「あの屋形船は擧人旦那の持船なんだ！」

「そうなの？」

「え？」

「擧人旦那の船だと！」

「何んだつて擧人旦那の船が、よる夜中、こんなさつぽけな村にやつて來たんだらう？」

「そ、そこなんだよ。そ、そこなんだよ。今日明日に、城下へ革命黨が這入るらしいんだよ」と七斤。

「え！革命黨が……城下へ？」

と七斤を圍んだ群集の中から、うなり聲が出た。

そのうなり聲は、七斤を圍んだ輪を中心として擴つて行つた。丁度水の波紋が擴がるように。

七斤を助けて、女房と鄒七嫂が群集を割つて行く。

「そうすると、擧人旦那は趙旦那んとこへ隱れに來たんかナ」と七斤の女房。

「そうぢやねえらしいんだ。擧人旦那は、大事なものを趙旦那んとこへ隱して貰おうと思つて持たして寄こしたらしいんだ。」と七斤。

「オラ、夜中に目覺して見てたが、擧人旦那が來たような風はなかつたよ」と鄒七嫂。

阿伍が七斤のすぐ後に從いていたが一歩乘り出し、口を入れる
「擧人旦那が趙家に大事なもの預けるなんてへんだなァ。擧人旦那の話が出ると　秀才旦那はいつもボロクソにやつつけていなさるんだがな」

「引つこみよ！お前なんかに、何にがわかるんだい？」

と鄒七嫂は、阿伍を睨んで怒鳴り付ける。

阿伍は、鄒七嫂の鼻息の荒いのに呆氣にとられ二の句が出ない。

趙家の門の前

村長は、いくら叩いても趙家では門を開けてくれないので、門の前へ蹲み込み、騷ぎをのぼせ上つて眺めている。

少し離れて、阿Qが蹲み込んでいる。

趙家は小高いところにあるので、阿Qにも、村長にも、舟着場の騷ぎは手に取るように觀取されるのである。

「チェッ、たかが屋形船一艘來たつて、何んでえ、この騷ぎは！」

と阿Qが獨りごつ。

初めて村長は阿Qのいるのに氣付き、

「何んだと？」

阿Qも初めて村長がいるのに氣付く。

村長なんか問題ぢやない、默殺、阿Qはそう思い默つている。

孔乙己が上半身を曲げて坂を登つてくる。

三間も先から
「阿Q！城下へ革命黨が這入るつてことだ！」と大聲をあげる。

村長は阿Qをとつちめる手立てを考えていたところなので、不意打を喰い孔乙己が何を云つたのかよくわからない。

「何だと……」と村長。

「城下へ、革命黨が這入るつてことだ！」

「え？」

と村長は、あわてて立ち上り、どこへ行くのか駈け出して行つた。

阿Qと孔乙已並び蹲んでいる。（夕暮）

見渡す舟着場では群集はほぼ散つている。

夕暮の微光の中に、まだ一かたまり二かたまりは去りかねているのが見える。

「孔乙已、革命黨つてスゲエんだなあ。オラあ知らなかつたよ。舉人旦那みてえな偉え人でも、そんなにおつかながるとはなあ。未荘の奴らのアワテ方つたら見ちゃいられねえ。」と阿Q。

「ほんとだ」

「オラあ、いつそのこと、降參して革命黨にならうかな。襲いまいましい奴らを！恨み重なる奴らを！やつつけるんだ」と阿Q
「そんなこたアよしたがいいよ。おめえ、首斬られるぞ！」

阿Q　瞬間顔色を變えたが、すぐケロリとし、

「革命黨はスゲエんだ、オラあ革命黨だア！」

舟着場（夕暮）
未荘の閑人の一人が錢旦那に話している、夜釣りに出、屋形船の出現を目撃したこの閑人は錢旦那の友人なのである
「でかい箱を、何でも五つ六つ運び込んだようだつたよ。隨分重たそうだつたから、何にか大したものが這入つてたんだらうな」

舟着場の廣場（翌日の晝）
材木の蔭。
趙大旦那、秀才若旦那、村長の趙司辰
不安げな面持である
「ゆうべ革命黨は城下へ這入つたと思うね」と秀才旦那」
「いやまだぢやらう。もしゆうべ這入つたのなら、舉人旦那は、もういま頃着いている筈だ」と趙大旦那
「こんどの革命黨は、白兜に白鎧と云う裝來（いでたち）で、明の崇正皇帝とかのために喪服をつけてくるんだそうだよ」と趙司辰。
「お前はどうしてそんなこと知つてるんぢや？」と大旦那。
「居酒屋で七斤が話してたんだ」
「七斤が？」
「へえ。七斤は何んでも知つてるつて云つてたよ。夜中

に來た屋形船が擧人旦那の持船だつてことも、船から旦那とこへ荷物を運びこんだつてことも」

「そいつア、大變だ！」と趙大旦那と秀才旦那は、同時に叫んだ。

途上。
「反叛だァ！反叛だア！」
と阿Qが
一杯ひつかけて來たらしく、大聲であかい顔して、おどりかかるような恰好で歩いている。
村の人々はビツクリし、
オズオズ哀れみを乞うような眼付きで阿Qを見た。
阿Qはいよいよいい機嫌で、
枝つ切れを振り振り、村をのし歩いた。
「オラあの欲しいもんは、何んだつてオラあのもんだア、……オラあの氣に入つた女はどいつもこいつもオラあの思い通りだア！ドンドン、ジヤンジヤン！今更悔ゆるも及ばず、醉つた加減で思わずズバリとやつたりけるが……今更悔ゆるも及ばず、あゝあゝあゝ（芝居「龍虎鬪」の中の文句）ドンドン、ジヤンジヤン、ドン、ジヤン、チン、ジヤン！名刀大上段に振りかざし……」
怯えた村人達。

假眼鏡の錢若旦那も、そいつはいけない、てな顔して見送つている。

舟着場（同じ日）

阿Qはふんぞり返つて、いい氣持である。

枝つ切れを振り振り芝居文句を吹鳴りながら歩いてくる。

「ドンドン、ジヤンジヤン！今更悔ゆるも及ばず！」

「阿Qさん！」

趙大旦那が、オズオズ腰をかがめて伺うように、
低い聲で呼び掛けた。

阿Qは、聞えないのか、それとも聞えないふりをしているのか、

「ドン、チヤン、チン、チヤン！名刀大上段に振りかざし！」と續けている。

「阿Qあにい！」と趙司晨、哀願するような聲を出した。

「何んでえ？」と阿Q。

趙大旦那が
「阿Qさん……えらい元氣だなア」とお世辭を云う。

「知れたことだア、欲しいものは何んだつてオレのもんだア」

「阿Qあにい、オレみたいな貧乏人にはかまわんだろうなあ」

と趙司辰がおそるおそる伺いを立てる。

「てめえ、貧乏人だと？オレより金持ちだろうが」

阿Qはこう云つてずんずん行つてしまう。

泣つ面をしている趙旦那と趙司辰。

祠堂裏（夜）

「今更悔ゆるも及ばず……」

と呼びながら、阿Qが扉をバタッと勢いよく、這入つてくると、管理人の老人がカンテラを提げて、

「阿Qさん、お歸りかえ」と出迎えた。

阿Qがこんなに叮嚀に扱われたのは初めてである。

「うん」

「お茶でもあげようか」

「ありがてえ。餅も二つばかり欲しいな」

「へい」

「それから太いローソクとローソク立てが欲しいな」

老人はしぶしぶ註文の品を取りに行く。

趙家（同じ時刻）

趙大旦那と秀才旦那とが、大奥様の寝床のユカを引きはがし、めぼしい家財、擧人旦那から預つた箱等を奥深く仕舞い込んでいる。

祠堂裏小屋の中

　小屋の中は煌々と輝いている。

燭台の上には、チビてはいるが太いローソクが立ててあるのである。

　阿Qは寝床の上にソックリ返つている。いかにも氣持よさそうだ。餅を食い、お茶を飲んだらしい。目玉をムキ、肘を張つて天下人なしと云つた勢いである。

　阿Qには、次から次へと空想が湧く。阿Qにとつては、空想即現實なのである。

　「謀反（むほん）か、面白えぞ、白銀兜白銀鎧の革命黨が　段びらをさげてよ、鐵棒、鐵砲持つとる奴もあろうなア、この途土神さんの前通るだろう。そんとき、阿Q來い、一緒に行こう、つて呼ぶだろう。未莊（むら）の奴らのざまつたら……土下座して、阿Qさまア、いのちばかりはお助け、とぬかすだろう……ふん、誰が聴いてやるもんか。一番先にやつつけるのア、趙旦那と村長だア。小Dと王胡はどうしてくれようかなア、ええ面倒だァ、やつつけつちまえ……分捕品はと、眞つ先に行つてあの箱あけるんだ、一元銀貨だ、寶石だ、絹の着物だ。大奥様のでけえ寝台をここへ運んで來て……オラ自分で運ぶこととねえや、小Dに運ばせよう、グズグズしてやがつたら横つ面ピシャリだァ……女（あま）つ子は？と、趙旦那の妾は目が引きつづていて氣にくわねえし、鄒

七嫂の娘はまだ小便臭えや、おつと何に考えているんだ、呉媽だァ。あの女もこうなつたら、いやとは云うまいて……

阿Qは鼾をかき始めた。

おしまい直前のローソクの焔が、ポカンと口を開けた阿Qを照らし出してた。

コオロギの鳴聲しきり。

突然、阿Qは何にかに脅されたらしく

びつくりして眼を醒し

あたりを見廻したが、差込む月明りにいつもと變りがないのを見極め

「ほ、ほう」

と安堵の聲を出し、グウグウ眠つてしまつた。

翌朝

河つ端には霧が立て罩めている。

秋の朝の冷氣がヒヤヒヤする。

趙家の門前。

黑眼鏡の錢若旦那が、何かためらつた樣子で立つている

錢若旦那は、思い切つた風に、趙家の門を叩く。

趙司晨が、覗き窓から、ソーとのぞいて、見て驚く。錢若旦那が趙家を訪れるとは、未だ曾てないことだからである。

扉を少し開けて、

「ご用は?」

「秀才旦那に會いたいんだがね」

「へえ」

とばかり趙司晨、あわてて奥へ注進する。

書齋

錢若旦那と秀才旦那とが朱ぬりの牡丹模樣の卓を挾んで對話している。

「……大變なことになつて來たもんだね。とうとう革命黨はゆうべ城下へ這入つたそうだ。いままでお宅とはどうも親しめなかつたが、この際、胸を割つて同志になりたいと思うんだが、どうだね?」

「……ふむ。わたしとしては異存はないが、親父とも相談したいから、一寸待つてくれないか?」

と秀才旦那、わざと落付き拂いゆつくりと歩いて部屋を出てゆく。

錢若旦那、立上つて、窓から、内庭をしきりにうかがう

紅葉したもみじの樹の向う側が、どうやら大奥樣の部屋らしい。

靜修庵(正午頃)

錢若旦那と秀才旦那とが、とある石碑を打ち倒している。

何でも彫りつけてある文句がまさしく革命黨の血祭りにあぐべき代物だと云うのである。

二人が、逆光さに映えている。二人の見幕に近寄れないのだ

二人とも、辮髪を頭の頂きにぐるぐる巻きにしている！

年寄りの尼が

「何て亂暴な！」

と押しとめようとすると、

「貴様も同罪だぞ！」

と錢若旦那はステッキで、したたか老尼の頭をたたいた。

老尼は悲鳴をあげて逃げ出す。

地上に砕かれている石碑。

觀音像の前。

老尼が膝を手でバタバタたたいていたが、泣き聲をあげる、

「アレ……ここにあつた宣德香爐がないよウ……」。

老尼が、門をしつかり閉めている。

靜修庵（月が大分傾いた頃）

阿Q、門を叩いている。

内から犬が吠える。阿Qあわてて片手に石を拾う。手が痛むほど叩く。

門が少し開く。

老尼がのぞく。

「お前さん何にしに來たんだえ？」

「革命が起つたんだよ！知るまいが？」

「革命？革命はもう濟んだぢやないか？この上、あたし達をどうしようと云うんだね？」

と、兩眼を眞赤にした尼は云う。

「何にさ？」

「お前さん知らないのかい？あの人達が來て、もう革命して行つちやつたよ」

「え、誰が？」

「錢若旦那と秀才旦那さ」

阿Qはギヤフント參つた顔をする。

その隙に老尼は、ピタンと門を閉めてしまう」

阿Qがいくらたたいても、もう何の答えもない。犬が吠えるばかりである。

「チエツ、餓鬼どもの早手廻わしと來てやがる……」

阿Qはフンゾリ返えつて去るが、どうも影が薄い。禿げの下には、辮髪が見すぼらしく垂れ揺れている。

舟着場

阿Qが方々歩き廻つて、ここへくると、

奇体な光景が目に這入つた。

趙司辰が辮髪を頂きに捲きあげ、首元をへんにゲッソリさせ、肩を怒らせて歩いてくると。

それを見た人々は

「ほオ　革命黨がきたぞ！」

と大聲で喝采している。

阿Qは、思わず、自分の垂れた辮髪に手をやり、趙司辰の様子を羨ましそうに眺めやる。

そこへ、別の方から

小Dが一本の竹箸で辮髪を頭の頂きにぐるぐる捲き上げて、威勢よくやつてくる。（小D、このところずつと賃入りがよいので、色艶も良くなつている）

人々は大聲で喝采する。

「ほオ、あそこにも革命黨がきたぞ！」

阿Qは、小Dごときに、上を越されてはまことに心外である。

ツカツカと小Dに近よると、手を上げて横ッ面を張ろうとしたが、

小Dの威勢にタジタジとなり

ただ睨み付けて憎らしげに口一杯唾を溜めて、ピッとやつた。

唾は小Dの裾に引つかかつたが、小Dは氣にもかけない

阿Qは

「オレも辮髪捲きあげてやれ」

といまいましそうに呟き、去る。（阿Qは夏でさえ辮髪を捲き上げるのには大反對であつたのだが）

數日後

舟着場（朝）

霧がかかつている。

七斤の舟仕度の出來るのを、錢若旦那と秀才旦那が待つている。

「旦那ア、舟の仕度がすつかり出來たよウ」と七斤の聲。

「ぢや行つてくるよ」と錢若旦那。

「革命黨加入の件はクレグレもよろしくたのんだよ」と秀才旦那。

霧の中に、櫂の音遠ざかる。

居酒屋

小D。阿伍。孔乙己（この男は例のごとく誰かにタカつている）未荘の人々。大勢酒屋に集つている。

こんどの騒ぎ以來、この居酒屋は一層繁昌している。腰掛ける席もなく立つている者も少くない。

ここには舟頭の七斤が夕方になるとやつて來て、何かと

城下の様子を喋るからである。

ここに集つてくるほどの連中は、殆どみな辮髪は頭の頂きにぐるぐると巻き、酒屋の小僧まで辮髪を捲き上げているが、

やはり辮髪を捲きあげた阿Qが隅で小さくなつている。（こんどの騒ぎ以来酒屋の新主人は、阿Qに、しぶしぶカケ売りをするようになつた）

みんな二、三杯の酒で喧々囂々、小さな酒場は破れんばかりである。

街道は　秋の短い陽に暮れかかつている。

七斤が汗を拭き拭き、いま河から上つたばかりと云う格好で這入つてくる。

居酒屋の中にいる連中は、「待つてたよウ」とばかり一斉に歓迎する。

一人が七斤に、床几の席を譲る。

七斤が腰を下すや、

「城下の模様はどうだつたね？」と誰か。

七斤はしばらく返事しないが、やおら、

「どうもオレにやア判らねえんだよ」

「何が、何がよウ？」と数人一どきに。

「革命党が這入つてから、もう大分経つのに、城下ぢや別に大した變りもねえんだよ」

「ふーん？」と一同。

「知事さまは元の、知事さまだし、兵隊の頭もやつぱり元の隊長さんなんだ。挙人旦那と来たら、一段と位が上つたんだよ」

「へーん？」

「そうかなア」

「そんなものかなア」

なぞとみんなは呟いた。

趙旦那の書斎。

アカアカとランプが灯してある。（これは異例中の異例であることを先刻読者は承知のことと思う）

朱ぬりの卓を挟んで、

銭若旦那と秀才旦那とがゆつたり腰掛けている。二人の顔にはもう不安の色はない。

銭若旦那、勿体らしく、小さい桐の箱を秀才旦那の前に差し出し、

「これが革命党の徽章だから納めてくれ」

「手数を掛けたなア」

と秀才、有難旦那げにその箱の蓋を取る。中から銀の桃形のメタルが出る。

「ついては、この代金廿兩を貰おう」（實はそれは五兩

そこそこしか、かかつていないのである）

そのとき、趙大旦那が扉を開けて這入つて來た。廿兩と云う聲が耳に這入り、ビックリする。

秀才旦那も廿兩と聞いたとき、やはりビックリしたが、さりげなく云う、

「ほう、安いもんだなア」

居酒屋

「こいつは（と頂きに捲き上げた辮髪に手をかけ）やつぱりこうやつてんのかネ！」

と趙司辰が七斤に尋ねる。

「そうとも限らないね、スラッと垂らしているもいるんだよ。でも城下にも、わるい革命黨が混つてるもんだから、ウッカリしてると辮髪剪られちやうつてことよ」

城下町の河岸通り（晝）

一人の男を、三人の兵隊が追つ驅けて來る。捕まる。二人が抑え、一人が腰の双刃の刀でその男の辮髪をプッリと剪る。

居酒屋

「へえ！」

「オシカネえなア」

「うつかり城下へも行けやしないネ」

「秀才旦那も、擧人旦那に會いに行きたいらしんいんだけど、そいつがオッカナくて行かないらしいんだよ」と趙司辰。

「おらアも行つて様子見て來てえと思うが、止めようかナ」と一人。

「秀才旦那と云やア、錢若旦那に頼んで革命黨に入れて貰つたつてことよ」と七斤。

隅で小さくなつて考え込んでいた阿Q、七斤のこの言葉をい聞て、イカニモいい考えが浮んだ様子である。

ブップツ口の中で云う、

――革命つてのは、革命に贊成しただけぢや駄目なんだナ、辮髪を捲きあげたつて駄目なんだナ、オラあ革命黨と知り合いにならなくちや……。

（阿Qは、よく呟いたり、獨言を云つたりする男だが、居酒屋でみんなと酒を飲みながら呟いたのは、こんどが初めてである）

みんな、ほう錢若旦那ア偉えんだなア、なかなか巾利きなんだなア。てな顔をしている。

錢家

門が八文字に開かれている。

阿Qがオソルオソル這入つて行く。

錢若旦那が半開きになつた扉の中で、氣炎を上げているのが聞える、

「彼とは、學校時代よく話し合つたものだ。オレがやろう！と云うとまだ早い！と彼は云うんだ。もし彼がそう云わなかつたら、もつと早く革命は成就していただろう……」

錢若旦那は、部屋の中央に坐して、その周りを四、五人の若者が圍み、謹聽していた。

その若者達の一人が振り返えつた。

錢若旦那はチラと阿Qを見る、

「何んだ？」

「オラあも參加て貰れえてえんで……」

「何に云つてやがんだ、さつさと出て行け……」

と錢若旦那はステッキを振り上げた。

（阿Qが米搗きに雇われたとき知つている錢若旦那とは、まるで別人の感がある）

阿Qは、頭の上を兩手でかばい、思わず門の外まで逃げ出した。

いい加減走つてからゆつくり歩いた。

道端ではキリギスが、情けない途切れ途切れの鳴聲を出している。

或る夜
月のない暗闇である。

居酒屋で阿Qは看板どきまでネバつてから
河つ端へ出、フラフラ歩いていた。

と、パパン！と異樣な物音がする。

阿Qは、スワ騒動だ！とその物音のする方へ驅け出さうとすると、
その方から
バタバタと足音がし、誰かが飛び出し、
ドンと阿Qにぶつかつた。

「誰でえ？おどかしやがる！」と阿Q。

「ああ驚いた、阿Qか？」

「何でえ趙司辰か、あわてて、どうしたてんだ？」

「うん、（息をハズませながら）い、いま趙旦那とこが掠奪てんだよう！」

とブルブルふるいている。

「へえ！そうか」

阿Qも、胸がドキドキしたが、いきなり驅け出す。

阿Q、鄒七嫂の家の垣根に身体をピッタリつけて、趙家の方をうかがつている。

カンカラの光が幾つも飛び交い、ザワザワしている。

編輯後記

△同人の中には調子の出ている人とそうでない人とがあることが編輯して見て判る。毎號張り切ると云うことはなかなか容易でないことだし、同人全部が毎號張り切つたのでは限られたスペースのこととて、編輯者は音を上げなければならない。調子の出ている人と出ていない人とがあつて丁度いい譯だ。いずれにしても悠々迫らず現代詩の本道に棹さそうと云うのがわれわれの念願である。

△本號には、同人外の寄稿が二つある。一つは短篇集「紫笛」の卷頭を數篇の散文詩でかざつた小説界の中堅瀧川駿氏の散文詩であるこれは僕の請いに應じられたものである。もう一つは船水清氏の「郷土にて」である。これは、幾多の一般寄稿の中から選んだものである。

△餘り短いと効果にも響くと云ふ淺井君の意見に從つて、「阿Q正傳」にかなりのスペースをさえて見た。これでほぼ三分の二は出たことゝなる。

△瀧口修造君の「海外詩消息は毎號連さいの約束である。この清新な海外詩消息は、必ずや讀者の渇望を癒すに違いない。

△次の號あたりから、同人と相計つて何か新企劃を立てたいものだと思つている。

（北川冬彦）

※大資本が地方え進出してきてからこの雜誌の發行も遅々として捗らなかつた。前號から近くの印刷所にもつてきたが、そのため活字の購入やら四頁掛けの機械で無理算段をして買つてやり初めた。校正も初了でぶつ放しより仕方がない。凸版屋わ近くにない。木版を刻みそこなつて指に太穴をあけた。同人雜誌をやつている氣持ちの上にわたいへん好ましい。

※批評わ他を云云することではない。自らを耕すことから初まる、本能えの回歸が歴史をなしたのでわない。好條件に惠れている地帶からわ、惡條件の氣候を知ることは仲々できないものだ。そう云うことに論議を費すことの可否わと別として僕わ可能の範圍からまず耕したい。どう云う到着地に眼を向けて歩いているかが問題なのである。好不評に左右されるような歩るき方わしたくない。だから雜誌もますますよくなつて行くのがあたりまえでなくなつたらどうかしていることになる。

（雜草濱主人）

現代詩　第三卷　第五號
定價　金貳拾貳圓

詩と詩人社暫定會費一年貳百五拾圓、送料金三十圓（井ニ分納可）會員ニハ本誌ヲ直送ス（雜誌「詩と詩人」會員ヲ右同額
廣告料ハ一頁マデ相談ニ應ズ
送金ハ小爲替又ハ振替利用ノ事

昭和二十三年五月廿五日印刷納本
昭和二十三年六月一日發行

編輯部員　杉浦伊作　浦和市岸町二ノ二六
編集兼發行人　關矢與三郎　新潟縣北魚沼郡廣瀨村大字並柳
印刷人　佐藤和　新潟縣北魚沼郡堀之内町

發行所　新潟縣北魚沼郡廣瀨村大字並柳乙一一九番地
詩と詩人社
淺井十三郎
振替　東京一六一七三〇番　新潟五二七番
日本出版會協員番號A一一九〇二九

配給元　日本出版配給株式會社

昭和二十三年五月二十五日印刷納本
昭和二十三年六月一日發行
昭和二十三年五月廿八日第三種郵便物認可
現代詩（第二十集）
定價　金二十二圓

THE CONTEMPORARY POETRY
現代詩
七　月　號
JULY
6
1948
詩と詩人社
昭和二十三年六月二十五日印刷納本
昭和二十三年七月一日發行
昭和二十三年五月廿八日第三種郵便物認可
現代詩
第三巻第六號（通巻二十一號）

現代詩

第三卷第六號　第廿一集

表紙デザイン　北園克衛
題　字　門屋一雄

エッセイについて……………北園克衛
對　談……………吉田一穗・北川冬彦（二）
二つのソネット……………安藤一郎（一八）
散文詩三篇……………右原厖（二〇）
證　人……………淺井十三郎（二四）
おるがん破調……………笹澤美明（二六）
月蝕異變……………富澤赤黄男（三〇）
海外詩消息㈢……………瀧口修造（三六）
現代詩（時評）……………笹澤美明（三）
（同人語）所謂詩壇詩人のこと（笹澤美明）　西下記（安藤一郎）　斷片（永瀬清子）
阿Q正傳……………北川冬彦（四〇）
後　記（北川冬彦・淺井十三郎）

現　代　詩

七　月　號

エッセイについて

北園克衛

最近私の手許に送られてくる文學雜誌は相當の數にのぼるが、私は特に詩の雜誌は丁寧に讀んでゐるつもりである。これは當然のことであるが、ガリ版の雜誌はいかにも讀みにくい。無論好んでガリ版雜誌を出すわけではないのだからやむを得ないのだが、八ポイント大の細字でびつしり書いてあるエッセイなど讀むと全く疲れてしまふ。しかも獨創的な思想、水際立つた批評といつたやうなものは極く稀れで　斷片的な知識や生硬な術語の羅列としか思へないものも決してすくなくない。殊に外國語となると全くひどい使ひ方をする。自分のエッセイに使ふ外國語だけでも一應名詞か形容詞かを辨へてから使つた方がよからうと言ひたくなるやうなのがある。また獨逸語、フランス語などは何れもそれらしい發音で書く位ひのセンスを持つべきであらう。いやしくも文學上のエッセイなのだから。雜誌の名は忘れたが、先日「アヴァンギャルドなどはもう古い」と書いてあるのを見たことがある。またある雜誌ではマチネエ、ポエテイクは劇場の名であると書いてあつた。いかなる名論卓說もかうした不用意な一行のために全く威嚴を失つてしまふ場合もある。然し更に無慘なものは誤植だ。如何に慎重な筆者もこの無智な校正係の手にかかつてはひとたまりもない。

對談

吉田一穗
北川冬彥

詩と小說について
長篇敍事詩の復興
日本語の韻律
現代日本詩の建設

北川　本來　詩というものはあらゆる藝術の上座に位すべきものであり詩人と云えば作家にとつて最高な名譽な筈だ。あらゆる藝術の根柢には詩があつてはじめてそれが藝術として成立つ。こういうオ、ソドツクスな考えを僕は今、强調すべきだと思つてるんだ。吉田君も勿論そうだろう。こんな考えを持つている詩人が幾人かいる限り、詩は散文に對して沈滯したりマンネリズムに陷つたりしてはいない。

吉田　古來、詩が先驅するとよく言われておるが、やはり時代の變り目には詩が直感的な形式でもあるが、ヴォワイアンとしての詩人の發想を新たにするものが現れてくる。それが革新的だということは今までの觀念や生活の全体系に對する崩壞、憤懣や反動、建設的な志向など、色々な心的現象があるけれども、そういう固狹的な秩序に强いられた古い習慣、むしろ觀念だと思うがそういうものとの感性的矛盾が詩人の精神を刺戟して、いはば人間の內部磁針ともいうべき方位、或は一つの精神均衡の斜きを感ずる者にとつて逸早く爆發狀態になる。この垂直な發想がいつでも先驅になるのは當り前なことだと思うんだ。さつき詩と散文というような對稱的な云い方だつたけれども、私はやはり詩と小說というふうに現在では規定して、文學的な類似概念ははつきりさせた方がいいと思う。實際はいずれにも詩がなければならない。ところが今の詩壇とか文壇とかを見るけれども、現實的には小說があり詩はあるが、一向、藝術というものがない。そうすると藝術というものはどうしてできるかという、むしろ客觀的なカノンを欠いておるので、われわれの精神がもつと激烈であり、或はもつと柔軟なものであるならば、なおさらやはりそういうものを制約し、大きな力に爆發させる機構というようなもの、きびしい形式がなければならないと思う。形式というと、すぐ古い型を思うけれども、詩なら詩、小說なら小說となるきびしい形式原理がなくてはならない。

北川　最近小說家が詩を書き出したね。作品のよしあしは別として、あれは非常に面白い現象だと思うんだ。というのは菊池寛、久米正雄、芥川龍之介なんかが小說の新人として出て來たとき、あれは近代日本文學史の上から云えば、理智主義文學だつたと云えると思うんだがその前には自然主義、人道主義なんかが出ていたね。これらの文學運動では大体、詩が無視されていたね。詩精神がないんだ。評論家では正宗白鳥、小說家では亡くなつた菊池寛などは……

吉田　菊池寛は特に詩について全く無感覺で、俗物主義の尤たるものだつた。たとい、パラドキサルな理智主義者だとしても、詩については古いものしか知らなかつたようだ。

北川　菊池寛が科學が發達すれば詩は滅びると放言して、物笑いの種になつたことがあつたね。その後文壇にあらわれた新感覺派の横光利一、川端康成などはその根柢には詩を持つていたと思うんだ。二人とも良い意味から云えば詩人だと思うんだが、近代日本文學において、小說家が詩人である印象をはつきり與えたのは、これがまず最初ではないかと思うんだよ。その後一方にはプロレタリア文學が起つたね。あれはやはり自然主義或は理智主義の變形だと思うんだ。

吉田　横光君とは同時代に詩作したのだから、私にはその頃、今いう君の意識では特にそうとは感じなかつたが、ふりかえつて見れば、やはり若々しい詩の開始だつたと思える。

北川　戰後に新らしい作家がまた擡頭して來たね。梅崎春生、椎名麟三、野間宏、この人達は根柢に詩をもつてあると思うんだよ。その前の梶井基次郎、堀辰雄、太宰治、田中英光、壇一雄、森敦と云う人達にも詩がある。このように日本の小說も最初に云つたような本格的な藝術になる端緒が、ようやく開けて來たと僕は思つているんだ。古い型の小說家は詩を輕蔑したが、新しい型の小說家は詩への憧憬を持つてるんだ。この傾向は、今後の日本文學の發展にとつて、本道を行くものだと思うのだ。そういう意味で、小說家が最近目立つて詩を書き出したと云うことは、非常にいいことだと思うね。詩壇ではケチを付けたりしているが、しかし一方考えると、神西清という人があるだろう。あの人の說によると、今まで日本の小說家は私小說で詩を書いていたと考えることが出來るが、つまり小說が詩の代用をしていたのだ。そこに詩の振わない一つの原因があるという、逆說的な意見を吐いていたことがあるけれど、これも面白いと思うんだ。つまり作家とか小說家というが、ほんとうの散文と云うものが一体日本にあるかどうか、神西淸の說もそこから出て來ていると思うんだが……

吉田　つまり日本で抒情詩、敍事詩というような分け方で、抒情詩というものを今云つておるのではなく、「詩」に獨立し、敍事詩が小說に轉身して敍事詩なるものが消滅したが、小說が私小說になる傾向性ともいうべき要素的なものとして、私は日本の生活狀態の低次元と感性的文學傳統を指摘したい。一言にして言えば、西洋的な幾何學的精神というものに欠けておるために、どうしても私小說というものになつていくと思う。これは永い間の日本文學の傳統だから、當然だと思うけれども、一方、抒情シだけが未だに殘つて、それを詩の唯一の原理とし、本質というメタフイジツクを振りまわしておるというような考え方、これは僕は何かやもめ振りのように思はれる。抒情シだとか敍事詩という限りで、詩の新らしい形式を立てていくという考え方は誤りだと思う。そうしてさつき云つたような一つの論点として、詩にも、むろん小說にも詩、即ち藝術でなければならないということ、それには藝術として成立する條件がなければならない。特に近代文學は直接に西歐的な概念で成立する藝術の規範で考えられるものたる限り、日本人の感性的文學にとつては、どうしてもこの愛が描かれても認識に欠ける情緒文學として、主智的なものを、一つの抵抗として避けていく傾向をとつておる。だからわれわれが新しいシを書き出して、そうして日本で未だに新らしい詩が一般的にならないかというのも、人は抵抗のない流れに沿うて感傷的でメロデアスな古い詩を、現在まだ蕩々とうけ入れておるのであり、抵抗を避ける傾向があるからである。それが証據に、抵抗のない或は抵抗の少い短歌とか俳句とかいうものは、昔からの感情的な、感覺的な生活になじんだ一つの美意識というようなもので、やはり遊びの對象になつておる。だからわれわれが今やつておる近代詩というものは創造的のものであつて、非常に抵抗の強いものである。だから戰後の一般的な文學現象として當然なもがきのうち、現實と觀念のずれ、そういうものにやり切れない焦燥、一種のデカダンスを見る。第一次大戰後、フランスでの現象が、過去のあらゆる觀念のぶちこわしに始つたダダイスムからシユウル・レアリ、ムへの運動に展開したように、殊に感念的な藝術運動というものは、破壞が建設なのであるから、やはり創造は常に強い否定を契機とする詩的精神だ。その精神を見守つて、正しく形成していく方向をとるように、流れる方向でなく・構造的な知的抵抗の強い形成的文學の方へ、つまりロマンティクからネオ。クラシスムの方向へ、一度は日本の文學的主流が舊い堤を洗はねばならないと思う。どんな文學的傾向でも、結局はジャーナリズムで一段低い次元に平均してしもう。その時また詩人が平均率を破つてゆくところに見者としての詩がある在り方なのだ。丁度そういう時だし、ただその方向だけが抵抗の強い創造的な形成的な方向へいくとしている点では、やはり私小説も西歐的水準で大人の藝術にならなければならない。

北川　吉田君に一寸まえに、抒情詩と敍事詩をわけて考える事は間違いであると云つたが、本質的には僕もそうだと思うんだ。すべて藝術の中にあつて敍事的な要素と抒情的な要素、批判的な要素の三つは渾然としてなければならぬと思うんだ。ところで、敍事詩の中の物語性が分離して小説になつたね。そこで敍事詩の物語性というものを取り除いたら、結局殘つたのは抒情詩になつたわけなんだね。抒情詩になると、それが短いものとしてしか成立しなくなつたことからしても、一應抒情詩、敍事詩と云うものをわけて考えることも無意味ではないと僕は思うんだ。詩の本質は抒情だと云はれておるね。萩原朔太郎の詩論もそれで成り立つているし、一般の諸觀もそうなつておる。現在雜誌だとか詩集などに現われておる詩人の詩と云うものは、殆んど抒情詩だね。しかも君の云う抵抗のない抒情詩なんだ。それに抵抗を與える爲には、やはり敍事詩と云うことも考えることが必要だと僕は思つておるんだ。それについて二月號の「文學界」の座談會で林房雄がこう云う事を云つておるんだよ。日本の現代詩には長篇敍事詩と云うものがない。つまりバイロンだとかプーシキンだとかが外國では長篇敍事詩を書いておる。それだのに日本では白秋にも三好達治にも敍事詩がない。長篇敍事詩がないそれは一体どうした事かと云う問題を提起しておるのだ。僕はもう十數年からその事を考え續けているんだが、日本の詩にとつては大問題なんだがね。その時草野心平が席上におるんだけれども、それは日本の詩の世界的でない所から來ておるとか何とか、まるで見當外れの事を云つておるのだ。林房雄の提言に對して全然答える用意がないんだね。長篇敍事詩は草野の頭にはないんだ。關心がないんだ。ところがこれが現代詩人であつたらば大いに關心せねばならぬ處なのだ。長篇敍事詩の復興と云うものは、僕は日本の詩人の社會的文壇的地位が非常に低いといふ事から云つても重大な事だと思うんだ。つまり小説に拮抗するには物語性と構成のある長篇敍事詩をもつて拮抗しなければどうしたつて壓倒されるに決つているよ。そう云う考えを僕は持つておるんだ。僕は「文壇」昨年十二月號に、「現代詩興隆のために」と云う相當長い論文を書いたんだが、簡單に云えば明治の詩人の態を考えてみたんだよ。明治の詩人と云うものは、文壇の中でちやんとした地位を確立していた。文献などによるのだけれども、たとえば蒲原有明、薄田泣菫、岩野泡鳴なぞは、長篇敍事詩を書いておるんだね。そう云う敍事詩が大正、昭和となるにつれて滅亡してしまつたが、どうして滅びたかということを考えて見たんだ。彼らはいわゆる文語雅語を使つて、音數律の定型によつて敍事詩を書いておる。外國の長篇敍事詩と云うのも、やはり韻律と定型によつて成立しておる。つまり韻律と定型とが長い詩を書かせる條件になつておるのだ。所が近代日本の詩は、音數律と定型を破壊した方向を取つたね。そこで詩人は長篇敍事詩が書けなくなつてしまつた。長篇敍事詩を書く方法を失つたのだ。そこで現代詩人が長篇敍事詩を書くには、やはり何らかの方法を新たに發見しなければならない。その方法がなければ結局長篇敍事詩の復興は不可能なのだ。

吉田　手取り早く云えば、その方法は小說の方法をとつてもいいんだよ。近代詩の特質は自我の解放としての分裂にあるのだから、主題性や物語性の條件から、純粹に詩が詩として獨立する方向をとる。だが抒情詩は依然として感情の流れに身を投げて、一次元より上にあがれないんだ。そこに敍事詩的なもののもつ構成的な力を希うのだ構成というものは知的なものだ、力學的なバランスだ。近代詩に構成という比率のもつヴオリウムと辯証法的運動を缺いたら、その資格がないのだ。田山花袋でも柳田國男までも、古來の用語と定律で質に立てちない詩を書いているが、一たび言文一致という四迷風な口語の表現方法が見出されてから、彼らは小說に入つていつたんだね。そうしてむしろその當時の彼等の詩とは人が違つたように生々とした小說を書いておる。藤村は利口だから青春期を歌い終るとすぐ小說に入つてしまつた。つまり、あの女性的な七五調という音數律定型が、主情性にのみ適格する幼稚な感情の一つの日本的樂器であるに過ないということの證據を殘したものだ。時々、小說家からのバイロ＝ズムの要請をきくが、彼等の觀念する「詩」なるものは、文學的な智識を欠いた近代詩の理解に背はれないものがあるから、そのまま受けとるわけにゆかない。北川君は、それを善意に受けとつて問題にしているのだが、敍事詩、抒情詩の範疇を[illegible]と同樣に、一まづ西歐的な文學史の概念で理解し、且つ、その上で新らしく敍事詩的發想を考えているのだと思う。その共通点に立つて、近代的に分化した詩と小說の歴史的な客觀的な位置をここで一應認め、その上で、長篇の敍事詩を書くということが可能なりやを方法的に追求してみよう。第一に詩の形式として考えられる音律では、日本語には西歐的な韻律の複雜さもないし、韻律というものが直接感情に訴えてくる限り、日本音律と日本人的感情は比例し、その韻律の日本語がもつ欠陷から長い敍事詩が韻律的には効果がないという事だ。日本の音數律論というものは、結局効果論に終始しているものだ。二音・三音の組み合せでリトムを長く重ねては、單調になるし、元來、集約的にする感情の起伏というメロデーは從つて短いものえる事が音樂的に原則だ。その繰り返しは永く耐え難い。音律的な形式の考え方から敍事詩を追求する方法は私にとつては賛成できない。君の云う小說と對立させて、尙且つ優位な立場をとらうとする詩の一つの方法として敍事詩を考えるという考え方は、決して誤つてもいないと思うけれども、そういう韻律的な効果による形式で敍事詩を考えるのは、僕には――つまり近代的な新らしい小說を創造した方が、むしろ詩というものを新らしい形で成立させる方法だと思うんだ。

北川　それはね。僕だつてすでに詩を小說の形式の中に盛みこむ意圖で「北方」以下一連の小說を書いているんだ。實驗濟の上からの考えなんだがね。戰後の新らしい作家なんかもそれをやつておることと思うんだよ。小說と敍事詩の違いというものは、大雜把な云い方だが、小說と云うものは、やはり觀察と心理の分析だと思うんだよ。所が詩というものは、直觀的なイメージの把握になるんだ。小說の發想法とは違うんだね。イメージの屈折や飛躍は、書き流された散文の中では居心地がわるいんだね。僕は、僕の小說を讀みなおすたびに、何とかしてくれと、それは呟き叫んでいる感がするんだよ。それには何とか別の形式を發見する必要があるんだ。

吉田　それは記述の方法だからな。つまり詩人の表現としては記述という事を出來る限り拒否する方法なんだな。その爲に小說家は何等かの書くべき對象がなくては、物語りというものを構想してゆく事は出來ないんだ。所が詩人はその点全く違う。詩人と作家の根本的な差違というのは、詩人というものは自ら對象をつくつていく能動的な放射なんだ。方法としては常に垂直的な發想をとることだ。だから君の云うような直觀的な言葉でと云ひ切つても構わんが、むしろ方向として垂直に、内部放射としての自己の發光によつて周圍を照明してゆくやり方で、何等の自明の理も白晝の太陽の光りにも據らない立場をとつていく。だからその放射線はブツブツ切れておることだ。ところが小說家はそういう意味では一本の糸まきみたいなもので、糸が續いていくのだ。つまり平面的に展開していく方法をとつていくわけだから、對象を描いていく記述の方法をとつていくわけですよ。だから詩人とはその点で方法なり態度に根本的な相違がある。いはば對話的なものに對して獨自的な自己照明の表現をとるのだと思う。

北川　つまり詩人が小說を書くといふ場合に……

吉田　さつきからその問題に君は觸つておるんだが、要するに君が書くものが、今迄の小說の形式であらうが何であらうが、新しい詩を創造しようという熱意で、在來の詩に忿滿を感じ、量的にも大いなるものという意味で、逆に小說を對稱にしてゐるんだな。だから在來のリリシズムの感情一点張りでなく、ものを形式していくということになれば、一つの現實を構成していくという方向をとるわけだ。從つて今までのように、唯ものに刺戟されて、ものを歌つていくという態度ではない。君も僕も昔から、恐らく歌つていくという態度ではないと思う。だからすでに僕等の中には現在の小說家がものを書いておるよりも、そう云う意味でもつと主題的なこと、いはば構成的なこと、主知的に、ラヂカルに詩を作つてきた筈だ。さつきから北川君の云われる敍事詩というようなものは、やはり言を換えて云えば、詩的な一つの構造物をつくろうという態度なのであつて、あながち何も敍事詩というようなもので言擧げしなくてもいいのだがね。

北川　それは小說と云おうが敍事詩と云おうがどうでもいい。便宜的な分類なんだからね。大きな立場に立てば……

吉田　そうだ。

北川　しかし一應抒情詩と敍事詩、敍事詩と小說とは分けて考えたい。

吉田　それは分けていいよ。

北川　詩人が散文の形式を借りな、君の云う一つの詩的構造物を作ると云う、それだけじやなくて、もつと積局的意識的に敍事詩と云う形で、西歐にもあつたああ云う敍事詩の形式　それから明治の詩人が書いた敍事詩、あの發展的な現在的なものを僕は考えるわけなんだ。ところでさつき云い出した方法なんだがね。彼等は韻律と定型によつて書いた。僕等現代詩人はそれを何によつて書くか。その場合君は小說の形で詩を書けばいいと云う。それも確かに一つの有力な方法なんだが、僕は行ワケでも可能だと思つているんだ。現に實踐しつつあるんだが……

吉田　それは一つの空間的なものを活かしていくわけですから、詩はそう云う意味で感覺的であるし……

北川　大体云つて近代詩はイメージがはつきりして來たと思うんだ。

吉田　つまり他國語に飜譯しても意味がはつきりあるもの、しかもそれは新しい意味でなくてはならぬということとになるから、立体的になつてくるわけだな。所が日本の詩は立体的でないのだ。君らは「散文詩運動」をやつたが、そう云う点で立体的になろうとした一つの試みだと思うが。

北川　うん。また敍事詩の方法のことになるんだが、現代詩のイメージと云うものは明確化の道を辿るのを特徴としているだろう。それが必然に立体表現化を伴う。ところで、抒情詩と違つて敍事詩の場合にはその間に一貫した物語性というものがなければならぬし、構成もなければならぬ。ところが新しい立体的構成と云うものを考える場合に、僕は映畫と云うものを考えるんだ。映畫と云うものは一定の時間のうちに物語が展開されるね。從つて映畫の全体の構成の中には、定型的なものが、大雜把に云えば起承轉結と云うものがあるんだ。

吉田　つまり劇の性格があるわけだ。

北川　うん。全体にそういう定型的なものがあると同時に、一つのカツト（畫面）、シークエンス（挿話）は、時間によつて制約されてくるんだよ。一つのカット、一つのシーン、一つのシエークエンスは、それより短くてもいけないし、これより長くてもいけない。内容の、つまり意味の世界を時間が制約するんだ。そこで映畫藝術は定型的だといつていいのだよ。

吉田　というよりも同じ性質のものなんだ。つまり機械が持つておる一つの制約があるわけだ。その制約の中に於ける展開なんだから、從つて映畫的に表わすというところに、内容が限定されておるわけだな。

北川　その構造の形式が問題になるのだ。シナリオというものがあるだろう。シナリオは文字を媒体として映畫をイメジーする新しい文學形式だと僕は考えるんだが、結局それは映畫によつて規定されてくるところから、定型的なんだ。シナリオは古い定型の観念ではない。新しい定型を形成するのだ。それは自由詩の内部構造に似たもので云わば「不定型の定型」なんだよ。そこで僕はシナリオの形式を、勿論そのままでなくていいのだが、敍事詩に導入したならば、西歐の詩人や明治の詩人が音律と定型を用いて長篇敍事詩を書いたように、現代の長篇敍事詩を書く爲の一つの立派な方法になるのだと考えるんだ。そこで長篇敍事詩の復興は可能となるのだ。長篇敍事詩というのは、詩と小説の間に位するもので、新しい文學樣式として復興するものなんだ。これは本格の小説と小說的な詩（又は詩的な小說）の區別を明確にし、日本文學の領域を擴大し、豊富にする意義を持つ。

吉田　シナリオをカメラに從屬するシナリオでなくて、詩人がシナリオのもつておる機能とか効果性とかを摑んで、心象化する方法をとるんだね。只カメラに從屬したようなやり方はいかぬと思う。というのはカメラは見られるものしか描けない。やはり見えないものが詩の活動する一つの領域だと思うんだ。

北川　そうなんだ。現在ある殆んどのシナリオは、映畫の隷屬物で藝術としての獨立性がない。

吉田　新しい形式で空間を活かしていつたり、カツトを活かしていつたりするやり方をすれば、とにかく或る一定の時間は自分が主宰する事が出來るのだ。敍事詩という立場からいえば、機械的に――というのは變だけれども、まア機械的に制約しておるもので、感情を制禦していく事ができるのだから、そういう点で展開していけば、僕はシナリオの形式というものは、カメラに從屬してないシナリオの形式をとつても、可能性があると思うんだ。僕は二、三書いてみた事もあるが、それは相當長いものも書けるし、カメラではとうてい描けないものも書けるね。

北川　そうそう。そこが重要な点なんだ。

吉田　從屬的ではいけないので、その点であの形式をどんどん活かしせいけばラヂオ・ポエムだつて書ける。詩という概念が韻律から拔けない限り、詩と散文というような對立的な考へ方をとるので、散文で詩が書けるという事は、現代語で書かれた詩的表現だという事だ、感情に訴える事を詩の唯一の條件とする韻律形式では、古い文語体が適應して新しいの詩の發展をどんなに阻害したか。人間性としての一つの弱点たる感情に訴えるという文學形式は、我々に於て早くから揚棄したのも、それに代わる新しい文學があつたからだ。

北川　僕らは「詩と論詩」「詩現實」の時代にそれを揚棄した筈なのだが、日本現代詩全体の流から見ると、韻律觀念は依然と嚴存してある。（僕にもそれはあるんだが一般とは性質の違つたものだと思つている）しかも戰後に於てマチネ・ポエテイツクなる一派があらはれて妙に活動しておる。フランスのソンネの形式を日本の詩に導入しようとして脚韻なんか踏まうとしているが、何の効果もない。それに大体、彼等にはエスプリがない。結局遊戲にしか類しないと思うんだ。あれは君も讀んだかね？

吉田　讀んで呆れたね。昔から日本の詩は韻律の考えられる限りの形式を一應は試みたものですよ。然しいつも成功しなかつた。というのは、日本語の音韻の組織と外國語の韻法との相違にも係わらず、音律の効果をねらつた形式を、然も支那の詩と同じ起承轉結の方法でやつて、脚韻をふんだり頭韻をふんだりしさえした。西洋の詩は自由詩でも聞いていても音としての美しさがあるけれども、日本語は音樂性に乏しい。恐らく日本のメロデイは短歌の三十一字音位のメロデイの長さの持續性しかないのだな。同じメロディを二度も三度も繰返す單調さから、長歌が自然に消滅したのだと思う。ここではつきり云いたいことは、日本語の音樂性という事だな。音樂は物理的だから、客觀的な條件を持つているから基準になる。日本語で音樂的な効果をもつのはわずかなメロディしかない。然も日本の音樂はメロディ音樂なんだな。だから三拍子のリズムもない。無論ハーモニイもない。外國の音樂と比べてメロディだけのものなんだよ。それで日本語にはアクサンが無い。音數律で、音の數だけで調子をとつていくわけだ。日本語で書く音律というものは、音數の二音とか三音の組合せによつて生ずる一定拍節しかない。そこで佐藤一英君なんかやはり詩の形式を音律の上から追求しいろいろやつてみたし、これは福士音律學の發展で、最後には尻取歌みたいな韻をふむものまでやつてみたけれども、何等詩にプラスする効果もなく、却つて古くさいものにしてしまつた。これは日本語のもつ音樂性の稀薄さだと思うんだ。同時に西洋音樂のゆたかさに比して、日本語の音樂性は、生活感情の振幅度の狭さがおもわれる。つまり日本語について云われる韻とは、音律の誤譯だと思う。支那の詩は四聲の別ありといはれる漢詩でも、また西歐の詩語のひびきでも、アクサンがあつて、韻が非常に美しい。その韻と云う概念で直ちに日本の詩歌にあてはめて、ありもしない韻効果をねらつたのである。アクサンがない日本語では、韻といはれるものは語呂合せの類しかない。音數律の律が基本である。從つて日本語で韻文と散文と云うような概念を一先ず取去つた方がいゝよ。そう云う音樂性のない言語によつて韻をよんだりするということはおかしいし、またその韻によつて詩と散文とをわけるというような考え方は無意味だ。從つてそういうような音數律の効果論にしか過ぎないものを主体にして、詩の形式をつくるというやり方よりも、別な方向から短歌や俳句のもつて來た美の意識、或は美的感情というようなもので詩作せずに、むしろ抵抗の強い構成していく積極面に新しい詩の領域を見つけていこう、新しく詩の對像をつくつていこうという考え方でやるのであつて、即ちマチネ。ポエティツ・でのやり方で詩の形式をつくつていこうという考え方は、歴史的にも失敗したし、だれがやつてもあゝいうことには日本語の宿命的な穴があつて、形式的に勿論駄目だし、そんな意味での詩精神は高く評價されない

北川　つまり何か音樂の意義……

（何のことか判ない。後記）

吉田　つまり音樂的なんだね。僕は日本の文藝一般に音樂性があつていかぬと思うのです。僕等藝術というものは創造だと思えば遊びごとじゃないと思うし、だから日本で依然として勢力

をもつておる短歌や俳句などは、一種、碁將棋と同じようなもので、これほど封建制の遺物はないし、それをもつてきて、藝術の何のと云つたところで、短歌なぞは藝術として成立する獨立性がないのだ。今までの日本人的な習慣や、環境感情によりかかつておる。もう一つは歳事記に支えられている。もつと內容的に內面的に見れば、藝術になるために少くとも三つ以上のモーメントがなければならない。それが一つしかないのだな。つまり或一つの與えられたテーマがあれば、一氣に文字通り唄い切つてしまう。つまりテーゼ一つでいつて、アンチテーゼがないんだな。そのアンチテーゼの代りに、終始歳事記によりかゝつておる。外國語に飜譯してみると、感性文學だけに、匂いも綾も消えて、意味を失い、藝術として成立する要素がない。一本足しかない。そこで音律的形式の点から詩というものをつくつていこうということは、効果論になつてみんな失敗に終つた。だから詩というものを獨立させるためには三つ以上のモーメントがなくては藝術として成立しない。簡單に云えばテーマを貫ぬくテーゼがあり、アンチテーゼがあつて、それに對して方向付ける作者の意志がそこに加わる。もつと具体的に云えば時間的に云えば時間的なもの空間的なものに對して、作者が意識的な方向をつける。換言すれば歴史的なものに對して社會的なる一つの構造の場をつくる。そうして初めて日常生活或は自然から獨立した一つの示現として獨立した一つの世界を形成する。かくして藝術に成立する。この三つの要素がなくては、獨立した藝術とは云えないと思う。此の点で云えばさつきシネマの事を云われたが、シネマはシネマとしての自らなる自己限定があり、その自己限定を外しては成立しない。劇なら劇という或一つの舞台があつて、われわれを承認させる此の承認の枠內でしか活動出來ないのだな。つまり三原則の一致という、劇の構造として時間と場所と人との構造が三樣一致の法則を無視しては劇が成立しないわけですね。そういうものがやはり詩にもある。韻律というものをむしろ從にし副にして、三つのモーメントを基礎にした一つの自己の任意の對象を成立させる、つくつていこうという、つまり此の世の中にない新しい像を創造していこう。それは現實に對する否定のモーメントによつて發動する。ところが面白いことには、近代詩人といわれる北原白秋にはこの否定がない。みんな肯定なんだ。だから平面的に感覺感情を擴散する發展形をとつていつたが。これは珍しいと思う。「近代風景」という雑誌を出して、彼はモダンな詩を書いたが今見るとそのモダンな詩が白秋詩の中でも一番つまらないものなのだ。これはどういうことかというと、近代性の第一要素ともいうべき自己分裂のモーメントに缺けていたんだな。傳統的な詩人だつたんだ。だから最初に分化してくるために、先ず我を立てる否定がない。ところが近代詩人の一つの風潮というものは、先ず否定から始まると思うんだ。そこで否定とはかくなければならないということを詩に於てつくらうとする。そこではじめて非常な抵抗に會うわけですよ。そこで意識するとしないとにかゝわらず、我々は日本語というものを使うからには、日本語の音數律制約をうける。出來る限りは自分でそれと音文的に合調させた方がいゝが、然し今迄は韻律と一点張りで何とか此の形式でつくらうとした。ところが短歌や俳句のあの形式から一寸でも出れば、短歌でもなければ俳句でもないものになるから、韻律と後生大事にあの連中はしますよ。歳事記という季感や季語によらない限り、それは句として成立たない。ところが意識的であらうと無意識にしろ日本の近代詩人は歳事記的な季語というものを使わなかつた。これはなかなか面白いと思います，私のいう三つのモーメントを最少限度にもたなくては成立しないという意識は主觀的な詩論として强調するのではなく、客觀的な自立の法則としていうのでこれでもなければ新しい詩というものゝ骨格が出來ない。何故ならば日本の詩が發達しなかつた理由の一つには、やはり短歌や俳句があつたからです。その傳統がロマンテシズムの落潮期にデカダンスを現出してどうしても享樂的な遊び事になるんだな。そういう意味で讀者と短歌の讀者、俳句の讀者というものゝ數は、まるつきり違つておる。

記者　日本語が音樂的でないという事は、日本の民衆が非常に貧弱な生活をさせられてきた事を立證しているのですが、そういう日本人の生活の貧しさを高めようとして、現在實踐して來ておる詩人達があります。この人たちの詩には短歌や俳句的な遊びというものは非常に少い。小野十三郎氏なんかの作品は俳句的といはれながら、短歌・俳句を否定するように、吉田さんのような形式的には在來の詩の形式をふみながら、而もそのような形式を作つたものへのプロテストを詠つてゐる詩人たちがゐますが、吉田さんなんかどのように見ていますか。

吉田　それは大いに結構だと思います。詩というものは直接な個人の感動などをうけつけるように甘いものではなく、緻密なものです。だから最もよい方法を追求し、どんどん新しい世界を開いてもらいたい。

記　者　北川さんの敍事詩の提案も、吉田さんと同じく日本人の持つみゝつちい枠を擴げようとする氣持から生れたものと思います。それが現れてくる場合、全然違つた形をとつているのは……。

吉　田　それは大いに違つていゝと思います。日本人が貧しかつたということとは、敗戰より遙かに遡つて、日本というものを實に哀れと思い何とかしてたゝなくてはならぬと今でもそう思つておるけれども、僕は一應日本というものを打切つて見る。言語というものも我々の血になり肉になつておるわけですね。日本語によつてものを考え、ものを受けておる。それで表現しているわけです。これは決定的な問題であると一應考えて、逆に此の頃は朗らかになつた。各國の文法を見て、要するに意味をはつきりさせる方法が一番いゝ文法なんだ。國々の習慣で色々な文法があるけれども、そもそも言語というものは最初は模倣ですな。子供が親の言葉を模倣していく。そうして考へ方も受取り方も表現の仕方も一通り覺えてしまうという事で、模倣の完成が言語体系だ。だからここで私は日本語に對して非常に明るい氣持になつた。我々が日本語をつくつていく、つくるような考え方を進めていく。今迄の日本の文法の規定を超えても、意味がはつきりして美しい姿がうつるならば、第一に言語をつくつていかなければならない。もう一つはその思考の文法につくつていくと同時に我々の生活がそれだけ豐富になる。だからこれは兩々相まつて、我々の生活と体験を豐富にし、生活の面では深さが豐富になれば、言語もどんどん豐富になつていくわけです。ものの考え方も豐富になつていく。日本語はものを定義したり、證明したりする理解的な知性語には適せぬ情緒的な感性語的体系であつた。そう云ふ点を客觀的に認めることによつて、之から我々は自由に自分の考え方を表現していきたい。表現の方法だつて今迄のようなことに規定されなくてもいい。

北　川　僕は君のようにそんなに樂天的にはなれぬよ。

（終）

斷片（一）

永瀨清子

藝術家の生活

G新聞社でSさんにめぐりあつた。Sさんは女流の洋畫家として東京で勉強してゐられた時は私の從兄のMの畫室で私らは會つたのだつた。Sさんは私をMの愛人と思ひちがへてとてもオドオドとひかひ目にしていらしたつけ。家へかへつて今日の偶然な出合ひを話すと、Sさんの家の事を母はよく聞き知つてゐられた。Sさんは祖母に育てられたが古い格式のある家柄でそこにつとめてゐた家政婦の話では「御隱居さんが、東京へいつていらつしやる孫娘さんの歸つていらつしやるのをとても〳〵お待ちになつてゐたので、私も東京へいつて繪を習つていらつしやるからには、どんなにりゆうとしたなりをして歸られるかと心待ちにしてゐましたらね、どうですか、ちびた下駄をはいて柳行李を一つかかえて歸つて來られましたよ。私はあきれましたよ」その家政婦がうちへ其後來てゐたので母はきいて知つてゐたのだ。しかしこの家政婦の話を母から聞いた時私は思はず血が顔にのぼつて指をにぎつた。

「お母さん、やめて下さい。お母さんまでそんな話を平氣できいてゐるなんて。藝術に身を入れて貧しい身なりになることは當り前なんですよ。私だつて同じですよ。流行のふうをして歸らなかつたからつて笑ひ話にするのはやめて下さい」

この間T町へ話にいつたら二三十人の聽衆の中にベレー帽を着たS畫伯が熱心に聽いてゐられたのを發見した。話のあとで一緒に白髪の文化會長の所でお茶をよばれ、そこに立派な元義の六曲屏風があるのに驚いたりしたが、やがてそこを出て街角でお互にわかれた時、この日本語を忘れる位長く佛蘭西にいつていらした畫伯が、そして前衛をもつて自任していられる畫伯が、實にみすぼらしいオーバーを着てゐられること、少し前かがみになつて彼の獨身の巣の方へかへつてゆかれたこと、それを意外な氣持で見送りながら、ふとこの間新聞社の雜然とした部屋の一隅でS嬢が昔のままのおど〳〵したやうな、それでゐて純粋なやうな瞳をしたS嬢がガンジーの寫眞の修正の筆を擱いてなつかしさうに私の方へ近よつて來られた事を思ひ出した。そしてその老嬢のために私が母に云つた言葉を、切實な氣もちで再びS畫伯の風態をあやしんだ自分のためにくりかへした。

二つのソネット

安藤一郎

樹液

私はこれ以上　あなたに近よれない
あなたは　莊麗な幻のやうに
私のそばを歩む　そして
無言のまま　樹林の徑へ入つた

綠の下蔭で　沈んだ夜が匂ふ
あなたは　ほの白く浮き上る
遠い柔かな花よ　だが　あまりに近く
瞭らかに　息づいてゐる

突然に　あなたは笑ひだす
その噴き上るやうな聲と共に
いつせいに　新しい樹液が流れ落ちる……

あゝ　野性に滿ちた無限の若さ
一瞬　私は意識の支へを失ひ
寂しく大きな眩暈に　よろめいた

舞踏

手は　外から音樂の方へ呼ぶ
少し崩れた薔薇のやうに
あなたは　私の世界に入る
だが　その柔かさは碎けることがない

私の動きに隨いてゐる
輕く　活々した脚
ふくらんだ温い胸が　私を押し
また横へ　やや避けてゆく

薄明の中の往き戻り
二人は搖れてゐる　搖れてゐる
床に寄せ返す　波の上で

このまま　どこへ行かう
（マイアミへ　あゝマイアミへ！）
すると突然　すべてが絕える時が來る

散文詩三篇

右原厖

花

明けるにはやい夏の朝。黄炎五瓣のかんぼじやの花は仰向き、花は俯伏してゐる。父はもう怒らない。庭にあつて、父の擧措は軒しのぶよりも靜かだ。

父は七十三歳。おびただしい雄花を掩つてはこころの儘なる雌花のひとつに寄りそひかがむ。一語を發せず、一語をきかず。かさなるひろ葉ひろ葉のさかんな葉いきれの中にまた立つ影。

――父よ。神を冐すその行ひの爲に、あなたのゆびは震え、あなたの老軀は、まるであをい穗蔓の化身のやうにけぶつて見えた。

園

水をうたれると平石（ひらいし）は狼狽へて色を變えた。芝生だつて同断である。生色をとり戻した藥尖が露を溜め履物を濡した。園の上。師は、かい落された耳のやうな月を指し、獨り牀几にもたれては、こんこんと深い晝の睡りに入られた。愉しみゆらぐ樹もれ陽をよそに、虹を纏ふた蜥蜴（とかげ）がその石に來てしばらく腹を冷してゐた。

春耕餘日、われ大いに馬鈴薯種子を啗ふ

北海道産の馬鈴薯種子には、男爵と云ふ肩書がついてゐた。一日がかりで、畑に埋めおわつた翌明け方、臥床の中で、氣の利いた肩書のそれが俄かに可怪しくつてならなかつた。

開墾地に馬鈴薯の種子をうゑて日が昏れた。夜にいつて雲は崩れ、四邊蒸すばかりの豪雨。くらがりを屋上に揉みあげ一かたまりにおちる豪雨。つみ藁のやうな日のつかれをつんで、村のひとびとがひとしく陷ちてゆく根つ子の眠りは深い。その眠りのそこにひかる溜沈の水明りをうち、日長の明るさを吸ひ込んだ苗床の油障子をうち、したたか降つた雨脚は、あけがた國をこえて遠く外洋に去つた。

からりと晴れた山腹。その山腹の眞ん中からあふち谷へかけてひろがる、山火事あとの黒斑が、そつくり、巨人の抜けあがつた大穴のやうに眼に霞んだ。

時評

詩の批評について

現代詩はつまらないとか、好い詩人がいないとか、よく聞く言葉だが、から言ひ出す人は、きまつて、詩に飽きた人とか、しばらく書かなかつた人とか他の畑の人か、さもなければ何でもつまらぬとけなすニヒリスティクな傾向な人か、意識して、他人のものをけなす癖の人かである。

詩に限らず、その批評する人によつて、その對象は面白いとも、つまらぬともなる。その原因は、實に複雜で、年齢、境遇、そのときの周圍のあらゆる事情のデリケートな、批評家に及す影響、心理狀態など、細かに擧げれば、際限がないが、案外フィヂカルな影響が多い。極端な場合になると、空腹で腹の立つた場合のやうな下らぬ原因が重大な結果となる。天候の影響も見逃がせないだらう。肉体的にも精神的にも飽滿な狀態がまた、好適な鑑賞の時間ではない。精神的な問題もフィヂカルな、生理的な影響に左右されることが多いのである。詩を味はふ時間は、その人にとつて最も適當した條件を備へてゐなければならないが、日本人には、まだ現代詩を鑑賞するには、傳統も經驗も、ヨーロッパ人より短かくて淺いのだから、（西洋音樂だつて實際に理解してゐるかどうか疑問だ）本當に詩を批評する人が幾人あるかどうか怪しいものだ

さういふ人が、現代詩はつまらぬとか言ふと、不思議な群衆心理作用をおこして、うつかりこれに感染してしまふ人がある。いつだつて、誰だつて人生は退屈で、下らなくて、腹立たしく思ふ瞬間や時間はあるものだ。現代のやうに醜怪な現實に追ひつめられると、よけいそんな氣持が起る。生命感情といふものは、我儘勝手だから、常に魅力や刺激を求めて、食ひ飽きたものは吐き捨てる。そして言ふ。「ちつとも面白いものがないじあないか！」

しかし、又、異つた朝、何かフィヂカルな原因が作用して、俄然、食ひ飽きたものに手をさし出すのである。

現代詩のわからぬ人とか、理解しようと努めない人の批評は、藤村、白秋、春月あたりの作品を戀ひしたひ、未だにあの感傷の甘さや感傷の醉ひからさめず、現代の詩はつまらぬといふ。なるほど、甘味の少い現代詩は、彼等の嗜好に合ふ道理はない。

文藝批評家の中には、外國のものが好くて、日本の詩は駄目だといふ、全く箸にも棒にもかからぬ先入見と事大思想をもつてゐる人がゐる。

この間 さういふ一人が、フランツ・カフカの詩を引用して陶醉してゐたが、あの位の作品なら日本の現代の若い人の作品にもある。わざわざ外國詩人の作品を持つて來るのも變な話である。小說家たちが、現代詩人を嘲笑し、ただ行を別ける位で詩が作れると、甘い氣持で書くが、そんな作品が詩といふなら、我々何十年もかかつて苦勞して來はしない。

これは、結局理解の問題で、理解してゐれば、無責任に嘲笑など出來るものではない。理解の問題について、逆な立場から、最近、評判のよい太宰治や石川淳の作品を讀んで見たが、どこがよいのか、私には解

らない。これも無理解なのだらう。どうも藝の手の内が見いすいて、感心しない。最近、よんだ太宰治の「ヴイヨンの妻」や「斜陽」が時代の作品だと理解はするが、奇妙なきたならしい、人物が出て來て胸の惡くなるやうな後味きり殘らない。これも、フイジカーな原因か、私が實際の批評家ではなく、小説を作らない人間だから、本當に作品の好さが解らないのかも知れない。

何でも他人の作品をけなす詩人や批評家もゐるが、結局、それは自分に重みをつけ、自分といふものが最も豪いと思はせる手なのだが、この型の批評家はポーズだけで恐しいものではない。昔から、他人の作品をシンラツに攻擊する勇敢な詩人の作品に、うまい作品を見たことはない。

作者が一番氣樂に讀める批評は、コンミユニストの批評だ。はじめから、反對の立場からかかるのだから、これほど、はつきりしたものはない。彼等は反對派のものを頭から否定することが出來るから、批評も樂だらうと、こちらが察してしまふからで、批評されても正体が判れば、さう腹も立たない。

詮じつめれば、批評といふものはアテにならぬといふことになる。まして、どんなにすぐれた詩人の作品でも、百の中、その數篇ぐらい切り傑作は作れないのだから、一篇だけで、全体を批評するやうな、無暴な批評家などの言葉をあまり氣にする必要はない。

何と言つても、正しい批評は、作品全体を深く研究して、理解に努めた後世の研究家の批評である。氣まぐれやフイッカルな原因が除かれているからである。さういふ私も、あんなに嫌つた萩原朔太郎の作品と詩人的價値を今日になつてどうやら理解できさうだ。

文學の存在理由

最近、ある知名の評論家に會つたとき、聞いた話だが、フランスでは、現在文學は裝飾的存在だといふ。私は前から人生は實利と裝飾で出來てゐると信じてゐるから、別に驚きはしなかつた。それが現代の絶望や否定の人生觀から來てゐる、過渡的現象かどうか判定は出來ないが、文學の衰退と變貌は、たしかに現れてゐる。しかしこの活版藝術も、將來一日の食事が榮養本位の少量の丸藥か何かで濟す時代が來ない限り、滅亡する心配はないし、實利的な航空機時代が來ても、汽車ぐらいなテンポを持つ現代文學が人間の本能に合致してゐる間は、存在理由を失ふ筈はないと思ふ。現在の我々でも、時には、汽車のテレポよりも遲い、步行の旅に惹かれたり、携帶口糧の味より、はるかに皿や箸や、念の入つた料理の並んだ食卓の前に安坐する好みや欲望を失つてゐないのである。原始への、落ちつきや休息への人間本能を失はぬ限り、それに適當した人間の藝術本能は失はれないと思ふ。とにかく、實利のみを重んじれば、一時は裝飾は不必要となる。しかし、女性はどんな時でも裝飾を忘れない。

文學は、ゲーテの言ふやうに一片のパンではなく、麥粒である。「一粒の麥死なずば」の存在理由と意義は現在でも失つてはいないと思ふ。

笹澤美明

證人

（第三審判律第七章の二）

浅井十三郎

梅。
桃。
櫻。
それら　樹木の幹にへばりついている
ごろごろの粘菌たち。
植物とも動物ともつかない生態をさらしている　これらの生物について
いまわ　なんの魅力もかんじないのだ。
（このごうつくばりめ）
家系だとか居留民だとかと僕らのうえにのしかかってくる、あいつに似ている
そのにくにくしい時間について
その濕氣にみちた世界の

記憶について
又わ　そのうつりゆく影の消滅について。
僕らわ、僕らの庭園にそれらの樹木を必要としない。鐵柵の必要を感じない。
しかも　それらの粘菌たちがむしばむ年輪。衰弱。
恐るべき僞善者たち。
梅。
桃。
櫻。

門扉がとつぱづされている。

道踏に面した、その家の玄關口、周邊。何某戰死と刻んである墓とゆう墓が、　横つざま
にたきこわされ　麥や馬鈴薯がぐわあつと地面をひろげている。

又も烏ならぬ鳥がたちさわぐ、　某月某日。

僕らわ、僕らの中に　これほど偉大な證人をみたことがない。

——屈辱よ去るがいい。

おるがん 破調 （完結）

笹澤美明

29

私の洋傘は暗示したやうだ
私が影を求めてゐることを
暗いものに傾いてゐるのを
私の背すぢを寒さが走つた
夜に移る岩山の黒いひだや
川岸の草むらの下の流れや
夕暮の中へ沈んで行く旅人
ランプの下にうづくまる影
貧困にくぼんだ老農の眼差
はては遠い町の姉たちの手
それは疲れて皺よつてゐた
私の心臓をくまどつてゐる
肉親を流れめぐる黒い血液

30

夜が來て私は家路についた
私は洋傘を靜かにたたんで
非情の月を頭上にかぶつた
そこで私は路傍の影となり
輝くものと別の世界にゐた
思ひもなく夕風に吹かれて
エニシダの如く立つてゐた

31

風から雨に
雨から花に
花から葉に
移つて行く
この平凡な
移り變りに
すり減つて
村は蒼ざめ
亡んで行く

32

竹峽の流れの上の土橋
その流れの隅の淀みに
竹の枯れが映つてゐる
竹の秋の竹の黃葉よ
もう死なねばならない

33

船のマストに豫約されたといふ
大きな杉の木にかこまれてゐる
古い名將の苔むした墓があつた
武將の死ははるか彼方にあつた
すでに名も古びて蒼ざめてゐた
死は墓石を置き去りにしたのだ
死と墓のへだたりはどうだらう
いつもマークは空虛な殼である
蕭々と風が古典曲を奏してゐた

34

そののち村は腐臭にみちて來た
石灰は村に撒かれねばならない
青瀧村はどこへ行つたのだらう
山の中腹にかかる瀧はけぶつて
青空が雲の間でひらめいてゐた

35

青空の下で暗い取引がはじまつた
娘たちは黑い襟首を花模様で飾り
はでな日傘やハイヒールを抱へて
遠い町の方から得々と歸つて來た
ある家の窓でミシンが鳴つてゐた
貧しい少年が盗むことをおぼえた
村は何でもない風を裝ひはじめた
鷺鳥が鳴くと村は一時に動搖した

36

墮落僧との對話

梨の花が咲いた
納める東洋の女
寄り添へば罪一
固くなつて恥ぢ
まだ生娘である
寺の築地は崩れ
門に蝶番ひなく
本堂は傾きかけ
境内は草を被ひ
なじみの住職の
讀經を聞かない
ある時彼は言ふ
法燈の影うすれ
狐狸堂に滿つか
正に Fin de siècle
私は笑つて應へ
正に末法の世だ
法城即ち墮地獄
貴僧の破戒の罪

やがてこの寺を
地獄變と化さむ
懐手をした彼は
生白い腕を出し
拳を握つて私を
嚇しながら言ふ
地獄の底に落ち
初めて贖罪せむ
未だ御佛の手を
發見すに由なし
深淵にあがきて
はじめて御手に
すがるなるべし
かくて淨土開け
普ねく濟度せむ
私は苦笑禁ぜず
勝手なたわごと
物質と逸樂にて
生きんとするに
何の濟度がある
僧に說法とは又

これ末法の世か
また酒を酌むか
私は築地の草に
横たはり言つた
ここは日うらら
正に常時天女滿
ここのみ天國と
そして梨の花を
彼に指しながら
墮落僧病む女を
寺内に匿ふかと
僧は腹をゆすり
貴殿は詩人だな
だが卑怯未練だ
方便大自在の中
不徹底卽地獄だ
最後のことばは
私の眼を閉させた
いつか門の蔭で
繭の相場に就て
村人と話す僧の
白足袋がつよく
私の瞼に映つた
罪はすべて私を
惡はどれも私を
責めつけるのだ
まるでペテロが
神に戒められて
神に近づく如く
私は罪に近づき
私は惡に近よる
再び眼を閉くと
僧の影はなくて
午後の薄い日に
病の重くなつた
梨の花がひとり
青く光つてゐた

37

良くないと言ふ評判の少年が
私に言つたことがある
ぼくは燈のことを想ひながら

夜道を家へ帰るのだと

38

一つの燈が私に告げた
生きてゐるんですよと

39

初夏の光が草むらに
射し込みはじめた
わたしはひとり
麥畑に向つて
立つてゐた
風が吹き
去つた
ああ
顏
息
溫味
傍らに
私は見た
若い女性の
黑い瞳の光と
麥色の腕の影を
私は肉體を感じた
私は生きてゐたのだ

40

私はふるさとを求めて
一つの村へ到達したが
そこは惡魔の町から
休息のために來る惡魔が
腐臭をふりまいてゐた
私の求める村の靈たちは
そこから脱けて更に遠く
山の中へと退いたのだ
そこで私は飄然と知つた
純粋なものを求めてゐたのを
しかしそれは透明であつて
そして無形であることを
それは死以外のものでないことを
村の中で不純なものだけ残り

純粋なものは形を失つてゐた
純粋なもののほどもろく
不純なもののほど強かつた
生命はまことに不純であつた
それは自然の暴力と惡に
抵抗して堪へてゐた
それは瞬間の連續によつて
呼吸と熱量と力量を保つてゐた
私もまた生きねばならなかつた
私の瞬間は常に微かに歌つてゐた
この宇宙の大交響樂の中で
あたかも大きな響をたてて
地を貫ぬく地軸のやうな
大瀑布の傍の草むらで
かぼそい聲で歌ふ秋の虫のごとく
しかも一つの抵抗力をもつて歌つた
私は再び出發しなければならない
青瀧村は私の眼の前から忽然と
永遠に消え失せてしまつたのだ
私は淋しい影を背負つた背と
未來と信念にふくらむ胸をもつ
あの一人のプロフエートのやうに
その村に別れを告げた
日の照りつける
夏の日のことであつた
蟬が眞新しい青い絃を調べてゐた

41

私のオルガンの音階は狂つてゐる
もうこれ以上歌ふことはできない
かつて妹たちは活々と彈いてゐた
そして彼女たちが去つてから
オルガンは呼吸を斷つたのだ
私の歌がそれに再び呼吸を與へた
しかしそれは私にとつても最早老いすぎた

42

私のオルガンの蔭に
夕日が立つてゐる
ほかに誰れもゐない

（完）

月蝕異變

富澤赤黄男

鉛のやうな　海底を
人魂のやうに尾を曳いて　亂れ狂ふ
おびただしい　水母を
わたしは見た

暗い洞窟の岩壁の
妖しい龜裂に　ふるへながら
たゞ　ひたすらに　祈りつゞける

一匹の　白蛾を
わたしは見た

あの泥沼の　葦の陰に
絶望の羽を抱いて　身をひそめる
傷いた　一羽の雁を
わたしは見た

灰色の荒野の果の
野牛の屍肉を　むさぼりくらふ
ハイエナ　の
あの醜悪な　舌なめずりを
わたしは見た

なにものともしれない　巨大な爪で

無残に　ひき裂かれた　古木が
血を噴きながら　睨びたつ
その悲惨な　裂傷を
わたしは見た

うち沈んだ　墓地の隅から
まだ　生々しい　眼球を　啣へて
音もなく　飛び去つた
大鴉を
わたしは見た

濕つぽい沼澤から
白い茸のやうな　腕が　腕が
によき　によき　と　生へ出て
しきりに　なにかを　さしまねいてゐるのを

わたしは見た

そして　つひに
時間もない
空間もない
いつさいが死滅しつくした
この　廢墟を蔽つて
霧のやうに　ゆれる
魂魄の影を
わたしは　いま
まざまざと　見なければならなかつた

海外詩消息（3）

瀧口修造

フランスの若い超現實派

戰後のフランスのシュルレアリスト、殊に若い詩人たちの動きはほとんどわからなかつたが、近頃四月上旬の文藝新聞「レ、ザール」を讀んでみて、その片鱗に接することができた。それによるとアンドレ・ブルトンなどよりも二世代も三世代も若い連中が二派に分れているらしい。それが相變らず政治的な立場による相違であるらしいのである。具體的な彼らの仕事がわからないので物足りないが、彼らの主張するところを要約してみることにする。

ブルトンのシュルレアリスムに對して明確に「革命的シュルレアリスム」を唱えているのはノエル・アルノオである。この新聞の記者によると、ブルトンをブランシュ廣場の法王だとすれば（彼はシュルレアルスムのパープといふ仇名がついているのである）、アルノオはヴィクトル・ユーゴー廣場の長老格というところだそうである。シュルレアリスムを名乘つている以上、その親木との關係はどうなのだという質問に對して、彼は皮肉まじりに「僕はヴェネズエラで木樵をしていたことがあるので、それ以來樹木と名のつくものを輕蔑している。それに腹異いの子だなどという言葉は特に用心している。鼻はつねに鼻めがねの息子ではないのである」

だからアルノオのシュルレアリスムは、ブルトンのそれの枝ではない。それとは何の關係もないと斷言する。彼によれば、ブルトンのシュルレアリスムは彼自身を表わす以外の何ものでもないが、革命的シュルレアリスムは、技術、發見の精神、ブルジョワ的上部構造の否定、現代の諸價値の正しい認識といつた方向へみちびく嚴密な批判をもつたもので、もはや枯木の枝ではない。それは革命的な現實、乃至プロレタリアの解放のための行動から發した思想に役立つものである。だからその素材も客觀的な現實の中に見えだす、というのである。もし強いて「親木」を問題にするなら、辯証法的唯物論がそれだという。

このアルノオの簡單な主張だけからは、彼らのシュルレアリスムが浮んでこない。まして從來のシュルレアリスムとは何の關係もないと、突放しているのである。ルイ・アラゴンなどは ずつ以前にシュルレアリスムを放棄して、プロレタリア文學に移行してしまつている（尤も彼の詩や小説はいわゆる プロレタリア・レアリスムとは大分ちがつたものだが）。ポール・エリュアルもこんどの大戰を 契機にして、ブルトン一派と離れて、政治的にもかなり明確に左翼陣營に轉じたのではないかと思はれる。このアルノオというのは戰前に名を見かけなかつたので、おそらく戰爭中に現われた新人であろう。

これに對して、アルノオが「枯木」だと形容した正統シュルレアリスト、否、その中でも若い ジェネレーションの連中はどうであるか。彼らは「ネオン」NEONというセンセーショナルな機關誌を毎月出しているが、同人はサラーヌ・アレクガンドラン、クロード・タルナン、 アラン・ジューフロワ、ガストン・ピエール、 ジャン・ルイ・ベドゥアン、フランシス・ブーウェ、ピエール・ドマルヌ、 セルジュ・ブリアンシアネ、スタニスラス・ロダンスキ、ウェラ・ヘロルド、ジンドリック・ヘイスラーなどである。

そのうちアレグザンドランとタルナンの二人が代表して語つたのは次のようなことである。「僕たちがいなければ革命的シュルレアリスム などというものも存在しないわけだ。 彼らは僕たちの寄生木にすぎない。それに革命的シュルレアリスムというのは一種の重複ではないか。 シュルレアリスムそのものにすでに革命的の意味があるので附加える必要がないのだ……。」

そして、政治に關與しないから、枯木だというが、ポエジーを政治形態に從屬させることは無力な作品を生むことであるという。僕たちの欲しているのは、思想の「契約」でなく「解約」だ。僕たちは「ネオン」を通して詩的唯物論を擁護している。經濟學に對してふたたび倫理（エチック）の優位を主張する。僕たちの社會的活動は想像力の高揚にあつて、神話その他によるその方法は、人間的な出來事、戀愛の問題、反抗等を高揚し、肉類の配給などの實際的な問題にかかわるものでないから、最も效果的である、ともいつている。

アンドレ・ブルトンがこれまで政治性の文學に對して、つねにポエジーの最後の限界を確保してきたことは知られているが、このグループもこの線に沿つているらしく、この意味でブルトンの直系を認めている。「僕らは生活や世界の變革を望んでいる点で決して社會的に無關心ではないが、態度はあくまで非政治的である」と斷わつている。

彼らの方法の中で神話というものをあげているが、昨年ブルトンや マルセル・デュシャン、マックス・エルンスト、クンギー等の畫家たちがパリで開催した國際シュルレアリスム展のテーマも、神話とか原始信仰にあらわれた超現實性を取りあげたものであつた。この点でも大体ブルトン一派の影響下にあるものと想像される。

所謂詩壇詩人のこと

笹澤美明

詩を書く友人が、有名な出版社から詩集を出したとき、ある評論家が「文壇詩人におなりなさい」と忠告したさうだが、その話を當生さんに話したら、「そんなものがあるものか？」と一喝された。

私もこの名稱を初めて聞いたが、これはこの國の特殊な存在らしい。その反對に「詩壇詩人」の名稱がある筈だが、それは言ふまでもなく、我々グループを指すものである。前者はジャアナリズムの商業主義に關係のあるグループに入る。

西洋では詩の讃詞と詩人の存在の優位によつて、文學史をひもといても、詩が文學中に何の及びもなく堂々と入つてゐるし、どの時代の文學評論にも、詩人が論じられてないものはない。小說作家が、プ[illegible]の作家と交錯で別れるとき、詩つたら、小作品をもつて、日本の作家に詩が作られた所以、村野といふ不思議さ、を而詩をしたといふやうな文壇ではこんなが、向ふの作家としてはの問題があるのも當然だらう。およそ文學に關與してゐるので、詩を作らないものはないからだ。この詩では、小說家、評論家も詩壇して、詩人が小說を書き、「[illegible]八小說」を言つて詩に[illegible]。[illegible]の詩人と小說家の[illegible]つかを[illegible]てゐるもの[illegible]ラで[illegible]。[illegible]も[illegible]ける。[illegible]んでみ[illegible]、[illegible]いとも言へず、[illegible]ように[illegible]にも[illegible]ら[illegible]た[illegible]を[illegible]つてゐるやうだ。[illegible]でも[illegible]時代の[illegible]翻文[illegible]時代[illegible]は別として、詩を作つた[illegible]詩にも[illegible]があつたらしい。[illegible]には[illegible]の[illegible]時代の[illegible]作[illegible]たがそれだけ[illegible]クシヨ[illegible]リズムの[illegible]もなかつた。「詩と詩論」時代は、横光利一、阿部知二、堀辰雄、[illegible]次郎等の詩の理解者もあり、このホクショーリズムの壁は一應とりのぞかれたやうだが、現代では外國文學の官能的非主義者のやうな、西歐の評論家みたいなのがゐてまだ「文壇詩人」などといふ概念を作つてゐる。かうした特殊な存在も、なる程どあるとうなづけるが、地方の文學好きの青年たちはかうした存在を高く買つてゐる。これも餘談的、誇大主義的なわけだ。あるジャアナリストが文壇的に有名になる秘訣を私に告げて文壇人と酒を飲むことだと言つたが、かうした交友關係がその詩人の作品價値まで高めるとなると論外ならない。

詩人は純粹でよいが、價値で大きなところがないと小說家は言ふ。しかし、純粹なものほど、形も小さく、極端に言へば、形がなくなる理くつだ。その過程にある純粹な價値は認められなくてはならない。そして結局、かうした存在は少數の理解者だけが認めて珍重する。又、さうされるだけで滿足する詩人たちもゐる。北園克衛、岡崎淸一郎、吉田一穗などの存在を珍重する我々詩人たちは「純粹」を愛するからだ。詩だけに文字通り「うき身をやつす」といふ悲壯な人生には、すばらしい魅力がある。

西下記

安藤一郎

四月二日夜、東京發。同行は米川正夫、小川芳男二氏――岡山市の文化講演に赴くためである。車中、近藤東氏その他「國鐵詩人」の青年たちと逢ふ。大阪の國鐵詩人大會に行く由、一緒に大阪で下車出來ないのが殘念だつた。

四月三日正午過ぎ、岡山着。非常に暖かい。郊外の少林寺に車を走らす。四分咲きの櫻、茶室と林泉が美しい。池の面に、落ちた白椿が浮いてゐる。夕方まで歡談。それから東雲旅館に投宿。

四月四日朝九時、[illegible]への者と共に、弘西小学校に到る。講演は[illegible]が依頼か、「アメリカ文化の[illegible]」といふのだが、なるべく平易に話した。聴衆は七百人位、男女の学生が多く、中に熱心さうに筆記してゐる者もある。一時間半ばかり喋つて、壇を降りると、会場の席から、にこにこした[illegible]の中年婦人が近寄つてきた。永瀬清子さんだ！東京にゐた頃に、親しく逢ふ機会もなかつたが、今日の永瀬さんは、いかにも朗かく、のびのびして、いろいろ話[illegible]さない——日常の小さい事柄から文学の大きな問題まで。街へ出て、「みつや」といふ喫茶店で、山本遊太郎氏や「詩作」の人々に逢ふ。そこへ大阪から帰つたといふ上林猷夫氏も入つて来た。

夕方五時、永瀬さんと上林猷夫氏に送られて駅へ行く。[illegible]行は鈴なりの乗客で、途中まで一緒に乗る筈だつた永瀬さんは後に残り僕だけ危く窓から飛びこんだ。汽車が動くと、永瀬さんは白い手を振つてゐた。

九時半梅田駅着、ホームを歩いてゐると、突然拡声機が「リーダーズ・ダイジエスト社の安藤一郎様、お降りなつたら東口階段へお出で下さい……」と鳴りだした。びつくりすると共に、少し恥かしい。東口階段に、志賀英夫君が迎へに来てゐたのだ。直ぐに御堂筋の[illegible]に行く。既に、見覚えのある小野十三郎氏、その傍に安西冬衛氏——安西氏とは初めて逢ふが、どういふわけか、さういふやうな気がしない。小野氏とは二十年ぶりかしら、額に斜めにかかつた髪、血色のよい顔は昔のとほりだ。田村昌由氏も来てゐた。「たんぽぽ」の坂本遼氏も初めて知つた。道頓堀の[illegible]旅館に落着く。

四月五日、急に京都へ行つてみたくなり、志賀君に案内してもらふことにする。東山、疏水のほとりに来ると、すつかりのんびりしてしまふ。山の色と桜の花、匂ひ素晴しい天気だつた。臼井喜之介氏のところへ寄つたが不在。加茂川の柳の淡緑に眼を細め、それから長江道太郎氏を訪ねる。一時間半ばかり、勉強家でセンスの細かい長江氏との話は、とても楽しかつた。長江氏から聞いたので、帰途近くの書店に寄つて、ブランデンの詩集を見つけて買ふ——処女詩集の「羊飼ひ」で百二十円といふ安さ、大きな收穫である「カネボー」で喫茶、新京極を歩き、七時頃大阪へ戻る。

創元茶房で、昨日のやうに、小野、安西二氏と逢ふ。安西氏は「今日は美容競技大会の審査員にひつ張り出された」と言つてゐた。美術館の「[illegible]」といふところで、おらうす（抹茶）を飲み、みんなで寄せ書きをする。春宵といつた感じだね、と安西氏は何度も言ふ。鉛筆の尻に墨をつけて、皿の上でこすつて書くと、石摺の感じが出る」といかにも氏らしい技巧をこらす。さうかと思ふと、いきなり“Hair-do”とアメリカ語を持ち出して書いたりする。五十を越えて、紅いマツフラーをした、この詩人は市民生活の隅々に触れながら、その鋭い頭を至るところに廻らしてゐるやうだ。それに対照してゐる小野氏は、割合口数が少ないが、ポツリポツリと明確な言葉を放つ——氏の評論のスタイルを思はせて面白い。十時皆と別れる。

四月六日、デモクラシー会館の中野繁雄氏、大阪毎日の井上靖氏、日本貯蓄銀行の山本[illegible]雄氏BKの佐々木英之助氏等を、次々と訪ねる。六時頃もう一度創元茶房に寄つたが、小野・安西二氏はまだ見えず、離阪の旨を言ひ残し、安西氏への紙片には次の一句を添へた。

春宵のジヤズが消えるおらうすかな

六時半、志賀君に送られて、急行で梅田駅を発つ。

魯迅原作

阿Q正傳（六）

北川冬彦

よく見ると銀の兜に白裝束の者どもが大勢、
箱や調度らしいものを、
舟着場へ、ひつきりなしに運んでいるのである。
阿Qは、呆然自失の態。

趙家
一家すべて、卓の脚に縛り付けられている。（照明）

舟着場
大形の船の上で
カンテラを振り振り指揮しているのは
驚いたことに、ソフトを目深にかぶつた黒眼鏡の錢若旦那
である。カンテラの光で、僅かにそれと知れる。
鄒七嫂の家の垣根にへバり付いている阿Qには、勿論
それと知れる譯わない。

祠堂裏の小屋の中
阿Qが門を閉め、手さぐりで小屋に這入る。
　ゴロリと横になり、
しばらくするワレに返えつた。
（阿Qは考えたのである。白銀の兜に白裝束の革命黨は、
實際に、あんなに大勢やつて來たが彼を呼びにはこなかつ
た。品物をどつさり運び出したが、彼の分け前はない。コ
レはたしかに黒眼鏡の錢若旦那の野郎がオレを參加（いれ）なかつ
たからだと思つたのである）

阿Qは腹が立つた、聲に出して云つたものである、

「よくもオレを参加やがらなかつたナ。趙の黒眼鏡野郎め！手めえ等だけで、謀反しやがつて！ようし。謀反と云いやア首斬られるにきまつてんだ。オラあ、お上に訴えてやるぞ。ふん、手めい達が首チョン斬られに、町へ引つ張られて行くところを、オラあ見てやらア……」

未荘の村外れの河つ端（夜半）
ソフトを目深にかぶつた長身の男が一人、船から降りるそのクローズ・アップ。錢若旦那である。（照明）

河つ端（黎明）
城下の手前である。大形の船から、枯葦をガサガサ分けて荷上げがされている。

趙家（裏口）
村長と阿伍が、縛られた趙一家の縄を解いている。

途上
「何にか証拠になるものあればいいんだが　何に一つ證いてつていねえんだからなア」と村長。

「ア、そうだ。ゆうべ、オレが逃げッとき阿Qに出會つたんだ。阿Qはたしかに趙家の方へ驅け出してつたぜ」と趙司辰。

「ふむ！ちやァ、阿Qのやつ、怪しいぞ！」と村長。

「あいつ、臭い。一味かも知れんぞ」と趙司辰。

數日後（夜）

祠堂裏の楡の太い古木が、暗闇の中に一際漆黒の手足をくねらしたような奇怪な姿で立つている。

祠堂裏の表。

一小隊の兵士と、警官が一隊、
ツケ劍の銃を構えている。

ピン髭の村長の姿も見える。

ワツ！と一齊に叫び聲をあげる。

凝つと待つたが、阿Qは出てこない。

チチチと蟲の鳴聲がするばかり。

隊長はイラ立つて、

「阿Qを捕えたら、十兩出すぞ！」と低いが鋭い聲を出した。

一人の兵士と一人の警官が進み出る。

「よし、行け！」

二人はイカニモ難攻不落の城でも陥れるような様子で、
門の中へ突入する。

小屋の中では、イマヤ阿Qは腹入りばな、高鼾である。

阿Qは二人の男に、襟首掴んで引き摺り出され、門のところへ來て、やつと眼を醒したものだ。

城下町の牢屋
ウス穢い。三方は壁、一方は丸太棒で作られた柵。

阿Qと他に同居者が二人。

「オラあ謀叛しようとしてたんだが……お前えは？」

「祖父の代の小作料の溜りを擧人旦那が訴えやがつたもんだから」

「へえ！……お前えは？」

「オラあ、何んで入れられたか判んねえんだよ」

白洲
大きな部屋である。

正面上座には、頭をテカテカ光らせた上役が腰を掛けている。

阿Qは、和尙様だろうと思つたが、これが有名な擧人旦那だとは知らないのである。

兩側には、長衣を着、イカツイ顔をした連中が十數人並んでいる。

一段と低いところに、兵士が一列になつて立つている。

立膝の阿Qが眞中で、ガタガタふるえている。

そのふるえが大きくなつたかと思うと、土下座してしまう。

「坐るんぢやない！シャンとしろ！」と長衣の役人が呶鳴る。

阿Q、立膝出來ない。

「仕樣のない奴だなア」と長衣の一人呟く。

「おい！有りの儘を云つて見い、有りの儘を。有りの儘を云えば罪を輕く濟ましてやるぞ。お前のしたこたアこつちぢやチヤンと判つてんだから。隱し立てしたつて駄目だゾ！」とテカテカ頭の上役。

「早く云つて見い！」と長衣の一人。

「オラあ……その……申し出ようと思つてたところだよ……」

「それなら、なぜ早く云つてこなかつたのぢや」と上役。

「アノ黑眼鏡の野郎がオラ參加てくれなかつたんで……」

「バカ！今になつて辯解してももう遲い、お前の一味は今どこへ行つているのぢや？」

「へえ一味つて何んのことで？」

「とぼけるな！趙家に押入つた奴等のことだ」

「あいつらかい。あいつら、オラあを呼びにこねえでしまつたよ」

縣廳の會議室らしい所、
幾つも額が懸つている、
窓から、碧く晴れ渡つた空が見える、
朝である、
テカテカ頭の判官と、泥鰌髭の隊長とが窓際にいる。二人とも激昂している。
テカテカ頭の制官は、白い眉をピクピクさせて、
「何度も云いますがな。わしは、あいつに自白させて一味をあげることが一等大切だと思うんですわい。一味をあげて掠奪品の詮議をせにやならんのぢや。趙家で掠奪された品物の中には、わしの大切な品物も這入つているんだから」と云う。
「公（おおやけ）のこと丶私（わたし）のことと一緒にしちやいかんね。我輩も何度でも云うよ。我輩はあいつを處刑することが何より第一だと思うんだ。あいつを處刑すれや、百人の懲しめになる。我輩が革命黨になつてから、まだ廿日にしかならんが、強盗事件は十何件もある。一人も犯人があがつていないんだ。折角、あいつがあがつたと思えば、貴公邪魔しなさる……」
と隊長は、握つている書類で窓ワクをバンバン叩く。
「どうしても、わしの意見に賛成して貰えんのかね？」
「我輩の意見は金輪際曲げられん！」
「うむ、それなら、わしは判官の職を辭めるわい」
「ぢや、辭めなされ」

翌日
白洲
テカテカ頭の判官が睡眠不足らしい顔して正面に腰掛けている。
兩側の長衣の役人達、
一列の兵士、
阿Q　土下坐している、
「その方は、どうあつても知らぬと云い張るのかな？」
「知らないものは知らんよ」
云わなきや首斬りだぞ！」
阿Qはワァワァ泣き出した。（阿Qの泣くのを見るのはそれこそ初めてである）
「助けてくれ！」
「それなら云うか！」
「知つてたら云うよ！……ウアワアワア……あいつらオラを迎えに來て呉れなかつたんだから、オラあ、あいつらどこへ行つたか知らねえんだよウ！」
「ぢや、ほんとに知らないんだな？」

「ほんとに知らないよ」

テカテカ頭の上役、もう諦めるより仕方がないと云う顔をし、

「その方は、何か云うことはないか?」

「何にもないよ」

一人の長衣の役人が、一枚の紙と一本の筆を阿Qの前に差出し、筆を握らせ、署名させようとする。

阿Q、オツ魂げる、筆なぞ持つのは生れて初めてだ、グイと鷲掴みにしたが恥かしそうに云う、

「オラあ……字知らねえ」

「ぢや……そこに圏（まる）を一つ描け」

阿Qはうつ伏せになつて、一生懸命にマルを描く。

阿Qのふるえるゴボーのような手。

始めと終りとが喰い違い、西瓜の種子みたいな格好をしたマル。

長衣の役人は、阿Qから紙と筆とを、サツサと取り上げてしまう。

阿Qマルがうまく描けなかつたのを恥かしく思つたがすぐケロツとし、

「なァに、オレの孫の代にやまんまるい輪、描けるぢやろう」

と呟く。


長衣の役人達、苦笑している。

その翌朝
まだ夜の明けぬ晩秋の冷ひえびえする冷氣の中、
阿Q、牢から引き出され
白裝束に着換えさせられる。

胸には、姓名と死罪名が墨で黒々と書いてある。

両手を背に縛り上げられ
幌のない馬車に乗せられる。

二人の獄卒と一人の獄吏同乗する。

別の獄吏がカンテラをブラブラさせながら、馬車の上の獄吏に云う、

「未荘（ウエイチユアン）まで引き廻して行くんだつてね。御苦労だな」

阿Qが馬車の上でハツとした氣配。

「隊長さんのキツイ御指圖なんだ」

「あすはあすで、城下の引き廻わしだそうぢやねえか?」

「うん、そうなんだ。こんなご念入りは初めてよ」

馬車、すぐ動き出す。

前方には一隊の銃を背負つた兵士、カンテラを振り振り進む。

街では、豆腐屋か何かなのであらう、もう起きている店々。燈をともしている。

馬車の上で

阿Qは、これらの燈を見送り、しんみりして、我身をふり返えつて、

「人間一生にはイロンな目にも遭うもンだなア」と呟く

どうかすると行き違う町の人が

一隊の兵士

馬車の上の夜目にも白い装束姿の阿Qを見て、

「おや引き廻わしだね」

「今ごろどうしたつて云うんだらう？」

「面が見えねえでつまんねえや」

「引かれものの小唄一つ聞かれねえぢやなア……」

城下町外れ

街道。

夜明け、あたりは濃紫色一色に塗りつぶされている。

一隊の兵士と阿Qを載せた馬車がゆく。

廣々とした畑。

稲の實り切つた水田。

ところどころにある農家。

空氣は澄みきつて、つめたい。

馬車の上であぐらをかいた阿Q、うつとりして見惚れている。

ゆつくりした田園風景の移動である。

濃紫色の紫がだんだん淡くなり、いつの間にか空色になつている。

（阿Qには、こんな風景は珍らしくも何ともないのだが、今ほど、自然の美しさをしみじみと感じることはない）

阿Qが引締つた顔をしている。

（阿Qがこんないい顔をするとは誰も想像しないところだらう。

阿Qみたいなへんな奴が、急にいい顔になるなんておかしいと思う人があるかも知れないが、作者は阿Qのほかに、死に直面せるへんな男のこんな場合を、事實經驗したことがある）

夜はすつかり明け放たれた。

太陽が昇ると、暖かくなつてくる。

阿Qは眠くなり、コクリコクリとはじめる。

一人の獄卒が、棒で阿Qの背を突く。

阿Qは輕く一つや二つ突かれたのでは眼を醒さない。獄卒ゴン……と突く。

阿Q、やつと眼をさます。

こんどは、獄吏がコクリコクリやりはじめる。

そのうち、獄吏、阿Q、二人の獄卒四人ともコクリコクリとやつている。

美しい田園の晩秋風景。

朱荘の舟着場
午前十時頃
河向うに、趙旦那の家が小さく見えている。
城下の方から小舟が着く、
ここらでは見掛けない男が、サッサと歩いて趙旦那の家の方へゆく。
門を叩き
門が開くと中へ這入り、
すぐ出て
小舟に乗ると
城下へ漕ぎ返えした。

趙旦那の書斎
趙大旦那が朱ぬりの卓を前にして、椅子にふんぞり返えり
一封の書面を開く。

読み始めるうちに
顔色を變え、両手を大袈裟に開き、卓にうつ伏す、

「あゝ困つたことになつたなア！……」

秀才旦那が這入つてくる、
うつ伏した趙大旦那を見て、

「父上、どうなされた？」

大旦那、返事せずに、手にしていた書面を渡す。

秀才旦那、あわてて讀む（聲を立てて）

「……掠奪團の行方、いまもつて不明に候、ただその一味阿Qなる者を捕縛いたし候も、この者、余の取調べに對し一切白状申さず困却いたし居り候ところ、隊長これが斬罪を急ぎ、余極力反對せしが容れられず、万事休するものに御座候、依つて貴下は責任上、余の寄託物に相當する金品の辨償をなさるべく候、詳細は追つて御通知申上ぐべく候……あゝ！……ほんとに大變なことになつたなア、どうしたらよいのだろう？」

とオロオロ涙を出す。

趙旦那はすでに泣き出している。

二人のすゝり泣き聲が段々高くなる。

秀才旦那が書斎の扉をぴつたり閉めなかつたので、家人が聞き付け、何事か？と集つてくる。

大奥様、若奥様、妾、下婢等。

太奥様、若奥様、妾の三人、事情を聞いて、

「お、お、おーお」「あ、あ、あーあ」

と泣き出す。

婆娘の呉媽、下男の趙司晨もかけつけ、

やがて、これも、泣き出す。（大眞面目に泣くのである このシーンで大の男が女と一緒に泣くが、いささか滑稽の感ないではない。しかし、こんな場合「一家號泣す」とは中國の習慣であり、また儀禮でもあるのである）

秀才旦那は、書面をもう一度聲を立てゝ讀む、

すると二伸として、

「なお、阿Qの斷罪は明日城下外れにて執行と決定いたし、本日特に見せしめのため貴村未莊を引き廻わす豫定に御座候」

とある。

「あ！阿Qがくるつて！」と大旦那。

「くるつて！」と趙司辰。

「あゝ！これやしめたぞ。未莊へくるんなら、わし達から阿Qに訊いて見よう。なあ、おとつつあん！」と若旦那

「ア！そやいゝ考えだ」と趙司辰。

みな顔を明るくしたが、すすり泣きは急には止らない。

野良

百姓達、

村長と趙司辰がくる。

趙司辰はグワングワンと銅鑼を叩き、村長は叫ぶ、

「今日阿Qが來るぞオ」

「阿Qが？」

「阿Qが來るつて？」

「引き廻わしさ」と村長。

途上

グワン、グワンと銅鑼の音、趙司辰と村長がゆく。

道にホコリが立ち上り、子供達がゾロゾロついている。

居酒屋附近

銅鑼を叩く趙司辰、ふれてゆく村長。

「今日、阿Qがくるぞオ」

グワン、グワン、グワン。

グワツ、グワツと數羽のアヒルが鳴く。

ヒヨツコがすつかり成長して大きくなつているのだ。

道端の日溜りに　小D、王胡、阿伍、孔乙己が蹲み込んでいる。

銅鑼の音、遠ざかる。

「阿Qがくるだなんて、罪は一体どうなつたんだい？」

と阿伍。

「まさか濡れ衣だつたつてんぢやあるめえな？」と小D。

「いやア、阿Qは濡れ衣かも知れんよ」と孔乙己。

」どつちにしろ、あいつア、偉えやつだな。まるで趙若旦那が秀才試驗に合格しなさつたときと同じぢやねえか、銅鑼でふれられてよ」と王胡。

編輯後記

△作品では、安藤一郎がソネットを書いたが、マチネ●ポエティックの古ボケた時代遅れのソネットと違って、新鮮である。笹澤美明の勞作長詩「おるがん破調」はこの號で完結した。安藤一郎、笹澤美明ともに、それぞれの詩精神を盛るにふさわしい詩形式の探求を行ったのは注目されていい。

私の「阿Q正傳」も長篇敍事詩の形式探求」に外ならない。現代詩の形式を探求することは、現代詩のオルソドックス樹立にとって必須の事柄である。形式の探求をすると、すぐ形式主義者だとキメ付ける手合が現われ出るが、それは詩の形式が詩の精神の結晶化であることを知らない駆け出しの放言以外のものではない。駆け出しでなければ、詩以前に彷徨する徒輩の盲言である。今日、詩を創造する者にとっては、思想は詩以前の問題である。

「月蝕異變」の作者宮澤赤黃男氏は、新興俳壇の異端、私はかねがね新興俳句は必然に詩へと發展すべきだと考えていたが、それがここに實現されているのはわが意を得たものである。新興俳人の詩への發展は、現代詩のオルソドックス樹立に何ものかを加えるに違いないと思う。

「散文詩三篇」の石原龍君は、「爐」の同人で詩壇の新鋭であること、ここに發言を要しないところであろう。

△吉田一穗と私の「對談」は、「文藝大學」六月號のために催されたものであるが、同誌が五月號を以って廢刊されることになったので、編輯者小林明氏のアッセンで、貰い受けたものである。心よく私の申出を納れられた竹井出版社社長氏に厚くお禮申上げる次第である。吉田一穗は創刊號から彼が抱懐する「詩學」の執筆を約して讀者の期待を裏切り續けたが、この「對談」速記には、判り易く述べられた吉田「詩學」かあり埋め合わせとなっていることは幸せである。私の長篇敍事詩論は、またかの感ないでもないが、あの、雜誌の性質上縷說を敢えて行ったので、その点讀者は諒とせられたい。

（北川冬彦）

（二）

※本誌が再出發してからこの號で六册。異狀な注目と異狀な反感の中にあったのを感じる。ことに後者の場合わ、個人的な反感や世代に對する盲目的な攻撃が多かった。既成詩人、何するものぞと云うような攻撃わ主として、對手を否定することによって自己の優位を誇るに急であった。勿論、否定の精神が新しいものを生みだす根源でわあるが、その否定の根據をハッキリさせない限り、只單に、四十代だから古く廿代だから新しいと云う根據にわならないし、又あいつわ僕にわ好ましくない人間だから、あいつの藝術、文學だってつまらないにきまっている、と云うような男氣わ、とかく暴力になりがちなものである。攻撃する者も攻撃されるものも共に感じ、考えているものでなければ進步なんてあり得ない。ところが、自己の物を守るに急であって、對手の論に耳をかたむけようとせず文學にしろ或わ又政治にしろ、集團の偏向性がかなり多い。前号の時評中でも一寸ふれたが、對立を對立としないですぐさま敵對の中にそれを置きかえてしまうようでわ健康体とわ言えないし陰惨な集團とわなりがたい。確に世代の變遷や相異或わ又、我々の立っている階級によってその考え方の相異わ當然であるが、その對立を對立としてその「存在理由の證人」に、我々わ我々自身をつねに第三者として置かねばならない。そしてそこに否定されるものわ否定されるであろうし綜合的な發展をとるものわとるであろう。そんなことわ、今更言わなくても解っていると云

うなら例えば今日の詩をみてみるがよい。當然否定されていいところの所謂短歌性などがいたるところに、まわりくどい理論と云う化粧をほどこして濶歩している。新体詩以後或わ又ポエジー論以後どれだけが否定されどれだけが發見されたか。つまり實驗(作品)と理論の分離などもそれである。言つてみれば平凡なことにすぎないのであるが、新しい作品わ、つねに今まで存在しなかつたところのものを發見するために万身傷だらけの「實驗台の證人」として立つているものでなければならない。その實驗を自らなそうとせずに、單に對手を言葉で否定したところで、それわ歴史の眼がいつかわ開かれて、實驗台の證人に人々の作風わ移つてゆくにちがいないのである。然も僕わ思う。實驗わ、可能性に對する洞察のメスなくしてわ、鳥魚の頭をすげかえて兩棲動物を短時間に繁殖させようとするみたいなものだと。

そして又、僕わ思う。否定も肯定も大きな努力なくしてわ單に言葉だけで終るならそれは努力と自殺にすぎないと。

※玄関口え巣くつた燕。日毎に成長して、やつとうぶ毛がとれ初めたと喜んでいたら、學校帰りの子供たちが巣までこわして、六羽とも持ち去つてしまつた。怖しいやつだ。むしろ子供より大人の方が怖しい世相だが。芽わこう云う所から發生していてわ困るので學校長に談じてきた。

※この雑誌は同人の自由な仕事場に提供してあるのだから枚數や篇數は頁のゆるす限り自由である。誰の作品が多い場合もある。一人で全頁をつぶす場合だつてあるかも知れん。そう云うことでおかしな言い方をされるのわまつ平である。改めて諒解を願つておく。

※日本未來派十二號で北川吉田氏の對談余聞を菊岡久利が書いていたがそれが本號の對談である。

※杉浦君の病氣、思つたより長引いて心痛である。それで當分「現代詩」編輯関係の通信連絡、寄稿先わ左記宛にお願いしたい

（淺井十三郎）

浦和市岸町二ノ一四七北川冬彦宛

現代詩同人

安西冬衛
安藤一郎
淺井十三郎
江口榛一
北川冬彦
北園克衛
笹澤美明
阪本越郎
杉浦伊作
瀧口修造
永瀬清子
村野四郎
吉田一穂

（アイウエオ順）

現代詩　第三卷 第六號　定價 金貳拾貳圓

詩と詩人社暫定會費一年貳百五拾圓、送料金三十圓（共ニ分納可）會員ニハ本誌ヲ直送ス（雑誌「詩と詩人」會員モ右同額）廣告料ハ一頁マデ相談ニ應ズ
送金ハ小爲替又ハ振替利用ノ事

昭和二十三年六月廿五日印刷納本
昭和二十三年七月一日發行

編輯部員　杉浦伊作　浦和市岸町二ノ二六

編集兼發行人　關矢與三郎　新潟縣北魚沼郡廣瀬村大字並柳

印刷人　佐藤和　新潟縣北魚沼郡堀之内町

發行所　新潟縣北魚沼郡廣瀬村大字並柳乙一一九番地
詩と詩人社
淺井十三郎
振替　東京一六一七三〇番　新潟一五二二七番
日本出版協會員番號A一一一九〇二九

配給元　日本出版配給株式會社

杉浦伊作著

近刊 **人生旅情**

B六版二二〇頁
價百圓送料十圓

「人生は旅である」という著者が詩と創作と評論を收め、共にしみじみと人生を味はせる一連の傑作集である。

（本誌購讀者に限り送料不要）

新潟縣北魚沼郡廣瀨村字並柳

詩と詩人社

北川冬彦著

長篇敍事詩集 **氾濫**（古鏡 早春 狐 氾濫 曠野の中）

B6判 豫價一〇〇圓
二二〇頁 送料十圓

村野四郎著

詩集 **豫感**

美裝署名入限定版頒價八十圓
造本・青園莊 內藤政勝

著者戰後の第一詩集、事物の內奧深く沈降するかがやかしき詩精神。その抵抗が發する美しき光芒。眞に新しき現代詩の魅力はここに創始せられた。

自序より「この存立論的な斜面にそうて、私はどこまで沈下し得るであろう。」詩集「豫感」は、この曲線の最も新しい部分を示すものである。

笹澤美明著

近刊 **評釋鑑賞現代詩の味ひ方**

藤村・有明より現代詩人安西・北川・村野・三好・北園に至る作品鑑賞

東京都千代田區有樂町一ノ一二

草原書房

北川冬彦著 岡本太郎裝訂

長篇敍事詩 **月光**

B6變型版
豫價百圓

長篇敍事詩「氾濫」（草原書房版）が私の青年期純情の所産であるとするならば、「月光」は壯年期告白の意欲の所産であると云つていい。長篇敍事詩は今後の日本文學を豊かにする新領域なることを確信する私の、實驗作である。（著者）

東京都港區赤坂溜池三〇

眞善美社

昭和二十三年六月二十五日印刷納本
昭和二十三年七月一日發行 現代詩 （第二十一集） 定價金二十二圓
昭和二十三年五月廿八日第三種郵便物認可

現代詩
昭和二十三年七月二十五日印刷納本
昭和二十三年八月一日發行
THE CONTEMPORARY POETRY
八月號
詩と詩人社

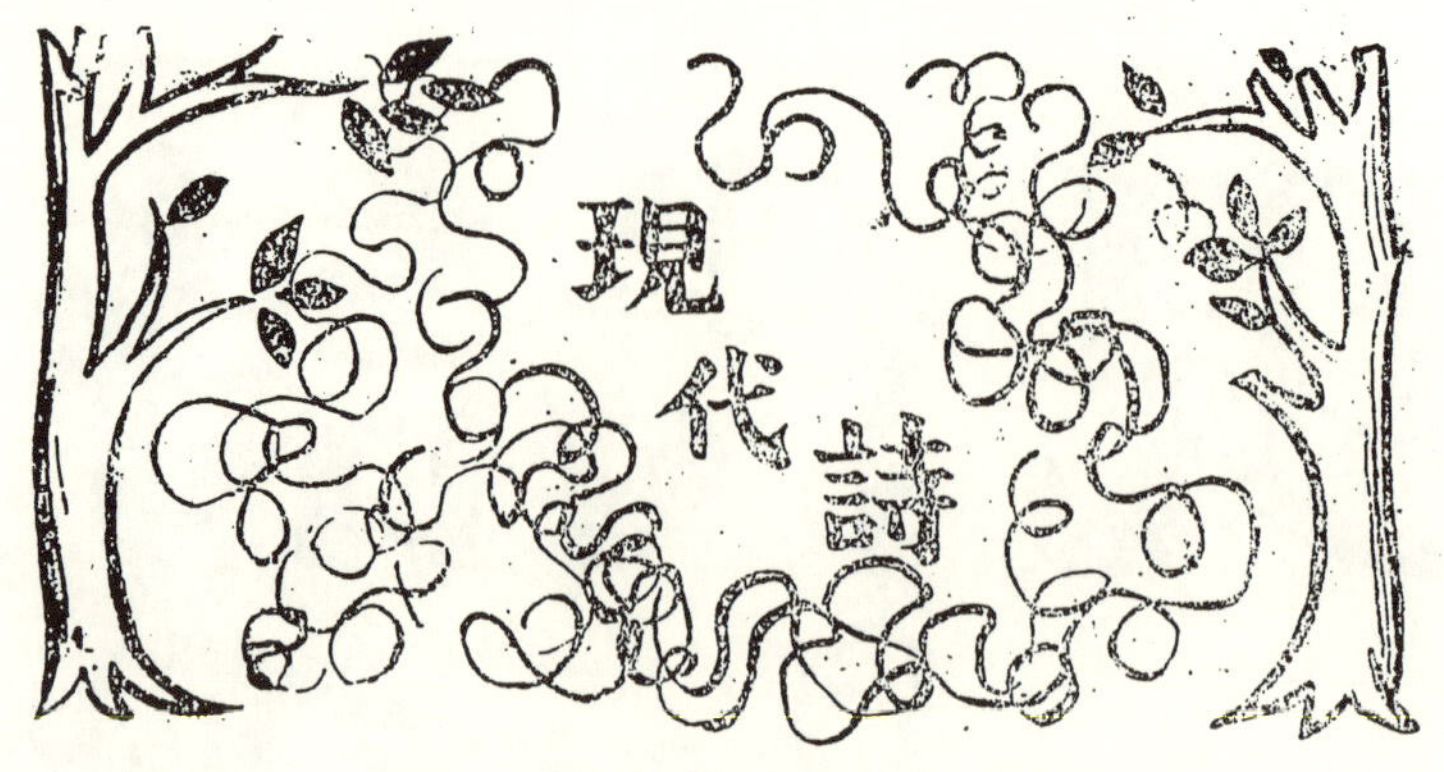

昭和二十三年　八月號目次　第三巻 第七号

永劫回帰……永瀬清子（一）
手紙……吉田一穂（三）

新鋭詩集

果實……祝算之介（二）
花譚……安彦敦雄（八）
癲狂院風景……木原啓允（二四）
表情……林昭博（二七）
三枚の陰画……濱田耕作（五）
未明の歌……日村晃（二四）
詩四篇……日高てる（四〇）
繭の中……扇谷義男（一四）
地球儀……牧章造（三八）

詩集「夜陰」批評……杉山平一・森敦（二八）

リズムの存在……淺井十三郎（三〇）

「逃亡」（叙事詩）……杉浦伊作（一六）
「阿Q正傳」（完結）……北川冬彦（四三）

後記　北川・杉浦・江口・淺井　表紙 カット 門屋一雄

現　代　詩

八　月　号

●永劫回帰

この無惨な敗戦を経験したばかりの日本で再び同じやうな歴史を繰り返す日があらうとは思ひたくないが、事實は必ずしも又もそんな日が來ないとは限らない。永劫回歸の意味はコクトオが理解してゐるよりも、より必然的な歩調でやつてくる。今度こそ詩人はうつかりしてはならない。その機會が私の一生のうちに來るかどうか、それはどちらでも同じことだと思ふ。とにかく今から用意が必要だ。詩人の精神、それも永劫に回歸するであらう。

●三ッの熱情

如何なる時も個に徹して、つまり孤の自由を確保して物を考へたいと云ふ執着と、他の個性の中に沒入することによつて無限でありたいと云ふ本能と、大きな全体のために自分を役立てることに自己の意味を發見したいと云ふ願望と、この三つの熱情が我々を支配する。これらはお互に必ずしも排斥しはしないが、おのづから詩人の資質によつて、又時代によつて、その重点に消長のある三ッ巴である。

情死と云ふ事件を、數日間鶏頭へりで興ずるなどはやはりどうかしてゐる。まるで平和なひまな時でもあるかのやうに。たしかにこの問題が日本人を今捕へてゐる。かつて死ぬことによつてのみ愛國を証明しやうとしたやうにしかもそれが重大な眞面目なことであると云ふわけでなく、却つて慣れ〱しく手輕な話題として。

すべての熱情を、重量ある生の場面より詩人はうたへ。

永　瀬　清　子

果實他二篇

祝 算 之 介

果實

驛前の闇市場がとりこわされることになつて、小屋掛けはばらばらにほぐされていつた。丸太に組んだ骨ぐみだけが、なん十日も、吹きさらしの寒風にがたがたふるえて立つていた。まいにち風が荒れて、季節のどんずまりのところまで、押しつめてしまつた。

電線はこんぐらかつたまま、ところどころに裸電球がぶらさがつていた。工事ははじまつているというのに、請負人も大工も、闇屋ばかりをのこして、どこかへ姿をくらましたままだつた。季節もそこのところで、ばつたり凍りついてしまつた。

追われた人びとは、木材のかげにあつまつてきていて、ばらばらにほぐされた丸太をくずして焚火をするよりほかになかつた。

まいにち木枯しの日がつずいた。朝になると、吊るしつぱなしの裸か電球はいつせいに、ぴかつとついた。それはいまにもぽたりぽたりと、したたり落ちるばかりの果實のように、曇り空から垂れさがつてきた。

二月の曇り空から風花のようなものが降つていた

二月の曇り空から風花のようなものが降つていた。ぼくたちをのこして、氣動車はたつていつてしまつた。

ぼくたちは、親切に乘客整理をやつていてくれていた驛の助役さんのことを、とりどりに噂しあつていた。

あと三時間はたつぷり、そこに待つていなければならない。

どこかの學生が二人きて、ぼくたちの先頭にこしをおろしてしまつた。

ぼくは、そこは先頭で、待つならぼくらのあとにならんだほうがいいと話した。

學生たちはせせら笑つて、そこにこしをおろしたままだつた。

ぼくたちはまた、食べものの値段や、どの方面が安いかを話しあつた。しばらくして、學生たちの連れが、どやどやとやつてきた。さきの學生は、番をとつておいてやつたぜと言つた。

ぼくたちは、どこそこでなにを買つてきたことや、賣つてくれた先きのことなど、意見をとりかわしていた。

ぼくたちのなかには、年とつた母が、咳ばかりして芋をかじつていた。

母は年とつていたので、みなりなどかまわず出てきていた。ひどいなりをしていた。學生のなかでぼくの母に、さげすむような白眼を向けていた。

ぼくは立つてそれを見ていた。

學生の一人は、あるすぐれた詩人の著書をひろげたまま、ぼくの母を小ばかにした目で見ていた。

ぼくは齒の根をがちがちふるはせながら、その詩人がこういう風に讀まれていることを、にくく、にくく思つた。

あと二時間はたつぷりそこに立つていなければならなかつた。

曇り空からは風花のようなものがしきりに降つていた。

化石

鐵橋がかかつていた。その下を河がながれていた。河はながれをとめたようである。夜がおおいかぶさつてきたようである。月がまあるい大きな笠をかぶつてでてきたらしく、そこの暗いよどみはいつせいに波だつているようである。

流れをとめた河は溜り水となつて腐れはじめてきたようだ。その上に鐵橋はまだかかつているにちがいない。月は雲の間にまつたくかくれてしまつたようだ。河はうすぼんやりと白くひかつているようである。

夜はすこしずつ動いているようである。鐵橋ばかりが化石のようにじつと立ちすくんでいるようである。なんだか夜はだぶらかされているようであつた。

三枚の陰畫

濱田耕作

冒瀆

夜になると
あやしいはるかな宇宙の果てで
さかんに觸れあい觸れあつている
未來のいのち
種となるもの
それら秘密の美の病原も
やがてすつかり黄色くなつて
醜い姿に變るであろう
正常であることの危險な揚所で
どちらに轉んでもたいしたことないと
すべての不幸に馴れているから
どうしてもうしろに振り向きえない
統計も確率もまちがいだらけ
そうして不信にみちみちている
すばらしく大きく虛無の彎曲
その中に踊るさいころの花

ああ
脅迫してくる惡の銃口
――そいつの吐き出す魅惑の毒よ！
發狂とは
つまりなんでもないことか
時間が二つ重なつている
ひとりの人間がふたりいることか
そこでは
不幸も決して不幸ではない
未來も決して未來ではない
宇宙の外が眼の前にある
僕にはそれがはつきり見える
見えるのだ

儀式

そこでいつさいの記憶が消えうせる
ぶきみな黑い光線のさす下で
賭けられた物質がつぎつぎに飛散する
ただ美しい一點に
蝿がたくさん群がつているだけだ
淋しい爆發音が遠方からしのび寄り
そいつがもう一つの犯罪心理を呼び起す

どぎつい儀式の場面にふさわしい
たまらない空氣！
だがなぜそこだけが美しく見えるのか
——存在とは？
たえず疑わねばならないこの陰濕な地下室で

振　動

大都會のまん中には
ふしぎな透明な深い谷があり
すべての人々が落ちこんでゆく
恐しい引力！
晝でも暗いその谷底で
陰氣な享樂と排泄とむせび泣き
きびしいものが渦巻いている
時間もそこでは斷續したり
物理の法則さえも狂つてきたりする
へんにしなびた胴体の氾濫だ
被害者の
からからの
胃と腸に
蛆虫が

花譚（散文詩）

安彦敦雄

龍膽（りんどう）

紺碧を秘め湛えた深い湖の見える街であつた。灰色のひなびた山山が遠く。——そこからは悲しい原始林のただよはす靜けさが絶えず人人を憂愁の底へと打ち沈ませてゐた。悲しい冬の空が遠ざかり、その街街に胡藤の芳烈な甘さがまとはりつく頃であつた。

少年はそれまで湖の透徹さに心魅かれて毎朝散策するのを愉しみにしてゐたのだが、手を觸れれば忽ち身を切り裂くやうな水の冷さに、何時しか岡の上からぼんやり眺めくらす癖がついてしまつてゐた。

岡には春に目覺めた「ネヂアヤメ」の群落が蕾をひらき、紅色の野花や「タンポポ」の群咲の鮮やかな色彩に、少年は日日氣の遠くなるやうな眩惑を感じてゐた。

或日の事であつた。名も知れぬ草花の首輪に貌を埋めた年上の女に、熟つと見詰められてからといふものは、少年も「タンポポ」の黄色い首輪をつくつて女と向ひ會ふ日が多くなつて行つた。

女は紅玉（るびい）のやうな燃ゆる瞳を持つてゐた。

女が少年の首に手を廻して微笑むと、花片は直ぐに地に散り落ちた。甘い女の体臭を夢みながら少年は獵犬のやうに草花を寄せ集めては花の首輪をつくる日が多くなつて行つた。

春の脆弱な花花は何時しか姿を消す頃が來た。少年は強緊な花花を求めては深い谷間を驅けめぐらねばならなかつた。

ある日の事であつた。二人は何時しか奥深い崖際に來てゐた。湖に注ぎこんでゐる谷川の見える深い崖の中ほどには可憐な滿洲龍膽（りんどう）の群落が花をひらいてゐた。

少年は悲鳴に似た鋭い歡聲をあげた。女は目も眩らむやうな眼下の光景に瞬間ひるんだが、不意に立ちあがると忽ちぐるぐる帶を解きだした。少年の身体にまきつけてロープのやうにそれに賴らせようとするのだつた。つなげるだけつないだがまだ足りなくて到頭女は裸かになつてゐた。少年は眩しさうに――やがてそつと帶に從つて下りだした

龍膽は眼の前にあつた。彼は夢中になつて手當り次第に摘みだした。遙かな足下は激流巖を嚙む谷川であつた。今は危險を忘れはてゝゐた。女は危ながつてしきりに身もだえした。美しい花の束を抱えて女を見上げ　白い歯をみせた瞬間、少年は足場を失つてぐらりとよろめいた。身にまきつけた眞紅のしごきが解けかかつてゐる意識を殘して彼は眞逆かさまに墮ちて行つた。

龍膽の鮮やかな色彩が無數の吹雪となつて――繚亂した。

×

雨上りの午後、龍膽の花片に包まれた少年の身体が湖水の畔りに辿り着いてゐた。それは不思議な事に何時か人人の視野から消えてゐた。深夜、湖のほとりをさまよふ人人は雪女郎の樣な狂女を見たといふ噂さがたちはぢめた。

桃花

ながい冬の間虐げられてゐた草花や樹が一濟に蕾をひらくころであつた。

をそい大陸の春は一時に色彩彩の花花を咲かせるのであつたが、古い城壁と揚柳にとり圍られた此の街ではとりわけ桃の群落が見事であつた。

城壁を出外れたあたりに、絶えず翡翠色の水を湛えた沼があつた。沼の畔りには古い楡の木や揚柳

が鬱蒼と生ひ茂つてゐたのだが、奇妙な事には鮮かな花を競ふ樹は見當らなかつた。いやたつた一本の桃の巨木をのぞいてはむしろ育たなかつたといふべきなのだらう。桃の花の季節にはひと際絢爛たる大輪の花辨を樹間にきらめく無數の星のやうに彩らせた。此の樹には鉄眞公主といふ名がついてゐたが、此の樹にまつはる一條の傳説よりも、不思議な事には、人妻は花の季節に訪ふべからずといふタヴーみたいなものがあつた。

ある年の事であつた。例年に無い寒い冷い冬の空が漸く遠ざかり、此の沼のほとりの鉄眞公主も莟がひと際大きくふくらんでその數も多いやうに見受けられた。

街や郊外の部落の人人は爭ふやうに見物に來たものだが、勿論纏脚の女達や異邦の婦人達は訪ふべくもなかつた。

けれども、夕暮近くの暖かいある日の事、逞しい双頭立ての馬車に乗つた一人の夫人が此の桃の木を訪れた。

今まさに花開かうとしてゐる瑞瑞しい莟をかさねた桃の巨木は、その名の如くうら若い女性の羞ひと色氣を滿身に溢れさせて、驕れる孔雀の豪華さがあつた。

夫人はひろい透明な額と豊かな肉体をゆつたりともたれかけさせ乍ら獨りごちた。

「人妻は見るべからずだなんて――おかしなこと。」

その言葉が、しづもれる樹間に、消えたか消えないかの瞬間、夫人は美しい笛の音色を耳にした。それは遠いところでしたやうにも思へたが、氣がつくと、その音色は桃の樹の枝のしげみからであるやうにも感じられた。

みれば、見事に透き通つた白い肌の少年が、桃の花片を唇に當てて吹きならしてゐるのであつた。かすかな、ほの甘い――人の心を魅きつけずには置かない微妙なトレモロが女の軀を身ぶるひさせた。

少年の無心にとりすましたその頬の色の明るさに胸も痺れる思いであつた。

いつか夫人はその少年をしつかと抱き縮めてゐた。少年の皮膚を狗ころのやうに嗅ぎまはつた。その皮膚に移りついた桃の芳醇な香氣に醉ひ痴れた。

やがて夫人は少年無しではすまされないやうになつて行つた。

そのころ、花を開きはじめた桃の樹の下で、月光を浴びた二人の姿は、歡喜を通りこして悲哀に近いものがあつたが、夫人にとつてそれはむしろ無上のものであつたらう。彼女の夫の海を越えた彼方より歸り來る日は近かつたが、そんな事よりも、何時か桃の花花が散つてしまつて、少年の可憐な唇に歌が流れ無くなる日の來るのを怖れてゐた。

やがて春にしては蒸熱い日がつづく樣になつて來ると、花片は次第に色褪せて來た。

少年は新鮮な花片を求めて止まなかつた。新しい花片でなくてはあの微妙なトレモロは生れなかつた。夫人は高い枝から高い枝へと獸のやうに渡り歩いて新しい花片を求めて來た。

その頃少年の頰の色は冷い虛無的な白白さに溢れてゐたのだが、女に命令する時だけは、ぱつと櫻色に輝いた　そんな少年の可憐な姿を見ると彼女は墮落の危險を忘却しさつた。

ある夕暮であつた。花見の人の姿も　もう見えないころ、女は高い危ふい枝の上に驅け上つてゐた。わづかに殘つた新鮮な花をつむにはきわめて危險であつた。彼女は背伸びをして、豐かな腕も露はに手を差しのべたが、枝先に屆いた一瞬、あつといふ間もなく落下した。

重い花片のやうに　—彼女はうつぶせになつたきり何時かな動かうとはしなかつた。やがて微かな月光が夫人の寢姿を照しだした。少年は彼女の掌に握られた枝をそつと離して取りだすと唇に當てがつた。

地の果から吸りなくやうに聞えてくる音色につれて、花片がはらはらはらはらはらはら散りこぼれた。やがて夫人の軀をおほひかくしてしまつたが、風も無いのに、後から後から舞ひ落ちた。

手紙

吉田一穂

再三の催促的督勵をうけ、誠に同人としての責を恥ぢ、己の力不足を嘆ずる次第、罰を得るとも申開き之無く候驚いたことには雜誌の足の速さよ。倒底、小生の如きはこの急拍子に乘り得ない。實は本月初頭から外に出ず、机の前に坐つたきりで、約束のエッセイにとり組んだ。生來、一つの仕事をやり出したら、それ以外の事はせぬ性で、しかも深夜だけが執筆の永年の癖。その上、この仕事の最中、主題の基本的な條件の一つたる、日本語と文法について、疑問が生じ、しかも音數律といふ芳賀矢一以後、何人も信じて疑はなかつた音數切點の原則に對して、私はつひに、否定的な結論を導いたのです。日本語には 音數律の根據となる物理的な二・三音の原則はないのです。一・二音を基數とすれば、すべての國語はシラブルに還元するから無意味だが、からうじて、それしか據るべきところなく、各人、書くことにも、讀む方でも任意なのです。一と二があれば三が組み合せとなるから大數的にどんな音節の組み方も、格も出來あがるわけで、むしろ日本音數律とは無法則的變化だと云ひ得ませう。それから幾何學で云ふ「必要にして充分」といふ意味は日本語とその文法では不充分であると云ふのです。西洋的なグラムマァと云はれるべきでない習慣法で日本文章では、數學の論理的記述は殆ど不可能です。定義性に缺くるのもサンタックスとしての論理的文法を持たぬからです、それから發展して小生は今、漢字全廢論者にならざるを得なくなりました。新しい字（音寫）と最小限の文法（論理）とで日本語のステムを中心に國語を組織してゆかなくてはと考へてゐます。とにかく一應、詩と考へられるもの、それを成す諸道具について再吟味したのです。私は全く稿を改めざるを得なくなりました。何といはれても今、外の仕事に替へることが出來ず、期日を氣にしながらも、この詩論を書きつづけてゆく外ない。今月は形の上で何一つ仕出來かさなかつたが、音律といふ言葉についても西洋的なリズムの意味では、日本詩については何にを指すのか、殆ど漠然たる觀念で相互に通用し合つてゐることだけでも指摘し得るので、嚴しく詩なる概念を追求し、分析したのが獲物でした。このエッセイを書きあげたら「嚴密論」を表現の問題として手を染めたいと思ふ。詩集がやつと出來た。一部、郵送して置きました。一九一九――一九四六年間のものです。音律的な形式とは別途に幾何學的な造型性に於て內部構造の方法で追求した詩だが、やつと自分の原理を樹てたので、これからは最後の詩にとり組みます。暇には讀んでみてください。

一九四八・五・三一

北川冬彦兄

繭の中

扇谷義男

可哀相に。本當に運の悪い人間だ。始めてうまく役を演じたのに、ろくな喝采もされないで。

……ともかく私は出立しなければならぬ。それは例へば死んだ蠅。雛罌粟。乾く砥石などのうへに、たちまちずるい夕闇が座りこむ。街には最初の燈火がともる。私はそんな晩、たつた一人となり、完全に孤獨になつた焦点の合はない眼をして、黄いろい鍵穴の前を足頂く通りすぎるだらう。ああなんと灼けつくやうな巨大な時間の罠。まつしろな蹤。あれがおまへの罠だつたのか？ 私はこのまま息が塞りさうだ。憔悴した夜は至るところ、眼や鼻や口から容赦なく私の中を犯してくる。挨拶もせず、私は匆卒として旅に出る。何故かと云つて、それはもはや出立してはならないといふ理由が何もないからだ。しかし、それが誰の爲に、また、いつたい、何處を目指して、——私はまつたく知らない。ただ命のまま一歩、ゆつくり右足を踏み出したにすぎないのだ。すなはち私は二歩、三歩あるく。立止まる。そして遂に私の陷つてゐる卑俗な精神の忘却につきあたる。云はば、火で包まれた氷の魂。平べつたい鏡のやうな孤獨の私の思想。私はいまひとりであつてひとりではない。絶對に。——何故、躊躇することがある！ 私はもう出かけねばならぬ。何處か本當に「自由の場所」であるやうな、自分をすつぽりと嵌めこむやうなところへ行つてしまひたい。——しかし、世界中探したつて、そんなうまい場所は何處にもないだらう。私は既にかなしい一介の道化師にすぎない。けれどお母さん！ 空の靑さの燃える中、あんなにも耀いて、埃にまみれた 私の情熱が、みどりの梢の、高い枝にあたたかい充實を示してゐるのが見えないかしら！

――私は思はず骰子を握つた。つめたい金貨。埋葬。しかし賭けを強いられたと云ふよりは、寧ろ私の泡立つ惡德がそれい向つて走つたと云ふべきであらう。私はとうたう魂をまで賭けてしまつたのだ。今はもう、およそ埒もないどこかの古柱に頭をつき出してゐる赤錆びた一本の釘についてさへ、私はもう何も云ふことができない。すこしひきつつた聲で、しかし喉いつぱいに、ああ　お母さん！　いくら焦つても。いくら藻掻いても、私は一度落ちこんでしまつたこの暗黑の穴倉をどうしても拔け出すことが出來ないのです。

（自殺について――[illegible]）

遠い昔

――なんとなく自嘲的に

みんな儚い夕方、閉じた半眼はいつそう佗しい。錫の天。私たちの幸福を湛えてゐる壞れやすいグラス。そしてまた、たしかな呼吸（いき）づかひをかんじながら、私をめぐる一本の軸よ。私の内側はだんだん燃えてくる。既に胸を傷めてしまつたこの時計に就いて、……私は憶えてゐる。それはまるで天啓のやうに、あなたはチョッと輕い舌打ちをして、その頃、私がまだ大事さうに抱へてゐた純潔をみてひそかに嘲笑つた。そして呟きながら、實際、「今時、そんな古風な碑銘に誰れが眼をくれるものか？」何故だらう。私はそんな時、慌てて物憂い眼をみひらき、頑なに指を組み、しきりに禱つて、せめて、ああ　それは　しばし羽搏いている美しい「死のフーガ」を摑もうとするのだが、それもきまつてだしぬけに、意地の惡い光がきて引き裂いてしまふのが常だつた。それだけで、私はもう全く藥鉢になり、盆槍してしまひ、空つぽな腦髓の中で、さんざつぱら喚きつづけてゐるカナリヤの、あの柔かい咽喉を思ひ切つて絞めてしまふことが出來ないのだ。私はうなだれる。額を地の方へ向けて、それは苛酷な烙印をうけるかのやうだ。私はもう大變悲しくて、私はもう胸がいつぱいになり、私はあとからあとから淚が流れ、私は本當に盆槍としてしまひ。――

逃亡

杉浦伊作

㈠ 野望の戰線

山嶽地帶に駐屯してからすでにもう十日
荒神らはすでに倦き倦きしてゐる。
倦怠は海鼠のやうに體をもてあまし。
そして戰爭を思考する。
戰爭は殘虐以外のなにものでもない。
獸（けだもの）の生態、いがみ相ひ。
人間精神はささくれてゐる。
ささくれだ人間精神は獸（けだもの）より醜い。
聖戰
それは征服の野望だつた。
なんのためい征戰。
われわれの民族が安任するに
どれだけの土地が必要だといふのか。

戰爭は野望である。
あくかたなき野望である。
すでに　戰ひは立秋から立秋へ
三百六十五日の一日をもが
干戈の時間消費に外ならない。
自覺する人間生活から遠いもの。
威力
太陽のやうに誤信してゐる。
なんの　神御一人の野望。
威力
それは、耕作しないで農民の耕作物の掠奪の行爲
威力
それは、あくかたなき征服欲の征服
威力
いつも、戰ひの力で奪ひ取る生活だ。

遠征百里
勘定した土地の土民は軍馬に踏みにぢられ
彼等土民が
精根を盡して時落した穀物は徴發せられ
荒神らは、それをむさぼり喰つた。
土地土地の女、娘らは冒された。
冒された女、娘らは、あらそつた荒神らを追つた。
ヂプシイのやうに　女　娘らが
荒神を追ふと　荒神らの精神は
土偶のやうに肉體の中をころげて、又荒む。
統制も秩序もなく
いぎたなく肉體の中をのたうちまわる。

かうした年月の闘ひの前に
彼等　荒神の青春が
業病のやうに　斑点となつて腐りかけてゐた。
荒神らは
耐えられない郷愁に
強暴の行爲が露出し
女の肉體の中にかすかな慰安を求めてゐた。

駐屯の對峙する向ふは
すでに雪の季節に這入つてゐた。
先發の友軍が
作戰の蹉跌で、總退却して來た日から
荒神らの間には、不安な焦燥がいらだつてゐた。
かうした雰圍氣に總帥の神は奸計に寧日なかつた。

(二) 天の岩戸の酒宴

神々がどよめいた。
拍手にかがり火が熾（さかん）だ。
岩はかさなつて高く秀で、その上の濃い闇。
火の子が燦爛と天に降り、空が映えて光る。
樹々はもりあがつて黒く緑したたつてゐた。
一人の姫が
すでにステーヂにあがつた。
ステーヂこそ楠の木の大木の切り株。
荒神らどんいんの瞳かがやかし
ひそかに吐く　———ためいきがごときもの。
靜
謐———

むべなるかな
一糸纒はぬ裸身の女神。
燃え熾つて焔がむらむらとたちのぼる。
一時(いつとき)どぎもを抜かれてゐた荒神らが
又指笛の暴風(あらし)。
荒神ら、なるたけ身を陰(くら)きにかくして
瞳が燿けくさけてゐた。
酒盃を落して酒のこぼれるのも知らない。

道化ぢみた荒神が立つて
タヂアナ姫の獨唱と吐鳴つた。
姫はひそかに頬を焔にほてらし
荒神らに投げるコケテシツユな笑ひ
髮はながながと背に流してゐる。
くちなはのうごめくやうにかすかにゆれる。
頬の櫻貝
臍の黑瑪瑙
柘榴の實——彩色された唇、そしてその中の齒
隆起する双の乳房の
水桃(すゐみつ)。
爛熟の處女の體臭

ピチピチ跳ねる魚の感覺。
線の流れに、
圓を描いて落ちつくところに
神秘な湖水がある。
荒神らのことごとくの
瞳がそこで停つては　深い吐息に
崩れる。
息苦るしさに、
のがれて、姫の微笑に救はれほつと息をつく。

姫はれいろうと唄ふ。

むび　あらなしや
さび　あらなしや
ゆくて　ききこむごむ
ゆくて　はらいそなむ
いま　つむごころ
さき　つまごころ
あかしやのあかねそ
かくしこそおもねき

あび　あらなしや
むび　あらなしや

その聲、潮水を渡るそよ風か
葦にそよぐ汀の水
小鳥の唄ふ聲にて
霧の中にひびく鐘の音か
愛の詞のささやきが、
五官をしびらすその、その秘蹟
唄ひ終つた娘は、ぱつと身をひるがへして、荒神らの中
に飛び入つた。
荒神ら、もう
居ても立つてもゐられない。
俄にどよめき、足踏みならして、
そこらあたりにゐる娘等を
手當り次第に抱きしめ
踊る。　轉倒。
亂チキ騒ぎ。
焔は熾に、生木を燃やし
降るは燦爛たる火の子だ。
もう無茶苦茶の亂舞であつた。

夜はまつたく裂けてゐた。

㈢　愛の脱走

「今まで、そこにゐた男は誰です。」

「誰でも。いいぢやありませんか」

「よくわないわ。たが裸體でゐるところに、こそこそしてゐるのは」

「あなたに、そんなことたふ權利があつて？」

「權利できくのではない。つはものらしくない男だから、その名がききたいのだ。」

「あの方は、わたしの衣を持つて來てくれただけだわ。」

「こんな、くらがりで衣をつける必要はない。今の今先まで、人々の前に裸體を晒した御身ではないか。」

「おおきなお世話でないこと。かがり火の前。荒神の前で衣を脱けろとおつしやるの」

「ステーヂで裸の人間に、どこに羞恥があるといふのだ。」

「ステーヂはステーヂです。ステーヂの女はステーヂの女です。わたしは處女。

處女が人前で裸に衣をつけるところを見せろといふの。あのいやらしい荒神等の、なめるやうな瞳の中に、覗すくらめて。さう云ふあなたは、なぜ、ここにいらつしやるの。かへつて頂戴。」

「かへる必要はない。」

「いいえ。かへつて頂戴。ここくらやみは、女の閨房です。」

「かへるよ。かへろつて云へば」

「おかへりください。だが、
あなたは卑怯な方ね」

「なにが卑怯だ」

「卑怯でなくつて？」

「卑怯ぢやない」

「ぢやあ。なぜ、勇敢に行動しないの」

「僕の戰鬪行爲が卑怯といふのか。僕は恆に勇敢だ」

「戰爭に——。それは何を意味するの。」

「戰爭以外になにが考へられるか」

「戰爭があなたを幸福にして！」

「さういふ考へは、どう云ふ解釋になるか」

「あなたは。戰爭行爲に勇敢であることに依つて、女の愛情がかち得られると思つて。」

「女の愛情と戰爭とは別だ」

「いいえ。女の愛情をも得ることなくして、あなたの青春になにがもたらせると思ふの」

「戰爭に勝つてから後の女だ」

「戰爭が、いつ果てると思ふの」

「それは、僕にはわからぬ。」

「あなたの青春が失れた時」

「さうかもわからぬ」

「それでいいの。」

「いいか、惡るいか、僕等の思考は、
君の兄の前では許るされてゐない。」

「あなたは兄の奴隷？」

「奴隷ではない。」

「協力者？」

「協力者、莫迦な」

「それではなんなの？」

「なんでもない。僕らは鬪ふために鬪ふ男だ」

「そんなら。なぜ、あなたの青春をむしばむ——戰爭と戰鬪行爲を開始しないの。

あなたの自由を取り戻すために。

もうすぐに、青春が、あなたにアデイユするわ。

あなたは、去り行く青春を再び、取りもどすことが出來ると思ふの。

あなたの青春のために。

あなたの愛する女のために。

戰爭挑發者の兄神に、なぜ反抗しないの。」

「それが何を意味するか、君は知つててか。それは、僕の破滅だ。僕等の愛の破綻だ。君の兄神の國土以外に、僕の住ふところがあるか。僕の生きられる土地があるか。」

「それが卑怯といふもの。

意志のない戰爭に、かりたてられて、
どこまで引きずられて行かうといふの。

人間として生きるために、あなたの天地を開拓するのが、あなたの生命ではなくつて？

兄が征服した土地だけが世界と思ふの」

「そんな無暴なことが出來るか。」

「出來ないと思ふの」

「方法があるといふのか」

「あなたが職業的つはものを放棄すればいいの。

あなたが劍を捨てて土民になればいいの。

平和を愛する土民になつて地下に潛行すればいいの。

脫逃です。逃亡です。」

「脫逃か、さうか。逃亡？　さうか」

「出來て？」

「出來るかも知れない。出來ないかも知れぬ」

「そんな返事つてあつて」

「そんなに簡單に思考の裁斷が出來るか男に。」

「男だから出來るのではない」

「男だからなかなか出來にくいのだ」

「わたしに不滿なの？」

「女のために逃亡したと思はれたくない」

「どんなことに意識づけやうといふの。それこそ卑怯だわ。女への愛情のためにと、はつきりと意志表示が出來ないの」

「男のメンツだ」

「それは、荒神——つはもの——としてのメンツです。人間としてのメンツなら、女への愛情のためが一番正しくて、眞實ではないの」

「まだ、そこまでは」

「なつていないといふのね。そんな非人間的な方は、わたし嫌ひだわ。

もう、行つて頂戴。けがらはしいわ。」
「――」
「なぜゆかないの？　わたし、あなたを見そこなつたわ。わたし、もつと男らしくて、人間味のある方だと思つてゐたのに」
「――」
「あら！　劍を拔いたのね。殺す氣。いいわ。わたし殺されるは。戰爭には倦き倦きしてゐるし、兄の傀儡になつて、屯所、屯所で、戰意昂揚のための慰問特設隊
荒さみに荒さんだ、前戰のつはものの
戰意を强張するために、
處女の肉體まで晒して慰問しなければならない理由が、わたしにはいやだわ。
それがなんのためだつたか、はつきりわかつたわ。
みんな兄神の野望のための戰爭
そんな戰爭が聖戰だなんて、もし云ひ傳へされてゐたら、
わたしは英迦の英迦のデクの棒だわ。
かうしてわたしの靑春が戰塵の中にしなび、愛する人の靑春をも失ひ
お互が、がつがつと戰爭にと、かりたてられてゐる中に、
愛情のひびきが感じられなくなる
希望なんて、もてないものなら
わたし自殺でもするわ。自決。いい方法だわ。
殺す。いいわ。殺されてあげるわ。
あなたの劍にちぬられて。」
「僕が劍を拔いた意志がわからないか。僕は君を殺すかも知れぬ。
だが、君を殺す劍が、どこに飛ぶか見てゐるがいい。
どーうだ。劍の行先を見屆けたか。
千仭の谷だ。暗闇の谷に。
僕は今こそ、劍を捨てた。
劍をだ。
つはものの魂の劍を捨てたぞ。
さあ、もう僕には、劍に支配されることも
劍で持ち得る腕力もなくなつた。
鬪爭のための鬪爭の劍がなく
あるものは、靑年の熱情だけだ。
劍を捨てて、僕が得たものは愛情だ。

愛情の炎だ。炎は燃える。燃える心の炎。
僕はよみがへる人間の魂に、
僕は、心から君を愛することが出來る。
僕の全靈を傾むけて。
脱走しよう。逃亡だ。」
「まあ。ブラボー」

(四) 崩　れ

曉の明星が高い樹木の上に輝き出した。
炎がいささか光を失つて來た。
疲れたつはものが醉ひしれてゐる。
ひえひえとした空氣
それはかがり火がいえかかつたのみでなく　つはもの
の心の裡、夢のまどろみまで襲ふ　なんとも云へぬ、
もの淋しい、冷えびえさである。
戰爭に倦きた郷愁にちかひものである。
曉の光が、山の峰にかすかに、ほのめいた時、
統率の荒神が
荒々しくつはものどもをたたき起してゐた。
覆ひがたい杞憂の面には
なにがあつたか、群がるつはものには、
すぐには了解することが出來なかつたが、
つはものらが醉めたやうに、知つたのは、
鬪ひにもつとも勇敢だつたあの荒神が
姫と一緒に逃亡したその一事であつた。
なんか崩れの象徴が、みんなにひしひしと感じられた。

※

※

未明の歌 他二篇

日村晃

一、反　擊

未明を吹きつのる、風は、うすら寒く。わだかまる燐炎のように、戸口は、不潔な諦観のみじめさを、ゆがめている。ぎくしやくと、こわれかかつた小さい建付け、そして、うさんくさい家族たち。陽光は、ほのぐらく。腹立たしい血行は、つぶやく不平や、やにくさい呼吸に、混じり合つている。

かさかさと淋しい、かたくなな人の秘密。僕は何も知らなくてよいのだ。石をもつて人を打ち、拳を振りあげて、快活に笑うのだ。地面の汚臭は、とうてい化石することはないだろう。一切のリズムに、さからうことのむなしさ。僕の哀愁は、胸の底から、冷い表情をぶちまける。

二、凋　落

猛ける火柱の不氣味な曙光。焼けただれ、ころりと倒れ。土塊（つちくれ）のような肉体だつた。堀割が縦横に隔切る、湿地のデルタの、堀立小屋は、崩れていた。うずたかい横臥の山に、醜くなつた。あの人はいた。（手をとり、胸を擁え。力をこめる呼吸に、熾烈なお互の刹那を、祈つたのだ。）死を否定しようと。

三、復　活

ああ、若い娘が臙紅のルージュに煙草をくわえ、堀割をこつちへ、渡つてくる。あやしい皮膚は、青ざめて。ことことと渡つてくる。いぶるような、まあるい空が、見えている。

この日日。またも見られる、その小屋の、白茶けたトタン。未明の風俗に、女の姿はいやしい。また一人。また一人。娘が、女が、遠い記憶の翳のように、生命ばかりを華美にぬりたて、あとからあとから、廂の下から、こつちへくる。歩いてくる。

夕暮の歌

もみ合う愛憎に、むなしいアバンチコールの皮膚と皮膚。

一日の閃督のかたくなな翳に、人人の夢は、つきあがり、すでに淡くしびれている。鈍重な空の白さ。夜へ流れるよどんだ壁の、底は明るく。晩春のあえない冷氣に、僕の意識は、黄色い塵埃のように、うずくまる。

峻烈に、貪欲に、やがて半月（はんげつ）が浮き上る。あかあかと無氣味に、くだけて光る。荒れはてたアバニユウの日常。空白にゆれる、おびただしい枝枝に、散彈のように、僕のうすしい情意が墜ちる。夕暮の距離は　あまりにきたならしく。はげしい悲哀の抵抗が、みちている。ぶるつぶるつとふるえるように。

この落莫。よごれた住宅は、まばらにかしぎ。枯れはてた焼原の匂い。静寂をかいくぐり、風は、地殻ににごつてくる。僕よ、官能はゆるやかに。その背に變る皮膚のリズム。ひきしぼる歌は、はばまれ・とぎれ、青ざめて。

ああ、僕の瞼に、僕の不眠の性は、執拗に重い。ざわざわとむさぼるような、螞蟻の群が、飛びまわる。とろとろと、うすい灯が、もえ上る。かびくさく、しみだらけの地圖が、ひろがる。虚構よ。僕は、いたずらにしばたたく。涙はあふれ。うち合ふ光に、地平は見えず。いまここに　小暗い窓はほの白く。波の中の綠の島のように、がつくりと、のけぞつている。

泥と花

一、望　郷

いいしれぬ明るさにみちている。泥の中の市街の魅惑。花花は、僕の　憶のように、陽光に綾をなし、そして冷い。

よごれた日日のテンポ。僕の疲勞は、どろどろにふやけ。黄色い皮膚の憧憬が、ほこりの中の草木のように、ひからびたまま哀れげに、曇つている。僕の体溫は、せまい地面になまぬるく。連なる満梁に、重なり落ちた空の氣流が、もえ上ろうと喘いでいる。のしかかる長い時間に、未知の實体が、やがてむしばまれ。感傷の化粧に、さわやかな風よ、ゆがんだ窓が出來あがる。するどい傾斜の、屋根がかぶさる。

ただ生きる、その享欲に、がさつな家が、鐵筋や木骨そしてトタン張りが、じくじくとしめつている。

二、蝶

青くさい呼吸をし、はなやかに陽春を捉える、蝶のロンド。僕の夢は運ばれる、再び三たび、乾いた空氣の中へ。ああ、囁きのように、つかのま匂いを放つ、淡いロマネスク。だが、たえがたい夜への集約に、わずかにひらめき、もうろうと地の果てが、白つ茶ける。幾重にも幾重にも、季節がだぶる。僕の悲情よ。僕の額につきあたる、多彩な世俗の翼。蝶はたわむれる。亂れる。ねばつこい僕の痩身に、文字のように變貌する、地平の陰と海。風はゆつくりと吹いてゆく。

蝶よ。生活の技巧に、泥は、やたらに底ふかく、花の匂いをとかしてゆく。その投映を、かきけしてゆく。

三、月下

僕は、あてどない造花を、試みる。この孤圓の世界。

人の生き死にほどに、あわただしく、花の泡沫を噴きあげる、人の血の交替。僕の五官のはりつめた神經に、逆流する月光は白く、鼓動は暗い。ああ、くらい潮が、貧しい生理の船腹に、せきをきつて慟哭する。だらりと、僕の腕は、屋根の光澤に、憂愁と不貞の形相を投げかける。塗りこめる。

泥の日常に、暮れゆく何ものがあろう。彼方に空は深く、實に明るいイルミネーション。光はゆらぎ。半壊の偶像が、くろぐろと、凸凹の地理とふしくれた歴史と滑稽なアラビヤ數字を、背負つている。そして、とめようもなく、けいれんしている。

新刊批評

北川冬彦と『夜陰』

杉山平一

北川冬彦のパレットは濁つてゐるといふ批判がある。たしかにその詩語はぞんざいであり、野放圖である。それはしかし、かわての「巨大であること、それは凡て惡である、惡にほかならん！」（鯨）と大きな活字で絶叫し、また、「どうしたつてんだ!!何だ、何だ、何が始まらうてんだ!!」（春）と投げつけたやうに激情、激怒の精神が生み支へた言葉が、次第に日常の感懷や境地を述べるために使はれることから生ずる一種の弛緩ギャップから生れる印象である。

しかしかつて北川冬彦が、やくざの言葉は生きてゐる、といつたことがあるやうに、その一見ぞんざいの言葉に作者の計算があり、またそれが作者の僞らざる聲を傳へて。成功すると非常な生命感にあふれるのである。そしてその生命は透徹したものでなく一種の混濁感のなかに輝やいてゐる。「狂氣こそ生の基盤ではないか。」とこの詩集「生」のなかで歌はれてゐるやうに、狂氣や幻想や惡夢のやうな異常風景に詩篇が多く生命を得てゐる所以だ。「戰爭」の感覺の閃きと、「いやらしい神」の諷刺や思想が、やがてこの「夜陰」ではもつと全身的な人間的な重厚感に綜合されてきてゐる。

小説は具体事實を通じてうつたへ、詩は生のままで意見を述べうつたへ主張するものだと思ふが、世にさういふ身体をぶつけたやうな批判主張、絶叫としての詩は數すくなく、手先の技巧による批判や機智の批判のみ多いなかに、全身的な生命的な存在そのものをぶつけてゐる魅力をもつ詩人の一人として、今日尙、北川冬彦は魅力がある。

往年の緊密はうすれ、「しやべりまくれ」の小熊秀雄と論争して、他の詩には行間に一杯つまつてゐると主張した頃にくらべて、北川冬彦は大分おしやべりになつてをりその故に、言葉のゆるみ、ぞんざいが目立つときがあるが、それは、思想がゆるんだりなごやかになつたりしたときにあらはれてゐる。この支へる言葉を持たぬといふ自覺のもとに、北川冬彦は早く、詩の行の切れざるを得ない行かへを、安易にゆるすことがなかつた。散文詩を早く書いたのも、自らを知る故であり、眞に切れざるを得ないときにしか、行を切らず、つねに行かへに疑問を抱いてきた。この詩集に於いても、島三題の三題の散文形に、最もよく表現がところを得てゐる。

北川冬彦は、やがて、行かへに映畫のモンタージユと似た世界としての意味を見出したのだつた。從つてさういふ効　の上つた詩篇もまたすぐれてゐる。

北川冬彦は、最も早くシャリオ文學を提唱した人である。シナリオといふものは、しかし讀んであまりたのしいものでないし、また書いて文學の喜びを味へるものではない。それは文章といふものに支へられた文學の味はひ、面白さをもたないからである、描寫はあつても肉はなく、骨骼であり、設計圖である。設計圖はそれ自身面白いが家を建てる、家を見る面白さには及ばない。北川冬彦の詩は、設計圖ではないが、聲調や言葉のニュアンスの生み出す面白さを以つては味はふことはできない。あくまで、盛られた思想の面白さであり、感動である。その中心は狂氣によつて平常の生を見出すやうに、異常世界によつて逆說的に見出される常識世界の生彩である。「鷄」のヒユマニテイは、單なるアメリカ映畫的ヒユマニテイでない、北川冬彥の異常世界を通して逆說的に見られたもので、「惡夢五」や「夜灯し」や「馬」の殘酷によつて裏返しにされた故のヒユマニテイ、もまた非常に高く悲哀をたたへて感動的な詩篇である。「金庫」にも見られるやうにその人間愛は、一種の虐殺感の中に不思議に輝やいてゐる。

風景や事物によつて歌つたものより、動物や人間を歌ふものに、從つて感銘が强い。「引揚の人」「車窓」もさうだ。北川風の殘酷な風景に鼠や馬や犬がちよつぴり顏を覗けると光つてくる。そして焦点がそこにしぼられるとき、詩は我々の心をつきさす。「あとがき」に「一個人の生活記錄に終らせず歷史の一隅たらしめたい」とあるが、この詩集の半ばを埋めるわれわれの戰爭戰後の時代への苦惱は、「橋」一篇に凝結してゐる。私はこれを、雜誌で讀んだとき感銘したが、いままた感動を新たにした。感傷になればつまらないものになり、寓意になれば、かけ出し詩人にも書けさうなものでありながら、溢れる野性やいかりが實にうまく抑制に調和されて、まとまつてゐる。しかしかういふまとまり、抑制は、おそらく北川氏として、何でもないことであり、本意なるものであるかも知れぬ。とりすましたものに失敗作が多く感覺による單なるまとまりは「平和」の技巧に見られるやうに詩集「戰爭」に於いて、すでにその仕事はやつてしまつたからだ。

いまは「欲望」のなかで、「ひた走りに走つて見たい」といふときに、作者の本音本領をきく思ひがするのだ。そしてその故に、「雪の朝」といふ一行の詩篇も光つてゐる。

屋根を辷る雪とともに落ちたい。

いかにも北川冬彥らしい。雪けむりを上げて、地ひびきたててどさどさんと落ちる爽快感と、この全身的なぶつかり方が北川冬彥の在り方であり、思ひつき思想に上手に詩をひねくる詩人群の中に、北川冬彥に我々が期待し興味をおぼえるのもこの故なのである。

或る朝の對話

森　敦

――あ、これが北川さんの「夜陰」ですか。

――さうです。

――成程、いい裝釘だ。

……今新進畫家として聲名の上つてゐる杉本健吉氏の

――いい詩だなア、これは……

――いい詩でせう？

――北川さんとはながいお知合ひですか。

――ええ。

――私もこないだお訪ねしたんですが……

――……

――出來ることなら南洋あたりに住んで、なにも考へずにぼうつとしていたんだが、とんなのがゐちやアと、坊ちやんの頭を撫でてにこにこしてられましたよ。

——へゝゝゝゝ。

——しかし、若いものにはこの直截な平明さが……

——どうかと仰言るのですか。北川さんもときどきさう云はれるつて、笑つてられましたよ。

——いやあ

——恐縮には及びません。でも温い眼……がじつと見てる感じはわかるでせう。

——ええ

——時に志賀さんですがね。

——志賀さん？

——さう。あの眼は高く遊弋して、下界の獲物を見てるやうな眼でせう。

——……

——猛烈にロングのきく眼だ。北川さんの眼もそれと類似がありそうで、さうでもない。

——……

——あの適格な空間的距離が、時間的距離に置き換へられてゐるのか。それが巧まざる象徴となるのか。北川さんの詩はいずれも讀んで安堵の感じられるのは、よく云ふすわり、といふものでせうか。

——……

——横光さんはかうした北川さんを、自然と合一した修正のきかぬ太い精神といつてられますがね。

——するとあの平明といふ問題も、なかなか難かしくなつて來るんですよ。黒田さんのやうにこれを「强さ」と云へばはつきりするかも知れない。

——黒田さん？

——……

——ダンテの研究をしてられた黒田正利さん？

——ええ、そのひとがこの强さで「神曲」を譯したらと云つてられました。文体のひびきも似てるさうですよ。

——で、北川さんは？

むろん喜んでられましたよ。ただ當時は練獄まではいけさうだが、と云つてられましたが……

——……

——戰後またお薦めすると、こん度はやつてみますか、と笑つてられましたよ。

——さう云へば「夜陰」は近代的な「神曲」ですね。

——さう。收められた時代が、さうした時代ですからね。しかもかうした郎興詩が、非大な時代感覺を映しだしてゐるのは素晴らしい。なんといふか……達したといふ感じぢやありませんか。

——けふはこれを東北の田舍に送るつもりです。その美しい村でどう迎へられるか……私はそれが樂しみです。

リズムの存在

淺井十三郎

詩が韻文であると云ふこと位、僕に不可解な問題はない。と同時にリズムに對して無關心であること位、又僕にとつて奇妙な感じを引き起させる問題はない。リズムが主觀的にのみ考えられる時はすでにリズムを失つている。つまり作者が客觀的にそれを意識しはじめた時、詩のリズムは逃げ去つているのである。リズムを內在的に考える場合も、歌ひ上げると云う考え方の中には、僕らのリズムはすでに存在しない。吉田一穗氏が如何にリズムを否定しても氏の作品の中にわ强大な、リズムが流れているし、この歌ひあげない詩人にリズムがあつて、例えば草野心平氏の「鬼女」（歴程四号）——の

血糊をすすぐうつぶせの髪毛押しのけ角がた
ち水鏡の笑ひの口に牙がのび。
光り舞ひ舞ふ無數の木の葉。
金とべにとの
金とべにとの。
ぎいぎやつきやあ。おひかぶさつた崖に木靈
し。
瀧壺に落ちた錦の帯は。龍のうねりのそのや
うにぎらぎら光り沈んでゆく。（前後略）

と云ふようなものの中には僕ばリズムらしいものを近頃感じなくなつた

草野の精神にあるものは、魔法としての悄性的なものであり、これはどう云うことかと考えてもみるが、氏の言葉がすでに世界とわれわれの間に立つ理解者ではなくなつてきているからだとおもう。要するに、我々がひとつの世界に對する追究力を失うときにはリズムは死滅してしもうと云うことだけは明かなようだ。

リズムを問題にするとどうしても、詩の言葉は、どう云うものかと云うことが必ず問題になつてくるが、これは各詩人の作品を一聯、二行每に分解してみると一層、それがハッキリと凝問を投げかけてくるのである。

僕がいま意圖してゐるもの長詩（第三審判律）はその一聯を一章として獨立型を與えると共に、僕自身がどのようなイデーを形成し又そのイデーの中にどのように僕らの精神や歴史がたきこまれているかの關係—對立結合—の中の、どのような法則を発見するかと云うこともの實驗の一つでもあるが從來の韻律や散文を一應否定分解してゆく動きの中にどのような法則がまつてゐるかわ、力足らず未知數である。がそれは今後の實驗の中で更めて又考えてみなければならないだろう然しそれだからと言つてそれを悲觀するほどの職人根性をまだもつていない。かつて萩原恭次郎だつたかとおもうが詩の一行に重荷を負はすなと言つたことがあるが僕はむしろ詩の一行は宇宙をふんまいて立つ位の背後の世界（重み）と歴史の上に立つてその獨立をもつているべきだとおもう。

詩は、今日のように一部分品としての存在から、創りあげられた機械としての位置とリズム（法則）をもたなくてはならないとおもはれる。うたひ上げると云う考え方の中には決してリズムは存在しないだろう。

表情他二篇

林　昭博

表情

大きな四面鏡を飾つた店がある　そこを通るものは誰でも自分の肉体を信じることができない　巨大な鏡面を逆に歩行するので地球儀のうへをゆく小人の幻惑を感じる　一人の少年があつた　手を動かしたり首を曲げて　別の自分の姿を見極めようとする　絶へずせわしくゆききする影　皆同じ表情なのである。

何が面白いの？　不意に私は尋ねた　化石した彼の顔はいう　すると私の顔は光澤ある赭土色の顎を突き出してゐる　＜お前の名前は？＞　いきなりトラック・バックする顔　と、またしても背筋を刺す鳥肌だつ壁　＜そこでお前の顔をさがすのだ＞　ああ　私は犬になつてゐた　四面鏡と傾いた街路もはや逃れられない生理によつて私の PHOTO は上下する

夜の旅人

銀色の夢をぬけ出すように静かに波が　夜つぴで私の部屋を押し返している　背後の壁が音なく割ると　蒼白い腕をさしのべた小女は　私に彼女の白馬にのることの約束を思ひ出させる　だんだんうすらいでゆく白髪　ぎらぎらと光りながら　私達は森を越える　河をわたる　あの小女はいつか昔の戀人だつたが　いまはおもひだせない　馬は谷底へ谷底へと泳ぐように進む　私は眠つてはいない　倒された柱にふるい電線がぶらさがつている　みどりいろの梯子だ　ひとりでに馬は止まる　私は月の光で食事をする　山草の床で眠る　どこかで角笛が鳴る　するとどこからか幼児があらわれて　昔その母たちが歌つたうたを　うたひながら　私の周圍をとりかこんで　ぐるぐるまはりはじめる　角

笛が鳴る彼等は一列になつて歩きはじめる　並びながら私の眼の前で一人づつ見えなくなつてしまふと、私は古い墓地のまんなかに立つていた　まるで私の視線がうながすように　風化された墓碑はみるみる透きとほつた人間の皮膚にかわり　燭台には一勢に灯がともるのを見た　ああ　私は思はづ飛びのいた　私の心はにがにがしいおもひで一ぱいだ　彼等は一瞬にして私を食ひ破つてしまう　私達は結婚をする　その晩　白い衣裳がとどけられた　私は白馬を想ひ出した　と　突然苦しそうに顔を歪めた[illegible]女はそのまま墓標の姿にかわつてしたつた　同時に轟々たる爆音がわき起り　幾百の墓碑は群をなして　くづれ落ちた　私の馬は風を切つて走る　瞬間　かたわらを白い裸像が走り過ぎた　と背後に脊椎を砕く不氣味な響を聞いた　がそのとき　寒天のような小徑を私達はまたたくまに遠のいた

昆蟲

白蠟の窓枠のむこうに悪く傾いた座敷がほの白く青いひかりとのし上げてはくだける波に肩を落し具あわせに興ずる遠い人々が童子を引き寄せて酒もりをしているのである

化石の表情で覗きこむ女はいきなりたいまつの炎を投げ落すと炎は眼前に燃え上り Dissolue して彼女の白い肉体のうえを無數の蟲が這いまわるのである

若者は[illegible]女を抱きよせるとその顔を直徑3mmの圓周を描いて廻轉する胴周り0.2mmの昆蟲があつた陰部の接合　上半身を弓のようにそらした彼女は引き離された頭を唇形花植物と呼びベットの上でそれは成長した

雨受口のはじけたブリキ製雨樋

昆蟲のなかで若者は音のない假象の一時に花咲いたアスパラカスの美しい吹出物と蝶の翅にくくりつけられた Revolver であつた

癲狂院風景

木原啓允

笑ふ偶像

僕の詩は枯れた
さながらに冬のように
また老人のように
かわいた冬の大地に浅い根をはり
氷のような臓器におののく
僕はみすぼらしい老骨
灰色の枯れ木だ
ひとよ　僕はうらやむ
白い街におまえがおとしてゆく
黒い影を
すべてみな　動くものを
街の花のような騒音を
おゝ　雲さへが流れてゆく

僕のとげとげしい骨の位置だけが
うごかない
僕はもはや枯れさへもしないだらう
そのおかしさを
僕がひとり髑髏のようにからからと笑ふとき
ああ　それをもう
誰が詩などと呼ばう

別れる朝

別れが何故こんなに美しいのだらうか
はれやらぬ霧が巨大な都會の朝の谷間を縫ふてゐる
そのなかへ汽車がすべり出てゆく
石のながいフオームを
高い建物の閉ぢられた無數の窓がゆるく廻轉する　また空が　青い並木が　鋪路が　地平
が　さながらに酔つぱらいのきいろい幻のように　大洋のおほきな波のうねりのように
ああ　あの緑の眺　おろかに洗滌きすました水平線の向ふに何がある
おまへがいふのだらう　あなたのやさしい故郷があると、
さうだ　故郷はあらう　まばらな松の故郷の丘のいただきには　樹の落さへ　今日も白く
ちかちか光つてゐよう
おお　遠のいてゆく、おまへの瞳
走り去る石のフオームに　それが暁の星のようだ。
だが　おまへ　背へ　何故それはそのようにおびえてゐるのか

無　題

いつとしもない冬のひと日　人工のはがねの街に　亜鉛の雨がぼそぼそとふりつづくのだつた
ぼそぼそと雨は不思議な作用で　人々が胸に抱くよろこびや思ひ出を　かたくこぼらせた
だから　道ゆく人の誰もがみな　胸に小さい遺骨箱をぶら下げてゐるのだつた
また　濡れそぼつプラタナスの裸の梢が　白い虚空につめたく差つてゐた
あまりにそれがしらじらあざ笑ふので
人々がふしんに思つて近づいていつた時、それが人々の肩をつかまうとおびきよせる　死人の硬直した腕なのであつた
ああ　その上になほ　天の巨きなギロチンの刃の冴えが　狂ほしいほどのひろがりようだつた。
こんなわけで　二十世紀のはがねの街に
人々は灰色の目をして　冷凍魚のように　生きてゐるのだつた
だからこそおもい亜鉛の雨は　ぼそぼそとひねもすを　ふりつづけてやまないのだつた。

癲狂院風景

ひとよ　この美しい秋のひとときよ
狂人のねむる病室の白いベツド　白いシーツ　白い壁に　窓ぎわの花のない夾竹桃の葉影が波のように映りゆらめく　糸のきれた不吉の刺繍模様のように　狂人自らのもつれた意識の影のように

さうだ　さめてはならない
目さめて　このあさましい茶つぱのきれはしや　醫療費の領收書や　鍋を見た時　おまえはまた狂はう
弟よ　おまえのことを誰もまだ基督のように人はいはない　夜毎おまえを抱いて寢る僕を誰もまだ聖母のようにいはない・
空がかたむいて垂直に僕たちをつめたくさえぎつてゐる　流れなくなつた時間が　ささやかな前庭で秋の草とともに枯れてゆく
弟よ　しばらく待て
僕はとほく騷音の街に出向いて　おまえのまあたらしい十字架をさがしてこよう

北を向く

くらい晩秋のあけくれ
はらはらと木の葉が散つて
男はやがて枯木になるのを知らないで　ゐるのだらうか
男は今日も北を向いてゐる

地球儀

牧　章造

地球儀を腕に抱えて、私は家に帰つてきた。疊の上に腰をおろして、私は地球儀を撫で廻はす。

地球はまるい！くるくるそれを廻はしながら、ああ　やつぱり地球はまるいと思つたのだ。平らにひろげた世界地圖では、納得がいかなくなつてしまつたので、私は地球儀を買つてきたのだ。

北極から南極え、私のゆびさきが辿つていく。モスコオからウシントンえ、私は一氣にとび越える。飛び越えてから、内心私は冷やつとする。私のゆびはまた自由自在に地球の表面をかけ巡る。

なぜ地球はまるいのか？　まるいからまるいのだ！　まるくなければならないのだ！　平らであつてはならないのだ！

地球の上ならどこえ行つても、地球でないところえは行かないのだ。私は地球がまるいことを、今更のように感じてしまう。

私のゆびさきは、また地球儀の上を這いはじめる。アメリカ大陸からヨオロツパえ、地中海からアジア大陸え。そして日本に戻つてくる。

小さい日本！　ふとそのとき私は思い返す。なんと適迦げた戦争をしたものだと。

ハワイからシンガポールえ、フイリツピンから佛領印度支那え、ビルマから重慶え、そして私はまたしよんぼり日本に戻つてくる。

小さい日本！　がやがやしてどうにもうるさい蠅のようなやり切れない日本。戦争をはじめた日本は野暮の骨頂だつたが、しかし負けて眼が醒めたときの日本はせめてもの倖はせだ。そしていま苦しいことはわかつている。死にたい程の苦しさだが、なんとか生きて行かねばならないのだ。

私は地球儀に見入つている。地球はまるい！　地球はまるい！　まるではじめて見るもののような地球のまるさに、私はすつかり感動する。

南と北が別々に分れていても、太平洋が大西洋と背中合せになつていても、白色人種と黄色人種と黒色人種があつたとしても、思想が右と左に分れてみんな夫々考えが違つていても、憎みあつたり愛し合つたり、泣いたり笑つたり喚めいたりしても、それらが何處かで結ばれているから、地球はこんなにまるくなるのだ。地球はばらばらにならないのだ。まるくならねばいられないのだ。

私は地球をかい抱く。私は地球に接吻する。

詩四篇

日高てる

にほふ夜に

かなへられた…………
星のながれる世界のなかで
私は朱欒の天女になる。

星が消えると、
ふかい　みどりの地に　うずもれる。
ほのやかに
朱欒のはなのにほふ夜に。

秋夜

道は、

天にひらきて。
影はながれ。
深きあはれさ　ひくくひびかふ。
今宵。
かへりゆくすべのなきを。
わがつみの、
ほそき髄に　なほふりつむ。

青葉

家はうづまり
傾いでゐる。

まれに射す日差しの奥で
ときには
昔の姿を
繪卷のやうに展げ
祖父に似た面影が
いくつも默坐してゐる。青葉。
それぞれの靜想が一すじに聚まり

その小暗い深みのつきるところ
生は飛躍する。

渚

うみづらを渡つてくる波が、その思惟を
砂濱に擲かけ。
波模様をのこして　海に消える。
いく日も
それが　うみのいのちとなり。

渚にレリーフした私に　この波が
たたきつけ、挑みかかる。
あるときは　鬪魚となつて。
私はその波楽を凝つと視つめてゐる。
そして
白砂のごとくなる日を信じつつ。

魯迅原作

阿Q正傳（完結）

北川冬彦

閑散としている酒屋の中、

錢家

內庭

職人が這入り、溫室、池など、この物語の始つた春の頃とは、面目を一新している。

錢若旦那の母親が、若い女中を相手に、大旦那が生きていたときのように、イソイソして菊の手入なぞしている。

「あの子は近頃、トテモよくなつたなア。大旦那が亡くなつてから、何んでもかんでも悪くなるばつかりだと思つたら、そうでもないなア」

「ほんとだア、まさか旦那さんが悪くなるなんてことありやせんて」と若い女中。

廣間

數人の訪問客を相手に、錢若旦那が、黑眼鏡の奥で眼玉をギヨロツとさせ、ステツキを振り振り、天下を論じて聞かせている（革命以来、錢若旦那は、すこぶる人氣があるのである。未莊の閑人達の訪問が絶えない）

「……孔子の曰く、君子は豹變すと、あるぢやろ。また、長江の流れを見てみい、昔つから何度河筋を變えたか判らんぢやろがな……」

グワン、グワンと遠くから銅鑼の音。

錢若旦那、なぜかハツとして、

「一寸お禮」

と出てゆく。

門前。
銅鑼を叩く趙司辰、ふれる村長、チンドン屋めいている
「今日阿Qがくるんだァ」と村長。
「え…阿Qが歸つてくるんだつて？ぢや、罪はどう片付いたんだね？」と錢若旦那。
「歸つてくるんぢやねえ、引き廻わしの面見せさ」と村長。

「なんだそうか」

と錢若旦那、ホツとする。

錢若旦那のうしろには、閑人の客母親、若い女中、並んでゐる。

河つ端
秋風にのつて銅羅の音、グワングワンと聞えてくる。

村長と趙司辰、向うを行く姿が小さい。

「あのやつ、へんなことばつかりやつてやがつたが、とうとうどん詰まりへまで行きやがつたなァ」と鄒七嫂。

「引つ張つてこられつときの氣持ちはどんなだろうネ？」

と若い女。

「でも、まあいいさ。あいつにや年寄もないし、女房も子もいねえんだからなァ」と年寄りの女。

晩秋田園風景
午後の陽を浴びて、藍色の一隊の兵隊を先頭に立て、幌なしの馬車が一台やつてくる（ロング）
馬車の上には、白装束の男が坐つてゐる。
それと知れた阿Qである。
兩手を背に縛り上げられている阿Qが、膝で馬車から延び上り、未荘の方を懐しそうに見ている。

居酒屋の前
未荘の人々、街道に充滿している。それでもまだ、ぽつぽつ集つてくる。

（こんなに未荘の人々が總出することは、この間の革命騒ぎ以外には知らないことである）

阿Qの一行近づく。

人々は、それぞれの思いで阿Qの近づくのを、默つて見ている。

（未荘では、斬罪人の引き廻わしと云うのはこれが初めてである。阿Qの姿に對し、斬罪人引き廻わしに付きものの野次の飛ばないのも、不思議ではない。それに斬罪人と

は云え、阿Qはときに未荘の人氣者でさえあつたのだから見ず知らずの引き廻わし者の場合とは譯が違うのである）

馬車に同乘の三人の役人、野次も出ないので拍子拔けた顔をしている。

殆どわからぬようなゆるい移動。

阿Qは遠くでも見るような眼付きをしている。死を覺悟した者のする顔付である。

人垣。

子供達はぶるぶるふるえ、親達にしがみ付いている。中には泣く子供もある。

人垣には孔乙己、小D、王胡等々、阿Qの知つた顔は殆どある。

孔乙己の眼、親しさを籠めた眼差しである。村長、（流石の村長もシーンとしている）

趙司辰、（オドオドしてゐる）阿伍。

趙大旦那と秀才旦那が並んでゐる。

二人とも、調子ぬけの顔である。いきなり吹鳴り付けてやろうと思つていたのだが、それが口に出ない。

錢若旦那、その母親、若い女中も來ている。錢若旦那はステッキをつき、幾分氣がトガメルような、またホツとしたような顔をしている。

人群れに混つて、趙家の吳媽（ウーマー）がのび上り阿Qを凝つと見ている。

阿Q、吳媽の眼にぶつかり、サツと顔を赤くする。

吳媽も、瞬間、サツと顔を赤くして、人の背にかくれる

阿Qの一行、人々を押し分けるようにして進む。人々ゾロゾロ從いてゆく。

カメラは

馬車の上で立膝し　首を延ばし

ゾロゾロ從いてくる人群れの中に吳媽を探している阿Qを寫す。

趙大旦那と秀才旦那、イライラした顔付でゾロゾロ動く人群れの中にいる。

一行は、産土神の祠堂に近づいている。

阿Qは心はよそに行つているので、自分の古巣に近づいているのを知らない。

楡の古木が聳えている。

その周圍にある樹々は、いまは半ば落葉して枝々を露出している。このシナリオのファースト・シーンにあつた楡の古木とのユーモラスなコントラストはない。

人群れの中で、秀才旦那が村長に何か耳打ちしている。

依然としてゆるやかな移動。

村長が人々を掻き分け、すすみ出、

馬車に同乗している獄吏に何か耳打ちし、興味のありげな小さな包みを、手渡しする。

うなずく獄吏。

それを見て、不安げな錢若旦那。

祠堂裏の小屋の中

阿Q縛られたままワラの寝床に腰を下ろしている。

表で人々のざわめいている物音。

阿Qの前に、趙大旦那と秀才旦那が突立つて地駄ン駄踏んでいる。

そのうしろに獄吏、村長、立つている。

「阿Q！阿Q！云わんか！おい、阿Q！阿Q！云つてくれ！」と趙大旦那もうオロオロ聲である。

「阿Q！頼む、頼むから云つてくれ。ほんとに、頼む。持ち出した品物はどこに隱してあるんだか？云つてくれたら、金でお前の命乞いしてやるよ。きつとしてやるよ」

と秀才旦那。

「おい、云つてくれよ、阿Q！」と趙大旦那。

初めは威嚴的に突ッ立つていたが、次第に阿Qの前に膝まずく格好になる。二人とも必死だが、はたで見ればすこぶる滑稽な圖である。

「云つてくれ云つてくれたつて、オラあ知らねえんだから、云えねえよ。オラあほんとに知らねえんだから、云えつて云つたつて云えねえや」

「そう云わないで、頼む。頼むから云つてくれ」

「阿Q云つてくれ」

と二人膝まずいて、阿Qに頭を下げる。

阿Q、もう二人には相手にもならず、この樓居もこれで見納めかと云つたような顔をし、あたりを眺め廻わしている。

村長、阿Qの態度にたまりかねて、ズンと躍り出るや、

「この太い野郎め！」

とブン殴ろうとする。

獄吏、村長を引き止める。

「手荒なことをなさるな。では、もうよろしかろう」

と阿Qを引つ立てて行く。

阿Qの一行

ゾロゾロそれに従いた人々の群れ

去る。

趙父子、祠堂の垣につかまつて悄然、もう動く氣力もないらしい。
近くで、豚の鳴聲がする。

街道（河沿い）
一隊の護衣の兵士。阿Qを載せた馬車。
そのうしろにゾロゾロ従いてくる人々。（いまや人数はかなりすくなくなつている）
孔乙己が思い切つて阿Qの馬車に近より、何か云おうとすると、
「お、孔乙己か、おめいともこれでお別れだよ、達者で暮らしナ」
と阿Q、のんきな顔で云う。
孔乙己、何も云えない、涙ぐんでいる。
一歩遅れて、錢若旦那が、何んとも云えない深刻な顔をして、靜かに靜かに歩いている。
阿Qは、もう、人々を氣にかけていない。
紅黄ろい夕陽を浴び、馬車に揺られながら、小唄口調で唱つている、
「人間一生にゃ
女ッ子に振られるつてこともあるし
何にが何んだかわけがわからねえが旦那方から、頭さげて頼まれるつてこともあるし
首チョン斬られるつてこともあるんぢやろ」

夕陽の中に立つている祠堂裏の槐の古木。
いつとまつたか、その頂きに
烏が一羽。
そいつが、ふわーと飛立つたかと思うと
「クワアー」
と一聲鳴き、あられもない方へ飛び去る。その不吉な聲は、まるで阿Qの運命を象徴するかのようである。

（完）

（禁無斷撮映上演）

附記
このシナリオを書くに當つて、佐藤春夫、増田渉両氏共譯になる「阿Q正傳」（岩波文庫「魯迅選集」）、林守仁氏譯「阿Q正傳」（四六書院版）、並びに田漢の戯曲「阿Q正傳」（「改造」所載林守仁氏譯）に、負うところ尠くない。記して謝意を表する次第である。

昭和廿三年上半期「現代詩」目録

評論・エッセイ

題名	執筆者	集録號
長篇敍事詩の創作方法	北川冬彦	1
現代詩（時評）	仝人	1
「美女と野獸」に就て	仝人	1
抒情の否定と現代詩の布石	阪本越郎	2
詩の世界的地平線の回復（時評）	北園克衛	2
詩について（アフォリズム）	永瀬清子	2
ローマ字詩管見	江口榛一	2
現代詩の反省	村野四郎	3
横光利一氏追悼	永瀬清子	3
ブランデン氏に會う（時評）	安藤一郎	3
一つの Lost Generation	瀧口修造	3
シナリオ詩論について	阪本越郎	3
詩は本音である	北川冬彦	4
韻文衰退論考	笹澤美明	4
CARNET	北園克衛	4
現代詩（時評）	永瀬清子	4
精神的形姿	阪本越郎	5
「現代詩」時評	浅井十三郎	5
「水浴する少女」に就て	安藤一郎	5
エッセイについて	北園克衛	6
詩論（對談）	吉田一穂・北川冬彦	6
斷片集	永瀬清子	6
詩の批評について	笹澤美明	6

作品

題名	執筆者	集録號
春	北園克衛	1
脱走計畫書起因	浅井十三郎	1
おるがん破調　一	笹澤美明	1
おるがん破調　二	仝人	2
おるがん破調　三	仝人	3
おるがん破調　四	仝人	5
おるがん破調　五	仝人	6
新春	村野四郎	1
かの人々は	永瀬清子	1
「韃靼海峡と蝶」界隈	安西冬衛	1
四十二歳	安藤一郎	1
獅子	江口榛一	1
對談	杉浦伊作	1
阿Q正傳　一	北川冬彦	1
仝　二	仝人	2
仝　三	仝人	3
仝　四	仝人	4
仝　五	仝人	5
仝　六	仝人	6
大椿事	瀧口修造	2
出發	向井孝	2
黒いブルース	安藤一郎	2
凛烈厳しいものの竊	杉浦伊作	2
人生	江口榛一	2
失踪	阪本越郎	3
照り映えるもののところへ	小川富五郎	3
白と青との彩色	眞尾倍弘	3
反吐	浅井十三郎	3
第三系判律5	浅井十三郎	4
髪の白い青年	岩尾美義	4
詩人達	阪本越郎	4
都會わすれ（散文詩）	永瀬清子	4
或る一頁	杉浦伊作	5
暮春抒情	村野四郎	5
原罪	浅井十三郎	5
雨もり	澁川驍	5
雲上にて	船水清	5
二つのソネット	安藤一郎	6
散文詩三篇	右原尨	6
月蝕異變	富澤赤黄男	6

同人語

吉田一穂、永瀬清子、瀧口修造、北園克衛、浅井十三郎、江口榛一、杉浦伊作、笹澤美明（1）
北川冬彦、浅井十三郎、笹澤美明、安藤一郎、阪本越郎、永瀬清子、杉浦伊作、吉田一穂（2）
永瀬清子、杉浦伊作、笹澤美明（3）
永瀬清子、浅井十三郎、安藤一郎（4）
永瀬清子、杉浦伊作（5）
笹澤美明、安藤一郎（6）

紹介

題名	執筆者	集録號
海外詩消息　一	瀧口修造	4
海外詩消息　二	瀧口修造	5
海外詩消息　三	瀧口修造	6

「現代詩」バック・ナンバー自十三集若干あり、入手希望者は照會されたし。（一册廿圓）

編集後記

北川・杉浦
江口・浅井

△この號は、同人推薦の新人作品を集中したのを機會に、新鋭詩人特輯と云つてもよいようなものにした。創刊號の「スタートライン」で「われわれは活潑な行動をとるであらう。われわれの趣旨に賛同する詩人群、殊に新人群をなお抱擁しながら」と云う言葉の証明の一端として。

△牧章造、祝算之介、扇谷義男詩誌「詩旗」などに據る安彦敦雄、濱田耕作、「蝗」の日高てるの諸君は、新鋭詩人群の第一線をゆく人達で、更めて紹介するまでのことはあるまい。林昭博の作品は、一般寄稿の中から選んだものである。この三篇の外に、廿篇ほど一度に送られてきているが、皆同じ出來榮えである。力量は確かだ。異色充分のある新人として紹介するに足るものだと思うのである。

△同人杉浦伊作の敍事詩「逃亡」は、入院直前に書かれたものである。「長篇敍事詩運動」の一つの實践作品である。「阿Q正傳は、この號で完結した。作者の積りでは、シナリオの形式によつた長篇敍事詩なのである。これに繼いで、本誌では、續々長篇敍事詩を發表し、日本詩の領域の擴大をはか[illegible]

だけで讀み捨てるには惜しい内容を持つているので、讀者の前にまで提出する次第である。

△新鋭詩人特輯のため「時評」と「海外詩消息」を休載した。讀者の諒解を乞わねばならない。どうにもスペースが足りない。われわれの本格の仕事の發表のため、また新人の作品の、一頁二頁のコマ切れ發表でない核心的な紹介をするため、殊に、長篇敍事詩の掲載のためには、増頁が是非とも必要である。申請して、これが實現を期したいものだと思う。（北川冬彦）

※日村晃君は「現代詩」が發刊された頃から、私の處に來た若い學生の一人だつた。詩作したいと云ふ・彼が商科の學生だと知つた時、私はいささか危惧の念もあつた。長續きがするかしらと。最初は自由詩を書いて來た。初歩の人にしては、形式も整ひ、詩想もナイーヴなので、私は彼に心を注ぐことにした。北川さんのきもいりで「氣球」が創刊になつた時、乞ふて同人にして貰ひ、自由詩の一篇を發表さしたが、それは、別に問題になるやうな作品ではなかつた。私は少し考へるところがあつて、幾多の新散文詩を示し彼の意をくむんで見た。新散文詩によつて彼は、詩の心眼がひらけたやうだ。それからひたむきに、新散文詩の世界に進んで行つた。多感で感傷的な青年のイメーヂが新散文詩の型式だと、いくら累積しても破[illegible]身をどうやら發見した。私としては、新散文詩運動の地下莖から、いぶいた新散文詩の一つの新しい芽として彼を紹介したい。（杉浦伊作）

□木原啓允君は僕の友人である。久松潜一氏門の國文學者だが、高等學校時代ドイツ語をやつたのでリルケには早くから親しんでいたようである。僕と親しくなつたのもリルケを介してで、リルケについて僕はどれ位木原君から啓蒙されているかわからない。

木原君の詩には、國文學を身につけた人特有の洗錬された措辭とリズムがあり、それがリルケ的な發想法によつて至つて、清新なものになつている。現下、新人においてかほどまでに古代と近代の微妙な融合を見せている場合は殆どない。それはもはや完成された世界と云つてもよい程である。

おそらく、木原君は有名無名の新人中随一の詩人ではあるまいか。ただ、僕が君に祈りたいのは、君が病める詩魂を一日も早く脱脚して、朝の光にやさしく息づきわれとわが身さえいとおしむような、そういう詩人になつてもらいたいということだ、あたかも、リルケがそうであつたように――。（江口榛一）

◎廿余年前の彼わ、當時の詩壇の最も秀れた新人の前線にいた。岡本彌太。佐久間利秋、間野捷魯等の名とともにの忘れることの出來ない詩人の一人であろう。そして[illegible]詩歴廿余年。彼ほど自己の意見を誌上にのべない詩人わ岡崎清一郎と共に稀である・戰爭中の長い間一篇の詩も発表せず、いづしか彼の生死さい噂にとびでてきたりしたが、終戰と共に彼は驚くばかりの苦闘をたたきつけ初めた。僕わ廿年來のこの友の活躍を喜ばずにわいられない。然も彼の散文詩型わ廿年も實驗されつつある。强いものだ。彼は僕などの到底及ばない美しさを持つている。僕わ乞うて「詩と詩人」に來て貰つている。彼とは即ち扇谷義男君だ。あ。君にわ、かかでものことを書いた。許せ。

七月十日。窓からみる山脈の頂上わ白蛇のようにまだ殘雪がのたうつている。（浅井十三郎）

編輯に關する一切は左記へ
浦和市岸町二ノ一四七北川冬彦宛

現代詩　第三卷第七號　定價 金貳拾圓
昭和廿三年七月廿五日印刷納本
昭和廿三年八月一日發行
編集兼發行人　關矢與三郎　新潟縣北魚沼郡[illegible]村大字並柳
印刷人　佐藤和　新潟縣北魚沼郡堀之内町
發行所　新潟縣北魚沼郡廣瀬村大字並柳乙一一一九番地
詩と詩人社
日本出版協會員番號A二一九〇三九　浅井十三郎
配給元　日本出版配給株式會社

昭和二十三年七月二十五日印刷納本
昭和二十三年八月一日發行
昭和二十三年五月廿八日第三種郵便物認可
現代詩（第二十二集）

定價金二十二圓

現代詩
昭和二十三年八月二十五日印刷納本　現代詩　第三巻第八號（通卷二十三集）
昭和二十三年九月一日發行
昭和二十三年五月廿八日第三種郵便物認可
THE CONTEMPORARY POETRY
九月號
詩と詩人社

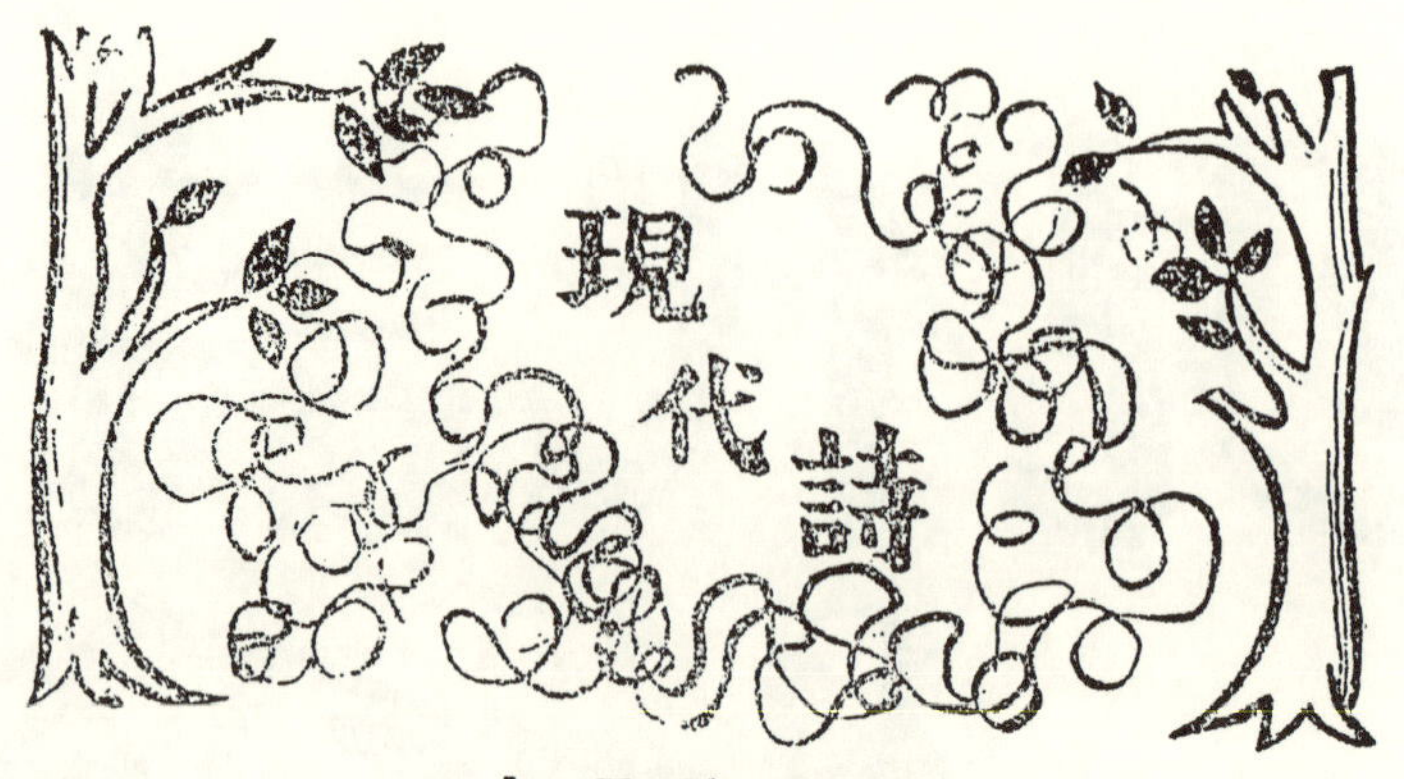

九月號目次

リルケの世界をめぐつて……江口榛一（四二）
詩人と小說……安藤一郎（三八）
ネオロマンチシズムに就いて……笹澤美明（一）
斷片……永瀬清子（九）
ランダルジャレルの戰爭詩集「損失」……瀧口修造（二六）
詩集「豫感」について……北園克衛 人見明（三〇）
時評……北川冬彦（一八）
詩三篇……阪本越郎（一〇）
煉瓦塀……笹澤美明（一五）
ポジション……安藤一郎（二〇）
彼女の生理……杉浦伊作（二三）
被告席をめぐつて……浅井十三郎（二四）
熱帶三題……北川冬彦（三三）
夏の朝（短篇）……森 敦（二）

現　代　詩

九　月　號

ネオ・ロマンティシズムについて

笹　澤　美　明

終戰後、私は詩壇に起るべき傾向として浪漫主義的特色を指摘したが、これは當らなかつた。しかし最近かうした傾向がうごめいてゐるやうに感知される。「人間」九月號に片山敏彦氏が、最近のフランス情勢の中に、十九世紀半の浪漫主義に似た傾向が起つてゐるといふ便りを書いてゐる。同氏も言ふやうに、原子力時代には、それと異つた特徴を持つものでなければならない。氏はこれを「意識の吟味」と言ひ、萬物連關のコスミツクな夢、アインシュタインのもとから聞えてくる高次實在論と何らか照應を持つものだらうと言つてゐる。むろん新時代の浪漫主義は科學と照應しなければならず、宇宙的な意義をもつものだらう。二三年前 私は現代人 夢とは、人間精神の鳥口で、現實の方眼紙の上にひかれた企圖だと書いたことがあるが、何よりも「現實」が基礎にならなければならない。科學はむろん從であり、人間精神が主となるべきである。肉体あつての精神であると同時に、精神は主となつて活動すべきである。

現實は物質に生きるか、死を選ぶか二つ以外に法はない 人間の生命活動は理想や理念によつて始めて起るものだ。ロマンティシズムの本質は、現實逃避ではなく、現實を理想化する過程における精神活動であり、そこに生命の發展があると思ふ。

夏の朝

一名　蚤が一日おきに出るといふ話

森　敦

「わしは蚤と栗と馬とを愛す。わしは甲冑を愛す。わしは背皮に落ちた昆蟲を愛す。わしは動かぬ卵を愛す。わしは北を愛す」と詩にお書きになつた横光さんも、御疎開中の蚤には随分お困りになつたらしくあのお美しい奥さまに、これだけ人間苦しめる奴がゐるに拘らず、誰も蚤を問題にしたものがゐないといふのは、何んといふことだらう。おれはまだ蚤の論といふのを見たことがないねなぞとお笑ひになりながら、その夜の様を「夜の靴」にかう書いてゐられます。

「これから毎夜つづくこの苦痛を考へると、他の重要なことなぞすべて空しく飛び散るから不思議だ。そこがまた、をかしいのかもしれぬ。しかし、これほど苦痛なことが、をかしいとは、またどうしたことだらう。この蚤に悩まされてゐる最中の自分と妻は、嚴肅この上もない苦痛の極点で、歎聲さへ發してゐるに拘らず、をかしいとは、何たる不眞面目な客観性が自分たちの中にあるのだらう。笑ひの哲學とは、流石に輕妙洒脱なベルグソンの着想だ。かうでなくては哲學は意味をなさぬ。ここを忘れて人間性を云々したところで——」

しかし、をかしい！といふのはその哲學もひらりと抜ける輕妙洒脱の所有者だからでせう。白麻蚊帳を張渡しいまをわが世と美睡(つまい)ずべきときもときその端倪すべからざる匍匐と飛躍に困(こう)じはて、おお、無益なる焦慮をやめて私もこれら微小の生命を愛せねばならぬ。むかしアッシジのフランシスはその聖なる五体に脂をぬつて蚤どもを慈み、マルセイユの蚤どもは飼食の恩に報ひて大道藝人のために小さな車を曳くといふ。蚤、栗、馬、甲冑、昆蟲、卵と口づさむうち、私は澄んだピアノの一音が他の一音を生みだすやうな素晴しいその聯音にさそはれて、ふとありありとお前がこの年來そこに病ひを養つてゐる東北の美しい村を思ひだしました。朴の葉や、柏の葉、杉、栗、楢、の雜木林にとり包まれた下へ下へと平野の中に低まつて行く山懐の村……

しこみるとこの蚤、栗、馬、甲冑、昆蟲、卵の詩もあの地方を歌はれたものでせうか。月に描いた鳥海山が美しく裾を海に曳く海岸の丘と　紺碧の海を背景に点々と咲く深紅色の濱茄子の花を御覧になりながら、[illegible]さまとの御結婚の夏を思ひだされるといふ一節を「夜の靴」に拝見するにつけても、いつかこの詩を書いて下さり、これでいいかいとあの有名な髪をお搔きあげになつて、にこりとなすつたお顔が眼にすがるやうな氣がして來るのは、愛す愛すと同音で刻まれた固い響の中にほのぼのとさうした御愛情がひめられてゐるからではないでせうか。

ふと氣がつくと向かひの座敷に電燈がつき、寢てゐた母が老眼鏡を懸けながら、蚊帳の中にちんまり坐つてなにやら弟に云つてゐます。「お前よく眠れるね。わたしはここだけで三十六ケ所も嚙まれだよ。こんな瘠せ瘠せな腕に蚤も一寸は手心してくれればいいにね」「う?うん。ひとが折角寢てゐるのに、起すなんて母さんも惡趣味だなァ」と弟のうるさげに云ふのがひどくうるさく聞えるのは私もいつかまどろんでゐたとみえます。やがて「や、なあんだ。母さんは天眼鏡なんかでとつてゐるのか。僕は模牌(モウベ)で一匹とつたよ。ほうら」と笑ひだすのにこちらもつい聲をだし「お前こそ惡趣味だぞ。夜中(やちゅう)ちつと氣をつけろよ」と云ふと母がけろりとして「おや、そつちも起きてるの。すこしは眠れた？よかつたね」とかうなのです。怒りもならず皆で笑つてゐたりはまた寂かになりましたが、こちらがひとり眠れずに悶々としてゐるとき、傍ですやすやと寢てられるほど癪なものはありません。私たちですら村での夜ごとには「お前よく寢られるね」「あなたこそよくおよつてゐられますわ」と本氣で云ひあひ笑ひあひしたではありませんか。けれどもいまの私には明くればとて眼を慰むる雨を含んだ孟宗竹のしなやかさ、白瓜のすんなり垂れた肌ざはり、瞬間から瞬間へと濃度を變へる姿のオレンヂ色、その上にはつきり顯れた虹の明るさ、乳色に流れる霧の中にほの見える竹林と横光さんのお筆もそのままな自然があるのではないのです。

朝はラッシュ・アワーの數時間私電省線にギシギシ揉まれて汗といきれの苦げんを忍ばねばなりません。神經に痲痺を强ひる騷音、狂音、雜音を聞きながら日々五十幾種の新聞を讀むために、病院、活版所、勤工場、娼家、酒場、共同便所のトタンと壁と硝子の尖鋭な反射の錯綜するむさい洋館の二階で終日執務しなければなりません。かくては明日の藝術に新たなる戰慄を創造するはおろか、困憊せる腦細胞に僅な均衡を見いだすため頰の落ち光るばかりの眼をさまよはせて、殺人、强姦、詐僞、竊盜、と三號活字のチカチカする行間に安眠を賣る廣告を求めるのも無理からぬことでせう。

この一錠を含んで美しき
眠り召しませ明日の日の
爽々しき朝をむかへませ

「な、なんですウ？！」と若い取材記者の下野君、パナマをあげて額の汗を拭きながら。眼鏡の中からキョトンと見て「はア、睡眠劑……　…こんなもの使ふ身分になつてみたいです」「つて自分でなくつて使はんならんとしたらどうするんだい。僕はこのごろ、殆んど一ン日おきにしか寝とらんのだぜ」「ははア、内職をやつとられるんですね。とかくこの世は、月給ぢや食へませんからね」「……もだがえらく蛍の奴が出やがるんだ」「へえ。ぢやあ、あなたの所の蛍ア一ン日おきに出るんですか」と怪訝さうに腰を浮かして出ようとするのを[illegible]　突然横から日焼けのした精悍な顔に綺麗な歯を光らせて「もう？この暑いのに精勵格勤ぢやのう。」と云ふのに俄にあわてて「いやあ、僕アなにも精勵格勤つて譯ぢやないんですよ。ただかうしてじつとしちやゐられない性質なんですよ。」「辯解にや及ばん。下野君にもよき副官がめつかつたんぢやろ、ワハ、、、」

「ナガシマさんとこにはゐない？」と、私は私が笑へば必ず笑ふマシュマロのやうな傍の娘にさう云ひます。みなはいつ出たのか巷の反射の錯綜する部屋にはただ電氣時計の秒針ばかりが大きく動いてゐます。「イルワ」「ゐる？それで眠れる？」「搔イ搔イと思イナガラツイネチヤウノ」とにこりとするのははにかんでゐるのか、その[illegible]さうとも[illegible]ないのが[illegible]にも可愛い。なりが小さくいつもまつ白なブラウスを着て上向加減に椅子にかけ、可愛い[illegible]を額に寄せてアソウカ知ラ、コウカ知ラとひとりごとしてるかと思ふと、アソウダと鉛筆持つた小さな手を合はせてひとりうなづきしてゐます　私だこの娘とゐることにほのかな樂しさを感じるのも、あの眠りをいさなふといふ[illegible]ンゼルを思はすからでせうか。

おお・美睡(うまい)よ美睡(うまい)よ。むかしのソクラテスは永遠の眠りに入るべきときにあたつてあの世を夢なき眠りにたとへ、もしさうなら人はいかなる樂しみともかへるであらうと云ひました。してプロメテウスは天上の火を盗みし咎によりその眠りに入ることを禁じられ、おのが腸もて鷲を養ふべきことを命じられたといひます。おお、鷲ならぬ蚤どもにあたら五体をさいなまれしこの夜の眠りをさまたげられるプロメテウス私よ。お前がおなじこのときあの美しい村に寝て、おなじ責苦にあると思ふことが私を慰めるだらうか。けれどもいま瞼の裡に現はれて搖曳しはじめた五彩の色どりはなんだらう。かすかに起つて擴がりはじめた耳朶の響はなんだらう。…………………

昔々王がゐた
大きな蚤を持つてゐた
ハ、、。お前も知つてるシヤリヤピン氏の蚤の歌だ。
昔々王がゐた
大きな蚤を持つてゐた
自分の生ませた子のやうに
可哀がつて飼つてゐた
或る時服屋を呼んで來た
服屋が早速遣つて來た
「此若殿の召すやう
な上衣(うはぎ)とずぼんの寸を取れ」
天鵞絨立絹仕立
仕立卸を着こなした
上衣にや紐が附いてゐる
十字章さへ下げてある
すぐ大臣を云ひ附かる
大きな勳章をぶら下げる

兄弟までも宮中で
立派なお役にあり附いた
文官武官貴夫人が
參內すれば責められる
お后さまでも宮女でも
ちくちく螫されるかじられる
押さへてぷつりと潰したり
搔いたりしては相成らぬ
さツと通模(ツモ)つて齒先で嚙むと、中國人の西瓜の種のやうにぷつんと心地よく破裂する。取つたぞおれも、ハ、、、、
己達ならば蚤なぞが
ちよぴりと螫せばすぐ潰す

だがまアいますこし考へよう。夜ともなればこれら蕩兒は黑緣のロイド眼鏡をかけ褐色の鳥打をかぶり、このごろはやり、の飴色のオイル・シルクのレイン・コートを着き蝙蝠をさげて、おなじ風体の蕩兒の揉みあふ巷へと彷徨ひである。ワルプルギスの夜にも譬すべきこの一夜に酒池肉林の樂しみを求めていづれもブロッケンの山へと急いでゐるのだが、もうある者は蹣跚たる足を踏みしめてバーからバーへのはしごと洒落れ、あるものは醉ひにほてつた頰を寄せてチーク・ダンスにうつつを拔かしてゐる。してまたそこな物蔭にうごめく者は……なんたる醜怪！彼等は恰もカストリ狂のごとく終夜飲み食らうて飽くことを知らぬ。その性は貪婪にして怠惰だ。徒らに美感を痲醉に求めてその跳梁を許し、よつて來たる殺人、强姦、詐僞、竊盜に日々五十幾種の新聞を賑はしめる法があるだらうか。

そつとスタンドをつけると、タクトにはツと押へられでもしたやうに、それら微小の存在は夢消して、白麻蚊帳が空しく夜風に搖れてゐます。なんてすばしこい奴でせう。寢返つて頰を枕に埋めながら見るともなしに見てゐると、なんと一匹はるか疊の目に添つてひゆらりひゆらりと夜風に傾き、素晴しい速さで寄つて來ます。こん度こそはのがしません。指を濡らしてひそかに待つとふとそこに止つてゐます。いまだと思ふひまもなく、ひらりと飛んで空を切り、薄刄のやうにぼ

ツツとまた留つてゐます 畜生!と私もいつか刎ね起きて疊も刺されと指で押し 擦つて揉んで開いてみますとどこえ消えたか姿はありません。からなるともう意地づくです。寢卷を脱ぎ布團を排つて依怙地になつてしらべましたが、臥せると忽ちまた八方でむづむづとゐない筈の蛍どもが動きだすではありませんか。ええい、許してやれい。萬有悉善。闇屋が法網を潜つて挺身突入して來るのも食はんがためさ!とついにも私も困憊の無數の小綱に縛られてうつらうつらと諦觀はしてみるものの、小人の針の矢を浴びるガリバーのやうにわれとわが呻吟の耳に入るのをどうすることも出來ません。

……

「いやア、昨夜はスタンドをつけつぱなしにして寢てるんだもの。眠れないで弱つたよ。お蔭でたうとう實驗データをフーリエ級數に展開しちやつたよ、ハ、、、、。しかしすつかり石炭をまいて、蛍を一掃しようといふのは全く素晴しいか、い、んがへだ……」と云つてゐた弟もいつか見えなくなつて電車はあの廣い東京驛のホームへとはひつて行きます。やがて揉みあふ客たちがどツと出て車内が閑散になると、思ひもかけず傍であの娘が笑つてゐます。「お早う。あなたもこの電車?」「エエ、イツモハ京濱線ナンダケド」とあの娘はにこりとする眼を遠く放つて、アラと可愛いれいの手を合はせます・ホームはいま大變な人混みで意志あるごとく流れてゐるその中に、美しい銀髪の老人がひとり兩手を後に下腹を突き出してしづかに歩いてゐます。高價なオールド・フアッションに品位を保つ追放高官のやうなその老人にふとファウストの大詩人獨逸聯邦都市法律顧問官を思ふともなく思ふうち、これはまたメフイストならぬ新興成金らしき面体の男が、黒縁のロイド眼鏡をかけ褐色の鳥打をかぶり、鮨色のオイル・シルクのレイン・コートをき蝙蝠をさげてその傍から、なんとはなしにこちらを見返へるではありませんか。こ奴なにやらに似てゐるぞ!とわれとわが身に問ふまもなく、そこにもここにもオイル・シルクが眼について、赤煉瓦の廢墟へとガードにガードに吸收されて行く群集が無數の蛍に見えて來ました

しかももし望むならば僅か三升の石灰でこれらを抹殺し得るのです・成程、素晴しいかんがへだ。……私はひとり吹きだしながら笑ふあの娘に「どうしたの、ナガシマさん?」「ウウン、ホラアンナニ晴レテキテ……」いふのも道理いつか電車は出はなれて、キラキラと斜に走るまばらな雨あしのむかう遥かに連なつた幾十百のゴルデングが、サンマー・タイムの強い朝の日を浴びて美しく浮きあがつてゐます。妻よ、早くよくなれ・愛するこの娘をいざなつて近い旅に出ようではないか。

斷片集 ㈡

永瀬清子

○肯定すべき人生

詩をつくる人は多く、詩人は少い。抒情詩を論ずる人は多く、眞正の抒情詩はごく少い。

前者の多いことは桃の袋をつくるのによい。

後者の少いことは孤獨の値打のためによい。

○てにをは

坊主のTが筆を執つて
そりたての顚頂（あたま）で霞をうけてかへる。

と書いた。

姫のKが
「いけませんよ、それは。

顚頂に、霞をうけてかへる。でなくつちやあ」

と云つた。

「わしはどちらでもいいよ」

「よかありませんよ。顚頂で、と云へば顚頂は霞をうけだるための道具に使つてることになりますからね。それを面白がつてゐる程度では佳いと思ふわ。顚頂に、とすれば頭は頭で獨立の存在でせう。外界の現象と交歓しながらやはり獨自になるでせう。ねそれだけ深いのよ」

「なるほどな、どんな小さな言葉でもその人の人生の解釋をあらはすわい。あんたもお粋きよ」

　我は大いなる樹木とならん
　素足を水に浸るるごと
　人知れぬ地下の流れを
　わが根の汲めるよろこびにまで。

とKが書いた。

「これはお譃なのよ。私が大いなる樹木だと云ふわけではないんだけれど讀んでゐれば一寸だけいい氣持になつてくるでせう。それが取柄なのよ」

「お譃だと云つてもやつぱりあんたの脂肪があるよ。てにをはの中にさ。それが愛されねばならないよ」

黒のMは言葉なしにしづかにわらつてゐたが

　四月の樹のうすじめりに
　樹々も石も濡れてゐる
　そして心は何に濡れる

と書いた。

「あらめづらしい！」

「M君もいよ〳〵詩くるのかい！」

三人の歌留多の中の人物は膝を合せて笑つた。

○悩んでゐる事

悩んでゐる事を知らせぬために、歩調の速度をおとさぬこと。

痛んでゐることを氣づかせぬために、微笑を週圍に撒いておくこと。

蛾 他一篇

阪本越郎

蛾

「輕井澤では
よく雷雨に見舞われた
夜空をひつ掻く電光のあとで
車輪を流す豪雨だ
するとよく電燈が消えた

手さぐりでやつと蠟燭に火をともす
すると開けつぱなしの窓から
雀ほどの大きさの
蛾が飛び込んでくる
そして青い翼をひるがえすや
忽ちテーブルの上の蠟燭を倒して
火を消してしまう

その蛾は
ほんとうに雀ぐらいに大きい
眞靑な蛾だつたよ
あの蛾は
僕等の青春そつくりの幻だよ
心の中の耐えがたい嵐の焦燥に驅られて

僕等の大事なものまで薙ぎ倒してしまうのさ」
と女は語つた

その女は若くしてみまかつた
あの若さで苦勞して
女は青春をそのままに持ち去つた
束の間　炎はきらめいた
眞青な蝋のように

僕等は空しく老いている
そしてあの過ぎ去つた苦鬪の日日を
あこがれるような目つきをしながら
心の中で「美しい青春を」反芻する

洋燈

私の睫毛を伏せると
おまえの光の放射から成る輪がみえる

おまえの炎をそこに燃やしつけ
私の冷えた心をあたためている
この小さな幸福の輪よ
この時間の輪よ

燕は空をまばたきさせ
稲はその光の空に睫毛をむけている

野道のつづく向うの丘に
小さな風車が幽かに音たて
私の生命（いのち）のように輕く廻つている……

私はちよつとした散歩者をよそおう
しかし私は苦しみに充（み）ちた
長い過去から歸つてきた
私は故郷の洋燈（ランプ）を
ただ一つ心にともして

私の幸福はここにある
おまえの光の中に
私の睫毛（まつげ）を伏せると
おまえの光の放射から成る輪がみえる

煉瓦塀 他一篇

笹澤美明

煉瓦塀

煉瓦塀に沿つて道があつた。

そこを或る日、洋傘を傾けて老人が歩いて行つた。老人は灰色の雨の中に消えた。

あるとき、疲れたやうな女が、四五歳の小娘の手をひいて歩いて行つた。その幼女が亂暴に塀の下の石に片足をかけて、手を强くひつぱられた。

ある午後だつたか、みすぼらしい一つの棺が、二三人の男の手で運ばれて行つた。そのあとから、汚い髪と汚れたメリンスの袷を着た女が下を向いて歩いて行つた。

何と言つても、めつたに人の通らぬ道であつた。たまに通るものは、この世で見る哀れつぽい姿ばかりであつた。すべての印象は强かつた。

すると、いつしか、その煉瓦塀は崩れ落ちてゐた。碎片と屑の積み重なりの向ふに、かつぜんと空がひらいた。それは時代の不幸の結果だつたが、私には幾らか幸福だつた。

宵星がその癈墟の上で私を見つめた。

厭世

風が吹いてゐた。
私は路上に杖を立ててみた。

こいつを地軸の端さして――
そこにつかまつてみた。
なんだか安心のやうだつた。
その一瞬は短かつたが
長い氣がした。
これが私の生涯だつたとしたら――
そのとき　甚だ寒い思ひがした。
その夜、燈の下で寝てゐる男を見て、
ふと私　は思つた、
なぜ　神は
人間の形をしてゐるのかと。
そのとき　ますます厭な氣がした。

時評

詩集管見

終戰三年にして、ここのところ詩集が大分出揃った感がある。未だ何れも精讀してはいないが、瞥見の寸感をのべて見る。

金子光晴「落下傘」、金子光晴は去る中日事變以來敗戰までに、三冊分の詩を書いているが、敗戰後は、まだ仕事をしていないと云うことである。詩人の詩的エネルギーには限りがあってそう書き續け得られるものでないことは當然だが、戰爭中一作、何が金子に詩を書かせたのだろう。私はこの詩集をざっと見て、これらに、人の云う反戰的價値は殆ど認められなかった。ここに見るのは徹底したニヒリストでありエゴイストである。それをケバケバしいイメエジと抒情とで覆っているのである。

吉田一穂「未來者」これは知的呪文だ。吉田一穂の嚴酷な祈禱なのであろう。

丸山薫「仙境」、丸山はメルヒエンを詩で書いているのだが、中身が短い形式の中で、いかにも窮屈そうだ。

池田克巳「法隆寺土塀」、池田の大陸生活がそのスタイルをのびのびとさせている。しかも、身を置いた現實の物質を、——そこが魅力だ。

四蒜法「鈴の鈴」、個人詩法「ヒストル」に掲載された系統の性慾詩に異色がある。しかし、露骨な性慾描寫の裏付けとしてサルトルのように哲學がないことが、作品を下品にしている。

中桐雅夫の菱山擁護論

最近怪訝なのは、「純粹詩」「荒地」などの同人の中桐雅夫が、恥知らずの剽竊常習犯菱山修三擁護論をやっていることである。(「詩學」七月)

剽竊事件は知らないではないが、詩壇の黨派の爭いに關することのようだなぞと云ったり、たとえそう云うことがあったとしてもこれは一行の問題だなぞと、極力菱山の剽竊事實を糊塗り潰そうと努力している。しかし、事實は蔽うべくもない。例證はいたるところに擧っている。(「日本未來派」近號では、詩壇を明朗化すべき菱山剽竊問題の決定版を特輯している) この明々白々の事實を、中桐雅夫と云えば、有數の新人として認められかけている新時代の詩人だが何の必要あって、醜怪なる事實を隱蔽しようとするのか。もしも、菱山の不德非良心行爲を認め、その上で彼の才能をでも惜しむと云う立場からの擁護なら、一應納得は行くのであるが、そうではないのだから怪訝だ。こんなことでは中桐雅夫が、例えどのようないい詩を書いたとしても、少くとも私はもう彼を認める譯には行かない。氣骨良識ある詩壇の諸先輩も恐らく私と同意見であろう。

中桐雅夫は、何の因緣あってか、何の目先の慾に迷ったのか、恥知らずの剽竊常習犯の菱山修三を擁護することによって、身の破滅を招きそうなのは身から出た錯とは云え氣の謎である。菱山剽竊の一件を解決せずして菱山論は、無用だが、あの論の中で、中桐曰く、菱山が散文詩を書いているのは彼の敗北感がそうさせたのだと北川氏は云うが北川氏も散文詩を書いているではないか、と一突きした積りでいるが、ひとの文章は上すべりに讀むものではない、私は、菱山が「新散文詩運動」の詩人の中で唯一人初めから今日に至るまで散文詩を書き続けて、いるのは彼の敗北感がそうさせたのだ、と云つたのだ。

菱山の剽竊事件が三年越しにまた蒸し返えされるなぞとは、不快千万なことであるが、これを清算することは詩壇の義務の一つである。殊に、ヤンガージェネレーションは、（中桐雅夫、北村太郎、秋谷豐を除いて）この醜悴貨事を何と見るか。

草野心平の本音

「爐」八月の草野心平の「いやな巡拳は、まことにいやな文章である。くどくどと泣言を並べているのは、滑稽でさえある。しかし、それはまあ愛嬌である。しかし、聞き捨て、いや讀み捨てならない一くさりがある。

「汪政權に身を投つたりするやうな人間には、高村光太郎が感心する位の詩しか書けぬ」と君はいふ。闇なんかよりもうすぎたない言葉を君はどこからひろつてきたんだい 「中國なくして日本なく日本なくして中國なし」というあの運動の中心精神をおれはいまでも 信じている」といふ下りである。高橋新吉に、嘗て南京政府の宣傳部長林柏生の部下として暗躍した草野心平をケナス資格があるかどうか、恐られるだらう、私にだつてそれはない、しかし、新吉の發した言葉が果して、闇屋なんかよりも薄汚い言葉か、否、薄汚いどころか、アレは客觀的な眞實の言葉である。私は草野が、大陸から帰つてきて何かの雜誌での談話で、日本の街頭も支那に似てきたなぞと留學生帰りのような傍觀者的言辭でいい氣なことを云つているのに腹を立てたことがある。私は私なりの戰爭協力はしたが、草野が喰い下つていた林柏生は銃殺になつているのだぞ、と義憤を感ぜずにはいられなかつた。草野のどの詩に林柏生を想うパセテイツク感が出ているか。そのパセテイツクなくして何の草野が詩人であるか！

その草野が、いま、病床にあつて高橋への感情昂つた文章の中で、「中國なくして日本なく日本なくして中國なし」といふあの運動の中心精神をおれはいまでも信じている」と云う。あの運動とは、汪政權と日本軍閥との合作運動であることは云うまでもない。草野がそういうことは、日本軍閥には社會主義の精神があつた、おれはいまでもあの中心精神は信じていると云うのと同じだ。

「中國なくして日本なく日本なくして中國なし」これがどのような日本との合作によるのか、それによつてはじめて、この言葉は生きてくるのである。朝に汪政權林柏生と結び、夕べに蔣政權黃濃と交はる草野心平の無節操、無反省はこれこそ闇屋よりも下劣だ。これも詩壇のバチルスの一塊として指摘されねばならない。

北川冬彦

ポジション

安藤一郎

大きな潮は　もはや遠のいた
雲の方へ昇つていつた
渦巻く髪の映像が　まだ少し殘つてゐる

白いシーツの谷――
あれから　どの位の時間がたつたであらう
乾いた骨のやうに抛げ出された

私の軀は　何か非常に長くおもはれた
情熱の跡を　いつまでも曳いて

私は　再び　あらゆるものの外に在る
透ほつた砂丘の上に
斜めに　靑の空が過ぎり
あたりに　夜明けとも黃昏ともつかぬ
冷たい薄あかりがひろがり始めた

かういふ孤獨を
私は　これまで幾度か夢に見てゐる……
徐ろに　腕が横へ伸びた
悲しみを縁取る、影の方へ

彼女の生理

杉浦伊作

あなたのゐらつしやらないといふことが、こんなにも空虛な生活であるといふことを、初めて、わたくし體驗いたしました。

あなたの坐つてゐらつしやつた座に、お机を置き、座布團を敷き、しかも、お机の上には一莖の花さへ挿し、いつお坐りになつても制作が出來ますやうに、塵を拂ひ、インク、スタンドにペンまでお添へしてありますのに、いつも、その儘に明け暮れてしまふ、あなたのお書齋。

わたくし、いつもの喫茶のお時間がまいりますと、あなたが愛翫してゐらつしやつた、あのお湯呑に、お出花を差上る。すると、かうした陰膳的な愛情の行爲の空々しさに、ますます、あなたの座が、ぽつかりと、大きくうつろとなつて擴大して行くやうな氣がしまして、耐えられなくなりますの。わたくし、わたくしの感情をもてあましてしまひます。それは、なんか記憶の消失といふ狀態でせうか。いいえ、非常に大切なものを遺失した時の、ぼんやりした落膽でせうか。いいえ、かう、もつと、さう、致死量的の出血のやうに、なんか暗い底の方に引きずり行かれるやうな不安でございませうか。

あなたが、回歸線の長い航海の病院船に收用されたやうなものだと、先日、ある雜誌に發表された詩を拜見いたしますと、お一人でゐらつしやる病院生活が、いかにあぢけなく、ご不自由であられるか、想像されましてわたくし、ゐてもたてもゐられない焦燥にかられるのでございます。

週一回の面會日、その日になると、朝から、なんか、そわそわとしまして、落ちつきませんの。子供の前に、いささか恥かしい氣も致しますわ。だつて、娘心みたいでおかしゆうございません。それに、子供たちが、「お母さまはずるいつて。いつも、お父さまの面會日を獨專するつて。」でも、わたしでなければ、ご用が足りないことがおありですもの。

郊外の私鐵の驛からの一本徑、あの松林を廻つて、あなたの病院にまいります間は、わたくし、何も考へないことにしてゐますの。考へることが、なんか怖い氣がいたしますの。でも、お會ひして、元氣なお聲に接しますと、不安を感じてゐた自分が愚かしくおかしくなるのでございます。その安堵さ――が、わたくしを、こんなにまでも。病院かよひに、かりたてるのでせうか。

あなたもなんか嬉しさうなのね。わたしをドアの外に見ますと、ベッドの上に、がばと跳ね起きて、少し浮はついたお聲で、「僕は未決囚だ。まだ醫者が僕には宣言をくださないよ。外科手術をね」、あなたは、まるで病人でない。同室の重患の方に惡るいわ。あなたはだだつこになつてゐらつしやる。おしやべりを續ける。

僕は胸襟をひらいて、彼等結核菌と對談しようとするに、彼等は、　共産黨の闘士のやうに僕の申入れを拒否する。僕も問答無用の戰術で行かう。彼等の蒙味を拓くために、突然に、胸廓整型手術を實施して、彼等に戰闘行爲を壞滅してやるのさ。と。その中に、なんか、あなたは照れて、「おい散歩しよう」と、すでにベッドから下りてゐらつしやる。元氣のやうでも長い間絶對安靜の療養生活に、あなたは意識的にも無意識にも　病人らしくなられてゐらつしやる。あなたはそれをことさら、わたしに、覺られないやうになさる。

松林の梢に透けて、五月の空が碧い。その中を、くゐ、くゐ、くゐと、ぎようぎようしく、不器用に飛んで渡る尾長鳥の恰好が、あなたの後姿に、そつくりなので、わたくしなんか悲しくなりました。

それ故に、なんでもないやうに、そつと、あなたのお體を、わたしの全身で支へてさしあげると、あなたは意識的にそれを感じながら、平氣を裝ほひ、わたしに重心を寄せて、もたれかかつてゐらつしやつた。

ああ、あの遠い昔の青春の日、二人で初めてベーゼを交はしたあの時を、あなたも想ひ出されたのではありません。おかしいわ。病人をしほに、こんな想ひ出を慰むなんて。わるいわ。ごめんなさいね。

ランダル・ジャレルの戦争詩集「損失」

海外詩消息(4)

瀧口修造

第二の大戦はアメリカでどんな戦争詩を生んだであらうか？生みつつあるのだろうか？戦後間もなく問題になつたカール・シャピロの「エッセイ・オン・ライム」は太平洋戦争の唯中で書かれた二〇七二行の韻をふんだ長詩であるが、戦争詩ではなかつた。ロバート・ローエルの昨年度ピューリッツァ賞詩集「ウィアリ卿の城館」はメタフィジカルな詩作であり、今年受賞したオーデンの「不安の時代」は戦時のニューヨークを背景に知識人たちの不安を描いたもので「バロック風な田園詩」と副題されている。すぐれた中堅の詩人は戦争詩を書かないのであろうか。尤も戦争中にはいわゆる戦争詩のアンソロジーが二、三出ているようだが、詩人のまとまつた詩作としてはまだ注目すべきものが出ていないのである。

これに応える最初の詩集として、ランダル・ジャレルの「損失」Randal Jarrell : Losses があげられる。「タイム」の書評欄はこの詩集を紹介して次のような意味のことを書いている。第一次大戦の最良の詩は英国の一歩兵士官ウィルフレッド・オーエンが書いた。当時の戦争はまだ素朴なもので、詩のアマチュアであつたオーエンにも書けたが、

小

今度の戰爭の複雜な様相は、よほど訓練された職業的詩人でなければ太刀打ちできないし、それでもなお成功はむつかしい。ジャレルはそれに成功したものだというのである。

ジャレルは陸軍の航空軍曹として實戰に参加したが、戰前からすでにJ・C・ランソムやロバート・ペン・ウォレン（この人の小説は昨年ピューリツァ賞を受けて有名になつた）などの南部派詩人の流れを汲む若い主知主義の詩人として知られ、戰後は雜誌「ネーション」の詩の編集者となり、同時に詩のすぐれた批評も書いているが、「損失」中のいくつかの詩もこの雜誌に發表されたものである。

彼はこの詩集で、烈風に吼える空母の甲板を飛び立つ青年を描いて、「泡の中に閉じこめられた」希望を歌い、「冷厳な、不在の世界のうねり」を見をろしながら、ぢつとしている孤獨を歌う。また「野戰病院」という詩では、ほうたいで眼かくしされた負傷兵が、過去と現實との間を彷徨する。「巨大な雄鴨が氷の湖水に羽ばたき降りる。散弾銃がおれの頭の中でどもつている。おれは床の中で夢を見ているのだな、と、つぶやきながら、眼をさまそうと思う。が、それは古い誤謬（ミステーク）……」なのである。

この詩人にとつて、戰爭は生けるものとその運命との戰いであり、さめたと知性と忘却の昏睡との戰いであり、殘酷な知識とやさしい知識との戰いである。いわゆる「戰爭詩」の現象的なタイプから、時には劇的な獨白として、時には哲学的な思索としての印象をあたえる　それは戰爭の中に置かれた人間的な知性の自覺の結果であると同時に、この主知詩人の戰爭に對する必然的な態度であるともいえるのであろう。

しかし英國の詩人スティーヴン・スペンダーはまた別の見方から、そこにアメリカ詩人の特異性を發見しているのは興味深い。彼はこの詩集を批評するに當つて、まず詩人の風景の問題から入つてゆくのである。彼によると、あらゆる詩人は何らかの心的風景の中に住んでいるものだが、今日のアメリカの詩人は時間的にも空間的にも、歐洲の詩人とは異つた風景の中に住んでいる。歐洲の詩人はいわば解体の風景の中に身を置いているが、彼らの反應はそれを受けいれて解体そのものを表現するか、もしくは内部の精神的な心象風景を作つて解体から超越するのがつねである。しかしアメリカの詩人には風景にまだ物理的な環境や存在の顚倒的な現實性をもつている。だからその獨創性も、異常な變化に富んだ、明白で物理的で外部的なものの獨創性であるが、その世界では他の文明が死の危機にのぞんでをり、しかもアメリカもまたその死にまきこまれようとしているところに、この對比は一層強調されるのだという。そしてこの背景の相違を頭に入れて置くことは、重要であるのみならず 英米詩の相互批評につまらない浪費をせずにすむともいつている。

ところでジャレルの詩の背景もたしかにこの意味でアメリカ的であり、しかもまずヨーロッパ人の讀者にとつて奇妙に感じられることは、この詩集の内容と題名の「損失」との問題である。

つまりジャレルの損失が彼の風景の中心点ではないことである。それはすべて周邊にあつて、しかも多くは異境の土地にあり、飛行機上から見たもの だというのである。彼の詩に異常な凝集力と力強さとをあたえているのは決定的な鮮明な風景の感覚であり、怖ろしい情景が島の上に、丘の彼方に、海の上に、また空中に起るのである。「……火のような岸の上を、機は執拗に旋回する。憎悪と不幸と期待とでふくれた眼は、黙りこんでゆく大洋の上に死体をもとめて凝視する。火力は衰え、ダイ ルはさがる。乾いた戰慄がなかなかと背骨を這い上る。彼の指はふるえる。が彼の不變の凝視はあくまでも屈せず動いている、―― おれには一人の友達がいる。」

つまり死体はなかなか見つからないが、しかしそれは依然として友の死体ではある――これがそのシチュエーションなのである。ジャレルの損失という言葉には一種の不明確さがある。それはたしかに損失ではあるが、肉体が見出されないという点だ、というのである。

さらにスペンダーは、このシチュエーションを、ブラウニングなどの英國ヴィクトリア期の詩人の場合と比較して、その間に一つの相似点をみとめている。それは簡單にいえば當時の英國と今日のアメリカとの位置の相似であつて、ナチの犧牲者に對するアメリカ人の同情は、たとえばブラウニングが當時のイタリア自由主義者に對して抱いた同情に似たところがあつて、(彼には「英國のイタリア人」の作がある)。今日のヨーロッパ人の氣持とはかなり隔たりがあるとするのである。このスペンダーの見方は、ジャレルの個性的な詩の態度やスタイルと混同しているところもあつて、詩の批評として少し飛躍しすぎた点も感じられるが、たしかに一面の眞實を衝いていると思われる。

しかしスペンダーは「プロシアの森のキャンプ」を、この集中もつとも成功した詩としてあげているが、これはナチのユダヤ人收容所を歌つたもので、松林のみどりの生命と人間の黒い死との對立の中に、冷たい皮肉と憎惡がヒューマニズム的感情にまで昇華されている。

『ここで彼らは水のように飮まれ、樹のように焼かれた。善と惡の脂肪　胸の希望の星は石礆に變えられた』

また終りの數行で、

『最後の呼吸が
怪物のような煙突からうずまく……
僕は笑う
聲高に、なんども　なんども。
肉の腐つた經かたびらから星が笑う
ああ人間の星!』

とあるのをスペンダーは引用して、「聲高に笑う」というのはいささか俗惡だが、「人間の星」はジャレルの中のもつとも純正なもの、人間性への眞實の感情を示すものであり、今日の世界の隔たつた深淵を結ぶ橋となるものであつて、彼が詩人としてリルケやエリュブルやロルカのように人間性に關心をもつ「近代人」である所以だと結論しているのである。

(この紹介は日米ウイークリー紙上に無署名で掲載されたものだが、多少補正して再錄することにした。御諒承を乞う。)

新刊批評

詩集『豫感』に就て

北園克衛

最近、村野四郎氏の新詩集「豫感」が、川路柳虹氏の装幀で、草原書房から刊行された。ここに集められた十七篇の詩の殆んど大部分は戰後三年間に書かれた作品が占めてゐる。同時代の詩人達のなかで、その緻密なテクニツクと日本語に對する豐富な理解と、水際立つた清新な近代的感覺をもつた村野氏の稀にみる資質は、彼を同時代の詩人のなかで最も廣い讀者層をもつた代表的な詩人の一人にしてゐる。

「戰爭は」と彼はこの詩集の小序のなかで、最近の感懷を述べてゐる。

「戰爭は、べつに私の詩をもえたたせなかつた。戰後の平和も、とくべつにそれを燃えあがらせることはなかつた。私の詩は、しだいに沈降し、冷却した。これは年齢のためでもなく、絶望のためでもない。この詩的思考の方向は、私の詩が負うた宿命であるとも考へられる。けれども事實、この世界的動亂は、いよいよ私の詩の方向に速度をあたへたといふことはできる。それは、もはや現世に信じうべき何ものもないことをおしえた。たつた一つの據るべき對象をのぞいては――。」

これらの言葉は、その作品の靜けさの奥に秘められた彼の激しい、現實に對して一歩も譲らない精神の場をわれわれに感じさせる、しかしその麗しさは、やがていたましい傷痕となつて彼の上に還つてくる。われわれはその痕跡を彼の作品のなかに發見しそして更に深い沈默の擴がりのなかに際限もなく落ちていくのである。骨のない魔のやうなざはめきを背後に感じながら。すくなくとも私は、かういふ角度から村野氏の作品を理解する。

しかし私は詩集「豫感」の解讀法をここで述べるつもりはない。何故ならこの詩集は現代詩の最も前方に於て、いくつかの斬新なオリヂンを含んでゐるからである。たとへばこの詩集のなかの「詩法」といふ作品と「怖れる明暗」とを比較してみるがよい。「明るい秋」と「前庭」のやうな作品が、この短い期間にどうして可能であつたか、かうした意味に於て、最近に刊行された詩集のうち最も魅力に充ちまた新しい問題を提示したものの一つであらう。（昭和二十三年六月二十日發行。限定三百部。定價百圓）

新しい『豫感』について

人見勇

つねに、現代詩の先端にゆるぎない位置を占め、しかも詩人として、こころよく均勢のとれた社會的感覺を有する、村野四郎氏の精神と肉体が、複雑極まる進度を内包する、こんにちの世界的苦惱を、いかに處理しつつあるか。また指標としての貴重なる光芒を、果してこの一瞬にも放射しつづけてゐるか。之はいまの僕等の世代より直視した場合、はなはだ魅力のある課題である。

　ともすれば、近代の矛盾に、唯凭りかかりがちな、僕等の世代の傷ましいポーズを、しかし、村野氏は新詩集「豫感」にても決して嗤つてはゐない。むしろしたしげな、あたたかい眼差しで瞰らつてくれてさへゐる。

詩人よ　わかいひとよ
さあ　あなたの魂を
あだかも懸崖の菊のように
黑い虚空にかかげなさい　「夜の中から」

青年たちよ
血をながして
しづかな地球のかげへ歩いていこう「歌」

僕は思ふ。あの敗戰によつて僕等の世代が喪失したものは、敢て知識のみではなく、積極的な個我のプライドを秘めた、謙譲の倫理こそその最たるものではなかつたか。

　ところで「豫感」は不可思議な安堵感を不眠の僕に與へてくれた。之は、あの「体操詩集」「抒情飛行」「近代修身」の詩的思考の世界における、鮮烈な闘争体驗をとほして、村野氏自身が渇望してこられた、淡々たる詩法が、「豫感」に至つて美しい露出の萌しをみせてゐることに、因をなしてゐるようだ。

　この詩集中で特に惹かれた「詩法」には、現在の村野氏の全身が、絶妙なメタフオルによつてみごとに壓縮されてゐる。この「詩法」の秘密の巣よりとびたつ、兩翼の白眉は「歌」と「蕁麻の都」であらう。僕等の直面してゐる世紀末的な社會の相貌をすくさつた時間がよどむ暗鬱な沼池だ」といひ放つ「歌」の表面に泛上する、浮浪兒の群には「蕁麻の都」にて「敗戰のやわらかき虹なり」「この青くわかき妖怪のむれ」としごく冷酷な愛情を投げてゐる。この二篇にひきつけた、きはどいレアリテの限界を、鮮やかに藝術世界へ昇華せしめてゐるのは、尊厳なヒューマニテイに貫かれた、村野氏のエスプリの高貴性がもたらした、當然の成果であらう。「歌」の實存的思想のボリュムは注視すべきである。

　その他「冬深む」「展開」「明るい秋」「昏れる田園」など、氏獨特の近代の憂愁をひそめたモティフながら、單にリリシズムの影をとどめるだけでなく、やはらかい思索がうみだしてゐる、メタフイジツクなつよいひびきにはしきりに喘ぐ僕のエスプリの鋭鋒も、ややたじろがざるを得ない。

　今后の村野四郎氏の方向は、ベートーベンの「第九」の完成度ではなく、ドヴルシャツクの「新世界」のあの未來にこそ、新しい「豫感」を期待すべきであらう。

（1948.6.21）

詩集　豫感　村野四郎著
千代田區有樂町一
草原書房

熱帯三題

北川冬彦

一、鰐

マラッカ海峡にそそぐ河口であつた。両岸はマングローブの繁みに覆われて、濁水の河は溢れるように、流れるともなく流れていた。豊かな目くるめく水である。浮きつ沈みつ静かに河下（しも）へ移り動く熱帯樹の小枝によつてそれと知れるばかりである。

その河の鉄橋は破壊されていた。傾いた橋脚。折れて水中にささつている橋桁。ひん曲

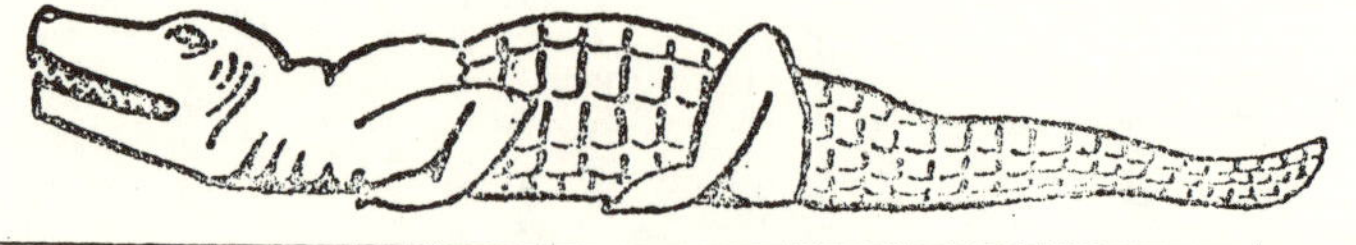

つた橋桁に足場を見つけて、私達はカメラを据えていた。鰐を影影しようと云うのである。鰐の出現する可能性のある晝さがりの數時間と云うものを、そこでねばつていたのだつた。照りつける強烈な陽の光の反射にさからつて、水面を見つめ續けていた。マラリアの熱のひいて間もない私の眼はくらんだ。

鰐は、あのフイゴのような口で獲物を仕止めると、水底深く沈んで、その獲物を巣の中に貯える。その生肉に味が出て食べ頃となるまで、放つて置くと云うことだ。鰐は、人間の肉を殊のほか好むそうだ。

あ！

脚下に、鰐の口がパクリと開いた。フイゴのような口の奥の喉が眞ッ赤だ。

「しつかりして下さい、しつかり」

氣がつくと　私は、助手にうしろから抱き抱えられていた。

その次の日、宿舎を出て街にさしかかると、向うから、裸の土人が六人がかりで何か長

い丸太ん棒のようなものを擔いでくる。足をふみ締め、踏みしめよろめかんばかりに歩いてくる。近づくと、それが鰐だと判つた。胴まわり四尺餘、長さ一丈以上もある鰐、である。長い口をだらしなく開き、短い脚をだらりと垂れている。

「いつ捕つた？」

「いま捕つたばかりだ」

「どうして捕つた？」

「ワナにかかつた」

「どこで？」

「鐵橋の脇のマングローブの中だ」

「どうだ、また出るか？」

「當分出まい」

こんな會話を土人と交わして別れたが、その日、私達は、目くるめく水を、無駄に見詰めて過した。私は破壊をまぬかれた橋台の上で、海水浴用の大きなパラソルの下に横わつ

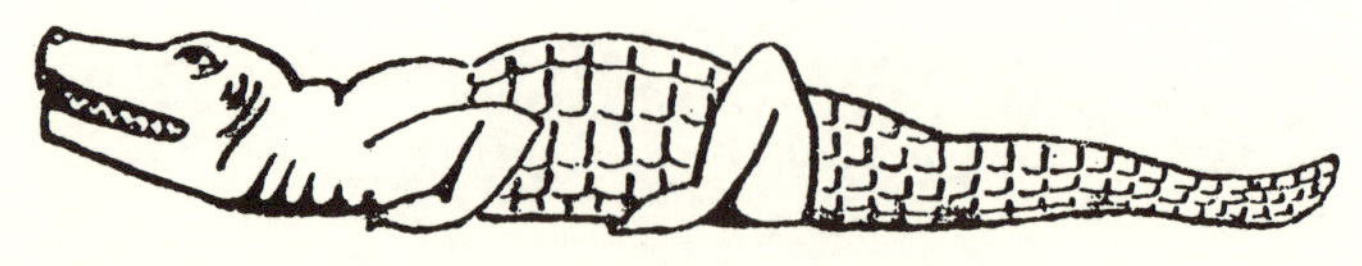

ていた。その次の日も、次の日も、また次の日も無駄に流れた。私は、或る日、鰐に脚を食われた夢を見た。痛くもない、口惜しくもない、嘆かわしくもない。まるで無感動だつた。それは、八月十五日敗戰を知つた瞬間の感情に似ていた。河は、日増に水が澄んできて、鰐の出現には全くの惡條件となつた。私達は、待望の鰐の撮影を思いとどまるより外はなかつた。

二、熱帶の季節

果物の季節

すべすべしたマンゴーの季節がある。刺の生えたランブータンの季節がある。澁い風格のある。南方果物の女王と云われるマンゴースチンの季節がある。ずんぐりしたドリアンの季節がある。南方果物の女王と云われるこのドリアンの季節には街中が、その厭な匂いで滿

たされる。その糞のような匂いが慣れるにつれて、好もしい薫りに變る。トマトの匂いのように、納豆の匂いのように。

ゴムの實

私達は、ゴム林の中で休憩していた。それは、廿哩ごとに休憩させないと、酷熱がカーブを霞ませてしまう運轉手のためだつた。コッン、コッンコッンと頭に當つたものがある。その瞬間、私の頭の中から「日本の秋」が彈け出た。（足元を見れば、ゴムの實だ。鶉の卵そつくりだ）ゴム林のなかをサヤサヤと吹き渡る風が、秋風めいた。それが、私の旅愁を唆つた。内地に殘してきた妻や子の面影がふいふいと浮んだ。

薄（すすき）の原

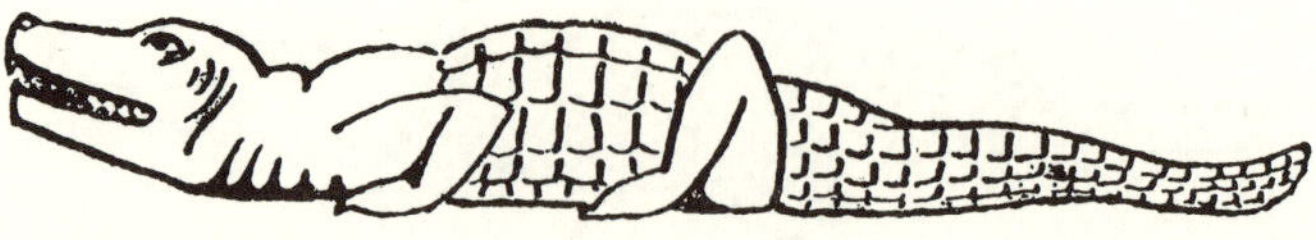

濃綠の密林から自動車は、突然、眞つ白な丘に出た。周圍一面眞つ白なのだ。雪が降つたのだろうか。酷暑にうだつていた身は、一瞬、冷寒をさえ覺えた。よく見れば、それは、薄の原野だつた。忽ち、自動車の中は、元の暑熱に蒸し返えつた。

三、將　軍

私は或る夜、將軍に招かれた。豪壯な客間のディヴァンに深く腰をおろし、珍酒珍肴を前にし、マライ攻略戰の一猛將であるその人は、悠然としていた。（その頃、すでに短波ラヂオはミッドウェイの海戰が日本海軍の慘敗に終つたことを報じていたのだが、勿論、將軍はそれを信じてはいなかつたのであろう。私でさえも半信半疑だつたのだから。）

「君、俳句はどうなるんかね？熱帶には季節がないんだからな」といきなり將軍は切り出した。

「私は門外漢ですが、無季俳句の說があるようです」と私は答えた。

「しかし、大勢は有季說だろう」

「そのようです」

「と、どうなるんだね、熱帶の俳句は？」

「熱帶にも細かく觀察すると、季節があるように思われますが。たとえば果物の季節です。マンゴーの季節とかマンゴースチンの季節とか。ドリアンの季節とか。鰐の出る季節とか、ゴムの實の落ちる季節とか、すすきの花の咲く季節とか……」

「ふーん。鰐の出る季節やゴムの實やすすきの花の季節は知らんが、マンゴースチンもドリアンも一年に二回成るぞ」

私はたじたじとした。私は、この熱帶に來てから、まだ半歲にしかならなかったからである。「雨期もある。十一月、十二月のことで幾分雨は多いが、內地の兩期とはまるで違う。ただ少し涼しいだけだ」と將軍は續けた。

「やはり、俳句は、日本獨特の藝術樣式なのだと思います」私は苦しそうな低い声

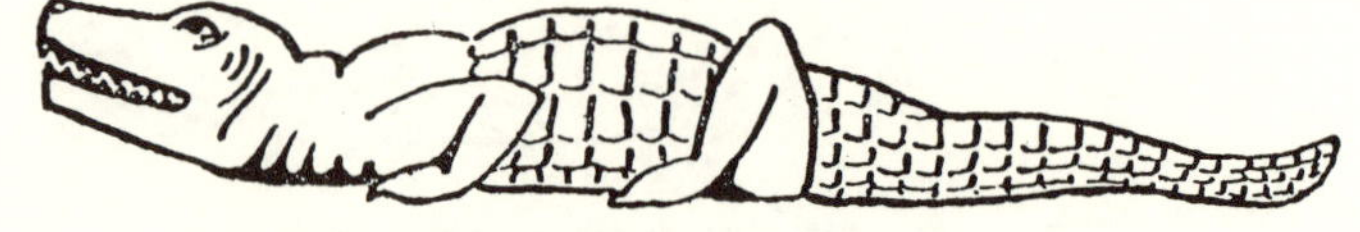

を出していた。

「そうだ。俳句は、日本特有の風土が生んだ藝術だ。日本の土地なればこそ生れたものだ。ときに、君は俳句は門外漢だと云つたが、作らんのかね？」

「ええ、作りません」

「どうしてだ？君は詩人なんだろうが？」

「多分、環境のせいだと思います」

「と云うと？」

「私は少青年期を滿洲で過しました。御承知のように、あそこには内地のような季節の微妙な變化と云うものがありません。少し誇張にはなりますが、夏から秋を拔きにして冬に這入り、春を拔きにして夏に這入ると云つた感じです。春も秋も實に短いのです。所謂季感と云うものが生れにくいのです。その後、私は日本内地へ移り住みましたが、どうも日本の風土と云うものが身につかないのです」

「そうか。ぢや、君も俳句有季說なんだね」

「もし私が俳句を作れば、そうなるだろうと思います」

「ところで最初の質問に返えるが、熱帯で俳句はどうなるんだね？」

「はあ。私の立場からすれば、俳句は成立たないと云うことになります」

「うん、その通りだ！これはわしの持論なんだが、日本人が俳句を作つている間は駄目だと思うんだ。つまり、狹つくるしい日本内地に蹈蹐しているようでは問題にならんのだ。俳句が成立たないようなこう云う熱帯へまで、日本人は發展して來なければ駄目だと云うことなんだ」

「なるほど」私は、そのとき面白い說だと思つた。（そう思つたのはまぎれもない事實である）私は猛將軍から、俳論を、しかもこのような俳論を聞こうとは思い設けないところだつた」「しかし、果して實際に、熱帯で俳句が成立ちませんかどうか、試して見るといいと思いますが」

「そうだなあ」

「徵用作家の中に俳人は居ませんかしら？」

將軍は一寸考えていたが
「マライ方面にはどうも居ないようだ。そうだ！俳人を徵用すべきだつたな。よし
是非、呼ぶことにしよう」

將軍のところを辭した私は、宿舍のベッドの上で、酷熱と占領地の異常な雰圍氣に
壓倒されて藝術から頭を遠ざけていた自分が顧みられ、恥しい思いに一夜懊惱した。
（あの將軍は、いま、どこに、どうしているのだろう？）

これは、あの日本の侵略戰爭の絕頂に徵用されてマライに在つた私の、卑小な姿への追想である。自己反省の表白の一つとして書き記すものである。

リルケの世界をめぐつて

江口榛一

日本には近代詩はあるけれども現代詩はない、と普通に云われている。これは勿論逆説である。が、この逆説的意味を僕ら現代詩人の徒は充分考えてみなければならぬ。そこで近代詩の定義をせねばならぬが、云わば近代詩とは感性と知性の一致した詩の世界である。そして日本における最も近代的な詩人はと云えば萩原朔太郎である。朔太郎を考えずして日本の近代詩は語れず、近代詩を語るには朔太郎の悲劇にふれざるを得ない、そういう重要な場所に彼は位置している。苦澁に滿ちた彼の詩の生涯は、まさしく日本近代詩の宿命の縮圖である。ボオドレエル的な知性と感性のデカダンスに出發したこの詩人は、中期において韻律の復活を叫ぶに至り、ついに晩年は孤獨と絕望と錯亂を古風な韻律を基調とした文語で歌いながら、日本近代詩の空を無氣味な怪鳥のように消え去るが、この卓拔な詩人の生涯身を以て追究した詩の前衛と反動、オルソドツクスとアンデパンダンの同時的体現の秘密を理解することなしには現代詩の樹立はおぼつかない。すなわち朔太郎に傳統し、しかも朔太郎を超克することが、僕ら現代詩人にひとしく課せられた使命なのである。然らずしてはこの國に眞の現代詩の花は開かず、いつまでも前近代的な世界に低迷するか、いたずらに西歐現代詩の、模倣に終始するかに至るのである。現代日本に於て詩と稱せられているものの大半はこのいずれかに屬している。現代詩と稱して得々としている者の詩が、凡ねヨオロツパの表面的形骸模倣にすぎないのは、この間の事情を明かに語つているのである。

然しヨオロツパ、なかんづくフランスの現代詩が、あの嚴格なヴアレリイを超え、典雅壯重なリルケの世界を取つて以て自家薬籠中のものとなし、その上に確固と打ちたてられていることを思えば、僕らはあながちに、一足飛びにコクトオの眞似ばかりに汲々としてるわけには行かないのだ。またあまりにも非近代的な、かと云つて亦古典的でもない、中途半端な多くの詩人たちのようなどす黒く混迷した世界に安住して、いささかも懐疑しようとしない態度にもとみにあきたりない。

　そこでこの小論も、少々高飛車な物の云い方になるかも知れぬが、表題のようにリルケの世界の秘密を探りながら、世のなべての詩人達と共に、近代性というものの內質について考えて貰いたいと思うのだ。リルケを理解すれば簡單に萩原朔太郎の悲劇のよつて來つた原因〟すなわちボオドレエルとショウペンハウエルとニイチエ、この三人しか知らなかつたところに必然に胚胎せざるを得なかつた彼の悲劇が、ほかならぬモツアルトの如く澄明なリルケ世界との對照によつて、鮮かに、脚光をあびたように浮び上つて來るからだ。リルケは鷗外らによつてかなり早くこの國にもその片鱗は紹介されたが、朔太郎はかつてリルケの世界を覗いたことがないのはふしぎである。憂鬱と頽廢をこととしていたこの詩人にとつて、リルケは一見綺麗に過ぎ、緣なき衆生としか思われなかつたのかも知れぬが、若し朔太郎が食わず嫌いを捨ててもつとリルケに親奢したらあのように苦澁に滿ちて生涯の幕をとじることもなかつたかも知れない。さまざまな內的体驗を積み、精神の漂泊を重ねながら、しかも終始安心立命していて小鳥のように輕やかに歌い、しかも根は深く地に下ろし、頂きは亭々と天を摩すに至つているリルケの詩は、きつと彼をしてあの苦惱の世界から脫却せしめるよすがになつたと思うのだ。そしてもつとすこやかに日本の近代詩は生長し、こんにちこの人心の荒廢した時、民族精神が昂揚され、明るい喜びに滿ちわたるような歌が詩人たちによつて作られるに至つたも知れないのだが……。

「ライナー・マリア・リルケは近代文學の空をふしぎな力を以て飛びめぐる詩の鳥である。その聲は淸らかで透明であるが、その聲が、聽く者の心に起す余韻は複雜な現代的な明暗に充ちている。そして人はその余韻の反響を自分自身の生活の思いがけないくまぐまに見出すとき、自分自身の生活に、一つの新しい慰藉のような或るものが附け加わつて來るのを感じる。そしてそれを感じるとき我々はライナー・マリア・リルケの友となるのである」と、片山敏彥氏はその「新譯リルケ詩集」の後記に書いているが、これは簡明適確にリルケの本質を述べた言葉だ。じつさい僕もリルケを讀むたび、さきにも一寸書いたけれどもあたかもモツアルトの音樂を聽く時に受けるあの澄明な慰藉をかんじる。それでいて壯重をきわめているのは、モツアルトの交響樂、なかんづく「ジュピター」に彷彿たるものがある。現在、日本に最も飮けているのはかかる壯重典雅な、しかも無限の余韻と激流の力とを持つた文學ではあるまいか。口を開けば實存とか頽廢とか云うけれども、この國で稱えられてるが如き實存や頽廢は人間の精神を惰落させるのがせいぜい落ちで、凡そ個性の確立などとは緣が遠い。リルケにだつて實存主義はあるのである。が、人はリルケと實存主義をむすびつけるなどと云つて笑うであろうか。しかし、このような詩がある。あまり適切な例ではないかも知れぬが、手あたりに開いて引くのである。やはり片山氏の譯である。

根の中で幽暗に改まる
あの遥きものの中から　早くも樹液は
光に向つて立ち還り
まだ風を恐れて包まれている綠の色の淸さを養う。
自然の內側が生氣づきながら
ありとある物らへの喜びの促しを秘めている。
ひと年じゆうの若さがいま身を起して
人知れず忍び入る——硬ばつている茂みの中へ。
くるみの老樹の頌むべきたたずまいが
灰色で寒いままに　未來に先ち
しかし若葉は　控へめにふるえている、
小鳥らの豫感を乗せて。

これがリルケの實存である。リルケはいつもこのようにして自然の內部の扉をひらく。自然がヴェールをかむつて閉している世界に、彼はいとも易々とはいり込み、それらを外に向つて開いて見せる。ここにリルケの全く新しい、前人未踏の境地があり、僕らはあのワイルドの有名な「自然は藝術を模倣する」といふ箴言めいた言葉のように、彼によつて新しい自然の見方をおそわるのである。リルケの詩を通して自然を見るとき、何と自然は面貌を新たにし、僕らにいとも親しいものとなつて囁きかけることだろう。何と複雑な言葉でもつて僕らを對話に誘うことであろう。彼はまるで魔術師のように自然を起して歩ませ、語らせてみるのである。彼の目を以て見れば自然はいつも深く息づいている。

「秋」という詩がある。

木の葉が降る　木の葉が降る、遠い所から降つて來るように、
空の中で　遠い庭が幾つも凋んでゆくかのように。
木の葉が降る、いなむ身ぶりをしながら降る。
そして幾つかの夜のあいだに　黒い地球が
孤獨の中へ沈み込む、ほかのすべての星から離れて。
われらみんなが落ちる。この手が下に落ちる。
君のもう一つの手も——見たまえ、どの手も落ちる。
しかし或るひとりの者があつて
これらすべての下降を限りなく穏かにその両手の中に保つている。

これもリルケ獨特の實存的方法であるが、彼はいつもこの方法によつて自然の、神秘な生命を美事にとらえる。云わば自然の表面的な寫生でなく、立体的な表出である。ここにおいて近代詩の方法が全然相貌を改め、嶄新で而も最も確實になつて來ていることが証明される。印象派的、或は外光派的方法ではもはや自然の實体は描き得ない。かかる場合デフォルメもひとつの方法にちがいないが、リルケのこれは一見デフォルメに似ているけれども實は自然の內質にはいり込み、そこから自然そのものとなつて歌い出すので、それは造物主の生命創造によく似ている。その創造の微妙な原理を彼は次のように表現する。

わが慈しみ　そしてはらからである
これらすべての物の中に　私はおんみを見出す。
ささやかなものの中では　おんみは種として日光を浴びており
大きな物の中ではおおきくおんみは現われている。

根の中では成長しつつ、莖の中へは溶け入りつつ
そして梢の中では恰もよみがえりのようであること、
そんなにして奉仕しながら物をつらぬき流れること、
それがちからの　妙なるはたらきである

これはいかにもリルケのリルケらしいところであるが、かかる傾向はすでに初期の、初い初いしい抒情詩の時代にも見られるが、リルケのこうした本質的な在り方は殆んどこの國の詩人たちは問題にせず、ひたすら彼のレトリックにしかすぎない部分を模倣する。形骸の模倣にのみ終始して、本質を追究しようとせぬのは由來この國の詩人の悪い癖だが、彼らの手にかかれば折角のリルケも單純な星菫派的な詩人にされてしもう。そして彼が生涯を賭してよじのぼつた峻嶮な精神の山嶽と、それを而も、最も可憐で甘味な修辭で裝つたモツアルト的というべき古典的態度とは今もやはりかえりみられていないのである。リルケが重んじたのは均濟と調和で、それが必然的に彼のあの優美なレトリックと形式となつたのだが、その均濟と調和とハアモニイの底にいかなる精神が定著されていたか、それをこそ後代の詩人、特に不毛にひとしく荒廢した精神の荒地に住んでいる僕ら日本の詩人は探らねばならないのに……。

が、ここで最も初期に屬するリルケの詩をひとつ引こう。

母は云う――
「いとしい子、呼んだのはお前かい？」
その言葉は　風の中に漂うた。
「お前のところへ行き着くまでには、この先も
どんなに多くの險しい段を登らなければならないの？」
母の聲は星たちを見つけたけれど
探す子を見つけなかつた。

　谷間の奥の居酒屋で
　最後の一つの明りが消えた。

日本の詩人が取つて以て模倣するのは、せいぜいこのようなリルケである。しかも「どんなに多くの嶮しい段を登らなければない」かと、若きリルケがすでに自分の詩の、困難な運命を豫見して震えおののくような感動をさり氣なく洩らしているところは汲まず、專ら最後の二行あたりに新鮮なポエジイがあると思つてそれを眞似た。「四季」派の優雅な、だがそれだけの頼りない詩境はここから生じるに至つたのである。だがこの可憐な抒情詩にもすでに後年に特有な、神秘的で廣大な宇宙觀の芽生えは明瞭に見て取れる。リルケ解釋の鍵はつねにここに置かねばならないのである。そして、同じく模倣するにしてもかかる彼の高次的な意味の箇所を模倣するのでなくては。日本のリルケの亞流にまま見受ける、あのように變に氣取つたところは彼にはない。彼の表現はつねに優しく、さり氣ない。つつましくつて、しかもあくまで芳しいのがリルケの修辭學である。

　リルケに比較すれば、そしてこの比較は無理なのだが、――朔太郎はあまりに粘つこく、重苦しい。晩年の文語的スタイルの作品にしても、わが文語に特有の輕快さも優雅なリズムもない。文語をしてかくまで暗鬱な氣分を表出せしめたのもほかならぬ彼の天才的稟質であるが、リルケと對比するとき僕は朔太郎のディオニソス的世界がついに沈靜なる境地にまで昇華し結晶せずして終つたことが、痛切に恨まれてならぬのである。それ故朔太郎は個人的天才とは云い得ても、民族的天才とまでは云い得ない。詩人はすべて自己をして、民族的天才に、はたまた世界的天才にまで形成し育成する努力を忘れてはならないからだ、奢りからでなく、謙虚に自己を礎き、個我を確固たるものに形成しながら、ひそかにたゆまぬ歩みによつて其處に到達するのでなくては。

　リルケはかかる天才的な詩人だつた。「ドゥイノの悲歌」に至りつくまでの、迂余曲折を經ながらも絶えず絶巓への登高の歩を休めなかつた道程を見れば、如實にそれは分るのである。絶え間のない別離と出發、そして出發はつねに飛翔を意味していた。それはあたかも、列風のなかでの操作に似ていた。然し彼はたえず色んなものから來る感受への合圖にうながされては、自分をかり立てて前進する、そしてそれを、いつも美しい言葉で表現しながら……。

　「一九三七年に、リルケの女友であつた畫家ルー・アルベール・ラザールが、生前リルケから贈られた八つの詩をみずからフランス語に譯して發表した。その中の一篇はリルケ全集の『後期の詩』の中にもはいつている『心の山々の頂きに曝されて……』である。譯者はこれらの詩の美しさに特に心を打たれた爲に、八つのうち四篇をこの譯詩集に入れた。云々」と片山氏の云う詩は、かかる鬪う者なるリルケの精神の狀態を何よりも雄辯に物語る。が、この「心の山々の頂きに曝されて」の詩は、最近ある雜誌に寄せた評論に引用したので、その次に出ている詩を引こう。

心の山頂に曝されて戰つている者へ
これを最後としてもう一度
谷間の薰りが吹いて來た。
彼は飮んだ　最後のそよかぜを
夜が風を飮むように飮んだ。
まつすぐに立つて、そして飮んだ——それから
ひざまづいてもう一度飮んだ！
石ばかりの彼の領域の上で
不動の空の奥が崩れた。
星々は　人間の手がもたらす富を集めない。
星々の光は何も云わずに
恰も風の便りのようによぎる、
淚に濡れている一つの顏を。

それから又リルケは「人々に共通な一般の步き方を、どうしても覺えられない人々が存在しているのをほんとうに私は知つた。とつぜん花咲く、天の中へと昇ることが彼らの出發だつた」とも歌つているが、「心の山々の上に隱れ家はない」と云い、「石ばかりの領域の上で不動の空が崩れる」ような世界へと、彼は步みつづけて行つたのである。それというのも彼自身が「人々に共通な一般の步き方」の出來ない人間であることを知つていたからのことであつた。彼はなべての二流詩人や、そして僕ら日本の詩人たちの殆どすべてがそうであるような、最大公約數的生き方や、人の足並にばかり氣をつけてひたすらそれに倣おうとする、そのような生き方は敢て取らなかつた。甘んじて疾風と怒濤の狂亂世界へ、ただ一人して敢然と步み入つて行つた。それは狂氣と境を接したような世界であつたにちがいない。彼がヘルダーリンの發狂を痛み、烈々たる心慕の感情を述べ、萬哭の淚をそそいだ詩が、幾分この間の機微を明かしている。

たとえ最も親しいものの許にすら
滯り留ることは人間のさだめではない。
精神は已の充たした形象から立ちいでて
突如と充たすべき形象へ進む。
精神が、湛え休ろう湖の姿となるのは
永遠の中に到つてはじめてそうなるのだ。
ここでは
たぎち流れることこそ最も有爲なことだ。
すでに果し得た情感から、豫感されている情感へと瀧のように進みつづける事こそ。
おんみ、形象をまことに生かした頌むべき人よ、おんみにとつては
おんみに云い現わされた時全生命は

尖へと迫る繪姿だつた、
詩の一行一行は運命のように強くまとまりつつ
最もおだやかな行の中にさへ死が含まれ
おんみは　その死を踏んで進み
しかし先立つて進む神が
おんみを死のかなたへとみちびいた。

まだあとに二十行ほどもつづく詩であるが、リルケの哀悼の激情が讃歌とは似もつかぬ悲痛な調べをかなでている。しかし言葉だけはあくまでやさしい所謂リルケ的表現である。

この頃、大山定一氏が「リルケ雜記」という好著を出された。しかしこの定評あるリルケ研究家の描いたリルケは、深く、優しい彼の半面は美事にとらえられているけれども、僕の以て最もリルケの本質とするこの激情の面を描き忘れている。大山氏にしてすでにそうである。他の一般のリルケ愛好家が、リルケを星菫派的詩人として遇するのもあながち迫めるにもあたらぬことかも知れぬ。しかし僕はリルケを讀むと往々にして、激しい感動に突きうごかされ、全身のわななくことがあるのである、澄明溫雅な慰藉と共に――。かつて少年時代、山崎保人という友人がよくカフェなどで突然立ちあがつたかと思うと、かならずヴェルレエヌの「叡智」を暗んじはじめるのだつたが、暫くすると彼の双頰は紅潮し、兩手はわなわなと震え出すのであつた。僕はリルケを讀むと、なかんづく「ドゥイノの悲歌」を朗誦してると全身がおののいてやまぬのである。僕はこのリルケを、僕が肉体で讀んだこのリルケを人々に何とかして傳えたくて仕方がない。

リルケはおそらく世界が有する最大の詩人の一人だと思うが、それは僕のかかる肉体の生理が証明するのだ。身も震いおののくような感動をあたえずして、世界的詩人と云われるわけがない。僕は杜甫の「北征」や柿本人麿が壬申の亂を慟哭したあの長い長歌を誦むと、やはり體のふるえる癖があるけれども、古今東西の大詩人の詩は恐くつねに僕をして感動せしむるのである。爾來僕は、一讀熱涙のはうり落ち、身のおののく底の詩の作者をのみ大詩人と呼ぶことにしているが、リルケが亦かかる詩人であつたことは、衰滅に瀕しつつある詩の未來に一道の光明を感じさせる。「ドゥイノの悲歌」はリルケ山脈の背梁をなす作品群で、その偉觀はアルプスの高山の連立を思わせる。が、あまりに有名で、解說した文章もまた幾つかあるので引用することはやめるけれども、これこそ正にリルケの本領が余るところなく表現され、纖細可憐な修辭の下に無限の力と夢とが秘められている。すなわちリルケにおける最も激情的なるものであつて、その後のリルケは平安に、幸福に、いかにも幾多の道程を經あらゆる重荷を下ろした人のような、しずかな詩人となるのである。

然らば彼が「ドウイノの悲歌」で述べようとした思想は何であるか。一言にして云うならば近代物質文明の否定である。卽ち扼殺された精神の優位を回復し、再び健康で素朴で水々しい地上樂園の出現を待望する悲願である。彼はそれを余りさだかには云つてないが、そして概ねの解説書にもこのことは殆どふれてないが、心して讀めばそれはよく分る、そんなふうに分るように書いてあるのだから。すなわち、「物ちが凋落する――体驗の內容と成り得る物ちがほろびる。それは、それらの物を押しのけて取つて代るものが、魂の象徵を伴はぬような用具にすぎぬからだ。拙劣な外殼だけを作る振舞だからだ。そういふ外殼は內部から行爲がそれを割つて成長し、別のかたちを定めるなら、おのずから忽ち飛散するだろう」というあたりを心して讀めばよいのである。

　この思想をもつと單的に述べた彼のソネツトがある。

おお　友らよ　いろいろな機械が
われらの手を仕事から驅逐するのを新しい事と思うな。
さまざまの過程にすぎないものにまどわされるな。
今「新しさ」を讃めている者も　まもなく消え去るだろう。
海底電線や摩天楼よりも
全宇は　無限にはるかに新しい。
見たまえ、星々は昔ながらの火を今もともしているが、
星よりも新しくともつた幾多の火が消えうせる。
最も遠くとどろく機械的な傳道力が
未來の車輪を廻す唯一の力だとは信じるな。
なぜなら　永劫は　永劫と語る
われら人間の經驗以上の出來事が全宇の中にはある。
そして未來は、最もはるかなものを
われら人間の內的なまじめさと全く合体させる。

　リルケには珍しい位、平明で卒直である。說明するまでもない。このような詩も、しかしまだいくつかある。ミケランゼロやアツシジの聖フランシスを歌つた詩などがそれで、みんな平明で卒直で、こころよい。そしていちように力づよい內容を持つている。――つまりリルケとは、そのような詩人なのである。わが國であやまつて解釋されているような、にやけた、モダン・ボーイ好みの詩人ではない。僕は彼が健康なのが、何よりありがたい。日本のリルケ宗の信者には結核患者が多いけれども、どこか高原のサナトリアムで祖國の國土と人心の荒廢をよそに、ひとり悠々と傍觀者的境地をたのしんでるような、そんな精神にリルケは用はないのである。彼らの自慰的專有物にされてしまつたのでは、リルケはあまりに勿体なさすぎる。

片山敏彦氏からきいたところによれば、敗戦後のフランス人は、フランスは今やコミュニズムよりもむしろリルケによつて救済されるだろうと考えつつある、ということである。それかあらぬかイギリスでも最近しきりにリルケが讀まれ、ひいてはヘルダーリーンも讀まれ出した、と先日の外電は報じていた。サナトリアムの圖書室にかざつておくだけでは勿体ないと云う所以である。日本でも、もつとリルケが本質的に讀まれ、民族精神の救済とまでは行かぬにしてもせめてあの無氣力で青白い、シュウルとか抒情派とか云つたような輕薄な詩の一掃にでも役立てたらどんなものか。そして清潔になつた地面の上に、豊麗典雅、それでなお力強く逞しい現代詩の花を咲かせたなら！

　最後に最近讀んだ某文學雜誌の同人諸氏の得意らしい詩の二三をひき、そしてそれがいかに近代詩と縁遠いかということと、萩原朔太郎的ですらもないということ、それ故に必然に現代詩でもまたないということを証明しよう。勿論僕といえどもリルケに比較されて恥じないような作品は書いてないが、それにしてもこの文學雜誌の詩は、あまりにあまりにひどすぎるのである。これは某某氏らの影響の然らしむるところであろうが、現代の日本詩もここまで落ちたらもう落ちようはない。

旅愁

うらぶれた
田舎あきうど
提灯屋が落着いた
小さい家の隣は
うす汚れた
場末のカフェー

水俣という
この港町は
道端を
どぶ蟹が匐い廻り
跫音に
急ぎ隠れた
幼い兄弟は
濱邊で
掌いつぱい宿借をあつめた
海へとつぷり陽が落ちるまで
夕燒空が
美しかつた

どうやらこの詩人は、短く、ぽきぽきと行さえ分ければ詩になると思つているらしい。がこの傾向はひとりこの詩人にかぎらずこの雑誌の詩人に共通した現象のようである。つまりみんな先輩のH氏やA氏に「右へならえ」して共通な歩調を踏んでいるのだ。リルケの教訓「人々に共通した歩み方をどうしても覺えない人がある」――それが詩人だということをこの人たちは、しつかりと、肝に銘じる必要があろう。

蟲

頼りなく
美しく瞬くために
私の指さきを傷つけたひとよ
このように白い夜の氣流に觸れると
傷の痛みに蟲が鳴く
蟲のいのちとは儚ないゆえ
天に揺れる切な希求を
花のように交え
そして
幾度もきびしくつき立てた後で
耳を澄ますと
遙かものの砕ける音がする

濱邊

その千鳥を誰も知らない
小さな波にも
足跡を消されまいと
輕い追憶に揺れていた
黄昏は小刻みに忍び寄り
いつか　闇夜の空にも似て
濱木綿の風に咽んでいた

筆記するだけでもひと苦勞である。この雑誌の同人には錚々たる作家や碩學の面々がいるにも拘らず、この詩の低落はどうしたことか。が、もうひとつH氏の「女態」について一言すれば、氣取つて乙にすました散文詩の形はしているが、何のことはない猥畫である。當節流行の實存主義や肉体第一主義にかぶれたのであろうが、おなじ實存にしてもリルケの實存にふれたあとなので、これが詩とはどうしても信じられない。氏は一体、詩的精神をいかなるものと思つておられるのか。

そなたの　夜の言葉　夜の仕草　夜の眞實　夜の姿
それをのみ　わたしは　ふかく深じよう。ああ　切

支丹がハライソを信じたように　わたしは信じて
疑うまい。わたしは信じて疑うまい。夜のそなたの
　眞實を。

これが最後の節の全文であるが、僕はひき寫ししていて筆のけがれるような屈辱をかんじた。これでは詩人の風上におけぬ、そんな氣がしてならなかつたのである。

それからこの小論に引用した詩の全部は、僕の勝手によつてかなずかいを新かなずかいに改めた。且つリルケはみんな片山氏の譯によつたが、かなずかいのほか、行も一二改めたところがある。讀みやすいように排列したかつたからにほかならぬが、このことによつて折角の氏の名譯を汚すなくんば幸せである。——それにしても詩の良し惡しはかなずかいの變更などによつていささかも變るものではない、良い詩はどうしてもやつぱり良いし、惡い詩もまたかなずかいで更に惡くなつたとも思えない。あくまで良いものは良いし、惡いものは惡い、といつた客觀的な嚴たる事實が存するだけだからである。それはリルケの詩がかくの如く、飜譯という最惡の條件下に於てすら、なお且つ美しいイメジーを形成し、力づよく、感動をしいてやまぬ所以を考えてみれば明瞭だ。

ああ、僕らの詩はついに反譯されたリルケの、一篇のソネットにもしかないのであろうか。かかる狀態がつづくならば日本詩の凋落衰滅は目に見えている。現代詩はおろか近代詩さえもないではないか、と極言されても今僕には答える言葉もないのである。——このことを痛感しないかぎり、日本詩の興隆はなく、まことに現代詩らしい現代詩の開花も亦望み得ない。これは啻に全日本詩人の心をこめて考えるべき、最も根本的な課題なのである。そうしてそれは、僕らが萩原朔太郎の絶望したところから出發し、澄明神秘なリルケを超えて、無限な未來に向つて羽ばたき飛翔しようと意志する以外に決して解決できないことなのである。（終）

詩の演出家と俳優

浅井十三郎

ピオネ（3號）という雑誌の座談會で鮎川信夫が「ヒューマニスムは駄目だな」と一笑に付し又「ヒューマニスムわ根本的に寄生虫的なものだよ。それ自体、獨立したためしはないんだ。價値に對する尺度がT、E、ヒュームのいう滿足の規準によるんだから、實にあやふやで、センチメンタルな態度になりやすい。」と云え、北村わ「日本ほど、ある意味ではヒューマニステックな國はないね。情狀酌量だからね」と言つている。これらの詩人のヒューマニムスに對する理解がこの程度のものであるとわ、いささか驚かざるを得なかつた。實にうらぎられた奇妙な感じをうけたのわ僕一人でわあるまい。ことさらに「人間」やその歴史的「現實」の進展に目を覆おうとしている。彼らわ庭園で單にある型ちの本能についてそれを言つているのかも知れぬがヒューマニスムがこのようにしか理解されていない限りに於てわ鮎川か「僕らが政治を第一問題とすることと自体、僕ら自身の危機だ「荒地」の作品、ゆき方というものも多分に方向轉換する必要がある」と言つているのは當然すぎるほど當然なのである。それわ彼ら自身が（田村隆一の言をかりるならば）「戰後の詩の書き出しは、戰爭と言う大きな知的事件から「生き殘つた」という消極的な存在意識に發したものだ」からでもあろうが彼らの抵抗の一線が今年もそのようにして「續けられて」いつた後、一体なにが殘ると云うのであろうか。反コンミユニスムの立場をそこで强調しなければならなかつたとしても「現代に於て生の意義を問うときは、カミユの言葉を借りれば二つの自殺（哲學的、肉体的）と叛逆のいづれかの撰一を迫られている。その中間はスタヂアムに行かなければならない」と田村わ言つている。このスタヂアムが彼らの本音でなかつたとしたら例え各所に秀れた意見をみせているとしても實に獨斷的なのぼせ方だとうけとられても止むを得ないだろう。又そのスタヂアムだからこそれができるのかも知れないが尠くとも自己を正面にすえなければならない運命の季節に向つていることだけは「荒地」の作品と理論がそれを示している。せめて立派な演出家であつてほしいことだ。

○

假名づかいに就いて。最近又色々と論議がでているが「詩風土」八月號の座談會で臼井が助詞の「を」使いながら「は」を「わ」と使うのわ不定見で輕蔑する、と言うようなことを書いているが、そういう簡單な考え方こそおかしいのだ。歴史的假名使いと言つても明治になつてからどれだけ仁科博士たちによつて無理に文法が作りあげられたかを檢討するならば歴史的假名使いが歴史的假名使いでなく主として中央集權的な支配者側からこの國の文字が一種の强制的な敎育に伴つて强化せられたものであつたかわ文學が日本に這入つてからの變化の跡をたづねればはつきりするのである。歴史的假名使いだつて完全でなく、新假名使いだつて完全でないと考いる人たちにとつてわ、一つの信念のもとに一つの使用法をうちたてようとしたつて何も不可思議でも何でもないのだ。象形文字の良さと音標文字の良さ（これを發音式にとりあげて）をどのように象形文字の上に生かすかが問題なのだ。異つた二字が一つの單語として成立しているからには、何もその一字一字の語原にこだわる必要わないのだ「中華民國とすでに或程度異つてしまつた漢字の「呉音」「漢音」の整理もしないで歴史的假名使いだなどと言つてみたところで怒濤の如き時間わそれを承知しまい。傳統わ決して横臥せる病人でわない筈である。發音的假名使いを今の新假名使いが制定せられぬ前から使つていた人たちだつて數えれば相當あるのだ。近くは及川均だとか故荏原一也（詩と詩人同人）だとか或わ又僕などもその一人であるが、僕わ、何も無思想な俳優だけが立派だとわ思わないのだ。無思想な俳優か前記の演出家よりもはるかにおとるのだ。言つてみれば世人が注意を失つているだけのことにしかすぎないのだ。即ち詩人の詩の言葉に關聯する或一種の封建性について。君わ君の考えどうり生涯、歴史的假名使いに痼疾すればいいのだ。

被告席をめぐつて

（第三審判律第九章）

淺井十三郎

（悲哀の底の石の割れ目にのたうつ蛇）
いまにも呼びだしがくる
審判台の
恐怖におののいている、のわ誰であるか。

愛することもできない　信じることもできない　官能の　底深い秘密の部屋を肯定した　あの
架空の滿腹について
せき上る涙を殺している自虐
こころにもない微笑
ぽかんと穴があいている肋。そこからみる夜の森え　牙をならしながら薔薇を踏んでいる狼群。

（その聲におびえる狂氣）侵すことしか知らない　かなしさに
神だとか佛だとか、あいつわ身をよそおいこらし
花をかざり
空腹にあえぐ少女の額に火を放つた。
モラルも科學も一片の燒死にしかすぎなかつた　咽喉（のど）のかわきよ
狂氣のあとの呆心
知慧わ死ぬ。
（食わしてさえくれれば……）
鬼わ　つめたい氣節のおとづれを　いちはやく聞きつけ
夜の森え
使者をはなつ。
（憎惡にぎらつく死の風景）
おそるべき商取引の　それわ今もつづき
破壞と混亂と
なぜか椅子の上に誰かをむかえねばならない　不安わつのり
あいつわガクッと首を垂れる
こわれかかつた扉をしめきつて。

（このおびただしい種類の、「假面」のはけぐちわいかにして可能であるか）
鬼わ　その人の到着をまたねばならない。
——怒濤のごとき時間の沸騰點に對して
すでに合服が用意されている
第三期症狀。

いまにも呼びだしがくる、恐怖におののくわ誰であるか。

愛することもできない
信じることもできない
生命の
科學の
宗教の
記憶がない
モラル。

大きな審判がまつている　ここばかりの世界でない被告席
ぽかんと穴があいている肋え、誰がいつたい文明の不在をつげうるか。
僕らわ見なければならない。みなければならぬ。僕らの移動を。僕らの到着を。

その朝。出勤を前に、僕わ又一通の手紙をうけとる。
（いよいよあの人とも別れることにしました。それが自然なんです。多くのいたわりも傷もうけましたが。死の突端にみえてくるほの明り。他人の傷口をえぐつても生きなければならない、と友は言えますが自分がそれに慣するかどうか大へん凝問です。結果はやはり人を傷つけて生きているのを發見するのは味けない限りに存ぜられます。あのおそるべき僞善者たちに向つて錬言する最大の勇氣を必要としていますが、ここのところ人生にもラクダイしそうです。積極的に落第すればまた本望ですが自分のことは何も氣にならないで人のことなど、運命を氣にしています。わるいクセです。——死と愛と生にみちた二本の腕。（註）——それがたよりです（ほらこい、やーれ。ほらこいやーれ）歌は誰彼の區別なく透明です。ひび割れた石の裂け目にさえも。）

（註）この一行は桑原雅子作品

詩人と小説

安藤一郎

詩を書きだして、五、六年乃至十年位たつと、小説に對する興味が強く出てくる——これは、私自身もさうであつたし、またそのやうな時期に、小説へ乘り移つて、作家となつてしまつたひとも珍らしくない。今日の文壇でも、老大家の佐藤春夫、室生犀星を初め、林芙美子、伊藤整、中野重治、寺崎浩、森三千代、大鹿卓等々……これらの作家を頭に浮べると、良いにしろ惡いにしろ、何か共通な鮮やかな個性——一應の寫實を身に着けてゐるとしても——がある。普通の作家よりも空想好きで、その文章のスタイルも、細かくこなしながら、どこかに飛躍的なところを持つてゐるのだ。

そういふ特色は、これらの人々を批評するときに、詩人的作家として、逆に、その缺点を指摘されることも屢々ある。一種の持味で終始して、貼り强さがないとか、部分的に面白いところがあつても、全體の構成が脆いとか、人生に對する觀方が究極のところ甘いとか……また別な方から考へると、かういふ詩人的作家は、文壇に於いて、ややもすると、停滯しかかる小説の形式といふものに、その時々に新風を送つてゐるとも見られるのである。

併しながら、彼等は、明かに作家としての素質を持つてゐたことも確かで、その成功が何よりも證據である——つまり、飽くまでも、小説によらなければ、自分が滿足するやうに表現出來ないものを具へてゐたのである。また、詩から出發して、劇作に進んだ阪中正夫、菊田一夫などにも、同じことが言へよう。

詩では食へない——それが動機となることも、或る程度あるかも知れない。だが、長い文學的修業には、さういふことを超えた作家の才能が物を言ふので、これだけを大きな原因とする必要はないであらう。併し、詩から小説に入る途上で、自己を見失ひ、いづれの追求もなし得ず、そこに敗北してしまつた人々を、私は更に多く知つてゐる――尤も、所謂「文學青年」の運命は、大抵さういふところで最初の一くぎりが附いてしまふのであらうが。

さういふ意味で、多少詩が書けるやうなところに來た頃、ひとつ小說も書いてみようと思ひます、といつたことをあつさり言ふ青年を、私は一種の輕蔑を交へた憐みをもつて眺めないわけにゆかない……詩をなめてゐるとも思ふ、小說を書くといふことに賣文の意味が入つてはしないか、また、旣に名聲に對する野心が、仕事への熱情を超えてゐるのではないかと、やや皮肉に、私は疑ふのである。

勿論、詩の道に携はるといつても、文學上の關心は、詩にだけ集中するとはかぎらない――小說やエッセイも讀んだり書いたりするだらうし、更に、他の藝術部門、美術とか音樂とか、或ひは映畫とか、文學以外の學術とか、政治經濟とか、その他何らかの趣味に至るまで、詩人の內部を養ひ、その思考にアクセントや陰影をつけるものは、千差萬別である。現代に於いて、詩集の類しか讀まないやうな、幸福で單純な詩人は、恐らくないであらう。むしろ、私自身の場合などから觀ると、詩を書いてゐても、詩以外のものを讀む方が多い位で、しかも、それが詩精神を刺激し、詩を書くときの構想をもたらし、また、表現の凝縮に媒體として作用することが尠くない。

フランスやイギリスと異なつて、日本では、一般の通念として、「文學」といふと、簡單に小說のことと決めてしまふ――詩は、それほど大きな存在に考へられてゐないのだ、といふのは、詩はやはり傳統が淺いからであつて、文壇では短歌俳句よりも一層繼子扱ひにされてゐるからである。詩で食へないことは始めから分つてゐる、これは全く償ひの乏しい仕事である――それだけ、純粹なのだと、幾度も自分に言ひきかせる。とはいへ、永い間、詩の道に苦しみ、詩壇といつたところでは相當知られるやうになつても、文壇では殆んど問題にされない、まして、作品は、社會の眼には依然として觸れることがない、といつたことが當り前になつてゐる。これではならん、といふ聲も屢々聞える。だが、一方では、詩の本質として、それが大衆に受けるといふことは、もはや墮落したときだとも言はれるのである。

ここで、私は、いま、最も六ケ敷い、最も微妙な問題について――あらゆる詩人の念頭に始終去來してやまないところの懷疑を含めて――語らなければならない。詩人は孤獨だと言ふ。だが、さうは觀念しながらも、その一生に於いて、あまりに惠まれることが少ないために、寂しい溜息をもらさなかつた者があらうか？日本では、「詩人」として、世間で通るためには、そして、詩を金に換へてそれだけで生きてゆくためには、よほど身を落さなければならない――レコードの歌詞を作るとか、社歌や校歌の依頼に應じるとか、それから、詩以外の記事や賣物を綴るとかして、しかも、さうして認められる「詩人」の印象は、作家などよりも遥かに低いのである。勿論、詩人が社會的地位を與へられることもある――だが、それは、「詩」それ自身に依るのではなく、もつと他の専門的知識を通しての、評論とか研究とかに依るので、詩人といふ資格は、單なるお添へものにすぎないことが多い。

今日では、詩人は純粋であればあるほど、自分たちの運命に甘んじてゐるやうにおもはれる……詩で食ふことは出來ない、生活は、別な方面で確立しておかなければならないと、大抵の詩人は、市民としての職業に携はつてゐる――教師、醫者、官吏、記者、會社員、工員、それから自營商賣、また、かういふ時代では、きつと闇屋もあるだらう。かつては、家作を持つてゐたり、財産があつたりした者は、詩だけ書いて悠々としてゐた人もあつたが、いまはそれも出來ない。詩作を續けてゆくとすれば、自分の生計を立てる職業を、しつかり保つてゐなければならない――そして、詩を書く境地と相剋するやうな職場の雰圍氣といつも闘ひながら、十年二十年と堪え忍ぶのである。これは、確かに悲劇である。だが、現代の詩人はおほむね、かういふ位置にあるのだ。しかも、周圍の俗衆には、何か異なつた人種のやうに見られ、冷笑の意味を加へた「詩人」といふ呼名を與へられるだけである。

併し、或る意味では、詩はこのやうにして護られてゐる、と言ふことも出來よう。さういふ詩人のグループから、時々、二三の者が、時々文壇と交渉のある道に出て、文藝雜誌内至は綜合雜誌に作品を發表することもある。さういふことは、以前に比較すると、最近はずつと多くなつた方で、詩はやや優遇されだしたと思ふかも知れない――だが、さう言つて喜ぶのは、まだ早い。ヂヤーナリズムに迎へられると、詩人は、いつの間にか、詩の分らない編輯者におもゐることになるし、また、賣物になる詩を、粗製濫造しなければならない破目に追ひこまれる、といふのは、さうしなければ彼が一度ヂヤーナリズムに打ち込んだ足場を保てないからである。

ところが、かういふ我々の選手となつた詩人は、ここで、悲しむべきデイレンマに陷る――大體、詩人が一年に書く作品の數は、本當に力を入れたら、精々十五篇か二十篇位のところであらう。だが、一旦ヂヤーナリズムに出ると、そんなことでは間に合はない。無知な編輯者の註文をかしこまつて承り、長さを限られ、種々主題の拘束にも目をつぶつて、一日に二篇も三篇も書かなければならなくなる。才能といふものは、それほど便宜には出來てゐない。ヂヤーナリズム專門の作品を書いてゐると、頭腦も感覺も痲痺してくる――そして、遂に詩人の進展はやむのである。それでもなほ書かうとすれば、かつての自分の燒直しに似たことでもする他ない。三好達治がそれである。それが極端になつてくると、あのやうに純粹とおもはれてゐた菱山修三のやつたやうな過失——極めて控へ目に言つて——も起るのだ。かくて、詩人は、却つて、外に出て、信用を失墜する。

詩人たちが護つてゐる詩壇は、極めて小さい。しかも、眞に純粹かと言ふと、仲々さうでない。どこにも見出せるやうに、狹いセクショナリズムもあり、ここはここなりにまた、野暮臭い政治家が幅を利かせたり、みみつちい商才によつて動かされたり、田舍の無學な青年が大きな口を叩いたりしてゐる……實に滑稽千萬な、また、それだけ愛嬌のある世界である。時々、文學運動らしいものが起つても、めつたに、その圈外へ流れ出て、文壇にまで及ぶといふことはない。

併し、眞面目な少數な詩人たちは、きつとかう思つてゐるであらう——いつかは、自分たちがあらゆる犧牲を拂ひ、骨身を削つて書いた作品が、廣く世に理解され、正當な稿料を受け、詩人の地位が小說家並に（或ひはそれ以上に）與へられるときが來はしまいか、と。時々襲うてくる寂しさの中で、詩人は、ふつとそんなことを夢みるのである。

神西清著『詩と小說のあひだ』は、最近の低俗な文藝書の中で、珍らしく、氣品の高い、また深い教養を示すエッセイ集である。神西氏は、ロシヤ文學の專攻でその飜譯に於ける功績は頗る大きい。それのみならず、フランス象徵詩に通曉し、むしろ、その方が彼の文學的氣質に合つてゐるやうにみえる。原文より遙かに流麗だと言はれる、その飜譯は、さういふところに原因してゐるのであらう。その意味で、彼は詩から小說に進んだ作家なのである——晩年の芥川龍之介に師事した堀辰雄に親しい、神西淸氏の「鎌倉行」「靑いボアン」「垂氷」等は、極めて詩的情趣に溢れた散文である。

彼が本書の題名になつてゐる「詩と小說のあひだ」といふ一文で、「今日わが國の詩の不振を人はよく言ふが、それは半ばは當り、半ばは當つてゐない。いはゆる心境小說なるわが國獨特のジャンルが、立派に詩の代用をつとめて、讀者の詩的渴望をみたすとともに、本來の詩の舞臺を奪つてゐるからである。事實心境小說の或るものは、殆ど純粹な散文詩にまで磨きあげられてゐる。それは殆ど乃至は完全に、小說としての機能を喪失しさへもしてゐる。さう考へてみると、不振もしくは空白なのは、詩ではなく却つて小說なのである。」と言ふ——かういふ別な考察も成立つのである。文壇に詩が入らないのは、小說それ自身が割切れてゐない、といふことになのだ。このやうに、詩も小說も、ヂャンルとして、開放されてゐないのは、現代の日本文學の幼稚なところにあるかも知れない。さうとすれば、詩人が詩的散文をもつて、小説を書くのは、少し考へものでないか――神西清氏自身は、果してどのやうな意圖を持つてゐるのだらうか？さう反問するのは、揚足取りといふ意味でなく、ここに、私がこの文を書いてきた一つの論點を見出すからである。

嚴密に言へば、ここで現代小説論を始めなければならないが、それは次の機會に讓るとして、今日の文壇には、新しいエスプリを持つた詩的散文による小説が是非必要なのである。それは、詩と散文の交流に他ならない。そして、さういふ交流が自由に行はれるに伴れて、却つて、詩と小説のヂヤンルが明白になるのではないか……詩は、笑止な詩壇の谷間で、第二藝術化してはならない。小説は識見のない編輯者に運轉されるヂヤーナリズムの取引の中で、いつまでも骨拔きになつてゐてはならない。

ひとはよく、芥川龍之介晩年の諸作を、詩的だと言ふ――だが、近代からモダニズムまでの詩を知れば、あれほどの程度を、詩的だと騒ぐなどといふことは、實に不思議でならない。文壇といふところは、詩を知らないで、何かといふと、詩的だと言ひたがる。芥川龍之介のものは、究極のところ散文であり、小説である。

最近、二十代の文學を代表してゐる、中村眞一郎、野間宏、窪田啓作等「マチネ・ポイチツク」の一群は、詩と小説と評論を、同時に書いて、極めて華やかに活動してゐるが、彼等の發表するソネツトなるものは、現代詩の上から觀れば、頗る時代錯誤的で、「海潮音」や「珊瑚集」からあまり遠くない古風さである。現代詩を知らない勇敢さか、それでも、知つた上での策戰か、恐らく前者の方であらう。しかも、その古風さが、一般人の詩に對する通念とも結び易いことを考へると、少しがつかりする。彼等の小説の弱みは、傳統を知らないところにあると、誰かが批評してゐたが、さういふことは、詩にも當てはまる。それにしても、このやうに、詩と小説を一緒に文壇へ持込んだ旺盛さは、「詩と詩論」の運動以後、あまりないことで、一寸微笑ましい。ただ、問題は、今後の成行如何である――彼等が詩と小説のどちらを主にするかといへば、やはり、後者であらう。恐らく詩は、一種の興添へにすぎず、花火のやうに、消えるのかも知れない。

さて、問題を、もつと結論的なところに導かなければならない。詩から小説に移るといつても、そこには、色々な理由が考へられる。詩では、到底自分の思想を表はしきれないと、自己が採るべき文學形式としての詩に袂別する、といつた場合は、割合に多いのである。外國の作家などでも、若い時代、文學に親しんだときの教養的産物として、大抵は自分の詩集を一、二巻編んでゐる。併し、さういふ人々は、本質的に散文作家たる素質を持つてゐるのである。

それから、青春期から或る年齢まで詩を書き續けてゐても、中年を過ぎてから、小説に上つて表現したい慾望が湧いてくる場合もある。私自身、この頃になつて、時々、かういふことは、小説で書いたら、と思ふことがある――それは、別に作家に轉向しようといふのでなく、詩で表はし得なかつたところの、殘りの空白を、散文で補ひたいと思ふのである。つまり、詩人としての思想を、なほ散文によつて一層完全に示したいのだ。リルケの散文がそれである。「マルテの手記」は、詩人リルケを理解するのに、不可欠のものであることは、誰も異存ないであらう。また、萩原朔太郎は、詩が行詰つたとき、散文詩とアフオリズムをもつて、自己表現を擴大したのである。

北川冬彦氏は、極めて前衛的なシュウレアリスム運動から詩に入つたのであるが、既に幾つかの短篇を書いてをり、最近にまた、「小説への慾望が勃然として起つてきた」ことを告白してゐる。彼は、雜誌「文壇」十一、二號に、「現代詩興隆のために」といふエツセイを卷頭に寄せて、現代詩の形式に關する定型と行わけ散文の問題から說き起し、自分は新しい定型詩にあこがれを持つが、それは理念で、詩作者として、それをあきらめてゐると言ひ、現代の日本語では、散文詩が有利な詩型である、と結論してゐる――そして、詩人が小説を書くことは、敍事詩を書くことであるとし、詩的情緒をからめた「ぬれた文體」では書かず、「乾いた文體で」書かうといふ、通常詩人の小説と見られるものとは、逆な方向から散文に入る意圖を述べ、更にかう言つてゐる――

「……私に考へられることは、シナリオの形式が敍事詩の形式として好適であることである。シナリオは映畫をイメジーする文學の一形式である。（中略）映畫は、時間藝術でありながら、そこに物語が疊み込まれる。シーンの堆積は、その間、おのずからテンポ、リズムを生む。しかも、今日にあつては、ピチュックヤルノアールの作品のように散文性をさえその中に孕んできてゐるのである。こうした映畫と云うものをイメジーするシナリオが、新しい敍事詩の形式として存在することを詩人は悟らなければならない」そして、映畫批評家としての北川氏は、「もしも、詩人がこのシナリオの形式を生かし得たなら、詩の復興はこの一角に興隆すること、目前にある。」と斷言してゐる。

詩人が小説に向ふのは、單に、文壇への轉入であつてはならない――新しい散文、新しい小説の創造である。卽ち、詩人が作家と對決することにあるのだ。さういふことは、たとへ小説を書かないで、詩に集中してゐる場合でも、常に念頭において、省みなければならないと思ふ……自己の思想を表現するものとして、いかにして、詩を散文に對抗させるか、これは、私なども、詩作に於いて、いつも考へてゐることである。

(January 1948)

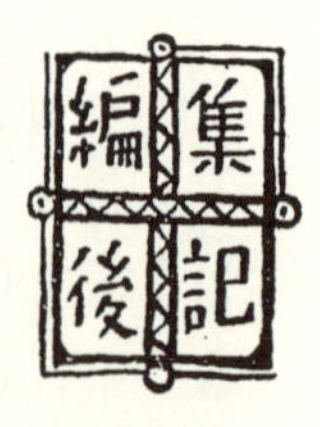

▽前號後記で增頁を要望したが早速六十四頁許可になつたのはありがたい。いよいよいい仕事をして酬いねばならない。

▽過日、久方ぶりに同人會を開いて、今後、あり來りの詩雜誌の型を破りたい（創刊以來かなりそれはやつてはいるが）と提案したところ、皆讃成してくれた。

▽卷頭に載せた短篇の作者森敎は、「文學界」四月號に横光門下直系の新人として長篇「潮とまり」の第一回を發表した。が、あれは少し固くなり過ぎて思わしい出來榮えを示さなかつたが、この「夏の朝」はその實力の片鱗をかがやかせた好短篇である。作品の根抵に詩精神をみなぎらせ、まことに本誌にふさわしい。

▽江口榛一の「リルケをめぐつて」は力作である。が、論旨には恐らく異論があろう。駁論續々たるものあつて然るべきだ。安藤一郎の「詩人と小說」はいささか蕪作らしいが、啓蒙的價値あるエッセイ。

▽次號からは祝算之介の長篇敍事詩「沼」を連載する豫定である。

▽こんど、同人會議の決議により、杉山平一、山中散生、江間章子、壺田花子（順不同）の四氏を同人として迎えた。（北川冬彦）

⦿日本の政情などみているとまつたく救れない氣がする。政黨というものが完全に商取引におちてしまつたような印象を與えているが日本に必要なのは取引ではなく階段である。大宰が死んでから大宰論が盛んであるが、生きていたうちは取引になるから死んだ後ならその段階がハッキリしてくるからいいと云うなら臼井吉見の大宰治論は面白い。現在のインテリのグータラ根性に大宰の文學が致命的な響きをもつていたとしてもこう云う文學は敗戰現象をもの語る一つの階段であつて、もうこうした自已の惡魔のみせ方は大宰一人でたくさんだ。すでに死骸化している政黨だつてこれと同じことだが國民の批評の上になりたたずに日本の政治屋は敎育家振るような態度だからわれわれはすくわれない。せめて大宰のように自決するほどの覺悟をもつた政治屋があつてほしいものだ。だからと言つて僕は大宰の文學を讃えようなんてするほどすね嚙りのインテリ根性を身に蓄えるほど金のある生活のなれのはてを經驗したことがない。又あんな生き方は誠實でもなんでもないのだ。⦿大宰の文學などを讃美しなければならないようないげつない根性がたくさんあるから、同人雜誌の一つもが命がけでなければ守れないような社會狀態がいつまでも續いているんだ。

配給用紙がうけとれないなんて馬鹿々々しい話だが闇紙でどしどしやつている大資本やなんでもかんでも東京でなければならんと云うような條件や根性が僕にはたまらなく嫌惡を憶えるのだ。地方を東京と同じ立場に置く政治が必要なんだ。大都會だけが或條件が備つたとしてその國の文化はどうにもならないのだ。むしろ健脚に主力を注ぐだけの余裕があつていい筈である。頭つから地方をケイベツしてかかるような、環境や精神がこの國のあらゆる面に惡息を放つている。雜誌の表紙がきたなくならざるを得ないのもその汚臭をこうむつている一つだ。その理解と抵抗がほしい。（淺井十三郎）

現代詩同人

安西冬衞
安藤一郎
淺井十三郎
江口榛一
江間章子
北川冬彦
北園克衞
笹澤美明
阪本越郎
杉浦伊作
杉山平一
瀧口修造
壺田花子
永瀬清子
村野四郎
山中散生
吉田一穗

（アイウエオ順）

編集に關する連絡わ左記宛
浦和市岸町二ノ一四七
北川冬彦宛

現代詩　第三卷第八號
定價　金參拾五圓　〒貳圓
直接購讀會費　一ヶ年三二〇圓
昭和廿三年八月廿五日印刷納本
昭和廿三年九月一日發行
編集部員　杉浦伊作
編集兼發行人　關矢與三郎
新潟縣北魚沼郡廣瀬村大字並柳
印刷人　佐藤和
新潟縣北魚沼郡堀之内町
發行所　新潟縣北魚沼郡廣瀬村大字並柳乙一一九番地
詩と詩人社
淺井十三郎
日本出版協會員番號A一二九〇三九
配給元　日本出版配給株式會社

昭和二十三年八月二十五日印刷納本　昭和二十三年九月一日發行　昭和二十三年五月廿八日第三種郵便物認可　現代詩（第二十三集）　定價金三十五圓

現代詩
十・十一月號
昭和二十三年九月二十五日印刷納本
昭和二十三年十月一日發行
昭和二十三年五月廿八日
現代詩
第三巻
十四集）
THE CONTEMPORARY POETRY
詩と詩人社

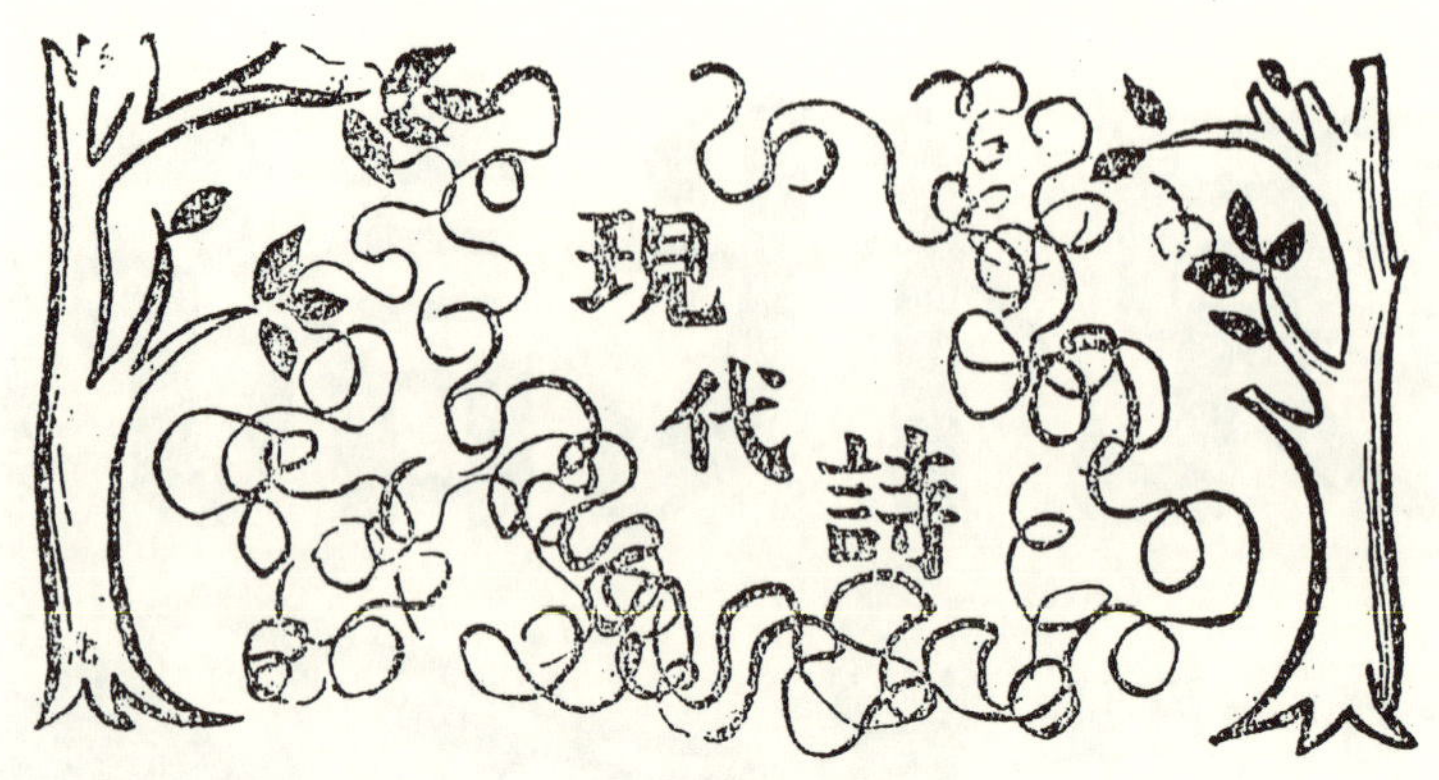

十・十一月號目次

詩の世界性……………………安藤一郎……（一）
コレスポンダンス…………………………（二）
詩を描出する（小林明二）　久住登山（瀧口武士）　カナッカイ其他（村上成實）
小感（池田克巳）　うしろむきの理論（田木繁）
時評……………………淺井十三郎……（十）
新刊批評
「未來者」斷片（藤原定）（大江滿雄）（山崎馨）……（一三）
人生旅情を讀んで（岩佐東一郎）（武野藤介）……（二八）
メモランダム……………………笹澤美明……（一六）
積亂雲……………………伊藤桂一……（五）
燐寸……………………杉山平一……（八）
だるい風景……………………山中散生……（二〇）
火葬場附近……………………山崎馨……（二三）
あなたわ、また來て下さるでしょうね……淺井十三郎……（二六）
沼……………………祝算之介……（三一）
黑い蛾……………………杉浦伊作……（三九）
船艙……………………北川冬彦……（五六）
同人語　杉浦伊作（63）　笹澤美明（30）　杉山平一　山中散生（19）
後記……………………北川冬彦、淺井十三郎……（六五）

現　代　詩

十　月　号

詩の世界性

詩に世界性をもたせよ、と言ふ――一應尤もな說である。だが、事はさう簡單ではない。戰時中のヂンゴイズムのお題目を急に塗り變へて、また別なお題目を唱へていい氣持でゐるやうな奴の顏が見たい。

發音も危ない外國語を所々に嵌め込んだり、原子爆彈、世界聯合、スターリン、デューイーなど、國際情勢の上つ面を撫でる時事用語を並べたりするのが、「世界性」ではない。國際的彩色は、觀光協會のポスターで澤山だ。

要は、教養、視野、意識の問題である。最後は、世界文化の交流と傳達に、我々も加はることを理想としなければならないが、それに至る前に、日本人は勉强すべきことが山ほどある。世界大の文學がいかなるものか、その價値水準を知らなければならぬ。

詩の世界性――私は、これを一生かかつて考へよう。だが、何よりも先づ、個に徹したい。個の深淵に沈むことによつて、無限の人間性に通じる他、いまは途がないと思ふ。

安　藤　一　郎

コレスポンダンス

詩を描出する

小林明

私の、我が國の小說家たちへの敵意は、無論、「時間」に對する觀念の相異にあるのだが、と云つてなにも、散文精神そのものをまで蕪雜、野萃、鈍感、不潔だとして非難しているわけでない。刻明な描寫を志向する散文精神は屢々蕪雜その他と相似してゐるかもしれぬが、實證的に現實に立ち向つて眞相に迫らんとする意識のぎりぎりの營爲でもあれば、それは詩人という言葉が既に含んでいるところの、ひたむきな生活態度と異質ではないのだ。それに欠所と歪曲と壞廢の修復を企圖する散文精神の底邊には、瞭らかに熾烈なロマンテイシズムが横たわつている筈である（おおなんという詩的！）。――私が嫌惡してやまぬのは、蕪雜で野萃で鈍感で不潔な精神たちが、それは同時に「時間」に對して眞劍と敬虔を欠く無賴な魂たちでもあるのだが、それが偶々「散文精神」と野合し繁榮してきている日本的現實なのである。夥しい現代小說のいづれをとつてみても、その主人公たちの性格がいかに蕪雜で鈍感に決定づけられていることか、換言すれば、詩精神と無緣或いは背離するところの「處世精神」（それは斷じて散文精神でない！）に蝕まれていることだろう。このことは結局「いかに生くべきか」が我が國の作家たちの眞劍な問題にならなかつたことにもつながろうし、北村透谷を憤死させ多くの進歩的インテリゲンチヤに轉向の屈辱をなめさせた暗い日本の現實にも起因するだろう。ともあれ、八・一五の完敗は我々に一つの可能の端緒を與えてくれたのだ。私の自らに課した問題は「詩人を小說で描出すること」。それによつて日本的現實からの脫出を祕かに企んでいるのである。

久住登山

瀧口武士

八月一日から三日間、九州一の高山、九州八勝に當選した久住に登山した。一行十四人、同職ばかりで婦人も五人ゐる。リユツクを負ふて――中には毛布、セーター、米、調味料等キャンプ用具を入れ、飯盒を下げ水筒を下げて未明に家を出る。竹田町――田能村竹田の生地を思はする山水、「荒城の月」の歌曲を思はする靜けさ。ここで汽車を下りる。久住町行のバスがもう滿員。終に臨時を出してくれる。ガソリン車で早い。急な上り坂が多い。頭を天井にぶつつける。バスの中で久住町郵便局長が登山の道を說明してくれる。「婦人がゐては今夜法華院までは無理です山の家に行きなさい」など。久住町觀光案内所――バスを下りる。晝食。荷物を減らさうと、果物と砂糖の大半を平げる。地圖を買ひ、スタンプを押し、道をきけば、法華院までは四里位といふ。種畜場まで――婦人部の足の遲さ。ふりかへり〳〵行く。行手に山が雲を着て聳えてゐるむし暑い曇天。入口で休んでゐると人が出て來て「法華院までは無理です」といふ「ここらはこんな天氣でも山は雨です。昨日の登山客も雨にぬれて歸りました」など。後を待つて會議して、豫定通り法華院まで行くことにきめる。
山の家近く、展望台近く――牧場になつてゐる。「牛の尿が迸ふぞ」と誰か言ふ。婦人部の遅れること。リユツクを青年部で持つようにして、それでも矢張り遅れてしまふ。廣い笹の高原、涼しい風。休むと頭まで草に落して寢ころんでしまふ。蟻が上つて來る。「人間が甘いから蟻まで來る」と誰か言ふ。阿蘇の噴煙が見える。寫生帖を出す。地圖を出す
鍋割峠まで――廣い草原。時に頭を蔽ふような茅原。人の足跡を探しながら行く。上り坂「あごを出す」と言ふ言葉が流行する。坂を一つ上るとすぐ腰を下す。婦人部は遅れて來て腹立たしげにリユツク諸共ゴトッと倒れる。「ホラ、鍋割峠だ」と誰か言ふ。
さどくぼといふ所――峠を下れば渺々たる不毛の石原。石に「法華院へ二千米」と書いてある。皆力を落す。「苦は樂の種」と又別の石に書いてある。
鉾立峠――又急な上り坂。リユツクを負ふて先頭を行く青年部を逞しいと思ふ。彼等は頂上にリユツクを置いて、又婦人部の手を引きにもどつて來る。頂上から夕霧の中に法華院溫泉が見え、その附近にテントの群、立上る煙、火が見える。
法華院溫泉――山奥のたつた一軒の溫泉。闇の中に道を探し、行く〳〵薪を拾ひ、川に道を作り、溫泉に接近して設營する。夜の十時飯をたき會食する。どこからか酒びんも出る
テント――テントの上の曇り空。冷氣。山の雨を氣にしながら眠りに落ちる。（以下略）

カナヅカイ其他

村上成實

現代カナヅカイが採用された時反對の詩人も多かつたが、最近はそれ以上のウルトラ新カナヅカイもぽつぽつ見えて來た。さまざまの工夫もよいが、言語文字は社會的のものであるから、各人各様で雜多になる事は、讀書上の能率を下げ、混亂をますばかりだ。自分の年來の主張は、とにかくその時代の新聞や雜誌の慣用に一致せよという事だ。現代カナヅカイも、「なお」とか「でしよう」とか、言語感覺の上から辛い點もあるが、テニヲハを舊式（は、へ、を等）にしている點など、語の切れ目をはつきりさせて大變ありがたい。「お」は語頭につき「を」は語尾につくといつたのが日本語の發音の自然でもある。「詩お書く」というには發音の無理をせねばならぬし、「これわれわれの」では何とも讀みづらい。

同じ國語改良の努力でも、山本有三氏と高倉テル氏では雪と炭との相違がある。一方はよみやすくする改良で、一方はよみにくくするためのそれだからである。カナズカイなどと書く者もあるが、人間が金や道具をツカウのかスカウのか考えたらよい。すべて魯鈍や無感覺や素養の淺さから來たのは愚劣で、深い教養と良識から來たのが正しい。特に詩人にとつては言語神經や言語感覺は生命で、群馬縣の某君の様に、文法のブの字も知らぬ者が詩の雜誌を出すのは悲劇である。又世上でも一方に漢字制限をしながら他方に台東區だの文京區だの千代田區神田神保町だのとペンを消耗したり活字屋を繁昌させたりする改正をやるのも日本的腦炎だ。百の改良よりも、わかりやすい頭のよい文章を書く事と、ギゴチない惡文を輕蔑する様なセンスを發達させる方が急務であると思われる。非詩タワゴト詩の追放と共に、皆で大いにやりたいものである。

小感

池田克己

それが自分をも含めた現象であるけれど、僕は一頃、詩人の寡作さに對して、深い不滿を抱いていた。まるでたまたま、時として心象をかすめる、そこはかとなき思ひにかられて詩を作るという多くの詩人の態度に不滿だつた。天來の福音を待つごとき、詩人えの慨歎と皮肉から、僕はある會の席上で詩を作る機械發明の構想の一端をもらしたりした。

しかしながら最近僕は、がうした自分の觀念の甘さに氣付き、前述の不滿をてつ回せねばならなくなつた。僕は詩人の偶發的な詩作態度の中に潛むただならぬものに氣付き初めたのである。

詩人は文學より大事なものを知り、それに對して身をていしている種族なのである。

先日、東京都民の大切な飲料である上水に投身した無神經な作家の寫眞を見ると、「文學より大事なものがある」などといつたら狂憤しそうな顔をしているが、何とも氣の毒に堪えない氣がする。しかしあの作家も、文學より大事なものがあることを知つている詩人とでも眞劍に交つていたなら、自殺などしないでも濟んだことだろうと思われる。

僕は人間は、文學になまくらにならないようでは、この世に文學など存す必要はないとゆう。

詩や文學は人間生命の中の一つのひだにすぎぬ。

文學ごときに行きつまつたから死ぬなんて、何という笑止な見榮坊であろう。愚かな律氣者の太陽（おてんさ）知らずというの外はない。

詩人が寡作であることは立派でよろこばしいことだ。詩を書くことより、生命の奔騰する幾重の波に身をぶちつけている人間に、詩ばかり書いていられてたまつたものではない。

詩や文學をやることによつて「文學より大事なもの」は何であつたか！につき當らないような人間は所詮死ぬ外はないであらう。

うしろむきの理論

田木繁

ぼくはぼくの階級的出身よりすれば、金利生活者であり、寄生地主でめつた。ぼくがぼくの從來の作品に於て、生産者に對して不倶戴天の敵として向き合わなければならなかつた理由はここに存する。戰後の金融措置とインフレのために物の見事にノックアウトされてしまつた。ここで、ぼくはキレイに消えて無くなるべきであるかも知れぬ。盗人にも猛々しい一分の理窟など、述べるべきでないかも知れぬ。がぼくは最後の一戰を試みる。この哀れをとどめた男の一生をパクロして恥の上塗りをする。頃日、農業新聞を見ると、「彼等耕作地主は両手で農民の攻勢に耐えながら、うしろむきに、あとしだりしつつ、前進する。」とあつた。これをも人々は、日本に於ける農地改革の不徹底と言うであろうか？。

積亂雲

伊藤桂一

飛行場を相當離れた木立のなかに一台の飛行機がかくされてあつた　藤蔓や樹の枝や草の葉などを無暗にかぶせてあるので地上からはむろん空中からは絶對に見えないだらう　ぼくがなぜ通りすがりにその飛行機をみつけたかといふと小藪の中の徑から丁度ひとりの見習士官が出てきたのでつい視線が林の一隅にのびてゐる翼の一部にとまつたからである　疲れてゐたのでぼくは自轉車を降りて輕い挨拶の意味で彼に敬禮した　別段ぼくが一介の兵隊だつたからでなく彼の面立になんといふことなく親しみがもてたからである

「あれは戰鬪機ですね。いつも此處を通つてゐるのですが、今迄氣がつかなかつた」

彼は振返つてやや滿足氣に答へた。

「かくすことばかりうまくなつたのでは仕樣がありませんよ」

「命令を待つてゐる譯ですか」

ぼくは知つてゐた。米軍が沖繩に上陸して以來この大場鎭の飛行場ではもはや滑走路がなんの用も果してゐないほど全く機影がみえなくなつてしまつてゐることを　まるで一陣の風に吹きとばされたみたいにみるまに一機もゐなくなつたのだ
「大分前にぼくは台灣から來たのです　ほんとうは内地に歸つてそこで一戰する任務があつたのですが此處でとめられてしまつた譯です　しかし直きでせう　もう　毎日機の點検旁々ほとんどつききりでこいつの側にゐるんですよ」

「よくみえないが新しい型のですか」

「いや、ハヤブサですよ」

それからしばらく立話をつづける間にぼくはこの見習士官に惹かれるものをかんじた　かれは一日に一度必ず草や木で埋まつた機體の中へもぐり込んで座を占めるとその一瞬にそのまま舞上つてゆきたい或る切ない衝動をかんじるといつた　その言葉が妙に美しかつたからである　暗い機體の中からは木の葉や草の葉越しに靑い澄んだ天がみえた　みえてゐながらしかも無雜作に飛べない天が　さうしてその天をやがて駈けるときにはただ一つの決定のほかなにも待つてゐないのである　だが彼が機體のなかでひそかに昂奮しつつ擁かんとするものの形は或は死でもまた生でもないかしれない　もつと深いなにか人間の意識

を超えた信仰のやうなものだ　魂をふしぎにゆさぶつてくる無心の感動である

「君は何處まで行きますか」

「上海。糧秣受領の連絡です　すぐここを冷凍魚を積んだトラックが通るでせう？」

「ああ　この間氷のかけらを貰ひましたよ」

さういつて彼はまぶしく烈日の在處をたしかめるやうに天を仰いだ　雲だけが單調に流れてゐる天を　つねに彼は死に到るまで天の一部に自らの言語に絕する生の最後の最善の風姿を描いてゐるのかもしれない　がそれにしては彼の眼はどうもまだ寂しさが多すぎるといふのは別れ際に「や」と手をあげて見送つたまなざしにぼくはいひやうのない人戀しさの視線をみとめたからである　なんのためになぜ人を戀ふのだらう　さうしてこの人戀しさといふ平凡な感情が實は機體の中でかすかに身もだえる彼の在り方へのひとつの解明にはなるだらうとぼくはおもつた

木立の中の徑を拔けしばらく平坦な埃の徑を走り曲り角でふと振向くと彼の機體のかくされてあるこんもりした森のあたりはただしんしんと烈暑に映えてゐる　さうして森の穹の果からみごとな積亂雲が天の一方へめ犇き上つてゐるのがみえた――。

燐寸

杉山平一

燐寸が發明されたとき
ベンサムは感動して詩をつくつた

赤いレッテルのちいさな函

燃えるものをなほぎつしり詰めて
いまだわが手中にあり

位　置

荒涼の外野に　風は冷たいが
おれの孤獨の位置はセンター

中央の喧燥さは　ほど遠いが
ど眞中を大きく飛んでくる奴しか
おれには興味がない

「傳記」十月號に赤松俊子が反戰畫家ケイテ・コルヴイッツ女史の略傳を書いているが、七十八才の老齢を終えるまでナチスの壓迫と闘いながら人民の苦惱を描いたと云うこの版畫集を僕はなんとかして見る機會を得たいと思つている。更紙に印刷されてある二、三の寫眞版だけではその全部をうかがい知ると云うようなことは無理であるが「パンを！」「小兒科病院」でなどだけでもこの人の（民衆）の悲しみや怒りが迫力をもつて我々に眞實を語り續けてくる。そしてそれからうけるこの僕らの感動が何であるかをギンミしてみることは大切なことである。

「パンを欲しがつている幼兒、泣きだしそうにねだつている目、けれど、その母にパンはない」母わ苦惱にうちひしがれ、腰にまといつく二人の幼兒をうちふるが如く右手で一人を押し離そうと背を向けている、左の手で額をおうている母の正面からパンをねだつている幼兒の目の中にみる世界。或は又「小兒科病院で」にみる父親の經濟的な苦惱、子に藥を飲ましている母親の複雜な顏の愛の凝縮、そしてその中から大きな怒りが湧いてくる。このような表現をもつたケイテ・コルヴイッツの思想を僕はもつと知りたいとおもう、そしてこのような苦惱や戰いを、眞實を、みせてくれた日本の詩人は非常に尠いのではないかと思う。

言葉の上では數多くのそれが語られ、うたはれているが、それらの多くが知識として理解されるだけであつて思想となつていない、行動の中にそれを示すことのできるまで、苦惱も絶望も苦惱されていない。つまり平凡な言葉でしか言えないが「眞實」に對する眞實が足りなくなつているのではないかと言うような氣がしてならない。この間も舊友集つた席上で「わかり易い詩」と言うことと「一体、誰のために詩を書くか」と言う問題が再び問題にされたが、僕は、「僕らがどのように生き抜いたか」と言うことを抜きにしてそれを考えるわけにはいかないと言うようなことを言つたが、ことに「わかり易い詩」と言うことが、文學の、應用の面からのみそれが主張されて、自己を含まない教育傳達にのみ力がそそがれるならばれそはすでに別個な目的をもつものだ。「詩と詩人」九月號で菅原亨が壺井繁治と藏原伸二郎のイデオロギーの相違は別としてもその底によこたわる日本人の度し難きものに就いでふれているが、如何に生きたかと言うことの自己表現の、それが如何に難しいかを示しているものである。わかり易いと言うことが程度を落すことであつたり、説教することであつたり自己を僞ることであつたりするならば、基礎となるべきところの社會の中の個も抵抗も尊敬も何らの必要なく強制的な統制のドレイにしかすぎなくなつてくる。僕がケイテ・コルヴイッツに惹かれたのは、社會そのものの底に横たわる眞實を女史がその眞實にそれを捉えたと云うことである。

破滅に近い自意識過剰が言葉として氾濫している戰後の日本にこのように大膽に社會や人間を表現する開かれた精神をとり戻すことは重要な課題中の課題である。一つの世界觀として又、一つのイデオロギーとしてコンミニズムに行くかキリストニスムに行くか、敵か味方かを判然たらしめなければならない現代の日本の狀勢であるにしろそれ以外の批判者の立場が許容されないと言うことは不可解なことである。又そのいづれにしろ、眞に平和を欲する我々の欲求を二一天作の五で割り切つてしまうような考え方に僕は多くの疑問をもつている。（この國の或る一つの分野に於ける秀れた詩人の一人として鮎川信夫のなしつつある業跡に僕が注目するのも、この二つの破滅の中からどれだけの「眞實」をキリスト教的に握みだすかが彼の評論家としての、或は又詩人としての彼に寄する僕の期待である。）現代日本の苦惱の底から僕にゆるされる最大の發言は、いづれにしろ、戰爭は如何なる場合に於ても絶對に反對だと言うことである。暴力によつて失うところのものは、それによつて益するところのものよりはるかに僅少だと云うことである。そしてその僅かな部類に屬する人類が如何なる文化の持續をなし來つたかと言うことはすでに歴史によつて示されるところのものである。我々は徹底した平和擁護者であるべきである。そしてそうであるならばあるほど、我々は現代社會の、あらゆる面の惡についてそれをえぐりだすことが必要だ。個人としての我々自身を追求することが、その個人のもつ社會性の追求を云云すると同一のところまで個は徹底すべきであり、我々の詩は又そのように個人の私意だけにとどまるものがあつては、ならないと。

このようなことを僕はコルヴイッツ女史の小略傳を讀みながら思つたのであるが、實に僕らは何が眞實であるかと言うことのために今度こそは二度と憶病であつてはならないと思う。社會と人間の襞の中からどのように、苦惱の中から「眞實」が追究されているかと言うような点で最近號の各誌の中で僕の注意をひいた作品は「作品」一號の「わつはつはつは」（服部七郎）「私の不在詩人」（清水きき）の二つの作品がある。ともに不屈な精神を背後にもつている点で好感がもてる。

又「近代詩派」七月號の「日本悲歌」「（山崎正一）は、もつと引き伸して行きたい欲望を感じるほど、ここには苦惱が荒々しくのたうちまわつている。鮎川信夫の自意識の過剰や矛盾が如何に處理されるかと云うところに彼の評論の面白みがあるとしても、詩の必要の發展は、それとは別の側から別の要求によつて生れつつあると云うことなどもこの「日本悲歌」一篇をとりあげてもそれを察することができる。とにかく「眞實」の獲得のための鬪いは僕にとつては最大の課題である。

ひと頃四十代二十代の精神のズレが云云されたが今は、十代二十未滿の青少年たちがどのように、この世代の惡について鬪いをいどんでいるかは、「詩と詩人」に集つている（他の雑誌のことは判らないが）少年たちをみてもそれがわかる。ドキつとさせられるような眞實を生生しく掴んでいたり、到底僕らの年齢の及ばないような表現をかいまみせていたりするのをみるとヒヨットしたら日本こそ偉大な平和論者としての反戰的なケイテ。コルヴイッツが或は又リルケのような宗教的詩人が生れないとも限らない、日本こそ最大な愛の凝縮を世界に示してみせるに一番いい經驗をもつたのではないかと思う。とにかく、いづれにしろ、「眞實」に眼を覆うてはならないそして、その追究がハツキリと詩人の生き方にも詩そのものの中にも現れてこなくてはならない。苦惱の中に開かれゆく精神こそ今は最も大切にすべき時だ。

浅井十三郎

新刊批評

吉田一穂詩集『未來者』

藤原定

吉田氏の詩はまづなによりもきびしい、といふ感銘をうける。そのきびしさといふものは、世界そのもののきびしさ、深さであり、詩人の眼のきびしさ、深さである。詩人はみな根源的なひとつの世界像をもち、世界をひとつの物語として胸に秘めてゐるのだらうが、吉田氏のそれは、きはだつてきびしく、深淵のやうな深さをもつたものだと思はれる。

雪は秘めて夜半の言葉を語り、
聴きいる獣の凝視の麗はしさ。
（「死の馭者」の一部）

そのきびしさはマラルメ、ヴアレリイの、語の表象の極限に世界像の純粋をもとめるあのきびしさにも、そして芭蕉の生のきはみに寂にゆきあたるあの悲愁のこころにも通ふものがあるやうだ。といふのも氏が生育した北海の海洋とその住人たちの生活の、自然とのたたかひのすさまじさや原始性や力づよい意志や冒険性がこころふかく沁みついてゐるからでもあらう。

不眠の航海燈（ランタン）にまた新たな悲しみを点じて海淵（タスカロラ）をゆく。
吹雪と怒濤の中に海の幸（さち）を求めて虚しき宗祖の梁。
海の極みにして嘆きつつ潮は落魄の路を漂流（さすら）つてゆく。
（「北海」の一節）

また、

飛沫に濡れる生業（なりはひ）の漁歌。
（「鰊」の最後）

しかしながらきびしい生の内体験のみではない。その自序によると「詩は垂直の聲」であるのだから、詩人には「凝視の麗はしさ」が生じてこなければならない。氏の我に醒めきつた凝視のまへで物みなは本來の内面を示し、或る地味な、だがけつして浮はつくことのない匂ひをはなつてくる。それは人しれぬ深夜にいとなまれる、森羅萬象のひめやかな祝祭のやうでさへある。氏は誇張された抒情や詠嘆からはこのやうにとほい。凝視のきはみにヴイジョンを生む道を歩む。それは「我れまた詩に闘する限り、自らのシステムに坐して無限の寂寞と面してゐる」と言つてゐることと關聯するだらう。そしておそらく我の凝視をつづけてゆき、その垂直をふかめてゆくかぎり、氏の寂寞は深まつてゆくだらうと思ふ。もつとも、氏の凝視める眼が祈る眼の風をおびることもあり、私は、この二重の眼がひとつに焦点されるとき、詩の道は救濟の道になるのだと思ふ。

泉

落葉に徑も埋れたり。
村邑の灯は乏しきかな。
月かげ負ひて來るものに、
これの泉はあふれたり。

開卷最初の詩である。

新刊批評

詩集『未來者』について

大江満雄

「日本の詩人の中で、吉田一穗ほど好きな詩人はない。もう五十だと思ふが、あの人にはメルヘンがある。そして」――わたしと一穗とは、異う、遠いと思はせるが、しかし、あの人ほど遠くて近いと思はせる人はない。

未來者について、わたしは、こんな苦しいときに、あわただしく書きたくないが、かんじんの事は、いつでもいえるので、今夜は詩集が出たことだけ知らすことに、とどまるとしても、少し書きたい。

吉田一穗は序文に「これは神と我との對話であるといい、「ついに彼は答えず我の獨白に了る」といつている。

わたしは、ケルケゴールが羨んだ野の百合の花の絶對服從性――沈默――を思い、一穗の「答えない神」――沈默――との對話性を思う。一穗の神は答えない神であるから啓示といふものはない。したがつて、神とは自然もしくは宇宙だといえる。スピノザ的、またはデカルト的な神――實體――が容認されていると思はせる。だから、「忍耐する神」があるのではなく、「忍耐する詩人」があるといえよう。神が忍耐するのではなく、詩人が忍耐しているのであるから、「いまだきたらざるもの」が成立する。

一穗においては、敎會的な神えの人間の不服從はとがめられていない。人間は、あの人にとつては、とがめられるものではなく、自ら知的に、とがめるものなのである。だから、あの人にとつては啓示はいらないものなのである。

啓示本位のキリスト敎からいえば、一穗は神の言をきかぬ人であり、素朴なマルクス主義者は、現實からの遊離をいい、超越性を理解することなく、むしろ、判らぬまま非難するだろう。しかし、一穗には、基本的人權の尊重があると思う。どこかカソリック的な匂いがするが、自然科學的世界觀につつまれた知の愛がある。

一穗といふ詩人は、交際して、とくに

感じることだが、不正なもの不合理なものをうけいれないきびしい良心がある。そして、あの人には、エレメントにまで還元して再編成しようとする方法がある。あの人は、世俗にも政治的權力にも耐えられない。あの人にはコウカツもなければ僞善もない。だからあの人は現實への氣質的な厭惡を耐えなければならない。だから願望の世界が生彩をもつ。「いまだきたらざるもの」とは、あの人がいうように、じぶんを來者だというのではない。あるいは、そのような來者的ゴーマンにおちたと考えてもよいが、あの人はおそらく孤獨のセキバクとゴーマンに耐えられなくなつたとき、對話を慾求しただろう。他者と。（あの人にとつて他者とは、自然であり宇宙。わたしにとつては對立的な人間）あの人は、人間の悲慘や不幸、不當に扱はれているものの聲をきける人だが、イビツな現代人を厭惡するあまりに、現實との斷絕をこころみる。あの人は現實に完全性を求める。人間の完全性を求めるから、詩は完全な小宇宙でなければならない。

詩は、だから、あの人にとつて「自然に生れるもの」ではなく、創るもの」であるから、現實とは異つた次元をもたねばならない。

「いまだ來らざるもの」は「海の聖母」その他の詩集から選んだものへ新しい詩を加えた詩集であるから吉田一穗のすべてがある。本質的な青春の明るさを感じる詩集だ。「いまだ來らざるもの」には、「來る者」えの信據があるから。

新刊批評

詩集『未來者』斷片

山崎馨

神に立向つたとき、おのずと人間の心はきよらかである。神は無言であり、そのときの人間も、あらゆる言葉を忘却する。それは夢想に安んじて溺れゆく姿ではない。そこには、レンブラントの「人間を越えたる人間、眞實以上の眞實」の姿に似て、自己自身への假借なき分析の、新しい發見への道にほかならない。純粋な視覺は、この本質に於て生れる。これが人間の存在を高める唯一の態度である。そこに吉田一穗は、確かな詩への道を拓いた。かかる行爲と言葉の世界で、「玩具を手離さうとしない」（アナトール・フランス）新な形成へ呼びかけていた、「未來者」こそ彼のエレメントである。

業

人を信ぜじ、地は熱りなく、また額に何ん
の慰めもない。
泥と嘆きの巷、どん底の、この一隅の業の
室。
手に嘗みの苛を、點して夜々の小さき灯よ、
つねに現實と否定の、騒音に慄く我が胸の
飢渇！
憎み、憤り、坐を低めて自ら神となす術の、
祈り、
求め、夢む身の憐める限り、生くべき一つ
の世界——
我れあり、新しき天に鼓動する一つの存在(ザイン)！

これはまさに苦惱孜々たる省察との雲間から窺く太陽のごときものであろう。かくして吉田一穂はいまこそ「詩が自己實現たるかぎり」「表現體へ分離する自我確立の、自由な情神たるべきところに」自我の置きどころを見いださねばならなかつた。「業」一篇はこの意味において彼の作品中重要な頂點をなしている。

一九一九——一九四六年間における作品集「未來者」のひと筋の流れは、この「業」によつてくみとることができ、「自らのシステムに坐して無限の寂寞と面してゐる」姿を物語つて遺憾がない。こうした心理的原型と心理的必然性との結合が、あまり自己を浪費せず、自己の感情に醉いすぎない彼の、構成力、造型力となつて維持せしめたのである。

母

ああ麗はしい距離(デスタンス)
つねに遠のいてゆく風景……
悲しみの彼方、母への、
捜り打つ夜半の最弱音(ピアニツシモ)。

「母」は、「未來者」の中でももつとも初期の作品である。彼は、このような感情の世界で、「つねに遠のいてゆく風景」から未來を約束した。そして、「捜り打つ」苦悶から「漠然たる觀念」を打破した。そこにはつねに彼の人間性が樹立していつたのである。そこに「海鄕」があり、「少年」「六月」「東へ」「死の馭者」「土地」へと盛りあがつた執拗なまでの孤獨な闘いがあつた。吉田一穂はいつている。「音律的な形式とは別途に幾何學的な造型性に於て内部構造の方法で追求した詩だが、やつと自分の原理を樹てたので」、と。

——一九四八・八・二〇——

メモランダム（1）

笹澤美明

○春　雨

この國には春がないといふ。なるほど、春雨がめづらしく軒端と樹木に佇ずんだと思つたら、荒風が寄つて來て、彼女を拉し去つた。彼女は少しでも考へる時間と空間を持たない。

○自分の作品

自分の過去の作品に對して私は、過去の犯罪のやうに恥ぢる。

○一國の文化について

貧乏は往々にして悪德である。

○詩　人

行く春を眺むるごとく
心なくわれを行かしむ
なげきつつ春は去れど
春を惜しむ人こそなけれ

（ノヴアーリス「青い花」より）

春とは詩人のことである。詩人全盛時代の十八世紀末にも、こんな嘆きはあつた。現代では誇すら失はれた。まして詩の魔力など。

○睡眠について

私たちは死といふもののために、毎日豫備訓練を行ふ。「睡眠」。その訓練がまずく行くと、翌朝、私は不機嫌に起きあがる。

○主義について

うつかりしてゐられない、相手にも自分に對しても揚足とりのルーヂンの言葉、

「あなたは主義をもたぬとおつしやる。それが主義ではありませんか。」

○宿命的な錯覺

夕暮の垣根に白いバラが咲いてゐる。それは實際は紙屑なのだが。

○言葉への不信

H・E子氏への返事——

御言葉のやうに、詩は慰めや救ひになるかも知れません。アスピリン以上の作用をする場合もあるでせう。怪我の功名のやうな劇藥の作用もするでせう。精神の解放も當らないこともないやうです。

あなたが、パスカルたちの「言葉は思想だ。」といふこ

とを信じてゐる限りたしかに言葉に對する不信は重大です
一つの言葉、例へば一つの名詞をくりかへし口ずさんでゐると、その名稱の具象と觀念がはなればなれになつて、しまひに意味を失つてしまひます。「雀」とか「鍋」とか、何でもよいのです。これを私に言つてきかせたのが、亡くなつた妹なのですが、なるほど、言つてゐるうちに、言葉のひびきが空虚になつて、觀念と具象のはなればなれが起つたのです。彼女は宗教に絶望する前に、言葉に不信を抱きはじめ、Suicide by Hunger といふ、手のかかつた死に方をしましたが——

○善良な人間

善良な人間は誇張か虚僞の惡德を持つてゐる。もつとも、これも借物が多いやうだが。
善人はあまりに善すぎて圖々しい。

○愛について

私は愛の山岳の一頂点に達することができた。そこにある三角標に、私の先人たちの書き殘した言葉がある。
「愛とは解放である」。（リヒヤルト・デーメル）
「戀愛の極地は失戀である。」（板倉勝朝）
そこで、私も一つの問題を書き記した。
「離れれば離れるほど、大きくなるものは何か？」

○一つの證明

（假設）精神と物質との關係は近接してゐる。
（證明）シュウルレアリストとコンミュニスト。ランボーと商業。富豪の信心。

○食物哲學

生活と食物は均衡を保たねばならぬ。その平衡を失ふと醜惡か（食物の欠乏の場合）怠惰（食物の飽滿の場合）が起る
見給へ金魚は美しい。
泡の向ふでひるがへる。

○N縣の一女性へ

あなたに、他の女性たちより、形而上學的素質があると言つた質問に對する答。
あなたの、「現實的な花を、決して美しいと思はない」と言つた言葉。

○病的な時代

現代の青年が、如何に不健康であるか！
實に性急に、分量を餘計に、キエルケゴール錠やサルトル散を飲む。

○孤獨について

H・E夫人へ——
孤獨ですつて？、

現代では最も貧澤な私有財産です。しかも殘された只一つの。

○　一つの大きな不滿

E・K子孃へ――

私の三つの詩集の基底を流れる性格について、まだ誰れも理解してくれないのです。みんな私の衣裳ばかり氣にして。

○　論語について

K・Kへ――

昔、ぼくが君の雜誌に、論語は感情が基であると書いたことを覺えてゐるかね。ぼく以外にリチャーズが發見してゐるよ。彼は孔子の思想の中に詩を求めてゐる。

○　純粹について(一)

純粹を追求することの悲劇。最後に死にたどりつく。透明な死に。

○　純粹のデリカシイ

彼女は最も美しく、最も弱く、そして病み易い。

○「テスト氏との夕べ」

ヴァレリイは、テスト氏との交際で、餘りに發達した自分の觀念をもてあましてゐる。そこで觀念と遊んだ。無益と思はれる最も高貴な、美しい遊戯を。

○遺　産

レトリックは浪漫主義の遺産だ。
テクニックは主知主義の遺産だ。

○共通感情（Mitgefühl）

E・K子孃へ――

共通感情とは、生きてゐる人間の共通の感情なのです。死んだ人ではなく、生きてゐる人間同志の感情。

百貨店の六階の窓から、一人の少年が、誤つて肉親の赤坊をペーヴメントに落して死なせました。あなたと私の（そして、すべての人の）奥深い悲しみと同情は、より多くその赤坊ではなく、その少年のために湧いて來るのです。生きてゐることの悲しみのために。

○思考と時間

ぼくの思考の片は、時間のフイルムの一コマに映されるノートに試寫してみて、ぼくは失望する。なんといふ不態な思考の動きだ！

時間とマッチしないところが、ぼやけてゐる。
時間が、ぼくを追ひかける。
すると、ぼくは財布やタバコや傘を忘れる。
ぼくが、時間を追ひかける。
すると、思考や現實や死まで忘れる。

ユーモリストの死

杉山平一

ユーモリストは不思議に自殺することが多い。佐分眞といふ繪描きも、有名なユーモリストであつたが、その自殺の原因は遂に不明であつた。戰後、可東といふ漫畫家がやはり自ら命を絶つた。虚無をとなへる學者が、街頭をたしかな足どりで歩み、長生きし、ニヒリストが老いて巷を放浪するのもふしぎだが、ジグス親爺の漫畫作者が、暗膽たる澁面に生を刻んでゐるのは著者である。私は太宰治をユーモリストとして理解してゐた故に、その自殺に一種の理解をおぼえた人がころぶのを見て他人は笑ふものである。我々に笑ひを催させるものは、つねに自分以外の人の眞劍であり、悲劇である。萩原朔太郎や北川冬彦の書くものは、一種の微笑を呼ぶが、それは作者がおどけるからではない　生眞面目であるだけ、それだけ頬笑ませるていのものである

美學上、フモールといふ領域は、最も困難な、知的な、高度な藝術上の仕事であるが、これも單なる天性でなく作爲することは身をきざむ仕事ではないかと思はれる

落語で我々は、腹をかかへるがその笑はせる失敗は、熊さん八さん當人にとつて、かなしい悲劇でなくて何であらう　このむきな悲劇を、人をたのしませるために、自らに課すのが、選ばれた高度のユーモリストの仕事である

家を出て酒をのみにゆくのに、佐倉宗五郎の子別れだの義だの、を持ち出すまで、大仰な悲劇の身振りをして、人を笑はせた太宰治は、最後まで悲劇を追ひつめて行つた。

ニヒリストであつたら死ななかつたと思ふ。ユーモリスであつた、から死んだのだ、と私は思ふ。

同人語

山中散生

詩はあまり書かない。詩について語る機會も尠く、それでいて詩につきまとはれ、それを拂いのける根氣もなく、同人に推されれば、卽座にOKを出す、自らのだらしなさにあきれながら「現代詩」の仲間入りをすることになつた。

今月發表する作品は、札幌生活二年間によつて得た可なりパラノイヤックな思考力にもとづくものであるが、表現對象の把握が稀薄であるという点で致命的である　われわれが習得した言語機能、たとへば聯想の暴風雨が、われわれの思考力を抑壓してゐるといへないこともないが、根本的には思想そのものの混亂が、四十代の詩人達、すくなくとも僕には脊負い切れないままに未だ脱皮が出來ない　思想の明澄性のないところに思想の飛躍はない　思考力の強度と強力によつて言語機能がヴイヴイドになることはいうまでもない　僕が最近書いた十數篇の作品には、「ぶよぶよ」とか「だらりと垂れて」とかいう言葉が到るところに出てくるが、これは意識的に使つているのではない　表現對象が明確でねいために、言語機能が凝縮してしまつている結果である。おそるべきマンネリズム　かういう病的な傾向から脱し切れない詩人の作品價値はゼロである　これはシユルレアリスムが殘していつた惡い殘骸である。自嘲しながら、同人語とする。

（新住所　靜岡市西千代田町七九）

だるい風景

山中散生

エルンスト画くところのロップロップ鳥が
ぶよぶよと群れている

灰燼に歸した一夜の
叫びは石のごとく眠る

黄一色
この足元からころがり出る黄の感覺

だらりと垂れた時間は長く
絶望もなく期待もない

すれちがう女の凝視のなかに
記憶が極く小さく溜るだけである

ざわざわとゆらぐもののなかの
巨大な頭のくづれ

どこからも　さうしていつまでも
夜のオルガンは鳴らない

わが脊骨の方へ
固く三日月が傾くころである

火葬場附近

山崎　馨

(1)

その附近は怖るべき陰鬱な闇で巣がつくられていた。電燈はぼやけた感覺を殘し、不可思議な世界を堆積している。がらくた長屋は、知覺を失つて疲れて眠る。活氣のない、それは、夢の喪われた者が半ば痴呆のように、己をけづりつけた疲れにも似た夜の火葬場附近。

ここまでくると、彼女の心は、不安から秘密の模索に變つて行つた。私の手が、きまつて彼女に探り出されるのも、ここだ。その二つの無氣味に歪んだ願望は、人影のない路上を進んでゆく。一つの可能に至る道程の下に。

もはや、二つの表情が崩れだした。いかにも細そりした彼女の體が、いかにもかるく、私の肩に垂れこめたとき、彼女の乳房がぺしやんこに歪みをみせて、はりつけられていた。いらくさやはこべの夏草の香りは、彼女の淸楚な和服の姿をとほしながらアルベニスの「マラゲニア」的なスペインの情熱を、二つの肉體に投げかけている。

その夏草の褥が、私の頭腦に固く捕えて離さなかつた。なぜなのであろう。曖い心を分け合うことのできる二人が、不思議に無心を保つことができないのも、彼女の豊な髮の重みが、秘やかに愛くるしい微笑を誘つているからなのか。

時々、暗闇からの不幸な表情が、謎めく瞳をすがしておののき、私の腦裏をゆすぶりながら通りすぎる。

夢と薔薇との香氣に漂白している皮膚と皮膚。優秀な健康のただ一つの表現を印してゆくのだ。いまさら、過去の秘密を知つたとてどうなろう。至上の悦樂が彼女の頰を膨らませているではないか、それほど大した懺悔ではない、火葬場附近の愛の征服こそが、事實、過去は準備にすぎなかつた。そのような了解から、私は陰鬱な假面を脫ぎすてる。

すると、彼女の頭ががつくりと、いだかれた私の反對側に落ち込んでゆく。そして實現へ、そして表現されたファンタジア。そこに結びつく、私の計量された夢。まるで生き生きと野性のなかに解放された鳩のように。二人の間には、火葬場附近の不安が虛空のかたへ投げだされると、夜がかすかにふるえて、長い長いくちづけがつづいていつた。

(2)

いつまでも、いつまでも、そうしていたいと願うことが、二人の情熱をいつそかりたてていた。水のまんなかにいながら喉のかわきを知るかのように、長い不思議な夢のなかにいて、思い出となつて時が流れてゆくように、ひとときの可能な世界で、二つの肉體が次第に烈しくゆれている。

どこか、遠くで、恐怖に滿ちた低い長い、唸り聲を立てて犬が吠えている。そのとき、はじめて、二人の表情が薄氣味の惡いものに變つた。意識が夢を通りぬけて追つてくる。そして、やたらに二つの孤獨を重ねながら、冷いものが變に二人を壓迫しはじめた。そうだ、ここを逃げだすことは知つているのだ。何度、そこから引き返えそうと思つたことか、どうしたものか、寂寥な場所を好奇心ばかりが草を踏み分け近づいてくる。いつまでも、いつまでも。心の底に淀んでいる滓のようなもの。

風の音ひとつ聞えない靜かな夜であつた。その平和な靜けさを眼醒ます犬の呻きが、悲痛な諧調に帶びてゆく。

血みどろの音樂――あれはいつのことであつたろう。人間の心のなかでのひしめき合い、それは、十九世紀の頃のようでもあり、今朝まで續いた複雜な心情のようでもあつて、それはまた明日の日のひとつの衣裳のようにも思えた。その、生活の奥から見えない手が抽き出してくる苦悶。そんな苦悶ですら、火葬場附近の、彼女の熱く憧れの眼の前は、むろん、失なわれがちだつた。――あたしに合えない日は淋しいんでしよう――その、言葉が彼女の口から吐きだされるたびに、私は異様に明るくなり、いつまでも、いつまでも、不安な世界――。そして苦悶の失われたなかで樂しむことが常だつた。

はたして、火葬場附近の夜景が、夜眼にすかされ、どんなに二人を脅かしているにしろ、露にしつとりぬれた夏草のなかに、息を殺しながら、木兎の眼に微かな涙を湛えていた。

それが私たちの戀であつた。彼女よ許しておくれ、私の秘密の叫びが。空を仰いで微笑む彼女の圓らな瞳が、左右に動き、巨太な夜光虫となつて、私の眼をふたたび覆つた。ああ、波のようにうねつた乳房が私の手のなかにある。白く塗沫している彼女の露わな胸が大空のように、彼女の唇は芙蓉の花のように、私の面を包んでいつた。いつまでも。いつまでも。

――一九四八・八・三――

あなたわ、また來てくださるでしょうね

淺井十三郎

また、冷たい季節をむかえる　破れ障子からみる　僕らの横顔。
（（あなたわ鍵をはづしてこの家に來たが——
いまわ、きわどく
痛みつかれた傷あとが重たく腫れあがり
ひいきつた粥をすする歯の根のあたりに 僕の貧乏が身なりをくづし
カツカツとふるえ
ジーンとしみこんでくるにくしみの世界。
——愛することわ　自由だつたですね
　お嬢さん！
（夫を亡くした　あなたのお嬢さん）

1

（砂糖が主食であるとゆう不思議な世界）
じめじめした濕地を踏みぬかるんで
どれだけの時間が僕らをつきのめしたであろうか
——あいつ、頭にきている
そうゆうののしりも
鐵假面も
すべてが僕らの敵であつた。（はねかえしてくるあいつの糺問）
野わ、荒れ
蝶わ、もつれ落ちた。

2

歌ごえわ地の底からむくれあがり
かきむしる胸のおくごから　もの言わぬコウラスをつくり。
一本の燐火になだれかかる　雨の日の　愛の凝縮　だきしめてやりたいような
破竹のひびき、ききたいような

再會の日わ、すぎた。
からつと晴れたかとおもうと、またたちまち首すじを押えるように降りだしてくる　雲の下を
すりぬけて　ひよつと、街角でみた　油げ屋の親爺の顔が妙に狐そつくりであつた
昨日わ、すぎた。
（世界わ僕らの間にある）
（そして僕らの中の時間の階段（きざはし））
コスモスの花がゆれている
池の端に腰をおろして、僕らわ　みとれる
天と地が交錯している
水の深さ　空の青さ
――あれわ　炎。
――あれわ　煙突。
――あれわ顯官がぬぎすてていつた汚辱にみちた衣服。

黑くよどんでいる森の向う
さつと銀線をふりまいている　山脈を背に　僕わ、カチッとライタアをきる。
（世界が重なる　息子の時間に　あなたわ又きてくださるでしようね）
凝縮する時間も惜しい日の流れに。

――（第三審判律終章　前編出發の卷了）

新刊批評

人生旅情を讀んで

岩佐東一郎

杉浦君は僕の感じでは地味な詩人であるようだ。地味だとか、派手だとか、ネクタイの柄みたいな云い方だが、詩人にはこの二面の素質があると思う。ところが、この詩文集「人生旅情」を見ると、創作も、詩選集も、エッセイも、詩壇・文壇隨想も、收録された甚だ派手で多彩な内容であつた。云ひ換ればこの二百餘頁は、甚だヴァライテイに富んでいるのである。杉浦君の三面鏡である。

これら作品の執筆年代も、昭和初期から最近までと云う風に、長年月にわたつてゐる、そこで、彼は自序にも「思想的の遍路、藝術の道への遍路、生活上の遍路、戀愛の遍路、かうして悩ましい人生の遍路を四十過ぎの今日まで續けて來、しかして、明日にも亦旅に出る。」と、書いている。署名を「人生旅情」と付けた理由も判る。

創作三篇の中では、初めの「人生特急列車」が、彼の追記によると、「これは、ジュウル・ロマンの小說「新しき町」の如く（一体生活の記録）で、主人公の無い小說である「ように、東京から下關までの特急列車内の、乘客と乘務員らを描いた特異の小說だが、「彼の三半規管は、淋巴液を動搖さして、腦神經にその異狀を報告しないで慌ててしまつた」と云ふ文体が、一個所だけあるのは反つて氣障であつた」。ことに、時代が、東海道線電化以前の、原敬の興津の西園寺訪問などが情景に現はれるのに、時代描寫がいささか不足であつたのは惜しく思ふ。

詩集抄は、彼の既刊詩集「豌豆になつた女」「半島の歷史」から約廿篇を自選して收めてあるが、「あきのせんちめんたる」のセンチメンタル・ユーモア、「豌豆になつた女」のエロチック、「霧の夜」のコント風なロマンチック、等等々々、彼の詩心の觸手は多面型であつた。しかし、現在の杉浦君には、これらの詩篇はなつかしくはあろうが、もはや二度とは通らぬ青春の小徑であるだろう。

エッセイと、詩壇、文壇隨想、は興味をもつて讀んだ。「自由詩に對する一考察」は昭和八年、「文藝復興期の詩壇展望」は昭和九年に書かれただけに、文献的價値も大きい。「高村光太郎彫像」は力作詩のだ。何故、詩集抄の方へ組入れなかつたかと思つた。「北川冬彦小論」も、甚だ簡明に記述してあつたが、いくつかの追記を付する位いなら、これらをまとめて新しい「北川冬彦論」を書くべきであらう。「神保光太郎」は、未成不備の雜記で惜しい。卷尾の「旅情隨筆」三篇はしみじみとした彼の情感がこもつた散文で、たのしく讀むことが出來た。

今、療養中の杉浦君が、一日も早く恢復して、新らしい人生族情を、逞ましく作品の上で表示してくれる日を希望しつつ、この一文を総ることにしよう。

新刊批評

杉浦君と僕

「人生旅情」を讀みて

武野藤介

病床の杉浦伊作君から、近著『人生旅情』を贈られ、添へ手紙に、「私は、文壇には先輩知己が至つていないので」とあつた。その小数の一人に僕を撰んだものらしい。批評の一文を書けといふのであるが、僕はまた杉浦君と反對に、詩壇には、極めて先輩知己が少ない上に、詩についても僕は全然、門外漢なのである。然し、詩人ではなくても、文學の徒としてなら、批評もやつてやれないことはない。

が、それよりも、杉浦君のことについては、個人的友情について語つてみたい多くのことがあるやうに思はれてならない。第一、杉浦君は僕の、最も古い友人の一人である。その交友は三十年に近いかも知れない。若い頃の僕は、狷介にして潔癖、それがために「喧嘩藤介」の異名さへあつたやうだが、一遍も不快な感情を持たなかつたのは、僕の交友中、杉浦君が唯一人の例外だつた。杉浦君が他を許すことに寛大にして、今も昔にら變ず、溫厚なる「長者の風格」あるを首肯せしめるのである。

が一面、それは杉浦君の性來の「氣弱さ」と、そして、闘志に乏しかりしためではなかつたか。この「人生旅情」は、小説、詩、論文、隨筆など、杉浦君の文學的全貌を知るが、その讀後の感情として、僕が最も不滿に思つたのも、この闘志に乏しき氣弱さであつた。烈々たる氣魄に缺けてゐた。が、僕にはそれが不滿であつても、これが詩人としての杉浦君を特色づけてゐるものならそれはそれでいいのだとも思ふ。望見すべき犖然たる城廓ではなかつたが、それならそれで杉浦君もまた、「一城の主」だつたと考へられるからである。

巻頭の創作三篇。そのうち二篇、「硲夫婦」「鍵」は、僕の主宰してゐた「作品主義」といふ同人雜誌で發表したものである。隨分、古い話だ。僕はすつかり忘れてしまつてゐたが、「鍵」の如きは好個のコントでもあり、何だか僕の息が多少はかかつてゐるのではないかと思はれた。これを「鍵」と題したところや、結末の「おち」なども、僕の「好み」なのである。これは一面、杉浦君がながい友情を通じて、僕のコント文學の「理解者であつたことを意味してゐるのではないかとも思ふ。僕も一沫の感慨を催したのである。

「啄木の郷里澁谷村を訪ねて」の一文は、僕も嘗て、十和田湖に遊んだ歸途、好摩の驛に途中下車して、その歌碑を訪ねたことがあるので、稀に、興味深く讀んだ。

「雨の宵」「バクダツトの盜賊」に女の襟あしをうたつてゐる杉浦君。この詩は二篇とも僕は好きだ。憶病さうに、女の襟あしを覗いてゐるこの詩人の眼が見えるやうに思はれてならない。その氣弱さを、肩のひとつも叩いてやりたい――と、僕は今一度それを讀後感の結論として茲に繰返しておきたく思ふのである。

同人語

丸山薰氏へあてて

笹澤美明

大阪創元社から一冊の百花文庫がとどいた。何だと思つたら、貴君の詩集「花の芯」であつた。裝ていなどは文庫のことだから別に問題ではない。問題なのは、內容であり作品であつた。山形の山村で小學校の敎師をしてゐるとも聞き、さう言へば、雜誌で二つ三つ學校の先生や生徒を扱つた詩を見たことがある。一度手紙を出してみたが、返事を貰へなかつた。そのうちに、どこかの雜誌の消息に、丸山薰氏故鄕の愛知縣へ歸るについて送別會が開かれたとあつた。そして、其後どうしたのだらう。旅行の途中、東京へ寄つて知人にも會ふやうなことが書いてあつたが、そんな樣子もない。そこへ「花の芯」がとどいたのだ。形式的な禮狀ではなく、詩集を開いてみて、丸山薰氏依然健在を知つて、その感動を傳へようと思つても、宛先が解らない。如何にも悠容とした性質を表してゐて面白いなと思ひながら、「現代詩」の同人語で私の感動を書いたらどこかで讀むこともあるだらうし、私の書きたい、傳へたいといふ自已滿足と義務に似た感情が役目を果せるとも思つた。

「花の芯」を讀んで感じたことは、やはりうまいな、益々圓熟したなといふことと、貴君のリリシスムに、何か人生觀、それは貴君の世界觀といふやうな思想がにじみ出てゐることであつた。觀念もこのやうに歌はれると美しいものだが、それは凡才の果すことの出來ない力量が必要だ。「若者と馬と」には先づ感心した。例の如く淡々と修飾拔きのタッチに深味のある內容を持たせてゐる。「狼群」は以前の詩集に、これと似た作品を見たが、これは更に方向と深度を變へてゐる。「犬はさらはれて狼になつたらうか?、狼は獒がれて犬になつたらうか?」この思考は、丸山薰の頭を痛くし、同時代を苦しめるのだ。流行の言葉をイヤでも使はして貰へればヒューマニズムの香氣を私は嗅ぐ。私の同感は「カロッサとリルケ」で全くピッタリする。私が研究して來たリルケも好きな作家カロッサも、貴君の短い數行の詩で言ひつくしたのだから、私はますます驚くのだ。他に北國風景が幾つも寫されてゐるが、どれも深度をもつてゐて、作品に根が生えてガッチリしてゐるのは、貴君の才能と洗鍊の賜物だと思ふ。

詩には大体、緩急の度がある。それが組み合さり、交錯し合つて、一つの美を構成する。ところが貴君のは「緩」が多い。ほとんどと言つてよい。急の極端は未來派の作品だ。その緩の極端を貴君は代表してゐる。これは詩のテンポの問題として大切なことだと思ふ。未來派は詩の本体の問題から言つて理想的だが、そのスピードは作者を疲らせる。息切がして、作者を短命に終らせる。その反對に貴君は疲れない。貴君を長命に保つてゐるものは、このテンポにもよるものだと信じてゐる。これは性格によることだが、マリネッティ一派の詩人でも、終ひにはスピード弱めたものもある。長く息を保つには必然のことだ。貴君の「緩」は時にその作品を間のびたものにした。時に散文的なものにした。しかし「花の芯」がさうした懸念を持たせないのは、さすがに才能と力量によるものと思ふより他はない。一種獨特の「丸山調」が完成されたのだ。初進者に眞似しようと思つても出來るものではない。

私は貴君の健在が嬉しい。返り咲きだ。

長篇敍事詩

沼　第一章

My Yong Days

—祝　算之介—

1

どんよりと濁つた
うすら寒い空もようで
あつた
この日
春の彼岸のちゆう日に
私は我孫子へ歸つてみ
る氣になつたのも
まつたくたんぺいきゆ
うな思いつきで
そそくさと身仕度をと
とのえ
上野發常磐線下り列車
に駈けつけたときはす
でに午後になつていた
なにごとによらず
いつも私はこの調子で
あつて
それまでてんで思いも
よらぬことだつたの
が
なにかの衝動にか驅られると
矢も楯もたまらなくなり
ときには
とりかえしのつかぬ暴擧をも
敢えて企ててしまうことも
これまでにかなりあつた
しかし今日の我孫子行きには
これは乘車してからもやもやした頭の中で考えたことなのだ
が
けつして不意の思いつきでもない
これまでにいくどとなく
いちどは歸つてみようという氣持は
折に觸れて萠していたようである
東京に住みついて
多忙な仕事をもつてしまうと
なかなか思うようにからだの自由がきかなくなり
ついそれなりに
うつちやらかしてしまつていたのだが
今日はついにそれが爆發して
折も良し
ちようど手もすいたので
むらむらと行く氣になつたのである

2

春とはいえ
まだかなり底冷えを感じたが
それでも汽車がゆるゆると動きだし
彼岸の客が
どの驛からも乘りこむので
車内はたちまちぎゆうずめになり
坐れないで
押しあいへしあいしている乘客の人いきれで
間もなく頭の痛くなるほど
むんむんと息苦しさを覺えてきた
煙草のけむりがもうもうといきまき
しきりに隣同士しやべりちらす乘客の中で
私は上野から乘つたため
座席は占めていられたが
これからさき小一時間も
こうして我慢していなければならぬのかと思うと
どうにもやりきれない氣持に
なりはじめていた

3

私の我孫子へ歸る氣持といつたら
ただ一つ
それは母の墓參ということ
しかなかつた
不孝者の私は
もうここ十數年というもの
母の墓參りさえ怠つていた
我孫子は私の生れ故鄕で
かつての幼年時代をすごしたかずかずの思い出の多いところ
ではあつたが
たつた一人の肉親である母も死に絶え
いまは私の生家もとりこわされて
跡片もなくなつているにちがいなく
したがつてその當時をしのぶよすがとなるものは
なにひとつとして殘つてはいまい
しぜんと鄕里に疎遠になつてしまつていたのだが
それにしても
母の骨を埋めてある墓所に
いくらなんでも年に一度や二度は
線香の一本ぐらい
立てにいかないようでは
親不孝もはなはだしいものだ

こう考えては
なにかにつけて身の苛責を感じていた

4

私は母の顔も
うすぼんやりとしか憶えていない
母の寫眞といえばたつた一枚
それもいつも襲口の奥ふかくしまいこんである
ひじようにちつちやな寫眞しか持つていない
この寫眞は
まだ母の若いころのもので
茶褐色にはげて表情もあいまいになつていて
はつきり判りがたいものであるが
それでも
おおよそのことは
想像できるような氣がする
お下げに結つた髪に
眼をぱつちり開いて
口もとのきりりとしまつた
美しい人であつたにちがいない
だがそれは若い時分の容貌であつて
私の記憶にある母は
そんなものではなかつた
私の六つの年に亡くなつた母は
あけくれ私と二人きりだつたので
しじゆう私は
顔をつきあわしていたわけなのだから
そのころ私が
いくらぼんやりしていても
母の印象というものは
顔かたちとは別に
なにか私の感覺のなかに
しつかりと植えつけられているはずだつた
そのころはもうかなり年をとつていて
顔には赤銅色のうすぎたない皺が
いくすじも寄つていた
そして物を嚙むときには
すつかり齒が抜けてしまつて
齒肉でつぶすようにして嚙むので
口をすぼめてもぐもぐやつていた
いま考えてみると
私は母が絶えず口をもぐもぐ動かしているところしか
はつきりと思いだせない
きつとそうしている時を

より多く見かけたいせいかも知れない
年はとつていても
腰は曲がらず
大柄で
そして歩くときは
いつも雨の傘を背に組んで
白髪まじりのすすけたお婆さんとしか
思い出せなかつた

5

生れ故郷の我孫子を
私からこれほどまでに疎ましめているのには
考えてみるに
どうにも觸れたくない私の幼年時代のことのためであるらしい
私は生れおちるとすぐ
母の手ひとつで育てられた
父がどんな人で
いつどのようにして母と別れるようになつたか
かいもくわからない
村の人びとから遇せられていた私たち母子への仕打ちを
幼いながらも
うすうす感じさせられていたところから推察してみると
私の家庭は
あまり褒めたものではなかつたらしい
父はなんでも
浮浪癖で呑んだくれの出稼人であつたらしく
酒や博打に入りびたつている恥かしい所業の人で
母が私を生みおとすと間もなく
どこかへ姿をくらましてしまつて
その後ようとして行方もわからなかつた
そういえば私の母だつて
この村の生え抜きの人ではなく
どこから流れてきたかもはつきりしない
いわば相身たがいの同士であつた
こんなこともあとで
私が母の骨を埋めてあるという東源寺の
おんぼう焼きの平作爺さまから聞いたことであつて
そのころのことは
ほとんどこの爺さまの口から聞いたことが
大部分であるといつていい
だから他人の
しかもいかがわしい老爺の言うことを眞にうけて
これがもしでたらめなことであつたら

それこそ私は
兩親にたいして
顏むけもならぬほどな冐瀆を
敢えてしていることになるのだが
いまのところ私のうすうす見知つているかぎりでは
なにもわからないのだつた

6

私の生れおちる前後に
母はこのおんぼう燒きの平作爺さまに
いらく世話になつたらしい
なにしろ母は
蓄えも用意もなにもないところへもつてきて
とつぜん突つぱなされるように
ひとりつきりにされたので
周圍を見まわしても
だれひとりとして身寄りとてもなく
私たち母子の家から
もつとも近かつた平作老夫婦が
見殺しにするわけにもいかず
なにかと面倒を見なければならぬ破目となつた
そのとき母は三十七
平作爺さまはもう六十に手がとどいていて
婆さまと二人つきりの暮しで
すこしばかりの小ぜにを溜めて
食うには困らぬしんしようであつた
私の生家は
すぐ手賀沼を見おろせる位置にあつて
平作老夫婦の家は
私たちのよりも
やや東源寺に寄つた
やはり沼べりの
こんもりと茂つた竹藪にかこまれ
軒も倒れかかりそうなあばら家で
周圍には畑と杉林だけ
附近の人家からは離れたところに孤立していたので
しぜんと家どうし口をきく間柄に
なりやすかつたのである

7

平作爺さまがなにかと母の面倒を見に
私の家へ
足繁く出入するようになつてから
ないない婆さまとの仲が
揉めてきたらしかつた
「いたずらもんの

おとんこ（お徳）の
しやーつく奴
あれが天罰だーによ
おら爺さま　なんのとごだろが
あんな阿魔ごと
かまつてよーオ」
「あんだと？
あに抜かすだい
隣近所で
　びーぴー餓鬼に泣がつてみろ
　見殺しにできつかい」
すこしぐらい我鳴りたてれば
平作爺さまの家で言いあつている聲は
私たちの母子の家まで
容易にとどいた
母はお徳という名前であつたが
平作爺さま以外はだれも
お徳とは言わずに
「おとんこ」と言つたり
平作婆さまなどの癇癪玉が破裂したりするときには
額に青筋をたてて
「おとんこツピー」
と怒鳴つたりした

8

平作爺さまは子煩悩な人で
母の面倒を見にくるというよりは
まだひよひよと生れ落ちたばかりの私を
正体もなく
えへへへへと
顔じゆうを皺だらけにして
さもとつてくわんばかりに
可愛がりにくるのであつた
私に平吉という名前をつけてくれたのも
この老爺であつた
「はい御免よ
　お徳さんや
　平公は　いつかな？
　平公は
　おつかあがぱいぱい飲んでんな
　どーれ　平公
　こつちさ　こう
　この爺さまげ
　抱つこすて見せろよ　あハハ
　えへへへへ」

いつも私の家の雨戸を開けて
這入つてくるときの平作爺さまの
きまり文句であつた

9

しかしずいぶんと世話になつていても
母はうんともすんとも答えず
いつも爺さまが
私を抱きにくると
それまで添え乳などしていてもぽいと
私を平土間へほうり投げて
ごろりと寢返りをうつてしまつた
私がひとしきり
ぎやーぎやー泣くのを
そのつど
爺さまはぶきつちよな手つきで
私をかかえて
「おいよ　おいよ
　ホラ　ホラ　ホラ
泣ぐだねーど
泣ぐだねーど」
不機嫌な顔ひとつせず
私をあやすのであつた

10

朝晝晩
さんどさんどの飯を焚いてもつてきてくれたり
洗濯の世話を燒いていても
母はじろりとにらめつけて
食いおわつたままの飯椀も
そこへ邪劍にころがしつぱなしで
だまつてひとことも口をきかなかつた
それでも
そんな不貞くされた母の態度を
いつこう氣にもとめずに平作爺さまは
せつせと私たち母子の面倒を見にきてくれた

11

「おとんこのすてつからし阿魔
禮の一つや二つ言つても
良がんべ
おら
あの阿魔がしやーつく見てつと
病んび惡ぐなつちやあど」
「お德にはかまうな
なあ婆さま
男にうつちやられると
誰れだつておめえ
機嫌のいいごとも出來めえ」

「んだげんどよ
あんまりしやーつくだがらよ
あの餓鬼せえいねげりや
おらとうの昔　あんな阿魔
裏の木小屋さ
さりうつちやるところだーによ」
「まあ婆さま
もうちつとべぇ
こらえてやんべよ
なあ
お德はまるで人間が變つちまつただ
それも無理あんめえ
んでも
發狂したわけじやあんめえがらよ
いまにまた
もとどおりになんべえよ」

12

ときおり
婆さまはいきり立つて爺さまに
喰つてかかることもあつたが
そういう婆さまのほうがじつさいは
かげでどんなに私たちの面倒を見てくれていたか
知れなかつた
こそこそと裏の雨戸をひつぺがして
ぬつと這入つてきては
私の家のなかを
年寄りらしい用心ぶかさで
じろりと眺めまわしてから
鍋のものをぶんまげて
あたらしくお汁（つゆ）の用意をしたり
もうだいぶん曲がつた腰を
小まめに動かして
ぶつくさ呟きながら
拭き掃除をしてくれたり
かめの水をとりかえてきてくれたりして
なにくれとなく世話を焼いてはくれるのだが
いつも私たちの寝ている平土間のほうへは
わざとにらみつけるようにして
ほとんど見向きもせず
しかもかならず爺さまが
野良仕事などへ出ていつた留守に
こつそりやつてきた
なにかにつけてこの平作老夫婦の厄介になつているのに
母はずつと言葉ひとつかわさずまるで
啞のように默りこくつたまま
すごしていた

（第一章終）

敍事詩

黑い蛾

杉浦伊作

一、黑い手紙

——生きていらつしやる夫に

ふるさとからのお手紙拜讀仕りました。
おかげんがおよろしくない由
なんと云づておなぐさめしてよろしいのか
今のわたくしには、どうするすべもわからないのでございます。
とんで行つて、あなたさまのみとりをするのが
妻としての愛情
當然であることも承知してゐるのではございます。
それが出來ないのでございます。
から申し上げますと、貴夫は、きつと、
間違つたことはいたしかたがない
僕はそんなことをとがめだてしない。
と、おつしやるかも存じませんが、
わたくしの良心が赦るしません。
このことは、わたくしが意識的に求めた間違ひではありませんでした。
然し、わたくしは、生きながらにして
この現實に二人の夫を持つた
いいえ、眞事に持つてゐるのでございます。
貴夫はわたくしの夫です。
そして、あの方もわたくしの夫になつてゐるのでございます。
わたくしは遊女ではありません。
しかるに、わたくし遊女の行爲を

あやまちとしても冒してゐたのではありませんか。
遊女には遊女としてのモラルがあると存じます。
それは遊女としてのプライドでもあるのでせう。
たとへ、肉體は許るしても
精神的には、あなた一人への操だてと、
思ふ男に、身も心も捧げることが――遊女の眞實として、
　生きもし、生かされてもきたのです。
それが、その女の眞實として、正しく生き抜く、心の支へ
　になれたのでございます。し
ある一部の社會では、それが是認もされてゐましたでせう。
だが、考へても見てくださいまし
わたくしは、貴夫といふ人がありながら、
もう一人の男の人を夫として持つてしまつたのでございま
　す。
たとへそれが過失であつたとしても。
貴夫がよく御存事のやうに、わたくしは
理性の女でなくて、感情だけの女でした。
わたくしは封建的な家族制度の中に
一人娘として育ち、結婚するその日まで
男の方を友人としてすら持つことが許るされなかつたおぼ
　こでした。
わたくしは家付の娘として、家の嫁となつて、
貴夫を迎へました。
純潔な處女として貴夫の妻になりました。
それは、何處の國に、どの民族の習慣としても、一番正し
　く、一番淨い
處女としての身の落しどころとして、正しく愉しい、新し
　い人生への出發でした。
男の愛情を貴夫に依り知つたわたくしは
貴夫の愛情に溺れ、わたくしの全身は
歡喜でわなわな震へ、貴夫への一筋に生きてきました。
貴夫は、わたくしの太陽
處女の體に秘められてゐた女の愛情が
堰（せき）を切つて流れだすと一夜も貴夫なしでは暮すことが出來
　なく、
貴夫を苦笑せしめ、貴夫がわたくしの上に
愛情の肉體でのしかかつてゐらつしやつた。
　　――想ひ出の青春――結婚生活。
わたくしは針のみぞに通された糸
貴夫の眞實の愛の行く手に

どれほどのうたがひも、躊躇もなく
貴夫の生活に、糸目のやうに、
正しく縫はれて行つたわたくしでございます。
わたくしたちの行爲は正しく
わたくしたちの生活は愉しく
愛情の縫目は神の攝理の運針に一分の狂ひもありませんでした。
二人の愛の錦繍には二人の愛兒の繪模様が幸福なシンボルとして描き出され
わたしたちの未來の光が祝祭されました。
愛のまがきの花園の中に。
感情の葦は
貴女の愛情の泉に、葦枯れることもなく
永遠に、わたくしたちの幸福は持續されるものと、
貴夫が召されるその日まで
いいえ、さうして、過ぎ去つた三年の間すら考へる葦でないわたくしは
さうしたことを思ひ浮べさへもしませんでした。
——時と、そして、
——運命が、そして、
——惡魔が

ああ　わたくしの糸目が
貴夫以外の針に從ひ
別の男の人の針のみぞの糸となり
もう一つのわたくしの結婚生活を縫つてゐたのでございます。
これは意識の上の行爲でした。
しかし理智と感情のもつれが亂れがちでしたが、
それには拔き差しのならぬ生き方がわたくしに與へられて、わたくしはその徑に進みました。
でも、わたくしに、いささかでも
遊女のモラルがありましたならば、
今のわたくしは、まだ救はれるのではないかと存じます。
遊女のやうに、
肉體だけの繋りとして、あの方に從いて行つたのならば
今更、こんな苦しみに、身をさいなむこともありませんでしたでせう。
一番いけなかつたことは、わたくしが
あのかたをも愛してしまつたことです。でも男の愛情に溺れる女は、過失としても、
次の男の方を愛してしまふのが、女の本能ではありませんかしら、

それが公然と許るされた夫としての男の肉體にも負けた女
　としたら。
かにしてください――。
かうしたことがなければ、
貴夫が、かへつて來ないとおつしやる聲に、
わたくしは、斷ちがたいどんなきずなでも斷ち切つて
今日にでも
明日にでも
貴夫のみもとに飛んでまいれますでせう。
それは誘蛾灯にさそはれる火とり蟲の
悲しい性（さが）そのものの行爲でなく
太陽をめがけて飛ぶ夜の蝙蝠の大膽さで

こんなこと告白して、
貴夫がどんなにお苦るしみになるか
妻として、なんといふ非情なしうちか
ようわかります。貴夫の苦るしみを、わたくしの身に受け
　て、ようわかります。
でも、はつきりと一度申上ておかないことには、
愛する貴夫に對するわたくしの心として、
でも、もう、これ以上書き續ける元氣はございません。

こんなけがらはしい、あやまち冒したわたくしが、
どうして再び貴夫のもとにまいり
妻としての女の操がたてられますでせうか。
これが若し、只單に、わたくしが獨り居の夜の淋しさに耐
えかねて、
仇し男として一時的に一人の男を愛したならば、
わたくしも、或は、ふてぶてしく
その罪の一部は貴夫にもある――いいえ
戰爭といふ大きな不可抗力で女が性に負けた時代の罪だと、
いくらかの意味をつけて
貴夫のもとに泣き伏し、
かんたかぶつた貴夫の手で
打ちちやうたくされての痴話喧嘩で
わたしたちの緣がもどり
それに依つてわたくしが赦るされたかもわかりませんが
わたくしとあの方と夫婦生活が
社會的にあまりにはつきりと認められてから始つたことで
　ありますだけに、
わたくしの過失が、わたくしだけのものでしたなら、から
　ももつれなかつたでせう。
過失は、わたくしからでなくて

いいえ、その過失が、もつと自然に、
一つの美意にさへ解釋されて生じてしまつたのです、
貴夫が生きていらつしやつた
あり得べからざる事實の前に、
ある意味の周圍の善意が
大きな過失となつて、
現實の明るみにさらけ出されたのでございます。
この過失はわたくしたちだけの過失でなく、
社會的の過失になつた時、
もうどうすることも出來ない
わたくしたちの手の及ばないものになつたのではございま
　せんか。
示談や内密ごとではすまされない
世間の話題になつてしまつたのでございます。

誰しも一度、驚愕に値する報は二度とききたくありません。
それなのに、聴かないではゐられないのは、
ラヂオのニュースでした。
戰死の報道が、第一にも誤報であつたの訂正や
そして、大變にやましいことではございますが
わたくしたちの家族のやうに、不幸な方がたがあるたびに、
なんか救はれるやうな氣持にもなるのでございました。
ああ、ここにも同じやうな不幸なお友だちが出來た、と。
わたくしたちばかしの不幸でない
不幸をみんなで分け合つて行くのであるといふ氣持からで
　ございませう。
ラヂオのニュースで貴夫方部隊の全滅の報道、死の確報
不吉な鴉の一群は
があ、があ、があと
嘴にぶらさげた貴夫の戰死のしらせを
わたくしたち家族の——屋根の上で啼きたてたのでした。
わたくし。その日の空の色をふしぎにおぼえてゐます。
つんつるてんのまつさをな空に
ああ　遠い貴夫のみまかれた海洋の蒼さを見てをりまし
た。
死の公報が届くと、暗い翳が、
秋頃の夕霧のやうに、わた丶したちの家庭にながれこみ、音
　も聲もたてられない
暗い家になつてしまつたのでございます。
貴夫の軍服姿の遺影と、そして
戒名がしるされた位牌の祭壇
かげ膳を中止して朝々の御供物

もう貴夫は永久に聲のない夫になつたのでございます。
まだその頃は、凡て社會の人々も
軍部の報道を信用し、少しのうたがひもなく
名譽の戰死として、
護國の神となられてゐたのでございます。
わたくしは　人々の前に
軍國の妻として、黒紋付の女になつて
貴夫の遺骨をお迎へしたのでございます。
泣く一人の女性として取りあつかはれないで
わたくしは不孝な名譽を背負されて
人々の前に立ち
養父の地位と貴夫の名譽のために
貴夫の祭壇が市役所に設けられ、
市葬のもとに、貴夫は市民の前に神として昇神されたので
　ございます。
わたくしの夫でなくて、もう皆さまの
神として、貴夫はわたくしたち家族から離れてしまつたの
　でございます。
その日から、わたくしは二人の遺兒の母
軍國の未亡人にされたのでございます。
年老いた養父母の前に
なんの權力も自由も許るされない日本の女にされたのでご
　ざいます。
そして三年の明け暮
わたくしがもつとも恥かしく告白申上なければならないこ
　とは、
去る者は日日に疎しとか
薄情者とどんなにののしられましても
貴夫の俤がだんだんと薄らぐのを
おいかくすことが出來なくなつたのでございます。
云い譯がましゆうございますが
わたくしの精神的な遲緩といふよりは
社會の狀勢がいきほひさうさしたのかと存じます。
日日に、前戰の鬪ひが不利になると
日本の空がおびやかされ
內地のあらゆる面が苦痛にゆがみ
その日の糧にわたしたちの家庭が四苦八苦となつてきたの
　でございますの。
生活力のない家、男手のない家の人々には
困憊の日日が續いたのでございます。
もう昔日の生活はわたくしたちの家族の上にはありません
　でした。

粥のすすれない日もありました。
働かなければ喰へない生活がわたくしたち家族を襲つた時、
老父は貴夫の使ひ古るした聴心器を持つて又診察室にたち
ました。
然し精神だけでは老衰し、そして病弱な養父にはご無理な
勞役でした。
この頃から
人々はもう他人にかまけれてゐられなくなつたのです。
自分等の身を護ることすらが精一つぱいになつたからです。

いい譯はよしませう。
あの方は、わたくしの夫としてでなく
家業の主人として
醫師の不在の診察室に一人の醫師として、
いいえ、もつと社會的な意味に於て
不在醫師の街に、醫者として、
わたくしたちの家に來てくださつたのです。
あの方の意志、わたくしの立場
さうしたものよりは、
もつと世俗的な意味で、わたくしたちの家族になられたの
です。

それが許るされ、認められ、必要化されてゐたが爲に、
わたくしの意志とは別のものの姿で
わたくしはあの方の妻になつたのでございます。
二人の遺兒の母が、生活の爲に
一人の若い醫師の妻になつたのでございます。
精神的の更生といふよりは、生活の方便であつたかも存じ
ません。
この新しい一つの營は、わたしたちの才智からでなくて、
實は、家を取りまく緣者のさしでがましい、
好意からでもありました。それだけに、ぬきさしのならぬ
わなでさへありましたでせう。

どうやら、わたしの行爲を意識づけるために、
理論めいて來ました。
感性の女だつたわたくしが、
理性がましく過去のことを述べるは、たまらない苦痛でご
ざいます。
貴夫のお氣持としても、かうした理窟は
おきき苦るしいでございませうし、かうしたことによつて、
わたくしの過失が、
いくぶんでも彌縫されるとも、わたくし、思ひもいたしま

せんので擱筆いたします。
さうして、
かうしたことが、あまりにもありがちであつたことを、
貴夫が生きてかへられて見聞なされた今の日本の現狀
その一つの不幸が
貴夫とわたくしの間にあつたといふことは
なんといふ悲しい現實でありませうか。
おからだに觸るやうなこと申上て、誠に申譯ないと存じます。
かへりみますに、
こんな手紙が、夫に差し上る妻としての手紙でありませうか。
わたくしは貴夫を愛して居りますし、尊敬もしてをりますので、いつさいを告白いたします。
もつと悲しいことは、
今の夫――あの方をもわたしが愛してしまつたといふことでございます。
女なしでせうか、わたくしが妖婦であるからでございませうか
いいえ、わたくしは、あまりにも弱い女であつたからです。
弱い女が惡るいのでせうか
わたくしの理性が足りなかつたからでありませうか
ただ、單にわたくしの性理的な要求からであつたでせうか
いいえ、違ひます。
わたくしどう表現したら、わたくしの眞實の心が
貴夫さまに氣きとどけていただけるかしら、
然し、萬事は遲いといふことでございます。
貴夫とわたくしの間には。も早
鐵の扉がおろされてゐるのでございます。
わたくしは、貴夫に愛の腕を差しのべることも出來ません
それは、わたくしの決意ではありません
わたくしの精神の在りどころのものではありません
どうにもならない桎梏がわたくしの上に
鐵鎖のやうにがんぢがらめとなつてゐるからでございます。
ただ一言
わたくしは貴夫を愛したと同時に、
あの方をも愛したわたしの肉體を
貴夫にも、あの方にも、もう捧げることはいたしません。
さう云ふ意味で、わたくしは
兩方から身を引きました。わたくしの家庭からも、
わたくしは、愛兒とのきずなさへたちきつてゐます。
御承知のやうに、わたくしは養女です。

このことは、うかつにも
貴夫と結婚して長男が出來るまで知らなかつたことですが、
さうしたわたくしの身分
わたくしには今生家すらもありません
身を置く親身の家もありません。
どんなに養父母がおこまりで、二人の愛兒が愛しくても、
あの家には歸へれません。
あの方は——
わたくしの養父母のために、そしてわたくしの愛兒のために、
父ならぬ父として、まだ、あの家にとどまつていらつしやるが、
あの方の前途を暗くした、この陷穽に身もだいなさりながら、踏みとどまつてゐらつしやるが、
あの方の決意もわたくしには、よく理解出來るのでございます。
妻なき家——から
あの方も早ばんはお出になるかと存じます。
ああ、もうなにも申上られません。
なにを云つて、何を解決しようとするのですか。
わたくしには解決は出來ません。
いいえ、解結しなければならない重大な問題です。
わたくし、
あの方の…………
二人の夫の妻となり、二人の夫の子の母
ごめんあそばせ。もうわたくしは、
どなたの處にも歸れません。歸りません。
これ以上もう何も書けません。惡しからず御申召て、お赦し下さいまし。　かしこ。

月　日　綾子

二郎さま

二、白い手紙

——別居してゐる夫に——

わたくし二郎さまに一さいのことを告白いたしました。
かうしたことが如何に慘酷なしうちであるか、
病人のために、それがどんなに惡るいことで、
病勢の昂進にどんな惡影響があるか、醫師の妻としてのわたくしには、

わかりすぎるほどわかつてゐますが
さうするより外にしかたがありませんわ。

だつて、病人は二郎さまだけではないわ。
あなたもわたしも瀕死の病人です。
肉體的の病人てなくて
精神的の病人のわたし。よく、まあ氣狂ひにならなかつた
　と思ひますわ。
おいでになるといふお手紙。いやです。
それだけはかんべんしてください。
もう少しわたしをじつとさして置てください。
お會ひしたいのはあなたより以上に、わたしの方がお會ひ
　したいわ。
でも、今は誰にもお會ひしたくないの。
誰に會つてもわたしの氣持がぐらぐらしさうで怖いのです。
平衡を支へてゐる秤が、
わたしの氣持が、どちらに傾いても
どなたかは苦痛にはねあがらねばなりません。
清算しきれないのは卑怯かも存じませんが
精算しきれないわたくしの倫理に、わたしは苦るしんでゐ
　るのです。

誰一人として、悪るいんでないのに
誰が原因でおこつたのでもなく
誰をもが苦るしまなければならないとしたら
いつたいどうすればよろしいのでせうか。
誰が解決してくだされるでせうか。
誰に身を引けとおつしやるのでせう?。
誰がさうした審判をくだすことが出來るでせうか。
神さま――いいえ、神さまさへ手をお引きになるは、
だつて、神さまは誰をおにくしみになれますでせうか。
悪るいと云へば、一番わたしが悪るかつたかも知れません。
家のためのと、わたしが
美德のやうに思つて、あなたをお迎へしたのが過であつた
　かも知れません。
でも、さうしなければ、わたしたちの家族が生きて行けな
　かつたのです。
わたしと、子供の二人
それだけならば、わたしは世の未亡人の方のやうに、
どんな苦るしい生活にも耐え
二郎さまの名譽のために獨りを守つたかもわかりません
しかし、わたくしは養女、養父母を扶養するには、あまり
　にもわたしは弱かつた

弱さだけの問題でなく
あの頃は、あなたをお迎へして
醫者としての家業を繼續するのが、
わたしたち一家のためばかしでなくて、
世の中の爲にさうしなければならなかつたのではないでせうか。
惡疫の流行、日日（ひにち）にお醫者が現地に應召されたあと、
町の人々がお醫者さまを訪ねても、
どこも不在のお醫者で、生きられる病人も死んでしまふといふ時、
醫院の診察室に
お醫者さまをお招きして開業しなければならなかつたあの時の狀勢
こんなこと百萬べん繰りかへしてもどうもならないこと
もう、さうした愚痴をこぼすのはよしませう。
ただ、わたし、あなたに惡るい。すまないの氣持でいつぱいよ。
だつて、まだお若くて、どんなにも美しい方や
いいところのお孃さまをお嫁にお貰ひになることが出來たのに、
わたしのやうな、おばあちゃんを
新妻としてお迎へになつたこと
すまないわほんとにすまないわ
でも、わたし決して、あなたをおろそかにはしなかつたわ
いいえ、それどころか肉身の姉のやうな氣持であなたを愛したわ
いいえ、もつと切實の言葉でいへば、
處女妻の如くあなたにおつかへしたわ
なにもかも忘れて、結婚の初夜から
わたくしあなたの新妻として、娘のやうに生々しくおつかへしたわ。わかつてくださるでせう。
あなたの新しい出發であると同時に、
わたしにも新しい出發として、わたしの青春さへ取り戾した思ひがありました。
決して、わたしは、かへり花のやうな淋しさも
仇花のやうな狂ひ咲きの氣持ではありませんでした。
二郎を思ひ出すかと、あなたはおつしやつた事があつたわ。
わたし泣いて、あなたに怒つたのね。
想ひ出すこともあつたわ。想ひ出すことはあつても、
それはあなたへの愛情にひび入るものでなく、
葉末の朝露のごときはかなさで
あなたの太陽の前には消えゆくもの

でも、まへの夫を冒瀆するものではなかつたわ
二筋徑ではないわ。だが、これは赦るして貰ひたいの、わたしのシンセリチーとして。

わたしの現在の氣持、わたし決して、尼僧のやうな氣持ではないわ。
もつと人間的愛情の氣持で、わたし自身を救ひたい。
そして、あなたも二郎さまをも、ほんとに傷つけたくないの。
そんな徑が簡單に展けるとは思はないわ。
でも、わたしとしての倫理を發見して、わたしも更生したいの
これはわたしのエゴイズムかも知れませんが、
それかと申しまして、わたし自身が身を處す方法を考へないで、解決つくものでもありません。

ごめなさい。こんな理論めいたお手紙で、
あなたが日常に、いろいろと御不自由なさつてゐるのが、
　手に取るやうにわかつて、
わたし、ほんとにすまなくおもうの。
あなたが初て知つた女の愛情（さう思ふは）は、
あなたが經驗したことのない暖かなものだつたと想像するわ
その愛情の中で、あなたが、ふんわりと、
おやすみになつてゐたのを、まつたく突然に、
あなたの睡眠中、羽根布團を取りあげてしまつたやうに、
あなたは、吃驚りし、いささか戸惑ひなされながら身震ひしてゐるのが、
わたしにはとても耐へられないの。
すまなさで、すぐにも、飛びかへり、
あなたにかしづきたいの。

新しい靴下はベビーダンスの上から二段目
ハンカチーフはその上の段
ネクタイはわたしが家出する前に、
ちやんと一本新しいのを買つて、洋服タンスの鏡の下の抽出に入れて置きました。
夜、おやすみの時、肩のあたりがお寒むかつたら、
わたしの部屋の桐のタンスの上段の二枚開きのその棚に
わだしのラクダのショールがあるから
あれを肩ぎぬがわりにしてください。
わたしがおそばにゐなければ、なんにもお出來にならない

あなた
すまないわ　すまないわ
お疲れの時の一杯のコーヒー
これはお母さまにおつしやつて、我儘に申しつけてくださ
い。
お母さまはなんでもしくださいます。
コーヒーの中に入れる少量のウヰスキー
それもなくなつたなら、お母さまにおつしやつて、
取り付の酒屋、酒正から取り寄せていただきたいの。
まだサントリーの十年ものがあそこにはある筈なの。
煙草にはおこまりでせうが
これも角のあのお店のおかみさんにおつしやつてくだされ
ば
ピースかコロナを内密にくださるわ。たとへわたしがゐな
くとも

まだお返事も差上ないうちに　あなたさまからおたより
ありがたく泣けてしかたがありません。
皆さんごぶじの由なによりと存じます。わたしもおかげさ
まで、この頃ではいささか心もおちつき、生き抜く力が
芽生えてまいりました。

なにかとお心づけくださいましてありがたう存じます。
不自由と申せば、なにもかも不自由でございますが
今のわたしには、不自由のなかに、すつぽりと身を入れて
、そつと息をつめてさへゐたい氣持でございますので、
何も送つていただかなくても結好でございます。
不自由はおたがひさまながら、まだわたしの方は、
ひつそりとして、わたしだけの心のあり方で暮せますのに、
あなたは、まるでガラスびんの中の標本のやうに、四圍の
人々、社會の人々が
「このなりゆきはどうなるか」と
小説のヒロインのやうに、注視され、看視の中に、お仕事を
なされる様
どんなにお苦るしみか、身にこたへますわ。
わたしはかうして、逃避、二郎さまは又
故郷で療養の身とて、人々の前に姿を現はさないので、表
から來る風當りのつらさが、
まだまだしのべますのに、
あなたは、さかに、世の風評が襲ひかかる
それを思ひますれば、わたしは卑怯です。
わたしは卑怯です。卑怯者です。
わたしを中心にするスキャンダル

いいえ、スキャンダルではありません。でも人さまは、これをスキャンダルのやうに、
なにかあれかしと、話題にしてゐることと思ふとくやしくてなりません。
そのわたしがいないと自然に、あなたが話題の中心となられる。あなたになにがありませう。
御不幸なのは、あなた。そのあなたが
そのあなたが、なにもかも目をつむつてと、おつしやつて、
なんのかかわりもないやうな家の中で
わたしの養父母、そして、あなたの子でない子の中で
あなたは日日のお勤めをしてくださる。
申譯ない、せつなうございます。
それかと申しまして、いつたい、どう解決つけるべきでございませう。
誰に身を引けとおつしやるのでせう。いいえ、
誰がどうすれば、この問題が片づくものなのでせう。
運命と云へば、運命でせう。宿命と云へば宿命でせうが、
皆んな誰一人として、好んでおこしたものでないこの悲しい現實
この悲しい現實が、時でもつて解決されるものなら、わたし時の經過を期待しますが、
そんな氣安めで解決出來ないのだけに、苦るしみと悲しみで、身もよもあらぬ思ひでございます。
いつそことと、どのくらひ、夜の目覺めに、
いいえ、どの一時にさへ考へないではございません。
然し、わたくしが、さうした一時の苦るしさで、わたしの命をたつたなら
いいえ、とんでもない、わたしは生きねばなりません。
わたしはわたし一人ではありません
これまでの者は、これまでの宿命としましても、
わたしには、もう一つの新しい生命が宿つてゐるのです。
新しい芽生、新しく生れ出る者を、
わたしの苦るしさ、わたしの意志で葬ることは出來ません
そんな大罪をわたしは冒したくありません。
わたしはその子のために、そして、
あなたのために強く生きねばなりません。
どんなに短い間の、あなたとの愛情の世界に
わたしの愛情の魂を身に受けてからは、
わたしは、あなたの愛情のきずながたたれても
あなたの愛情の魂を育て行かなければならぬ。
二人の子供もわたしの子供です。
生れ出てくる子供もわたしの子供です。

それが前の夫の子供、そして今度はあなたの子供、
世の中には、さうした母親はいくらもあります。
しかし、それには、それぞれの夫の責任が加味されてゐた
　ことでせうが
いささかの過失も、それぞれの夫になく、
それでいて、それぞれの子供が
父親の名をかへて呼ばなければならないとする
母のわたしの苦るしみは、ああ
何處の國に、またとかうした苦るしみを味ふ母がありますでせうか。
かにしてください。またしてもあなたを苦るしめるこんな
　お手紙
どうか、もう少し、わたしを考へさしてください。
考へても、考へても、どうにもならないことかも存じませ
　んが
わたしはもつと考へたいの。考へつくしてそれから、わた
　しが生きて行きたいの。
わたしは二人の精神的の妻
もうわたしは肉體的の妻としては生きられない。
わたしは母としてのみ生きられるかも知れません
どちらにも繫る妻でありながら
どちらにも片よれない肉體の妻は
子供の母としてか生きられないのではないでせうか。
それは、わたしには許るされるとして、
赦るされないお氣持は、あなたもそして二郎さまも。

それにしても、誰があなたに
こんな苦澁を差しあげるストリーを描いたのでせう。
あなたはあの日
「ぼくらには、こんな青春はなかつたね」と
詩人のやうにはにかみながら、わたしに
マルク・シヤガールの繪をお見せになつた。
科學者としてのあなたが
そんな繪をわたしにお見せになつて、わたしは、大變愛（かな）し
　い心苦るしさでした。
あなたの青春のロマンスは存じませんが
あなたは、わたしとの結婚生活で、
あなたの青春の空想のロマンスを、わたしとの間に描かう
　と計畫されてゐたのではありませんか
出來るなら、その繪のやうに、
パリのエツフエル塔の上で、

若い男女が夢のやうに接吻してゐる姿を、
雲のやうにわたしを抱擁しながら、
あなたの新しい結婚生活の設計を、
わたしは處女のやうにはずかしがりながらも
その繪のやうな二人の愛情を
一生懸命で育てて行きたいと努力しましたわ
一度咲き開いた花の現實を　ひたかくしに、
かくす努力でもう一度
あなたのために苞から花開くやうに、
わたしはあなたの愛情の裡に溺れやうとしましたわたし。
それは大變な努力でした
經驗したものを忘れ、かくし、
ういういしさ、清淨さに返若つてのあなたの新しい處女妻
人さまは、わたしに、前の人の子がないのかしらと
かげぐちさへ云つたといふことです。
それほどわたしは、必死にあなたの若妻となりきつたので
す。

わたし、一心にあなたを愛し
あなたに愛せられたく冀ひましたわ。
あなたは、なんにも知らないやうに、
わたしを雲の中、エツフエル塔の上で
わたしを抱き、わたしに接吻してくださつた。
土足で花園を踏みにじるやうな
あの頃の社會生活の中で、あなたは、あなたの
新しい生活のために、花園を作ることを計畫され、
わたしは、その花園で、かへり花でも
美しくあなたの愛情の露に生きて、
わたしたちの生活は愉しいものでした。
それなのに、
花園を荒した者は誰か
宿命の青い星の夜が來て、
わたしたちのいいえ、わたしたちだけの靜謐な愛の巣をと
りこわした。
それがなんであつたか
決して、戰死していた筈の夫——二郎さまの身勝手なせい
でもない。
あの方はかうしたことをなんにも知らないで、
生きてゐる歡喜いつぱいで
妻や子供の家にかへつていらつしやつたのだ。
死の凱戰でもなく、生きての凱戰でもなく
戰死といふ公報で永い時間をブランクにして歸つていらつ
しやつただけのこと

ああ、なにもかも申上たくないことばかし。
またしても、こんなこと書いて、かにして。
ここのお方は大變ごしんせつに、わたしをお世話してくだ
さいます。
なんにも知らないが
でも、譯がありさうだとは思つていらつしやるらしいの。
だつて、二人の男の方からの通信があるのですもの。（ご
めんなさい。決して、あの方からそんなにお手紙いただ
いたのではありませんから。わたしただ一度ご返事書い
ただけ。書きやうがないではありませんか）
今大切なわたしの體。わたしあんまり苦るしみたくないの。
苦るしみから逃れやうとしてゐます。
わたしの體といふよりは
もう一つの新しい生命の母體のために。
大部夜も更けましたやうですから擱筆します。
ひそつりと波が去つてゆく干潟に海の小鳥が鳴いて行くら
しいの。つい淋しくなるわ。ごめんなさい。

綾子より

御主人に

出版界の危機と同人雑誌

（一）金融緊急措置令 （二）取引高税 （三）鐵道郵便運賃の値上問題 （四）公用紙の値上りに伴う闇用紙の高値（例えば模造一連が一万何千圓更紙三千圓と云う狂値）（五）定價一割増販賣。或は又(イ)日本出版協會をめぐる大出版社の脱退問題自由出協の問題。(ロ)日配と卸取次業者の対立。やそれら業者の中小出版に対する攻勢。等々數えきれないがどれ一つとして中小出版者を苦境に追込んで――いる材料とならない問題はない。ことに傳えきくところの大出版業者の用紙實績割當の主張程、馬鹿らしい考えはない。最も徹底した方法はこれらの大出版業者の資本攻勢をくいとめるだけの中小出版業者の組合組織と販賣組織の再建によつて大資本にのみ恩恵を得られるような金融措置令なども平等の立場におくような方法が構じられなければならない。そして或雑誌は何万或雑誌は千部と云うような發行部數の割當が實績や販賣成績や或は又政黨や資本によつてのみ決定されることのない高度の質によつてそれがなされなければならないように當事者の良識と國民の批判が最良に發揮されない限り出版界の危機たるばかりでなく日本文化の不幸となろう。おびただしい同人雑誌の出現はこの不幸に對する抵抗の一つでもあるのだ。

壁掛の輸出企圖

柏崎市在住の漆工藝界の中堅森氏は、全町漆器商栃倉繁氏と共に日本詩の世界進出と漆工藝ものの輸出を企圖しつつあつたが、このほど美麗荘重なる漆工藝の粋を生かした壁掛けの製作にとりかかり本年中に輸出見本若干を完成する豫定である そしてこの壁掛に配する詩作品について栃倉氏より蝶の木詩房の吉田悦郎氏を介して詩人の選定並に作品の寄贈方を浅井十三郎氏に依頼したが、若しこれが輸出品として成功したなら漆工藝品としても又詩の紹介としても明るい話題を提供することになろう。

船艙（敍事詩）

北川冬彦

1

輸送船——それは三千噸の老朽貨物船だつた
その貨物船は
發表された出帆時刻よりも數時間早く　シンガポールの港を出た
カムフラージである　シンガポールを出帆して數時間後　魚雷を喰つて沈沒したことたびたびだつたからである
私はあやういところで間に合つた
私は便乘者である
主客は　ボルネオとかニューギニヤとかビルマとかからの交代兵達だつた
彼等は船艙の蠶棚に押し込められていた
奥に　たたみ敷の棧敷が一部屋作つてあつた
將校室である
ガランと空いている
私はそこに這入りこんだ
持てるだけの荷物を持ちこんだ
行李一個　トランク二個である
（しかし果してこの荷物がこの身が　內地へ無事屆くかどうか危ぶまれた）
軍屬は私の外　もう一人いる
この半歲餘り　私の仕事につき纏つて離れない厭な奴
長篇記錄映畫「マライ建設」のカメラマンである
私が直感で忌避したのに
撮影班長にとり入つて　私の仕事に喰い下つた奴である
私は厭々ながら　こ奴と組まねばならなかつた、
徵用作家達が皆
還つてしまつた後一ケ月も居殘つて　シンガポールの撮り殘しを撮影し
終るとすぐ
私は自分だけ飛行機で歸るつもりで　司令部の許可までうけていたのだが、

一週間二週間と待つても
飛行機に私の乘る席が出來ない
時は年末で
マライ方面の將官佐官連が
內地で正月を迎えるべく
飛行機に殺到したからである
二月にならなければ恐らく駄目だと云う　船で歸つた方が
早道だと云う
それではと船で歸ることにしたところ
上船証に
私の名と一緒に
このカメラマンの名が書き込んであるのだ、
この男はマライ滯在中
だらしのない女遊びのため忌わしい病氣にかかつてい
たので
　身体檢査の際
　こ奴がひつかかることを私はどんなに請い願つたこと
だろう！
　しかし私の願いは外れた、
乘船のときも
この男は私よりも遲れてきた
すでに出帆のドラは鳴つた
こ奴が乘り遲れることを私はどんなに願つたことか！
しかし　梯子がまさに外されようとした瞬間
この男は兩手にトランクをさげ
よろめきながら驅けつけたのである、
蛇蝎視してゐる男と
歸りの船まで一緒だとは！
私もよくよく見込まれたものと見える
こんどはよくよくわるい星の下にめぐり合わせたもの
と見える

2

ところが
私にいやがらせの限りを盡したのに
こ奴は案外平氣なのである、
船艙のがら空きの棧敷の中で
私のすぐ傍に
席を占めるのである
私は離れて席をとりなおした
私は背中を
そ奴に向けて横になつた
八疊大の一つの部屋で
內地へ着くまで　卄數日

こ奴と起居を供にせねばならないのだ
それを想ゥと私の胸は煮えくり返つた

3

輸送船は
危険な地点を事なく通過して
佛印のサイゴンに寄港した、
ここでドヤドヤと
八人の若い將校連が乘り込んできた
部屋は狭くるしくなつた
折角　いやな奴と離れていたのに
私はそ奴と背中合わせで
隅に小さくならねばならなくなつた
何にしても私は耐え難い感情に耐えねばならない
こ奴との背中合せを避けるには
甲板へ出ることが殘されている
甲板へ出ては見たが
ギラつく熱帶の陽光の下には
身心ともに困憊しきつた私は居たたまらない
また船艙の棧敷へ引き返えした、
なお　いけないのは
席をあけると
空ける度に　私の席が狭められることである
隣りの將校が　私の席を侵すからである
ますます奴の体と私の体とは　密着せねばならなくな
つたのである
私は　ただじつと耐え忍ぶより
もう方法は何もない

4

おつちよこちよいのそ奴は
マラツカ製のブランデーなぞトランクから取り出して
將校連と駄辯るきつかけとした
それによると
この將校連はビルマの航空隊の將校で
内地へ飛行機を受けとりに行くところだそうである
時速何百キロの乘物を常用しているこの連中が
一時間七ノツトのこの老朽貨物船に乘つかつて　その
常用品を受けとりに行くと云うのだ
何と云う滑稽な話だろう
（いまでこそそれは笑い話だが、そのときは悲愴な眞
劍話であつた）
――オレ達がこのノロ船で　一ケ月近くかかつて内地
へ着いたとき　現地の飛行機は一台もなくなつて仕もう

かも知れない
一人の將校が無表情な顏して云う、
——うん　そうかも知れない　と　もう一人の將校
——へえ　そんなに詰つてるんですか　とおつちよこちよい
——たとえばだな　オレ達めいめい一機づつ八機飛ばしたにして一体何機現地まで屆くかが問題だ、いままでの例だと半分には減つてしまうだろうな　と他の一人、
私は　內心驚いたが　默つていた
マライの偉方連は　內地で正月をするために十數台もの飛行機を飛ばしているのに　戰鬪用飛行機を受けとりに行く航空隊員がこのボロ船で——
果して　これで戰爭に勝てるのだろうかと疑つた
——そんなことで　戰爭に勝てるのでしようか？　とおつちよこちよいは口に出した
——判らんな
——まず　東京は燒け野原となる覺悟でいなければならんだろうな　と他の一人
——へえ？　とおつちよこちよい
防空壕を埋め
防空壁を壞し
迷彩を消し
昭南神社の建設にいそしんでいたシンガポールの戰勝氣分からは
全く意想外の言葉どもである
——おいそんな不景氣な話　止せ止せ　と一人の將校が向うから怒鳴り
——これでも讀め　と抛つてきた
見れば
表紙に「當番日誌」と筆書きされ（その字は手垢で汚れ判讀がようやくである）
「秘」と云うゴム印が押してある
くたくたの冊子である
——滅入る時には　こいつに限るかも知れんて。と受け取つた隣りの口ヒゲのある將校が云う
——何です？　とおつちよこちよい
——ありきたりの猥本なんだがね
——へえ？
——オレ達は　飛行場の壕の中で退屈しのぎに　こいつを回覽してるんだ　何しろ飛行機が幾台もないんだから暇なんだ、ところが　いつも退屈してるつて譯ではないドカドカと爆彈のお見舞をうけるんだが

そのとき　一等落付いている奴は誰だと思う？
――？
――こいつに讀み耽つてる奴だ
――なるほど、そんなものですかねえ

5

――時に　君はシンガポールに居たと云つたね　どうだ
あちらの女は？
――ええ　マライにはなかなかいい女がいましたよ
私は撮影の仕事だつたものですから　マライ半島の各地
を周りましたが　何と云つてもクアランプールの女が第一
等でしたね　成る慰安所にまるでメイランフアンのような
美人がいたのですよ　私はそいつに入れあげましてね
（私は　このおつちよこちよいが　女遊びの金に詰り
仕事用のフイルムをひそかに原地人の寫眞屋に賣り飛ばした
のを思い出した、映畵のフイルムはライカ型の寫眞器に使え
るので　なかなかいい値に賣れたのである　私はそのこと
を　そいつの助手の日記で知つた）
――ほう　それはよかつたなら　オレ達と來たら惨めなも
のだよ女のいるところへは四里もあつてね　交代　で歩いて
出かけたが
そこの女に極惡性の病氣を持つて　る奴がいてね　一等う
ぶな年少の男が　有名なローソク
に　なつちまつたんだ　オレ達だつて同穴（きょうだい）なん
だから　罹りそうなものに罹らない　その男はきつと後の
仕末がわ　るかつたのだろう　可愛そうに　まわりがすつ
かり溶け　てしまつて　シンだけになつちやつたんだ　初
めのうちは　隱していたが　どうも青い顔して元氣がない
ので　どう　した？　と訊ねてみると　まあこれを見てや
つて下さいと
おいおい泣きながら見せるんだ　見ると　なるほどロー
ソクとはよく云つたものだ　大抵のことには驚かないオレ
も思わず顔をそむけたね、その男はおいおい泣きながら
云うんだ　妻に合せる顔がありません　妻はこんな体
で歸つてもきつと僕を許してくれるだろうと思います
妻はそんな女なんです　それ位妻は僕を愛してるんで　す
それだけに僕は取り返えしの付かないことをして　しまつた
ああどうしたらいいだろう　どうしたらいい
だろうとね　オレは困つちやつた　慰めようがない　こ
んど　一緒にくる筈だつたが　出發の間際になつて止める
と云い出した。
私の背中で
おつちよこちよいがぶるぶる慄えているのが感じられた
――あの男矢張止めてよかつたろうな　もし　あのローソ
クを見たら　妻君はどうするだろう？　あの男が云うように

ほんとうに妻君は許すだらうか　君はどう　思う？
さすがのおつちよこちよいも　すぐ言葉が出なかつたが
しばらくして云い出した

――普通の女なら逃げ出すでしようね　もし私がそんな体になつて歸つたとしたら　その人の云うように私の妻も私を許してくれるかも知れません　きつと許してくれるでしよう　いや　許すと云うのは當らないかも　知れません　つまり私から逃げ出しはしないだろうと思うのです　決して私の妻は逃げ出しはしません私の方で別れてくれと云つても　妻は別れようとは云わないでしよう　しかし　その代り　一生かかつて　私に復讐するに
違いありません

――ほう　それはどう云うことなのかね？
復讐と云う　のは？

――私は當年卅八歳なのですが　結婚したのは廿七歳のときで結婚以來十年になりますが　その間　私はしよつちゆう遊んでいます　と云うのは　撮影の仕事で旅行勝ちなのですが　旅行の先々で　私は女を買うのです
買わずにはいられないのです　旅行から歸つた私の顔を見る　と　妻はまた遊んだのでしよう　と圖星を指します
そしてどんな女と遊んだか　事細かに尋ねるのです
すると私は白状せずにはいられないのです　女の顔形から親しい友人にのろけ話として話すような際どいことまで何もかも話してしまうのです　隱していられないのです
初めは訊ねられて白状したのですが　そのうちに　こちらからすすんで一切を話すようになつて　しまつたのです　私が遊んだ女の話を事細かにするのを聽いている時の妻の顔が　私には何ともおそろしいのです
妻は決して怖ろしい顔をしている譯ではありません　むしろ柔和な顔付です　微笑をさえたたえているのです
しかし　そこには何とも云えない冷たさがあるのです
打ちのめすようなせせら笑いを感じるのです　すると私は自分が手枷足枷をはめられた囚人になつた思いに首垂れてしまうのです　私が次々と女遊びをするのはその囚人から開放されたい思いからするのかも知れません
どうもそうに違いありません　こんな妻ですから　もし私がその人のような体になつて妻の前に現われたとしたら

妻は冷いせせら笑いを一段と磨ぎすませて　私の胸をえぐり私を徹底的にうちのめさずには措きません
となると私は永遠の囚人となる譯です　もう私は女遊びをしようたつて出來つこないのですから　妻は私に完全な復讐を仕遂げるつて譯なのです。

（私は聞いていて　あのおつちよこちよいが　このような深刻な考えを抱いているとは思い設けないところだつた
私はこの男を見直さずにはいられなくなつた　私は直感でこの男を忌避したが　私の直感も當てにはならないと思い出した）

――隨分變つた夫婦關係だね　オレには想像も出來ないよ　そんなのは。

——では　あなたの奥さんだつたらどうするでしよう？
——それや逃げ出すさ　逃げ出すより先に　びつくり　仰天氣絶してしまうね　何しろオレの妻君は　オレが外の女と寢るなんて一度も考えたことがない　おぼこ娘　なんだからね。
——そんな女がいまどき　この世の中に居ますかしら？
——それや居るさ
——それこそ想像が出來ません
——そうかなあ
（むしろこの若い軍人の方がお坊つちやんで　その妻　君は留守宅で何をしているか判つたものではない　と　想像したのは私ばかりではないであろう）

6

——內地ぢや女達がモンペなんかはいてまるつきり色氣がないそうだが　オレはそんなのは望まんね　大いにおしやれしてほしいね　娘達には振り袖で
しやなりしやなりと歩いて貰いたいね。とその將校はまた喋り出した
——ひらけていられるんですね。とカメラマン
——そこいらにいられる連中は
と蠶棚の兵隊達を顎でしやくつて
——交代兵達だが　どう云う譯で交代させるか知つているかね？
——いいえ
——交代して二、三週間の休暇を與えて妻君のところへ返えすんだが　もちろん慰安の意味はある　しかし　軍としては　下心があるんだ　その休暇の間に　子種を植えつけさせようてんだ　何しろこう若い優秀な連中が引張り出されていては日本民族に大きなブランクが出來るからね　慰安所なんかに押し流すには惜しい種だから　ね　オレ達もその仲間さ　は　は　は。
（私もそれはそうに違いないと思つた）
——なかなか深慮遠謀の策なのですね。とカメラマン
私は感じていた
このカメラマンと背中を合せていることの厭惡と痛苦が私から次第に剝がれて行くのを
あれほど厭惡した男に
私は
親しみをさえ感じ出したのである
もし酒場ででも席を同じくしていたら
おい！手前を見直したぞ　と握手するところであつたろう
私は起き上つて
甲板へ出た
いま　この船は南支那海の眞ツ只なかを航行中の筈である
今はギラギラ照りつける强烈な太陽の光を
私は心地よく受けた、
紺碧の中に
一點の黑點が見えていたが
しばらくするうちに
一隻の汽船となつて
見る見る間に
こちらのボロ船を拔いて行つた
油槽船（タンカー）であつた

（完）

サナトリアム通信

杉浦伊作

三月上旬入院してから、八月十日で丸五ケ月になる。入院當初は、どうしても病院生活になじまないので、苦痛そのものであつたが、病院生活も五ケ月餘になると、もう一人前の病患で、眠りたい時に眠り、起きたい時に起きることになれ、不安に不安を重ねて行くやうな神經衰弱的な傾向は克服してしまつた。そのかわり思考と云ふ点では、零に戻つて、いざなにか書かうとするときの努力たるや大變なものである。深く考へるといふことが、病氣に影響しないかといふ心配があつて、どうしても或る線で低徊して、徹底するものは書けない。この間に一度家にかへつて、四、五日暮して見たが、自分の書齋で、自分の机に向ふと、時間的の觀念も、疲勞的に度合も無視して仕事に熱中したので、その時の詩作品と、病院に於ける詩作品には、確に作品の密度にひらきがあるやうである。それだけに病氣の爲にはよくないやうであつた。

入院生活も最初の豫定では、長くて半歳くらいであつたが、病院の外科手術の設備がまだ完成していなかつたので、私の手術は大体九月上旬といふことにきまり、退院は、それから又約半歳といふことになりさうである。

手術といふのは胸廓成形術のことである。今日まで肺病の治療の根本方針をなしてゐるものは、大氣安靜療法であつた。いささか科學的治療の方法としては人工氣胸術があつたが、この氣胸が不可能の患者は、最善の方法としてサナトリユウム療法にたよるより外になかつたものである。だが肺結核の治療に、胸廓成形術が、もつとも進歩した科學的の治療として、學界に承認されて以來この方、この適應症患者は、手術の施行に依つて、救はれるに至つたのである。

胸廓成形術には二つの方法がある。六ケ敷しいことは言はないで素人的簡單に言へば、その一つは全胸廓成形であり、一つは部分的胸廓成形術である。素人の説明として、もつとも簡單非科學的に言ふと、やうするに、肺に空洞（病へい）が出來た者は、その空洞をつぶすために、背の肋骨を、十一本切りとつて、（肺を吊つてゐたものたちきつて）肺萎縮させる手術なのである。この空洞の位置とその形量に依つて、肋骨を十一本を切るのはもつたいない。そこで少量の本數で手術が可能なものは、四本なり五本ですます。それが部分的胸廓成形術である。

私のは、空洞が片肺のみで、そして、相當いい場所にあるのと、年齢的に、大手術に耐えられるかの考慮もあつて、かかる大手術の胸廓成形術でなくて、これよりももつと進歩した（最近發明された）充塡手術を施行して貰ふことになつたのである。

この充塡といふのは、矢張背部の肋骨を一本切り取つて、そこから、合成樹脂のたまを四、五個局所に挿入し空洞を壓縮、萎縮せしめて、其の空洞内に棲息する結核菌の活動を停止させようとするのである。これらは、最近に實驗された手術ではあるが、經過は大變良好であるさうなから、私は安心して施術して貰ふつもりで待期してゐる。

手術を施行されてからの後は、私自身の體が、純粹なる肉體だけでなく、別個の物體を包含したものになることだ。だから、私の體重は、以後嚴格な意味から云ふと、合成樹脂の重量だけをマイナスしなければならない。私の肉體は此の年齢に至つて、純粹性が欠けた譯だが、その反對に、藝術的な行動には、私はいよいよ純粋化して來た。といふのは、私の過去に於ては、生活するために、随分不純な原稿料ほしさの仕事もして來たが、もう今の私は、詩作生活一本に進めさうだ。進むつもりである。どうやら是れは、かたくまもれさうである。この詩作生活、詩作には、かならずしも報酬が伴なはなくとも私は何等意に介せないで半生の仕事として行かれさうだ。勿論原稿料を相手が呉れなくともいいといふ意味ではない。

×

入院する時あれも讀みたい、是れも讀みたいと、随分澤山の本を持つて來たが、此の五ケ月余、どれだけの本を讀んだかと云ふと、その量の貧弱さに、われながらあきれてゐる。此の間に寄贈受けた詩集から、詩の雑誌は、全部目を通して來た。

受贈した詩集は北川冬彦の「夜陰」丸山薫の「心の芯」堀口大學の「人間の歌」小田ふみ子の「花影抄」上田幸法の「鉛の鈴」山形三郎の「断崖」河合俊郎の「卽物詩集」等がある。この中、北川冬彦氏の詩集評は「詩學」と「新詩人」に執筆したので、丸山薫氏の詩集評は、現代詩に書くつもりでゐるが、まだ、その構想が出來あがらないでゐる。次いで書きたいのは、小田ふみ子氏の詩集と、大いに紹介したいと思ふのは、新人の上田、山形君等の詩集と、私の郷里の詩人河合俊郎君の處女詩集である。これ等に關しては、手術前になんとか目鼻をつけたいと思つてゐる。

×

それから、今度、詩と詩人社から、私の詩文集「人生旅情」が出版された。これは浅井君の特別の好意に依るもので、私の醫療費の一部に充てて呉れるのだから、私を知れる讀者の諸君は何卒一本をあがなつてほしい。

なにせ、約一ヶ年の入院費は、手院費を加へて、約七、八万圓はかかるのであるから、私の家庭生活はまさに、きたいにひんしてゐるのである。これに納めた作品は、私の過去の作品ではあるが、依然として、今日に繋るものを選び、それには、創作三篇、詩篇は、既往の詩集の詩集抄であり、是れに加へるにエッセイ、旅行随筆、等で、人生の旅情を味つていただくに充分であると思ふ。

以上自己推薦の一文くだんのごとし。

×

私が東京の結核研究所の附屬病棟に入院してからまもなく、附近の病院に竹内てるよさんが、講演に來たので、次いでに、私の病院に寄つてもらつて、座談會を開いた。竹内さんは、その道の經驗者で、私の如き馳け出し者とは違ふ。五ケ月くらひでも病院生活にあきあきする私ではあるが、それは別として、随分此の病氣で、私たちの知人が入院してゐるのに、實の處驚いた。ここに最近入院した患者と知り合つたらそれが、私の詩を作曲し、放送して呉れた音樂家の畑中良輔君の友人で、上野を同期に卒業した山田昌弘君で、その山田君が又近くの病院にマチネポエテックの福永武彦君が入院してゐるといふ情報を持つて來た。最近三人で鼎談しようと云ふ話になつてゐる。もう福永君は成形手術をしてしまつたのだらうな。

編集後記

△詩人が孤高に安んじているなら別だが現代詩人の新たなる意欲は、いまや「長篇叙事詩」にばく進しつつあるとは、必ずしも私の我田引水だとばかりは云えないであろう。敗戦後の最も優れた新鋭詩人の一人である祝算之介は、ここに該著の五章一千五百行の叙事詩「沼」を寄せた。また杉浦伊作が手術を前にして病苦に鞭打ち二章八百行の「黒い紐」を物した。この二篇に添えての私の「船猫」は、文藝雑誌既発表のものだが加筆改訂一先ずの決定稿である。

△敗戦後、殊に最近の詩壇の作品傾向として目立つのは、散文型詩の横溢である。新鋭詩人の殆どがこの詩型を採用している。この現象は何を物語るのか。いろいろな解決、批判はあろうが、これも「叙事詩」への意欲の現われと見ることは許されてよいであろう。つまりこの現象を長篇叙事詩の胎動と見るのだ。小説家に拮抗して、詩人の社会的存在を確固明晰たらしめるには、長篇叙事詩の製作を措いて他にない。と云ってはジャーナリステイツクな考え方に過ぎるであろうか。「至上律」NO5は新しい叙事詩として童話を特輯したが、これも長篇叙事詩へ向っての詩人の意欲の一つの現れであると云っていい。

△新鋭伊藤桂一、山崎馨の作品を紹介する。伊藤は、「文藝塔」の同人、山崎は嘗「氣球」「詩旗」同人。

△この號から同人外の詩人・作家・其の他の藝術分野の人々と交歓するの目的を以つて「コレスポンダンス」欄を設けた。今後どのような執筆家が現われるか刮目されたい。

△「新刊紹介」は初め六號で組む積りでいたが六號十頁以上は新興印刷所の能力上遅刊をもち來らすおそれがあると云うので9ポで組んだ。恐らく無理が出ることだろう。雑誌の拙速はほめた仕儀ではないが最近の本誌の定期刊行は何と云つても强みで拙速を超えて積極的な意義がある。

△讀者の一般寄稿は、大歓迎である。優秀な作品は第一流の扱いとして紹介することは、改組「現代詩」の讀者には納得の行くところであろう。

△なお同人諸君に云いたい「現代詩」の結成には同人の自発的創作意欲の奔出が期待されているのだ。私はそれの整理人にしか過ぎない。仕事の計劃が立つたら遠慮なく申出て欲しい。

△九月號私の「熱帯三題」の扉のカットは川上澄生氏の作これは「至上律」の更科源蔵氏から、凸版台木付きで贈呈されたものである。表紙は題字絵共に、曾ての詩誌「氣球」、杉浦伊作著「人生旅情」の表紙絵を描いた門屋一雄氏の作である。

△編集部への一般からの問い合せ、その他返送を要する原稿なぞには、必ず返送料を同封して戴きたい。（北川冬彦）

□どたどたと散らばっている雑誌をおしのけて坐っている腰のあたりにもう冷いものがしのびよってくる。床の間に。未表装の半折二つ。一つは、風雨の中に柴を運ぶ山川楢上の圖。一つは、紅葉一枚鬼面の圖。荒壁塗りのがらくた家の脇にタナを掘り鯉を放っておいたのが近頃、秋のしのび足と共に水が澄んできてと鯉が姿をみせ初めた。家鴨二羽。小猫と仲よくイナゴや蛙を追いかけてるあたりにコスモスが咲き亂れている。苦惱にみちた僕の顔色などそしらぬげに、餓鬼共が朝から畑をかきまわし雑魚すきをしている。一日泥まみれになっては、妻にしかられる。妻の脾も荒んできて、まるで子供たちと喧嘩だ。

○

遅刊の関係上店頭え並ばないうちに返本されると感じられるような不愉快さをなくするために本号は製本直前に十・十一月號に急に變更した。（淺井十三郎）

現代詩　第三卷　第九號
定價　金參拾五圓　〒貳圓
直接購讀會費　一ケ年三二〇圓
昭和廿三年九月廿五日印刷納本
昭和廿三年十月一日發行
編集部員　杉浦伊作
編集兼發行人　關矢與三郎　新潟縣北魚沼郡廣瀬村大字並柳
印刷人　佐藤和　新潟縣北魚沼郡小出町
發行所　新潟縣北魚沼郡廣瀬村大字並柳乙一一九番地
詩と詩人社　淺井十三郎
日本出版協會員番號A一二九〇元
配給元　日本出版配給株式會社

編集に関する連絡わ左記宛
浦和市岸町二ノ一四七
北川冬彦宛

現代詩同人

安西冬衛　杉浦伊作
安藤一郎　杉山平一
淺井十三郎　瀧口修造
江口榛一　壺田花子
江間章子　永瀬清子
北川冬彦　村野四郎
笹澤美明　山中散生
阪本越郎　吉田一穂
（アイウエオ順）

杉浦伊作著

人生旅情

B6 三〇頁美本
定價百圓
送料十圓

發賣中！

（自序）人生旅情――人生は所詮旅だ。私の一生も旅、旅に一生を托すなら、旅は樂しくありたい。人生の旅に於て、あらゆるところを遍路した。私の作品は、その旅の所産である。思想的の遍路、藝術の道への遍路、生活上の遍路、戀愛の遍路、かうして惱ましい人生の遍路を四十過ぎの今日まで續けて來、しかして、明日にも亦旅に出る。

私の半生の文筆生活、その折々の旅情が、厖大な原稿の量となつて、私の座右にある。私はこれらの既發表の原稿及び著書の中から、あらゆる意味で、意義があり、且なつかしく愛誦すべきもののみを選錄して、茲に、創作、評論詩隨筆等を收めた『人生旅情』の一卷を編む。是は、私の過去の生活であつたと同時に、故國日本のありし日のなつかしい生活の姿でもある。人々よ私のいとほしい過去帳を又君方のSOUVENIRとして愛讀して欲しいのである。

新潟縣北魚沼郡廣瀨村並柳
發行所 詩と詩人社
振替 新潟五二七

詩旗

No.7定價30圓
活版美裝40頁
會員募集中（3ヵ月100圓）

特輯
1、現代日本詩に於ける敍事性の問題
2、現在最も注目せる詩人及びその理由
アンケート……北川冬彦 外 拾數氏

詩論

新敍事詩の問題……安彦敦雄 20枚
指の詩の研究……小野連司 20枚
悪抒情詩處理論……濱田耕作 20枚
時評……山崎馨、田村昌由、石渡喜八

作品

上田幸法、木下夕爾、長谷川吉雄、磯永秀雄

熊本市本山町大畑
四葉書房出版部

詩と詩人

淺井十三郎編集
A5 48P 1冊30圓
年會費600圓
（現代詩共）
見本付會則有20圓

十月号目次

評論

日本詩史撮要……藤田三郎
韻律論考㈡……木内進
現代詩と形象的表現……村上成實
私の詩法……北川冬彦
デマゴグは誰か……岡本潤

作品

石渡敦美・桑原雅子・相馬好郎・濱田耕作
内田豊清・鈴木勉・河邨文一郎・山崎馨
湯口三郎・松澤宥・其他新人數氏

發行所 詩と詩人社

昭和二十三年九月二十五日印刷納本
昭和二十三年十月一日發行
昭和二十三年五月廿八日 第三種郵便物認可
現代詩（第二十四集）
定價 金三十五圓

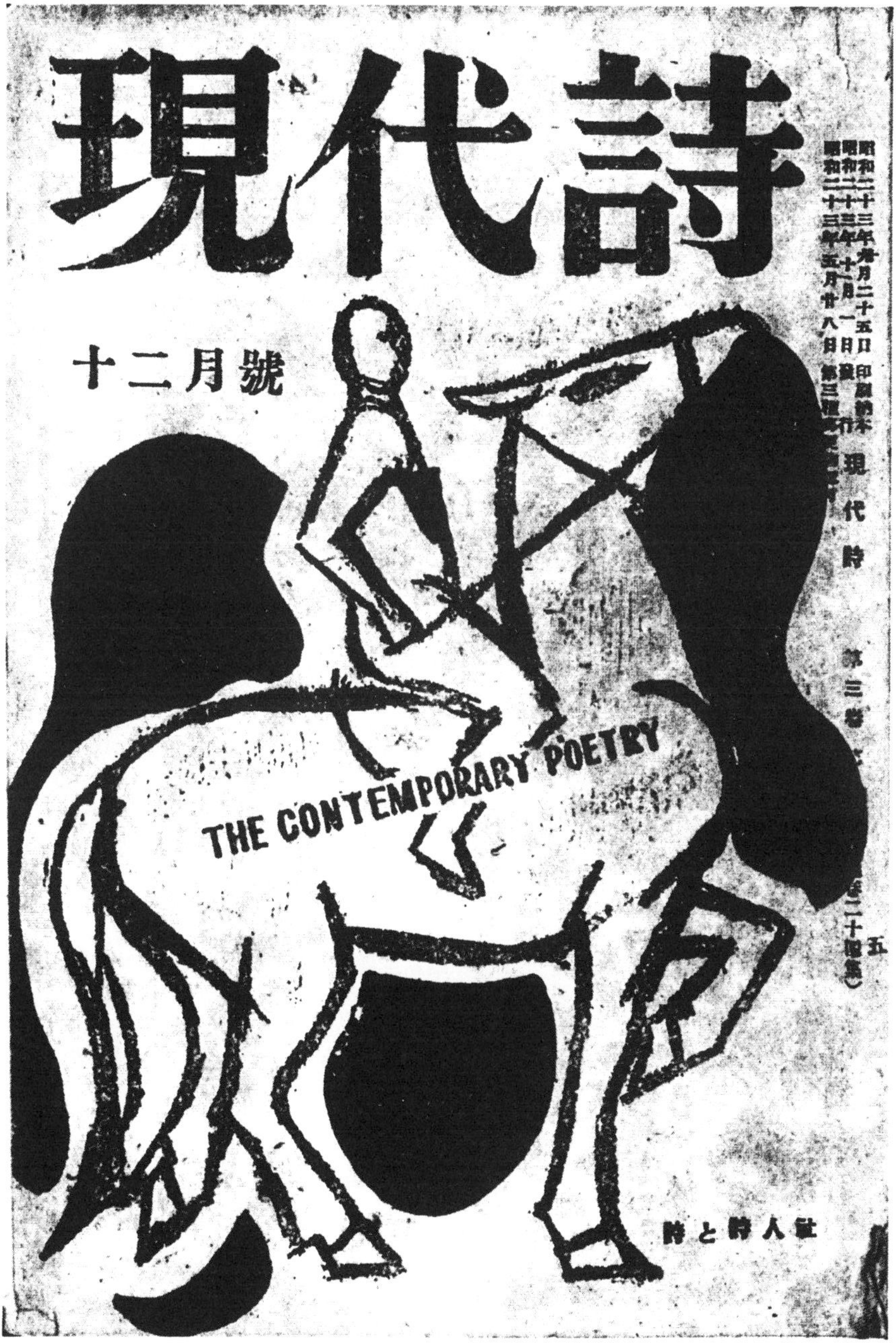

現代詩

十二月號

THE CONTEMPORARY POETRY

昭和二十三年十月二十五日印刷納本
昭和二十三年十一月一日發行
昭和二十三年五月廿八日第三種郵便物認可
現代詩 第三巻 [illegible]（第二十[illegible]號）

詩と詩人社

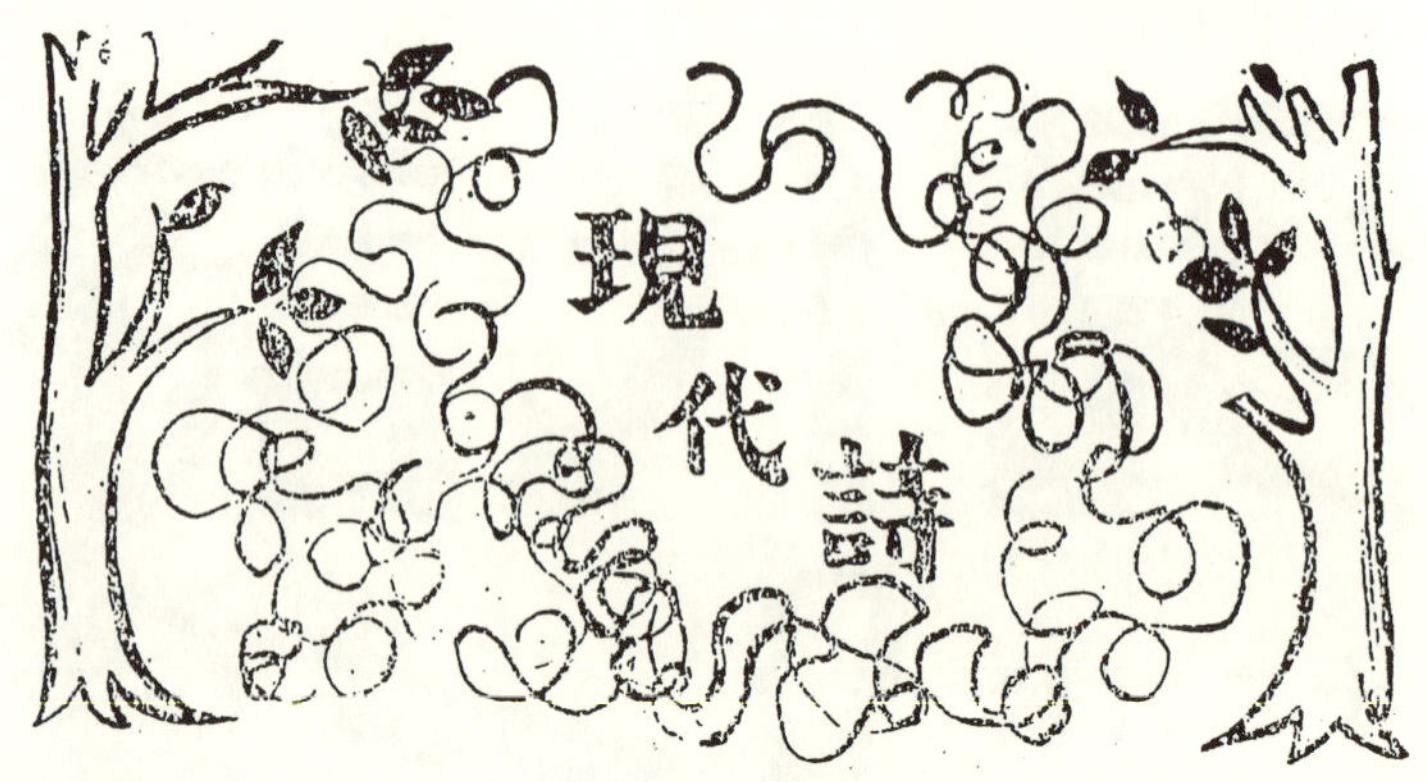

十二月號目次

長篇敍事詩の敍事性……杉浦伊作……（一）
詩に於ける肉聲……杉山平一……（二）
◇コレスポンダンス……（三）
川路柳虹・大瀧清雄・木下常太郎・上司海雲
眞壁仁・鈴木初江・宮崎孝政・小野十三郎
夏から秋へ……永瀬清子……（七）
懸崖の皿……青山鷄一……（一三）
秋の果樹園……壺田花子……（一六）
罪……江口榛一……（二六）
時評　北園克衛　北川冬彦
下着他二篇……高村智……（二八）
やまのうみぞこのひとつのしやかいについて……杉山眞澄……（三四）
深夜の上野地下道……河邨文一郎……（三八）
女性の祕密他二篇……笹澤美明……（四三）
魚族たち他一篇……田中伊佐夫……（五三）
長篇敍事詩　沼……祝算之助……（五六）
◇同人語（江間章子・淺井十三郎）
後記……北川冬彥・淺井十三郎（五四）

現　代　詩

十　二　月　号

長篇敍事詩の敍事性

杉浦伊作

詩が散文藝術の小說に拮抗し得らるものは、長篇敍事詩以外にない。詩人が詩人的な讀者以外から特に注目を受けるのは、小說的な構成力を持つ、長篇敍事詩にしくはない。長篇敍事詩の構成は、一篇のストリーを持つことである。興味と面白さを充分に持つて、讀者の魅力を失つてはならないことである。敍事詩は身邊小說的の隨想に陷ち入つてはならない。思ひつきや、感情だけのものであつてはならぬ。又單なるイメーヂの累積のみであつてもならぬ。どこまでも一貫した敍事的物語性を持つてゐるべきである。表現は、どこまでも說明があつてはならぬ。詩的な描寫に終始し、ストリーの中には、かならずクライマツクなシーンがなければならぬ。長篇敍事詩は、ラヂオ・ドラマであり、又オリヂナルシナリオでもあり、且又そのまま、それらに應用されるべき性格を持つてゐるべきである。と同時に、讀むための脚本（往年文壇で流行した）であつてもいい。これらは幾たりかの先覺詩人が試作にとどまるべきものでなく、全詩人がこれから大いにひつせいの事業（藝術）として。取組み、明日にも、本格的な長篇敍事詩を完成すべきであらう。ゲエイテの『ホアスト』スコツトの『湖上の美人』エセニーンの『オネギーン』の長篇敍事詩は、これは、あくまで過去の作品で、今日のわれわれが意圖するものは、これであつてもよし、これ等以上に飛躍すべきものであらねばならぬ。

詩における肉聲

杉山平一

1

アメリカは面白い國である。字の書けぬ、ときに計算のできぬ連中が、よく自動車をあやつり、故障をなほしてゐる。これは日本と對照的である。

わが國では、高等工業乃至は大學工學部を出た人々すら、工場へ來ても、ある年間役に立たぬ。そのやうな學校で、彼らは、主にピュア・サイエンスを敎はつてきてゐる。いつのまにか、原理や理窟を知ることを、先決とし、それを尊しとするやうになつてゐる。ひとり工學の問題ばかりではない。我々は、家庭のヒューズひとつ直し得ないでゐて、原始文明を論ずることに、あまりに熱心である。

これは、いはば、アメリカでは、多く所番地は知らないが、その家の所在は知つてゐる、行くことができる、といふに反し、わが國では、所番地はよく知つてゐるが、行つたことはない、所在は知らぬ、といふに似てゐる。

これは、ただ實用効利を重んずる國柄と、さうでないものとの、ちがひによるものとは思はれない。おそらく、物資の乏しい土地に生活する人間と、豊富な土地に住んだ人間とのちがひに由來するところ大きいのであらうと思はれる。

高等工業でも、實際にことに當る設備に乏しく、實地を知ることは困難であるため、いきほひ、ノート一冊を以てまかなへる、理窟原理に走るのであらう。

最も設備、道具を要しない學問が、跛行的にのびるのも、この故である。比較的、原子物理學や、高等數學のやうな、抽象がわが國に發達してゆく理由であらう。水泳といふスポーツが、わが國の座式と便所のかたちを代々かさねることによる、ひざの强さによつて、世界に冠たることは、三段跳とともに、人々の指摘するところであるが、一面、はだかで、何らの道具施設を要せぬスポーツなるが故に、また可能であつたといふこともいひ得るであらう。

2

ここに追ひつめられた日本人の性情が、古來藝術上の平靜や、自然感情を生まざるを得なかつたことは理解できる。動けば腹がへる、といつた乏しい人間は、所番地を詳細に知つてはゐてもその家に行つたことも、所在も知らぬ、といふやうな文化の數々を生み出したのであつた。

かてて加へて、短歌や俳句の外に、西歐近代詩を輸入することによつて、つくり出されたわが國の詩は、さうでなくとも、行動の根原をすてて浮び上つた抽象をこととする我々に、かたちや方法のみを强ひるものとなつたのはやむを得ない。

聲のみあつて、肉体をもたぬ我國の文化のあり方に、西歐文明の移入は、拍車を加へた。しかもその聲たるや、もはや肉聲ですらなくなつてゐる。實地や行動や肉体は、あらゆる面に乏しい。あるものは、知識であり、つくり聲であり扮裝である。

人が主知的と呼ぶ詩を見ても、この間の事情は明かである。それは感情をしぼりとつた感覺の滓であり、思想詩に最もとほいものである。何故、知的なものが、思想的なものと反對なのであらう。

3

最近、ドストエフスキイ的と評家の呼ぶわが國の小說が、やはりこの事情を思はせる。扮裝であり、つくり聲である。

ドストエフスキイは、その最後の「カラマゾフの兄弟」を見るとよくわかる。その最後の焦点が、兄弟のうち一番年少のアリョーシャにあつたことは、人の知るとほりであるが、ドストエフスキイが、つねに、きよらかなものと對決せんがために、これら年少清純の魂をとらへてゐることに、私は感動する。

感動的な長老ゾシマの臨終に際しての思出には、夭折した彼の兄の少年時の物語が輝やいてゐる。「惡靈」における青年キリーロフに輝やくものがここにも美しい。アリョーシャをめぐる少年イリューシャ、やコーリャがさうである。

ドストエフスキイは、このきよらかなものへの憧れの故に、それを隨處に剔抉しようとした。そのために、あらゆる惡の暗黒の病的の心情をことごとくあばき出さねばならなかつた。人間暗黒の行動を、大仰に、虱つぶしに、ならべ立てなければ氣が濟まぬほど、純粋の清純をのみ見つめようとする清潔感にいきり立つてゐたのではなからうか。

少年イリョーシャは、犬にやるパンにピンをかくして、それをたべた犬がくるしんで鳴きながら走るのを見て、自分の所業がかなしくて泣きわめく。そして死ぬまで、それを思ひつめてゐる。かういふ風に、自らをいじめるまで、自分の惡をあばいて、心の清純をためさうとする。

通りすぎる汽車の下に寢て、自らの戰慄をためすコーリヤ少年もまた、麥をひろふ鵞鳥が車の下に首をさしのべてゐるのを、他人に車をうごかさせて、鵞鳥の首の切れるのを、こらへて見てゐる。この戰慄を自らに課し、自らの清純をためさうとしてゐる。

かかる自虐の感情は、全て、自らのきよらかさをためさんがための、思ひつめた行動となつてゐる。

わが國では、このきよらかな心情に最もあこがれ、そのために、惡徳をあばきたてて、自意識の一人相撲をやつてゐたのは、むしろ太宰治のある作品に見られるものであつた。私はその「人間失格」の中で、主人公が刑事部屋で、結核の咳をし、三度目にうその咳をして見破られたのを一代の恥辱と心を痛めるくだりを讀んで、ふしぎに、イヴン・カラマゾフに、同じ所業があつたやうな錯覺にとらはれた。一寸した惡徳にも、一生をかける心の痛みは、兩者の清純まことへの憧れの共通した感情のやうに思ふ。

借りた金を、つかひ込んで、殘りを使ひこむまいとして、襟にぬひこんでゐるイワン・カラマゾフの、いたましいまでの自らを惡徳に賭ける氣持は、息ぐるしく讀者をうつが、それは餘りにも純粋である。むしろドストエフスキイになぞらへられぬ太宰治がとらへ、なやもうとしたのも、ドストエフスキ張りの人たちよりそれに近いものであつた

そのためのドストエフスキイの、病的な暗黒誇張の材料や扮裝を、目的とまちがへて、ドストエフスキイ風とする

ことは、日本の全ての文化に共通したやり方である。

4

詩とは、最も根原的なものであり、日本の文化のもつ浮き上つた机上のものや、知識と最もとほい、奥ぞこのものであり、實地の行動の、肉体の肉体、ともいふべきものである。その絶叫であり、肉聲であり、人が興奮したり喧嘩したときに發する聲の簡潔であり調子に發してゐる。そこに韻も生まれてきたものだ。リズムをもたなくても、それは環境がさうさせた聲を呑んだ絶叫でなければならない。

中村眞一郎の「死の影の下に」は小説であるが、そのマチネ・ポエティクの詩よりは、全人格的な肉聲をもつ故に、むしろすぐれた詩である。北川冬彦の散文詩が、行わけ詩よりもしばしばすぐれてゐるのも、所在にぶつかる肉体の人格的な實感をより以上もつからである。

小説家の詩が、詩人のそれより、ときに私に面白く思はれるのも、小説にむしろ全人格的な肉体の實感をもつてゐるからである。所番地を知らなくとも、所在をたしかめてゐるものの仕事だからである。「日本未來派」の高見順の「死」とか「道」とかは、詩人のそれより安心できる。

しかし多くの小説が肉体をもつてゐるといふわけでない。こんにち、小説の殆んどは、學生か娘が讀者である。綜合雜誌の大半が學生か學生上りにしか讀まれてゐないやうに、小説もまた、詩はもとより、活動する社會人や生活人の讀むものでなくなつてゐる。また讀めない。世の中を知らない若年の人たちだけに讀める、そこに詩と同じ日本の事情が介在してゐる。單なる演奏があつて日本にすぐれた演奏家のみゐてよい作曲者が出ないやうに。所番地があつて、實感の所在の手ごたへがない。

むしろ、隨筆に、肉体があり、生活の手ごたへがある。こんにち、大人に讀まれる唯一の綜合雜誌といはれる「文藝春秋」が、隨筆をもつて支へてゐるのも、故なきではない。社會人には、隨筆が讀める。志賀直哉の小説も隨筆と思へば、手ごたへがあり、腹も立たない。そして、隨筆小説である私小説に、日本の詩が育つてゐるといはれるのも、決してあやまりではない。一面の眞理がある。そこにむしろ、詩の根源である創作の、作曲の實感と實体が匂つてゐるからである。

5

實に詩こそ、肉体そのものを象徴する肉聲によつてしか成り立ち得ないものである。肉体を失ひつづけてゐる、まづしい日本の、思想や文化や藝術は、詩をも、單なる演奏技術だけによつて生まれるものたらしめようとしてゐる。しかし詩は、これを拒否しなければならない。所番地を知るだけでは、どうしてもできないものだ。所在をたしかにさぐり當てるもののはじめて發する聲である。

我々は、明治以來の自由詩に、多くの仕事を見てゐる。詩は一種の調子を失つてきた。しかしそれだけ西歐で韻を生み出したところの、肉聲をえらばれた詩は、しぼり出すに至つてゐる。室生犀星や、萩原朔太郎の、獨得の發想即發聲である語調、あるひは下つて、三好達治の優美と剛健の織りまざつた、例へば「心機一瞬を貴ぶべし」のヴァリエーションである思想そのものが獨特の語調となつてゐる肉聲、山元口漠の、僕が僕なら僕だつて、の肉聲、伊東靜雄の「如かない人氣なき山上にのぼり」のふしぎにからみつく調子、あるひは中原中也、あるひは、高橋新吉の調子等々、全て、どの一行をきりとつても、筆蹟のやうに歴として、その人を傳へてゐる。この韻の破壊されたところに、生れてくる肉聲こそ、詩そのものを傳へ、思想の實体をやがて生み出すもととなるのである。

これこそが、肉体を失ひつづけてゐる日本の藝術に、生命を吹きこむものとなるだらう。わづかに全人格的な詩が、それを支へるのである。全人格的な肉聲をもつ詩の名に於てこそ、日本の學問藝術は抗議され、彈劾されなければならない。

夏から秋へ

永瀬清子

かの時
突然天の破裂かと思ふやうに
空雷がとどろきわたり
おびえて棹立ちになつた馬から少年は落ちた
夕日にをかしい青びかりが瀰漫して
彼の横わつたその青草のしとねもびる〳〵燃えるやうだつた。

かの時
はげしい夕立に、
今まで私の雨やどりしてゐた樅は劊け
ほかに人影もない山路は
まるで海か山へ遊びに來たやうだつた。

かの時あふれて橋を越す川の流れをよしとみた。
天驅ける雲のさまをも心にふかく。
かの時
水死人は流れて
河原のかもめづるの白花の中に
そのインチゴーの顔をかくした。

わななきながら夏は去る。
その眈視のひとみを
しづかにかなたにづらしながら
過ぎ去るおびただしい時間の流れ
再びこない無限の方へ。

そしていまだ名のない私のこころ
まるで花が咲くまでは
何の花と自分を知らぬやうに。
このしばらくのただよいの中に、
かなしい無爲からふと目ざめて
夕ぐれの急にちがつてゐるのに驚く。

いま來てゐるものは何かほかのもの
まだなじまずよそ〳〵しく
それでいつか私のものであることをそれとなく知つてゐる。
張りかへてまつしろな障子に何の影もささず
ただ影光板のやうな月の光。

あふれてくつがへすものは過ぎ
くだけおののくものは歸らず。
何か哀然とした透明。
私はそのやうなものになつたのか。
私は靜寂なのか。
私は季節そのものなのか。

いつか別れてゆくことの
堪えがたい夏への惜しみ。
それももう今日まで。
みしらぬ流れの中にまどひつつ半ば　自失しつつ
私はたたづむ
私はたたづむ。

懸崖の皿

青山鶏一

懸崖を這つて　晝顏が咲く
そこの架橋の　らんかんに支えられ　まさに雨になる薄暮をゐる
都市の響みの　とらへがたい末尾を追つて　衰えてゆく生存の　絶望の最も美しい瞬間がその極限の空白から　脱出する
――オフイスから　商店街から　小公園から　ステーションから
飢渇が照り映えてゐる皿の面てに　群紅の卵型の花瓣を一つ　恐怖の　戰慄の蒼白な額の翳の中の幼年よりも純潔な眼が皿に脫落して鳴る　かつて未來を　永遠を　見た眼

が…………

一氣に閉されたカーテンの内
あの遠い夜　そのままに點された燈のシャンデリヤの　月よりも群明なその光りの在り處が　再び　永遠のやうにカーテンを透す

懸崖を這ふ靠顔　懸崖に這ふ靠顔

書籍の背文字の死んだ愛の命題
パンの微粒子型の粉末　さほい果實の芳香
指頭のナイフによる薄い傷害　震える　震える黒い頭髮の一房がそのまま空間一ぱいに刷れる　ああ　この絶望の　葡萄色の血球狀の終止符

架橋の寂寥を驅つて　消える車の後影…………

脱出は君よ　はたされたか

——運河の　すべてのわたしたちが散亂したマッチ棒のやうに不能な　都市のそれら
を　そのまま呑みつくす　——運河の
おびただしい深夜のその水面を縫ふ　見えない船の燈の放心

雨と　濃霧と　時間と
ああ　何もかも　はたされた
ああ　何もかも　はたされなかつた
わたしの　すべてのわたしたちの　白い白い表白を　よぎつて

都市の街区の　とある暗い巷路
そこの小さな木造立の聖教會の鐘が鳴る
ただそれだけの慰撫の鐘が　——

ああ　この皿の破片の一部を　みずからの血と共にねぶる赤犬の　慄える脚　慄える
　慄える　細い脚　地に突き刺さつたガラスの歯の
都市の胸部の
懸崖の喉の
アミ目の街区の
死を豫約する架橋の
白い一個の　白いすべての　血の皿よ

秋の果樹園

壺田花子

葡萄

女神のやさしい髮の房
このやうに美しいものをお創りなされた
巨きなみ手を思ひます
天のしづくの口づけよ
どのやうな苦しみが私達の家の中をさまよふさ
生きてお前を唇にする
この年老いた愛情よ
かもされた心の酒よ

ああ　お前を舌にのせると
甘い仕合せが歸つて來ます
眼をおつぶり
匂ひの良い若い花のむちが
駿馬に乘つて　驅けて來る

無花果

お母さん
いちぢくはお尻からむくの
あの意地わるな大女の胃の惡いカラス
白くぶくぶくして雨にぬれてる
そのくせ甘い甘い舌ざわり
お母さんのお乳を飲むやうに
この太古からある植物は

やさしくのどの奥に　消えて行つてしまふ
それから一寸
マグダラのマリヤの味もする

梨

アトラスが流す黄金の汗
溶けない固型アイスクリーム
おまへの眞つ白な肌にのぼつて
私は時々歯をいたくする
廿世紀と長十郎
いまの日本が　よく出てる
あまいざらざらした悲しみよ
いつになつたら手輕におまへは
子供等の手に乗るだらう

畑で慾張つて
ほほかむりしてゐるおまへよ

柿

果物はすべて
人類の最初の味がする
母乳　それから接吻
野性的なそしやく運動よ
進化論そこのけの顔になる豆柿地藏柿
お前だけがのこす
ひなびた子守唄よ

ナイフがけづる皿の上の
赤いリボンで

もう一ぺん私の心を結んでおくれ

みかん

青い青いみかん
すつぱいみかん
海の匂ひのするみかん
わたしの　ふるさと
ひとつをむいて
潮鳴りの遠いこだまをなつかしむ

CORRESPONDANCE

○

川路柳虹

今或る篇纂物をし乍ら過去文壇の小説と詩とをみなほしてゐますが、大正期の小説がその當時讀んで感心したほど今讀み返して感心しません。然るに詩の方は却つて感心する作品が多いのです。小説が優れ詩が劣つてゐる如くに言はれてゐた過去の評價を再檢討する必要があるやうに感じます。しかし、さう言い乍ら日本の詩があまりにその表現に於て個人的獨斷が多いといふことを感じます。詩が一般に了解しがたいといふことは讀者の方の罪もありますが、それ以上に詩人があまりに個人的獨斷的であつた罪が大きいと思ひます。ことにその弊は現在の詩人諸君に反省して貰いたいことだと感じてゐます。それから餘りに卽興的な詩が多く苦しんで構成した詩の尠いことも感じます。

ある友へ

木下常太郎

この間、夏の暑い午後に、あなたは突然「日本の文化と文化人に何を注文しますか」と尋ねましたが、私は答えませんで、話を極東委員會に移してしまひましたね。借りものを返すつもりで簡單に、ここで返答します。

私は、意味の世界に寛大であることを注文します。特に詩に關係のある人にこれを希望します。狹い極限された意味の世界に閉ざされてゐたのでは中途半端な詩きり出來ないと思ひます。敢て寛大と云ふ言葉を使つたのも小さな思考の城にたてこもつて、自らを小さくしてゐる場合が多いからです。

寛大であるためには先づその人の意味の世界が廣大であることが必要です。この場合、廣大は同時に高深を意味してゐることは勿論です。

意味の世界に就て話すと、そんな散文的な意味の問題は重大ではないとすぐ批判されます。しかし意味の世界は實際は大きな思考のリズムの問題であつて決して詩と無關係なことがらではありません。詩を單にリズム中心に考えることは偏見ではないでせうか。

日本文化には思考の枠があつて思考の活動が活潑であり異常であることが恐れられる傾向が習性となつてゐます。そのためにの一定の思考を美しく飾る技術にエネルギーが費され、思考そのもの、精神活動そのものに興味が持たれない。これが耽美主義、耽美的宗教に走る原因をなしてゐます。詩の場合でも思考よりもリズムを尊重し、思考よりも生活が問題となり、思考よりも思考を粉飾する言葉の美が重視されがちです。リズムも生活も言葉も重要ですが、それだけでは詩は固定した狹い世界に追ひ込まれます。

これは、詩の問題と云ふよりも日本の

傳統的文化の問題として考えた方が適當かもしれません。すなはち東洋的な自然主義文化からの脱走の問題となるのです

笹木勸の詩

眞壁　仁

「矩形の家にて」とゆう詩集は新潟機関區を職場とする國鐵勞働者である笹木勸の著で三十六篇の詩が收められている信濃川の河口原で吹雪や灼熱とたたかいながら機関車の手入、檢査、運轉にはたらく人々の勞働の詩である。日本の詩人のうちでは國鐵詩人の諸君が最もはやく强力に詩を生産面にむすびつけ、勤勞生活の中に浸透させる努力をしているが、その代表的な勞作をこの詩集に見出す。この詩集は既成の抒情の類型と語彙からすっかり解放され、業務と物件とが持つ固有の稱呼が体温をくっつけて全く清冽な言語機能を表現している。ことはが勞働によって倫理化されてゐる。つめたい鐵にむすびついていることばや名前を詩のことばにするためには、自分の体温を流しこむばかりでなくそのものと取組んでうごかし、人間の世界にひきよせねばならぬ。組織と秩序をもつ勞働のあいだに形成されることばは、素朴で勁簡で共通の意志と感情にむすびついている。それは生産社會の動脈として個人の恣意を無視した普遍のひびきをもっているのだ。現代詩がこの生産社會に浸透して形成の次元をふかめ、詩人が社會的人間としての全存在で發想することができるならば、われわれの詩は始めて衰弱をとりもどし、新しい成長を始めるだろう。この期待に笹木勸は應えてくれた一人だ。

素朴なことばがどんなに美しいか、詩的修飾をふりおとしたところに、その素朴なことばがどんな眼力を示すか、[illegible]して、勤勞の社會がどのようにつよく行爲とむすびついた表現の倫理をもとめるか、そしてそれが貧寒とならずに抒情詩としての成熟をもつのにどんな熱切な内部衝迫が必要であるか、そうした幾つかの問題を「矩形の家にて」は示しかつ應えているのだと思うのだ。

世界的レベルということ

大瀧清雄

常識的事がらが日本では屢々常識以上のことの様に論議されることがあるが、これもまたそういう事がらの一つ。それは世界的水準に立つ文學ということである。

或る人々、特に一部の若い詩家達の中では、それが恰もフランスの詩家達の後を追つたり、ドイツの詩家達の模倣をしたりすることによつて得られるかの様に誤解されているかの様である。そういう人々はフランスやドイツを振りかざして自分達が世界的レベルに立つた詩人であるかの如く思いこんでいる様である。しかし、このことは更に深く反省されねばならない樣だ（そしてそういう詩期はもう終つていい）即ちボードレルやヴエルレーン等の偉大さ、更にリルケの偉大さは何よりも彼等がフランス的であり、ド

イツ的である處にある。若しか我々が彼等から學むべきものがあるとすれば、その態度であり、藝術そのものではない樣である。いずれにせよ我々は彼等の後を追つてもフランス人やドイツ人以上には出來ないであろうし、世界の文學に何ものもプラスし得ないであろう。もしかして何かを我々が世界の文學に寄與することが出來るとすれば、それは日本的美、東洋的美の追求昇華によつてのみそれをなし得るのではないかと思う。そして思う。世界の文學に何ものもプラスし得ない文學は眞の世界的レベルに立つ文學とはいい得ないと。

單純な自覺

鈴木初江

職業詩人という言葉があるが、詩で生活している人はほんの小數か皆無に近いのではないだろうか。大抵ば何らかの職業に就くか詩以外の原稿に依存するか、おそらく前者の方が多いであろうし、それは大体頭腦勞働ということになるであろう。

最近のように國民の大多數の生活が困窮している時、頭腦勞働者も〃勤勞者〃であり〃働く者〃といつていいであろう。今迄の勤勞者の慨念は主に肉体勞働者であつた。肉体だけが生活する唯一の手段であるところの……

前衛的或いは進歩的詩人といえども、そういう意味での勤勞者では殆んどなかつた筈である。それらの詩人が勞働者を對稱として、喜びや惱しみや解放への息吹をうとうことの觀念性は度々指適されている。良心的詩人の觀念性の打破、自我の克服への苦悶は熾烈なものであろうと思う。それにも関わらずその詩は、眞に自覺せる勞働者の詩よりもその新鮮さに、訴える力に、多くの讀者への受入れられ方に於て劣るのではないだろうか、（最近そういう例が少しづつ見える）私が考えさせられるのはこのことなのだ。生活感情の伴わないということの問題なのだ。

そこで詩人が勞働者のための詩をかくということでなく、詩人も頭腦勞働者として自分の詩をかくということによつて、頭腦勞働者をも含めた勤勞階級の解放への推進力になりはしないだろうか、唯ここで注意しなければならないことは、自分の詩をかくことであつても、自分のための詩ではない。自個を深め生活の苦惱に徹することは、往々自我の壁の絶望と虚無と自已嫌惡等の近代精神といわれるものと混同され易い。未來に屬するか過去のものとなるかはここに於て識別されなければならない。

日毎に困窮し失われゆく自由の、詩もその別個のものであるとは思えない。詩人も働く者であるということの單純な事實と自覺を更めて想起したい。私共にとつて常に大切である自己脫皮と自我の克服への道程のためにも。こういう私の考え方は甘いであろうか。僅かなスペースで舌たらずになつたが、大方の批判をうけたいと思つている。

滯京記

宮崎孝政

來たことも言ひもせず、
來たともいひもせず。

こんな文句を書いた軸が床にかけて有つた。米仙といふ書き主はどんな人か知らないが、仲々味のあることを言つたものだ。茶室風のしつとりした居心地のよい部室で、三度の食事を運んで吳れる外は、滅多に家人も顏を見せないだけに、用事がなければ退屈もこの上のない部室である。勿論用事が有れば、柱の釦さえ押せば、忽然として「御用で御座いますか」と、注文通りの女が現はれる。

極樂といふところも、さぞかし退屈だらうといふ不屈な考へが、頭をもたげてくる。

酒の無茶飲みをやつたり、女に獅噛み付いて頰べたを叩かれたりした地獄時代が花だつたやうだ。「折角おすきな酒だから、うんと召し上れ。わたしもお流れを」とせびられても、一向にヘズミのつかない、女と二人差向ひにゐても、女から安心されてゐるやうになつてば、かわきすぎて駄目といふものだ。

永瀨淸子にまで坊主坊主と百人一首の坊主にはめこまれるのでは、この先が忍ばれていくぢのない事おびただしい。

剃立ての頭で霰うけてかへる

この「頭で」の「で」が、まだおれの身代といふわけで、まだ色氣が御座すといふ腥ぐさ坊主の片割れが出てゐるのである。おれを聖僧にするやう奨勵しない事を、永瀨君や奇麗な女の人にたのんでおく。

何處へ訪ねても昔のやうに野人になれないところが、年輩といふものか。銀座の宿の半ケ月の滯在で、いつ會ふともなしに、北川冬彥と中西悟堂に會つたり、同鄕北國の山本和夫君と酒盃を共にするあたりは、まさしく

來たことも言ひもせず、
來たともいひもせず。といふわけか。

わけて、中西や北川はお互に寢轉んで無駄話のつきない間柄であるので、いつ會つても明くたのしい。山本和夫君の話では、銀座の大親分だといふ、菊岡久利氏にも會つたが、「一ヶ年僕のところに詩を送りなさい。大家にしてみせますよ。うわ。はつは。」といふ豪放な高笑ひを聞かされては、東京は今も昔も不思議な愉快な人物のゐるところだと小頸をかしげて感心した。おれの顏が、詩壇の大家になりたがつてゐることを、菊岡先生覩破したあたりはまさしく、櫻井大路跣足に逃げる圖か。

「キクセンセイ、タイカニシテネ。タノムワ。」と素直に言ひる涼しい人間におれもなりたいものだね。呵々

他人の空似

上司海雲

私は、碁や將棋はやらないし、音樂も全然できない。

將棋は子供のころおそわつたことがあつたが、金と銀の行き方がややこしくてよくのみこめないので止めてしまつた。下手な將棋なら見てゐて少しぐらいわかり面白いとおもふ。

碁は友達が大抵やり、知らぬ私が横に居るのに平氣で何回もうち、私の存在を全く無視したものだから、碁打ほど非禮な奴はないと大いにフンガイ、いまだにおぼへる氣はしない。上品そうに打つてゐるのを見ると腹が立つ。

音樂の方はきくことは大好きなんだが、歌ふことも樂器をあつかふことも全然できない。好きなくせに大の音痴で、感心してきいてゐてもどの程度わかつてゐるのかすこぶる自信がない。

俳句は天句俳句といふ阿呆なのなら好きだが、所謂俳句は嫌ひだ。俳人俳境といつたのが嫌ひなのかもしれぬ。いつか俳句をやつてゐる友に强いられて二つ三つつくつてみた。同席の友人が激賞してくれたが、この男は全くの素人だつた。季とか切字とか約束がわづらわしくてやる氣がないが、室内の靜物など見てゐて、急に繪を描き度くなる樣に妙に俳句の樣なものをつくつてみたくなることがまれにある。

歌は俳句より更に縁が遠い。昔啄木調のものを二三十詠んでこれ又歌をやつてない友人からほめられたが、その後作つた記憶はない。會津八一先生とか吉井勇さんは例外だが、總体歌人といふ人種にはすかぬのが多い。しかし自分も五十を過ぎると歌を詠み出すのではないかといつた氣がしてゐる。

詩は大好きで若いころは詩人にあこがれたものだつた。詩、タゴール、ホイツトマンなど大好きだ。日本では詩と人間について一例だがヨネノグチが嫌ひ、北川冬彦が好きだ。

私は、何の根據もないのだが、將棋と俳句、碁と歌、音樂と詩とはどこかよく似てゐると時々思ふ。（九月十三日夜）

敗れた敵

小野十三郎

近ごろ、ぼくが讀んだもので一番感銘を受けたのは、「世界」八月號に譯載された「亡命ドイツ作家」という文章でした。アルフレッド、アプスラーという人はどんな人か知りませんが大へんいいことを書いています。非ナチ化した或る新聞が、ドイツの精神的再建のために、アメリカにいるトーマス、マンの歸國をしようようする公開狀を發表しました。それに對して、歸國を拒否したマンは、答へているのです。「亡命してきた人と他方とにかく惡魔の前に臣事した、でなくとも沈默することによつてやはり全じく犯罪の幇助者たるに至つた人々との間に、果して眞の理解が成立しうるものであるかどうか疑問である。ドイツにはまだウヨウヨ敵がいる。なるほどかれらはすでに敗れた敵である。だが敗れた敵ほど陋劣な、また憎惡にみちた敵はない。」ぼくは、戰爭中のマンの位置や立場に必ずしも全面的な共感は持ちませんが、日本にも、まだこの敗れた憎惡にみちた敵がウヨウヨしているということは事實でしよう。詩人の發言にも、それを秘めているものがありますね。そして、附け加えて云うなら、敗れた敵はなるほど陋劣で憎惡にみちていながら外貌はきわめて溫容そのもの、寛大そのものに見えるということです。そういう調子で、居直りはじめているやつが詩人や作家の中にもたくさんいます。フロリダかどこかの素晴しい海岸に家を建てて餘生を送ろうとしているマンはそれでいいとして、ぼくらはみな「歸國」して、「敗れた敵」の間にいるのですから、いよいよ安閑としてはいられないと思いました。（北川冬彦へ）

罪

江口榛一

その白いハイネの詩集がほしくてならず
讀んでるような振りをしてそつと隱した　マントのなかに
棚には箱が前と變らず殘つてゐる
店を出てから急にこわくなつた
振りかえりたいのを我慢して最初の横丁へすぐそれた
それからいくつも横丁ばかりを曲つて逃げた
走つた　全く夢中で走つた

あの頃　僕は十七
故郷から上京したての頃だつた
金もなにもかもなくなつて仕事を探してた頃だつた

このあいだ青山を通つてみたら
盗みしたその店は燒けていた
空襲　であたりもいちめんに燒けていた

ああ　あの昔におかした小さな罪
そしてあのハイネの詩集もあるけれど
おかした罪を　僕はもう決してつぐなうことはできない

下着　他二篇

高村智

下着

戰爭は下着の惱みをもつて來た、
我々にはとても背負い切れない程の下着の惱みを。
——こんな目に二度と會いたくなかつたら、屁理窟ならべて俺のすることに逆うんじやねえ！
と念をおして、彼は大儀そうに自分で壞した石垣を乘り越えて行つた。

皆んなほつとして乏しいなかから襤褸布をつなぎ合せて、いそいそ仕立直しにかかり、
それぞれ思い切つて輕い明るい身裝になつた。
暮れなずむ夏の夕べ
雜炊や鰊の煮汁がガサガサにしてしまつた電熱器と、梅干のようにしぼんだジャガイ
モのテーブルを
險しい顔々が圍んだ。
皆んな思い出したようにそつと手を差し入れてみたり、鼻をひくひくさせたり
して、自分の下着を氣にするのであつた。
そして今夜もはやく寢たいとつくづく思うのであつた。

港

月があがつたので
岩壁に首だけさし出して腹這つた。
汗さえ出ないので
しきりに舌をなめずつた。
錆びきつて眞赤になつた鋼鐵船が
ギイギイいいながら横づけになると、
頭は潰れて酸漿のようにじゆくじゆくになつた。
蠣牡は久し振りにうまい汁にありついて、チユウチユウ啜つていたが
——惜しい、塩氣が少し足りない！

財布

――自分の死体は自分で處理しますから。
そう書き殘して靑年は歸らなかつた
ある外海からの海岸の電報で親父は駈けつけた
學生服をきた息子の頭蓋はパックり口を開いて
半分出かかつたでろでろしたものを
父親は両手でしきりに中へ押しこんだ
――こいつは隨分高くついた代物ですから
なあ。勿体ねい。醫者さま、なんとか押し
こんで下さらんか。入りきらねえのは、こ
れ、この財布の中へでも入れてくんな。

現代詩時評

最近ある試寫會で「生きている畫像」といふ新東寶制作の映畫を見た。この映畫は、牧野といふ實在の洋畫家をモデルにしたものださうであるが、映畫としては、かうした藝術家をモデルにした映畫によくある淺薄な、嫌味なところが比較的にすくない、かなりよくまとまつた作品ではないかと思つた。しかし私はここで映畫の批評をするのではない。この映画を通じて示されている、藝術家の在りかた畫家としての生活の仕方、そして制作に對する態度といふものが、いかにも日本のある一部の所謂藝術家かたぎが出ている点で興味があつた。繪畫に限らず、この國の藝術家の態度、そして彼らが持つている雰圍氣といふものは、まさにこのやうな形に於て現はれているやうに私には思はれた。繪画では梅原龍三郎や、それを支持する一群の支持者たち、文學では志賀直哉のやうな作家を神のごとく信仰し、あるひは利用する一群のディレッタンド達、それらは、「生きた薔像」ほどに低俗ではないかも知れないが、同じ系統に屬する態度の作家達であることには變りはない。その雰圍氣は結局封建の殼をつけた、意味のないポォズの生活から感じられる處のものであり、昔ながらの文人墨客的なきつぷとか、はつたりとかによつて、自らの存在理由を意味づけているに過ぎないのである。しかもかうしたスペシアリストといふものからはあまりに遠いディレッタントのか作りだす小器用で俗な味の藝術が一國の藝術文化を占斷しているといふ國も例がない。しかしながら、彼らを斯のごとく支持したところの巧利的な一群は別として、一九二〇年來の軍閥と官僚が、彼らの無害無益な藝術を文化的安然辨として取り上げた理田はよくわかるのである。

最近日本ペンクラブは日本の現代文學の海外版を計畫してゐるやうであるが、彼らが最上のものとする味の藝術が、果して世界的な場に耐えることが出來るかどうかは疑問である。詩に於ても、ハリイ、ロスコレントとペンクラブとの合作によつて、日本の現代詩のアスソロヂイを編纂しつつあるが、彼らが高村光太郎や三好達治といふやうなレヴエルの詩人の作品が、どの程度の世界性を持つてゐるかを知るによい機會であらう。既に私のところには日本ペンクラブの計画してゐる現代詩のアンソロヂイはあまりにもコンベンショナルな作品ばかりで信賴し雖いといふやうな手紙を送つて來た詩人もある程であつて、日本ペシクラブの世界文學に對する態度といふものが、案外見當外れなものかも知れないのだ。何れにしても現代の日本の文壇畫壇を獨占しつつある一群のデレッタントの作品が世界の作家達によつて審判される日が來つつあることを覺悟すべきであらう。

北園克衞

詩人の團体結成

先日、歌人の大同團結としての歌人協會？が出來上つたことが、新聞の消息欄に出ていたが、その性質、組織、運營方法などのようなものであるか知らないけれどよく纏つたものだと思う。

戰後、詩壇（詩界と云おうが詩苑と云おうがどうでもいい）でも、詩人の大同的團体の結成は要望されもし、これが實現の兆しもないではなかつたが、未だに出來上つてはいない。文壇（小說、戯曲）の方では職業組合として文藝家協會が作られている。何らかの活動はしているのではあろうが、少くとも詩及び詩人に關しては殆ど無關心、とかくないがしろにしがちのようである。いつだつたか村野四郎、岩佐東一郎の提唱で、詩人の職業團体を作ろうとして準備會まで持たれたが、未だに、纏らずにいる。それと云うのは、詩人の場合、職業團体が純粋に成立するか否か疑問であるところからくるのであろう。詩だけを職業としてやつている詩人は幾らもいない。いや、殆どいないと云つていいであろう。そこで詩人の職業團體と云うものが妙なものになつてくるのである。詩を頼まれて原稿料を稼ぐ詩人は相當ある。しかし、それが職業にまでなつていないので、メンバーをあげて見ると、どう見ても職業詩人とは思えない面々揃いなのである。それに大体詩を書くことを職業としたり、職業詩人だなんて云われることを嫌がり、恥とする詩人が、殆どである。いや、大体詩は職業として書かるべきものではないであろうと――なつてくると、職業詩人の團体と云うものは、そもそも成り立たないことになる。村野、岩佐提案の團體のように、團体の性質を職業的詩人とすれば、まことに作り易いのである。メンバーの選定も割方、簡單である。

ところがそれをそうでないので行こうとする場合、まことにむずかしくなつてくる。すぐれた詩人を集めようとする。すると、一体何を以つて優れたとするか、各派の詩人にとつて見方はマチマチだからである。そこのところを、歌人協會は、どう處理したのであろうか。村野、岩佐の提案の團體結成が第二回目の準備會で崩れたのも右の事情に原因があるのだと思う。

しかし詩人の團體の結成が、どんなに困難であろうと、何とかしてこれは結成させなければならない。現代詩の存在を社會的にはつきりさせるためには、詩人の團體は是非とも必要である。現代詩の社會的地位の不安定さは、確固たる詩人の團體の存在しないことに由因することとすくなくないのである。何を優れたとするか、各派によつてまちまちではあろうが、衆目の見るところ實力のある中堅詩人と云うものは凡そは見當の付くものである。それが中核となつて、日本詩人の團體を結成すれば、あながち詩人の團體結成は不可能なことはないであろう。それによつて詩人が社會的に不當に待遇されることも少くなり、詩人のもろもろの權利擁護も確保され、詩壇の向上發展がはかられるとなれば有難いことと云わねばならない。

北川冬彦

やまのうみぞこの ひとつのしやかいについて

杉山眞澄

みどりの　しぶき　であつた
カッパわ　たきつぼ　の、せいじ　のなかにとけていた
わたくしわ、にじのはやしにつつまれて
あおみどろのふちに、たつていた
みちわうねくつて　とつぷう　のように

そこまでのびていた

おのれの　かがみ　で、げんしのひみつ　お、けしようしている、がいそくぢしんちたいの、じもくもあつた

はづえ　お　しかして、しまのせん　お
いくほんもてんまつまで　とばしている、やまねこ　も　いた

きてい　した、しきさいのげんり　と　じかん　との　ぶんれつであつた

わたくしわそこで　みち　にまよつている　が　の、おびただしい　むれ　おみつけた

それわ　ついおく　お　とむらい
つめたい　かげび　のしたで、はね　をひろげ　まぼろし　のこえお、さがしあるいていた

くづれゆく　ごちやく　の　ちそう　に
それらわ　かたまりあつて
よわい　がふん　お、まいてもいた

わたくしの　ひとつのしこう　わ
すいこむような　ねいろ　に　とびら　お、ひらいた

ふんそう　お、こらした　にくたい　の　こうき　でもあつた

いしき　の　てんかい　とわ、こんなことおいうのであろうか

わたくしわ、やまのうみぞこ　の　せいせいより、その　が　の　こうせい　する　しや
かい　の　へんせんに　みとれていた
こんな、しやかい　でわ
くるしみだけが、いつそうせんめい　に　うきあがり、いきものの　そんざいかち　わ

みちしるべ　となつていた
おくねん　の　たいせき　したルッボ　でもあつた
わたくしわ　ふえし　にめいじて、せいめいのはなの　すいそう　お　こころみた
それわ　がんばん　の　キレツ　にのまれて　ふえ　の　せいたい　だけが、わたくしの
たなごころ　にのこつていた
わたくしわ　べつのわたくしのむねに　すんでいる、せいぶつ　の　あいじよう　お
はつきりかんじはじめた
かぎりない　せいりの、はつけん　であつた

深夜の上野地下道

『一九四七年の日本』第二章

河邨文一郎

階段を降りて、私はつまづく、
ぐんにやりと
なまあたたかいものに。

ちらさむけられる瀬戸物のかけら、
半眼の白。

だが、すぐまた瞼は、この世から蓋をとぢた、蜆のやうに。

屎尿にぬれた髪の毛。

木瘤のやうな膝に
ぐらりとのつた頭。

乳房にぶらさがる
襤褸みたいな乳呑兒。
深夜の灯が、痙攣してゐる群に咲かせる
赤黴の花。
白黴の花。

ここは、地球の引力の中心よりも、くらく。

やつらは、
天に投げ上げられた石よりも
落下の法則に忠實だ。

連れ出されても、連れ出されても、
俄かづくりの收容所から
留置場から
盛り場から
炭山から
まつ逆さまにここをめがけて墜ちもどる。

みろ、ここは
地圖にない一つの國家。

やつらこそは自由の民。

運命をば自分の方から投げ棄てて、解き放たれたものが、
人間であることをやめて、最も强烈な人間に生れ變つたのが、
やつらなのだ。

だが、やつらと對決できるものは、
人間ではない、神ではない、惡魔でもない。

深い絶望から、私はなほ呼びかけずにはゐられない、
やつらとの間の深淵をこえて。

一歩私が近づけば

一歩やつらは後退りして、
追ひつめられた猛獸のやうに
跳躍の姿勢をとつて
背中をまるめる。

おお……
時間にも空間にも忘れ去られた洞窟の底から、じつとこちらを狙ひすます
螢石のやうに妖しい
眼。
眼。
眼。
眼。

一九三七年二月

女性の秘密　他二篇

笹澤美明

あの怖しい空襲の經驗について、大きな不幸を感じないものはないだらう。あのことを回想して、快感を覺えるのは、年少者の冒險や戰慄に對する好奇心以外の何ものでもないだらうと思ふししかしあの經驗の內部の奧底を考える人は、あれが天災とちがつた、人間の意志や、慘虐的慾望によつてなされるだけに、不運や不幸などの言葉によつて言ひつくせない內容を持つてゐることを感じるだらう。

一つの不幸は、病菌を貯へてゐる物質のやうに、そこから派生する不幸を持つてゐる。そしてそれが必ずしも病菌のごとく疫疫のやうな狀態を起さず、思ひがけなく根源の不幸より大きな、悲慘な性質を帶びてゐることさへある。父の死が母を病氣にし、その子を殺すに至る場合さへある。

私は、あの初夏の日、空襲の行はれた都市の不幸と慘禍について、悲しみにみちた追憶を持つてゐる。しかし、それらは親しい者の死に對する、誰れでも味はつた哀傷にすぎないかも知れない、私は不幸について悲しむことより、冷靜に考へることに努めなければならないだらう。さうとすれば、あの隱れた事件を、ここで物語ることが出來るのだ。それによつて諸君は悲しみの涙を流すことをせず、私と一緒に考へてくれるだらう。人間の、と言ふより、女性の心理について、一つの秘密があることを。

私の知つてゐる救護所の所長の醫師は、數十人の傷病者を扱つたが、女性の患者は非常に扱ひにくいことを私に話した。そのとき彼は、數人の女性を治療したが、その中に一人の美しい女性がゐた。傷は手と足で、可なり重傷であつたが幸運にも順調な經過をたどつて、他の患者から見れば、無傷にひとしい五体を持つことができた。

彼女は一年前に生まれた乳呑兒を抱いてゐたが、傷一つ負はずに救はれた。只、不運なことには、その子は榮養の目的のために、離れた救護所に運れて行かれたことであつた。彼女は醫師や看護婦が何度說得しても、その子が死んだといふ信念を動かさなかつた。その子を連れて來て見せてやることは、あの場合、すべての條件が許さなかつたので、彼女の信念は誰も變へることは出來なかつた。彼女はいつも、「死にたい。」と口走つていた。

同室にもう一人の女性がゐたが、これは顏面をひどく傷つけられて、その上、火傷を負つたので、彼女は一目見て顏をそむけたくなるやうな容貌を呈してゐた。彼女は再三、化粧をするから鏡を貸してくれと、看護婦に哀願した。看護婦は、鏡はないといふ理由で、それを拒んだが、彼女は、いつしか硝子の破片を手に入れて、自分の顏を映してゐた。そして、看護婦に向つて、自分の戀人のことを語り、その人に早く會ひたいと話したといふ、實際には、看護婦は、その戀人といふ男が爆死したことを告げられてしつてゐたのだ。

私の知つてゐる醫師は、生きられる資格を充分に與へられてゐる美貌の女性が死に憧れ、生きることに絶望すべき運命を背負つてゐる女性が生に憧れる不幸や矛盾について慨嘆した。そして、それが、はつきりした計算によつて次のやうな答案を得たことが、その醫師をして、今日、古今の文學書を耽讀させる結果となり、彼に虛無的な、一種の精神放浪者のやうな人格を幾分與へることになつたのかも知れない。

數日後の、烈しく雨の降る或る明け方、その救護所に偶然に二人の脫走者があつた。その美貌の女性と醜い顏になつた女性と。

そして美しい女性は、近くの川で投身自殺を遂げ、醜い女性は、そのまま行方をくらましたのである。

一種の殺人罪について

一つの手紙

自分の性格について、ぼくが君に語るのは退屈かも知れない。他人の性格を興味をもつて聞くのは、檢事か、醫師か、小說家に限られるのではないか。ここで、ぼくは、自分の性格を語るのではない。自分でさへ、持て餘してゐる複雜な性格を、一つ一つ話したら、君はぼくを理解するどころか、ぼくを妙な人間だとして、警戒しはじめるだらうし、ぼくから離れてしまふだらうと思ふのだ。

ここでは、不思議な、妙な、ぼくの經驗を少しばかり告げることにする。君は、また、變なことを言ひ出すと思ふかも知れないが、ぼくは、むしろ告白の形で、これを語るのだ。ぼくには誰れでもあるやうに、人に告げられない秘密が數々ある。その中には、ぼくにとつて非常に都合の惡い秘密がある。それを語れば、人々は、ぼくを輕蔑し、嘲笑して、誰れも相手にしなくなるだらう。ぼくの僅かばかりの地位も名與も忽ちにして泥に塗みれ、つひには、ぼく自身が、ぼくに對して死刑の宣告を下し、直ちに死刑を執行するだらう。

不思議な、妙な經驗といふのは、ぼくの秘密をしつてゐる人が、すべて死んで行くことなのだ。ぼくの被害者は無論のことぼくがそれを不意に思ひ出したとき、恥辱のために、じつとしては居られず、公衆の中にあつても、それを思ひ出すと、突然、大きな聲で獨りごとを言つて、ぼくに何の關係もない人たちを驚かせることがある。その秘密をしつてゐて、ぼくを輕蔑してゐるやうに思へる人が、どうしたのだらう。その事があつて數年後に病氣をするとは！大きな秘密ばかりでなく、人にしられては困ることを、うつかりして喋べつて、後悔するやうな時や、ぼくが、人に物を頼んだときの卑屈な氣持を、いまいましく思つた時や、果ては戀してゐた女性がボートに乘つて沖に出る後から投げキスをしてゐるのを發見されたやうなことまで、それを聞いたり、見たり、しつたりした人たちが、ほとんど今では、この世の人でなくなつてゐる。

ぼくといふ、一種の僞善者の生活にとつて、まことに好都合な配劑ではないか？ぼくは己惚れたのだ。かうしたことは、實は、天がぼくを、この世に存在させて置いて、何か意義のある事業をさせるためなのだと。ぼくの文學に對する自信は、そのたびに増して行つた。ぼくは、必ず立派な仕事を遺すやうは生れついだのだと、秘かに考へたことがある。

しかし、ぼくの自信は、どうやら崩れて來たやうだ。昔のやうな、愚かしい信仰や自負は持たなくなつたが、その代り、近頃、ぼく自身、氣がついたことだが、その偶然の殺人罪を、いづれ、まとめて、つぐなふために、ぼくの生存が許されてゐるといふことなのだ。

そして、自負こそ捨てたが、まだ、ぼくは迷信は持つてゐるらしい。なぜかと、君は、きくだらう。なぜと言つて、まだぼくは秘密を一つも君にしらせてゐない。もし君がその幾つかでもしつたなら、君が死ぬかもしれないことを怖れてゐるからだ。君を失ふことは、ぼくにとつて苦痛だし、まだ、早すぎる。

神の死を

H・Tは若くして死んだ、私の友だ。私は彼と少しも親しくはなかつた。それどころか、一度も親しい口をきいたことはない。たつた一度、初めて彼に紹介された出版社の一室で、初對面の挨拶をしただけなのに、それを、どうして友などと、口幅つたいことが言へるだらうか？　それは、私が勝手に、自分の方で決めた友、心の友だからだ。全然師事したことのない、尊敬してゐる先進を、師と仰ぐことが許されるなら、私の勝手な、友呼ばはりに對して、彼の靈も人も許してくれるにちがひない。

K・Tは詩人ではなかつた。若き外國文學者と言はれてゐたが、純粋な心柄や、神へ對する敬虔な態度から判斷して歌はざる詩人と言つてよいだらう。私は彼の態度を、たつた一篇の體驗記と二三通の遺書のやうなもので感激した揚句、彼を私の「心の友」に決めてしまつた。

私は今でも、彼の手紙の一節を、感動して讀み返す。

「病院ではお蔭で神父樣が快くお會ひ下され、いろいろお話をうかがふことが出來ました上に、看護婦の方に親切に御案内されてすつかり參觀させていただきました。

この一節にある「病院」とは、箱根の奥にあるレプラ患者の收容所である。彼はそこを訪問するのに、決意を持つたが、そこには期待と樂しみさへあつたのだ。そして世人に厭はれ、恐れられてゐる哀れな人たちが、慈愛深い神父のもとで、實に樂しく、明るく生活してゐるのを見て、彼は期待以上の收穫をもつて歸つて來たといふ。

「あの日以來、私はたえず耳許に、何かこの世ならぬばかりに靜かで和やかな樂の音が聞えるやうな氣がしてゐます。」と、彼が書いたのも、決して誇張や作りごとではないだらう。

私は、彼がその病院へ行く途中の汽車の中で、それらしい（後に確かめはしたが）少年が、肉親と覺える人に附添はれて行く哀れな姿を深い慈愛の眼をもつて描寫してゐた文章を決して忘れることは出來ない。あの悲慘な人々を見て、どんな嫌惡も醜惡さも覺えなかつたばかりか、一種の羨望に似た氣持を感じたとは、なんといふ崇高な精神だらう。これは神父に打たれた感動にもあつたのだが、彼の人格から立昇る心の匂ひでなくて何であらう。

彼がカソリック文學に魂を打込んでゐたことは、想像しても、美しい、青白い炎が燃えるのが見えるやうだ。

心の友よ！君が言ふやうに、私もまた、所詮パリサイの徒だ。君が文壇ずれのした友を捨てて、田舍へ歸つた理由は、徒らな獨善主義者のポーズではなかつた。私たちがテクニックやフォームに浮身をやつしてゐる間、君は、かくも深く魂の在りどを求めてゐたことを、私は今更尊敬する。君は「神の子」となるために、見えない白い手によつて授洗を受けたのだ。そして崇高な死を死んだのだ。神の死を！

魚族たち

田中伊左夫

鰓やひれに泥垢をためて
そいつらは沈んでいるだろう
ぎらぎら油紋がよどみ
銹くさい水はまるで動かず
「この中で魚をとつてはならない」
文字新しい制札に
そいつら同族の顔がかなしまれるのだ。
いたるところ氷泡は噴き　くずれ
工業用水水源は

天をおおう
吐きたい
葦のいきれだ・

蛙

跳びこんだままの四肢でむき直り
そいつらはもう叫嚢を浮かべているのだ。
暑い苗田に頭をならべ
ふてぶてしく
まつぴるまを歌つているのだ。
どいつを見ても小面憎く
妻　子を思えばむやみに淈き
がまんならない
唾さえ
きれた。

（離郷抄より）

同人語

病床にて

國辱

江間章子

太宰治氏が死んだとき、じつとしていてもいろいろな聲が耳に入つた、まるで暴風雨のように。そのなかで胸にジーンときたのはあるひとがいつたこと。

「あれはジヤアナリズムがいけないんですよ。太宰を殺したのは××社と×社だ」

と。

わたしは胸が痛かつた。

ジヤアナリズムが文學者を殺すとは何事だろう。

わたしはこの憤りのかげで、決してジヤアナリストが文學者を甘かすように期待するのではない。あつてはならないことがある事實を心から悲しく思うのであつた。

もちろん、ジヤアナリズと文學者の進むべき道はおなじではないのだけれど、廣い文化の使命から見れば相反する敵であつてはならない筈である。

少くとも。お互にジヤアナリズムは文學者の進むのを邪魔し、文學者がジヤアナリズムの進むのを邪魔をするのは文化の敵である行動であるといえよう。

ところが、これとは別に近頃、わたしは實に國辱的ジアナリズムと文學者の共同作品を見た。

ある雜誌に「お手並拜見」という名のもとに、ひとりの人氣作者が着物の肩を半分ぬいで、時價五百圓ほどの鯛をまないたの上でいままさに料理しようと出刃包丁をおろそうとしている姿の寫眞が揭つていた。

わたしはこれは見て、おどろいた。

この作者は日本人だろうか、それとも何人というのだろうと考えさせられたのだつた。

それからわたしはこんなことを考えた。

わたしたちがライフなどを手にするように、もしも、この本を手にして新しい日本の花形作家だとこの寫直を見せられた外國人はなんと感じるだろうか。……

もちろん、これが日本の作家か、これが日本の文化人かとみつめるであろう。

わたしはそう思つたとき身ぶるいした。十年前角力取りの寫眞が外國の雜誌に外國文の説明をつけて揭載されていたとき身に感じた身ぶるいをいままた新しくここで思い出した。

これが日本の文化である。世界に誇る日本獨特の文化の姿だという人には、もはやわたしは何も語らない。

けれど、わたしはなんの説明もなしにこの寫眞をつきつけられたら、わたしはこれはだれの寫眞か見當つかなくなるだろう。まして、ここから文化も作家の匂いも想像しまい。

これは作家である、といわれたら、おそらく、わたしはこれはパプア族のなかの作家かしらと考えると思う。……しかし、隣りの部落民とも言葉が通じないというパプア族のなかに果して作家がいるとは考えられないのだが。……

わたしたちはあえて外國にかぶれたいとは思はない。けれど、外國の小説でも評論でもわたしたちに理解できて、日本の文化にだけ、なぜ外國人には理解できないようなアクを持たせ、民族意識のかくれみのを持たせた國辱を演じさせようというのだろう。

わたしたちはいまさらフランスに起きているレットリズムを聞い

ても驚かない。戰爭前には日本の詩の動きのなかに、それに似た傾向さえ生れて來ようとしたときだつたから。

　また事毎に異狀な行動者扱いされるサルトルだつてポートレートは僅かに視射の方向がやや實存主義者?の風格を示しているだけで、立派な教養ある紳士である。

　わたしは反省もなく國辱的ジャアナリズムと作家の存在を世界に恥かしいと思う。

ダリアの花束

　病氣をしていて、日頃感じないいろいろなことを感じる。空のことや庭のことや木のことや花のこと。

　終日寢床のなかにいて、子供たちが動くのを見ていると、起きていて見るよりも美しさがある。入り亂れていると、まるで踊つているように輕い。

　氷枕と絲を切つて、出掛けて、病院からかえつてくると、思いがけなく玄關の花が豪華なものと變つている。

　薔薇園の御主人がダリアが咲いたからと見事な大きな花束をわざわざ自轉車でとどけて下さつたとのこと。

　かくれている處にも光が射すような氣がして、涙がこぼれた。

詩集「森林」の母胎について

浅井十三郎

　それわ廿年前のある日のことである。「絶えず石に頭をぶつつけていなければならない」とゆふ僕の詩の一行をとらえて、「どうもあいつわ苦んでばかりいて困る」。もつと光りをあてなくてわならないと障子越しにひそひそと語りあいながら、愛情が憎しみに變つてゆく僕をいたわり續けている龜井夫妻の倫理を僕わ立ちぎきしてしまつた。追われる儘に彼の家にころがりこんでいた僕にとつて新潟海岸の、その頃まだ松林ばかりが續いていた關屋一帶の靜けさわ、じつと世の中の惡に眼を向けるにけつこうの隠れ場であつた。いまもあの頃の話がでると僕の作つた茄子や野菜が大あたりで、もぎきれなかつたことをよく彼のおふくろが話しだして笑わせるのであるが、そうゆう失業の日の朝であつた。ガラガラと玄関の戸があくと同時に「あがつていいか、あがつていいか」とゆう險のある呼聲を僕らわ聞いた。應待にでたのわたまたま家に歸つて來ていた龜井の父である。何でも電氣事業に関係していたようであつたが「何だ、いきなり人の內え、あがつていいかとゆう喧嘩話があるものか、なんだ浅井君を連れてゆくと云うのなら逮捕狀をもつて來たのか、理由なくして倅の友達を君たちに渡すわけにわいかん」と强く言え張つてきかなかつた。僕が東京時代をうちきつてから、彼を訪ねた時にわすでにこの父わ世を去つていたが——龜井わこのような父を持つていた。そして又この詩集に自分の着物を賣り拂つてまで金をこしらえてやると云う理解ある母をもつている。人間同志の親しみわ理屈でない場合が多い。一名、海龜とか泥龜とか何とかと泡をとばしながら酒ときては眼のない龜井や吉田悅郎、それに僕である。僕らが絶えずすつからかんでいても、さして苦悩に思わぬのもこの酒のおかげである。北支から着のみ着の儘で歸つてきても、驛頭の彼の顏わ笑つていた筈、彼の愛情はいささかも汚れていない。詩歷廿余年初めてだす詩集である。

　ほんとうの敍情詩がどんな道を選んでいるか、近頃の詩人にわみられない親ゆずりの氣骨と、したたるばかりの愛情をただよわしている。これからどんな方法をくみたてゆくか興味があるし近頃にない豪華ないい詩集である。嘘だと思つたらよう讀んでみてくれ給え。定價百圓發行所わ新潟市船場町一慈眼書房である。

長篇敍事詩

沼　第二章

My Young Days

祝　算之介

1

汽車は
いちめん蔬菜畑の開闊
　地を
走つている
いまにも雨でも降りだ
　しそうに
雨雲は低く垂れこめ
春とは名ばかりの
うすら寒い
枯れ枯れの風景であつ
た
それにひきかえ
車内はあいかわらず
耳が痛くなるほどがん
がんと
人びとのざわめきで
この一部屋の空氣のな
かにも
なにか氣負いたつてく
　るものさえ
感じられた

私の前に腰をおろしている
田舎者らしい中年の羽織袴の男が
なにやら手つきまでして見せて
いつしんに周圍の人びとに
しやべりかけていた
ときどき私のほうへまで
同意を强いるようなまなざしを向けるので
うつとうしくなり
もうよほど前から
窓枠にもたれたまま
眠つたふりをしていた

2

これほど長い時間を徒費するのは
私にはこれまでにないことであつた
それというのもいま
ちよつとの暇もないほど
追われどおしの仕事のせいでもあつたが
こんなに長い時間を持つのは
退屈というよりか
私には堪えがたい苦痛とまで變つていた
平素わすれかけていたものが

いちじにどつと心を馳けめぐり
いらいらしどおしだつた
ことに
いちばんいけなかつたことは
思いもかけぬ幼年時代の思い出が
私を刺すように
攻めさいなむことであつた

3

私の母は
私が生まれるとまるで
別人のように變りはててしまつた
産後まだふらふらするからだを引き摺つて
裏のすこしばかりの畑へ出ては
髪をふりみだして畑を耕してみたり
こやしをはこんだりした
平作老夫婦が手を貸そうとでもしようものなら
それに武者ぶりつき
あわてて逃げだす背後から
石を投げつけたりした
それにも懲りずに
この好人物の老夫婦がどんなに
拔き足さし足
私を見にこようとしても
裏の畑にいて氣敏く感ずき
鍬も棄てていちもくさんに家へ飛びこみ
おそろしい勢で
雨戸を全部しめてしまい
まつくらな中でがたぴしと心張棒をあてがつて
節穴から外のようすをうかごうのだつた
しぜんと平作老夫婦と私のあいだは
隔離されてしまつた狀態だつたが
それかといつて母は
私の面倒を見るわけでもなく
すこしもかまつてくれず
どんなに私が泣きわめこうが
たまに乳房をあてがつてくれるが關の山で
それもごく機嫌のいいときにかぎつていた
母は四方雨戸を閉めきつて
まつくら闇にしたなかで
なま米をぼそぼそ嚙みくだきながら
半日も
ぼんやり立ちつくしていることが多かつた

しかしこのようなていたらくでは
どうにもやつてゆけようはずもなく
平作老夫婦の庇護は
見えないところで
なおもつずけられた
たとえば
朝起きてみるといつの間にか
ぎつしりつまつた米袋がかまだんにのせておいてあつたり
猫びたいほどの裏の畑は
知らぬ間にきれいに耕され
大根や葱は
丸く結わえて洗つておいてくれたり
なおまた
乳児の喜びそうな飲食物のたぐいまで
ほうりこんでいつてくれたりして
どんなにか私たち母子の
命つなぎになつたか知れなかつた
こんな状態のもとで
すくすくと若麥のように
私は成長していつた

5

物心のつきはじめたころの私の
いまなお記憶にのこつていることといつたら
じりじりと焼けつく眞夏の炎天下を
よく手賀沼のふちを
母の草刈籠の中にはいつて
背負われていつたことだつた
私は母の背中にじかに負ぶさつたこともなく
母に抱かれた甘い感觸も
ぜんぜん知らないですごした
しかし草刈籠にはいつて
ゆつさゆつさゆさぶられるのが
どんなに樂しみだつたか知れなかつた
そのころ
どうした切つかけからだか
母は平作爺さまのところの何畝かの畑を
小作しはじめていたので
その畑までいくのに
鍬だの鎌だの
畑の道具をいつぱい入れた籠の中へ
私もいつしよに入れられて

夏の日盛りには
上から蓑笠をかぶせて日除とし
かならず小一町もあるその畑まで
沼べりを通つて
ゆさゆさゆすぶられていつた
途中でだれかやはり鍬などかついでとおる村人を見かけると
やにはに母は立ちどまつて
なにかそこで用事でもしていた風に背をそむけ
そわそわと鎌を出して草を刈りだした
そうして通りすがりの者をやりすごしておいてから
姿が見えなくなると
ふただびせかせか歩きだす
道ばたで人に話しかけられても
かたく口をつぐんだまま通りすぎるか
その村人がからかい半分に
なおも執拗に追いすがつてくるようなときには
ぎくんと立ちどまり
いきなり腹帯の中から
なま米をとりだして
もそもそ口をすぼめて嚙みはじめ
だれがなんと言つても返事もしないで
たいていの人は呆れはてて
ぶつくさ悪態をつきながら
退散してしまうのであつた

6

陰氣な母にひきかえ私は
これまたうらはらの
くりくりと
見るからに快活な子供に育つた
母は平作老夫婦の恩情にたいしては
かなり折れてきたらしく
平作爺さまや婆さまの言うことならばなんでも
こつくりうなずいて
従うようになつた
子煩惱な爺さまは
取手の大師樣で貰つてきたと言つては
ブリキのラツパや
銀紙を貼つた木刀を
私にあずけてくれた
私は宇頂天になつて跳ねまわり
一日じゆうなにも忘れて
その玩具にかじりついていた
近所に遊び仲間もいないし

またこの手賀沼の近邊にまで
遊びにくるような子供も
私を見てはすぐ石をぶつけたり
さんざん惡態をつくので
私はいつも飛びのきざま
家の桓根をのこらず閉めて
中へ這入つてこられないようにしてやつた
私の遊び場所といつたら
平作爺さまの家よりほかになかつた
私が母の見ているすきをねらつて
こつそり平作爺さまの家へ出かけると
爺さまも婆さまも
それはそれは下へもおかぬ喜びようであつた

7

「平公よぐきたな
　これわな
昨日(きんによ)　驛の賣店さいつて
爺さまが買つてきた飴だど
うめえにもうめえにもよーオ
おら平公げ
くれべ　ュ思つてよ
　とつておいただ　ほーれ」
婆さまはふところの奥から大事そうに
紙にくるんだものをとりだし
いくえにもぼろぼろになつた紙を剝いで
飴をさしだした
「おつかあはあにしてるだ
ああ？　平公」
傍から爺さまもニコニコしながら
聲をかけた
爺さまはそれまで葱の皮をむいていたが
私がきたので仕事の手を休めて
手を拭き拭きそばへ寄つてきた

8

「おつかあは
ニワツトリげ
えさやつてる」
「ほーが
平公らが
ニワツトリいぐつある？」
「おらがはナ
ひとつ　ふたつ　みつつ

……ひとをつ
ふたあつ……
……みつづ……
……………………
ああわがんねえ」
私が指を折つてかぞえはじめると
爺さまは大仰に目を丸くして見せて
「はーれ
平公は一つ二つ
かず勘定
できんのがァ」
とびつくりして見せた
「できつともよ
ひとつ　ふたつ　みつつ
……ひとつ……
ふたつ……みつつ……」
三つしか數えられなかつた
しかしこの老夫婦の驚きは
たいしたものだつた
私はそのとき
もら五つにもなつていたので
五つにもなつて
たつた三つしか勘定ができないのは
むしろ遅すぎるのだが
それでも爺さまも婆さまもわがことのように
口をちぎつて褒めそやした

9

「平公
いし（お前）がちやん（父）は
どごさ行つただか？」
爺さまはかならずいつぺんは眞顔になつて
こんな質問をして
私をめんくらわせるのだつた
「おらがちやんは
遠い遠いどごさ行つただ」
私はこう答えるよりほかはなかつた
「んだら　平公は
おらが家のもんになんねがよ」
私がしばらく首をひねつて考えていると
「この爺さまをな
いいちやんと呼ばつてみせえ
ほいだら平公は
もうおらが家のもいんだど」

これはめつたなことには
ちやんとは言えないと思つた
私は口に手を當てて
眼玉ばかりくりくりさせ
しばらくは恐しいものでも見るように
老夫婦を等分に見くらべていた
　「ほーが　ほーが
　平公がちやんは
　歸えつてくるもんな
　いまに歸えつてくるもんな
……おら爺さまなんのごつたろか
　平公おつかながつて
　いんでねえだがよ」
婆さまが差出口をしてくれたので
私はホツトして
また爺さまの傍へすりより
中絶していた悪戯にとりかかるのだつた

10

私は平作爺さまの家ではいつもこの調子で
いつ行つても大取りもちだつた
行けばすぐはだしのまま
ずかずかと座敷へあがりこみ
すぐさま佛壇の袋戸をがらりと開けて
のぞくのであつた
　「こーれ　平公
　今日はあにも無えだど
　またこんだ町さ出たら
　いし（お前）げ
　ビスケツト買つてきてやんべナ」
爺さまほんとうに濟まなそうに
そう言わけした
　「ほんとが？
　爺さま　ほんとだナ？
　ああおら良いごと聞いた
　良いごと聞いた」
私は雀踊りしてはね廻りながら
すつかりはしやぎ切つていた

11

ところが母は
私が平作爺さまのところへ行くのを
好まなかつた
私の姿が見えなくなると

母はこつそり平作爺さまの家へ押しかけ
物をも言わずに私の胸ぐらをとつて
座敷からひきずりおろし
呆氣にとられている老夫婦の見ている前を
しよつぴいて歸つた
　「嫌だよオ――
　おつかあ――
　嫌だつてば――」
ばたんばたん蹴つとはしながら
泣きわめく私にはいつこう平氣で
ぐいぐいと家までひきずつてきて
私を平土間の四角柱へ三尺帶でしばりつけ
一間四方ぐらいしか
からだの自由のきかないようにしてしまつた

12

ようやくのことで泣きやむと
私は母の眼を盗んで帶を解こうとするが
いつかなほどけそうでもなく
あの手この手と智慧をふりしぼつた
　「おつかア――
　糞（くそ）ひりてえ」
とか
　「おつかやーい
　糞（くそ）むつちやうどオ」
ありだけの聲をはりあげて叫ぶと
母はどこからかあたふたと駈けつけて
しぶしぶ帶を解きにかかつた
私はしばらくはちようずば（便所）にしやがみこんでいなけ
ればならず
母のすきをねらつて
どこかへ飛びだそうとするのだが
母がかまだんの前にしよんぼりうつむいて
なま米を噛りながら突つてつているのをちらと見ると
もうこれ以上
母の意にさかろうことは
どうしてもできなかつた
　「おつか
　おら行がねどない
　おら行がねーど」
なんべんも同じことをくりかえして
またもとの四角柱のところい近寄り
自分で手をうしろへまわして
三尺帶でぎゆうとからだごと柱へゆわえつけた

13

母にさびしそうな樣子をされることは
私には堪えられなかつた
べつにどうのこうのというわけではなかつたが
妙なことに私は
平作爺さまの家が私のほんとうの家で
このおつかあのいる家は
じつは私のほんとうの家ではなく
私がいなくなると
おつかあがさびしそうであつたから
いてやつているんだと
子供心にそんな風に
考えこんでいたのだつた

第二章終り　（續く）

現代詩同人

安西　冬衞
安藤　一郎
淺井十三郎
江口　榛一
江間　章子
北川　冬彥
北園　克衞
笹澤　美明
阪本　越郎
杉浦　伊作
杉山　平一
瀧口　修造
壺田　花子
永瀨　淸子
村野　四郎
山中　散生
吉田　一穗
（順序不同）

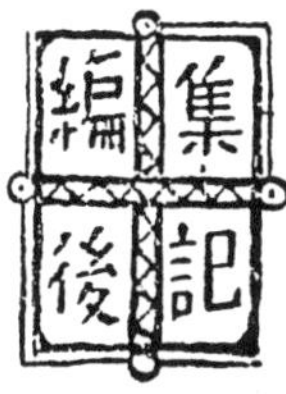

△近頃つくづく感じることは、粘り強さの威力である。粘り強い奴にはかなわない横光利一は、藝術家にあつては、努力出來ると云うことは、すべて天才であると云う意味のことを云つていたが、たしかにそうである。毎日仕事の分量を定めて、一定の時間机にかじり付いていられると云うことは並大抵のことではない。よほどのエゴイストでなければ出來ないことだ。私は云いたい、エゴイストであることに何のためらいも感じない資質は藝術家にあつては天才である、と。私なぞ、どうもエゴイストになり切れないうらみがある。粘り强さが足りない。第一に粘ること、第二に、粘ること。第三にねばること。——いくら自分に云つて聞かせても、過ぎることはないのだ。

△先號から、「コレスポンダンス」欄を設けて、同人外の詩人、文人との交通交歡を計つているが、見られる通りの盛觀である。短文ながら、充實そのものばかりを寄せて貰つている。

有難いことである。今のところ、まだ殆ど詩人とのコレスポンダンスだが、漸次、他のジヤンルの藝術家にも及びたい。そうだあの人にも、この人にもと想うことは近頃の私の樂しみの大きなものの一つとなりつつある。この欄の編集について執筆の方々に一寸諒承願いたいことは、その組方や並べ方である。禮儀はわきまえているのだが、取り付き易く親しみがあるとの考えから六號に組んだ。私自身の經驗からしても、六號カコミ欄にまず目が吸いつけられるのを常とするからである。それから順序に、他意はない。組みの体裁上、行數の都合によることが大きい。

△「歷巖の皿」の青山鷄一とは、本誌NO・3の村野四郎推薦の小川富五郎の改名である。

△「下着他二篇」の高村智は、私の推薦するズブの新人である。ヤンガー・ジエネレーシヨンの苦惱は痛々しいが、エスプリはそれを克服して、まさにユウモアの味をさえ湛えさうである。そこが極めて新しい。注目されていい新人だと思う。

△祝算之介の「沼」は、あと、二、三回の連載である。

△杉浦伊作は、去る九月十日に手術した。心配していたが、經過は良好であるとのこと。同人、讀者諸君に安心して貰いたい。

△次號は特集を計劃している、何を特集するか、それは、今は伏せて置く。

（北川冬彦）

〇今井の杉山田中河邨の諸君は共に「詩と詩人」の中堅である。いづれもが詩歷廿年すでに一家の風格をもつていると思う。然もこれらの諸氏は、「詩と詩人」に據つてからは、これ一本でとうし續け、よく、「詩と詩人」を守りつづけて來た諸君である。來年度は、これらの諸君の詩集が續々と刊行される手筈であるが、いづれはその折にして今は友を語るに言葉すくなくひかえる。

〇三號雜誌と言うことがあるがとにかく三号ならざる三年をこの號で終り、第四年目に這入る。いづれ錐を洗つて諸氏にお目にかかることにする。

〇十月十八日。初雪が來て路をまつ白にした。「おい權限堂わ、ぢきくるてつたいだね」「やどおい、冬わ、ながくつてや」子供たちが笑えざわめきながらとびあるいている。指さす山の頂わ眞つ白だ。腐りきつた都會のどまん中え、あいつをどしりとすえつけてやりたいようだ

（淺井十三郎）

編集に關する連絡は左記宛
浦和市岸町二ノ一四七
北川冬彦宛

現代詩　第三卷第十號　定價 金參拾五圓 〒弐圓
直接購讀會費　一ケ年三五〇圓
昭和廿三年十月廿五日印刷納本
昭和廿三年十一月一日發行
編集部員　杉浦伊作
編集兼發行人　關矢與三郎　新潟縣北魚沼郡廣瀬村大字並柳
印刷人　佐藤和　新潟縣北魚沼郡堀之内町
發行所　詩と詩人社　新潟縣北魚沼郡廣瀬村大字並柳乙一一九番地　淺井十三郎
日本出版協會員番號A二一九〇九
配給元　日本出版配給株式會社

昭和二十三年十月二十五日印刷納本
昭和二十三年十一月一日發行
昭和二十三年五月廿八日第三種郵便物認可
現代詩（第二十四集）
定價金三十五圓

現代詩
一月號
散文詩論特集
THE CONTEMPORARY POETRY
詩と詩人社
昭和二十四年一月一日發行（毎月一回一日發行）
昭和二十三年五月廿八日第三種郵便物認可
現代詩 第四巻第一號（通巻二十六號）

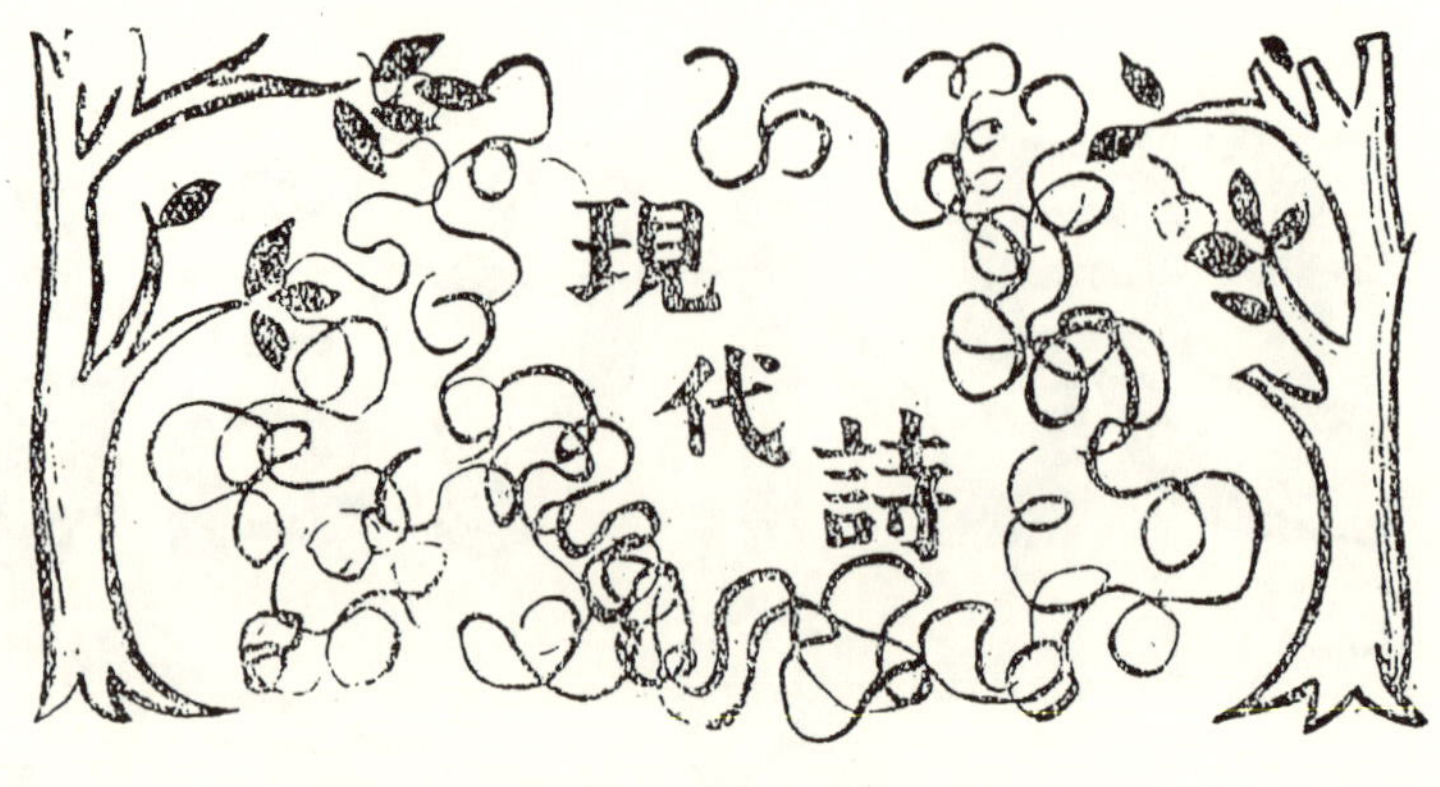

昭和二四年 一月號 目次

散文詩論特集

散文詩論特集……（三一）
散文詩について……川路柳虹……（三一）
散文詩の周圍……安藤一郎……（三四）
ボードレールの散文詩について……村上菊一郎……（三七）
散文詩についての斷片……永瀬清子……（四一）
散文詩管見……笹澤美明……（四三）
散文詩の周邊……杉山平一……（四五）
散文詩論……坂本越郎……（四八）
散文詩の方向……淺井十三郎……（扉）

○

作品

愛情の背景をなすわが鐵道達……安西冬衛……（六）
逍遥船……笹澤美明……（一三）
告訴状移文……淺井十三郎……（一六）
ポジション……安藤一郎……（二三）
秋日帖……高島高……（一八）
率天……冬木康……（二一）
すべては許されている眠りの歌……青山鶏一……（二三）
秋草の中で……町田志津子……（二四）
長篇叙事詩 沼……祝算之介……（二六）
來るべき詩壇に何を希まれるか。貴下の抱負（アンケート回答）諸家
コレスポンダンス
人間像えの感覺（岡田刀水士）理論と行爲（祝算之介）不死身の言（岩田潔）
類型と典型（平木二六）逆さまの社會（岡田芳彦）雜（岡崎清一郎）

○

後記……北川冬彦

現　代　詩

一　月　号

散文詩の方向

浅井十三郎

日本の詩の混亂は一口に結論するならば自己の背後に責任をもつていない、と云うことに、原因すると言うこともできると思う。新体詩の發生から今日に至る迄の詩の運動がどのような發展をなして來たかを尠くとも歴史の中にそれを把えてみるならば、先人の努力の殆が忘却の底にたたきこまれている。然もそれが歴史として克服されたものでなく無批判の儘に投げすてられていると云うことは充分に省みられなければならない。ところで、一九四八年の詩界は、數多くの散文詩を持つたわけであるが、この新散文詩運動が、かつての散文詩運動といちぢるしく異つている点は、否、異ならなければならない点は、歴史的社會的な問題に關わる「人間」の批判と追究とそして、組織の中に於ける我々の生き方を、より具体的に(實證的)に近代詩の發展に方向づけてゆくところから初まらねばならないと思う。然もそれが過去の散文詩運動がポエヂーの把握にあつたことを忘れ、徒に詩の一行の困難な苦業から逃避することであつたり又、今日この運動が一つのジャンルの確立に向つていることも思わずに單に行分け抒情詩の變形に終るならばそれはこの運動の後退を意味するだろう。散文詩の方向は行分け詩であるだけにとどまらず、行分け詩の未開墾地に向つてポエジーの擴大擴充を圖ることだ。從つてそれは、獨白や物語りと共に敍事的な性格と劇的性格を帶びてゆくであろうことは誰しも認めるところであろうがより一層大切なことは、一篇一作主義から百篇一作主義えと一篇の思想的發展を系統づけてゆく努力が詩人に持たれなければならないにちがいない。然も詩は……詩の一行一聯が他のジャンルと區別されるものにならない限り、散文えのだらくが初まるであろうし、單なる行切り詩にだつする危險も覺悟しなければならない。そしてそれらの危險を散文詩が克服して一つのジャンルを確立するところにその必然的な發展として大敍事詩えの華々しい出發が又約束されると思う。とにかく本年度わ、幾多の抵抗をもちつつ詩人に激しい造構的精神を必要としてくるだろうと思う。

一、來るべき詩壇に何を希まれるか。一、貴下の抱負。

○ 笹澤美明

一、新人の活躍は約束されているので問題ではなく、既成と言はれる四十・五十歳代の詩人の大奮起を切望致します。意力も熱意も失はれたやうな全体の空氣を一掃すべきです。對外的には强力な集團結成を！　社會に生きるに團体行爲も又、重要です。

一、詩、散文、あらゆる文筆（イヤな言葉ですが他に用語がない）の方面に仕事をしたし。小説も書きたし。但しこれらの要求を滿足させる社會の諸條件が願はくば備はつてくれることを！

○ 岩佐東一郎

一、日本詩人協會の如き詩人團體の確立を希望し、その協會の事業の一つとして、日本詩書文庫（詩の圖書館）と日本詩人賞（現在の如きケチな偏在的でない）とを實現したいものです。

一、自由な現在の立場で詩作ばかりでなく、もつと廣い文藝文化の彼岸へ押し進みたいと想ひます。

回答　阪本越郎

一、昔の「日本詩人」のような詩壇の公器的な雜誌を出したく思います。

一、自分に沈潛し、詩集を一冊出したいと思います。

○ 近藤東

一、第一次大戰後でも、新風が生れ出たのは四年後でした。今年の末か來年のはじめから新風の起ることを希みます。但しエピゴオネンではダメ。

一、毎年初頭に言明して實行出來ないですが、今年こそはオペラかオペレットがやりたい。

回答　北園克衛

一、何も望ます。

一、何もなし。

○ 眞壁仁

一、詩人がみんな勇氣と節操ある平和主義國として自らをきたいあげ、かつ提携しあうことをのぞむ。

一、ユネスコ精神の浸透のために役立ちたい。

○

永瀬清子

一、戰後特に若いすぐれた女性詩人が輩出してゐます。彼女らの作品には一脈の危ふさと然し私達の持つてゐない要素がみえるやうにも思はれますので來年度はその大きな收獲をみたいものと思ひます。

一、けれども私達中年の詩人も仲々若い人たちにとつてかはられるやうなことはない筈。來年の私はいくらか思索的に落着いた、然し今年よりもつと多くの詩作品をかきたいと思つてゐます。そしてごく少しのアフオリズムと。

○

安藤一郎

一、もうそろそろ明るい新しい運動が興つてもいいと思ひます。

一自分の人生觀をはつきりさせる連作を考へてゐます。出來れば、さういう方面の詩集を一つまとめたいものと思ひます。

○

小林明

一、最近の詩人の殆どが散文詩型を書いているのは、無論敗戰後の不安と壞廢を眞率に惱んでいる現われだとはいえ、所詮は散文型詩が（行別詩を支えるにたる感動を喪失した）衰弱せる詩精神の假住居であることを冷嚴に認識して、ために劣等感にまみれようというのでなく、逆にその弱みを荒々しく主張することによつて、マンネリの屈辱を否まないと、折角追放した「惡抒情詩」たちに嗤われるのでないか。せめて新年はよろめきながらでも「行」を擔つて歩みだすことを暴力的に實驗することもあつてほしい。「念う一年岩をも通す」式の熱情が（中世ならば知らず）今日ナンセンスであるのは言うまでもないが、自嘲やデカダンスが殘された唯一の活路でもありはしない。自嘲を二重の敗北だと焦燥する精神の可能性の探求へ。純情を意識するだけでなく武器としてたち得る不逞な精神の培養へ。
新らしき年度に於ける二十代の課題である。

一、（病院に收容されなかつた場合）長篇「沃日」に沒頭する決心です。「沃日」の語義は「天日にそそぐかに見ゆるひろい海」で、この作品で戰爭によつて歪められ蝕まれてプロレタリアートに歩みよらざるを得なかつた二十代の無意識を發掘して、と共にプロレタリアートをもあわせ描きその可能性を徹底的に追求します。全拾卷（新年早々アプレゲール創作選の一冊として「沃日」第一卷（三五〇枚）が眞善美社から刊行される豫定。

○

小野十三郎

一、來るべき來年は、また人に益々戰鬪的な詩を書かせるようになるだろう。

一、上澄を、も一度かくらんさせること

丸山薫

一、仲間褒めは元より、無責任な放言的悪罵は根絶したいものです。批評の嚴正を希む。

一、年内に「花の芯」以後の近作詩篇を纏めたいと思つてゐます。

○

大江滿雄

一、敍事詩再考。協同的事業えの熱情。（少年少女の詩の運動、詩人の對外運動など）

一、來年こそ戰後の詩集を完成したいと思い居ります。

○

安西冬衞

一、庸劣なモラルの排除。だが一朝にはゆくまい。しかしなんとか遂げねばならぬ。

一、自分を固めてゆくより仕方がない

杉浦伊作

一、詩壇の他に何を希んでも、しかたがない。だが詩壇にこんないい雜誌があるのかと、いふ風に、「現代詩」を發展させたい。

一、東洋的詩風で、次のやうな物語を中心とした長篇敍事詩が書きたい・

1 竹取物語的なもの。

2 邪淫の性的なもの。

3 雨月物語的なもの。

4 戰爭未亡人への新しい倫理的なもの。

回答

江口榛一

一、各詩誌の內容充實。——或る一・二の物を除きあまりに低調貧寒だから。卽ち量よりも質で行つたらと思います。

一、果樹園（小生らの同人雜誌）をもつと立派にし、且つ順調に發刊したいこと。それから小生個人の仕事としては小說を大いに書くことです。

○

更科源藏

一、建設的な詩論の展開。

一、特別なこともありませんが、童話をうんと書き度いと思つてゐます。

○

吉田一穗

一、第一人稱的抒述が、完全に自己分離としての詩人の認識形成たるためには、詩は嚴密なるものであり、個人の直接な感動や趣向や心境的なるものを受けつけないものであることとの、客觀的な、よりマテリアルな、詩法則のもとに成りたつものであることを自覺して、浪漫主義の骨がらみになつた自由詩といふ前代的な習慣詩と決別することである。新しいといふことを唯一の價値としてゐたことから、オリヂナルな思想たることに代へて、詩は一次元、上に高くあがらねばならない。ものを感ずる詩人の認識が如何なるものよりも眞なる實存であるかを見者として證すること。
一、「無の錘」といふ一連の詩を書く豫定。

○

村野四郎

一、詩論を裏づけるアバンギャルドたちの作品的展開を。
一、いよいよ適確に、事物性の文學的把握を自分の詩の中に。

○

江間章子

一、戰後の日本に於ける他の部門と同じく、詩壇にあつても粗製濫造の感じをまぬかれません。自信は大いに必要なものですが、盲蛇的また謙遜を知らない年齢の若い詩人がそここにいるのはなげかわしい。このような不幸な現象のなかに仄かにも眞の詩の運動の現われることを希望します。
一、靜かに「詩」を分離していきたい。自分の仕事から「詩」を眞の詩として生かすために。

回答

祝算之介

A詩作家協會といつたものを織組して、詩と詩人に關するすべての問題を討議し解決する一つの機關として、急速に、强力に、實現させて欲しい。

B右の機關を通じて、詩人のみの手になる綜合雜誌を定期的に刊行して貰いたい。

それは生きるすべてのことがら問題を引きだし、殊に日常社會生活面を、詩人でなければ捉えられない限で、しかもそれぞれに最も書きいい形式で發表してゆきたい。

特に作品についてのみ、これまで使い古るされてきた小説、戯曲などの形はとらずに、高しい敍事詩劇詩などの形式をとりたい。

A(1)敍事詩の探究
(2)敍事詩、劇詩の實驗
(3)時評、詩論の確立

b今後の体驗をもとに、自己の實感として超克してゆきたいもの。
(1)「近代」ということ。
(2)「戰後」というもの。

○

菊岡久利

一、「日本未來派」の小詩人臭の除去。多難な民族の回生に「先驅する詩人」任務の反省や自覺。
一、「日本未來派」の海外交流。個人的には詩と詩でないものとを問はず、云ひたいことを云ひきりたい。

○

北川冬彦

一、權威ある詩人の團体結成。「現代詩」同人の奮起。
一、長篇敍事詩復興の氣運は動いているが、これに目鼻をつけたい。そのために、「長篇敍事詩研究會」をつくる積りである。

愛情の背景をなすわが鐵道達

安西冬衛

難波發二十二時佐野行終

「創元」で夜ふかしするのがつい半年ほど前からの風習になつた。時を空(あだ)にする、かくも甚だしいはない。だが何かがある、一見浪費と思はれる惜しい時の間(ひま)に猶若干の捨て難い効用が遺される。他でもない。僕の場合がそれでデータとしての風俗誌の蒐集といふ譯になる。

試みに當代の大阪文學風俗誌を輯するなら、ひとはその一章を四七年下半期以降の「創元」に割かなくてはなるまい。夏の終りに近くサロン、アテネが解散してから僕達仲間は自然ロビーをこゝへ移した形である。詩人、作家、ジャアナリストの諸君が夜毎に集つてパイプを燻べてゐる。いつ行つても馴染の誰彼に會へるのだ。今の所、俗談が主で、サント・フーヴの所謂閑談(コーズリー)の域に達するには大分遠いが、副次的にRenber Vousや仕事の取引場所になり至極調法だ。

一六八九年、エドワード・ロイドが創めたコーヒー・ハウスが後に世界最大の海上保險業者の協會に發達したやうに、わが珈琲店「創元」も將來文學者仲間の相互扶助組合にまで偉大な成長を遂げても惡くないではないか。その時分には今部屋の隅つこに備へつけの貧弱な連絡用書類容れも合成樹脂製のすばらしいロッカーに變つてゐるだらうし貧しい詩人達も表にカイザー・フレーザーの自家用高級車を橫づけさせる身分になつてゐるかもしれない。まあこれは詩人の夢ですか。

夏目漱石が十八世紀の倫敦の社會風俗を生寫した「文學評論」の記述に倣へば、「珈琲一杯で愚にもつかない仲間のスキャンダルに噂の花を咲かし、揚句の果は終電車の厄介になつてねぐらに急ぐのだ……」と、ざつとまあこんな寸法だ。

二十一時三十分。市電アベノ行の終が通つてしまふ。そろそろおみこしをあげる汐時となる。同じ南海沿線の連中とつきあつて「創元」を出る。角の「エトワール」はもう戸を閉めてゐる。戎橋通りを南へ家路へいそぐまばらな人影は洞窟のやうな南海高島屋の夜の門に吸ひ込まれてゆく。

難波驛の壯大なドーム。紅いネオンで6と標識した急行線六番ホーム。モネの描いた「サン・ラザール驛」の構圖を彷彿させる、いつもながら魅力的な風景だ。

既に、二十二時發佐野行終の列車は二輛乃至四輛編成の車体を心持カーブをもつ歩廊に駐めて河用砲艦のやうに强靱な曲率で夜の旅客達をひきずつてゐる。

顔は殆どきまつてゐる。强いアクセントでひいた黛。眞紅なブイのやうな唇。場退けのキャバレーの女達だ。それをエスクワイヤーする男どもの怒つたパディングの肩幅、華美な風儀と伊達な風俗。それに地下鐵から急ぎ足で上つてきた地方の人々の土俗的な空氣が雜ぱくな色彩を少しまぜる。これら發車前の妙に慌しく、その癖いやに度胸の据つた時間にアクセルをかけて、この時運びこまれた市內版の朝刊の梱包が最後尾の車輛の座席目がけてボンボン投げ込まれる。夜目には見えないがひどいほこりだ。

發車までに後一分。心得た定連はわざと車中の雜沓を避けてホームでポーズの姿勢をとつてゐる。發車ベルと同時に肩で雪崩れこむのがこの連中だ。中には山と積まれた新聞の梱包に軀を叩きつけて飛乘のスリルを愉しむものもある。

それにしてもダンサー達の肉体の逞しさは、あの底知れぬ破壊と消耗の地獄のなかで、女達の肉体はどのやうにして溫存されてきたのだろう。精神は費えても肉体は永遠に亡びないといふ事實を彼女達は彼女達の肉体で實證してゐるのだ。精神こそは永遠のものであり肉体は束の間に亡びるといふ舊來のモラルを僕達は今修正せねばならぬ。

　さうかと思うと皺くちやの新聞をひろげて鉛筆で何か丹念に書込みをやつてゐる變なのがゐる。黑と白の市松模様の圖面。クロスワードかと思つてよくみるとチェスの駒のやりとりを試みてゐるのだ。又一つのモード。發車時刻は次第に迫。電氣時計の長針がピリッと動いて二十二時シャープを示す。新聞の積込は終つた。乘務員は運轉室に乘り込んだ。ブザーが鳴り。止んで。車掌が合圖の呼笛を吹いた。發車。しやつくりして閉るドァエンジンを肩で拒んで強引に割りこむ最後の乘客が板張りのドアの中に半身をするりとかはすと同時に列車はゴトンと動き出す。

　――さよならア、さよならア。

　「夜のプラットホーム」さながらの哀歡をこめて、紅い假面（マスク）をおとした出發信號機の傍（かたへ）を、列車は次第に速力をあげて大阪の夜空をあとに、放蕩の後の悔恨に似た濃い憂愁を長々とひいて闇の中に消えてゆく。

わが夜のプラットホーム

　描かれた物語は自体きのうの古さにもかかわらず、シネ・ギルト作品「逢びき」が私達の感情を、きよう新しく惹きつけてやまないのは、あの映畫のライトモチーフになつている鐵道の醸し出す鄕愁の魅力である。

　旅情る誘ふ濃い煤煙の臭ひ。

　發車を告げる短いベルのひびき。

　夜霧はぜるミルフオード驛をまばゆいハイライトで通過する急行列車の鐵のわななき。これら卽物的なアクサンに援けられて、束の間の逢瀨に身を委すシリア・ジョンスンの愛情の姿勢のなんと切なく愛しいこと。

十九世紀が私達に貢献した鐵道のもつ文明、プラットホーム、シグナルなどの抒情詩風な景物。私は好きだ。

大きい驛のコンコースの優美なドームは人生の哀歡をこめて私の姿勢を支える。
難波驛のプラットホーム。

モネの描いた「サン・ラザール驛」を彷彿させる力學的構造。蒸氣は電氣にかわり、石油ランプはネオン燈に、風俗は移つたが、感情は今ももとのなつかしさを易えない。

二十二時發和泉大津行終、私は私たちのクラブで閑談の時を過して、今家路につく途。

レイモン・ラディゲの「ドルヂュル伯の舞踏會」バスティユから「劇場列車」と呼ばれてゐる終列車へいそぐ情景そつくりだ。「この列車は、出發の間際にになつてようやく滿員になるのだが、乘客も妙な人間ばかりだつた。この連中は、大部分 ラ・ヴァレンヌに住んでゐる俳優だつた。彼等の劇場と停車場との距離に比例して、顔の舞台化粧の落ちの度が異つてゐた。」とあるが、それはうつして私達の今日の風俗に替えることが出來る。

ホール場引けのエッチツールの女達。ワイキキシャツのミュスカタンの若者達。彼女達はホールと停車場との距離に比例して、夜の化粧の下にかくしてゐる疲勞の度を異にしてゐたといえるだらう。

この列車は不思議に子供達がいない。そうだらう。子供には背の立たない夜の深さだから。だからこの列車を「大人列車」といつてもいい。或は「艶治郎列車」乃至は「放蕩列車」。何らかの形で時を空にして惜しいとしない列車なのだから。

「夜の十時。サン・ラザール驛。煙。熱い油の湯氣の立ちこめた秋の冷たい霧。鐵のひびき……プラットホームを私は大またに歩き回る。（ポール・モオランの「世界選手」の一節）

こころもちカーブした歩廊にガンボートの曲率を示して發車の時を待つてゐる列車のほとり、人々は車内の暑さを避けて、ホームにたたずみ、或は歩きまわつてゐる。

髪をふつさりアンバランスにとつた青い着衣の少女が、つれの青年にささやいてゐる。

――あの燈が密柑色に變つたら乘りましよう。

アンチームなこんな風俗の傍に私はゐた。

出發信號機のネオンの紅の向ふ。光る夥しいレールの線群が夜の中に消え入るはて、高架線の下にばらまかれた家々の燈火は、もう秋のかげを宿してまたたいてゐる。

間もなく發車。別れの時がようしやなくせまる。

わが夜のプラットホーム（再び）

難波驛。

夜の四番ホーム。

わが精神の回廊。

己が最大の敵――時を空（あだ）にしてかへりみざる愚かな行爲のはてにあつて、一人の詩人が感情のこのプロオムに夜々身を委ねて悔いざることの、なんと愛しい風習。たえがたい悔恨のなかに猶はげしい逸樂。最大の敵は同時にわが最良の友なのだ。

十時四十七分發住吉行の列車は、華やかな夜の旅客をひきずつて、すでに色を變えた出發信號の線を確認したあとで告げる發車のブザーの鳴り渡るのを今待つばかりだ。

とび色の髪をアンバランスに結うたキモノスリーブの人。

衿元にループアンテナを型どつた白金色のアクセ。纎細な神經は何を感受するのです。ヘヤオーナメントの金が時折きらめくのは、そのひとが何か話しかける所作のしるし。相手の青年がうなずく。しかし彼らの話は彼らの他には傳わらない。

フランス映畫「愛慾」の、彼らはかへり。あじさい色の濃いエクランにうつるミレイユ・バランとジヤン・ギヤバンの愛情の深さの領分が又二人の心を專ら占めるのか、彼らは多く語らない。

こういふ愛しい風俗のほとりにゐる私は一体なんだらう。

私は今夜も「創元」――「會話のエスプリを鍛えるといふ点でフランスのサロンにおけると同樣イギリスのクラブやコーヒーハウス」にはまだ少し遠い私達の仲間のクラブで時を仇にしてきたそのはてなのだ。私の占める位置は、そのはてにあつて猶なにかの余情を惜しむ一風俗採集者なのだ。

それにしてもこういふ近代風俗の構造を援ける鐵道のもつ魅力は。「科學的發明が十九世紀のはじめほど急速に風俗や思想否風景すらかえたことは、人類の歴史に曾つてみなかつたことである」（アンドレモロア）といふデータがこれを解き明す。一八二一年スチブンソンはその最初の蒸氣機關車を製作した。一八三〇年にはウエリントン公がマンチエスター＝リバプール間に鐵道を敷設した。その後の鐵道の異狀な發達、更に蒸氣に代つて電氣が鐵道の動力に初めて用いられたのが一八七九年、シーメンスが伯林で最初にそれを企てた。そして一八九五年には今の高速度鐵道の原形にまで急速な發達を遂げた。バルチモアとシカゴ兩市に於て同時に。日本では、一八七二年新橋＝＝横濱間。南海線が複々線を高架に切り替えたのが確か昭和九年。この高速度化は沿線の風景と風俗を一變させて今日に導く。

ブザーが鳴り、ドアエンジンが閉まり列車は優美な天蓋をあとにする。ホームの突端列車司令室のダイヤ盤、紅と綠に点滅するシグナルが美しく一瞬車窓を擦過する。列車はかうして大きくカーブし今あとにした宮殿のやうに明るい驛のドームを右の車窓に惜しみ乍ら夥しい構內入替線をけたたましく分離して次第に速度をあげ直線コースに入つてゆく。舊專賣局の廢墟がさえぎつて忽ち壁面で名殘の驛の灯を見せなくする。あとは縣垂信號の鮮かな綠に導かれて夜をひたはしる列車があるばかり。その內部に私はゐる。さつきの青年と少女は悲しげに肩をもたせ合つて私の前に座つてゐる。肩と肩のはざま車窓の外にひろがる高架線の夜の中にこぼれてきらめく地上の無數の燈火。

――秋。

散文詩

逍遙船

——或ひは「時間への反逆」——

笹澤美明

この宇宙に反逆することは愚かな仕業だが、その反逆は實は宇宙自身にとつて刺激であり、その永遠の生命に活力を與へることにはちがひない。しかも人間といふ小賢しい動物が常にその犠牲の役をつとめることに決められてゐるのだ。——かう長らく外國にゐたE氏が語り出した——小賢しいと言つても、その選ばれた人間は勇敢で、すぐれた思想家や科學者などと同じやうな天才なのだ。私の參加した奇妙な企ても、さうした哲學者らしい、勇敢な富豪によつて實行された。彼も又、一代で富を築いた人間のやうに、何でも金にあかして、この世で最も贅澤なことをして見ようといふ慾望と野心をもつて、今まで誰もやつたことのない事業に投資した。それは時代と時間に反逆して見ようといふ計畫なのだが、そのために今までにない豪華船を建造させ、それでもつてこの前代未聞の贅をつくさうと企てた。參加者の中には、三十年來きちんと、朝九時から事務机に坐り、正確に夕方の五時迄執務しつづけた會社員、出勤から勤務と何から何まで規則に縛られ通して來た陸軍將校、少しでも納期が遲れると、契約を破棄された上に罰金を課せられるといふ、或る國家の重大な仕事に關係した大工場の主任、毎日、時間通りに診察しないと、臨床實驗に效果をもたらさないといふ病人を、數へ切れぬほど手にかけた院長、時刻が自分の肉親よりも親しい天文台の技師、一秒間に數枚の紙幣を數へることを訓練されて來た銀行員、果ては時間といふ惡魔に追はれてせきたてられてばかりゐたので、時間のない國、すなわち天國へ行きたくなつたと、嘆息ばかりして暮してゐたタイピストの老孃などがゐた。私の注意を惹いたのは、他の人たちと全くちがつた、時間など無視して、日夜の放蕩に財産も家屋敷も失くしてしまつた男爵が參加したことである。要するに、規則正しい時間に反感を持ち、一度はそれに復讐してみたいと心がけてゐる連中であつた。

船はその實業家が金にあかせて造らせた豪華船で、食堂、寝室はもとより、娯樂室、競技場、圖書館から酒場まで完備してゐた。土とブラタナスで出來た十數米の遊歩場（プロムナード）と、キヤバレー、劇場などは最も贅澤なものであつた。それよりも私を驚かせたのは、船の中の時計が、普通一時間の速度を二時間にゆるめて作らせてあつたことであつた。そして乘組員に日常の時間の觀念を失はせるために、赤道を中心にして、船を勝手に南北に向つて走らせる計畫を聞かされたことであつた。

船のすべての機關も、精密と周到に造つてあるので、可なりの暴風雨（シケ）にも堪へられるやうにも出來てゐた。出發後の數日について語ることは省略しよう。それはこの世で最上の快適と平和と満足があつたと言へば事足りる。人生にこれ以上の幸福はなかつたらう。しかも、幸福はその數日をもつて終つたと、後になつて泌々感じたことである。人間の幸福は案外、短時間であることも、はつきりこの經驗によつて知ることが出來た。

航海には全く目的地がなくて、そのためにこの計畫が初めの幸福と正反對の不幸と悲慘事を惹き起した後に、世間の批判の言葉の中に、「人生に目的を持たぬ人間の破局（キヤタストーロフ）」といふ合言葉さへ生れたこの航海は、氣に入つた島があれば上陸し、飽きたら出發する、航海長も針路を定める自由を許されてゐるから、幾日も陸の見えない航海をつづけ、速度にしても速くするかと思ふと、停止してゐるやうにゆつくり走るといふ仕末であつた。終には、同じ場所を行きつ戻りつしてゐるのではないかとさへ疑はれた。

毎日の宴會は、酒池肉林といふ東洋人の表現も誇張ではなく、酒の香と料理の匂ひをくぐらなければ、一日も過せなかつたほどである。舞踊や歌劇や映畫に飽きて、ひとり圖書室で讀書する時間を持ちたい氣持になることもあつた。いづれにしても、人々は、あの自然に、宇宙に最も忠實な「時間」に反逆し、無視し、復仇しようとして、人間本能の全力を傾けつくしたのであつた。

しかし、人間の本能には、胃腸と同じやうに、満足の限界があり、それを越えると、消化不良に似た病狀を惹き起すものだ。満足と榮養過多の後に來るものは、美しくはあるが常に毒をもつてゐる倦怠といふ芥子の花の開花である。それから快樂は狂暴と醜惡の形に變貌してくる。それは他でもない。満腹と倦怠の後に來る異狀な性慾のためなのだ。船内の最上の贅をつくした諸設備は、人々を満足させるには不充分であり、涸れた泉にひとしかつた。わずかに酒場とキヤバレーが人々を満足させたが、それは決して健康なものでなく、單に肉体の満足に適する至上のものであつた。濃艶な女優や肉欲的な踊り子は、すべての男性の戀の爭奪戰の射標となり嫉妬や怨恨や憤りの源になつた。散步場の月明の下の密語や船具の蔭の星明りの下の囁きは、やがて船室や甲板の上の怒號や醜惡な言葉に變つて行つた。

　私はこの企畫に初めから目的をもつて參加したといふのは、知人の眞面目な心理學者が、この奇妙な企てについて、專門の研究をするために、秘かに助手になるやうに依賴を受けたからであつた。私が他の目的を持たない人々が落ち入つた危險な運命から避けられたのは、偏へにこの目的のお蔭と言へるが、さういふ私も度々本能の誘惑にかかり、その度に、知人の激勵とこの目的の力によつて救はれた。

　船長を主人とする一日一回の食堂の會合も、一日一日と集るものが減つて、しまひにはこの企畫者である實業家と、船醫と、私の知人の心理學者と私ぐらゐになつて行つた。いや、私は言ひ落してはならない。その他に、航海に責任を持たされてゐる事務長や航海長がゐたが、あの放蕩無賴の男爵が必ず出席したことである。

　食事や食後の話題は眞險と陰鬱の空氣にみたされてゐた。と言ふのは、乘客たちの異狀な病的狀態が日增しに惡化して、心理學者の調査によつて甲板上で二三の爭ふ聲が、叫び聲と不氣味な沈默に變つた夜の出來事が、翌日、乘客の一人が行方不明になつたのを、投身自殺と報告されたことから、或る朝の食卓の論議は、いよいよ深刻になつて來た。

　船醫は乘客の健康診斷を人々から要求され、自らも、規則正しい生活や運動を指令するやう、船長に提案した。しかし、衆團体操や散步奬勵や、眞面目な講演の卽事實行が何の役に立つたらうか。役に立つどころか、起床就寢の規則の貼紙は直ちに剝がれ、それをとがめた船醫は、亂暴な腕力のために危ふく負傷するところであつた。

　依然として、病人は續出し、あらぬことを口走る狂人さへ現れて、泥醉の結果、海中に落ちた者、發狂して投身した者、死因不明の者は二三に止らなかつた。それればかりでなく、他の者と比べて全く健康と思はれてゐた人たちの恐るべき陰謀は、ついにこの企畫を中止させるに到つたのだ。その陰謀は、常に航海に目的を持つて働いてゐる船員たちで、彼等も又、放埒な乘客たちと同じやうに異常な精神を來したのだが、それは目的のない仕事が如何に彼等の期待と滿足を裏切つたかに原因するのであつた。船員が目的地に乘陸するあの精神狀態を計算に入れなかつた、この無謀な航海は、明らかに最初から失敗であつたのだ。その陰謀には、彼等の自由を奪つた當の富豪と船長を暗殺することにあつた。

航海は終りを告げた。船は最初の港に向つて針路をとつた。そして、その港に歸つて、先づ足を陸につけたときの氣持は、どんな巧みな小説家といへども經驗のないことだから、ここに、詳細に述べたいのだが、その才能のない私にはそれを果することが出來ないのを遺憾に思ふ。只、私は、あの足の裏に觸れた陸の土の濕めつた愛に似た安堵感と、陸に住んでゐる人々の幸福な、活々した顏色を終生忘れることは出來ない。そして、久しぶりで町を散歩しながら、不圖、平凡な理髪店の徒弟が語つた言葉を思ひ出した。それは客の髪を刈るときに、鋏を髪の毛から放したときでも、常にチョキチョキと動かしてゐないと病氣になるといふことである。規則正しい運動が人間にとつて大切であるときは、目的を持たぬ人生が不幸を生むといふ發見と共に、私にとつて大きな收穫であつた。その上、知人の心理學者は更に一つの重大な報告をした。

彼の報告によると、人間の生活は、自然の作つた時間によつて平衡を保つもので、これに逆行すると、病的現象を起すものである。これは酒や劇藥が及ぼす影響を除外しても起るにちがひない。そしてそれは人間の脈膊と關係があり、普通の人は、一分間に八十回位であるが、それ以下でもそれ以上でも、病的な現象を起すものである。ナポレオンのやうに四十位の脈膊の人は極く稀れで、かうした偉人は時間に對して悠容迫らず、常に時間を征復することが出來、從つて非凡な事業を仕てのけるのである。この奇妙な航海では、八十回の普通人ばかりであつたから、それが歡樂と自墮落の生活のために、規則正しい時間に逆行した結果、異常症狀を來した。實際にあの航海のやうな場合には、精々三十回位の脈膊の人間でなくては、當然精神異常となり、常識では判斷の出來ぬ行動をとるに到るものである。

尚、彼の研究によれば、あの場合、比較的健康な狀態を保ち得たものは、規則正しい生活と運動を實行した船員と、義務と責任を片時も忘れなかつた實業家と船長と船醫と心理學者であつた。更に私を驚かせた報告は、長い間、規則正しい生活をして來た者ほど病狀が烈しく影響したことが立證されたことで、放蕩三昧に半生を過した男爵が、ほとんど、あの恐るべき不規則な、自墮落な生活に健康を保ち得たことである。ひよつとすると、或ひは彼は三十回位の脈膊の持主ではなかつたらうか？

告訴状移文

淺井十三郎

1

ごたにごりの池に
まつ白い腹を光らせて　鯉が、ぎくんぎくんしている。
すらつと逃げるやつを
棒でかきよせると
どてつ腹のいくとこかが赤く腫れあがつている。
そのこけらをはぐと、針よりも細いミミズがどぐろを巻いている
ずーと引きだすと廿糎もある奴だ。

2

錨蟲もいる。
水色で、よくみんとわからぬ。

頭を肉に突きさして尻だけだしている
わづか一糎ばかりの奴だが
こいつの鉤頭ときたら
まるで怪獣そつくり
びくんともしないあたりが不思議だ。
それにくらべて
このシラミわ　圓盤型の腹をぴたりとこけらに吸いつけて、這いまわつている。
顯微鏡にさらすと
圓室あり圓塔あり、ピストンあり、大小の球が輪をなして廻轉していたり
じつに精密機械工場をレントゲンにかけてみているようだ。
又、瞬時の休みもなく
前後右左に脈うつている
數知れない足の波。

（そこで又、僕らの中に世界がはいつてくる。　どぶどろの氾濫。）

3

ミミズ。

シラミ。
錨蟲だつて
僕らの中につきささつているかも知れん。
ほかの元氣な奴にも
こう蟲がわきはじめてわ
僅ばかりの塩分や水量を增しても
駄目か。

ひどいやつらだ・

4

あ。そうだ。

一時、須山茂とゆう男がこの村に疎開していたが、彼の周圍わいつも笑いが用意されていた。

自分がこうゆう部落で朽ち果てるのわ、いかにも戰爭の惡に原因することであるとゆうことや、自分わ、婦人科の醫師であるからやはり東京に移りたいが、こうゆう危い時代わゆつくり田舍で身を洗つておかなければならないとゆうような話をおもしろおかしく足繁く民家にふりまいていた。然し彼が名醫であるとゆう自己宣傳にもかかわらず、いつとわなしに、村人は彼が醫師であるとゆうことすら信じなくなつていつた。

　須山醫師が患家の求めに應じたとゆう話もついぞ聞かなかつた・それに彼の笑いが日のたつにつれて燒け傷のようにひきつつていつたのも事實だ。ことに金錢の支拂えにそれが絶えず不安定な身振りを伴つていることに、村人が氣附きはじめてからわ、彼の笑いわ、なんとなくうつろなひびきしか持たなくなつた。

「だまされんぞ」とゆう猜疑の眼は誰彼の眼の底にもとびりついて離れないのである。

其後、僅一年ばかりで、村を逃げだした、須山が東京の下町あたりで、裏口料理をはじめて、豪成な生活をしているとゆう噂を聞いた。それから間もない霰の日である。リュウとしたいでたちで。散らかしあいに散らけている僕の玄關口に突つ立つているのわ、まぎれもない須山夫妻である。

僕は須山夫妻を好かない。

醫師とゆう職業に對して、保護しなければならないようなこの國の悪臭を好かない。家族に一寸した病人でもできてみるがいい、忽ちにしてペシャンコになつてしもう僕らの生活である。汚れるのわ僕らだけである。これをその儘、須山夫妻にぶつつけるのは見當ちがいであるにわ相違ないが、僕の感情わそれを承知しない。ことに口下手な僕にとつて、あのばらばらとまくしてたてくる身振り話振りわ、到底がまんのできるしろものでない。

「この前わ、えらくお世話になりまして、ほんとにすまないとおもつていながら一度もお伺いにあがりません儘、引きあげまして……ね。こんど、うちでも、開業したもんですからぜひ一度いらつしやつていただきたいとおもいまして」

「實わ東京に商賣をもちましたものの、つまりこの時勢でしてね、やはり田舍のいいつてことがよう解つたんですよ。あんたとわ一度も胸襟を開いて話し合つたこともなかつたですけど、何だかそれが胸につかえているような氣がときどきするもんで、こんどわ、こんどわと、やつと暇をみつけたつてわけでして」

「ほんとにね、うちでわ、お宅様の噂ばかりしてたんですよ、こんどこそ、いの一番にお伺いしようつて……」

一番嫌つていた僕を訪ねて來た理由のセンサクなど必要でない。

僕は一言もしやべりたくない。化粧くずれの底からみえる額の傷。苦々しい想い出。

ザクロのようにわれている彼女の唇を、みているうちに、僕わどこかでこれに似たものを見たようにおもつた。

然もそれが僕の遠い地獄時代の上野地下道のどこかでみたようだ。しやべり續けている須山夫妻の得意らしさに引きかえて、僕の憎悪わ急に彼女の襟足にすいつけられた。

そこには一匹の虱がムズムズと這いずつているのだ。僕の神經わいらだたしく怒氣を含んで、やにわにそいつをつまむと、須山茂の掌の中でぷつんとつぶした。

ねつとりとどす黒い血が線を引いて彼の笑いを歪めた。

（果して僕にもまた一本の鞭が必要であるか。）

5

ミミズ。

シラミ。

錨虫。

こいつらの奇怪な運動。

じつと顯微鏡をのぞいている。

と、とつくに忘れかけていた、あの日の須山茂の眼光がギラつとしびれるように腦髄をかすめる。半眼雙手の怪物が蛇をくわえて、霙雲の中から不可解な放送をはじめる。

僕わいらだたしく疲れはじめる。

言葉の通じない
微生物の擴大。

「錨虫ですね。こいつわ、抜くより手がないですよ」
専門の鯉師があつさりかんと言い抜く。
いま抜きとつたばかりのミミズが幾すじも血管のようにへばりついている
石の上に
くつんくつんと、その錨を抜いて
みせた。

黄昏。
ためろうことのおろかしさを　僕わ　牙のように
あぎつと
枯草に横たえた。
と、一瞬、ずしりと、地球がゆれ動いた。

とうとう首相も告訴されたつてね。
――うん

1　再びキラめく雲の亂れ。
2　虫けら一匹とんでこない土つ堤。
3　盥の中の緋鯉。
4　顯微鏡。
5　雪。
なにもかも馳けだしてくるようた。

ポジション（1）

安藤一郎

さつきから　いや　何十年もの間
私は何かをじつと待つてゐる
どこかでしきりに囁やく聲
私の椅子はこはれかかつて　傾く

うしろの古びた壁には
様々のかたちの汚点がひろがり
既に　所々漆喰が落ちてゐる
時たま　美しい冷やかな空が

小さな窓の枠から　ひろがり光る
まるで一滴の水のやうに

誰かが　どこか近くで話しかける
（知つてゐるよ　それは　だが……
自分の存在さへ扱ひかねるとしたら）

私はいつか　肉體のよだれを流しながら
うとうと眠つてゐた　俗悪な奴！
椅子は益々傾き　ずり落ちさうな私
埃だらけの　砕かれた胸像（バスト）となれ

ポジション（2）

彼女は　背中で泣いてゐる
何といふ美しさ　何といふ深い表情だらう
それは地球の影に溶けこんで

人間像への感覺

岡田刀水士

最近私は、環境が苦難に沈むやうになつて詩作上の感覺が一變してしまつた。

從來は季節感を强く考へ、生活や思想が、結局き節感覺によつて象徵されるといふ態度から脫けられなかつた。（世の大多數の詩がそうであるやうに。）

そこでは、私が現實の生々しい肉体と体當りしてゐなかつた。甞ての感覺は現實の生な物體感覺から出てくるものでなく、一種の敎養を身につけた衣裳的なものであつた。知性といつても、それらの感覺は結局、その作者個有の敎養からでてくる。

私はいま現實の生な原型的な物体（肉体）感覺を把むことに苦しんでゐる。この物体感覺は當然生活感覺であり、社會感覺である。疑惑と狡猾と妥協と僞滿と背信と汚辱と利害と、それらの社會惡の渦卷が物体感覺にめりこんでゐる。季節感などは、かこして生活者と直結した肉体感覺からは、遙るか疏遠な外側のものである。

生活が眞に赤裸々に貧しくなるとき、不足だらけになるとき、物体感覺が人間探求の方向に於て、私を壓倒してしまつた。とても季節感などに賴る餘裕がなくなつた。人間像への叫びや訴へや苦しみや希みが絕望の底を割つて、社會的なものに噴きあがるものではないか。だからこのことは「生活に滿ち足りた作者の感覺からは得られない。思想的に把握したのでは、赤裸々な生活としての肉体感覺がないといふことだ。

現代の孤獨や絕望は、そのどん底を割つて、いつか外界に通じるべきであらう。日昏れの年代の心理では容易に底を割れまい。若き世代のたくましい情熱をもつて、是非とも絕望の底を割りたいと念じてゐる。このたくましい情熱が若し私に生れゝば、この「情熱」こそ「神」であらう。

理論と行爲

祝　算之介

「詩」という一つの言葉を拾つて見ても、それの內包する概念は、時代とともに少しずつ變化してきている。今日これを、ひろく人間性の視野に立つて、改めて眺めわたしてみることは重要なことである。

しかし「詩」はどこまで行つても詩であつて、詩以外のなにものでもない。

問題なのは、同じ「詩」という一つの概念が根本的に論議の焦点となつているときに、お互いが異つた概念のもとに物を言う場合である。そこには決定的な妥結点は見出し難いであろう。論争は同一の基盤に立つてこそ、はじめて、人間社會の進步に寄與し得られるものとなるに違いない。

詩人と科學者、詩人と哲學者が、あるいは詩人相互の間に於いても、もつともつと接近するためには、同じ一つの「詩」というものを考えるにしても、そこに概念のこん濁、曖昧は許されないだろう。

それでは今日、「詩」というものの持つ概念なるものは、どのように把握されているのであろうか。

これは詩人相互の間にあつても、概念の差違は甚しいものと言わなければならない。

「詩」に對する正當な概念を、詩人はつねに志向しなければならない。それには詩人は、そこに近づくために、正しい理論を持たなければならない。いたずらに思い付きや、偏向は避けなければならないと思う。

しかし理論をばかり振りかざしてもいられない。自分の獲得した理論が、眞にかけがいのない自分のものかどうかを、現實の上に叩きつけて見るがいい。借り物の理論ならば、くだけてしまうだろう。眞に自分の肉體につながるものならば、そのときそこにこそ、詩は噴出するだろう。だれにも、どこにも、眞似ることのできない自分の詩が。

なにが自分に詩を書かせているか、ということも吟味さるべきである。だが、もとより詩人の詩的行爲は、詩作のなかにばかりあるべきではない。理論のなかにも當然含まれなければならない。すなわち、思想と實踐のつながりにこそ、詩人としての場を求めるべきであろう。

これまでもそうだが、僕は詩を書くことによつて、その場その場の、僕の危機を切り抜けてきた。もしも僕は書かなければ、たぶんこれまで書いてきたことのなかのものに、現實に僕は締めつけられ、僕はその苦惱に堪えきれず、どうにも手のつけられぬ錯誤を犯してしまつていただろう。

書くことが僕を救つた。そしてそのときそのときの自分から、ひとつの理論をめざして、ともすればその理論に踏み堪えられなくなる自分を抑えつけてきた。

僕は理論なしの行爲は、この場合考えられない。しかも僕は、素朴な感動を詩の底邊におくものだあくまでも底邊に。

僕等は社會的人間である以上、僕等の行爲は社會的な形をとつて表われる。僕等が純粋に個人的な感動と讀みかえてみても、現實に僕等にはねかえつてくるものは、なんらかの意味で、社會的な感動となつてくる。詩作行爲も社會的行爲となつて表われる。

だから僕から、書くことをのぞいたら、僕と詩を結びつけて考えるものはない。僕を知つている人はみんなそうだ。

不死身の言

岩田潔

こんど出す俳句評論集に「俳句の暮方」といふ題をつける心意でゐたところ、その書店の主人は寧ろ「俳句の曙」にしては如何と云ふ。今日の俳句に、私は泌々と「暮方」を感じてゐる者である。その私の本に「俳句の曙」は何としても變である。そこで私は「俳句への愛と憎しみ」といふ題に變更した。この題ならば、まだしも私の現在の氣持を言ひ現はし得てゐる。

丸山薫氏は或る新聞に「第三藝術」と題し短歌や俳句が「茶や生花と同居して」安閑と長生きするやうになるとしたら、それはもう形式が短いだけでなく、精神に於て「第三藝術」（桑原武夫氏の「第二藝術」よりも更に一段格が落ちた！）である、と書いてゐられた。その文中で、「短歌が亡びるといふのは六千尺の藏王山が失くなるといふに等しい。」といふ結城哀草果氏の言葉と並べて、「たとへ第二藝術であらうと、俳句をやるものにとつてなんの痛痒も感じない。」といふ私の言葉を擧げ、まさに不死身の言であると丸山氏は書かれた。

この間、丸山氏とお會ひしたときに酒の加減もあつて私は隨分氣焔を上げたが、その時に右のやうなことを言つたものに違ひない、これだけを讀むと、私は俳句に對して不死身の覺悟を持つてゐると考へる人もあるかも知れないが、先にも書いた通り、私は今日「俳句の暮方」を痛感してゐる者である。それだけに私にとつては世の「俳人」と稱する人たちが、桑原氏の「第二藝術」へ堂々（？）と反駁してゐる態度が、羨しくもまた憫（あは）れになつて來るのである。藝術としての俳句は滅びる運命にあるものかも知れない。然し俳人どいふものは次から次へと新陳代謝して、恐らく不死身であらう。

類型と典型

平木二六

椎名麟三氏の小説を讀むと、浅草本所あたりと覺しい東京の下町風景がしばしば出てくる。それは荷風や万太郎のうたう前近代的な世界とちがう、いわば戰後の百鬼夜行的風俗である。椎名氏はそれを心象的に描く。一個の類型として（典型にまで達していない）讀者の鑑賞に堪える存在として描く。そしてそこに、よしんば絶望的な部分にせよ、讀者の共感をよぶ新らしい意味があるのである。ー「ここんとこをグッとこらえるんだ。わかるかい？　ここんとこをグッとこらえるんだ。わしにはわかるよ。あんたの今の氣持がどんなにみじめだか。だが畜生！　自分はもう駄目だというとき、ここんとこをぐつとこらえろんだよ。すると何か明るいものが見えるよ。何かちらちら明るいあの世界が。畜生！　もう駄目だという時、ここんとこをグッとこらえろんだ。……」こういうつぶやきが讀者の心をたまらなくさせるのである。模索している疲勞をここで充分買うわけである。靑い汗の出るような疲勞を。それはつまり瓦礫の街に犇めく一群の登場人物が、作品とすれすれに、同時に生きて動いているうつしくさなのである。時代の重みに堪えようとして、よろめいてはつまずく暗い跫音の、抽象化された魅力といつたらいいか。そして讀者はホッとするのだ。あるいは狼狽して作者に背を向けて歩調を早めだすのだ。すると、作中人物そつくりのむなしい氣分が、徐々にものういつかれ心地にのりうつつてくるのを感ぜずにはいられない。そしてここが大切なところなのだが、それらの服裝や容貌の異つた千差万別の人間どもが、芋を洗うようにわつと一塊りになつて、かかりあいをもつた言葉を呟き合つても、やはりまだ類型にしかすぎないような氣がする。もうそろそろ文學の世界に、典型的人間像を作り出す才能が現われてもいい時分ではないかと、しきりに考えるのである。

逆さまの社會

岡田芳彦

もし文學とか詩とかの一宇宙が現實の政治となんのかかわりもないものであり、詩人は自己の架空な夢を、自己の思うままに小さな宇宙として形成することが可能であるのならばぼくはどれほど氣が休まることだろう。

架空な夢、人間の精神の底にひそむ無意識の世界——それは結婚してもなお身を許さないという或る少女のことであろうか。ぼくは自己のうちに絶望に身をまかせ、本能的な快樂に身をまかせ、滅びにいたる徑え行こうとする誘惑を感じる。

抵抗はある。なぜ滅びてゆかねばならぬかと。苦痛や絶望はどこからやつてくるのか。雨が不意に天から落ちてくるようにやつてくるか。ぼくは苦痛が現實と自己とのかゝりあいにおいて發生しているのを知つている。現實の醜惡な政治との関係において。もしぼくが政治のおかげで幸福になると假定したら、死んだ神についてなぜ悲しむ必要があろう。

ぼくらをとりまいている政治や現實のなかに、ぼくを幸福にしようとする部分と絶望に追い込もうとする部分とがある。政治の惡い部分の故に善い部分まで否定されてはならない。ぼくを誘惑し、ぼくの抵抗を激しく求めるものは、むしろ政治の惡い部分である。

醜惡な政治を眺めていれば、政治とはヤミ取引であり、政治家の資格とは良心をもたないことにあるかのような錯覺をおこさせる

文學や詩は、この錯覺をはつきり錯覺であると描きだすことであると、ぼくは思いはじめた。

アブノオマルな風景が正常とみられ、健康な思想が病的だと逆にみられている日本の社會にあつて、ぼくはときどきぼく自身の姿を見失うこともある。しかしぼくに與えられた仕事が、この逆さまになつた社會を批判することにあることは忘れることはできぬ。

雑

岡崎清一郎

この頃、よろこんで力拜見した詩篇は「魔法」創刊號に發表された岡安恒武の「野ほか四篇」だ。岡安はだいぶ前から實力のある新人であつたが、こんどのは格段のすぐれた立なものだつた。もう堂々たる一家をなしたものと思ふ。詩壇の人達に注目され、問題になる詩人と考へる。

大家連の作品にあまりいゝものがない。あんがい皆つまらない。

この雑誌でほめるのはどうかとおもうが北川冬彦の「至上律」創刊號にのツてゐた、假面の行列が突然うしろをふりむくと、犬のやうなものまでびつくりしてしまう詩篇があつたが、あれはすごい。こうゆうものになると外國語に飜譯しても一流のものと云ふ事がわかるだらうし面白いと思つた。

小野十三郎は終戰後、一番早く自分のキ道に乘つて進みだした一人者だ。皆新鮮である。平凡に書き流し作らどこか一個處、いよいよとなれば底力を示して強く柔らかな文体である。しかし考へやうによれば十三郎のこのくらいの短篇がいちぢるく目立つのだから、外の詩人の作品が愈々くだらないのだと云ふ事にもなる。十三郎の「ムンクの腐蝕圖」は自分にはたまらなく懷しい美しいものを感じさせた。こんな風に書いてゆくときりがない。やめることにしよう。

「高祖保詩集」「中原中也詩集」「津村信夫詩集」死んだ人の本が三冊机の上にある。この中ではやはり中原のが、一番いいやうだ

×　×　×　×

秋日帖

高島高

1

葉つぱと葉つぱが重なり合つて

2

一番高い梢ははや黄ばんでいる

3

風が吹くとそいつがくるくるまわつて

4

おちてくる

汲み上げ井戸のふちで人は默然としている
黄ばんだ落葉にも氣がつかない
彼の後姿を西陽があかく照しているが
深い井戸にうつつている青空にも氣がつかないらしい
人の影が長くのびている
立木のある納屋の垣根の濃い影のしげみは湖のような青空をあびている
そこに數匹の虫けらどもがうづくまつてあたりをうかがつている

これからどうする
と虫けらどもが云い合つているのかも知れない
やがていつのまにか人影が去り
井戸の石に西陽はますますあかく、のぞくとその底に古い顔がうつつていた

特集　散文詩論

散文詩について

——その形態論的説明——

川路柳虹

形態論的（モルフォロジック）に言へば、散文といふものは文學としての近代的な形式なのである。それは物語とも違ふ。西洋中世の物語（ロマン）にしても我國の所謂草子物語にしても、それは近代の散文（プローズ）とは違ふ。またそれは單なる記錄（クロニクル）とも違ふ。文學としての散文はいはば古代の史詩（エピック）の變形なのである。古代文學は詩であり韻文であつた。ポエジーのない內容に對しても形式は韻文（ポエム）の形をとつてゐたのは古代中世の文學である。史詩は單なる敍述でなくそれが歷史的な興味に於て萬人に英雄や神々の性格や精神を揭揚する態度に於て歌はれたのである。それが中世の物語になると取材が歷史的なものから現代的な說話に變じた。「デカメロン」や「エプタメロン」のやうな好色文學は中世の僧院に於ける懺悔の形を籍りたり、說教の形を籍りたりし乍ら人間的な興味、想像的な興味を多分にもたせた。しかしその文体そのものは多分に韻文的要素を殘してゐた。然るに近代の散文は、この韻文的形式から脫却することに於て、內容の自由を得たのである。古代の史詩がポエジーのない詩的事象をも韻文といふ形で歌つたのと反對に、ポエジーをもつ內容をも散文の形に引きおろして描かうとしたのが近代の韻文である。だから近代の小說（ロマン）は中世の物語（ロマン）よりも、更に散文的となつた。

もう一つ近代といふものの特質の一つは凡ゆる文學の種別に於て形式の劃一性を打破してきたことである。これは十九世紀後半以後の西歐文學の特質である。韻文と散文の間に散文詩と言つた中間形式を得たのもそのためである。形態論的に言へば中世の物語の如きは卽ち散文詩である。散文的內容をも韻文的修辞によつて美しい形をとどめていた。しかし近代の散文小說や劇曲はこの「美しい形」をも破碎した。バルザツクやスタンダルの散文は卽ち彼らの現實文學にふさはしい無形式に向つて發展したのである。

散文詩といふ言葉はどこに濫觴があるか、實は私はよく調べてゐない。"Petits poems en prose"と記したのは矢張「巴里の憂鬱」に冠したボードレールが最初かと思ふ。(彼の終焉に近くであつた)マラルメはその後である。ロシアのツルゲネーフは彼の散文詩に「セリニア」と名付けたが英譯その他ではProse poemsとなつてゐる。が、これは「近代散文詩」とは言ひかねる小品である。「散文でかいた詩」といふ語は夫れ自身矛盾を含んでゐる。なぜなら詩卽韻文といふ概念が永い間通用してゐたのに對して「散文で書いた韻文」では本來意味をなさないであらうからである。

しかし、「詩としての內容を散文の形式で表はした」といふ意味ならそこに「詩」といふものの或る限定が含まれてくる。それはその場合の「詩」はむしろ抒情詩を意味してゐることである。

近代の抒情詩はその形式の劃一性を漸次打破してきた。その表はれの一つとして自由詩があり散文詩がある。

だが、これだけのことなら「散文詩」といふものは大して說明を要さない。中間形式としての散文的韻文、韻文的散文はみな散文詩と言へる。ロマン派の美文(シエンレツトル)も散文詩であらう。我國の枕草紙も散文詩なら、上田秋成の雨月物語、西鶴の五人女、すべて散文詩と言へる。だが近代西歐の散文詩はさう言つたものとは異ふ形式內容があると思ふ。といふのは修辞的な意味を全然離れた內容としての詩(ポエジー)を特殊な散文形式で表はすものだからである。我國の詩壇でいふ「散文詩」もむろんこの形のものを指してゐるのである。

近代の――もつと率直に言へば現在の――散文詩が「特殊な散文形式」をもつといふ意味は、散文詩そのものの性格がむしろ韻文要素(詩形、平仄、押韻)と言つたものを全然離れて散文の形にしながら、それは單なる敍述や描寫(小說が示す如き)と異り、詩の新しい造型的言語に憑る表現を重んじてゐるからである。卽ち從來の韻文がもつ律格の時間性に對して、空間的な言語の造構性を重んじる處に一つの特殊なスタイルを作るからである。律語を、韻文的節奏（リズム）を排し乍ら、感覺や情緒に訴へる造構的リズムとでもいふものをもつからである。だからただのルポルタージュはたとへ詩的感覺をもつてゐようとも散文詩とは言へない。この造構性は詩人が言語そのものを畫家のマチエールと同じ意味に使用する處に近代の詩と同じ性質のものがあるからである。ポエジーをもたない散文はむろん散文詩ではないが、たとへ何らかのポエジーがあつても言語の造構性を缺くただの散文は散文詩にならぬと思ふ。もしそれを散文詩といふなら「詩をもつ小說」もまた散文詩であらうからである。散文詩が一つの新しい詩形である意味を尊重するならこの區別が必要となる。ボードレールやマラルメの散文詩はすべてこの種のものである。その傳統にある現在の散文詩もまたさうでなくてはなるまい。

　散文に對する韻文といふものは對蹠的ではあるがそれは形式上の差である。この二つのものは程度の差である。しかし詩（ポエジー）に對立するものを從來散文（プローズ）と考へてきたがこれは誤謬である。「詩」（ポエジー）に對立するものは散文ではなく歷史である。（歷史性と言つてもよい）近來文壇で詩精神に對する散文精神と言つた風のことが言はれるのが詩精神即ち「ポエジー」に對立するものは「歷史（イストワール）」であつて散文ではない。詩（ポエジー）とは「美（ボーテ）」といふと同じく、吾々が言語を通じて把握する本質的生命である。それは何ら因果の法則に支配されない恒久的なものである。これに對して歷史は時間の中に存する概念である。生活は即ち歷史である。現實も即ち歷史である。今日の小說が表現の對象とするものは悉く歷史である。だから詩精神に對立するものは嚴格に言つて歷史精神と呼ぶべきである。散文精神などといふ概念は甚だあいまいで意味をなさない。（この事に關しては拙著「詩と人生」中の「詩の美と眞」及び改訂版　詩學」近く發刊）に就いて見られたい。）

　散文詩は韻文に據らざる詩ではあるが、どこ迄もそれは詩精神（エジー）をもつものでなければならない。散文詩は形式として散文を表現の爲に用ふるが、それは散文の不羈性自由性を尊重し乍ら決してプロザイック（雜）に陷るべきではない。

　日本の近代詩を讀んで尤も不滿に思ふことの一つは韻文形式のものも、散文形式のものも甚しく造構性を缺いでゐることである。そして殆ど即興的で、その表現が餘りに個人的獨斷の多いことである。眞の造構性には獨斷は許されない。マラルメが苦心した詩法も彼が獨斷を避けない爲めの普遍的造構性を新しい言語の表現に求めたことである。ヴアレリーの試みもそれなのである。このことが、今の詩壇ではどうもよくわかつてゐないらしい。それを甚だ遺憾とする。

（私の作品はそれについて一番苦心を續けてきたのである）

散文詩の周圍

安藤一郎

廣く漠然として、「散文詩」といふが、正統的な考へ方から觀れば、かういふ種類のものは、中途半端で、一種の變り種である。だが、逆に言へば、むしろ畸型兒的であるところに、散文詩の近代性がひそんでゐる。

このやうな「散文詩」を問題にしなければならないところに、日本の現代詩の窮境と矛盾があるのだといふことが出來る。

我々の取上げるべき散文詩は、飽くまで詩の實驗で、決して詩に對應する散文の實驗ではない。

散文詩のことを考へる前に、我々は、もう一度自由詩といふものを顧みる必要があらう。我々の所謂「自由詩」は、フランスやアメリカの Vers Libre なるものとは、非常に異なつてゐることを考へなければならない。

Vers Libre は、詩型に對する反逆乃至はそれからのハミダシである。殊に、主として、押韻法を破ることから始まつたもので、たとへば、Vers Libre の親と見られるホイツトマンの作品なども、押韻は無視してゐるが、一行の韻律は略々正しく踏んでゐることが分る。

イマヂストの詩人に、Vers Libre を更に進めて、韻律的技巧よりもイメヂを重んじて、もつと奔放になつてゐるが、それでも、リズムの美的價値を全く棄て去つたわけでない。頭韻とか、類韻によつて、新しい音響（サウンド）の効果を狙つてゐるところも見受けられる。

さういふ傾向は、シュウルレアリズムに至つて、一層複雜に探化されるが、そこには、やはりイメヂや音響（サウンド）、或ひは大膽な言語構成をもつて、散文に抗する詩のジャンルを鮮明にしようとする、極度に意識的な努力が拂はれてゐたことは言ふまでもない。

日本の場合、韻文を脱却した自由詩は、忽ち無秩序に亂れくづれて、殆んど歸趨を知らない狀態に彷徨し始めたのだ。——新體詩そのものが英米詩の形式に倣つたので、これといふ定型は有しないから、韻文から離れるや否や、殆んど散文と擇ぶところがない。そこで、何か傳統的なものに定着させようと思ふと、和歌と俳句の境地に、ただ氣分の上で低徊するやうになつてしまふ。

イメヂとか音響（サウンド）とかの問題は、日本象徵詩派で、一應採り上げられたが、そこでは、詩語は奇妙に古く、神秘的にぼやけてゐたにすぎない。

この霧を突きとめようとした三富朽葉の遺業は、やがて、「詩と詩論」のシュウルレアリアリズム運動に承けつがれることになつたのである。

ここで、散文詩——現代詩の進化として考へられる散文詩が、新しく發生したのだ。

散文詩は、小說家が書く短篇や小品文と區別されなければならない。または、エスプリの衰へた詩人の小說の手ならひでもない。

「散文で抒情詩を書くことではない」といふ春山行夫の言葉は、過去の自由詩を批判してゐると共に、その後、やたらに續出してゐる「散文詩」なるものにも、十分あて嵌めてみることが出來る—我々は、時々これを想起するべきであらう。

詩の「行分け」といふことは、依然として、不安定な狀態にある——今日、「行分け」は、極めて主觀的であるか、それでなければ、頗る安易惰性に從ふのみで、何らの法則もない。

それにしても、「行分け」が全然無意味だとは言へまい。「行分け」は、各自の個性によるスタイルをあらはすものである。技術的に觀て、「行分け」は、壓縮、飛躍、休止、强調といつた、種々の機能をひそめてゐるやうにおもはれる。そこには、或るフレクシビリティーがあることは、誰も否むことが出來ない。

「行分け」の無意味を云々して、散文詩の必須を云々するならば、一つの答へが用意してある。——散文詩にも、「行分け」がある、少し、大きな「行分け」が……と。

散文詩にとつて、「行分け」は唯一の分岐点ではない。

ポエジーの擴大、言語構成の實驗、新しいスタイルの發見——そこに詩のヂャンルたる散文詩が動いてゐる。

詩として動いてゐる散文詩は、非常に面白い。だが、散文へ傾へてゆく散文詩は、間のびがしてつまらない。
低いところへ流れる散文詩は、ただ流れるままに任せよ。
それは、やがて消えてしまうであらう。

詩とリアリズム精神の相剋は、我々が生きてゐる、今日の時代が課する苦惱である。その苦惱の追求に伴ふ精神の分裂が、おのづから、散文詩に息づいてゐる——我々には、もはやロマンテイツクな詩の完璧性は望むことが出來ないから。併しまた一つの反動がやつてこないとも限らない。

散文詩は、散文の記述性、物語性を含むことも可能である。

ボードレールも、『巴里の憂鬱』で、それをやつてゐる。北川冬彦の言ふ敍事詩的な試みといふことも、それである。併し、才能がない者がそれを眞似たら、下手な小説にも劣る作品が出來上るだけであらう。

そのやうな折衷的仕事をやり遂げるには、旺盛な詩的精神と烈しい構成力がなければならない——その根本は、詩人の思想が決定する。萩原朔太郎の作品は、思想があるために生きてゐる。

散文詩は、詩の實驗である——詩のヴアライエテイーである。

(October 1948)

ボードレールの散文詩について

村上菊一郎

もとよりボードレールの書いたものの中に「散文詩論」などといふ開き直つた評論があるわけではない。周知のやうに、彼はその『散文詩』(『巴里の憂鬱』)のはしがきである「アルセーヌ・ウーセイに」といふ獻辭の中で、次のやうに散文詩の定義めいたことを暗示的に述べてゐるだけである。

「音律(リズム)もなく脚韻なくてなほ音樂的な、しかも魂の抒情的抑揚に、幻想の波動に、意識の飛躍に、能く適合するに足る柔軟且つ佶屈たる詩的散文の奇蹟を、我々の中の何びとが野心に滿ちたかつての日に夢想しなかつたであらうか。

このやうな執拗な志望の生ずるのは、特にあの巨大な都會への頻繁な行き交ひからであり、またそれとの無數の關係の交錯からである。親しき友よ、君自身も、あの「硝子賣り」の甲高い呼聲を一つの唄にしようと試みたり、その呼び聲が巷の高層の靄を貫いて、屋根裏部屋まで送つてくる、うら悲しい暗示のすべてを、抒情的な散文の中に表現しようと試みたりはしなかつたであらうか？」

ウーセイはボードレールの友人の一人で、知名の文學者でもあり、「ラ・プレス」紙の編集長の地位にあつた。「硝子賣の唄」といふ詩はウーセイの詩集「昔の歌」（一八五〇年）に載つてゐる。

ところでこの「アルセーヌ・ウーセイに」なる獻辭は、一八六二年八月二十六日の「ラ・プレス」紙に、1から9までの番號を附した九篇の散文詩（後に上梓された『散文詩』と同じ順列の「エトランジェ」以下「不埒な硝子賣」に至る九篇）と共に「小散文詩」なる總題の下に一括して發表されたものである。卽ちボードレールがはじめて散文詩を系統的に繼續的に製作しようと努力したのは、この一八六二年前後と見るのが妥當であらう。彼は引續き同年八月二十七日、九月二十四日の「ラ・プレス」紙に、前年發表濟の五篇の舊作をも再錄して01から14、15から20までの番號を附し、十一篇の散文詩を連載した。『散文詩』全五十篇のうち二十篇までがこの一八六二年中に体系づけられたわけである。

ボードレールが最初に散文詩を發表したのは、これより前、一八五五年に刊行された詩文集『フォンテーヌブロー』に寄せた「夕まぐれ」「孤獨」の二篇であつた。更に一八五七年、「惡の華」初版筆禍事件直後にも、「夜の詩」といふ總題で數篇の注目すべき力作を世に問ひ、そのころ母への手紙の一節にはかう記してゐる。「今度の事件で時間を全部取られるにも拘らず、私は四冊書き上げなくてはならないのです。ポーの第三卷と、「夜の詩」（自作）と、『美術論』（自作）と、『阿片吸飮者』（ド・クヰンシーの飜譯と。」（一八五七年七月二十七日附）

約言すれば、ボードレールは一八五五年にはじめて散文詩を製作し、一八五七年に一冊の詩集に纏めることを思ひ立ち、一八六二年に前半の骨格を体系づけたのである。しかし、後半三十篇は他の多くの計畫と同樣、遲々として捗らなかつた。窮乏と病苦と失意と、晩年凋落期の詩人は十年間の心血を『散文詩』（『巴里の憂鬱』）の完成に賭した。一八六四年ベルギーへの逃避行以來、一八六六年重患の身を巴里の病院に橫たへるまでの間、彼は母に宛てて繰返し『散文詩』のことを語つてゐる。「私はヘッチェル氏とも仲直りしました。この人は當地に立寄り、增補『惡の華』と『巴里の憂鬱』を手渡す期限を九月末まで猶豫してくれました。――『巴里の憂鬱』はオンフルールで書き上げることにしませう。ああ！

これが出來上ればどんなに嬉しいことでせう！ 私はひどく衰弱し、何もかも厭になり、自分自身にも愛想がつきてゐるので、時々、ずつと以前から中止してゐるこの書物を到底完成できないやうな氣もします。でも私は今までにこの書物のことばかり考へて隨分樂しみにしてゐました。」（一八六四年八月八日附）

『怪奇實談』（ポーの飜譯）はやつと發表されそうです。しかし、『巴里の憂鬱』は、私が大そう當にしてゐるこの呪はれた書物は、半分で中絶したままです。ああ！ 私は歸宅するのが遲れてしまひました！ 長いあひだ一つの仕事を中止しておいたり、一度にあれやこれやに手をつけたりするのは確かにひどく危險なことです。思考の糸が度々切れて最初に身を置いてゐた精神上の雰圍氣がもはや見出されなくなつてしまひます。」（一八六五年二月附）

「例の「巴里の憂鬱」と、その他若干のくだらない原稿に、半月ほど精出して沒頭しようと思ひます。それが全部出來上つたなら、自分で一財産つくるべく巴里まで出かけませう。」（一八六六年三月五日附）

晩年のボードレールの詩は、增補「惡の華」に見られる通り、意外にも愚作が多い。しかるに一度「散文詩」に眼を轉ずると、そこには一篇として投げやりな作品はなく、すべてが渾然たる出來榮で、いかに詩人が最後の精魂をこれに打ち込んだかがよくわかるのである。どの出版社からも刊行を拒絶されながら、不如意な流寓生活の中で推敲に推敲を重ね、目次の順列を完成して「小散文詩集」といふ題名を決定したときは、すでに死が間近に迫つてゐた。私は彼の晩年の手記を感動なしに讀むことが出來ない。「各瞬間ごとに、我々はその時々の感覺と思想の重荷でおしつぶされてゐる。この惡夢から逃れ、且つそれを忘れるには、二つの方法しかない。快樂と仕事がそれだ。快樂は人を磨りへらす。仕事は人を養ふ。選ぶことだ。私はまだ自分の計畫が成就した悦びを一度も知らない。執念の力、希望の力。義務を果す習慣は恐怖を追拂ふ。小さな意志の實行が度重つて大きな結果をなす。蓋しボードレールの散文詩は彼の最後の悔恨の象徴となつた

相互に交る交る首ともなり尾ともなるこれら一聯の散文詩の製作を、ボードレールは誰からの示唆に仰いだのであらうか？ それはウーセイへの獻辭で述べてゐるやうにアロイジュス・ベルトランであることは申すまでもない。

「私は玆で君にいささかな告白しなければならない。かのアロイジュズ・ベルトランの有名な「夜のガスパール」（君と私と友人の二三とに認められた書物は、既に有名と呼ばばるべき一さいの權利を有するのではなからうか？）を、少くとも二十回目に繙いてゐる時であつた。私は何かこれに類することをやつてみたい、彼が古代生活の不思議な

ほど繪畫的な描寫に用ひた手法を、近代生活の、といふよりむしろ一そう抽象的な或る近代生活の敍述に、適用してみたいといふ考へが、ふと私に起つたのである。」

ボードレールをして感嘆せしめたベルトランは、フランス文學において散文詩といふジャンルを創始した詩人である。彼はそのことだけで十九世紀初頭の文學詩史に小さな席を與へられてゐる。しかし所詮は小詩人であつて、ランソンのフランス文學史やラルースの小辭典などにはその名前さへ記されてゐない。ボードレールの「散文詩」の粉本となつたベルトランの唯一の珠玉詩集「夜のガスパール」は、「音律（リズム）もなく脚韻もなくてなほ音樂的な」といふ点においてのみ前者に影響を與へてゐるに過ぎず、兩者の間には本格的に詩風の相違がある。皮肉な言ひかたをすれば、どちらもサント・ブーヴの熱烈な支持を受けたこと、どちらも作者の死後はじめて一冊の刊本に纏められたこと、それ以外に共通点はないのである。「夜のガスパール」が「レンブラント及びカローの畫風に倣へる幻想詩」といふ傍註の示すやうに、飽くまで中世趣味の繪畫的色彩美を歌つた無感動な平面描寫であるのに反し、ボードレールの「散文詩」は、近代人の複雜な內面的獨白を志向した遙かに哲學的な知的な要素の濃い作品である。ボードレールは單に散文詩といふ形式を使用することをベルトランから思ひついただけだ。私はフランスの作詩法にもうとく、語學力も未熟ではあるが、その私でさい、ベルトランとボードレールの散文詩を原文で味つてみて內在する微妙な韻律の相違に氣づくのである。私にはボードレールの散文詩はベルトランよりも一そうボーの散文に近い樣な氣がする。彼のボー飜譯には、一八五六年『異常物語』、一八五七年『續異常物語』、一八五八年『アーサー・ゴードン・ピムの冒險』、一八六四年「ユーレカ」、一八六五年「怪奇實談」の刊行といふ工合に、散文詩の製作と絕えず陰になり陽になつて進行してゐるのである。散文詩の幾篇かが自づとボーの影響を受けて、散文性の勝つた象徴的コントの趣を見せてゐることは否めない事實であらう。しかし、ボーよりは一そう微妙であり、纖細であり、はるかに純粹な美しさを堪えてゐる。さうして何よりも基調をなしてゐるのは、カトリックへの改宗を思はせる弱者への憐憫の情である。詩人はいかに屢々、大都會の底にうごめく淋しい寡婦や宿無し犬や卑屈な乞食や病的な女人をいたはりの眼で凝視してゐることであらう。ベルトランに源を發し、ボードレールで近代化され、ランボオ、マラルメの鍊金術を經て、プルーストの「快樂と日々」、ジイドの「ユリアンの旅」ジャコブの「骰子筒」マルロオの「ロワイヨーム・パルフェリュ」に至る詩的散文の系譜のうち、ボードレールのそれが最も抒情的で且つヒューマンであると斷言するのは言ひ過ぎであらうか？

「悪の華」と並んで「散文詩」が、「巴里詩集」と名づけることの出來るほど見事な都會詩であることは批評家チボーデが夙に指摘してゐる。「群象（ミュルティチュード）と孤獨（ソリチュード）、これは才高き潑剌たる詩人ならば自由に置換へ得る相當しい單語である。己れの孤獨を賑かにすることの出來ぬ者は、多忙な群衆の間に處して獨りでゐる術をも知らない。」この詩句に戰慄しない人は所詮ボードレールの散文詩には無縁の衆である。

（一九四八、一〇、一〇）

散文詩についての斷片

永瀬清子

散文詩は音樂を失つてゐるやうにみえて、然しその底にふかくそれをひそめた詩だ。

その手材に於いて
その構成に於いて
その情緒に於いて
その流露に於いて
その開花に於いて

散文詩はリズミカルではないが、然しその全存在に於いて音樂的でなければならぬ。

音樂的であると同時によりふかく思想的であることが出來る。思想的であることにはその長さがよき伴侶である。又よりすべりの悪い特長が。

それと同時により叙事的でありうる、然しそれは説明的であることを意味しない。説明的と云ふのは何と云つても翼のない狀態だから。

散文詩には翼が必要だ。ボードレールの所謂、魂の抒情的抑揚が。幻想の波動が。意識の飛躍が。尤も彼はこれらの特質をむしろ散文に對して擧げてゐるのであるが。

同時にそれと同時により構築的であり得る。それはより冷靜なる心構えからの天秤をもつことだ。

それだから散文詩には、普通の詩に必要である以上に大きな人物がいるのだ。詩人が。

人格といふよりはやはり人物と云つ方がいゝ。より肉体的なのだ。それが散文詩を押し出す原因。

詩人の心臓を持たないで散文詩を書くのは、オートバイの運轉を知らないものが、トラツクを操縦しやうとするやうなものだ。

世間では散文詩はより散文に近いものだからより誰にでもかけると思つたり、散文の一部に一寸味をつけたらいゝと思つたりしてゐるが。

散文詩の原料は腰の强いものでなくてはならぬ。それをよくこねてこねてこねかへしすつかり粒々をなくしてガスぬきをして麵麭に焼きあげる。黒麵麭。

モチーフの捕へ方で散文と散文詩にはもう天地のひらきが出來てゐる。その心理の傾斜度で全く別種の生え方。

思想には適當の長さが伴侶だと云ふことは、短歌、俳句が終に思想的であり難いこととも關係があるより重量が必要なのだ。憶良の短歌と憶良の長歌を比較してみればいゝ。尤も彼のは散文詩でないが長さについて理解出來やう。

その上に短歌、俳句のやうに無批評にリズムの流れに身を任かす時に、思想も上すべりする外はない。ことにこの末世に於いては。

いぶした光。つや消し。よりふかい所からの發光。

執拗さの必要。飽くことのない凝視。それでゐてそれは小說家のそれとちがふ。なぜなら小說家のそれは細部への興味から發してゐるのだ。詩人のそれは精神をとらへやうとする慾望から。

リボンに對する巾廣織物。それはエプロンにしてもいい、着物にしてもいゝ。

心のひくさがすぐ露見してしまふ散文詩。のつぴきならぬ試金石。リズムの味つけではごまかされぬ。本當に詩かどうか。

ゆたかな人はそのゆたかさを無限にだせる。まとまりはよくてもいゝ。わるくてもいゝ。

肩巾のひろさ、健康さ。それでゐて微妙な神經。幻想の無限。蟲音とさゝやき。

小說の一部でない事は勿論だがその筋書きもない。

小鳥の歌ではないが泉のトレモロ。長くつゞく息。かわらぬ詩神へのこころ。

自分の心をみつめつゝ、又は自然のこゝろをみつめつゝ。

それは朗讀に適するであらう。

歌ふのでもなく語るのでもなく、それは朗讀に適するであらう。

抒情に於いてそれは峯をも谷をもわたりうる。充分のこくのある抒情でなければお門ちがひになる。氣分屋には不得手。病むなら病みつゞけ、彷徨に倦まぬこゝろ。莫大なるエネルギー。

一番かんじんなこと、散文詩には詩人がいる。大きな根つこが。大陸が。夜と晝が。

散文詩を否定することは出來ぬ。もう日本に於ては珍貴なものではない。しかしまだ傑作は出來てゐない。その作品の澤山を要する。

大きな生活と大きな苦惱の中から生れる筈のまだ見當らぬ天稟。

もう流行が終つたのではない。實はこれから。バプテスマのヨハネももう三四度は生れかわつて來てから。

散文詩管見

笹澤美明

散文詩の定義は各人各說で、どうもはつきりしないやうだ。散文に書かれた詩であると言へば、別に何でもないやうだが、さうなると、では詩とは何かといふ問題になる。春山行夫は「詩的散文」といふ言葉で、散文詩に代へたが、これは詩的といふ條件を附けるので限界が狹くなるやうに思ふ。本來の散文詩はもつと廣義に考へられてゐるやうである。

そこで私は散文詩の定義づけられたやうなものを二つに分けて考へて見る。

1　詩的散文

2　詩的精神を持つ散文（BA――

1は我々が行切りの韻文体の詩に散文的要素が多い場合に書く散文体の詩である。これも作者の主觀や主張によつて、それぞれ違ふが、用語や文章や詩体に美學的要素を持たせたり、修飾したりする散文を詩的散文と考へる人があるし、人間的感動を單純に表現したり、ヒューマニスティクな立場から書く散文を詩的散文といふ人もあるだらう。一般に散文詩と考へられてゐるのは、前者の方が多い。特に德富蘆花あたりの隨筆を散文詩と心得てゐる人もある。しかし現代ではいはゆる美文が散文詩を構成するといふ考へ方は古いやうである。もつとも、かうした舊美學的立場からでなく、新技術による美學的見地から、新しい詩的散文を主張する人もある。さふいふ美學的な、或ひは視覺による美を表はすことをもつて散文詩と稱する見解は、どの時代でも考へられることだと思ふ。

そして直裁的な人間感情や、いはゆる「胸をうつ」といふやうな單純な感動の表現をもつて、一つの短い散文を書くことをもつて、散文詩だと主張する別派もあるわけである。これも必然の存在理由があり、詮じつめれば、この二つの觀念が現代詩を形づくつてゐるのだから、その一つをも否定することは出來ないだらう。

2の方にも種別がある。神西清氏だつたか、日本の現代詩が影が薄く、存在理由が弱いのは、自然主義文學以來、日本に私小說なるものが發達したからだといふやうな卓說を吐いたが、この「私小說」も2のAに入るわけである。日本の詩人は元來、環境や性格のために、西歐の詩人とちがつた人生觀を持ち、異色と言へば異色だが、觀念とは違い、現實生活的な人生觀や世界觀を持ち、この方面においては、なかなかもつてデリケートな感情で表現する。思想といつても、東洋的な宗教觀と現實生活を結びつけ、淡々とした、時には他愛のない世界觀きり持合せてゐない。かうしたものが在來の隨筆や私小說に限らず、古典物を見ても、源氏物語をはじめ、すべての女性の作つた日記体の散文はストーリーといふ解釋は別として、散文詩と言へないことはない。兼好法師や芭蕉の作品なども隨筆とは別に、散文詩といふ名目はつくと思ふ。志賀直哉や葛西善藏の短い小說も散文詩と考へてもよいがむろんこの場合、嚴密な檢討は必要である。しかし筋があるのは小說であるとは限らないと思ふ。只、その筋が何か深い人生觀なり、思想なり、感動なりを讀者に與へる場合、散文詩だと見ても差支へないと思ふ。

そこで、2のBの場合、私はトゥルゲーネフやボードレールの散文詩を先づ擧げる。トウルゲーネフの場合には、小說や韻散文にならないものを斷片的に書き殘したといふ風な散文詩もあるが、ボードレールのやうに、はじめから散文詩として書いたといふ目的を作者が持つてゐた場合。これが本當の散文詩と思へる。これらの詩人の散文詩には、西歐的な深い思想の綾が見える。西歐の詩人が思想的に深いといふのは、日本の作家が、常に現實生活の上に坐つてゐて、すべての宇宙觀を雨に濡れるやうに自然にその身に受けとるのとちがひ、西歐の詩人は、自らそこへ突進したり、飛びついたりするところに淺深の度のちがひがあると思ふのだが、言葉を變へれば、苦惱をそのままに極めて現實的に甘受して諦觀を生むのと、苦惱を宇宙的に持つて行きたがるところに、廣さや深度のちがひがあると考へるが、日本と西歐の散文詩にもその區別がはつきりと現れてゐると思ふ。

この二人の詩人の散文詩はほとんど寓意をもつて構成されてゐる。すべての寓話は社會批判であり人生解剖だが、それには諷刺や皮肉が伴はれるのは自然である。或ひは人間生活を裏返へして見るのは當然である。寓意は藝術家が冷性に詩的表現を試みる場合とるべき手法であつて、詩人が思想を表現する場合これ以外に用ひる方法が見つからないと思ふ。皮肉や裏から見ることは、常識や既成道德に對する正當な反逆で、ヒューマニズムの根底に詩人が立つてゐるからである。

韻文体の詩の場合、表現形式が多く暗示を持つてゐるので、時によつて詩人の抱懷する詩的精神を表現したり、人生觀をのべようとする場合、どうしても散文的要素を必要とする。描寫や敍述をもつてしなくては、充分に表現しつくせないことがある。かうした散文的要素の力をかりて表現するとき、散文詩のフォームをとらなくてはならないことは言ふまでもない。

ボードレールの散文詩などは、美しいフランス語の韻をもつといふが、かうした韻文的要素も必要條件となるだらう。日本語の散文詩が、日本語の美しい韻を持つて表現されるかどうか、しかし、又それと同じやうに考へなくとも、他の特徴を持つた美しさは湛へられるにちがひない。かうなると個性の問題で、持つて生れたスタイルをもつて書ける詩人の作品が美しいと考へられて來る。堀辰雄や井伏鱒二のスタイルは個性的なものであり、持味といふものがある。これがフオームの上に力強い要素を與へる。

以上のような內容と形態が完備すれば、すぐれた散文詩と言はれると思ふ。

散文詩の周邊

杉山平一

詩といふものは、喧嘩などで、我々が興奮するにつれて、言葉が短かくなり、無駄なテニヲハが吹飛んでしまふ一種の調子をもつた發聲ではないであらうか。

さういふ興奮や感動が、だらけるにつれて、テニヲハがふえ、言葉の緊張がうすめられてゆくかたちが、散文と呼ばれるものの道に通じてゐる。

散文的といふ言葉が意味してゐるやうに、花の値打を何十圓と換算したり、砂をかむやうな感じといつた、情の面をしぼりとつた滓を我々は散文といひ、反對に情の面の豊滿な流れのみちあふれたものを詩的と呼んでゐる。

彼はかうして、どうして、どうなつた、と冷たく事實をつつ放しておく話が、散文を代表する小說であり、私は、かう思ふ、ねばならぬ、好きだ、それはいかんといつた、なまの意見、主張、批評が、詩のかたちの原則である。

一は敍事を代表し、他は敍情をもつて支へられてゐる。

情の面がのびひろがるためには、素直さとか、素朴さが背景とならなければならない。幼少年時代に、それがよく發散され、成人するにつれて、恥かしさとか、功利的な環境への顧慮の意識が、つよくなつてきて出口がふさがれ内部へかくれて行く。時代的にいへば、近代がすすむにつれて、かかる素朴を以てしては生きて行けぬ生活環境の支配と制限から、情の豊滿がどうにも出口を失つてくる。

新散文詩運動などは、詩をかかる情の豊滿の流れから、斷絶して生き得るかどうかを試みた一つの運動であるやうに思ふ。

これに應ずる環境として、由來我國には散文と見へるものにも實はしぼり切れない情緒樣のものが、漂つてゐる、繪にも音樂にも情緒的なものを詩があるといふやうに、私小說、隨筆と呼ばれる詩的散文が甚だ多い。

　しかし、散文詩は、その成立過程から見て、情緒をたち切らうとするところから生れる故に、詩的散文とは區別されねばならない。

　散文詩は、情の面を素直に放散できないために、その流動をたち切る方法として、いはゆる興奮、感動が極点に達したときに、我國人がとる大見得、沈默の狀態をとつた。極點に達して沈默する動きがとまつてしまう、きりつめて沈默する無言の感動といふものを採用した。

　在來、久保田萬太郎などが用ひる「………」といつた空白の境地を利用して、詩的情緒の發散方法をかへたのである・從つて、感動興奮による韻律がなくなつてゐる。

　かういふところから、もはやかたちは散文形をしてゐながら、詩的感動を訴へる散文詩といふものが生れてゐると私は思ふ。

　ヘツセやカロツサの小說は、詩的散文に傾き、ボードレールの「巴里の憂鬱」やツルゲネーフのは、散文詩と考へられる。

　そして、ここに、詩的感動がうすれ、ゆるんだために散文形にくづれて行つたものまでが、自由律短歌俳句のやうに橫行し出す、非常な危險が生じてゐるのである。

　我々が仕事する場合、ある時間表や規則をきめてことを運べば、はかどるやうに、あるきまつたかたちをもつてゐなければ、表現は成り立ち難い。從つて散文詩のなかにも、在來の方法としての批喩や語呂合せといつた面白さのかたちを殘し、また各詩人獨自のかたちが保たれてゐる。

　箴言や批評は、その主張の性質上、本來的に散文より詩的發聲にもとづく故に、在來とも、一種の散文形詩として我々に讀まれてきたものであるが、萩原朔太郎の散文詩に、一種のアフオリズムの形式でなされたものの多いのは、その事情を語つてゐる。

　三好達治氏の散文詩は、かたちは散文形をとつても、言々句々緊張に滿ちあふれた訴へをはらんでゐるが、やはり普通の場合の詩とことなる思想的な訴へを明確に傳へてゐる。

　北川冬彦氏の散文詩、丸山薰氏の「蝙蝠錄」の一聯の作品、竹中郁氏の詩的小品など、思想內容への重量の傾きは愈々はつきりしてゐる。

　しかし、詩は本質的に、眞情の吐露のやうな感動をもつて讀者を呼びうつたへるもので、目新しい思想內容によつて必づしもとらへるものではないが、散文形になれば、それははつきり、內容の重量によつてしか支へられないものである。

　「對話」のなかで、ゲーテは、「散文をかくには、實質あることをいはねばならぬ。けれども言ふほどの實質をもたない者も、詩句を作り、韻をあむことはできる。思ふに一語は他語を呼んで結局ひと通りのものが生れてくる。それは中

散文詩論

阪本越郎

味はないのだが、曰くあり氣に見えるのだ」といつてゐる。

つまり、詩形による意味あり氣なごまかしのものが横行してゐるので、我々はむしろ實のある（それも少いのだが）散文形の詩の方が安心ができるといふ感じを否定できない。

しかしながら、近代の生活内容が、こみ入つてしまつて、喧嘩はもとより、戰爭の勝ち負けのかたちも複雜になつてしまつて、詩のやうな眞情の吐露にも、散文のかたちによる一種の說明を要するといふやうな時代こそ、また我々はまつすぐな眞情の吐露を、渴きに水を求むるやうに、欲するのではないであらうか。散文詩の必然を肯定する故に、私はここからの脱出を夢見るものだ。

生活の近代にあはない情緒のやたらな發散が、はなもちならぬやうに、またさういふ情の面が、逼塞してしまつたいまかさかさした近代がはなもちならなくなつてくる。散文形をどうしてもとり得ない中原中也氏や伊藤靜雄氏のやうなものが、貴重なものとしてまた求められてやまないものが一方にある。

それほど散文詩の分野は廣く大きく我々の周圍を充してゐる散文詩に於ける實質内容の重みが、いはゆる散文における事實の敍述でないことは、詩的散文との區別にはつきりしてゐる。その實質は、客觀的な事實でなく、多く精神的内容の敍述を以て充たされてゐる。

從つて必ずしも、散文詩は、敍事詩といふジャンルと直接つながつてゐない。散文詩は、韻律などに起る行わけの否定であり、敍事詩は、平家物語のやうに聲あげて歌ふ事實物語りではないであらうか。田中克己氏の「西康省」百三十行などは、西康省の事情を積み重ねることによつて一行一行うたつてゐる。論文よりも高く、その事實でもつて我々をうつのである。散文詩は、かかるものと、また區別されたジャンルとして私は理解したい。

人間磁氣

詩というものは、はつきりと意識されずに人の胸の中にあるもので、詩人がそれを書きとめる能力をもつてゐるにすぎない。詩の究極目的は、人がそれを鑑賞することによつて、自己の情緒を誘發され、自分のもつている詩を滿足させられることである。それを學者が、興味（インタレスト）といつたり、快樂（プレジュアー）といつたり酩酊感（エクスタシー）といつたりしているが、それは學者の自由にまかせておこう。そういうのが詩であるから、散文の中に詩があるというのも、作者の知らない一種の流露である。この間の事情は、甚だ人間的なことに屬する。人間と人間との間におこる磁氣作用の火花のようなものだ。しかし詩というものが、そういう人間的な深みからくるだけに、却つて忘れ難い力や說得力をもつているともいへるのである。

酩酊力

詩がもつている酩酊力は、純粹であればあるほど強い。何がそのやうに強い酩酊力をもつているかといふのに、それは散文よりももつと強い壓力で壓縮されているからだ。この強烈なプレジュアでのみ詩は發酵されるのである。散文詩といへども、ただの散文ではなく詩であること、詩としての酩酊力をもつていることに注意しなければならない。

天質的詩人

詩があらわそうとしているものは、眞理でもなく、道德でもなく、ヒューマニテイでもなく、普通にいう意味の美でもない。詩があらそうとしているものは、ただ實に漂渺として捉へがたく、夢のように說明が出來ないところの、不思議むづ痒い心の衝動のみである。こういうボードレールは、彼自身の言葉で、散文詩集「巴里の憂鬱」を書いたのであつた。詩を散文の領域において、ひらいてみせることは、今日では常識であるとしても、ボードレールの最初の苦心は思いやられる。即ち普通の散文家の散文がいかに聰明でも果し得なかつた散文の領域を開拓したのである。その透明な散文は、詩を散漫にしたものではなく、緊密を保つた詩としての安定感を保つている。私はここでボードレエルに杯をあげるのではない。ボードレエルが何を書いてもその文學の一切が皆必然的に詩になつていることの、詩人としての宿命を恐ろしく思うのである。これは反面に、天質的な詩人は普通の意味の散文は書けないということである。

詩以外に何も書けないということ。

新アメリカ發見

詩というものは、散文のように考え考え書くものではなく、或る動機から一氣に形づくられるものである。散文詩のような長篇のものでも、その動機は或る種の感動——或る情緒や意志の發動である。一つの聲、一つの叫びが、詩心に大きな波紋を與える。ロオトレアモンやマックス・ジャコブのオリヂナルなスタイルが何に基づいているかは明らかだ。たとへば木材にある疵が彼等の心に魔法を呼びさます。彼等はそれを誰にも告げずにおいて、新しい詩の入場券にすり替えたのである。ジャン・コクトオは書いている。「マックス・ジャコブ、彼のステッキ、彼の球帽、彼の威文句、彼の恐怖の涙、それ等はすべて、木と甲斐絹で作つたギイニョルだつた。だが、また、ギイニイヨルのお人形は手袋である。そしてこの手袋の中には力強い一つの手があつた。と。（「白紙」堀口大學譯）自由詩は、リズムに慣らされた耳には、もはや不快なものになつていた。そこで一つの新しい詩が生れ出た。より、單純な、より構成的な新しい詩。その精神的なマチエエル。エネルギーの新しい衣裳。新しい散文詩は文學上の新アメリカ大陸の發見だつた。この發見の結果、今まで藝術が醜として取り上げなかつたようなものやどんなくだらないものでも、彼の目に入り、手にふれるものは、彼の藝術の世界に連れて行かれた。それらのものはそれぞれの客觀的な力を失うことなしに、然も常人の思ひも受けなかつた別様な姿を示すに至つた。氣輕なコクトオの口調でいへば、「彼等の藝術は、類似であつて、「目先をごまかすもの」ではない。つまりそれは、吾等の眼にいやな思ひをさせる、あの畸形ではなしに、精神をごまかすものなのだ」。人間がその身のまわりから吸集する磁氣作用によつて、別々の世界のものを並列し、置きかえ、組み合せる。そこに一つの面と他の面とを結ぶ電氣のコイルをかくしておいて、通話させ、暗示する。こうして分解したり、綜合したり、裏がえしたりすー微妙な關係のうちに、新しい美を暗示するのが、新しい散文詩の源泉というべきであろう。鳩の飛躍する身輕さで、散文の中から新しいポエジーが飛び出すのを、人々は期せずして見たのであつた。

オリヂナルティ

私は自分に氣に入ろうと努める。散文で書きたい時に、散文ができあがる。ありあまる野心ではなく、ちよど一致した野心をもつて、本當に書きたいものを書きたい。今までの詩人が（私自身をも含めて）書こうとも思わなかつた何者かをもつているものを、私も書きたい。詩形からも律語からも自由になつて、言葉を望み通りのものとし、獨自のものとすることである。

およそ詩は壓縮された文學である。散文詩とてもこの例に洩れない。ランボオほど、短い年月に、あらゆる詩歌の意匠を兇暴に壓縮した詩人もいないといわれている。クロオデルは彼のステイルを「纎細なくまぐま迄も、明哲な音の滲透した、乾燥した、ストラデイヴァリスウスの木の樣な」と評している。この「乾燥した文体」は、恐らく生活を規定せんとする、駿敏な知性に發するものでわないか。苛立しい程、硬く、光り輝く、重厚な、また切ない程透明なスティルのオリジナリテイは、彼の散文詩「飾畫」「地獄の季節」(小林秀雄譯)の所領するところである。恐らく、新らしい世紀の詩は知性との血戰に捧げられるのであろう。この時、意志のスティルが、精神の裾に悶絕せんとする不幸な詩を僅かに支える役割をする。

奉天

冬木康

大陸は二つの世界に分たれていた。けふ
それが一つに重なりあほうとした。

灰色の十月半ばに捩れるやうに雪が降つた。
奉天は立ち並ぶ區街の屋根を一變し、深い氷雪のなかへ、化石のやうに沈んでいつた。
この不思議な風景の陷沒と、その上に次第にひろがる、磨がきゆくプラチナの冬天。
その二つの間隙に、這ひめぐる蛇形の露路。
――うちつづく鐵銹の煉瓦塀。
――不思議に明るい人聲のしない壁の列。
――四つ角の異樣に光る一本の外燈。
――凍りついた泥溝の水面。

――地の窪から不意にあらはれる化犬の顔。
解きがたい假死の實体をつつんで、不氣味にのしかかる露路の風物は、しびれるやうな痴呆の中で、
永く私を驚異せしめた。

氷雪のとける二月早春、突如として奉天の街々は暗い死の影から甦り、眼前に明るい杏の紅を噴かし
初めてゐた。

すべては許されてゐる眠りの歌

青山鶏一

たれもが眠りの世界に入る美しさ

蒼い水をたたえた　無限の　たまゆらの世界の中での　このただ一つの放たれた旅路

——眠るものに平安あれ

いつもゆりかごのリトムがする　そこの靜かな室房の内部には　すべての品位ある母達がゐる　みがかれ
た大小さまざまの皿やカップには　すでにこの人達を滿たしてくれる　量と密度と　香氣にあふれた食物
がある

初夏（しよか）の森のやうな市中の　とあるあたりの公園　そこのゆれる椅子によつて　シガーをくゆらす老人達の
憩ひの姿　ああ　苦惱と悔恨と鬪ひと敗北と　むごい終了との　後の日の安息　ああ　おびただしい傷害
の後のこの癒やされた實感の收得

——涙も枯れたものの生（らいふ）に眠りあれ

秘密をもたぬ水の鏡の窓をひらいて　戀するものはその名をつげる　たぐいない若さの指の薔薇の芳香こぼれる微笑の甘美な無限の水滴をうけて　すべての若者の唇が濡れる　ときめくストローベリイの五月のやうに

——戀するものの腕なの中に永遠よあれ

ピアノの　すべての樂器の　あまたの音色の　數々の歌の　飛燕のかげ　花々の律動　果實の味感　肉體の一元　すべての思考のこの制約のない瞑想のありかよ　ああ深沈と　なにものも冐すことのないこの眠りの世界の展れた誘なひの門のあたりには　いつも雲母を刷いた六月の光りがうつとりと　その淸麗な瞳を半ばとじて優雅にすべてを招き入れる

ああ　蒼白の皮膚の　すべての瘦軀の　よろばへる家屋の　荒廢の街區の　泣き寢入る子らの　老年の孤獨のあらゆる失意の　對決する飢との　そのことごとくをば死なさぬ世界　恐怖のそとの　時のそとの約束のない頭腦の中のすべてのものの解れた世界

ああ　このたまゆらも　この永遠に淸冽な水は流れる　淋しき者のたたずまゐをめぐつて　苦しき者のありかをつつんで　………今もわたしを眠らせるために　いな　いな　すべてのわたしを生かすために

消える星々の光りを
つねにただよふ
ああ　この無限の水明りに代えて

秋草の中で

町田志津子

つゆけき秋草にふして
瞳をこらせば
ま蒼の星が見えてくる
なまあたたかく血なまぐさい
巷の噪音も
遠い潮ざいのように
けれどわたしの心は重く暗い
過ぎゆくことがしんじつの相（すがた）なら
苦澁の底にほほえみつつ
過ぎゆくであろう
わたしは力よわいので
うたうすべしか知らぬ

わたしはうたう
ちり　みだれ　さすらう落葉のような
人々のさだめと
あんまり明るくあんまり遠い大空を
また
はふれ　さまようちに
おのずから身をよせあう
あたたかい吹きだまりもあることを
はや北の山には
露じもが降りているだろう
あすはすがれたえのころ草の下で
足をちぢめて冷たくなろうとも
わたしは知つている
夕映はわたしの涙を
虹いろにかがやかすであろうと

長篇敍事詩

沼　第三章

My Young Days

祝　算之介

1

丘陵地帯にはいつたらしく
窓のそとは
切崖（きりぎし）や
うねうねとつづく台地で
視界は遮ぎられていた
車内はあいかわらず騒々しく
赤兒のぎやあぎやあ泣きわめく聲までまじり
私はもういらいらするのをとおりこして
阿呆のように
ぼんやりしてしまつた
隣席の男が
眞向いの座席のおしやべりな男に
煙草の火をうつしてもらいながら
「こん次はどこでごぜえましようね
と訊いていた
「こんだは柏だんべえよ
柏……
柏のつぎが我孫子
そいがら取手……」
「そうでごぜえますか
そいではおらもう
降りる仕度しねぐちやなんねえ」

2

男は烏打帽子（しやつぽ）の鍔に手をかけ
なんどもぺこぺこ頭をさげて
つけた煙草の火をあわてて揉み消し
網棚の上の大きな風呂敷包みをひきずりおろし
腰をおとして背負いこんだ
もうこのつぎが柏だとあつては
私もどうやらほつとしてきた
はやくこの車内からのがれたかつた
この車内からというよりは
こうして餘計な考えごとをせずにはおれなくなる退屈な時間

をもつことから
解放されたかつた
そうでもなければ
ますます身の置き場もなくなるいやな追憶が
あとからあとから
私を追いかけまわすばかりであつたから

3

しかしまたいつぽうの私の心の片隅では
思いもかけなかつた想念が頭をもたげはじめて
それはみるみる恐しい勢で
私の心のうちにひろがつていつた
我孫子に近ずくにつれて
この考えはまつたく得体の知れない力で
私をどうにもならぬ感情の岐路に立たせてしまつた
母の墓参はやめて
我孫子で降りたらすぐつぎの上り列車で
東京へ引返してしまおうか
とこんな考えであつた

4

じじつ私は
我孫子へ行つたところで
村の人々は道ばたで逢つても
私をわかつてくれようはずもなく
ただ私の一縷の希望は
かつてのおんぼう焼きの平作老夫婦に會つて
母の墓石をたずね
墓前にぬかずきたい心のみであつた
だがはたして
平作爺さまや婆さまが健在であるかとうかも
かいもく見當がつかないでいる現在
けつきよく
すべてが徒勞におわるのではあるまいかと
考えだしたからだつた

5

だいいち私は
六つの年にあの突發的な事件があつて
我孫子を飛びだし
まつすぐひとりで常盤線のれーるずたいに
それが水戸の方へ行くれーるか

上野へ行く道だかてんで辨えず
ずんずんあるきだし
ついに上京して
それからは轉々と放浪の生活に足を踏みいれ
どうやらこうやら他人の厄介にもならずに
いつぽん立ちのできるようになつたこれまでの十なん年という
　うもの
我孫子の生家や母や平作老人のことは
なにかにつけて忘れたことはなかつたが
いつも私はなぜか生れ故郷に
歸つてみようという氣持にはなれなかつた
あれこれとそのころの私の姿を
思いめぐらしているあいだが
私のもつとも夢中になれるときであり
またなにかのはずみで
にわかに苦痛にさえ感じだしてしもうことはあつても
私はそうした回想を繰り返すのをやめなかつた
それは私の六つの年にうけた衝撃が
いまなお私の腦裡に
なまなましく楔をうちつけていた
からにちがいなかつた

6

そのころには
私たち母子をとりまく周圍の狀態が
子供心にもだいぶん變化してきているのに
私は氣がついていた
もつとも變化したのは
私であつた
私はそれまでどつちかというと
まことに快活な
ものに臆しない明るい性質であつたのが
年をかさねるにつれて妙におどおどした
いじけた心根をもつようになつた
なにか人に見られることをいやがり
いつもひとりでぽつねんと座敷の片隅に
坐つたきり動かなくなつた
もうあまり平作爺さまの家へも寄りつかなくなつた
平作爺さまはそのころちよつとした
輕い中氣がおこつていて
足腰が不自由になり
婆さまひとりで家の中のいつさいのことを
切りもりしてゆかなければならず

しぜんと私などにかまけていられなかつたのであろう
この老夫婦は
ほとんど私の家へ顔を見せなくなつた

7

私の母はあいかわらずだつたが
それでも私は
ときおり母の姿を見るとすつかりおびえて
平土間の隅に
がたがたふるえだすこともあつた
母はめつきり老けて
いよいよ押しだまつたきり
せつせと野良仕事をしているので
べつだんこれといつて變つた素振もなかつたが
平作老夫婦の愛情がぱつたりとだえたじぶんから
母はよく
驛の賣店で賣つているハイカラな玩具や
かわつた味のする砂糖菓子を買つてきたりして
私の前へ差しだすようになつた
私はこわごわ手を觸れて
口へ持つてゆき
ひと口嚙みしめると
ひじように旨い味がするので
思わず「うめえ」と言つて笑うと
母はうす氣味の惡い聲をのどの奧から
けけけけと出して笑つた
これまでに母はまつたく無表情で
こんな笑つたところなど私は生れてはじめてだつたので
思わずギヨツとして
口にくわえていた菓子をほつぼりだして
土間の隅にいざり寄つた

8

すると母は
世にも悲しげな表情で
私と菓子とをしげしげと見くらべ
おいおい聲をはりあげて
泣きだすので
私もなんだか菓子を手に
持つていてやらなければ惡いような
氣になるのだが
どうしても
そうすることはできなかつた
薄暗い土間のなかで
髪をぶさぶささせ
垢にまみれた小ぎたない母の横顔を

じろ穴の明くほど見つめていた
とつぜん
私は
いつまで氣がつかないでいたが
もうそれは
うち消すことも
どうすることもできなかつた
母は發狂していたのだ
私にぎくんとこたえるものがあつた
私はいつそう平土間の隅にちぢこまつて
わなわなと身をふるわせていた

9

母が死ぬひと月ほど前からの亂行振りは
いま想いだしても
私はぞつと身の毛のよだつほどだ
それまで柔和に過ぎるほど素直に言うことをきいていた母が
にわかに突拍子もなく狂いまわり
髪を振りみだして
なにやらわけのわからないことを
わめきちらし
野山をうろつき
またそれが靜まると
まるで別人のようにケロリとして
私のそばへ舞いもどつた
そのころは母も私ももともども
見るに見かねた小作老夫婦のもとに
ひきとられていたのだが
母はそんなことにはいつこう無頓着で
發作をおこしはじめると
私のことなど忘れて
正体もなく暴れ狂つていた

10

そのころ
どの村人も私たち母子にたいしては
露骨に嫌厭すべき態度をしめした
母でも私でも
見かけしだい
石を投げつけたり面罵したりして
うつかり歩こうものなら
生ま傷の絶えることがなかつた
これはきゆうにそうなつたというのではなく
もうよほど以前からのことだつたが
よく母は
横ツ面をまつさおに膨らして

血相變えて
平作老夫婦の家に駈けこむなり
だれかに追われてきたらしく
雨戸に心張棒をかつて
せいせい肩で息をしながら
棒につかまつて
そとの氣配をうかがつていることもあつた
村の若い者に
てんびん棒でぶんなぐられたのだそうで
私は婆さまのかげにかくれて
ぶるぶるふるえながら
そつと母のようすをかい間見ては
すぐ婆さまの腰に顔をつつぷして
母の眼と
まともに觸れることを避けていた
母の狂氣が
ますます度を越してくるにつれて
ただもう私はすつかり脅えきつて
いつも婆さまの腰や背にしがみついたり
婆さまがなにか立ち仕事をしている腰のまわりを
うろうろとくつついて離れなかつた

11

あれほど暴れまわつて
手のつけられなかつた母が
きゆうにどつと床についたのは
死ぬ一週間ほどまえからだつた
疊はうすきたなく赤茶けて
ところどころすり切れ
藁のはみ出ている座敷の隅に
ちようど佛壇の方へ顔を向けて
よれよれに綿の片寄つたぶんとにおいのする煎餅布團にくる
　まつて
寢ついたままになつてしまつた
氷嚢を天井から長く吊りさげ
母の額をひつきりなしに婆さまが冷やしてやつていたから
なにかの熱病でもあつたのだろうか
この老人たちは
いつもひそひそと額を寄せて
内緒話をしていたが
そのうち
黒い詰襟服の町醫者が呼ばれて
自轉車に乗つてやつてきた
ところが母は診察させるどころか
なにやらわけのわからぬ奇妙な叫び聲をはりあげて
たいへんな劍幕だつた

横になつたまま
じたばたとあばれて
布團を蹴つとばしたり
雨のこぶしを拳骨にしてふりまわしたりして
言うことをきかなかつた
町醫は放々の態で
いくども自轉車のペダルを踏みそこねて
逃げもどつた
それからは誰れもこの家を訪れる者もなかつた

12

まいにち母はおとなしく布團にくるまり
うす暗がりのなかで鼻歌をうたつたりして
すこぶる上機嫌のときが多くなつた
いくらか足腰の立つようになつた平作爺さまが
氷嚢の氷をつめかえにいつても
すこしも手荒な反抗などしめさなかつた
かえつて
長く細紐でつるした氷袋をしよつちゆう
骨と皮ばかりの筋ばつた腕をのばして
ぽーいと脇へほうり投げては
くつくつとさも
心地よさそうに馬鹿笑いをしていた

爺さまが
曲がりかけた腰を浮かして
氷嚢をつかもうとすると
床の上に半身起きあがつた母は
大きく搖れてまたもとへ返つてくる氷嚢をすばやく横取りし
て
ふたたび力まかせに投げつけた
爺さまはますますあわてて
腰をのばして
ようやくのことで上の紐をつかむと
徐々に紐ごとたぐり寄せ
氷袋のつめかえをやつた
母はひとりで面白がつて
手ばたきして喜んだ
婆さまもそばで
こんな母のふしだらな眞似がはじまつても
顔色ひとつ變えず
だまつて
それまで繩ないなどしていた仕事の手を
やすめることはしなかつた
私はいつも婆さまの腰にばかりまつわりついて
はなれなかつたが

氣丈な婆さまは
どんなことがあつてもいつこう
平氣な樣子のほうが私にはよつぽど心がかりでならなくて
はらはらしながら
婆さまの頰ぺたを
穴の明くほど見つめていた

13

私がいちばん恐しかつたのは
母が布團にくるまつたまま私を見て
おいでおいでと
手招きをするときであつた
母はほとんど私のことなど眼中にない風なので
かえつてまたそのほうが私としても
どんなに氣が樂だか知れないのだが
それがとつぜん
射すくめられるように
ぎらぎらと鬼のような
眼をひからせて手招きされると
私はもう居ずくんだきり
膝がしらがかくがくふるえてきた
いきなり爺さまか婆さまに飛びついて
わあわあ聲を張りあげて泣いてやつた
うんと大きな聲で
母のそうした擧動を搔き消してしまおうとでもするかのように
年寄りの腰のあたりへ
ぺつたり顏を押しつけて
からだを左右に大きくよじらせながら
しばらくは泣きやまなかつた
やがて聲も涸れて出なくなり
むやみにひつくひつくとしやつくりが出るようになつたころ
そつと佛壇の前の母のほうを盜み見ると
いつもきまつて
もう母は天井をじつと見すえたまま
兩の手を胸元で
お道化芝居のような手ぶりで
裏返したり
ひよいと引つくりかえしたり
なんべんも同じことを
ひよいひよいと調子をとつてくりかえし
ときたま大口をあけて
けけけけけと
奇妙な歡聲をあげては
ひとり悅にいつていた

ちかごろはらのたつたことひとつ

湯口三郎

雜誌「新潮」十月號の編集後記を讀むと「本號は、はじめ現代抒情詩特集とするはずであつた。集つた十數の詩稿をもつてしては、たうてい現代の代表抒情詩篇として一冊を編むことは不可能なので、そのうちわずかに數篇のみしか掲載出來なかつたのは非常に殘念であつた。あへて今日のみならず、山水詩人の不遇であることは常識であるがそれにしても今日の詩壇の貧困は極つたと思はれる。終戰後われわれは、流行歌をのぞいてただの一篇をも得られかなつた。これはすべて詩人の責任である。」と結論して、佐藤春夫、北畠八穂、片山敏彥、草野心平のわずか數篇のみを掲載してゐる。

果して今日、詩壇の貧困は極つたか？

この編集後記には編集者の通弊としての思ひ上つた獨斷のみでなく、後記自体の中に色々ある矛盾を含んでゐるため詩人として敢えてここに抗議する次第である。

先づ編集者の詩（抒情詩）に對する認識が非常に浅いということである。それは掲載された四詩人の顔振れを見ても明らかである。

現代の抒情詩はもはや過去の抒情詩の否定の上になつた抒情の科學確立えと向つて――それは言葉の物質的な音響の方則と探求する方法（長光太）と短歌的なものの否定によつて批評のリズムを確立しようとする（小野十三郎）の二つの流れが、對蹠的に而も同一の目的えと――ゐるのを彼は知らないのであろうか。

知らないとしたら彼は編集者としてその怠慢を責められるべきで、また知つていて故意にそれに目をつむつてゐたとしたらその反動性は厳しく批判されなければならない。

第一、現代詩特集を企劃する以上、全國の詩雜誌を通讀して眞に現代を呼吸する若い世代の詩作を紹介する位の努力は拂わねばならず徒らに詩壇の貧こんなどとうたい上げるその尻からジャーナリズムにとつて危險性のない著名詩人の作品を並べたてる厚顔さは戰時中の佐藤、草野らの愛國詩を想ひ出すまでもなく、欠張り營利雜誌の持つ哀しさと云うか。

これではまるで現代以前的抒情詩特集であろう。

そしてさらに無恥なエロチシズムと浅薄な過去のセンチメンクリズムの蒸し返しに過ぎない「終戰後の流行歌を愛誦?」した程の人物が仰々しく詩人の責任などと大上段に喰つてかかるのはナンセンスも甚だしい。

このような詩についての無理解と恐るべき獨斷に満ちた後記によつては、掲載されなかつた十余の詩人に對して無禮極まりないものがあり、改めてその集つた十數の詩人名を列記し、その作品に即して不可なる理由を發表の上、世の批判に問う必要があろう。

果して責任は詩人のみが負われねばならぬものなのか。

だが、所詮このような連中が日本に於ける一流文藝雜誌?の編集を牛耳り、いい氣な放言をしてゐるような現狀では、詩人たるものむしろ不遇であることに限りなき誇りを持つてよかるべきである。

（現代詩はまだ一つのアンチテーゼかも知れない。

しかしこういう反對の力が古い抒情に對して絶えず働らいていないかぎり詩は墮落する。）

「詩論16」 小野十三郎

現代詩 第四巻第一號 定價 金四拾圓 〒貳圓
直接購讀會費 一ヶ年三五〇圓
昭和廿三年十二月廿五日印刷
昭和廿四年一月一日發行
編集部員 杉浦伊作
編集兼發行人 關矢與三郎 新潟縣北魚沼郡廣瀬村大字並柳
印刷人 佐藤和 新潟縣北魚沼郡堀之内町
發行所 新潟縣北魚沼郡廣瀬村大字並柳乙一一九番地
詩と詩人社 淺井十三郎
日本出版協會員番號A二一九〇元
配給元 日本出版配給株式會社

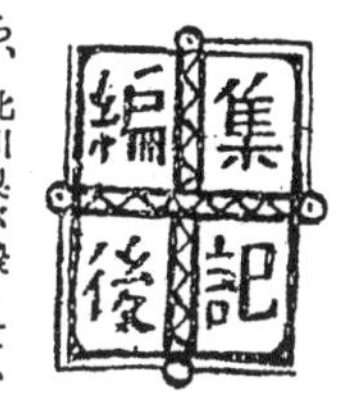

△「現代詩」第二年の出發である。私が代つて編集して出してから、北川色が澁くていやだと云う批評が或る新聞に出ていたそうだが、どうせ個性の强烈な詩人と云う人物が編集する以上は多少の色みは避けられない。しかし、私としては同人の協同の場としての『現代詩』の立場には忠實であつた積りである。度び度び云うけれど、この雜誌の出發は同人の自發的創作意欲の弥出が期待されているのであるが、その点では、遺憾がおり、穴埋めに私はいつも苦勞してた。その穴埋が新人起用となつて現われたことは、むしろ、幸いであつたかも知れない。尤も私としても、適當な會場のないことや、私の多忙のために例會を怠り勝ちで、誘導連絡不足の責めは負わねばならないが、稿料の出せない、印刷仕上の遠隔の地にあるこの詩の同人雜誌としては、自分の仕事の時間をさいて出來るだけのことはして來た積りである。殊に「時評」をすつぽかされて自分で書くより方法のなかつたことが二度もあつた。

しかし、こと一年、概して好評裡にこの種雜誌としては極めて困難な定期刊行を實現してきたことは、淺非君の經營的勞苦のお蔭にかかつている。表紙を賄うために藏書を二揃賣つた月があつたりしたことは、彼の、すべてに納めて置きたい性格としては困るところではあろうが、經營上の勞苦の一端として發表する譯である。詩の雜誌はどうも購讀者が偏在するようである。全部賣切れたりそうでなかつたりして、平均されるととかく芳しくない結果となつてしもう。入手困難を嘆いている向もあるのだから、適切な配付がなされれば、上々の結果をもたらすことは、目に見えている。それには何としても直接讀者の獲得が第一だ。同人諸君、讀者諸君も、この点に就て協力の勞を措まれないことを切望する次第である。

編集のことに戻るが、北川色がいやだと出た同じ新聞で『現代詩』は世代的ズレの露出していない公器的な同人詩誌と云える」「新しいコスモスを発掘しようとしている北川冬彦の凝結したエネルギーはエデイターと云う立場からして刮目すべきである」と云う記事が出ていた。本誌十・十一月号に對する批評の中である。こう云う批評も出てるので、やはり甲斐はあると感じられたりするのである。

。大同團結的な同人雜誌と云うものは、とかく色彩がボヤケてとりとめのないのが常だが、私は集つてくる原稿を處理して、毎號ささやかながら焦点をつけることに心を配つて來た。この號からその焦点をハッキリさせようとして試みたのが、「散文詩論」の特集である。これは、戰後のすぐれた新人（新人ばかりでない、中堅詩人も）が殆ど散文詩を書いているので、「散文詩」とは何か、これは一度突きつめて見る必要があると考えての企てである。川路柳虹氏をはじめ、村上菊一郎氏同人の安藤笹澤永瀬杉山坂本諸君の協力をえたことは感謝に堪えない。なお村上成實氏から、「新散文詩運動の再認識」、扇谷義男氏から「私の立場」を貰つたのだが、この特集として原稿が集つて見ると、觀点がいささか外れ、それにスペースの関係もあつて、急いで書いて貰つて申譯ないが、次號で、「新散文詩運動の檢討再認識」を特集することとし次號に廻わさせて戴くことにした。

△一年ぶりに、安西冬衛君が力作を寄せた。この作品は恐らく彼の一轉機を劃するものと私は見ている。笹澤美明の「逍遙船」は、散文詩と云うよりもコントに近い。

アンケートは、平凡なものだが、本誌が發したところに意義と價値があると考えるのである。「コレスポンダンス」欄は短文ながら、毎號力のこもつたものばかり、寄せられているのはうれしいことである。この欄執筆者とアンケートの同好諸家に御禮申上げる。

第一年は、笹澤美明、安藤一郎、永瀬清子、阪本一郎、杉浦伊作、淺井十三郎諸君の積極的協力にあずかつたが、第二年にも一層のこれを希望し、第二年には「長い間の不在。かへつてきて、少しづつこれから書きます」と云う安西冬衛、吉田一穂、村野四郎、北園克衛諸君の活躍を期待したい。北園君はおそるべきスランプ狀態に陥入つているようだが早く、快癒されたいものである。瀧口修造君には、「海外詩消息」で病氣をおしての無理を云つてきたが、健康回復を切に祈る。それから、杉山平一君をはじめ、藤田花子、江間章子、山中散生諸君の活動を期待する。

△杉浦君の手術の結果が、豫想外にいいのは何よりのことである。もう詩稿を送つてきたりしている。無理はしない方がいいと思うのは私ばかりではないであろう。

（北川）

北川冬彦著

長篇敍事詩集

氾濫

B6美裝 二二〇頁 定價 一五〇圓 送料書留三五圓

（直接注文には著者署名す）

詩壇、文壇待望の長篇敍事詩ここに登場！
その眼光や稀有。その形式や嶄新
よく虐げられた人々の生活を活寫して
何びとの肺腑をも衝かずには措かないであらう
鬼才冬彦の心魂をこめた先驅的作品である！

（中賣發來出々愈）

東京都千代田區有樂町一ノ一二 草原書房

北川冬彦著

長篇敍事詩

月光

十一月發賣

岡本六郎裝釘

B6變型版 豫價 二〇〇圓

占領直後のマライの現實暴露物語である。
剔抉の筆は作者ぐるみその實存に徹しマライ女人の肉体を描いて凄愴の氣韻を放つ

東京赤坂溜池三〇

眞善美社

現代文藝講座

全六卷……・定價・各卷八〇圓（送共）全卷拂四五〇圓（送共）

文藝講座の新企畫版！
新時代に合致した創作鑑賞の指導書！

編集はあくまで闊達自在、表現はあくまで平明懇切、價は低廉無比、現文壇の新知識ヴエテラン五氏を責任編集に得斯界の權威を網羅した本講座は文學志望者必讀の金科玉條である。

※責任編集※本多顯彰・高見順・伊藤整・勝承夫・福田清人・ 呈内容見本

⊙三大特點⊙

1.會員は各卷添附の會員券で「文學集團」に投稿し特別の指導が得られます。
1.文藝上の質問について回答が得られます。
1.全六卷修了者には合本用のオフセット三色刷特製厚紙表紙一組を贈呈します。

月刊 文學集團

全國文藝新人の発表舞臺 懸賞作品募集中 呈應募規定

定價三〇圓 〒三圓

（書留二〇圓追加）

東京都千代田區有樂町1の12・振替東京29595

草原書房

詩と詩人 1月号

浅井十三郎編集 48頁定價35圓

現代詩の鑑賞(二)……………………………青山鶏一
現代詩の出發点……………………………日村晃
詩の音樂性批判……………………………木内進
革命期に於けるニッポン詩の課題　小倉又夫
（時評）
前進並に後退について……安藤敦雄

作品

浅井十三郎・田中伊佐夫・杉山眞澄・濱田耕作
桑原雅子・牧野芳子・河村文一郎・山形三郎
吉田悦郎・大崎二郎・志澤正躬・奥山潤
伊澤正平・湯口三郎其他新人多數氏

會員募集!!（會則掲載誌廿圓にて送附す）

詩と詩人社

昭和二十三年十二月廿五日印刷納本
昭和二十四年一月一日發行
昭和二十三年五月廿八日第三種郵便物認可
現代詩（第二十五集）
定價 金四十圓

現代詩
二月號
特集
なぜ散文
THE CONTEMPORARY POETRY
昭和二十四年一月廿五日印刷納本
昭和二十四年二月一日發行
日発行）現代詩
二號（通卷二十七集）
昭和二十三年五月廿八日
詩と詩人社

昭和二十四年　二月號

目次

自由詩の精神……村野四郎（一）

◇コレスポンダンス・手紙（深尾須磨子）・このごろ（乾直惠）・詩人について（小出ふみ子・愛の詩集のこと（大木實）・絶望について（壺井繁治）。白金の獨學特製本（岩佐東一郎）・

特集

新散文詩運動の再認識……村上成實（二〇）
新散文詩運動について……山崎馨（三三）
なぜ散文詩型で書くか……（三六）
祝算之介・扇谷義男・馬淵美惠子安彦敦雄・伊藤桂一・牧章造

作品

江間章子　長尾辰雄　濱田耕作
杉山平一　眞尾倍弘　松澤宥
淺井十三郎　山崎正一　桑原雅子
青柳瑞穂譯　石渡敦美　上田幸法
安彦敦雄　伊藤桂一　杉浦伊作

長篇敍事詩　沼……祝算之介（六五）
廿世紀の新敍事詩……阪本越郎（六二）
宮澤賢治と食生活……小田邦雄（六四）
後記……（北川冬彦、淺井十三郎）

現代詩

二月號

自由詩の精神

村野四郎

近代詩の型態に關する諸問題は、自由詩の精神をしつかりと確認しないところから、その混亂がはじまつている。多くの詩人たちは何と無自覺に、習慣的に自由詩を書きつづけているか。最近にあらわれた定型詩の提唱は、これらの鈍感な自由詩々人に何かの反省をよぶべき筈であろうのに、彼らの詩論的思考の上になんの反省も現れてきていないということはかなしむべきことだ。中世紀的な定型詩の提唱がたとえ滑稽であるとしても、自由詩の精神に一應疑問をいだいて、これを提唱する小數の詩人の態度の方が、數等純粹でラヂカルであると言えるだろう。

元來、自由詩の精神は、詩に對する古い韻律觀からの解放、あるいは詩における音樂的魅力への訣別から出發している。いままでにいくたびか試みられた自由詩の韻律、自由律あるいは內在律などという架空の韻律が言葉の中に探究されたことも定型の提唱とともに、自由詩の精神を新しい詩論の上に捉えていないところから起きているのである。詩の音樂性から造型性への移行、韻律に代るイメヂの重要性は近代詩の新しい魅力を生む根據になつていることを明瞭に確認する必要がある。そしてそれがすべてを解決するのだ。詩の中を進行するイメヱヂの型態、この型態にともなうリズム論は、別に、新しい詩論の序說として考えられべきだろう。

科學を越えた

高橋新吉

アメリカのリンドバーグは近著「飛行と人生」の中で、次のように言つている

「我々は、簡素謙遜冥想祈りといつた今日忘れられた美德の中から力を汲み出さなければならぬ。それがためには、科學を越えた自己を越えた獻身を必要とする。しかしその報酬は偉大であり、それこそ我々の唯一の希望なのである。」

科學を否定する科學者が最近アメリカ邊りに増加しつつある現象はゆるがせに出來ない事柄である。科學の進歩はいくら抑制しても、否定しても、人間に子を生むなという戒律と同じく、守らるべきものでもなく、防ぎようもない。人類の欲望が、なさしむるものかも知れぬ。しかしながら、科學の魅惑に醉つ拂つて下手をやると、戰爭だの、原子爆彈だのといふことになる。戰爭も原子爆彈も、別に悪いものではなく、科學の進歩には大いに役立つが、リンドバーグのように、「科學を越えて」という思想も亦戰爭や原子彈爆の復産物ではある。

アジアの民族は由來科學には緣のない方で今度の敗戰も科學の立遅れ、貧弱がモタラシたものなることは言うまでもないが、だから、現在も將來も、科學に專ら力瘤を入れて進む可きであるとする西洋文化主義者もあるが、自分は思うのに、日本人はリンドバーグの言うが如く、科學を越えた、自己を越えた、獻身に挺身すべきである。そして、地球上の平和を志すべきであると、これが爲には都合の好いことに、我々の習俗、感情の中に、未だ〳〵ほとけ臭いものが、牢固として殘つている。アメリカ人もロシア人も知らぬ、科學以前の、又は科學を越えた立派なものが、遺産として、我々に有るのだからこれを活用すべきである。

手紙

深尾須磨子

北川さん、二十一日に信州の旅から歸つてお手紙はいけんしました。二十五日までに何か書くように、とのおいいつけを氣にしながら今日はもうその二十五日ですこれではせつかくの御懇望に添うことも到底むづかしからんと申譯なく存じます。とにかくおわびかたがたこれを書きます。

詩友大島博光さんから、松代高校の校歌を作りにくるようにとのお話があり、實はそのために出かけたのですけれど、松代高校では全校の若い世代を前に、詩談めいたものを一くさり、といつても、詩は要するに人間各自のまぎれなきいのちの聲であつて、それを便宜上文字をかりて表わしたものにすぎないのだから、どんなまづいものでも精神さえ充實していればけつこうだ、といつたような、まことに笑止千萬な片言をならべただけでありります。しかし、そんなことを話した後で、私は不思議にさばさばした氣持でした。と申あげたらあなたもきつとお笑いになるでしよう。要するに私など、あまりにも詩をひねくれた立場で考えすぎていたようです。一切のどうどうめぐりやお談義をすてて、いま一度呱々の聲から出なおさねば、と切に考えております

北信の秋色、まことに目に心にしみわたるものがありました。あれこそ全くの試金石です。大島さんは、毎日のように千曲川に糸を垂れて居られます。その釣場へ案内して頂き、有名なせせらぎにも觸れてきました。あのあたり、ストラスブルグに近いラインをほうふつさせます。とにかく北方味滿鮎、秋晴れのアルプス連山……と書きながら、北川さんにはこんなこと今更ものでしたね。といわねばなりません。あなたが枯れた宵待草を焚物代りにおあつめになつたのも、ほんとにあの千曲河畔だつたのですもの。あなたの詩を思い返しながら物色すると、なるほどあの邊一帶には、小さな月見草の殘花が、すがれた枝に点々として居りました。千曲河畔の花は宵待草に花あざみ、そしておだまき草などのよし。松代高校の歌には、その中のとくに私の好きな花あざみを採用しました。では御自愛をいのります。（十一月廿五日）

このごろ

乾　直恵

ときどきこんな風に考へる。戰爭中もさうであつたが、敗戰後はとくに、われわれの血肉になるやうな、われわれを壓倒するやうな、そして文句なしに敬服させられて頭の下るやうな詩の作品や詩集にぶつからないのは、いつたいどうしたことだらう、と。私の見聞がせまいせいだらうが、毎日、さういふものにぶつかつてつよい刺戟をえたいと希つてゐる。これは詩の貧困を意味するのだらうか。それとも詩人の貧困を意味するのだらうか。敗戰後はいはゆる衣食足らずして禮節がみだれてゐるので、文化の花も美しく開かず、從つて詩もまた高きにとどまることが出來ないのであらうが、それにしても、今日なほ、ほんとうに不思議に思へるのは、敗戰のかなしみとか、われは敗戰の日本國民であるとかいふ反省や自覺の上にたつて詠はれてゐる作品が、あまりにも乏しいことである。たとへさういふことにそつぽ向いてゐる詩人でも、現實では何かにつけて敗戰國民としての苦杯をなめさせられてゐるに違いなからうから、その自覺や反省の上にたつてゐさへすれば、何らかのかたちで、さういふ感情はにじみだして來るものではないだらうか。といつて何もさういふかなしみの上にたつて詠ふことのみが詩ではないけれども、戰時中よりも寧ろ今日こそ、われわれが日本人あるいは大和民族としての新たな意識と自覺と反省とによつて、捨てるべき陋習は捨て、生かすべき傳統は生かして何時までも大切に保守すべきではないだらうか。そしてこんなことも、われわれ詩人の責任の一つであるやうな氣がしてならないのである。

詩人について

小田ふみ子

私たちはUといふ十七才になる少年を「新詩人」誌上に推薦した。この少年は原稿の書き方も知らない新制高級生であつた。ある日、このUのレター・フレンドであるTが私宅へ現れて「U君からの便りによると、U君は『この一年間に自分は詩壇に認められるために十七の詩誌に關係し作品を發表してゐる』と言つてきた」と話して歸つた。その後再びTが現れて「U君はこの頃また心境が變つたすんで。『A氏がとても親切に指導してくれるんでA氏が主宰するS誌にだけ作品を發表する』といつてきました」と、語る。

私はこれらの言葉に現代の青年、詩人たらんとする青年の姿をみたやうな氣がした。

よく人は「詩壇に認められる」「認められない」といふ言葉を使ふが、一体、認められるとはどういふ狀態を指すのだらう。また認められないとは。

「新詩人」に關係するやうになつて私は三年經たが、この間に私は寶石のやうに光る多くの詩人を知つた。自分でがり版をきつて謄寫印刷した詩集を氣の合つた人にだけ配り續ける祝算之介氏や故岡本彌太氏を愛慕しながら「山河」を出してゐる濱田知章氏。四國の山の中で個人詩誌を出してゐる正木聖夫氏。激しい農仕事に疲れた体を休めやうともせず午前二時になると起き出て書き續ける永瀬清子氏。その他數へ上げたらきりがない。これらの人々の詩業を、商魂のある人々は「馬鹿者」と呼ぶかも知れないが、私は貴く思ふのだ。

詩人とは何か。私はこのことについて何時も考へる。そして結局はその人の、人間性が總てを決定するのではないかと結論づける。認められる、認められないなど論外だ。コツコツと詩業を自分の生活の中に結びつけて、体當りで作品を書き、發表してゆく人——それが詩人であり、私の求めてゐる詩人の姿ではないか。

「愛の詩集」のことなど

大木實

僕は室生犀星氏の「愛の詩集」を二册もつていた。

一册は十六七のころ神田で買つたもので、何度目かに出た版の、赤と黑だけを使つた裝幀の本であつた。

「愛の詩集」は僕が最初に讀んだ詩集であつたかも知れぬ。書かれていることがよく解つて身近におもい、自分にも詩が書けそうな氣持を感じたのを、いまだに覺えている。僕は詩を書くことを誰からも敎えられなかつたが、「愛の詩集」から知らず識らずに詩を敎えられたかもしれぬ。

その後もう一册「愛の詩集」を古本屋で買つた。これは赤と黑の表紙の本より古い版の、ちがつた裝幀の本であつた。僕はこの二册の、おなじ內容でちがつた裝幀の「愛の詩集」をずいぶん大切にしたものだ。そしてどうかして一度、犀星氏にお會いしたいものだと思い暮らしながら、臆病な性質から遂に訪ねることをしなかつた。

それから七八年のち、僕が「屋根」の詩を書いたころ、故人となつた津村信夫氏の鎌倉の家で、偶然に犀星氏の息子さんといつしよになつた。息子さんは當時少年であつたが、しきり遊びにくるようにとすすめてくれた。しかしそのときも遂に訪ねなかつた。

犀星氏の詩はいまでも好きである。いまでも犀星氏に一度會いたいと思つている。しかし犀星氏はめんどうがられるのであろうとおもい遠慮している。

さきごろ調べものがあり、近所の山崎馨君の藏書を借りて、數年ぶりで犀星氏の詩集を讀んだ。「愛の詩集」という表題の附けかたにも犀星氏の氣質や時代の風潮を感じたが「しぐれ」という詩など、何でもないことを書きながらいま讀んでもやはり良い詩だとおもつた。

絶望について

壺井繁治

ランボオの『酔いどれの船』や『地獄の季節』はあまりに有名な詩であろが、僕は今度大島博光の譯になる『ランボオ詩集』（蒼樹社版）によつて、『「渇き」の喜劇』や『飢えの祭り』をはじめて讀むことができた。これらの詩は『酔いどれの船』や『地獄の季節』とおなじく、ランボオの絶望を歌つたものであるにもかかわらず、かえつてこのランボオの絶望の中から無限の教訓を學びとることができる。ランボオの絶望に傾倒する日本の多くのランボオ學者やシュウルの若い詩人たちは、ランボオの絶望に心酔し、それを神秘化しようとさえするが、その絶望がどこからきたかということを、當時のヨーロッパ社會、特にフランス社會の動向と照らし合わせて、根源的に探り當てようとはしない。この点で「絶望」を讃美する詩人たちの精神は、案外に怠惰である。ランボオの絶望と悲劇、それに伴う彼のヨーロッパからの脱出は、パソ●コンミユンの敗北を境目として、ヨーロッパの土地が反動政治のためにからからに干あがり、彼の貪慾な精神の渇きと飢えとを、最早みたすに足りなかつたところにあるのだ。

おれに食いけがあるならば、
ただ土くれと石ころだ。
ディン、ディン、ディン、食つてやれ
空氣を、岩を、炭を、鐵を。

終戰後の日本社會の現實の中には、食うべきものがあまりに澤山ある。問題は、現實に對する詩人たちの慾望があまりに貧弱だというところにある。ランボオの絶望と悲劇は、彼の慾望があまりに旺盛なのに、それをみたすべき食物がないところにあつた。それだから、「空氣を、岩を、炭を、鐵を、」というように、彼の現實そのものに對する貪慾が、右のような劇烈な詩句を吐きだしたのだ。ランボオは、現實社會に對して眞に絶望を感じたが故に、絶望を讃美しはしなかつた。ところが、絶望を讃美する日本の詩人たちは、絶望を讃美するが故に、その絶望には砂糖分が必要であつた。サロンでの飲物に添えるべき上品なお菓子としての絶望！　彼等は少しも日本を脱出する必要はなく、彼等のためには充分すわり心地のよい椅子に腰掛けて、「絶望の歌」をうたつているのだ。ランボオの絶望的な詩句の中から、僕たちは現實に對する痛烈な批評を受取る。ところが、日本の詩人の「絶望的な詩句」の中からは、現實と戰うことをおそれる怠惰な精神のお上品な装飾を受取るだけである。

（一九四八・一一・二一）

『白金之獨樂』特製本

岩佐東一郎

北原白秋の詩集「白金之獨樂」と、佐藤春夫の詩集『魔女』とを、戰後、近くの古本屋の主人から見せられた。二册とも美本であつたので、そんなに欲しくはなかつたが、求めたのであつた。『魔女』は、蛇皮装の持製本で外函まで付いていた。普通版の紅玉入りの方が、この詩集の内容には反つてふさわしい氣がしたから、まもなくこの特製本は手離してしまつた。もう一册の『白金之獨樂』は、表紙にも、箱にも、パラピン紙をかけて大切に、他の詩集と共に書棚に收めた。詩集などは、他の書物と異つて、買つたからすぐ全巻讀過ごすこともないので。

ところが、その後、大阪梅田書房發行の『これくしよん』十九號の、「私刊本雜話」で福島榮一氏が「北原さんの『白金の獨樂』にも三方金の特製本がある由、これは未見。」と書いたのを見て、では小生所持のは天金の普通本かしら、と書棚の『白金之獨樂』を取り出して見ると、びつくりした。正に、三方金の特製本である。その上、見返しの右隅に、茶がかつたインキで「地上巡禮編輯の日　白秋」と署名まで付いていたではないか。どうして、わざわざ「地上巡禮編輯の日」と書いてあるのかは、「これくしよん」十六号の、古市あきら氏の「北原白秋先生の初版本思ひ出」の中で、同詩集に關しての項に「印度更紗は第一輯より刊行の都度巡禮詩社の特別會友に雜誌「地上巡禮」と共に配布されたもので部數も僅少であつた。」と云う記事で了解されることだ。

先日、「多摩」の木俣修氏に逢つたので、この事を話したらば、「正に珍品入手と云う譯ですね」と羨しがられた。余談ながら、「赤い鳥」初期の小生の童謠を木俣氏が記憶されていたのに恐縮したのである。ゆくりなくも少年の日の、投書時代を思い出したのだつた。

舊信

濱田耕作

病氣の間中、死――自殺、異常――發狂、とそんなことばかり考えていました。そしていつのまにやら、その妄想に捉えられて、イタズラにでも自殺してみたいと考えたりいたしました。

が、私の妄執は、どこか外に出て行きますとすぐ晴れます。家の中ばかりにいますと陰氣になつていけません。私自身が、何か物質――人間でないような氣がいたします私は正常になりたいのです。

ただ家の中にいますと、どうしても食糧問題とお金のことに苦しめられて、のつぴきならない樽詰めになつてしまいます。

今までに、ネマキも腕時計も本も作業服さえ賣つてしまいまして昨日はいて行きましたズボンの上衣さえ賣りましたのでもうあと賣るものと言えばフトン位なものですフダン着と外出用と洋服の區別もなくなりましたのでこれ以上は裸です。

メモランダム　㈡

笹澤美明

神

私たちは常に正面からばかり神を見てゐる。もし神の背中を見なければならなかつたら無上の尊敬の代りに悲哀を持つだらう。

イヴアンの近代性

ドストエフスキーは、「カラマーゾフ兄弟」で、一つの新しい型を加へた。神と惡魔の上に一つの近代的人間性を。イヴアンかさうだ。科學性や冷性の特性は、今日までつづいてゐる人間性格だ。しかも、小型な理智の子孫を無數に殘して。

宇宙的に考へて

相反する性質のものは、究極において相通じるといふことは本當らしい。善と惡と。神と惡魔と。キリスト教と反キリスト教思想と。そこで多くのパラドクサーのドグマが敵に意外に歓迎され、珍重される。

さしあたつてニーチエを見るがいい。

批評の種類

相手を傷つける批評には三つの種類がある、過賞と滅法な攻撃と默殺と。すなわち、不見識と無理解と輕蔑と。

頑迷について

よくも飽きずに自身を摸倣すること！

忘却

忘れることは、人間に與へられた一つの德である。

光秀のこと

E・K孃へ――

明智光秀は哲學者です。運命論者です。戰國時代が無意識にしろ、彼をこの世に送り出したことは誤りでした。しかし、彼を軍人でなく哲學者として生存させたなら、といふ、今日の想像は、多分センテイメンタリズムかも知れません。と言ふのは、彼の環境や運命が、彼を哲學者にさせたのでせうから、そして彼に、軍人の地位を放棄させるには、彼はあまりに、性格が弱く、優柔不斷だつからとも思はれますから。結局、彼は、自身の哲學した運命論に、自分を縛らせるやうな東洋人的諦念の持主だつたのでせうか。

理知や知性は、かくも自然と結托して、冷酷にも人間を裏切るのです。彼の武者修業が、彼に人生の哲學の研究を許さなかつたとしたら一層。

沈默家の吝嗇

沈默は金だといふ。しかし私は沈默家を尊敬しない。なぜなら、彼は金を獨占して、他人に施したがらないほど、陰險で、吝嗇なのだから。

親の愛について

すべて本能的なものは、本能的なものによつて復讐される。

▽　△　△　▽

旅の詩

江間章子

●

シャガアルの繪のような
そんなわたしを喜ばせる風景だつた
崖の上にたくましく建つて
突き出た屋根の上は
黄色い野菊の花盛りだつた
いちめんに咲いた花は風になびいて

遠い山の彼方の野原を思わせた

●

毒花きんぽうげによく似た
みやまきんぽうげの
小さな小さなやさしい姿よ
それにはどんな毒がひそんでいるのか

●

道は両手をひろげて
まつしぐら湖へ向つて馳けていく
少女です
白い頰に秋の花をうつして
ひとすじの涙をながして

（伊　香　保）

落書について

杉山平一

私は少し繪心があるので、怠くつすると、よくいたづらがきをしてしまふ。學校時分にはよく黒板に、敎師の似顔をかき、同級生の喝采と敎師の嫌惡を買ふといふ猿芝居をした。田中克己に若き日は恥多しといふ詩があるが、たしかドイツ敎師の時間に、黒板にチンタオ・イスト　ゲフアレンと書き、敎師が赤面したのを見て、頭をたれるといふ情景であつたと思ふ。

シユール・レアリストのYといふ画家の話では、便所などで、壁のひびわれのかたちの甚だ面白い模樣を、紙にうつして、さて机の上で見ると、一向に面白くないものだとのことであつた。

戰爭中、ある憲兵は、便所の反戰的な落書の書体を、蠟紙でうつして、遂に共産黨員をあげたといふ話をしていた。Sといふ大工場では、從業員の思想動向をしらべるために、實際便所の落書を一々蠟紙でうつして筆蹟をしらべてゐたといふことである。

私の工場でも、係に便所の落書をかきとめさせて、勞務管理の參考にしてゐた。體あたりでこの戰爭をやりぬけ、といふのもあり、また米英を倒すまへにこの工場を倒せ、といふのもあつた。

またサイパン島が陷ちて「サイパンを忘れるな」といふのを合言葉にして働いてゐたとき、ある作業場の片隅に、少年工らしい字で「アンパンの味を忘れるな」といふ落書があり、私を口惜やしがらせ、ほほえませ、また考へさせた。實際もうその頃、戰爭はひどく、アンパンなど見たくも見られなかつた。

學生が工場に動員されてくると、落書はふえた。やはり學生は書くことに慣れてゐるからだらう。ある中學生が、白墨で通路に描いてゐた世界各國の飛行機の幾十百のかたちは、一寸みものであつたし、またそのころの中學生の氣持がありありと見られた。

あるとき、わたしは見知らぬ町はづれをあるいてゐて、さびしい土塀に釘で堀りこんだある落書を見つけて思はず立ち止つた。それは例の木の葉型の繪だが、それが實に無數に並んでゐるのである。戰場で屍體を見ると、十のものでも百以上に見えるものだが、私にはその繪が幾十幾百に見えた。何かしら切ない、せつぱつまつた絕叫のやうな感情が、私を壓倒してやまなかつた。

存在をめぐる一つの歌

浅井十三郎

生とは強引にふりむいた「時」の意識である　（吉田一穂）

たしかに呼びとめられたのわ僕であるか
消えやらぬ憎悪の底の白白しい坂を降りてくる孤獨え　一瞬、足もとが崩れるように銃聲がしてのつそりと、
時間が現われる。
（君のいない所に君の鳥わいないよ）.
たしかにあついわ
背後から
問いかける。
僕は僕の死の蠶を搔きむしり、その何本目かを數えおわる
僕になんの答案があろう
あるものわ問いだけだ。

1 ?
2 ?
3 ?
4 ?
5 ?
数えきれない疑いを
傷ついた野鴨の中に血なまぐさくぶらさげる。
（僕を悪魔だなんて、よせよ。まつたく。君の不眠症だつてよつぽど信用ならん。僕が何處にいるかつて？
うつははは。君のいないところに僕だつて住めんさ）

ザエンの明確。それわ恐るべき死の聲だ。

たしかに
呼びとめられたのわ僕であつたか
愛すべき僕の周圍であるか　あいつわ語らない。

一切わ抛物線を畫く、
投手の陰影。
火刑台に街頭に　メガホンを鳴らす、失明軍人の平和政策。とにかく秘密わ誰にだつてあるものだ。――酒に
酔つぽらつた「時」ほど僕わ僕の酔いの所在をハッキリ自覺する時わないが、然しその時ですら强引な回答わ

送り出し出來つこないんだ。なぜならたちまち忘却の底えたたきおちてしもうからだ。
しよせん――廣場の中の　群衆の中の
さわめきのなかで
孤獨に會うこと
それ以外に振り向く道わない。
おのれを賭けて時間を碎く以外に道わない。
ああ。しかも
決鬪をうながす一つの歌よ。
僕わまたその時間をふところに谷間をくだる。

おそらく。今日もまた、妻のすさんだ聲が、障子を破つて突つかかつてくるであろうに。

ぐつと引きよせて視る、渴きの中の翡翠の錘よ。

断片（分裂症時代）

なにか凶器らしいものを　手に持ち
一見それとわかる精神病があるいてくる
ガクント首がたれさがつている
草一本、生えていない土つ堤を越してしぶいてくる　夕暮　血の河の中から　むくりと浮き上つてくる
鬼たちの顔え、あいつわペツペと唾も吐きつけている。
と急に、傍にいた少女が
「雹だ」
「雹だわ」とかんだかく泣きくずれる。
　ぼかんとしているみんなの顔え
たたきおちてくる
　あいつの唾。
（なにか、あつたのかね？
（なにが、あつたのかね？
僕は優しく少女をなぐさめてやりたい衝動にかられながら
やはり
僕もあいつも　ふるえながら　氷雨の中で
別れたが。

――少女わ、僕の背後の、あの汚れたスクリーンから、まだ離れない。

マルドロオルの歌

ロオトレアモン原作
青柳瑞穂譯

蛭の兄弟がのろくさと森のなかを歩いてゐた。彼はなん度となぐ立ち止つては、喋らうと思つて口をあんぐり開く。けれども、その度に喉がつまつて、せつかくの努力を引つこめてしまふ。やつと、彼は叫んだ。『人間よ、犬の死體が仰向けになつたまま、水門にひつかかつて流れずにゐるのを見た時、その膨れた腹から出て來る蛆蟲を、お前は入並みに手でつかまうなどとしてはいかん。びつくりしながら彼等を打ちながす、ナイフを出して、それから、お前も自分もまた何時かはこの犬同様になるだらう、などと自分に言つてきかせながら、それら蛆蟲を切りきざまうなどとしてはいかん。いつたい、お前はどんな不思議を探し出さうとしてゐるのか、?僕にしたつて、はたまた、北海に住む海豹の四つの鰭にしたつて、おたがひ、人生の謎なんて發見出來なかつたんだ。おい、もう夜になるぞ。お前は今朝からそこにゐるんぢやないか。お前の家族は、小さな妹もゐることだし、こんなに遲く歸れば何んと言ふことだらう?手を洗つて、寢にかへるがいい……。あれは何んぢやらう。地平線のあなたに現れたあれは。僕がゐても平氣で、はすかひに、苦しさうに跳ねとびながら、こつちにやつてくるぞ。それにしても、温雅なうちに、なんたる威嚴が具つてゐることだらう!そやつの眼さしは、優しくて、しかも深い。物すごく大きな眼瞼は微風とたはむれて、生きてえるやうに見ゐる。これは僕の知らない奴だ。そいつの巨大な眼をぢつと見てゐると、僕のからだは震へてくる。こんなことは初めてだ。世間で母と呼ぶものの干からびた乳房を僕が吸つて以來ないことだ。そやつの周りには目ばゆい後光のやうなものがある。そやつが語つた時、自然の中に万物は默して、大きな戰慄をおぼえた。まるで磁石にでも引かれるやうに、君が僕のとこに來たいのなら、僕は反對はせんよ。なんて美しい奴だらう！さう言ふだけでも苦しいくらゐだ。きつと君は強力であるにちがひない。なぜなら、君は宇宙のやうに悲しい、自殺のやうに美しい、人間以上の顏をしてゐるから。僕はできうるかぎり君を嫌惡する。僕は君の眼を見るよりは、世紀の初め以來、僕の首に卷きついてゐる蛇を見る方がまだしもましなくらゐだ。……おや！おや！………なんだ君は蟇だつたのか！大きな蟇だつたのか！……不運な蟇だつたのか！……やあ……失敬！……失敬！呪はれ者のゐるこの地上に、君はなにしに來たといふのか？それにしても、君には臭くて粘つこいイボイボがあるくせに、どうしてそんな優しい風情をしてゐるのか？君が最高の命令により、生物のもろもろの種族をなぐさめた上天から降りた時、君はこの地上に倒れてしまつたのだ。それは長い長い旅にも疲れ知らずの翼をもつた、あの鳶ほどの迅さだつた。僕はその君を見たんだぞ！哀れな蟇よ！その時、僕はなんと自分の弱点とともに、無限のことを考へてゐたらう。僕は獨語したものだ。「ここにまたもう一人、地上の奴らに優つたものが現れた。それは神意によつてなるのだ。この僕も、なぜさうでないのか？最高の命令に於て、不正が何の益にならう？、だいたい分らず屋なのだ、創造者といふのは。そのくせ、最も強力で怒つたら物凄い奴なのだ。！池沼の王者よ、君が神にのみ屬する榮光につつまれて、僕の前に現れて以來、君はいくぶん僕をなぐさめてくれた。とはいへ、僕のぐらつく理性は、かかる偉大性の前で崩れてしまふ。いつたい君は何者か？ふみとどまれおお……、尚ほもふみとどまれ、この町上に！君の白い翼をたためよ、そして不安な眼瞼で上天を見なさるなら、もしも君が出發するなら、僕たち一しよに出發しようよ、」蟇は尻をすえた。（それが人間の尻になんと似てゐること！）そしてナメクヂ、ワラヂムシ、カタツムリがその仇敵を見て逃げる間に、このやうな口上を述べたてた。「マルドロオルよ、おれの言ふことを聞け。まあおれの鏡のやうに澄んだ顏を見るがいい。そして、おれはお前のに比敵するほどのアンテリジャンスを有つてゐるつもりだ。ひと日、お前はおれを呼んで、お前の生命の支柱だといつたね。その時以來、おれはお前の示してくれた信頼を裏切らなかつたつもりだ。なるほど、おれは葦間の單なる住民にすぎぬかも知れぬ。しかしながら、お前自信との交りのおかげで、お前のなかにある美しいものを採用することによつて、おれの理性は大きくなり、果ては、かうしてお前と話すことが出來るのだ。お前を深淵から引きづり出すために、おれはお前の方にやつて來たのである。なにしろ、お前の友人と稱する奴らは、お前に狼狽の眼をむけるんだからな。劇場や、公共廣場や教會で蒼ざめた、前屈みのお前に出逢ふ毎に、あるひは、黑い長いマントをかぶつた主の幽靈をのせた、夜間だけ疾驅する馬を、お前がその筋ばつた兩腿で驅りたてるのを見て。お前の心臟をまるで沙漠のやうに空虚にしてしまふ、そんな思念はすててしまへ。それは火よりも烈しく燃えているのだから。お前の精神はひどい病氣にかかつてゐるので、お前はそれに氣づかないくらゐなのだ。そして、お前の口から狂氣の言葉が出ても、よくそれがとてつも無い偉大性を帶びてゐるにせよ、お前は平常のつもりでゐる。不幸な者よ！生誕の日以來、お前は何を語つたといふのか？おお、神があのやうに愛情こめて創りあげた不死のアンテリジャンスの、悲しい殘骸よ！餓えた豹を見るよりも恐ろしい呪咀しかお前は吐かなかつた！おれとしては、お前なんかであるよりは、たとへ眼瞼がくつついてゐても、からだに手足がなくても、人殺しでも、まだその方がましなんだ！それといふのも、おれはお前を嫌惡してゐるから。なぜ、おれを驚ろかすやうなそんな性格をもつてゐるのか？なんの權利あつて、この地上に現れて、そこに住む者たち、この懷疑主義に飜弄されてゐる、腐つた漂流物を嘲弄しようとするのか？若しここが氣に入らないなら、さつさとお前のもとの天球に歸るがいい。都會の住民は、まるで外人みたいに、村の住んでゐるべきぢやないのだ、空間には、おれたちのよりもつと廣大な天球がいくつもあつて、そこにゐる奴らは、われわれの想像も及ばぬやうなアンテリジャンスをもつてゐるさうだ。だからさつさと行くがいい！……こんな動く土地から退散するがいい！……さては、お前が今までかくしてゐた神聖な本質を暴露するがいい。そしてできるだけ早く、自分の天球に向つて飛翔し去れ。それをわれわれは羨みはしない。なにしろ、お前は傲慢なんだからな！といふのは、お前は人間なのか、人間以上なのか、おれには分らないくらいなんだ！ではあばよ、お前の行路にふたたび蟇を見出さうなどと望むなかれ。お前はおれの死の原因だつたのだ。おれはこれから永遠に向つて出發するよ、お前の赦を得るためにな」

ロオトレアモンのこと

ロオトレアモン（LAUTREAMONT）は筆名で、本名をイジドル・デユカス（ISIDORE DUGASSE）といふ。一八四六年に南米ウルガイ國のモンテヴイデオに生れて、一八七〇年にパリで死んでゐる。そして、作品として、「マルドロオルの歌」（LES CHATS DE MALDOROR）、及「詩」（POESIES）が殘されてゐる。

イジドル少年は、一八六〇年、或はこの年に海を渡つてフランスに遊學に來り、はじめタルブの中學の寄宿生になつたが、その後パリに來て、一八六八年に「マルドロオル」の第一の歌を自費で出版してゐる。そして、翌年の一八六九年には、出版社のアルベール・ラクロワに「マルドロオル」の全六歌を渡してゐる。尤も、出版者は內容の過激に怖れをなしたが、印刷したままで中止して、市場へは出さなかつた。そのまた翌年の一八七〇年に「詩」が出てゐる。詩といつても、これは詩集への序文にすぎない。そしてこの一八七〇年に、殆んど人に知られずに、モンマルトルの下宿で客死したわけである。

「マルドロオルの歌」は、出版當時はもとより、ほとんど五十年のあひだ暗闇にかくされてゐた。そして今世紀の初頭に、近代文學運動の誕生と共にやうやく明るみに出され、シュールレアリスムの詩人や畫家の母胎となつた。今事大戰中も、ロートレアモンの研究エッセイはかなりさかんに發表されてゐるやうで、「マルドロオルの歌」の未來性を示してゐる。

「マルドロオル」は六つの「歌」から成つてゐて、それぞれの歌は多くて十六に、少くて五つの章から成り、全卷で五十九の章を數へる。而して、本誌に譯出したのはその一章である。尙、拙譯「マルドロオルの歌」が青磁選書に一册として出てゐるので有志の方はそれについて見られたい。

（青柳瑞穗）

新散文詩運動の再認識

村上成實

最近の若い人々の詩に對する態度から強く感じられるのは、現代詩のこれまでの歴史とか進歩のあととかいう事がどうも無視されているという事である。ただ書きたいままに書く、無方向無方法に、詩を考えずに詩を書いているという印象が強い。多くの人々が、北原白秋と宮澤賢治と上田敏と北園克衛とを、無差別に學ぼうとしている。大正時代と今日とを直結する様な、非歴史的な考え方が横行している。

すべての分野で、素人とはそういうものであり、恐れを知らぬ事こそ素人の面目かも知れない。そして各分野に、恐れを知らぬ人々が威勢を張る事こそ、戰後日本の特色かも知らぬが、一歩その道々にはいると、それでは忽ち行きずまつてしもう。歴史や進歩を無視された詩は、忽ち實際的に低下や逆行を以て無視した者に酬いて來るのである。

何人にとつても大切なことは、先ず現代詩の性格——過去から出發して過去とは全く別物になつた今の詩の根本性格を知る事だ。現代詩を考えるものが誰でも頭に置かねばならぬ事は、それが大正時代の詩の延長ではなく、根本性格上それと異るという事である。現在どれだけ理解されているかは知らないが、新散文詩運動による昭和初期の變革は、考えられる幾層倍も重大であり、それこそは現代詩の創世紀である。明治大正の舊自由詩の歴史を顧みる時、この新しい革命こそ日本詩の性格と方法の完全な一變であり、現代詩の性格と方法とは、ここで新たに生れたものだという事が出來る。同じ自由詩といい、素人眼には同一に見えるかも知れぬが、我國には二つの自由詩の歴史があるのだ。明治四十一年から大正末までのそれと、昭和初期から今日へのそれと、そして我々が學んでいるのは、亡びたるそれでなく、新しく生れて發展している方のそれだと、口を酸くしていわなければならない。

文語韻律定型という舊時代的詩觀念とはなれて、我々の口語を以て自由な詩形の詩を書こうとする時、そこには二つの態度、方法が生れて來る。一つは言語主義的——即ち言語の本來的用法に基く方法であり、今一つは言語の藝術的轉用！卽ち媒材としての言語を扱うに造型主義的、形象主義的手法を以てせんとする行方である。言語主義的方法とは散文の方法であり、思つた事を思つたままに言いあらわす方法、意味の連鎖を以てシステムとし、それのみを構成の原理として終始する、つまり一般文章の行き方である。概念性、說明性、思想直敍性、敍述主義といつたものがそれの性格をなす。新体詩から自然主義的文學風潮の中で「自由律」化した大正自由詩の性格と方法とはそれであり、それは事實上全く「行分け散文」に外ならない。この樣な詩の中にあるものは、つまり主觀の概念的直敍、手放しの放言にすぎないから、そこに技術というべきものは、單なる修辞のそれだけである。大正詩の行きずまりと沒落はこの事の必然的結果であり、かかる殘骸を一擧に破碎して詩の態度と方法を根本的に變革建設したものが新散文詩運動である。

新散文詩運動は、文字通り散文詩運動を以て自から任じ、「散文で詩を書け」をスローガンとした。しかしこれは單なる散文詩運動ではない。なるほど、舊自由詩が形式的根據とした行分けを一度に解消し、散文と同じ書き下しで詩を書くという点、又韻律主義の廢棄という点でそれは散文詩運動ともいい得るが、これは決して詩の散文への解消や降伏を意味するものではなく、卻つて實は散文からの詩の獨立、解放を意味するものであつた。卽ち內容的には詩を詩たらしむる根源的なもの、ポエジイの探究であり、形式的には從來の舊自由詩こそ中途半端の韻文形式にかくれた散文（卽ち行分け散文——それはその言語構造と方法上純粹に散文である）であるのを、その言語構造そのものを根本的に破壞し、つまり「文」で書かれていた詩を單語の世界にまで解放し、この單語の世界に於て眞の詩的精神に對應する所の言語構造と言語用法とを探究することによつて新しい詩の方法を確立せんとするものであつた。舊來の自由詩は、日常のありふれた感想や抒情を散文と同じ構文の上に敍述し、そのところどころで行を區切つて詩だと稱した。所がこれは、斬新高度で跳躍飛翔にみちたエスプリを、散文のシステムから解放された單語が構成する新しい言語システムに乘せる。行分けを廢して書下せばそのまま長たらしい文章の一部になつてしまう舊自由詩のダラダライズムと異り、ここでは詩は長短自由な、又倒置や名詞止め等の言語の舞踏にみちた獨立の行、聯の構成で、時間的流續よりは空間的配置に、意味ではなく形象に依存して紙上に構築される。言語、文字は意味や概念の担い手としてではなく、心象の凝結体（卽ち形象）として新たな用法を見出している。媒材としてのそれは、ここに散文のそれらと異る、造型的用法の分野を見出すのである。（本來詩歌とは一面言語のかかる轉用の上に成立する藝術であり、古來の大詩人達は定型の中で巧みにこれを活用して來た。李白の詩、芭蕉の句をみよ。）

新散文詩運動の、未だ注目されていない劃期的な成果とは、この、詩の單語世界への解放、創造と、それに伴うイメーヂの誕生という事であると思う。大正時代の詩にも、無意識的にはイメーヂがなかつたとは言えぬが、それが文章的拘束から解放されての獨立、又詩の方法として明確に意識されたイメヂーの觀念というものはなかつた。それがここで、それの生れる事を可能にする言語構造の出現と共にはつきりと生れたわけである。

イメーヂの誕生は、詩に比類なき魅力と力とをあたえ、以來詩は面目一新して漸く高い位置をみとめられはじめた。そして詩人は、それまでのやうに心内の感想を直敍し、薄弱な韻律觀念に頼つて詠嘆を事とするという無藝な一本調子のかわりに、詩の造型性と言語の形象性を以て明確に語る事が出來る樣になつた。ここにはじめて詩が「藝術」の名に値するものとなり、まことの技術性が生れる。

それ以來の我國の詩は、大体に於てその遺産を繼承した。それがとにもかくにも一路進歩の道であり得たのは、かかる技術性の上に立ち得たからである。そして、この運動の洗禮を通過した時に、舊自由詩からの流れも盲目的なものではなくなり、大正時代の遺產も生命ある部分だけが意識化され差別されて生かされて來た。今日我々の見る朔太郎であれ光太郎であれ、又宮澤賢治であれ、それが問題にされるのはその中の生ける部分についての話なのである。戰爭までの現代詩は、結局新散文詩以後に生れたものが、古いものとつながつたものだが、あたえられた技術の精神は生きていたし、その恩惠が作品面にあらわれ、それぞれ注目すべき業蹟をも花咲かせた。戰後の詩もそれの繼承として出發して來たが、詩壇全体の自覺の不充分さの上へ、全く何も知らぬ新人群の無歴史的大正直結主義(?)によつて、それら技術性なり現代詩の眞性格なりは再び埋沒されようとしている、それが詩を沈滯低下せしめている原因であると筆者などには思われるのである。

進步はうけつがれねばならない。歴史は、むしかえされずに發展をつづけなければならぬ。新しく來る人々に必要なのは正しい昭和の詩史だと思われるが、それの淵源は今述べた樣な昭和初頭の革命にある。春山、北川、三好、安西等の「詩と詩論」あつて後に、田中冬二も出現すれば、北園克衛、村野四郎の後期の活動も現代詩の大動脈も生れたのである。この淵源にさかのぼり、埋沒した河床を今一度發掘しなければ、これから行く者はとんでもない方向へ迷い込んで行くであろう。筆者の「形象主義」の唱導なども一たび發見されたた正しいものをうけついで、これを後から來るもののために掲げようという微衷に出ずる所作に外ならないのである。

新散文詩運動について

山崎馨

族にでて自然の風景こそ私たちの心をみたすものはない。

わたくしたちの祖先は、この豊饒な自然を、そして愛と怒に滿ちた自然を、その自然を定式化することにおいて物語らんと欲した。

かくして、その物語らんと欲した心情表現內部には科學的な實体はもとめられず、その結果の如何にかかわらず、「韻文」行爲に自己を裏切るものの苦痛を味わつてきた。それが嚴たる歴史の事實であつて、私たちもまたそれを無視することのできない立場にある。その行爲は、ひたかくしにかくそうとする慾望の行爲に變つて、最後には數々の無念を呑みこんだまま死んでいかねばならぬ。そして個人は、その慾望の醜さを氣づかれることをおそれ、すましたり、きどつたりして自己の定式化を編みださねばならなかつた。そこに歴史の個体的な概念があつて、眞實、それを守ることによつて、なんとかして自分をあやし、なだめ、すかすことによつて事實を糊塗しようとした。現實の生活において、科學の目的と機械の目的は、何を目ざし、何をなしいるであろうか。また人間生活にあつて、人は何を希い、何を求めているのであろうか。その日常生活のなかで誰が悲しみの涙を求め、不便な日々を希うであろうか。いや、そこに藝術作品のみが多くの感情を象徵するのであろうか。私たちの生は、ただ衣をまとうことではない。にもかかわらず、人間は依然として强烈な生命慾をもつている。流轉の相に慾望の自然な發現をことごとくにおさえつけられた感情は、それゆえにおのれの生活はほとんど無意味であるのにもかかわらず、しかもその暗澹たる生をかたくなに持續しているのである。このような行爲は詩人にして最も近いはずだ。こうして詩人たちは、日々自己の慾望を殺しているのだ。それはダ・ザインに對するザインのごとくに、そして、陰電子と陽電子とを創造して自分は消えてなくなるガマン線のように、あまりにも短い光であつて、選ばれた夢のみ把えられる光であつた。

昭和四年といえば、もうひと昔し前、そのころ北川冬彥が春山行夫と共に『詩と詩論』を創刊して、詩人たちが永い間考えていた韻文的概念をけ破つて新散文詩への道をひらいたはずだ。その運動こそ何らかの在りしものの再建ではなく、過去の生活から残されてきた數多くの作品は私たちがいかにそれを明らかに究め盡し追い体驗せんと努力したところで、それは決して現實の生活ではなくして傳説にすぎないものを。そこに北川冬彦の認識と、その運動に對する價値定立があつたのである。そしてねむれる詩人たちのなかに、彼のみが常に新なる言葉を送り、常に新なる像とならんと欲する創造力をもち、謂はば太陽の光芒のごとき姿を現わしたのである。彼が『新散文詩運動』と呼ぶものは、「今日の詩人は、もはや、斷じて魂の記錄者ではない。また感情の流露者ではない。彼は、尖鋭な頭腦によつて、散在せる無數の言葉を周密に、撰擇し、整理して一個の優れた構成物を築くところの技師である。」實にかくのごときエレメントの光芒を見るに堪えるだけの光を、北川冬彦は、充分に蓄えた眼から生ずる言葉をもつて、眞の自由詩への道「新散文詩」の新しい詩の構成法がきびしく追求されたのである。「追求されれば、追求されるほど、無闇に行をかへ、聯を切ることとの必然性が失われてくる。そして外觀は、散文と殆んど異らないものとなる。ここに眞の自由詩への道の鍵が藏われているのである」。ここに彼は散文詩の本質について適確に明示している。

ふたたび、この現實に起りくる『新散文詩運動』の認識について、私はそれを自ら擁護しようとしている。いや、すくなくとも自己自身の心理の必然にそづて、私は身近かにそのような方向への胎動を感じている。ある一部の人たちが定型詩を論じながら、その詩作を續けるかぎり、それははなはだ低い値をしか示しえぬであろう。いや、今日の日本であれだけの藝術作品を、いくたり理解するのであろう。その彼らが、いちずに尊嚴するものを、いかに進歩的に外裝をそなえていようとも、現實そのものでない作品を私は信ずることができないのである。まして彼らの歩みは人跡未踏の原始林ではなく、その足音を韻にあわせるようにして、それが進歩への道と考へている單純さには、もはやいうべきことばをもたぬ

ノアの洪水。それは、はなはだ愚にもつかぬ陳腐きはまりないことなのだ。なぜといつて、近代詩の性格は單に數個のモデルにすぎないのだ。そして今日の詩人は、唯これらのモデルの一部を反芻して、時代を問わず、ひたすら風習と精神的苦腦とにたくみなすりかえがおこなわれていたのである。それらの作品が現實的な地盤の喪失しつつあるとき、その現代的苦腦が、限られた存在に付いての批判を繰り返す機械人形であることは、いついかなるときといえども眞劍な征服を、自分の眼で、自分の手でおこなつてきたためしはなかつたではないか。もしそこに殘されたものがあるとするならば、萩原朔太郎の「慾情文學」であり、北川冬彦の「新散文詩運動」にすぎない。ゲーテは晩年になつて、エッケルマンに次

のようにいつた、——「何んの目的でという質問、つまり何故にと言ふ問は全然科學的でない・併し如何にという問なら多少進める。なぜなら、若し如何に牝牛に角があると問うとその体制を觀察するようになり、何故に獅子には角がないか又あり得ないかが同時に解る。」

いま、私が論じている再び新散文詩運動についての認識は、それは火をみるよりもあきらかである。そこには作品行爲に對する現象能力があるからである。かつて、詩人はいかにして日常的な人間を發見して幸福を感じたであろうか。そこまで讀者の立場にたたなければなるまい、讀者の獨占に對する批判は、詩人にあつて一度もこころみられはしなかつた。そこでまず、詩人が、なさねばならないことは、詩的精神の革命よりは、一億の民衆のひとりひとりの心情を完全に追求せねばなるまい。ノヴァーリスやヘルダーリンは無限の時の流れを追つて、自然の全生命に溶けこむことに幸福を感じた。かくのごとき自信と情熱との線にそつてこそ、はじめて詩の日常的な裏づけとなり、必然の意味づけを興へられるものである。その意圖のうちにはすでに今日の性格に對する新々散文詩運動がおこなわれていなければならない筈だ・幸に今日の歴史を背負うべき若き詩徒たちは、よしかれあしかれ散文型体をもつて場を決定している。そして、その方法に對してもいかなる準備と答とをもたねばならないかは、今日までのあらゆる形態詩に對しても、私の意志表示を先ずしておかねばならぬことは知つている。もちろん私はそのほかに方法をもたないとしても、そのことの苦しさを苦しむこと、それを作品によつて追求したいのだ。眞理のために眞理を追求せねばならぬというギリシア人の言葉は、よりよく眞理を眞理のために主張した。そのことは近代詩の辿りつつあつた袋小路を打破する可能性となつて、今日の生活に毅然としてあらねばならないのだ。そこにはいかなるものにも伏せられぬだけの行動性をもつて、私たちの散文詩運動における可能性を實感せしめることが必要である。そのかぎりにおいて私はふたたび起りくる新散文詩運動に固執する。そして私たちの良心的な先輩たちは、おなじような懐疑に苦しめられながら、この運動をたずさえ固執してきたのである。「なぜなら、久しく詩としての唯一のレッテルを殆んどまつたく引き剝ぎ去るものであるから。從來の形式に對する變革であるから。」と北川冬彦はいつているが、私たちは彼のこのことばを私たちの心理のすみずみに檢證しその作品行爲を信じなくてなんとしようか。ふたたび新散文詩運動の道に。

——一九四八年十一月二十八日——

なぜ散文形で書くか

○ 祝　算　之　介

詩は言葉をもつて造型された文學のひとつである。しかもこの宇宙には、言葉というものによつて規定されてしまわない詩がさらにころがつている。

私は、これまでの詩の世界になかつたもの、それが私の生きる意欲を眞に滿してくれるもの、そのものの探究こそが、私にすべてを投げ出させてそこに向かわせるもの、それを觀念として抱くばかりにとどめておかずに、行爲として、つまり言葉として打ち出してゆくときに、私にとつては、行分けの形を頭においては、一字も言葉となつて現わせない。つまり在來の詩の形らしい形というものを意識の上では、私の發想は一歩も進まないのである。強いて言えば、私は萬が一、そのものが言葉になつてもならなくとも、とにかく私はじかに私の赴かんとする觀念に休ごと打突かつてゆくように、ひといきに追いまくつてゆくのである。

私のなかの主觀と客觀が、整理しつくされないままにからみ合い、つぎつぎと打ち毀されてゆく上を乘りこえ乘りこえ、私は急坂をよじのぼるように、その主觀的なものと、ぴつたり重なり合い、それ以上、どうにも一歩も動けなくなるところまで追いつめたときに、私の詩は終つている。

しかしこれは、私の意欲だけを描寫してみたに過ぎず、私の實作の上に、それがどの程度まで具体化されているかは疑問であるし、いまは觸れないことにする。そのときどきに生まれた作品として定着されたものをあとで見ても、私はいつもながら、そのときの自分とは、はるかにかけはなれたところで行われてきたこと、しかも私にはなんのかかわりもなかつたこと、のようにしか考えられない。あたかも、不意に襲いかかつた身邊の危機を、本能的に切りぬけてきたあとのように。

私は、私のそのときどきに閃めく言葉に、かゝずらつていられない。これはつまり私が、せまい私という存在に、もたれかかつてはいられないことに始まり、ひいては、そのように拒否された私というもののなかから浮び上つてくる言葉に、まつたく不信を抱いているからにほかならない。

だから私にとつては、ことさら行分けに對して散文詩形を、というよりは、むしろ、がむしやらに、火傷するようなものにつかみかかるように、追求し、追求しおわつたときに、行を切つている。

あるのはただ、言葉と言葉のつながりの上に浮びあがつてくる私というものの内容を、絶えず打ちこわしてゆくことに、私は重くるしいまでの執拗さをもつて、突きささり、生きる私を内面から、いまは救つてゆくよりほかにないのだ。

散文詩大いに書くべし

安彦敦雄

散文詩で書くのがよいのか、または行分型で書いた方がよいのか、それは輕々しく黒白を明かに出來ない問題であると思う。事實僕らは散文詩にすぐれた作品が多く行分型に少ないなどとは冗談にも云えない現狀をよく知つているからだ。が、しかしである。何故お前は散文詩を書くのかと問われたならば僕自身はそれに答える事は出來なくはない。

散文詩形の優位性は、第一に、ともすれば感情流露型抒情に流れ易い詩作品を散文形自身の重さである程度凝固せしめる事が出來るからだ。行分型はともすればイメージを鮮明に追いすぎてリズミカルなカッティングを行使し易いが、散文型の場合は所謂リズムはより内面的に沈潜し易い傾向を持つている。そしてイメージは心理的な綾を織つて進む事も出來なくはなさそうだ。（北川氏の詩集「氷」や「いやらしい神」はその良き例）これは僕ら若き詩徒達にとつて見逃す事の出來ない大きな因子である。第二には行分型が詩であつた過去の時代に比して、僕らが詩を勉強した時代はむしろ散文詩型の方が親しみ易かつた事があげられる。またほとんど現代小說を濫讀しなかつた經驗のない若い者はいない筈である。つまり端的に申せば意識的な無意識的な散文への讃同狀態を持つ場合が多いのだ。第三には現代、特に昭和に入つてからの社會環境というものは、明治大正年代の非散文詩時代とちがつて完全なる散文社會であつた——現にその通りであるという事、そしてむしろ僕らはそれに反撥を感ずるどころかより深く沈潜して行つた事なども理由になると思う。これは案外輕視できないものがある。第四には第一の場合と同じく純粋に詩作上の問題だが、行分型はとにかく一つの詩の要素をイメージ的に感覺的にリズムを追つて文字の視覺化を構成するに反して散文詩型の場合は、より高度の構成がなされなくてはならない。つまり横にカツテイングされる代りに重積法的に重量感をもたらされなければならない。これはスピーディな感覺ではなくマツス的な感覺であるが、この立体的な奥の深さを詩で追う興味はヴオキヤヴラリイが豊富であればあるほど無言に魅きつける要素である。たとえばスケツチ風なものにしたつて行分け詩よりはるかに重味が生ずる（近藤東氏の戰後職場作品がそのよい例）第五には、僕らは詩を文語雅語でなくまぎれもない現代語で書かれるという理由からである。現代語は行分型よりも散文型の方が適切であるような氣がされる。第六にはこれは僕自身の今後を賭けた問題であるが、詩に於ける敍事性について考察すると、長篇の場合でなく短篇の場合はその敍事性は散文型の中に捕捉することがのぞましいやうに思われる。よしんば敍事性をのぞいて、そこに哲學なり倫理なり心理なり政治なりをもつてきても同様の事がいえよう。行分形があくまで行分けに制肘されるに反して散文詩型はより自由に文字を驅使できるのだと思つてならない。第七には……………などと書き出せば際限のないことで、ここらで理由はあげつらう事を止めるが、とにかく散文詩は今後大いに書くべしだと思つている。そして散文のもつ魅力に徹したらはじめて行分けを考えても良いと思つている。僕自身は行分形で書きたい詩を無理にでも押えて散文詩型に書く實驗を重ねつつある。（以上）

私の立場

扇谷義男

私は昭和四年頃、北川冬彦氏の提唱した「新散文詩運動」に共鳴し、この啓蒙によつて自己の詩界を深く究め、かつ實踐してきた。そして今尙、この精神が私のうへにずつと續いてゐることを光榮におもふ。

その頃、北川氏は「新しい詩の道に這入るには、いちどは「新散文詩運動」の洗禮を受けねばならぬ。それによつて詩人は甦るのである。ここに於て、初めて詩人はあらゆる形式を驅使する資格を得るのだ。一度び放擲せる韻文形式をさへも。」と云ひ、また「この運動は、從來の詩の形式を破壞して詩を完全に韻文から解放せしめる」とも云つてゐる。私は當時、若年だつたが、この意見にひどく心を惹かれながら、一方、萩原朔太郎の云ふ「散文詩といふ言語の正しい意味は、散文の音樂によつて書いた詩といふ意味である。音樂へのあこがれなしに如何なる散文詩もなく韻文詩もない。否、詩それ自体の形式がないのである。」といふ意見にも一應耳を籍さざるを得なかつた。さうしてこの二つの重大な意見がいつ知らず私の中に深く根を下し、無意識的意識のうちに、現在に亘る私の散文形式の詩は書かれて來た。

私は昔から自分の作品について多くを言はないことにしてゐるので、今更ここに自己辯護めいたことは云ひたくないが、しかし、私がこれまで散文形式を執つてきたといふことは、私にあつては、それがギリギリのもの、つまり必然であつたことを言ひたいのである。

私が詩に於ていかに個性の本質的創造を尊んでゐるかは私の既往の作品に見て下さつてもわかる、ただ詩の形式そのものは一つの獨立した存在であつて、その形式によつてする各個性の創造は絶對自由であると雖も、その據つて立つところには嚴たる信念がなければならぬ。最近の詩誌をみるに、新しい詩人の殆んどが散文形式を採用してゐるのが目立つ。しかし、これが若し單なる流行だけを追ふものの輕率で、その衣裳が果して自分の身体にぴつたり合ふか、否やも考へずに取り上げてゐるのだと假定するならば、それはあまりにも見識がなさ過ぎるといふものである。おそらく、そんな無定見な詩人は一人もなからうと思ふ。だが、幾人の人が過去に於ける「新散文詩運動」の眞髄を眞に理解してゐるだらうか。尚且、敗戰後に於てこの形式が再び強くとりあげられねばならなかつた事に、どれだけの意義があるかを、幾人の人が眞に理解してゐるか疑問とする時、私は或る不安を感じるのだ。

私は近頃、味もそつけもない、だらだらした散文（詩ではない）が、どんな地方の詩誌にも載つてゐるのに食傷してゐる。

申しおくれたが、これは片隅から覗いた私のささやかな發言であつて別に他意あるものではない。

最後に一寸附言させて貰へるならば、先頃杉浦伊作氏が某誌に發表したエツセイの中で、この「新散文詩運動」に觸れ「かうした運動が過去の日本詩壇に於て、どの位ひ激しく展開されたかといふことをあまり意に介しない青年詩人達云々」と書き、戰後初めて詩を書き出したやうな若い人達の中に、私の名を入れて呉れてゐるのはすこし有難迷惑でないこともない。

なぜ散文詩を書くか

伊藤桂一

現在われわれが陥込んでゐる　この激しい錯亂の中から立上るためには、少くもそれと正面から取組むだけの、必死な姿勢を必要とする。

散文詩は、散文の形に於て、それら錯亂の形象を把握し、内在する詩精神の濾過によつて、そこに何ものかを解明しようと意圖する。從つて今日の錯亂に立對ふべき詩の型式としては、散文詩の外には何もない。

散文詩以外の詩を、別段、歌つて誤魔化してゐるといふ譯ではないが、少くも行分けの詩は型式が散文詩よりも安易であり、從つて現實認識もとかく一方的に偏しがちである。（この斷定が內包してゐる一つの誤弊については後述する）そしてまた現代抒情詩が、いかに悲鳴的な哀歌を書き、乃至、觀念の波紋を當途なく掬ふに盡きてゐるか、實在の無數の作品が、あまりによくそれを証明し過ぎてゐる。

※

現代詩は甚しく混亂してゐる。支えやうのない落盤のなかで、犇めいてゐるのだといつてよい。自慰かさもなくば滑稽な矜持のなかに詩人の多くは陷込んでゐる。

多分、散文詩は、そうした混亂を、救はない迄も整理してゆく可能性はもつだらう。第一に散文詩が書かれるとしたら、そこで行分けの詩よりも、遙かに明瞭に作品の價値標準が行はれるだらう。詩人の散文的表現が、いかに適切であるかないかが具体的に証明され、その散文の中に鏤められた醇乎とした詩精神が、いかに見事であるかないかも立証されるだらう。そこに詩が未來するものへの、盡きない希願を私はかんじる。

※

私の場合、散文詩は、抒情詩の成長した結果であると一應いふことができる。つまり述志の氾濫か、到底抒情詩の舊來の詩型に自らをとどまらせず、絶えず激しく己れを割いて前進しようとする氣魄が、對象とじつくり對決できる散文詩の形式以外では果されないからである。しかもこのことは將來詩精神の在り方が、散文詩を通過してなほ豊饒な、長篇散文型式と言ふべき無限の可能へ向ふ際の、最初の出發点となつてくれるのである。いはば混亂した抒情詩の沒落からのがれ、散文型式への無限の飛躍を準備せんとする基地のやうなものである。さうして詩人はかうした意圖の下に行動しない限り、何を以て現在の不當な詩そのものへの默殺に抗議しうるか。既にジャアナリズムから見放され、詩人以外の讀者を全く喪ひ、詩人は今日の昏濁のるつぼのなかで喚く悲鳴的な哀歌を、いつたい誰に、何の期待を以つて愬へんとするのか。

われわれは何よりも、戰爭詩人たちが安價な戰爭詩を實踐して招來した、信望（もしあつたとすれば）の失墜から、詩人の矜持そのものの恢復を念願せねばならない。そのためにも懸命であることの證左を示さない限り、いつたい誰を領かせうるかといふことである。

※

私は私なりの散文詩を書いてゐるのであつて、これらは一般論として通用しないかもしれない。私はただ、安價なさもなくば晦澁な作品の横行する中で、できるだけ平明な表現を以て、（內質するものは深く）さうして讀んで面白い散文詩を書きたいのである。私なりの獨斷だが、まづ詩は面白く在るべきが先決問題である。

最後に私は思ひきつて行分けの詩を否定しよう。行分け詩を書くことによつて、天來的な傑作が生れるなどと、そこに詩への期待を置いてゐるならば、それは完全な錯覺である。然し「詩」と「現實」への亂視を訂正し、酷烈な散文型式との格鬪のあとに、詩人がなほ抒情の復活をもとめえたとしたら、或はそれこそが至上の世界であるかしれない。

が、いまの場合私にとつて、散文詩は、詩への絶望からはじまつてゐる。

お答へ

馬淵美意子

たとへば繪畫の本質が色彩と造型との相關々係の上にしか成立しないやうに、そしてそこに成立したものが繪畫以外の何物でもなかつた事のやうに、法外の望と知つてなほ私は、詩にも何かそのそのやうな限界をもつ本質がほしいのです。

文學でも音樂でも造型藝術でも、すべてすぐれた藝術作品にはその根元に詩精神が働いてゐる事を否定する者はないでせう。詩とは言葉によつて表される詩的感動であるといつてみても、散文に屢々詩精神が貫き詩的感動が脈うつ。では一休所謂詩とはどこに物質的な足場があるのか。散文詩と詩との境界線をはつきりしたり音樂や繪畫のやうに純粹にすることは、どこの言葉にせよ不可能としても、散文と相對峙する形態の一極限では、日本の詩もまたいづれは詩特有の常數をもつべきではなからうか、私の獨斷のままを云へば、世界の詩の概念に從つて日本の詩も自分の形式を自分の領域の中に確立したいと考えます。刻々に變轉し改廢する言語といふもののの性質を思ふとき、時間や社會環境や各自の樣々な傾向の勞作の堆積やの上に忽然と現れるかも知れない天才の創造に成る一形式を、一つの血路のやうに私は夢想いたします。澤山な異論の中でまだ私は日本語に絶望を感じる事ができないし、過去になされた色々な試みの上に今日があるにしても、それは極めて短い過去であり、この混沌の世紀の向ふに續く長い時間が生む頭腦は、今日の頭腦をもつては豫測できません。又人類が國境を失ひ言語が民族を越えて共通になるとは當分考えられないので、一度は外國のやうに音韻を基本とした無理のない詩型がうまれることに望みをかけてをります。けれどもこれは私の願望と假定にすぎず、私の詩がこの假定と願望からいかに遠いかといふことは誰よりも私が知つてゐるわけで、私が行を分けず散文まがひに書き流すのは、見る事も識ることもできないのが漠然とは感じうる、或る完璧さといふやうなものの幻影が私をこき下し、これへの羞恥が詩として衆目にふれ批判される自信を失はしめるからです。それに行をわけるについて私にとつての必然なもの、たとへば一つの行から空白を殘して次の行へ移るための言葉の緊密性と聯關性と對應性、そして第一章から第二章への、又全体としての同じ心使ひ、空白と活字面との均衡や比例などを考えてゆくと、これはまるで十五才の少年が獨りでヒマラヤ登高を企るやうなもので、私の乏しい才能と虚弱な肉体にとつて、大變な時間と肉体的經濟的犠牲を必要とする難事業といふことになります。大体それらの理由で當分長いものは行わけをあきらめ、死ぬ十キロの麥の中のせめて一粒にでもなれたらといふ希望の中で、私に叶ふ一行でも一句でも、現在の日本語の最も美しい韻律の可能性を、詩とも散文ともつかない形式に隠れながら探してゐるのです。

散文詩への認識

牧　章　造

昭和十年に詩誌「山の樹」十二月號で「影」といふ作品を發表したが、これが僕の最初の散文詩である。なぜ散文詩を書いたかについては、はつきり思い出せないが、恐らく散文詩型の魅力みたいなものに眼醒めはじめた動機だけは、いまも感じないではない。

その時分のぼくは詩壇といふものに殆んど縁もなく、ひとりぼつちで詩を書いていたから、どんな運動が行はれていたかといふことすら判らなかつた。それから大連に渡つてその地で城小碓氏と知り合いになつてから、その頃すでに一昔前のことに屬する北川冬彦、安西冬衞兩氏等の活動を「亞」を見せられながらいろいろと聞くことができた。現代詩の認識が得られたわけであつた。「新散文詩運動」などといふことがあつたのを知つたのも大体この頃である。だから「新散文詩運動」に對する關心がぼくの視野をひろめてくれたことも偽りないところである。

尤もぼくが本氣で散文詩を書く意圖をもつたのはまだ最近のことで、それが決意的になつたのは敗戰を契機としている。

萩原朔太郎がその當時の詩を「行分け散文詩」とののしつた言葉は、絶望的な痛恨としてぼくの胸にある。西歐詩輸入によつて新体詩として發足した日本の詩が、そのままの形で現代の行分け詩に引きつがれてきていることは先づ誤りなかろうと思う。つまり行を分けねば詩ではないように見られてきたところに、ぼくはやり切れないものを感じはじめ、それを無批判に踏襲してきた日本の詩と詩人にぼくの反抗みたいな氣持が動いてきたのである。そしてその氣持に參加してきた考えとして、詩はもともと形式の問題ではなくて内容に重大な端緒を持たねばならないということがあつた。ここで一應文語体と口語体の問題も併せて考えなければならないけれども、文語体はすでに大學の研究室にだけ殘る死語であるとみるのが時代の趨勢だし、それを深く研究したい程にぼくは好事家でないので、口語又は現代語というところで事を進めようと思う。

詩は内容の問題であり、少くとも内容的でなければならないと知るとき、ぼくにとつて行分け詩からは定型とまで行かなくとも、それに近いような强制感と壓迫感を受け、言いたいこと書きたいことまでが思うようにならなくなる。そうした强制や壓迫を取除く手段として散文詩は尤も自由な詩型であると思うようになつてきたのである。小說家が夫々自由に何でも思うことが書けるのは散文だからである。逆說を弄するわけではないが、もし小說家に行分け詩の形で小說を書いてみろと云つたら、ちよつと呼吸困難になつたような顏をするだろう。つまり行分け詩型のなかで壓屈されている詩精神を解放しなければならないと思う。

何でも思うことが書けるということ、その豊かに開いた視圈をいかに勝れた個性と熱意が掌握していくかが、無限の問題として提出されるわけになる。一種の遊藝であつた詩が正しく生命的な文學としての價値批判に耐えねばならぬところまで進むのはこれからのことであろう。詩が冷遇されようがされまいが、そんな泣きごとはとてもくり返えす氣になれない。詩の遊びの世界からの脫出を試みる者だけにぼくの氣持は理解される筈である。要は小說の持つ大きな讀者えの說得力ということが、必ず散文詩家の胸に應えてくる問題となる筈なのである。

社會的にも歷史的にも經濟的にも、心を碎かねばならぬことは山ほどあるのだ。これにそつぽを向いて貧乏しながら安閑とした呑氣さなので、詩人は大ていの時代おき去りにされてしまうのである。詩人氣取りはもういいかげんに淸算すべきときであろう。

社會的視圈、歷史的視圈、經濟的視圈その他あらゆる對稱の世界の問題性に肉迫すべき豊富な Descriy tionの力を獲得することによつて、小說に拮抗し得られる散文詩が出來なければならない。花鳥風詠から詩人の時代認識はここまで尖銳化してもまだ遲れをとつていると云はねばなるまい。

重ねて云うが、散文詩は尤も自由な詩型であり詩法である。そして從來の詩に貧困を極めていた一方氣質的にも表現を回避していたかにみえる問題性や内容性えの追求によつて新しい詩の生命を点火しなければならないと思うのだ。

（1948.11.5）

風二題（散文詩）

安彦敦雄

薄暮風景

風が吹いている。眼をあけてはいられない激しい風だ。緒土色の土堤の上のよく研ぎすまされた、キラキラ光る二本のレールのその先はもう砂煙で見えない。何時もなら姦しい騒音と機械の轟音の交錯に惱まされる貨物操車場附近は、たちまち遠くへ吹き拂われて、海港の臭氣がさつと四圍になだれこんで來た。

空はすつきりとよく晴れた秋の冷めたさなのに、直ぐ傍らの踏切番の振り下す白い旗が紙のように見えた一瞬、機關車が一台、急角度にぼくの視野一杯に突き刺さり、さつそうと魔物のように抜けて行つた。

午前十時の風

秋風が眩しい光の亂反射の海となつて、よく伸びた二本のレールは微かにゆれて見えるような日だ。近くの線路を走る省線電車の窓が明るすぎて、鈴鳴りの人の顔が模様のように通りすぎた。ぼくは腕をかざすとピータを高く振りあげる。バラスに磨かれて鈍くきらめくその尖端に、近くの繋船港の亂雜な朝の空氣が氣流のようにまとわりつき、一瞬途放もない胸の痛みに堪えかねた。ぼくは、へたへたとレールの上に崩れかける。と、眼の前の何時も見なれた構內の信號機の青色燈が、みるまに小さくなつて、傍らの秋草の花瓣の中に吸いこまれた。

（「機関車と花」集より）

しべりや詩集（1）

長尾辰夫

薄明

ソ連人は私達を〝野蠻人と〟呼び、〝煽てるとよく働き、威かすと作業能力は二倍に上る。〟――こう云う見方をしていた。煽てるとお調子に乗り、威かかされるとおどおどして狼狽える、手も足も出なくなつた蛆虫同然の姿に身をやつした。私達は彼らの意の如く働くより仕方がなかつた。いまは全く凍結した桎梏の檻の中におかれていたからだ。

八時間の勞働が十時間に、十二時間に。いや、それどころではない。しばしば一晝夜ぶつ通しの闇の作業に馳り出された。ぶよぶよに膨れ上つた脚がしびれて、膝ががくがく鳴つていた。かえりみち、急に飢えと寒さが襲つて、次々に仲間のものを攫つて行つた。百三十一人目、百四十三人目という風に。それは夢のように人の意識を侵し、風のように通り過ぎて行つた。

私は觀念の眼を閉じた。すると、ふと、煤や蜘蛛の巣の垂れ下つた日本の古い家系の、荒廢した壁の中に身を隱している妻や子の離別の歌を耳にした。私ははつとしてわれに返るのであつた。意欲を抜きとられた人間の残骸が、しょんぼりと私の前方を歩いて行くではないか。その胸には星に閃く銃口を擬せられて。

その日の午後であつた。本部から〝殘留者全員穴掘りに出ろ。〟と云う指令を受け取つたが、誰一人動こうとするものはなかつた。一番手近にいた若い男は、文句をつけたと云うので、本部へ連れ込まれて行つたが、やがて眞蒼な顔を血だらけにして歸つて來た。見ると、顔面は變形して、手足の自由さえ奪われていた。わたしはこの不吉な豫感の前に凝然身をすくめて立つた。みながどやどやとその廻りに集つて來た。

すると、全員本部前に集合を命ぜられた。中からぷーんとすきやきのにおいが流れ出し、炊事班長が食函をぶら提げてやつてくる。彼奴らは終日賭博に興じて暮しているのであつた。そこへ軍醫が寢呆けた眼をこすりこすり出て來た。私達はもう我慢がならなかつた。

——貴樣らのために本部はいらい迷惑を蒙つているぞ。ソ連の命により三日間の減食處分だ。それが不服ならくたばつてしまえ。

彼は冷然と云い放つた。わたしたちの中の一人が、どうもからだの調子が變だからと云つて、診斷を願い出ても、

——ここには病人はいない筈だ。

と云つて受けつけなかづた。假病をつかつてさぼつていた班長が、

——軍醫さん、こいつは不斷から横着者ですよ。

と相槌を打つた。しかしその男は、一時間たつかたたぬうちに、ひどい發作を起して、そのまま息をひ

きとつてしまつた。苦しみ抜いた擧句の果の死であつた。

私達の怒りは頂点に達していた。誰もそこを動こうとはしなかつた。がやがやと幹部の横暴な仕打ちをなじり、結束して打倒すべきだと話し合つた。仲間のいのち取りも、給與半減も彼らの謀略のせいだと云つた。そうに違いなかつた。もう一月も前から、私達はじやぼじやぼのスープばかり啜つて、辛抱づよく生きて來た。くそまじめな奴はばたばた倒れて行つた。くそまじめや威かしでは納得のいかぬところまで來ていたのだ。抜き差しならぬいのちの瀬戸際では、生きることの外に何もなかつた。戰爭よりもおそろしい闘いの日々であつた。

私達が眞劍に眞面目な人間の心を温め合つていると、そこへ歩哨がとび込んで來て、本部員も一人残らず、まるで塵芥のように抛り出されてしまつた。

墓は街を出はづれた石山の日蔭の斜面にあつた。鐵の凍土に、血の鶴嘴を叩き込んで、冷えきつたからだに僅かな熱量をそそぎ込んだ。うつかりすると、全身白臘色に變つてしまうのだ。

――ひどい寒さだ。

――今日は、何處に下つたらう。

はげしい焦燥と屈辱が、どつと堰を切つて流れた。

さつき民家に下りて行つた歩哨は、いつまでも歸つては來なかつた。かちんかちんと鶴嘴が宙に踊つて、びんびんからだにひびいて來た。一つ穴を掘るのに三日もかかることがあつたが、そんな時は二つの屍が一緒に抛り込まれた。まるく盛り上つた土饅頭の裾からは、上の屍の手足がはみ出していたが、その上に雪は降るともなく降り積んでいた。

低く垂れこめた雲ぞらの下、いんいんたる砲聲の轟きやます、小首をかしげた烏の眼の鋭さよ！　ゆらゆらと搖ぐ氷原の炎よ！　またしても新しい世紀のあらしを呼ぼうとしているのか。

私は石切場の切石の上に腰を下して、ともすれば閉ざされがちな視野の中を、点々、はるかなる地平の果へ急ぐ一團の人影を認めたが、何とも美しい姿であつた。
わたくしは僅かに息づいたようであつた。

吹雪の曠野

部落を出はずれたわたしたちのトラックは、いつしか、滿目蕭條たる大雪原の眞只中を走つていた。ひどい吹雪で、があつーというもの凄い風が地軸を搖がして襲いかかつてくる。そのたびに、ふわつーとからだが宙に浮いて、息の根を斷たれる思いであつた。五体は無感覺となり、顔を上げることは勿論、身じろぎ一つ出來ずに、ただかすかに息づいているのであつた。トラックは凹凸のはげしい悪道を過ぎ、見事に凍結した白樺の森に差しかかつていた。

その時、ふと、わたしは、どこからともなく漂つてくる女性のコーラスを耳にしていたが、おやつ！わたしが思はず首をもたげると、そこにもう一台のトラックが、すれすれに疾走していた。堆高く積まれた馬鈴薯のかげに、タタールの女が四、五人こつちを向いて、何やら喚いているのが認められた。コーラスの主はまさしく彼女たちであつたのだ。

かあつーと狂亂のあらしが、後女たちのシューバーの裾をめぐり上げ、夏の薄もののスカートが、かすかに搖れて、ちらつ、ちらつ、ーとあらわな生肌がのぞかれていた。

私の卑屈な思いは一瞬にして吹きとばされ、ほのぼのと春のさざめきさえ感じていた。

（敗北は所詮身から出る銹であらうか。）

痛々しいわたしたちの樣子にひきかえて、彼女たちは、さながら歡喜の女王であつた。眼をあざむく彼女たちの强靱な皮膚。汲めどもつきぬ瑞々しい泉が、うねりとなつて全世界へひろがつてゆく。

猛吹雪に桔抗するかのように、猶も、彼女たちの唄ごえはつづいていた。後になり、先になり、遠く、低く、いつまでもいつまでも曠野の中を漂つて行つた。

四面讃歌

眞尾倍弘

襖一重のとなりでは奥さんがうめいていた。自由を失つたその人は意識をも失いかけて、痴呆のように瞳をにごらせ、力なく父さんと呼んで放尿する。

あるとき奥さんは腰ひもを長いことかかつてほどき、首に巻きつけたが、腕がきかずわつと泣いた。

そんな告白を奥さんは蒼白い顔して私の妻に聞かせ、私の神經を暗くした。

住むところのない私達おやこが、ここへ來て暮らした北向きの部屋は、春から春へも陽の目を見ず濕地帶のようにじめじめとして、水氣に湧いた小虫が疊を這つたりした。

勤めに疲れて歸るわが家は、ただいまとも云わない私を一年とゆう間こつそりと歪ませたが、そんな氣兼は小鳥のように可愛かつた。

井戸端の奥の風呂場の板戸が私達の玄關だとは、私達のこのみによつて造つたのだが、ある夜そこで急に泣き出した女がいた。
女は赤ん坊を抱いて私の妻に貰い乳にやつて來たがどうしても入れなかつた。何か深いみぞがあつたのだろう。なだめてやつと上らせると「氣兼なんかするもんぢやないわよ。赤ん坊は泣くのが商賣なんだから」女はそう云つて思い切りの聲でしやべり出した。そしてそれは笑いになり、しやくり上げるふうに變つた。
女は氣がふれていたのである。

なんとゆうものずきだろう、と家の主人は云つた。

ある日曜日、私は身体やすめに寢ていた。となりの部屋では奥さんがうなり、その右となりでは長男が齒をいためて、玄關では昨夜おそく着いた客が寢ていた。全部の部屋には床、ああ何たる前世の因縁ぞ、と、主人は酒にひたつて夜毎に血管をにごしている。

敗北

山崎正一

忍耐や　努力や　すべての蓄積
二十幾世紀かの幸福への願いに
人間の脱糞した後の埋立地
氷原の放送局　太平洋の原子爆彈
春も夏も秋も冬もない葦原の國
港は白く口を開け人類の尻の臭いを嗅ぐ鸚鵡の青春の苦痛は
僕の臓腑をコールタールで塗りつぶした
阿諛　追従　それから侮蔑　みせかけ
それらの騒々しい運動會は何時終るのか
僕の歩みは遅く優勝者は爆彈を仕掛けたカップの前に額づく

だがしかし孤獨に捧げる歌のない日
神經に通信される電波に半ば心臓の鼓動は停止する
文明の塵溜　東京の都底から　夜

墓石の裏側に蒼白い微笑の影法師が姿を現わす
死体の側に置かれる林檎
ドブ板の穴に鼻を突き込む犬
僕は父母の血の陰部に自らを映し
青と赤の信號機から脱落する迷子の自由におののくのだ
アメリカ、ソビエト　國境標に突如起る原子核分裂の夢
神よ　おお暗い都市！　ここは鐵板の上
古びた測量器しか持ち合わせぬ僕は
父母の築いた涙の財寶を
壁の穴からねずみさながらの恰好でひきずり出し
歪んだ地面の女に賭ける　酒に賭ける　虚榮に賭ける
僕は一体何が慾しいのか
一歩一歩に世界の恐怖に親しみ
借財に重なる苦痛が忘却に導く青い海
ああ　思い出　混沌とした歴史
原始から降り續けた雨に固つた土の中から
愛の能率が背中をひつかく　朽ちた橋上
憎悪だけが烈しく眼醒めて叩き折る
集團見合や集團結婚はては集團埋葬
數千萬の人々の中で痴呆にまぎれる一人
十字架、石の寢床　死に至る敗北への反逆なのか
おお　死の豫言者　烏よ

お前のねぐらに僕を運んでついばめ
僕等の一切の自由が　二つの夢に託されて亡びなければならぬ
ただ單に生きている汚された恥部　敗北のデカタニズム
鷲　鷹　すべての空の猛禽たちよ
星の降る夜の大空にさらしてくれ　これらの有害な寄生虫の群を！

空洞の底にうごめくアミーバー達
自らを嘲笑して道化る人よ
孤獨がギロチンに誘惑される日に
僕は夢みる　光の充ちあふれる
赤土の夢　めぐる花の舞踏の國
氣慈悲な神のしつらえた掟の門を
僕等はもはや再建しようとはしない
ただ他人の門を犯す恐怖の上に
ゆきずりに觸れた女の悲顔をかける恥部を埋めながら
石の洞窟に呼びかけて自分の聲のこだまをきく
聖なる戀人よ
永遠に僕の願いを秘めさせる人よ
その美しい瞳はどこにあるのか

――一九四八、一一、一三――

死の窓

石渡敦美

乾いた宇宙のそこで身をくねらせる、狂暴な花ばな。

方位と時間を失つた海は　たたかひの日の傷口を洗ひ　なまぬるい天の重みに波だつてゐる。

夜ごと　つめたい死の窓に這ひより　おろかな額に描く夜明けの風景。

悲情の海鳴りが
はげしい凩の悲鳴が
ふいに窓のあかりをふきけしてゆく。

　（にぎりしめる清潔な花はないか）

またしても　頭骸のすみで　かすかに動きはじめる數匹の蛾。

そいつのはばたく音が　暴力よりも苦しいのだ。

冷えてくる唇のあたりに　きびしい夜の想ひがあつまり
あやふく踏みしめてゐる孤獨の思念。

　（あかるさはどこにも見えない）

かすれた聲が　　喉笛をふるはせて息絶える。

血ぬられてゆく暦日の痛みよ
ひとり、死の窓で　追憶を辿れば　その指先に　やつれた月がゆらゆらとのぼる。

噴進砲

伊藤桂一

ぼくはその砲をみたことはない　それは噴進砲と呼ばれてゐたが多分ドイツで使用したロケット砲に類するものであつたのだらう　乏しい戰鬪機のほかは一台の戰車もない隊列がその頃江南縱深陣地いちめんに布かれてゐた　當然勝つべくもない最後の死鬪に備へて或はこの噴進砲だけが最も有力なる武器であつたかも知れないのである　一ケ聯隊の兵力が五千に近い程膨張してゐた　極端に言へば足の踏み場もない程兵隊が群れてゐたのだ　網の目のやうに戰車壕と無數の蛸壺と隱蔽陣地とが散在した　ぼくは部隊の糧秣班の一員に過ぎなかつたが糧秣交付の際に些かは噴進砲隊を厚遇するを忘れなかつた　願はくば最後の死命を制すべき彼らへの小さな心やりであつたともいへよう

日夜上海東南方海面を敵の有力な機動部隊が出沒した　なにかが旣に近い　青い天のひとところの梢でしかし麗かに鳥が鳴いてゐた　そのあたりの木叢の中の民家に噴進砲隊は宿營してゐた　その鳥の聲をぼくはよく陣地の一角に彳つてことさらに美しく聽いたものだ　一陣の濛々たる旋風を貫いて敵の主力の中核へ迫つてゆく噴進砲彈の射程をありありと天の一方にみた　勝つことを信じた譯ではない　來るべき最後の悲壯をせめて天を劃く噴進砲彈だけがけふのこの無の地上に最も華かな終焉を描くことをしきりに思

ふてゐたのだ

戰局の危機が不氣味なふくらみを帶びて來つつある或る日にとつぜん噴進砲隊は沖繩に移駐した　軍にとつてはまことに焦眉の急を意識した行動だつたのだらう　さうして忽ちのうちに噴進砲隊は奔騰する日本の邊土の島で慘然な終局を迎へた筈である　その後は敵機のみごとな大編隊だけが江南縫深陣地を爆撃した　なんの抵抗もなく既に敗色の深さに靜まつてゐる地上を無數の機影が風のごとく過ぎた

ゆるされた時日のうちに能ふる限りの糧秣を積込むことに部隊は熱中した　堆高く小麥粉を積みかさねたひとつの貨車の背にゐてぼくもまた虛脫の速力のなかにゐた　呉淞集中營への旅である　みるかぎりのむんむんと草木のいきれのたちこめる風色のあちこちに風に鳴る青天白日旗をみた　それらは或る日奇術のやうに既に甚しい以前からひとつの解明をえてゐたもののごとく突然揭げられたのだ

さうしてぼくはみた　木叢といふ木叢の蔭にそこに靜かに嚴かにいまも尙据えられてゐる噴進砲の風姿を　錯覺でありながらしかも天へ噴上げる直前の激しい砲の銳角を纏ふた

ぼくにはなにも考へられなかつた　ぼくはただじぶんがほろびつつしかも一切がほろびつくすこの世の最上の悲壯をみることを得なかつたことになにやら身に迫る感慨を覺えてゐたのである　さうしてもつとも純粹に戰爭を生きてきたひとつの世代のほとんど絕叫にちかい挽歌の裏切だけをみるかぎり烈日が燃えてゐる曠茫の上に蕭然として聽いてゐたのだ

夜の彎曲

濱田耕作

小さな石橋の下を首が流れている。それはゆつくり、まるで社會を人間を小馬鹿にしてゐるように流れている。石橋のたもとの端ツこにはゴミがうづ高く、さびしく街燈がそこだけを照らしている。

通行人はだれひとり通らない。ただ瘦せこけたのら犬一ぴきゴミの中に顔をつつこんで、何か——きたいなポーズをして探しているようである。流れている首が青じろく光つているようである。

どこかで水の噴き出るあわれつぽいイヤな音。

見ると掘りかけの穴がぽつかりと口をあけていて、地にひそんでいる筈の壓力が疼いているらしい。それが動物の本能に感應じ肉体をしびれさすらしい。しびれたのら犬は微電氣をかんじない。

そばにはハダカ木が直角に枝を張り、失意の人のように默りこくつて立つている。眞下には新しいアイクチと麻縄が落ちていて、ちやんと鉛筆と紙きれも落ちている。

——そろそろ誰か自殺に來る時間だが。……

やがて大きく夜が强曲しはじめると、石橋の下の首がペロリと赤い舌を出す。さつきからちつとも流れていないようである。そうしてそのときイビキのような、おかしな物音が近づいてくるようである。

　だんだん正体がはつきりしてみると、それは足のまがつた首の傾いた――首筋に瘤とつないだ跡のある――近代的にみすぼらしい男――よれよれのハッピを着て口から泡を吐いている。

するとあのしつこい美徳めが追いついてじやまをする。

――なんと言うあいつは恐しい残酷な聖人だ！

工事中の穴の前にはバリケードのように、おびただしい魚の骨がゆうゆうと散らかつている。プレスで押し出された抜き型の虚無である。

　どうやら大事件は遠方で起つたらしい。

死の舞踏

松澤　宥

失はれたココロを、失はれた春を、失はれたゼニを、失はれたユビを、そうして失はれた死を！

どうです、みなさん。陽のあたるとほい想ひのする傾斜地に、梯子を出してゆつくりと靠れかかつて、パイプでも銜えながら、ごらんになつては。

　背景は、（舞台のことをいつてゐるんじやないんだぞ！）赤い絵具や黄色い絵具で、眞にせまるやうに美しくうつくしく描いてありました。花模様のレースのカーテンはなよなよと風にゆらめくばかりでありました。シャンデリアはかぐはしく高貴な光りを絨緞のうえになげかけてをりました。窓の外はとつぷり暮れて、琥珀のやうな瑪瑙のやうな森が何處までもつづいてをりました。靜かな音樂はもの憂くなやましく、とぎれとぎれに流れてをりました。そこに、限りない人生の幸福がありました。そして屋根はありませんでした。天井の上には夜の惠みぶかい空がその幸福な地上と幸福な部屋をやわらかく包んでをりました。空の一番高い方は濃綠色に不氣味に光つてをりました。

　そしてそこから一本の錆びた針金はどこまでもどこまで垂れ下り、天井に突きささつてゐるのでありました。


今しも、みめ美はしい戀人は囁やくのでした。

ほんたうに殘念ですわ。若しこの一瞬が現實であつたなら。

そうしていい形をした胸を波だたせて吐息をつくのでありました。

人間は隅の方のベットの上になほも倒れつつ
私は信ぜられない。信ぜられません。

と深い慟哭をつづけてゐるのでした。

天使はどこかの方から吊り下り、痺れた花の腕だけ突きだして、何か譯の分らないことを讃美してゐました。

魔女めいた夜の女は――焰のごとき葡萄酒よ。その瓶よ。

聲は――とほき調べにあざむかれ。

聲は――結論は間が拔けてるんだ。完結せるものなんかないんだ。

亡靈――これは、（いとも稀薄な胸をなでつつ）これは己の胸か。お前の胸か。


（見世物じゃないんだぞ！みなさん。）

わたしの「生」

桑原雅子

「生」から離れていつたが
わたしがいなくなつたと誰も氣がつかず
死の世界までいつたが
そこでは誰もものを言わず
死の世界の奥の方まで分け入つた。
その道のふしぎな曲りぐあいや
道におちる花粉の色まで
見えるようになつたとき
「生」の世界の光りが
死の世界の光に同じくなつた。
ふくらむいのちをかかえて歸つてきた。
一度死んできました。と言わないわたしのおだやかな顔のところでは
おそれている死の道がたち切られているとひとは思つた。
わたしの方にひとはかたむき
わたしをつき破つていのちをつかもうと――
生きている感じと痛みは

また、わたしのものになつた。
弓なりの夜の空に
銀の道をひいて死んだ星たち。
ひとたちのなかに住んでいる死の　分量がわかつた。
ひとたちに　わたしが
よく見えなくなつた。

十一月十二日

太平橋 他一篇

上田幸法

太平橋

[illegible]働いても食へない仕事に、尚食ふために僕は毎日、太平橋を渡つてゐた。毎朝太平橋の上には空つぽの木箱を膝の前にきちんと置いた女義太夫が、潰れた眼を虚空にむいて、しきりに歌つてゐた。然し梅毒に犯されたらしい女義太夫は、すでに髪は脱け聲はかすれて殆んど歌になつてゐなかつた。給料を貰つた翌日など、僕はポケットの中で紙幣を探してみるのだが　すぐちえつと舌うちすると、そのまゝいつも急いで過ぎた。午後は早目に引揚げるのか僕が歸りに橋を渡るときは決つてその義太夫師は見當らなかつた。その日、僕は橋の上まで來ると後ろを振返つて見た。幸ひ通行人は一人も居なかつた。僕は女義太夫が坐つてゐた場所にそつと紙幣を落した。……するとそこには

いつも小さな旋風がめぐつてゐたのか、落した皺くちやの小額紙幣は、忽ち夕陽に長い影をひきながら、くるくる手品のように廻り始めた。それを見て僕はゆつくり歸つた。

不思議な日課

汽車が止まると、ホームに待構えてゐたアロハ・シャツの一團が、威勢よく窓から車内にとびこんでいつた。相棒らしい色眼鏡をかけた女たちが、それに向つて、よいしよ、よいしよと荷物を抛りこんでやつた。荷物の積込みが終ると、女たちもアロハ・シャツのやうに身輕に窓からとびこんでいつた。驛長は一團の作業が濟むと、やつと、ほつとしたやうに汽關車に向つて、白い手をあげる。

○

汽車が動き出すと、タバコは五個だぞ、米は六個間違ひないな、燒酒は腰掛の下に置いたがいいなどと、あたりはばからず頭目らしい男が指圖する。乘客たちは、網棚から落ちるホコリを恨めしそうにはらつたり、やむなく腰をあげて、座席の下に燒酒の置場をあたえたり、あるいは小さな聲でささやき合つた。正服の巡査が爲り、讀みさしの新聞を何回も讀みかへしながら、小さくうづくまつてゐたが、汽車が次ぎの驛に止ると、こそこそと逃げるやうに降りていつた。

○

午前七時、K驛發上り列車の、これは殆んど決つた日課になつてゐた。

暗闇の襞の中に

杉浦伊作

私は洞窟の中を徨彷してゐる。ここから先は危険だと通行を嚴禁されてゐた鐘乳洞を無暴にも乘り越えて、どうやら私は、暗闇の谷に墜落したらしい。それにしても、私が墜落に應じなかつたのは、夜の蝙蝠の翅にのつたのか。私はふたたび、あの光の世界には、もう還ることは出來ないであらう。

私は悔悟と絶望の恐怖に、おそらくは泣いたであらう。だが、そこでは、もう、人間的な感情を意識することは出來なかつた。冷氣と濕氣と暗闇だけが夜の襞となる。暗闇の壁に手をあてて、私の體を支へようとした。私の手は空を切つて、支へる壁を抜いて、私の全體が倒れていつた。手答へのないなんかえたいのわからない觸感が私を包み、地に横臥つた時、闇の層に空洞が出來たやうであつた。その空洞の中に、私の意識が風のやうに流れてゆくと、私の人間精神が、激しく狂氣の世界に移動して行くのを、私は確に意識してゐた。

聲

ドラ、イアイスの冷氣を煽風器で煽ふる寒冷が私を襲ふ。呼吸しきれない冷酷なものであつた。それは、あたかも死靈のやうなものであるか。つまり、生靈が死靈に追ひ詰められた、生と死の境界線でもあるか。切迫した慘酷さである。私は確に、救ひの聲をたてたやうであつたが、それは曠野を狂氣ぢみて走り巡る虛風に遮ぎられて、屆きやうもなかつた。どこにも生の聲のわびしかつたことか。

長篇敍事詩

沼　第四章

My Young Days

祝　算之介

1

汽車はにわかに速度を
　おとして
麥畑や杉木立が
めだつてゆるやかに
窓のそとをながれてい
　つた
いまにも雨になるらし
く
天候はいそぎ足に險惡
　になつてきた
そのころはもう私は
我孫子へなにをしにき
　たのか
わからなくなつていた
ガラス窓ごしに
うつつては飛びのく外
界の
さむざむとした風景に
眼をやりながらも
ただわけもなく車内の
熱氣にあふられて
じつとりと汗ばんだからだを
外套にまるめ
どこかへなにかをしにゆこうとしてでもいる私が
遠くから見えない手で
ぐんぐん
ひきずられてゆくのを呆然と
よそごとのように
ながめているにすぎなかつた

2

いきなり森と森とがおおいかさなり
ひとつになつてよじれ
ふつ飛んだあとの空間に
青い芽の伸びかかつた野菜畑の黑土の層が
ふつくらともちあがつてきた
そしてその背後に
鉛色に沈んだ沼が
ちらりと顏をだした
みるみるうちに
沼のすみずみまでが
私の視界にひろがつてきた

3

そのとき私の記憶の底に眠つていたものが
猛然といつせいに立ちあがつた
私は思わず座席から飛びあがつたほど
つよい衝撃をうけた
私の追憶は急角度に飛んだ
狂つた母の眼が
ありありと
沼のどこかから私を射すくめていた
私はそれにくらくらと眼まいを感じて
おもわず顔をおおつた

4

それはもう
じめじめした入梅どきに
はいつていたころだつた
いくにちとなく
雨は細い糸をひいて
白くけむつていた
母の意思であつたかそれとも
外部からの強要であつたか
母は白装束に着かえさせられ
棺桶に入れられた
そのとき母は
しじゆうにつこり笑つて立つていた
（生き埋め）という
この地方ではそのころ
けつして珍しいことではなかつたが
さすがに私は
母とはもう會えなくなるという豫感が
はつきりと身にしみて感じられた
それでも母は
私などてんで眼中にないありさまで
小さな鐘をもたされたまま
棺桶の中にしやがみこんだ
母はむやみやたらにたたき鳴らした
子供のように歡聲をあげていた
私はそれらをちらつと見ただけで
あわてて首をすつこめ
平作婆さまにすがりついていた
顔もあげられなかつた
葬儀は東源寺の寺男がふたり雇われて
棺箱をかつぎ
そのあとから平作爺さまが
のつそりとしたがつた

5

母がいなくなつた翌る朝から
私は平作爺さまと婆さまにつれられて
沼べりの田圃にかよつた
年寄りたちが小腰をかがめて田植をしている間じゆう
私は松の根かたに腰をおろして
ぼんやりと沼を眺める
それが私の日課であつた
雨しぶきがかからぬように
爺さまが松の枯枝を組みあわせ
その上に菰をかぶせてくれた
私の身の廻りには
子供の好きそうな繪本や目あたらしい玩具などが
それに老人たちにしては高價すぎるほどの食べものが
置いてあつた
母のいなくなつてから
めつきり老夫婦のとりもちが手あつくなり
私は氣のぬけたようにぼんやりして
ほとんど口もきかず
それらに手を觸れてみようとさえしなかつた
母が私からはなれてしまつたということが
とうてい信じられなかつた
それかといつて老人たちに
「おつかあは
　いまごろ
　どうしてんだろが？」
など聞くのもはばかられた
それほど私には平作老夫婦に
素直に融けこんでゆけないものが
できあがつてしまつていた
これははつきりと私の氣持のうえで
一線を劃したしきりを作つていた

ときおり
田植の手をやすめては
老婦夫も私のほうを顧みて
につこりほほえむのだが
すぐに二人ともなにやら小首をかしげて
悲しげに顔を見あわせた
私はそれらにたいしてもむしろ頑強に
突つぱねるように
かたく口をつぐんでいた
私はしだいに私と
私が置かれている周圍とに
はつきりとした決意を持つようになつた
そしてそれはどうにもならないものであればあるほど

私は追いつめられるように
突きとめなければならなくなつていた

7

三日目の夕刻
その日は朝から雨ははげしく
やがてどしや降りになつた
そのなかで老夫婦は泥んこになり
終日ろくすつぽ顔もあげず
田植もほとんど仕上つて仕まうほど
はかどつていた
泥だらけになつて這いあがつたときには
あぶら汗と息切れとで
やつと歩けるほどだつたが
すつかり重荷がおりたといつたような
満身よろこびを
かくしきれなかつた
婆さまの後に私
そのうしろから爺さまと
赤土が押しながされてくる坂道で
ともすれば足をすべらせながら
家路をたどつていた
私はすこし聲をどもらせながら
朝から言おう言おうと思つていたことを
じつに不意に思いついたことのようになにげなしに
しかし思い切つて婆さまの背にむかつて
話しかけてみた

8

「おらおつかあは
　もう家さ
　歸えつてきねだろが？
うしろで爺さまのしわがれた聲が答えた
「なにさ
　來るともな
　來るともな
　いしらおつかあはな
　東源寺でいまごろ
　おとなしく
　寝つているだべが」
「そいだら
　なぜおつかあは
　俺ごと
　つれていがねがつただろが？」
しばらく間をおいて
婆さまがぽつんと言つた
　「いしらおつかあはナ

　いいごと
　嫉だだつたと」
「そんなごとあんめえ
　そんなごとあんめえ」
私は手放しで
おいおい聲をあげて泣きじやくつた
「おつかあに會いてげりや
東源寺の和尚さんにたのんで
會わしてやつからな
おとなしぐしていろうな
おつかあは東源寺でまいんち
鐘ついてるだものよ」
「おつかあはひとんで（獨りで）
鐘ついてんのがア？」
「そーよ
　いいしが言うごときかねげれ
鐘つくの
　やめちまうと」
爺さまがそう言つてくれたので
泣きじやくりながらも
そのまま老人たちといつしよに家へ駈けこんだ

6

その晩
私は布團にもぐつてから
老夫婦の寢息をうかがい
こつそり布團からぬけだした
雨戸の心張棒をはずすとき
カターンとどえらい音がしたが
老人たちは寢がえりを打つただけで
晝の疲れでたちまち死んだように
寢入つてしまつた
私はそつと雨戸をしめて
暗闇の中へ飛びだし
わき目もふらずいつさんに駈けだした
しのつくような吹き降りの雨が
頰をはげしくたたいた
私は東源寺へのうろおぼえの道のりを
なんべんも間違いながら
雨の中をはしつた
笹藪にすねを裂いて血が吹きでても
感覺はなかつた
泥だらけの道に倒れ
立ちあがり
またぶつ倒れ
這いずりまわり
東源寺くの見おぼえのある坂道を這いあがつた

10

亂塔婆にころげこむようにして倒れかかると
私はしばらくは氣の遠くなつたように頰を
盛り土にあてたまま
ざあざあという雨音を聞いていた
どこが母の埋葬されたところか
わかりようはずはなかつた
しかししばらくして
雨音にまじつて
地面のはるか底のほうから
呻くようなかすかな鐘の音が
とぎれとぎれに聞えてきた
それは
　カーン
　　　カン
　　カーン
　　　　カン
間が伸びたりちじんだりしていた
私は耳を押しつけたまま
涙がじくじくあふれてきた
そうちの
よほどたつてから
　カン
さいごの音がしたきりで
それからはなにも聞きとれず
雨音ばかりが瀧の瀬のように
私の周圍をうずめつくしていた

11

私はしばらくそうしたままでいたが
やがてむつくり起きあがつた
熱病やみのように
ふらふらとあるきだした
跡をも見ずに
走りつづけた
それからどのくらい時間がたつたろう

12

私の行く手を
部厚な光の帶がさえぎつた
けたたましい警笛を鳴らして
列車が急停車した
氣がついてみると
私は夜の汽車線路をあるいていた
その光の帶には
無數の雨つぶが落ちこんでいた
私は總身濡れ鼠に
なつているのには氣がつかなかつた

（續く）

二十世紀の新敍事詩

阪本越郎

一

詩のうちで敍事詩は最も古い文學である。そしてギリシヤにさかえた敍事詩は、ギリシヤ社會の崩壞と共に、完全な意味での敍事詩は滅亡してしまつた筈である。抒情詩化された敍事詩はダンテやヴイルギリユスにのこつたが、ミルトンのものやプーシユキンの敍事詩は近代小說にうつる過渡のものであつた。

抒情詩的敍事詩は、明治において、日本の詩人にも模倣された。北川冬彥も書いているような、岩野泡鳴、薄田泣菫、蒲原有明、北村透谷、それから落合直文の「孝女白菊」なども敍事詩といへばいへるが、抒情詩の一種である。敍事詩的要素は、今日では小說が最も精密にとつて代つて、描寫文學として發達せしめている。明治の詩人たちの長篇敍事詩は十九世紀のバイロンの劇詩やミルトンの宗敎敍事詩に刺戟されたもののようである。

北川冬彥の長篇敍事詩「氾濫」「古い鏡」「早春」「狐」「曠野の中」など、悉くエクランにうつる映像（イメーヂ）の連續であつて、シネ・ポエムの一種であると私は思う。こういう意味からいうと、前記の明治詩人たちの傳統をもつものではなく、また彼等の考えたものでもなく、全く新しいジヤンルのものである。

北川冬彥はこれを大衆に分り易いように、長篇敍事詩といつたが、實は彼の抱懷する新散文詩の到達点であつた。

二

明治の長篇敍事詩の行詰つた原因を、彼は口語自由詩の運動に端を發した音數律「定型」の否定に求めた。明治の詩人たちの長篇敍事詩の唯一の支えであつた音數律「定型」の破棄は、確かにこの種の詩の終焉を早めた。ところで大正年間に福田正夫や伊福部隆彦の作つた長篇敍事詩が失敗したのは、觀念的にまだ抒情詩的敍事詩を試みたからでつたと私は思う。北川冬彥の新散文詩理論は詩で抒情詩を書かないことであつた。彼の詩あのイメヂーは情景が思惟し飛躍しつつシーンの意志の方向に結びついた。この新しい現實把握は現實派的構成を最も可能にするものである。

「氾濫」その他の長篇敍事詩の成功は、抒情詩的敍事詩を脱離したところにある。彼はこれらの作品に感覺と肉体との論理をもつて肉づけたかに見える。例えば「古い鏡」のボーイにしろ、「早春」の連載にしろ、人間のモラルを、生存の極限の狀態においてその根源から問い、恐るべき精神の荒蕪を描こうとしているかに見える。「狐」にしても、エゴに執する自己がもつと素直な自己を、エゴの底を通して新たなモラルにぬけ出るものと素直な通路を見出した瞬間をねらつているかとみえる。「氾濫」の三上、「曠野の中」の王は、いづれも狡智や裏切りの人間的モラルを強靱に打ち出している虐げられた人々の痛ましい哀哭、妖しい夢魔のような「群集」がモティフとなつている表現派的構成である。

一應、近代小說的な構想をもつているが、しかも現實描寫のテンポやリズムは小說的ではない。これは作者も方法的に自覺しているところであつた。詩人として作者の冷酷な眼は、一層深部に向う。かかる深淵のヒューマニズムは人間精神の危機の瞬間に生れるものだ。これらの作品、わけても「曠野の中」などは、映畫をイメーヂするシナリオに近いが、それを結構するものは、詩のエスプリである。カメラの冷たい眼は自分の意志に思うままに從うエキスプレッショニズムである。

三

すべての詩において、表現ということを外形的にみることは、もはや今日の詩を規定するものではない。シナリオ形式の中にも詩のあるものと詩のないものとがあることは勿論である。詩集「氾濫」にとられ方法、シナリオの定型、作者の所謂「定型なき定型」の中に、いかに詩をもちこむかは、作者の最もブリリアントな技術であろう。それ故、長篇敍事詩「氾濫」を賞讃することは作者のすぐれた技術を賞讃することに外ならない。それは眞に二十世記の新しいシネ・ポエムの生誕である。恐らくフランスのブレエズ・サンドラルスなどのシネ・ポイムと軌を一にするものであろう。

世界文學の最も古い敍事詩は、このようにシネマ的方法の自覺によつて、二十世紀に蘇つたのである。詩集「檢溫器と花」以來いつも新しい詩の發明でわれわれを驚かした彼北川冬彦は、この詩集でまた新しい驚異を文壇にもたらした。彼の年齢的重疊が日本帝國主義の過去の滿洲搾取を剔決し得たのである。これは世界史的な意味をもつところの、エポック・メーキングな仕事であるといわなければならない。

しかしこの記錄的な仕事は、現代詩への返逆ではないであろうか。というのは、現代詩はその象徵性によつて文學から脫皮しようとしていたからである。ところが敍事詩の方向は詩の中に文學を持ち込む仕事である。この新しい、しかし野心的な仕事は、現實の灰の中から甦らねばならぬ文學の亡靈のはげしい叱咤のように思われてならない。

賢治と食生活

小田邦雄

宮澤賢治は、なぜ肉食を攝らなかつたか、ということについて、私などは、いろいろの場合によくきかされる。先先年東京の詩話會にしゆつせきしたときも、やはりこれと同じようなことを訊ねる人があつた。

賢治ほどの賢科學精神によつてきたえられた人が、どうして肉食を攝らなかつたのか、わけがわからぬというのである。

もちろん、佛敎的な禁欲生活に徹定することを念願していたものと思われるが、賢治の場合は肉食を攝ると、否とにかかわらず、何よりも菜食を第一義にしていたと考えたほうが、妥當ではあるまいか。賢治を菜食の勵行者とでもいえば先づまちがいはないであろう。

トルストイが、基督者としての立場から「肉食をすることは人間としての死にもひとしい。」といつたが、それと同じやうな考えであつたと思われる。

もうだいぶ以前によんだ森荘已池兄の文章の中に――羅須地人協會に賢治を訪ねたさい、水を入れた茶碗のなかに松葉をいれたものを、御馳走になつたということが出ていたが、このひとつのそうわから考えてみても賢治という人は、ケツして迷信的に肉食を否定したものではないと私などは考えるものだ。

賢治のように科學のこんきよの上にたつて生産効率の農業經營を考えた人はまれである。しかも科學にねられた眼力は、單に盲從的な忍苦にたえられるか、どうかは明瞭でないかと思う。科學者本來の知性というものが、はたしてだまつて承認できうるところであろうか。

賢治は菜食にたいして沒理論的に服從したものではなく、むしろ菜食のもつとも高い榮養的な効果を基準とした食生活を經營するぐらいのことは、ひそかに考えていたものと思われる。

松葉を食用にした、いとがしぜんに、たれにでもわかるように心に通つてくるようである。單に中世期風な神權者的なドクマによつて食生活を歪曲したとは、とうてい考えられぬ。

賢治に次のようなことば（詩）がある。

ケハシキタビノ　ナカニシテ
ワレラヒカリノ　ミチヲフム
（精神歌）

賢治は生命あるものを殺さず、そして道德と食の道を完成させようと考え、調和あるすがたにおいて――ミチヲフム、べくはかつた。

そういうところにも現象をこえた、その反對物えの轉機というべきものを、たえずつかもうとしていたのであろうと思う。

現代詩　第四巻　第二號
定價　金四拾圓　〒貳圓
直接購讀會費　一ヶ年三五〇圓
昭和廿四年一月廿五日印刷
昭和廿四年二月一日發行
編集部員　杉浦伊作
編集兼發行人　關矢與三郎　新潟縣北魚沼郡廣瀬村大字並柳
印刷人　佐藤和　新潟縣北魚沼郡堀之内町
發行所　新潟縣北魚沼郡廣瀬村大字並柳乙二一九番地
詩と詩人社　淺井十三郎
日本出版協會員番號A一二九〇二九
配給元　日本出版配給株式會社

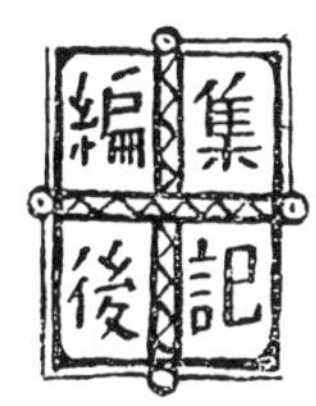

△この詩集は「なぜ散文型で詩を書くか」を特集した。戦後、散文型の詩に固執していると見られる有力な新鋭たちの問答である。近時新人の散文型踏襲はますます顕著なものがあるが、その在り方の根據として必讀の文字であろう。「新散文詩運動の再認識」は、散文型詩成立の基礎條件であると云つていい。併せて熟讀さるべきである。

△少し心懸けるところがあつて、作品は新鋭散文詩集号の觀を呈した。たしか八月新鋭号を編んだがこれは、第二新鋭號と銘打つてもいいようである。

△この中で、長尾辰夫は紹介の要があるであろう。敗戰によつてシベリアに抑留されたあれら受難者の一人である。イルクーツク、マリタ、ウラル方面で、凄慘な言語に絶した勞苦を嘗めた。長尾辰夫は、かつての「麵麭」の中堅詩人としてすぐれた詩を幾多發表しているが、今夏歸還後、沈潛、筆を新たにして書き出したのが、この「シベリア詩集」である。恐るべき体驗記錄としても貴重なものであるが、これはまさしく、敗戰後詩壇に投げかけられた問題作の一つに違いない。

△青柳瑞穗氏から「マルドロール」の一章の名譯を頂戴した。ロオトレアモンは歐洲第一次大戰後のフランスに起つたシュウルリアリスムの詩人たちによつて、その祖として仰がれたデモオニッシュな詩人であることは讀者の知れるところであろう。大島博光先生にも一部の譯があり、過日も「世界文學」で伊吹武彦君が一歌を譯載していた。

△十一月號の永瀨清子の詩の中で、「影光板」とあるのは、「螢光板」の誤植である。大切なところだそうだから訂正する。あちこち誤植は少なくなく遺憾であるが、何しろ今のところ、淺井君一人で何から何までやつているので我慢して戴くより外はない。

△ここのところ、詩の外面形式を特集として追求しているが、この方面が一應済んだら、詩の表皮を剝ぎ裏返えした内部についての特集を考えている。これらは、ひとえに日本現代詩のオオソドックス探求の一端なのである。性急な頭ごなしの批判は御免蒙りたいものである。

△「コレスポンダンス」はいよいよ充實、厚志に甘えている譯だが有難いことである。この欄は編集者のつもりでは「公器」と心得え、詩に聯関して筆者の絕對自由の下に書いて載いているのである。

△編集をやつていると、つまらないことまで書かねばならぬのでやりきれないが、原稿の郵送は「第四種」として開き封に（封筒の一端を一寸切つて中身が原稿であることが覗えるようにすること）すると郵稅不足にならなくて濟む。近頃、五回、十圓と不足稅を取られて煩わしいから、そのようにお願いしたい。一般讀者の問い合わせは、返信料を同封するのが禮儀であろう。

△もう一件。近頃、何の連絡もなくいきなり詩稿を携えて面會を求める無名詩人がめつきり殖えた。私は青年は好きだが、こちらが仕事最中なのに無遠慮に永居されるのには閉口である。遠路わざわざ尋ねてくれるのにムゲに面會謝絶も厭だし、一等都合のいいのは、毎日曜日のひる過ぎから夕方まで、仕事をせずに在宅する方針だから。それもやはり連絡を取つた上でのことに是非してほしい。

△追い立ての窮余、小住宅の建築を目論んでから一年半、この夏は引越せると思つていた、延びに延びてしまつた。原因は資金不足で、方々借金したがまだ足りぬ。で、一間でも完成させて、十二月一杯にはいよいよ浦和を引上げる豫定である。

△二月號（一月上旬發行）だが、これを書いているのは十一月の末である。いまからS新年の挨拶もへんな氣がするが、末年ながら、寄稿家、同人、讀者諸氏の新しき歲における御盛運を念じ上げる次第である。

（北川冬彦）

今後編集に関する一切は左記宛のこと

東京都新宿區須賀町一〇ノ一
北川冬彦方
「現代詩」編集部

今号紹介の山崎君は近代詩派同人松澤宥君は横濱詩人クラブ員石渡敦爽、桑原雅子共に詩と詩人の新銳であるい。づれ改めて力篇を紹介するつもりである。

（淺井十三郎）

昭和二十四年一月廿五日印刷納本
昭和二十四年二月一日發行
昭和二十三年五月廿八日第三種郵便物認可
現代詩（第二十七集）
定價金四十圓

現代詩
三月號
THE CONTEMPORARY POETRY
昭和二十四年二月廿五日印刷納本
昭和二十四年三月一日發行（毎月一回一日發行）
昭和二十三年五月廿八日
現代
第三號（通卷二十八集）
詩と詩人社

昭和二四年 三月號 目次

敍事詩論特集

詩人の義務……江間章子
敍事詩の發展について……川路柳虹
現代敍事詩論……小野連司
現代敍事詩の存在理由……笹澤美明
敍事詩について……大江滿雄
長篇敍事詩への待望……小出ふみ子
長篇敍事詩の現代的意義……山形三郎
詩の死活と敍事詩……牧章造
長篇敍事詩とシナリオ……安彦敦雄
「氾濫」が提供する問題……勝承天

作品

瀧口武士　鶴岡友二郎　大森忠行
牧野芳子　長尾辰夫　八木橋雄次郎
江口榛一　安藤一郎　淺井十三郎
杉浦伊作　湯口三郎　祝算之助

コレスポンダンス＝＝
福田清人・高島高・近藤東
和田徹三・山本和夫・吉村比呂詩

（新刊批評）……大島博光・飯島正・今村太平
後記……（北川冬彦）

現代詩

三月號

詩人の義務

江間章子

このあいだは、思いあがつた無智な編集者のいいぐさが、だいぶ問題になつたようである。整然としていなければならない筈なのに「詩」というものほど、その實あやふやなものはない。小說ほどエネルギイを用いないで、かんたんに「行」を區切つて書けば「詩」として通用するという失禮な非常識が堂々と居据つている感じを與える。これは一應權威ある綜合雜誌でいつかは起つて來なければならない問題であつたのが、不幸にも編集者自身「詩」に對してなんの教養も持つていなかつたため、あのような現われ方をしたのではないかと思う。「詩」をわからない編集者がいたり、大衆がいたり、自稱詩人すらいるなかで、「詩」の眞の姿をみつめて「詩人の義務」を考えてみたいと思う。それは詩のひとつひとつの極く小さい事柄を取りあげて考えるのも結構だし、また詩人自身が未だ足を踏み入れない部門へ入つていくのも意義があると思う。「詩」をひろく理解させるためには「ひとりびとりの詩人の仕事」、すなわち「詩人の義務」が大切になつてきわしまいか。つまり、「詩人の勝負」はせまいいままでの自分の詩のなかばかりでなくもつと異う場所にあるのではないかと、「詩」を知らないことを思うとき、そうも考えられてくるのである。

長篇叙事詩論　特集

叙事詩の發展について

—小説と詩のあひだをゆく—

川路柳虹

叙事詩と呼ばれるヂャンルはかつての詩壇にもあつた。しかし、それは抒情詩に對する言葉として正確な表現であつたかどうか。

叙事詩を史詩（エピック）の意味にとるなら日本の舊詩壇では土井晩翠の「星落秋風五丈原」薄田泣菫の「二十五絃」に收めた日本神話の諸篇、「明星」が合作で試みた前田林外平木白星與謝野鐵幹の「源九郎義經」（未完成）のやうなものがある。山田美妙、北村透谷のもの、もつと遡つて湯淺半月の「十二の石塚」の如きが擧げられる。

落合直文の「孝女白菊の歌」の如き露伴の「出廬」の如きは史詩（エピック）ではなく一種の叙説詩（ナレチーヴ）なのである。又或る意味に於て物語唄（バラッド）なのである。がこれらをも凡て含めて「叙事詩」と言ふべきであらうか。

この外に劇詩として示されたものも尠からずあつた。がそれらは明治詩壇の遺した作品であつて、大正期以後この種のものが殆んど後を絶つた。福田正夫が後に長篇叙事詩と題して出版した「嘆きの孔雀」その他がある。がこれは文學としての詩作品として許容すべきか否かを危む「讀物（よみもの）」の一つであつた。これを擧げるなら一時代の少女を泣かした星野水哀の「濱千鳥」（？）をも擧げねばならぬ。

叙事的な詩がその内容から長篇になるのは當然であるが「長篇叙事詩」と名づける程の長篇はまだ出てゐない。「白菊の歌」でも一万行を越えてはゐまい。チヨーサーの「カンタベリー物語」「ミルトンの失樂園」などでなく近代浪曼派の詩人の物語詩にしても二万行や三万行に渉るものは敢て異とするに足りない。ユーゴー、ミユッセ、スウインバーン、テニスン、ロングフエルウ——擧げれば數限りない。

悲しいかな日本では明治末以後この種の詩形が發達しなかつた。なぜか、その原因を私は詩の形が失はれたことにあると考へる。叙事詩は「韻文」であるところにその存立理由がある。私は舊詩形の破壊者であるが、また一方に長い間の新詩形探交者である。それは今日につづいてゐるそのことは、實は或る新しい形を得て、現代語による韻文の律格をもつて長い叙事詩をかいてみたいと考へたからである。

昭和になつて新詩人諸君による韻文侮蔑の思想が氾濫しこの道はゆく人もなくなつた。が、しかし韻文を、尠くとも韻文的要素をもつことが叙事詩として發展には欠くべからざるものなのは詩をかく人なら一番よくわかつてくれると思ふ。なぜなら散文の小說に似てもつかぬ小說が出來たとて人は叙事詩などと思つて感心しはしまいからである。

しかし今更ら雅語体七五調の形式でかくのもいかがかと思はれる。それは昔への逆もどりで、又「消滅」への反復ともならう。するとどうしても現代語を新しい組立によつて律語的表白にしてかくよりほかない。その一つに北川君などの唱道するシナリオ的表現がある。シナリオ的表現は散文より韻文に近い表現である。それは描寫よりの即象的表現に適するつまり詩と小說の間をゆく形式がとれるからである。

叙事詩を私は NARATIVE POEM と解する。そしてそれと等しく、それに並行してバラッド（物語唄）や劇詩が作られてよい。ポールフオールはバラッドの形で「路易十一世の歌」十余卷を出してゐる。大長篇叙事詩と言へよう。近代の叙事詩は昔流に冗漫に歌はずとも簡潔に印象的に歌へる。リー・マスターズの「スプーンリバー・アンソロジー」エリオットの「荒地」アレキサンドル・ブロックの「十二」その他これに類する新しい形式の叙事詩の手本はいくらもある。しかしそれらはみな韻文であることを注意してほしい。

日本の叙事詩は「小說と詩の間」をゆく新しい形式の韻文であつてほしい。

それは構想を要し、思想を要し、熱意を要する。俳句の出來そくないをつないだやうな咀文的獨善的ポエジーではやつてゆけない。

日本の詩人諸君ももつとアンビシアスな仕事に手をつけてよい時代がきてゐると思ふ。安易を避けて受難につけ。

現代敍事詩論

小野連司

1

原型敍事詩はショーロフ等の小說になつてしまひ、現在一般に敍事詩とよばれてゐるところの文學敍事詩を形式的にみると散文詩のものと行わけの自由詩とがあり（韻律をもつたものは落合直文や土井晩翠等で終つた感が深い）それは物語詩、絕對文學（私の新造語）になつてゐる。それに內容的に工藤好美教授がいふ意味での政治性をもつたものを加へて考察してみたい。

政治性を有するものは敍事詩本來の客觀主義、集團主義となるのであるから、これは誰にも問題はないが、物語詩の中には個人的主觀的なものが多い。公式的敍事詩の概念からはつれる個人的物語詩ではあるが人間が自己の過去について物語るといふことは、いはゆる自己客觀的の域を達してゐるものとみて差支へないのである。現在行動をしてゐる自己を知ることが出來るか否かといふことを哲學的に考へると大變むづかしいことになつてくる。唯物論者と觀念論者—殊に直覺主義とでは態度が全く逆になつてしまふ。西田哲學のやうな折衷主義的なものになつてくると、知り得ないといふ自己を知り得るといふ風になつてくる。しかし、過去の自己を客觀出來るといふことには何人と雖も異存はない筈である。かくの如く自己を語つた人の話を、われわれは「お爺さんが爐邊で語つた話」として記憶してゐるのである。語る本人も自信をもつて語つてゐるし、聞く方もその信實性を信じて聞いてゐる三十一歲で死んだ『EON』に關係してゐた松原菫夫といふ人は一貫して自己客觀を心がけたらしい。鶴野峰正氏の書いたものによると彼は「すぼんたんがんぐれん」といふ病氣でありそれは不治の病氣であるらしい。紹介されてゐる詩を見ると「彼の右足が學生たちをオドかした。詳細に言ふと瓶の中で黑光りしてゐたといふことになる。彼が講堂で横たはつてゐる間太つたプロフエッサーは水だるのやうに聲をほとばらせた」といふやうな調子で書かれてゐる。十九歲の頃九大で足の手術を受けた時書いたものらしい。この彼とはいふまでもなく自分自身である。紹介されてゐる最後の詩は「彼は僕である、僕は彼である」といふ詩句ではじまつてゐる。かかる決定的な不治の病ひにおかされた人は現在の自己をすらしぜんに客觀視出來るのであらう。詩史にのこして問題にすべき詩人であるやうな氣がする「POU」主宰者岡田芳彦氏の名作『美しい獨白』も自己客觀詩である。「ひかりに額を射ぬかれて、その煌めく直線のまへに、一瞬かれは、かれ自身の倒れる肉體をみる。あゝ絶望の海！」といふ第一聯ではじまつてゆくが、これは岡田氏が絶望の底の底に沈んでゐた時に書いたものであり、そのやうなどうにもならない域に達した場合の人間は自己をすら客觀視出來るのであらう。このかれはいふまでもなく岡田自身である。この二人の場合は異例なのであつて、普通の場合の自己をあらはす詩はやはり私であり、客觀視出來た場合は物語ることになる根本においては私のことを描いた詩であるにしろ　物語詩とは自己客觀詩なのであるから、客觀詩であるといふ點において叙事詩といふ概念からはづれないことになるのである。

短い文章を書く人に即物主義型の人が多く長い文章を書く人に觀念型の人が多いといふことを直哉と潤一郎を擧げて實證した反面、同じ心理主義の作家でも、横光利一のものが割合文脈が長いのに、川端康成氏は短い文脈で書いてゐるといふことを實證した波多完治博士の文章心理學上の研究は不滅のものであらう。したがつて私は詩における散文体とか行わけとかの問題をあまり重要に考へず結局生理說を信奉してゐる。個人差の氣質にしたがつて、その時々の生理を重んじて散文体なり行分けなりで書いたら、その時のその人にとつて一番出來のいい詩が完成されるのではないかと思つてゐる。もちろん私は第二の天性とか後意識とかいふことを非常に重視するものである詩の書きはじめの生理にもどれといふのではない。一番最初に歌謠から出発した人に歌謠の形式にもどれといふのではない現在の物語詩に散文体のものと行わけのものと二樣あるが、それはそれを書く瞬間のその人の生理にしたがつた方がいいものが出來ると考へてゐるのである。さうして實際においては多くの人はその氣質にしたがつて散文体にしたりしてゐるものなのである。

茲で問題になつてくるのは未來叙事詩のことである。しかし現代の人間は、それが三千後の世界を書いたものであるにしろ、月世界や火星の世界を書いたものであるにしろ、H・G・ウエルズやオルダス・ハクスリー程度の科學知識によつて書かれたものでなかつたならば讀む氣にはなれまい。科學がここまで進んだ現在、われわれに或程度までの未來を確實に予測出來るのである。經濟的に辨證法によつて未來の社會組織を予測する場合も同樣である。したがつて未來叙事詩とは未來客觀詩のことであり、客觀詩であるといふ點においてこれまた從來の叙事詩の概念からはづれるものではない。

2

古典に準據した物語詩について論ずるには歴史文學について調べてみなければならない日本では戰爭中にフアッショの人達が無暗に歴史文學を書いたので、終戰後歴史文學を排擊する聲が無暗に强い。一般の人は歴史文學は戰時といふやうな愛國心の昂揚が國策として叫ばれてゐる時に殷賑を極めるものと考へてゐるやうである。少くとも若い詩人はさうである。しかしさういふ時に書かれる歴史文學には碌なものがない。

第一次歐州大戰後ドイツにおいて新即物主義運動が起つたあまりにも內面性を尊重した表現主義にあきたらなくなつた結果である。その時も一方においては、歴史文學がドイツ文學史上稀にみるほど榮えてゐた。例を擧げるならばアルフレート、ノエマンの『悪魔』コルベンハイヤーの三部作『パラツエルズス』スピノザを取り扱つた『神の愛』ヘンゼルのマツターホルン最初の登攀を書いた『マッターホルン攻略』フオイヒトワンガーの『ユダヤ人ジユース』——これは映畫になつて我國にも來た。戯曲の方面においてもその通りである『悪魔』のノエマンの『愛國者』グルクの『ワレンシユタインとフエルヂナント二世』ゲッツの『グナイゼナウ』ウンルーの『バナパルト』等。

日本でも歴史文學が完成され、一番勝れたものを書いたのは誰でも知つてゐるやうに鷗外、芥川であり、菊地寛が『恩讐の彼方に』等を、山本有三其の他の人もさかんに歴史文學を書いたところの、この大正時代は不安の時代である。

不安の時代には人間は絶望するが、何か信ずるに足るものをもとめるのが人間といふものである。しかし絶望はその當時の社會と人間への不信からもたらせられるものとみなければならぬ。多くの人は宗教詩を書く、一寸名前を思ひ出せないが、明治における最初の叙事詩はバイブルに據つて書かれたものである筈である。宗教を信じられぬ近代人が物質だけを信じ、新即物主義運動が起きたのは當然のこととみなければならぬ。だがやがてそれでは滿足出來なくなる。新即物主義そのものにも時局的な機械、飛行機などを對象とした人と、永遠的な山岳のやうなものを對象とした詩人がゐたが、一般に次第に永遠的なものへと移行していつた。日本の詩人でドイツの新即物主義運動に關心をもつた詩人は村野四郎氏と笹澤美明氏であり、前者はどちらかといふと時局型であり後者はどちらかといふと永遠型であるが、村野四郎氏が人体を對象とした『体操詩集』を書くに至り　それ以前にドイツでも『体操詩集』を書いた新即物主義の詩人のゐたことをわれわれは興味深く考へなければならぬ。（新即物主義を『時局型』と『永遠型』に分類したのはキンダアマンに據る）坂口安吾氏のいふ『人間にとつて人間ほど美しいものはない』といふ言葉に贊成しない人があるにしろ、人間が人間である以上人間へのつながりと鄕愁を斷つことは不可能である。いかに極端な新即物主義の詩人にしろ、、物質ばかりうたつてゐられるものではない。結局それは方法論にとどまることになる。

茲でわれわれの念頭にうかんでこなければならぬのは歷史である。新即物主義と歷史文學殷賑の關係を成瀨無極氏や大山定一氏は『眼前の事實に對する信頼は、ややその角度を變へるとそのまま歷史的事實への信頼である』といふ風にいつてゐるが、勝れたバルザック硏究家であるところの若園淸太郞氏などは歷史もまた物質であるといつてゐる。しかし歷史の場合は人間活動の集積としての物質といふ意味である。われわれは歷史であるならば物質の如く信じられるし、人間鄕愁の心理をも滿たすことが出來るのである。茲に不安の時代には一應必ず歷史的なものが榮えなければならぬ必然性がみられるのである。

もちろん歷史小說家には二つの態度がある。鷗外のいふ『歷史其儘と歷史離れ』である。氣質的にはリアリストが『歷史其儘』になり易く、ロマンチストが『歷史離れ』になり易い。調べてみると學者や專問の評論家に『歷史其儘』を主張する詩が多く、實作者は殆んど『歷史離れ』を主張してゐる。日本では鷗外と芥川によつてその兩極が占められてゐるわけであるが、たとへば今回の第二次世界大戰後のアメリカ文壇の狀況を『アメリカ文學の新動向』と題して語つてゐるサタデー・レヴュー・オブリタリチュアの社長〝ハリソン・スミス氏の文章を見ると「不安、混亂、緊迫の時代には、いつでもさうであるやうに浪漫的な過去の物語色濃い小說によつて現實の不安感から脫却したいといふ願望が強い。昨年以來、歷史小說の大流行はその一つの證左であり」云々と述べてゐる。アメリカに於ける場合はあきらかに芥川流の「歷史離れ」の歷史文學が榮えてゐるわけである。フランスではマラルメなどもその運動に參力し、指導された形になつてゐる『パルナシアン』の主領ルコンド・ド・リールもさかんに古典や歷史に據つた詩を書いた人である。いはゆる世紀末で不安の時代である。彼はショーペンハウエルの厭世哲學の影響をうけ、「ネハン」に憧憬を感じたから佛典の世界へ入つてゆかざるを得なかつたのである日本では近代的教養を身につけた佐藤一英氏が「靜御前」其他を收めた「古典詩集」をまとめたのも東京震災の翌年あたりだつたと記憶してゐるがかかる不安の世に於ける時、ロマンチスト的な人は現實の中に美をみい出せなくなるのである。この種の人は現實の中に美をみい出せなくなるから絕望するのでもあるし　美しく生きようとするためにも必然的に古典や歴史の中に美をもとめることになるのである。坂口安吾氏や舟橋聖一氏の如き終戰後のエロ作家が「歌麿をめぐる五人の女」等の歴史の世界の入つたのもそのせゐであり、かつて唯美主義の代表者谷崎潤一郎氏が「刺青」をもつて世に出たのもそのあらはれである。終戰後私もこの觀点に立つて古典の世界に入り「鶴詩集」といふ物語詩集をひそかにまとめてみた。

しかし私は右の態度には間もなく自ら反對することにした。古典詩、歴史詩のすべては即史主義であらねばならぬと考へるに至つたからである。しからばそれはどのやうな觀点から書かれるものであるか。岩上順一氏の「歴史文學論」の中の白眉的な個所を擧げてそれに代へることとする。「鷗外は、末期的な自然主義がデカダンスへ轉落せんとする傾向に反撥せざるを得なかつた。彼は、自然主義よりも高い認識に於て、人間と社會とを把握しようとした。彼のこのやうな希望に際して彼が、人間の現實を、單なる現實そのものと見る態度に反撥せずにはゐられなかつたのも當然であらう。いはば彼は、人間をその諸規定の具体的統一とし、歴史的眞實に於て把握しようと望んだ。そこに、自然主義を超えた、より高い藝術方法があることを悟つたのである」私は鷗外の評論を見ても、岩上氏がいふほど鷗外が確固として目覺めて彼の歴史小説を書いたとは考へられぬ。これはこれとして岩上氏個人の立派な歴史文學論である。私は自分の經驗から、この岩上氏の理論を詩の形式で實踐することも可能であると考へてゐる。私の場合それが成功しなかつたのはひとへに歴史に對する私の教養の不足のせゐである。鷗外が「歴史其儘」に成功したのは彼が非常に研究的な歴史學者でもあつたからである。詩の場合、形式はもちろん、今の詩人がいつてゐる長篇敍事詩形式をとることになる。

岩上氏が「歴史其儘」といつてゐる意味は、殆んど主觀を加へぬ純客觀的主義なものを指すが、長篇敍事詩といつたところで、長篇歴史小説の最高潮の一シーンを詩化することになる詩人の場合にあつては主觀的な歴史批判を試みる態度で書くのも面白いのである。そしてこれは岩上氏のいふ「歴史其儘」の作品と同等の位置に評價してよいのであると私は考へる。たとへば宮延生活のだらしない生活をそのまま書いてもよろしいが(憧憬はもちろん禁物である)詩の場合はそれを批判する態度であつてもいい。アヴアンギヤルドの詩誌としてみられてゐた「新領土」の昭和十四年頃の合本を開くと上田修氏が「勸進帳」と言ふのを書いてゐる當時智識人の間で問題になつたところのマルローの影響による行動主義の立場から、義經と、辨慶と富樫の三者の立場と行動をそれぞれ批判したものであつたと記憶してゐる。歴史詩などに目もくれない傾向にあるアヴアンギヤルドの詩人の世界にあつて、アヴアンギヤルドの歴史詩として、ともあれこれは貴重な位置を占めるものである。

敗戰後私は日本のものならばなんでも否定してしまふといふ一般の絶望詩人の態度に全面的に組することが出來なかつた。西園寺公望、福澤諭吉、二宮尊德等を調べてみる必要がないか。同感出來たら「歴史其儘」の詩を書いても少しも悪いことがないではないか。天皇政治や殿樣政治にいかに人民達が苦しめられたか。その事實を「歴史其儘」で書いてもいいし天皇や將軍の有してゐた思想といふものを探求して、その批判の鉦を詩の中に沈めてもよろしいではないか。當時私は、戰時中一番熱狂的なファッショであつた人が、一番熱心な西洋人崇拜主義者や民主義主の宣傳者になつたりしたことに危險の念を感じ、ブレーキの役目をなす意味の詩の運動も起るべきであると思つてゐた。もちろんこの歴史詩も、スターリンやレーニンやリンカーンを描くといふ風に、教養の擴大と共に取材も世界性をもつてゆくことが好ましいのはいふまでもないことである。

（未完）

現代叙事詩の存在理由

笹澤美明

叙事詩は歴史的に考察すれば、元來音樂的性格によつて構成されたものと言うべきものである。古代叙事詩は韻文をもつて綴られ、それが樂器の力をかりて歌われながら　哀史や戰爭やロマンテイクな物語が語られた。

そしてそこでは物語と筋などの散文的要素が主要であり、それが音樂的要素と合体して成り立つものであつた。ポエテイクと言いたいが、古代の詩は尙、音樂にれいぞくすると言いたいほど　音樂的要素を持つていたのだ。

この物語が、後年、小說として獨立し、特に十九世紀以後文學の王座を占めるようになつたが、韻文的要素は、中世紀以後發達し、十八世紀頃全盛を極めた抒情詩となつたわけである。

これが古代叙事詩の性格である。だから叙事詩と言えば、樂器にのせて、歌いながら物語り、聞手を感動させた。平家琵琶などは、中世紀以前のヨーロッパの叙事詩と同じ性格のものだと言えると思う。しかも、その詩的感動は、殆んど音樂的効果によつてひき起されたと考えられる。

しかし、近代の科學の發達は冷性の近代性格を作り出し、詩も次第に音樂的性格から繪畫的性格を帶びて來た。つまり、耳で鑑賞するものから、眼で鑑賞する傾向に變つて來た。

これが自然に散文性格に詩を近づけさせたのだが、詩の本來の性格は、時間的な、テンポのある感動を與える音樂的性格なのだから、全然散文に屬することは出來ない。その本來の性格から見て當然近代藝術として最も存在理由の確固として映畫に近づくことになる。

　近刊叙事詩集「氾濫」の著者が、ここに類似した性格を發見して、現代叙事詩のレーゾン・デ・トゥールを主張したのは卓見だと思う。繪畫と同じく視覺によるイメージを重んずる現代詩が「時間」という要素を含む性格を持つているのだから、ここにイメージの連續や移動や變化や飛躍が考慮されねばならない。それが現代叙事詩の性格となつたのである。そこで、著者の言う「しかも、ショット畫面、シーン（場面）の堆積はテンポ、リズムを生む」ことになるのだがこの視覺によつてテンポやリズムが生れるのを發見したことは、現代詩の性格の本質を見きわめたものとして一つの功績だと思う。そして物語の筋は、イメージのシークエンス（連續）によつて構成されるこの時間的性格に、現代叙事詩をあてはめた所は面白い。

　「氾濫」の中の各詩篇を全部見たわけではなく、叙事詩集全体として批評することは出來ないが、著者の言う通り、たしかに散文体の小説を行別けにした叙事詩の甦生は意義はあり、その鑑賞に新しい味覺を持たせている。イージを身上とする詩人の素質が、散文体で書いたストリーより、一行々々に鮮明なイメージを與えられる韻文体（行別け詩形）に變えたことは自然の結果であろうが、これは賢明であり、自信と抱負が窺われる。

　ここで、この叙事詩人と出發した著者の態度から、私はこの作品に對して問題を提起するのだが一行々々のイメージが現代叙事詩の重要な條件となることを前提として、この詩集では、事件の推移やストーリーの運びよりも、一つの場面のヴイヴイドな描寫の連續の方に、本分を發揮しているようである。例えば、「氾濫」の第一章の洪水の描寫、「早春」の各場面の興味ある事件の描寫、それから、この詩集にはないが、「春婦」の一節などは、實にエフクテイーヴだ。一部を掲げてみよう。

顔の險を少しも崩さずその男を睨んでいた女が
「あ！」
と叫んだ、
女がのけぞり兩手で顔を覆うのが私の目に這入つた、
瞬間私は
頭を傾けた、
體もこれにつれて傾いた、
私の耳をかすめて
ひゆうと風を切る音がした、

床に
どんと軍刀が切り下ろされたのである、
足元にぴかつと光る刀身を見たと同時に私は肩先がびりつとする
のを感じた、

これに對して、「早春」の第二章四十九頁四行目を

材木を運んでいる荷馬車や
籠を擔いだ中國人や
高下駄をはいた日本人等に
ぶつかりそうになりながら

と四行に切らなかつたのは、どうしたわけだろうか？。この方が矢張りイメージが鮮明になり映畫の性格に近くはないだろうか？

揚足とりのようだが、右のような私の疑問を提出する次第である。所によつて、散文的性格や要素を採り入れてあるが、緩急のテンポの交錯が効果を出しているので面白いと思う

さて、叙事詩の運動について、少々疑問があるが、問題が形態の改革から入つているのだから、所謂スタイルが問題になる。これは個性や才能のないものがむやみに作ることにこの運動の危險な運命が胚胎する。「氾濫」の著者が、近代的なイメージの詩人であり、シナリオライターとして才能を惠まれたことを考慮に入れる必要がある。そして「氾濫」が著者の体驗と苦心と努力と見識によつて創造されたことを考えなくてはならないと思う。エピゴーネンが徒らに形態のみをもほうして濫作するところに、この運動としての危險を想うのは私ひとりだけだろうか？

叙事詩について

大江満雄

いつぞや北川冬彦氏と吉田一穂氏との對談の中で、叙事詩の提案をしていたことを想起する。冬彦は「方法を發見しなければ長篇叙事詩の復興は不可能だ」ということをいい、「そのままではいけないが、シナリオの形式を叙事詩に導入し

たならば………」ということをいつたようだ。シリナオの形式を叙事詩に導入するというのは、いかにも冬彦らしい云い方だ。たしかに、シナリオには新鮮味があると思はせる。新しい叙事詩の形式にシナリオは暗示を與えると思はせる。テンポ急轉それだけでも。

シナリオはあくまでシナリオであると思うが、叙事詩が音樂から離れて、默讀する、または朗讀するにたえられるような、たいくつしないような近代的構造をもたなければならないから　シナリオ的構造は參考になるという意味でもうなづける。しかし冬彦がいうように「そのままではいけない」と思う。新しい叙事詩では、リズムや句調は第一の問題とならず、人間の描き方詩全体の構成が問題となると思うが、それをつきつめれば叙事詩的世界觀をもつているが樣式があるかということを問題にしなければならぬと思う。つまり、これは小說ではない、抒情詩ではないと思はせるもの（樣式）をもつているかということが問題だと思う。

いつたいに日本の詩人の作品は抒情詩的だと思うが叙事詩だといはれているものでも長い抒情詩の場合が多い（混同的なものもある）どんなにか叙事詩であつても、やはりこれは抒情詩だと思はせる作品が多い、もつとも笹澤美明の「おるがん破調」などは長いけれども、はつきり現代抒情詩だということを　たれも疑はないだらう。しかし川端の小說が短歌的だというような意味で杉浦の長い詩（題を忘れたが）は叙事詩とはいえないだろう。祝算之助の、ある長い詩も叙事詩とはいはないだろう。（ある詩人から家庭小說　またある詩人からは私小說風な印象をうける）冬彦の詩になると「爐」にのつている「狐」を見ても、これは叙事詩だと思はせる。

しかし、この場合でさえ異常なよさがありながら、もつと集團的人間を典型化してほしいと思はせる。「狐」にはストリーに叙事詩としての急轉、變化がありながら最後が不明瞭な氣がする（冬彦が長篇叙事詩をいうのは、たぶん短い作品のもつ缺點に氣づいていつているにちがいない）

牛孫（エール）という少年が、羊や牛よりも大切な燃料としての牛糞（ふん）を盗まれたことを怒り、雪の曠野を群勢で出かける。彼は途中で狐を發見し川え飛びこんで捕える。蒙古人たちは見ている。その時蒙古人の小倅（せがれ）が繩で縛つた牛糞を抱えて蹲つてる樣に頭をたれ、貢物でも捧げているようにひざまづいているが、その小倅たちがなぜ、そうしているか、わかりにくい。牛糞を盜んだのは蒙古の小倅だつたのかとも思はせる。

「この小倅達は
どうやら貢物でも捧げている恰好だが
一体誰に捧げているんだろう。
蒙古人達も　馬（ま）も
どえらい謎でも突き付けられたように

思い深げに首をかしげた。
やがて
蒙古人達は「はゝーん」と思つた。
馬は「ほゝーん」と呟いた。
彼等は
めいめい「おれにだ」と思ひ込んだのである。
いつの間にか雪の曠野の果ての地平線に現れた大きな月は
「うふゝ」と笑つて白い息を吐いた。

この狐はよい狐である。逃してやらねばならぬ。

最後の月が笑つて白い息を吐いたという表現は敍事詩としてはどうかと思うが、しかし、不滿を感じながら、このような作品が批判されることによつて小說やシナリオとは異つた様式をつくることができると思はせる。そういう意味で、これはおもしろい問題をもつた詩だと思つたサカイトクゾウの敍事詩（題を忘れたが）には別の不滿を感じたが、しかし集團的人間が描かれているよさがあると思つた。

敍事詩の特徴は集團や階級、または國民全体が、生活獲得のための戰ひをしてゆく途上の文學であり、また實現を滿足し、過去をふりかえつて見渡すところの文學でもあるともいえよう。また敗北の―アイヌのユーカラのように―の記念碑でもあろう。敍事詩は、葛藤的世界だけでは明瞭な様式的特徴を示さない。葛藤は劇になる。いづれにしても敍事詩は抒情詩の個性と異つたところの「擴大」の原理をもつている。したがつて展開性開示性が要求される。北川冬彦のある詩、サカイトクゾウのある詩には、そういう意味での敍事詩の様式自覺があると思うが私小說風な長い詩には忠告が必要だ。

私は、しばらくは劇的な抒情詩を書きたい。というのは内的矛盾の烈しい時は敍事詩は書けない。むしろ抒情詩の上で開示と展開性をつくる方がいいと思つているからである。（一般に抒情詩には集中がいはれるが）

冬彦の敍事詩を全部讀んでいないから　まとまつに批判はできないが　彼が「轉身變貌してあきつぽいように見られるかもしれない」「すべて形式運動なのだ」「形式主義者といつてすまされないだろう」「政治から藝術を獨立を强調しながら、政治主義詩人より政治的な詩を書く」といい　「日本現代詩の場合まだ新しい器（器とは形式のこと）が出來ていないから器を滅備し、内容を盛ろうとする」というところには内容と形式を切り離して考えていると思はせるものがある。その言葉は　形式主義者だという印象を強く與えるが、様式確立のために拂はねばならぬ努力をいつているのだ彼は單純な政治主義、單純な形式主義を批判しているのだと思はせる。私はコスモスの詩人たちこそよき敍事詩人でなければならないと思つている　壺井や岡本の詩に對する不滿は、光晴のような矛盾をも開示する抒情詩的表現をとらないところ（一面の自己は內にひそまし一面の自己を突起さしているところ）にあるといえよう．しかし．この不滿を與えているところに．じつは敍事詩的人間があると思う。かれらは敍事詩人としての努力をしているのである。敍事詩人は自己の內部にのみ捕はれていられないから外的運動の聯關を理性的にみる眼をつくり．体驗の量の中で擴大の原理を知るのである。形象化ということも技術的な体驗の量といえよう。

敍事詩は、個人が集團．階級との對立を感じなくなり．生の全体がとけこんでゆくときに自ら樣式的特徵を明瞭にするものではないか、そう思うとき、「コスモス」の詩人たちが新しい敍事詩的世界え身を投げている詩人としての正しさがあるにも拘らず、まだ敍事詩の斷片しか示していないということに理解をもつことができる。じつさい私小說やシナリオや短篇小說と異つたところの現代の敍事詩を創ることは容易なことではないからだ。「コスモス」の詩人たちの詩が斷片的だといふことはものたりない。しかしそれぞれの詩を合せると敍事詩が出來上ると思はせるところに貴重な問題があると思う。私は敍事詩運動というものは解放運動だと思つているから冬彥の運動を形式運動だという風には考えることはできない。たんなる形式運動というものはありえないからだ。

ともかく新しい敍事詩のためと協同的な組織的な研究と．協力的な創作方法が必要だと思う。資料の提出を廣く求め、構想の批判的擴大をはからねばならないだろう。ある場合は一人、ある場合は數人で書いてもよいと思う。（協同創作）いろいろな問題があると思うが、敍事詩を問題にすることによつて敍情詩の問題を一層はつきりさせるだろう。（一月四日）

長篇敍事詩への待望

小出ふみ子

長篇敍事詩は盛んになるでせう。いや、盛んにしなければなりませぬ。

例へば、單なる小器用さで、短詩を破綻なくまとめあげて一かどの地位を占めてゐた詩人の地位も、この長篇敍事詩、或は長篇詩の胎頭によつて變動が來るのではないかと思はれます。

「新詩人」へは今年の春頃から規定を超えた長篇がぼつぼつ投稿されはじめました。これは青年たちの力量が　長篇がかけるほどに延びて來たのではないかと思はれます。そこで一九四九年から長詩の募集をはじめたのですが、すでに三十篇ほど集りました。しかし、これらの作品をみると、まだ長詩の創作方法が摑めず、單なる短詩のひき延しに終つてゐる作品が多いやうです。

　けれど、私はその中に、これまでの短詩に發見できなかつた長所を見逃すわけにはゆきません。それはこれらの作品の中には現實の出來事を敍事しやうとする努力のあることです眼前の現象に溺れず、客觀感情をもつて綴らうとする「眼」のあることです。

　これは大切なことです。今迄の短詩―殊に抒情詩は主觀感情が主となつてゐて、とかく現象に溺れ、自己を沒入し、あまやかし、私たちの現實生活から遊離した作品―短詩が多かつた世界に、かうした「眼」を植えつけたといふだけでも長篇詩、或は敍事詩を書くといふ運動はもつと盛んにすべきだと思ひます。

　その方法として、北川氏は再びシナリオ形式を採りあげたがこれは北川氏が同時に映畫人であるから　容易に言ひ得て、行ひ得ることですが、映畫に、殊にシナリオに興味を持たない人々には、どの程度に理解し、また隨いて行かれることであるか。

　私もシナリオ形式とは、うまいところへ氣付かれたと思ひます。しかしシナリオの書き方にも色々あるのではないのでせうか。無味乾燥型としてただたんにアイデアを與へればこと足りるといふやうなプロットだけを示したシナリオ。

　また一昔前によく見た山上伸天郎式のネットリ型。これは横光利一を思はせるやうな感情の動きの隅々まで追求しカメラアソグルまで感知させたものでしたが。

　このやうに考へてきますと、北川氏の提唱するシナリオ形式も、どれを指されるのか、もつと親切に説明してほしいと思ひました。尤もその例證は「氾濫」で見せて頂きましたが、あれを拜見してシナリオならば當然「アップ(大寫し)」となつて迫つて來る箇所、又はカットとカットが短く重なつて高潮してくる箇所―がこの「氾濫」中ではただたんに行が不用意と思はれるほど何氣なく連續してゐて、おしいと思ひました。もつと　讀者の注意をひくやうな、例へば前後を行アケにしてその箇所だけ目立つやうな技巧がとられたら、と思つたのです。

　私はここまで書いてきて、ふとその昔、私がまだ少女だつた頃、シネ・ポエムといふものが馬鹿に私の注意をひいたことを思ひ出しました。そしてその頃「十三人倶樂部」といふ(だつたと思ひます)本に簡潔な文章で、そして暗示的に躍へ着いた汽車からホームへ客が降りることを詩つてあつたシネ・ポエムを思ひ出します。

長篇叙事詩、或は長篇詩は是非書かれねばなりませぬ。

その創作方法はおのおのの詩人の胸にあることでせうが、ゆめ、その昔、婦人雑誌などへ連載された「お涙頂戴」形式に戻るべくもなく、また、たんなる散文の行分けに終るべくもありません。終りまで讀ませる力—が何より必要なことだと思ひます。

それと同時に、短詩を書く場合に拂つたやうな、一語、一行に對する最善の注意がここでも最も必要です。

長篇叙事詩の現代的意義

山形三郎

1

長篇叙事詩に就いて考える。

これを、詩誌『詩、現實』が日本の詩壇に重要な存在となつていた當時、詩壇を烈しい勢いで統一させた「散文詩」の問題、及びそれ以後に、詩を文化の尖端に彈ぢき上げようとするかの如く詩壇の一角に擧げられた「シネポエム」の問題との間に有する關連性、それに對する考察の側から記述する。散文詩、シネポエム、長篇叙事詩、それらみな北川冬彦氏の提唱に成つた。然しこのエッセイはこれらが氏の提唱によつたということと關係なく、歴史的現象としてのその三つに連らなるものを追究した過程を記錄するのみである。それらが一つの体系的有機的關聯性のもとに結びついているとするこのエッセイの趣旨は、それが同一人物の提唱に成つたことを當然のように肯定するの他ないであろう。

結論としては長篇叙事詩の現代的意義を記述することになる。

2

『詩と詩論』が現代に與えた功績の一つにフォルマリズムの認識。檢討が擧げられる。『詩、現實』が現代に與えた功績の一つにフォルマリズム偏重の打壞が擧げられる。

『詩と詩論』時代を經ることに依り日本の詩は言語の本質

に覺醒した。現代詩を、古語のリズムに立脚するところの俳句　短歌の變態として提示した島崎藤村、北原白秋のもつ權威を、西歐近世文化が中世文化の神の權威から自らを切り離すように引き離し、それを現代的、現代生活的權威から歴史的、遺物文献的權威に轉ぜしめた。そこには現代生活を支える言語の本質に就いての科學が希求され、生活に於ける通俗言語の裡から詩的言語の錬金術に依りイマージュのもつ感性世界の權威をとり出した。サムボリズムはここで神がかり的幽玄主義から技術的主知主義に變貌し特にシュルレアリズムが確認された。

『詩、現實』時代を經ることに依り前記詩のメカニズム偏重の病狀が診察される。シュルレアリズム詩の非生活的非人間的世界えの傾斜、詩的言語の生活的喪失、フォルマリズムの本質的喪失、それらに反省を與えたことは白秋から朔太郎に到達した日本詩を西脇順三郎以後、專問的。高踏的遊戯世界に混迷しつつ傾斜することを疎止した。その重要な課題が「散文詩」の擡頭にあつた。

3

アメリカのウインチエスタア（T.C.Winchester）は文學形式を大別し、散文（Prose）律語（Verse）となし、單に思想を讀者に移すのが目的でこれに伴う情緒がただに思想を心地よく理解させるためにのみ用いられる附屬的のものであればその作物はこれを散文といい、情緒が主眼であつて思想が副であればそれを律語とするという。イギリスの哲學者ハアバアト・スペンサア（Spencer. Herbert 一八二〇—一九〇二）はその昔『文体論』（The Philosophy of Style）に於て、律語は修辭學上の轉置法、漸層法、暗喩法、擬人法、省略法などを用いていきいきとその描こうとするものを描く點で、又その韻律的構造に於て蓋し此の韻律的構造（Rhythmical Structure）は「强烈な情緒の自然の言葉の理想化」（Anidesl ization of the naturall anguage of strong emotion）でその情緒が餘りに强烈でない限りはその言葉は多少とも韻律的なものなのである。律語はそれに對する讀者の注意力を緊張させ共の精力を節約することが出來る。散文はそういう韻律がなく文章が冗漫な爲それに對する讀者の注意力が散漫になり精力が浪費される。この意味で律語は遙か散文に優る價値をもつと述べた。

然し以上二者の律語優位說は現代日本詩に於ける藤村白秋等の權威に似て、その價値權威はこれを認めざるを得ぬながら現代はそれを生活にその儘なまの姿で享受することは出來ぬ。これを享受するには何らかの消化過程を俟たねばならず、そして次のウオールタア、ペイタア（Pater Walter 一八三九—一八九四）の『文体論』（On Style）に於ける散文の近世文學上の事實としての優位性自覺に發展せねばならぬ。彼はいう。近世社會そのものの與える興味が渾沌として多種多樣な爲、韻文の如く拘束された形式では到底複雜な思想、感情の表現は出來ず寧ろ自由な拘束のない形式に依つて始めて十分に表現し得るといい彼は、近代社會を支配してゐる一切の現象を正しく觀察せんとする自然主義的傾向は藝術家をしてその態度を謙遜ならしめ、その結果律語の如きアンビシアスな形式より平凡な散文形式を選ばしめたことを指摘している。

元來詩は前記律語優位論者の言に俟つまでもなく思想の傳達でなく情緒の表現であるが、それは近代に於てはすでに蝶が花を歌い風が月に匂う如き氣分や雰圍氣の製作に求められず混沌複雜の生活に單に感性のみの力でなく知性の、思考の力を伴い求めてゆかねばならず、そこでは當然表現技術は形式形態の上にあるのでなく表現の奧底にひそむものであり、律語のもつ力を散文の効果の中に顯現させねばならなかつたのである。

4

日本の文壇に詩は長いこと家庭趣味的な有閑的存在として小說を社會人生人間等に關係する存在とし對立していた。その原因の一つは詩が定型を脫したと言ひ乍らまだフオルムの問題に拘はることに依り定型を脫した格をもつていたことにある。定型詩（律語詩）とは一定の規律に從いものされたもので、その規律はリズムに依り定められた。このリズムを定型詩は言語上にのみ求めたところに誤謬があつた。寧ろ言語上にこれを求めては表現し得る何物も無い近代である。これを言語以前のものに求め言語上では潔く皮相的律語性を放棄することが詩を深く人生社會人間等の問題に直結する、又はそれらの希求する世界に推進することになり詩の家庭趣味的有閑的存在から飛翔させる。ギリシヤのアナクシマンドロス（Anaximandros 西紀前六一〇—五四七）の唱えた說に生物の生長朽敗盛衰興亡結合分離は總てリズムの作用であるとする。つまりこの宇宙に明確に規則的時間的間隔をもつた繰返しの法則がありこの法則が宇宙一切の現象を決定する、人体の脈博、海潮の蜿蜒、蟋蟀の鳴聲、の循環等總てこれであるとする。現代詩のリズムは言語口調になくそれ以前の表現の底に脈うつ作品の生命力である。

5

散文詩は詩の位置を變轉させた。詩は陶醉するものでなく洗滌し淨化するものとし社會に立つ人間の内部の必須な「近代」を背負つて輝き出した。

6

ところが、詩が散文で書けることは詩を安易なものたらしめたのでなく散文でなくば表現し得ないもの以外に、つまり定型で表現できる範圍内のものの表現にぎりぎりの必要を感じなくなつたことで、詩は散文をもたねばならぬ程ボリウムある高度な藝術的生命をもつたことなのである。然し乍ら小說に於ける私小說（身邊雜話）の如き私生活の私感性の隨想記事的行分け散文といういとも怪しき文藝形式が氾濫し詩を混迷化しながら廣く民衆の手に擴がつていつた。

この危機に出現したのがシネポエムである。シネポエムはシナリオという藝術形式の最も新しい映畫が內藏する文學から方式をとりいれたポエムである。これには、映畫に於けるイマージユとの結合分離にある感性的藝術的純粹性の、詩のそれとの一致に對する發見又は自覺が重要な發生の必然性であつたが、それと同時に詩の散文化が詩作の安易化に墮し私詩という「私小說の如き」不健康な狀態に墮したことを嚴しく反省せしめ、詩の世界性を促すものであつたことを認識しなくてはならない。

然しシネポエムは十二分な展開をみず日本は侵略戰爭に突入し自國の詩をも文學をも侵略したため、眞に純粹な藝術性をもつシネポエムの歷史も無慘に遮斷され、愛國詩、戰爭詩、國民詩と稱する前記私詩に演劇臺詞的效果（朗讀效果）を附したものが勢力を示してしまつた。

7

長篇敍事詩はこの戰爭の敗戰後、散文詩を提唱しシネポエムを提唱した北川冬彥氏の提唱に依り擡頭して來た。これの擡頭は至當であり必然であり必須であつた。注意せねばならぬのは長篇敍事詩を單に小說やシナリオの詩的表現、又は行分け表現であるという。誤謬に無意識に墮すことである。現在北川氏やヤンガーゼネレーションは夥しい數となり擴がりつつあるが、長篇敍事詩が現在何故に必要とされるか、何故に我々はこれに心惹かれるかについての良識ある自覺をもたずば一に北川氏の冒瀆となり日本詩を混迷化するの他ないのである。先に一九四七年度を中心に詩誌『四季』『詩風土』の私詩撲滅を殆んど申合せた如く詩壇各所に於て行はれた。長い戰爭下の暗黑期に育つた榮養失調症的青年詩人が無闇と長篇敍事詩に喰いつくことなく、長篇敍事詩の現代的意義の自覺、健康者の知性と感性との高度性を先づ培養せねばならぬ。

8

敍事詩に就いては小野連司君が嘗て詩誌『純粹詩』に「現代敍事詩考」を、私が詩誌『建設詩人』に「現代敍事詩論」を連載、共に中絕している。何時か各々何處かの詩誌に助け合つて又書いてゆくつもりでいる。他、佐藤初夫、雨宮一郎平岡炎、瀨尾和夫、廣瀨三郎、らの諸君が人知れず厖大な長篇詩を書いていることをここに記してこの期待の切なるものを公けにしたい。

――一八四八・一二・一三

詩の死活と叙事詩

叙事詩集「氾濫」を巡つて

牧　章造

終戰後とりわけ抒情詩に關する反省が、多くの人々から提出されてきた。そして抒情詩形成の精神的主体が、どんなに弱体だつたかを、今日ほど白日下に露はにしたときはない。もはや抒情詩は何篇つみ重ねても、文學史上いか程の意義をも足跡ものこすことはあるまいと考えさせられている。時代がこのように進んだことを思ひ知らされるが、なおそれは些かの停滯もなく進んでいるのである。

いま、ぼくたちは歴史的社會的に淒まじい經濟事情に依る混亂から、正常な精神的秩序をも見失いがちな時期にめぐり遇つたのではあるが、このさなかに一方いまだかつてこの國と人とがもたなかつたところのデモクラシー市民社會えの平和革命を体驗しつつあるわけである。

この創造的精神えの覺醒は逸早く文學に於て捉えられ、ことに遊藝的抒情詩からの脱出を試みはじめた自由詩と散文詩の前進的創造的性格は鋭どく藝術に於ける諸領域えの肉迫を開始している。その詩の精神とするところのものは、知的操作に於て最も高度に組識されようとさえしている。故にそれは歴史的社會的諸問題に關して熱烈な人間性の熱慮を回復しつつ、蒙昧から明晰え遊びから創造えの力强い歩みをもちはじめたのである。

かかる折、叙事詩が新しい意味をもつて登場してきたのは充分理由がある。ぼくはここで斷定しておこう。即ち抒情詩は遊びであり叙事詩は創造であるということだ。

長篇叙事詩集「氾濫」を北川冬彦氏がここで持つたといふことは、ぼくにはとりわけ興味深く、時宜を得たことだと思つている。かつての「新散文詩運動」に示した正確な認識は、恰もこの時期に於ける「新散文詩運動」の唱導者として、北川氏にその役割を果さしめていることを見逃すわけにはいかないからである。この詩集には「古い鏡」「早春」「狐」「氾濫」「曠野の中」の順で取材的に五部作とみてよい程の同一性をもつロマンとコンストラクションでまとめられているがこのほか、二十數頁にわたる「あとがき」があり、北川氏の叙事詩論を示したものとして讀み捨てができない。この「あとがき」を主な對稱にしてこの詩集えの解釋と批評をしてみようと思う。

「あとがきにもある通りこれら五篇の叙事詩は昭和六年「中央公論」及び「詩・現實」に小說として發表された。當時の文壇は詩人の小說として納得したが、內容が普通に云はれる小說的結構をもたず、小說的說明のないところから「心理的う餘曲折がない」また「讀みにくい」などの批評があつたと記されている。「心理的云々」については北川氏は同感し「讀みにくい」については「その後ずつと氣にしていたが」「詩的聯想によりながら、形式は散文によつていたのである。こゝに讀みにくい原因があることに氣が付いた。」そして、その小說を行ワケに書き更めてみたところ、讀み易くイメーヂが明確に浮び上ることがわかり、これを行ワケの長事詩として改めて呈出したという意味のことを書いている。ぼくの持つた關心はここである。北川氏の小說は、行ワケ詩の通念に從つて叙事詩に書き改められたわけであるが、その以前の散文の形でも既に叙事詩であつたという事實を、ぼくは內容的な側から考え直さずにはいられない、行ワケにしなくても散文の形式で叙事詩が書けることが證明されているわけだからでもある。だから、叙事詩が散文に流して書かれてもぼくは差支えないし、散文詩に對する眼の訓練と理解力は水準的に見ても上つているだろうから、いまの讀者にはさして困難でもないと思う。行ワケにしたことが北川氏の云う「本來の在るべき姿への復元」で是非ともなければならないかについて、ぼくはなお疑問として殘しておきたい。小說として發表した當時、橫光利一氏が「いままでにない小說だ、なかなかいい」と云い總題を「北方」と付けて吳れたとあるが、小說として通つたものが、その實は詩であつたということがぼくには愉快でならないのだ。形式に對する北川氏の考えも知らないではないが、ぼくは詩を內容の問題であることを常々考えているので、北川氏の「本格の文學の支柱と云うものが　今日も往昔も詩であることを想えば、詩は新たに復興されなければならない。」と云う言葉を、內容的に證明して行けばいいと思うのである。ただ所謂る小說は說明し、詩は描寫するという異いは忘れない。そして同時に、散文によることが最も自由にあらゆる文學の領域に渉つて詩を表現するための方法であることも忘れまいと思う。叙事詩集「氾濫」の簡潔と、強靱な氣魄と實證をぼくは讀んだ。また現代に適する充分な問題性をもそのなかに讀んだ。叙事詩。ぼくは限りなく勇氣づけられる思いである。

一九四八・一一・二六

長篇叙事詩とシナリオ

安彦敦雄

長篇敍事詩の形式としてのシナリオの果す役割は大きい。すでに北川冬彦氏はこれについて明快直裁な獨創の說を發表して居られる。また「阿Q正傳」の如き本格的なシナリオをものし次いで最近の詩集「氾濫」「月光」などに於て優れた實踐の努力を拂われている。何故　シナリオの形式が長篇敍事詩の形式として最も妥當で且効果的であるのだろうか？

大体シナリオは映畫の筋書だけの役割で滿足されていいものではない。勿論、映畫あつてのシナリオには相違ないけれどシナリオの持つ獨自さはシナリオを讀む事によつて映畫的イメージを想起しドラマ劇の興奮を觀念的に（或は文學的に）把握するところにある。そしてもうひとつ、シナリオの技術は、結局劇の構成要素を現實の映畫のように斷片（カット）と斷片の接續ではなく、斷片をふくめた劇の要素を（シークエンスの謂）幾十となく組合せる事によつて劇の約束を滿足させるところにある。これには例をあげるのが一番だがいずれ他日にゆずるとして―では、どこに長篇叙事詩の本來の目的である叙事の効果的表現を求めるべきであろうか。長篇敍事詩は字義の通りに長篇である。敍事とは、或るひとつの出來事なり、思想なり主義なりその他もろもろのものを物語る（ドラマする）謂である。しかしいやしくも詩であるからには、詩精神のひらめきと詩の本質である內面のリズムと文字的リズムの表現結合を持たなければ最早詩とは呼ばれ得なくなつてくる。從來の長篇敍事詩が、外面的リズムの持續を過信して、七五調や七八調その他の固定化されたリズムに假託して描寫を忘れ　（否描寫不可能な）現實から遊離した極めて空疎な概念長篇敍事詩になり果てた事實を思ひ起す必要がある。所謂、北川冬彦氏が「氾濫」の「あとがき」で述べられていたように、音調的リズムに物語りの敍事詩を乗せて行く方法は定型がはつきりしているだけに創作し易い。がしかし、音調リズムに一致する文字をもつて複雑な思想や心理や現實を描破するのは難しい。漢字のもつあの獨特の象意と音感は一定律の運動体に定着せしめられるとき、極めて概念的になり易い結果になるのだ。

これは明治時代の——泣菫、有明その他に見られる誤謬である。また口語体による行分け型は、これまた漢字の音調リズムが無いだけに、どうしても作者の主觀が色濃く現れ、イメーヂの鮮明さが非現實的錯綜をもたらす場合が多い。事實に僕らがバイロンの「海賊」の邦譯を好まぬのも如上の理由からであり、「現代詩」に發表されている祝算之介氏の「沼」の缺點となつて看取されるところである。祝氏の場合は主觀のイメーヂが強すぎて（それなり内面のリズムは物語られてはいるが）客觀的な描寫による風景なり叙事の盛上る劇的ムーヴメントに缺ける嫌いがあると僕は思うのである。

現代叙事詩は「最も寫實的な」「最もイメーヂ的な」「最も劇的緊張を捕捉した」ものでなければ、到底その成立は許され得ないだろうと思うのだが、この一見容易にして甚だ困難な叙事詩の形式はたしかに北川氏の云われるように「シナリオ」の形式をアレンヂする事によつて可能であるに違いない。また書き忘れたが散文詩型の叙事詩は物語るに都合が良いが、よほど言語のモザイク様式に注意しないと「最もイメーヂ的な」要素からはずれるおそれがある。

シナリオは元來が映畫的イメーヂを容易ならしめる目的でつくられているものだけに、「最もイメーヂ的」である。またシナリオの劇的約束はシークエンスの重ね方と劇の法則にあるのだが、このモンタージュ如何によつては「イメージ」の端的にしてリズミカルな表現が可能であり、特殊な音樂リズム的表現も可能になつてくるのである。また「最も劇的緊張を捕捉した」ものとしての條件は、單に散文に書き流されるおそれの無いシナリオの成立要素において成立する事が出來るであろう。つまり、シナリオの劇としての生命である「發端展開」から「クライマックス」そして「終結」という三段進展段階を應用する事が出來るのである。しかもシナリオにあつては「最も寫實的な」要素な、最も心理的な要素となつて巧妙な伏線を事件事件の現實的効果としなければならない苦勢がある。

（例として最近では「毒藥と老孃」の好例があり、過去には「我等の仲間」「ミモザ館」などがあつた）しかし、長篇叙事詩にあつてはこのような苦勢はいらない筈である。「最も寫實的な」要素は結局、主觀を抑さえて自己を客觀化し、實存意識を發揮するところにあると思われるからである。行分け型ではどうしても主觀がリズミカルに浮彫りされ易いがシナリオ式型ではその餘地がない。尚シナリオの如く「科白」にとらわれる事がないのも有利な條件のひとつに考えられるであろう。長篇叙事詩のややもすれば陥り易い、劇としての中だるみやイメーヂの分裂も、「定型としてのシナリオ（これは北川氏が規定された）を巧妙にとり入れる事によつて解消される事になるのである。それ故長篇叙事詩は新定型をうまく探りあてて自己のものとした人人によつてのみ成功されるに違いないのである。しかも小説における心理の難解な綾を簡潔な詩的イメーヂ化し、叙事詩の持つ劇的興奮がより寫實的表現となつて現れた場合、長篇叙事詩のポピユラリテイは想像するにあまりあるものがある。

僕は例をあげて説明したかつたが、此の小論と共に北川冬彦氏の「氾濫」（草原書房版）や、その反證として昔の長篇叙事詩を併せ読まれることによつて僕の意は掬んで頂けると思う。問題は今後にあり、長篇叙事詩の新形式と可能性について多くの論議が捲き起される事を期待している。

『氾濫』が提供する問題

勝　承　夫

長篇叙事詩と云ふ形態は文學としては極めて古い歴史を持つてゐるのだが、最近は全くとり上げられないものになつてゐた日本でも明治の新体詩時代には色々と作品があつたが自由詩の時代になつてからは、高群逸投の「日月の上に」とか福田正夫の數作とか極く僅かしかない。それは自由詩と云ふ非常に散文に近い形になつた詩の形態では、叙述的なものは一層散文に近くなつて殆ど行分けの意味をなさないやうな結果におち入るからである。しかし詩人たちの間では音律に援けられた過去の長篇叙事詩とは全然ちがつた意味で新しい叙事詩の運動が起るべきであると考えられてきた。さうして自分も百行以上のものを二三篇書いて見たことがあるが、（野長瀬正夫君の編纂した「日本詩集」に收めてある「御朱印船」もその一つだが）その時自分の考えたのは、長篇叙事詩は或る筋を追ひながらいつもそれに背景すけるイメージの浪曼性がなければいけないと言ふことだつた。作者の社會觀とか世界觀とは別に、長篇叙事詩としての雰圍氣を構成する言葉の魔術がなくてはいけないと考えた（私は詩に於ける言葉は言葉自身としてでなく、すでに一つのイメージだと思つてゐる。だから私にとつて推敲と云ふことは言葉を直すのでなくイメージを描き直すことなのだ）私は叙情性の多い、いはば古い型に屬する詩人なので、「浪曼性」を考えたのだが、もつと別な強靱なもので、長篇叙事詩の一つの型が示されたなら尙面白いだらうとも考えてゐた。それが今度の北川君の「氾濫」を讀んで、强い刺戟と問題とを私に與へることになつた。おそらくこれは私だけでなく詩人全体に、いや小說家にまでも一つの「考える窓」を提供したことになつたと思ふ。

私は草原書房の三好君と親しいので「氾濫」も原稿のまゝ見る機會が與へられ、北川君の粗放な文字そのものからうける感じからもこの長篇叙事詩の持つ大柄な或る雰圍氣を汲みとつたのだが、かうして書物に出來上つて一貫して讀んで見ると、この仕事は日本の長篇叙事詩にたしかに一つのエポックをつくり出してゐることを一層深く感じた。

先づ題材から言つて長篇叙事詩は、私小說的なものから脫却した大きいスケールを必要とすることを考える。これは長篇叙事詩は小說より大きいボリュームを必要とするからで、「高まり」と「飛躍」が感じられなければ、あの行分けを最後までつづける必要はない。

若し行分けの必要のない部分まで行分けにしたとすればそれは明らかに長篇叙事詩と云ふ形式にとらわれたことになり失敗である。その部分は當然散文形式で書かれなければならないのだ。

「氾濫」の場合には、大陸の巨大な川を扱ふことによつて先づ讀者に或る種の威壓を感じさせるこれは長篇叙事詩を試みる北川君の意識的に持つて來た題材かどうか知らないがこれが明らかに「氾濫」を長篇叙事詩として扱ふに適切な素材となつてゐることが感じられる。北川君は後記で、行分けの點を多く語つてゐるが、長篇叙事詩の場合先づ題材の選び方に成功不成功の第一の鍵があるのではないだらうか。それが先づ問題の一つ、この點では長篇叙事詩は詩より小說に接近してゐる。

つぎに詩として一番肝心な行分けの問題だが、これは北川君が不安を感じてゐるやうな不自然さは前云つたやうな「高まり」「飛躍」が感じられるかぎり解消されてゐる。北川君は「氾濫」の中に收めた「狐」その他が一度散文形式で小說として發表され、それを今度は行分けにした「試み」を說明して、

『一度び散文の形式で書いたものを、行ワケ詩に書き更めることは、いかにも不思議のようであるが、しかしこれは私一個の責任ばかりではない。それは日本の現代詩の責任でもある。と考えられるのである。このような事態の起るのはひとえに現代自由詩の不安定から來ているのである。この種の模索は、日本現代詩人の詩探求途上の實驗として、その實驗

の創造性の故に許されてよいところであらう』と柄にもなく遠慮してゐるが、これは作者の説明があつてはじめて氣をつけてみることであつて、現代詩のリズムはこの作品以上にリズムを感じない場合が多くある。これは問題の一つではあるが、しかしこゝではむしろとるに足りない。

私は「高まり」と言ふ言葉を用ひたが、これは作品のもつ一種の興奮である。明らかに一つの筋は迫つてゐるが、小說のやうな讀者を翻弄するための意識的な低廻や停頓をせぬ力强く移動するボリユームの「流れ」を言ふのである。

また「飛躍」と云ふのは、作品のテムポである。これは作者自身言つてゐるやうにシナリオの手法に影響されてゐることは明らかである。嘗つて川路柳虹氏がシナリオの記述のテムポをとり入れたシネポエムを書いたことがあるが、シナリオ的省略によつて北川氏の言ふごとく行ワケすることによつてアクションの間が出來、讀み易くしてゐることは事實である。

馬車が砂埃りをパッパッと立てゝ通る。
婆さんの足許から立つ砂埃り。
婆さんは負けずにやつてる譯ではないが
砂埃りの方で立つのである。
道端、
着ぶくれた男がしやがみ
足許に籠を置いている。
籠の中の凍つた小魚——鮒である。
メッカチ婆さんは
握つていた銅貨をさし出して數匹の小魚を受取る。
その時
吹きつける突風、
砂埃りが濛々と擧り、あたりが見えなくなつて了う。

これを見てもシナリオの手法が充分とり入れられてゐるのが判る。ただ傍點の個所のやうなところは作者の主觀であるが、こんなところがあつてシナリオの記述とちがふ詩の表現の面白さを感じさせるのである。

最後に、興味の問題である。筋を逐ふものである以上、そして小說的敍述である以上當然興味の如何は問題としてとり上げられなければならぬだらう、長篇敍事詩は「長い詩」ではない、飽くまで「敍事詩」としての性格を發揮しなければならない。

私は「氾濫」を批評するのでなく、「氾濫」を通じて新しい長篇敍事詩の行き方の總括的な反省を試みたので、これを一番あとに持つて來てしまつたが、題材と不即不離にあるこの「小說的興味」は、相當重要問題である。

さて、こゝに收めてある「古い鏡」「早春」「狐」「氾濫」「曠野の中」の五篇は、いづれも大陸に於ける鐵道工作者の生活を扱つたもので 五つには分れてゐるが。大きな意味での題材は一つであつて。五篇によつて一つの長篇叙事詩を形成してゐると考えてもよいものである。

「古い鏡」「早春」「狐」は同時に發表したものだと言ふがこれはあとの二篇に比べると、詩的な面白さの方が小說的な面白さに勝つてゐるから、一般讀者向きではないようである。作者の持つ怪異な風格はこの題材の扱い方にもよく表れて、個性の强い感覺を示してゐるが、これは一行々々大切に讀む習慣をつけられてゐるわれわれでなければ理解に苦しむところであろう「古い鏡」に出てくるボーイにしても「早春」に出てくる少女にしても、小說ならばもつと性格の描寫を客觀的に扱ふであらうが、北川君は主觀的に、しかも飛躍から飛躍にとむしろ獨斷的なほどのテムポですゝめてゐる。小說のやうにこねくりまわすことのない叙事詩の缺點が、むしろこゝであらわれてゐるのではないかと思ふほどである。單純によんでしまふ讀者にはこんな物足りないかも知れない、怪異の匂はあるが、讀者は最後までその文体をつかめずに蒙朧と讀み終るのではないか、そこへゆくとなんと云つても最後の「曠野の中」が一番所謂讀みごたえがあり、筋を持つ興味を感じさせる。「氾濫」も面白いが、主人公の人物がないためか、濃い陰影が感じられない三上なる人物をもつとクローズアップしたらよかつたのではないだらうか。

とにかく、この長篇叙事詩の仕事は大きく且つ問題的である。北川君はこの仕事を今後ともつづけてゆくだろう、まだ解決されない、模索時代の作品として、色々の問題がこゝに提供されたわけであるが、少くとも詩の新境地をのぞむ人々はこの勞作に接して自己の長篇叙事詩論の方向を定むべきである。

末梢的に末梢的にとなりつゝある戰後の詩界のアヴアンギヤルド達に、健康な迫力を示した北川冬彦は、まさしく建設的な詩人と言へるのである。

詩人とのつきあひ

福田清人

私の十五年ばかりの文學生活で、文學的に詩人とのつきあひの一番あつたのは、文學的出發當時にあつた春山行夫氏や北川冬彦氏伊藤整氏の編輯するコオタリイが第一次大戰後の新しい歐米文學の動向を紹介すると共に、當時の日本文壇の新しい作家と詩人の作品をも掲げ近代主義的な裁斷を当時の文學界に與へた。當時は小說家と詩人との精神的交流もあつたし、又色々な會合もあつて個人的なつきあひもあづた。

時の流れがおたがひをそれ〴〵の道に歩ませた、現在、さういふ文學的交流もほとんどなくなつた。

この頃は別の面で、私と幾人かの詩人とのつきあひは保たれてゐる、その一つは、岩佐東一郎氏宅における「風船句會」で、こゝに詩人であらはれるのは、主人のほか、田中冬二、安藤一郎八十島稔扇谷義男氏ら横浜の詩人グループたまに城左門やの諸氏である。も一つは草原書房の火曜集會で、勝承夫、北川冬彦、村野四郎、笹澤美明、岩佐東一郎、それに時々長田恒雄といつた人たちがあらはれる。

「風船句會」で感ずるのは、小說をかく友人たちの句が大体において短篇小說の一齣といつた人事句が多いのに比し詩人たちのは感覺が鋭くきう〳〵したものが閃いてゐることである。

それに小說家仲間とのつきあひとちがつた感じは、一体に淡々とした、からみあひのない態度である、小說仲間に會つてゐるほど疲れない。だいたいにおいて話題があかるい。酒カストリの匂ひよりコオヒイの匂のする人が多い、但し城、勝、笹澤君は酒豪であるが。

月一回の風船句會と毎週の火曜集會は考へてみれば、きつとなにものか、そこで會ふ詩人たちから自分は氣づかぬうちに投射されてゐるものがあるのであらう

フロイド再考

高島高

僕はかつてフロイド學説と詩との関連を發表したことがあつたが（麵麭及び詩原）、それらの全てはこの夢を科學する心理者のリアリズムが、硫石に詩の存在を正察し得なかつたと思うことの大いなる不滿について躍氣になつたのであつた。即ち、「だから實際においてフロイドの詩に對する見解には眞理も含まれてい、又間違いも含まれている、と考えることが出來る。それはあたかも永久に割り切れぬ數字におけるが如き同結果の現象をもたらすためではないであろうか」とそこで結んでいる。しかしこの考えは最近フロイドをよみ返してみで少し違つて來た。たとえば彼の「間違いの學說」中、「間違いの行爲の中には立派な意味と意向が存しているばかりではなく、間違い行爲は二つの相異した意向から出來た

ものて、なほその外にこの二つの意向の一つが他の意向の妨害者となつて表現を求めるためには、その表現の實行にある程度の抑壓を加えなくてはならない」という說明などにいたつてはフロイドには詩が難解だつたのではなく、かえつて詩の方法が判りすぎる程判つていただためあのような、即ち、「言語學者や精神病學者より何倍か言い間違いは詩人に就て學ぶべきであります」というような大皮肉を浴びせて揶揄つたのであろう。何んとなれば、「夢の學說」こそは、詩の方法がわかつてはぢめて說明することの出來る嚴たるイメヂイの科學だからである。世の中には頑固な人もあつもたので頑固ぢゞいのフロイドは、「詩の表現」に對してイメヂイという言葉が正面切つてはどうしても照れくさくあくまで納得づくで「言い間違い、とあの大論文中言い張り通したところに純粹科學者らしい彼の風貌と共に、流石に世界的科學大人の風懐を遺憾なく發揮していると近頃こんなことを考えて來てフロイドをなつかしんでいる。

兒玉惇君の詩

近藤　東

兒玉惇君は台灣から引き揚げてきて、いま鹿兒島の高校にいる靑年である。ことし京大へ入るんだと猛烈に勉强しているらしい。十日に一度ぐらい、こまかい字の手紙と、特異な詩を三篇ほど必ず送つてくれる。その詩は注目に價する。「純粹詩」に一度載つたことがある。

「勤勞者、勤勞者というが、彼らは白いメシを食つている。僕らは彼らよりプロレタリアだ」などとトホーもないことも書いてきて、私をまごつかせる。私は、これらの手紙に現下の學生層の、いわゆるアプレゲール的思想苦を敎えられている。

兒玉君は、こんど自費でガリ版の「えちゆうど」という小さな詩集を出した。しかしその中の詩は彼の本領の半分ぐらいしか代表していない。二十部限定というから大部分の人の手には入るまい。參考までに卷頭の一篇を紹介しておこう。

首

午前の閑散な錢湯の浴そうに
首がひとつ　浮いていて
靜かに瞼を閉じ
滿足そうな皺を若干ひたいに寄せ
ふうと息をついている

見ていると
その首が　徐々に瞼をひらきはじめた
私はぎよつ　とした眼をそらしたが
遲かつた

「おお　キミじやないか」
にゆうつ　と手が私の腹をつかんだ

ボルネオのバリト河密林
ばり　ばり　銃撃をくらつて
橫の泥沼に　あわてて陥ちこみ
重い銃にひつぱられて
ぶくぶく　たしかに沈んでいつた筈の
あいつ

あのとき　あの瞬間の
変らぬ柔和な首の微笑が
いつまでも
私の眼を　驚異に見はらせていた

短詩形と長詩形

和田徹三

俳句の近代性について悩む若い俳人達がその内面から蕉風の澁さを追放しようとするのはよくわかるが、五七五の音數韻までも否定しようとする人達の氣持は私には解せないことである。日本の音數韻はヨーロッパ詩學のそれに比べると素朴きわまるものではあるにしても、日本人にとつては芳醇な和酒のやうに棄てがたい味のあるものだから、（といつても私に俳句を弄ぶ氣は全くないが）いくら、五七五音を基調にした短長短或いは弱強弱のような音數や意味の力學的なコンビネーションによつて、新しく自由な俳句を創造しようと試みても、それは自分の俳句の顔に唾ひつかけるやうな結果になるばかりである。寧ろそういう人達は俳句を突破つて短詩のレッテルを貼るのが本當だと私は思う。然し俳句や短歌からこぼれ出た短詩の運動が人をかえながら一小圏にとどまつていたという事實は、この種の短詩がこの濕潤列島を二千年も流れてきた調べに血液的な郷愁を感ぜずにはおられないからである。

それでは、長詩の場合はどうだろう。

日本古典に見受けられる長詩の釀す音數韻の反復は、韻律自体を破壞して、まことに退屈千萬なものであるが、現代自由詩に至つては尙更に數數の問題を含んでいて、ロマンやフイクションの魅力によつて引摺る長詩はあつても、ポエジイとして中だるみのない魅惑的な形態を具備する作品は極めて少い。だから、常に廻轉するフレーグランスと名詞節のはく入などによつて印象をエンラージしながら濃度を保つ北川さんのシナリオ的手法であるとか、池田君が「法隆寺土塀」で示したリリカルなモチーフとエピカルとの交流のなかに交響樂のように回歸する主題など、何らかの絞りがなくては成功した作品にはなつていない。緻密な効果計算によつて構成された、これらの特殊な場合を除くとき、餘りにも散文的な現代の長篇詩はヨーロッパ詩學に郷愁に似たものを感じさせる。

こう考えてくると、北川さんには叱られるかもしれないが、長からず短かからずというところが日本自由詩のホット・コーナー（三壘）になつているのは故のないことではないと思う。

ゴムの實

山本和夫

明治以後の作家で、鷗外を除いて、私は二葉亭四迷と國木田獨歩が好きだ。二葉亭のあのロマンチシズムを偲ふと、私は一種の郷愁に駈られる。

飛行機を待つために（遂に座席は取れなかつたが）シンガポールに暫く滞在していて、イの一番に二葉亭四迷の墓に詣でた。案内して下さつたのに、北川冬彦氏であつた。四迷の墓に、頭を下げながら、私は目頭が、熱くなつてならなかつた。

二葉亭のロマンチシズムを、日本の文學者の誰が承け繼いでゐるだろう。二葉亭は尊い種を蒔いて逝いてくれた、その芽を誰が育てたであらうか。誰も、育ててゐないのぢやないか。二葉亭大人は、寂しいであろう。私は、その墓に詣で、自頭を熱くしながら、そんなことを考へるのであつた

頭をあげ、ふと、傍を見ると、ゴムの實が二つ落ちてゐた。私は、それを拾つて、ポケットに入れた。大切に、日本へ持つて歸つた。

私は、そのゴムの實を、机の上にのせておいて、無聊のときに、指先で弄び、二葉亭を思つたり、北川冬彦氏に感謝したりしてゐた。……しかし、このゴムの實は、戰災で、藏書と共に燒いてしまつた。

今日、北川氏から、原稿を二枚書いて送れといふハガキを貰つて、ふと、あのゴムの實のことを思ひ出した。

もう一ぺん、シンガポールの墓に詣で、ゴムの實を拾つてきたいものだと思ふ

（十二月六日）

吉村比呂詩

實は本日飛驒高山地方の初雪を突いて私は汽車に乘り富山縣堺の坂下村うつぼと言う山村の部落の青年蕃有志の招きで「詩と文化の會」に臨み座談會を約五時間に互つていたしました。持つて行つた材料は最近の「蠟人形」「現代詩」「日本未來派」「詩學」「自由詩人」其他で六册でしたが、いろいろと進行する中私が以前に二回拜聽した關係で杉浦伊作さんの敍事詩「黑い蛾」について日本詩運動の新傾向を話しました處、「現代詩」を順次回覽するにつれて女子會員は遂に之を聲を立てて朗讀、果ては涙聲となり一座はしんとしてしまひました。余りのことに私も呆然となり今更乍ら敍事詩の持つ深い感動に私も座談を中止して聞き入り、一しきり「黑い蝶」の主人らの話やら新敍事詩についての講義やらでにぎやかな研究的（感動的といつた方が適切です）雰圍氣を釀成いたしました。

（十一月二十八日）

腰掛 他一篇

瀧口武士

腰掛

畑にしやがみこんで
野菜の草をとる
ポケツトには紙と鉛筆が入つてゐて
思ひが湧けば畦が腰掛になる
草とりをしながらの詩人生活だ
手を後につつぱつて
悠々雲を眺める
百姓を利得の道と考えず
眞實土に生くる生活を思ふとき
この腰掛も亦樂しいものとなつてくる

てぶら

夕暮、庭先で薪を割りながら
子どもに言ふ
百姓がてぶらで歩くものがあるかと
來る時には丸太を持つて來い
歸る時には割つた薪でも運んで行けと
すると手傳つてゐた次男の奴が
又眞似をする
「百姓の子はてぶらで歩くな」と
來た方の長男の奴は
寒風の中で爪をかみながら暫く考えてゐたが
又口笛をふいててぶらで歸つて行つた
宵の明星がかゝつてゐた

鼠二題

鶴岡冬一郎

鼠

鼠は明るみでは決して姿を見せない
電氣を消したとたんに
枕もとや蒲團のへりを
縱横にかけめぐる
部屋のあちらこちらに轉げている
小豆大の黑いやつは
云わずと知れたもの
あいつらは
世界じゆう到るところの隅々を
ちようちよろ這いずり廻つているんだ

鼠

ひと切れの芋を嗅ぎつけたため
鼠は
おのが本能のとりことなり
おのれの前に横たわる一切の障碍を取り除こうと
手鏡を蹴飛ばし
巨大なガラス壜を打毀わし
果ては世にもみじめな私の空想力を紛砕したのち
その音響にみづから驚いてか
すでに何處かへか走り去つていたのだ

望郷

大森忠行

(1)

——私の道は
　たへず海の方へ走る

たとへそれが
古い廟に蔽はれた
太陽のない
歯のぬけた石疊であつても

また
蒼空（ソラ）が
向日葵が　丸くくるめく
果しない野中の一本道であつても

——私の道は茫々と
　海の方へ走つてゐる

私は
しばらく住みなれた
箱庭みたいな町の鋪道に
キャンバスを立てた

どうしても變りやうのない私の人生を
さまざの繪具で塗りつぶさうとも

が
日本にはいま
海洋なんてありはしないのに
陸の水夫　私の描くのは
荒れ狂ふ海景ばかりであつた

(2)

私にはかつて

シベリアの颪を
ふせぎやうもなかつた時がある

ざはめき渡る
楡の梢の下や
白骨に似た白樺の並木道で

私はただ
毛皮のシューバに頬をうずめ
終日厚い氷の甃石を歩いた
〇點下四〇度と
氣溫が下れば
透明に晴れわたる
ハルピンの夕映

ロシヤ寺院の前で
白系露人の娘が祈り
敗戰直前の
日本の青年士官たちは
絕望の酒をくんだ

私は見た

はて知れぬ氷原の町の空へ
きびしく胸に十字を切る異國の少女と
最後を狂ふ私のはらからたちと
——もはや救はれることのない
　　母國の死面（デスマスク）を

これらのがれるすべもない
シベリアの颪に吹かれた
私のひややかな放浪の果にも
私はさらに旅を想つた

それは
輝く信仰の空へでもなければ
地平天際の十字架でもない

私の胸の背後で
靜かにたゆたひ　擴がり
やがて響きあひ　轟きあふ
私の暗い海への旅
みすからの心の極みへの彷徨

私は何も祈りはしなかつた
絶望の酒にもよひ痴れなかつた
私は私の聲をあます處なく聞かねばならなかつた
私の海のさはがしい呼び聲を
——その潮騒は叫ぶのだ
　平安の故郷は？
　精神の故郷は一体何處なのだ

母國の訃報をうけたとき
私の船はすでに錨を上げてゐた

（3）

人はその死にめぐりあふ前に
きつと愛にもめぐりあふものだ

ある町はずれ
ダーリアの花かげで
あなたは私を待つてゐた

みしらぬ二人がそれぞれ
半生の輪をはるかに描いて
いまここでめぐりあひ　抱きあひ

あなたは
あなたのかぐはしい未來への輪に
私はたへず私の海を求め
波の脊止まぬ輪の方向に
ふたたび
はるばると別離を描くであらう

だが　この宇宙に示した
形なきたつた一つの愛の墓標を
その地點を
打ち消すものは誰もゐない

ひとときとして
同じ像をして現れることのない
浮雲たちの
たちまちに消へ去る
その美しく短かい生涯

二人が仰ぐ蒼空に　私は願ふ
私達の死はあの雲のごとく
そして愛は彼方の
永却の見えざる星であれよと。

半壊の街

牧野芳子

おまへは二つの顔をもつてゐる、失はれた生硬な手足のかはりに、表情に富む二つの顔を日本人にしてはいまだかつてみたこともないような目と眉のあひだの深いかげり、切迫する距離と時間、エキゾチックなネツカチーフのしたで懐疑をもたない朱唇をひらく、そしてそのうしろにゆれてゐる今一つの顔、おまへに夜の霧は深い。磨滅する不眠の生と泥のねむり、血ばしつた絶望の眼と落ちくぼんだ諦念の眼、悲哀の起伏は共に等しい。

やがて朝！おまへの顔は一つになる、正確な時計の針のかさなるやうに……

平和な湖底によこたはるとほい蜃氣樓のやうな街並のしづけさ、その深い信をうらぎり、やがて又相反する長い午後の對立に、宿命のみちがわかれる、失はれたてのひらのやうに、草のやうに吹きみだされる頭髮の發火するとき、私はひそかに去らねばならぬ、いづれかの極みへ、私自身の生をもとめて、私自身の墓場をもとめて………

しべりや詩集（2）

長尾辰夫

皮肉な微笑

汽車が、トムスク、オムスクとシベリヤ本線に出てからは、樺太移民の家族列車と、シベリヤへ強制勞働に送られる囚人列車とが、私達の兩翼を追いつ、追われつ進行していた。


解放された貨車の中一ぱいに吊された、おしめの移民列車は、ポータブルやアコーデオンに、いとも和やかなはしやぎを見せ、列車が停ると、マダム連の朗らかな炊さんがはじまつた。彼らは自由にとび降りて來て、パピロスやパン屑を拋り込んでは、それを必死になつて奪い合う樣を見て、手を拍つて喜んだ。列車が動き出すと、みんなからだを乘り出して、
サムライ！　バンザイ！

サムライ！　バンザイ！

ハラキリ！

と叫んで、荒みきつた私達の旅情に、一抹の笑いを投げかけて行つた。


それに引きかえて、入口も、四つの小窓も、釘づけにされ、一貨車に四人の歩哨が、屋根の上にまで這い上つて監視している。囚人列車の方は、まるで死のような陰慘に閉されていた。くらやみの中から、力なくしはぶきの咳が漏れ、檢車してゆく驛員の傍に、ぽたぽたと糞尿が流れ出したりした。

生きている。靜かに時を刻んでいる。

目かくしされた檻の中で、行先も解らず、暗中模索する觸角が絕えず動いている。

そのまわりを、自動小銃を胸にした歩哨が、犬のように行つたり、來たりしていた。


私達の列車は、いつもその中間を、皮肉な微笑に挾まれて走り續けるのであつた。私は明暗二筋の人生を想い、やがて樺太とシベリヤに根を下し、生々とした青い芽を噴き上げる、新しい開拓者達の夢を心に描き、住むならシベリヤだと思つた。

歸化人

アムールを渡ると、そこはハバロフスクである。

東洋人八割の有名な歸化の街である。

こゝには、もと日本に籍をおいていた人々が、全く異つた相貌をして立ち働いていた。

私たちのよぼよぼな恰好に引きかえて、彼らは潑剌と、もう何ものにも動じないという風だつた。

謙虚で、鷹揚に、思慮深く、寡默であつた。

固い岸盤を割り出すように、いつもひたむきな思索を宿していた。

その額には長い年月の苦節が刻み込まれ、
その胸には新しい課題を藏していた。

思い上つた街色なく、ありし日の輕佻浮薄は微塵も見られなかつた。均衡を失つた私は、秤の皿の中から、ものの見事に彈きとばされていた。冷水三斗を浴びる思いであつた。

祖國

八木橋雄次郎

リュックを背負つた人たちが、
感傷の岸壁に上陸した。

ＤＤＴにまみれた顔の中で、
眼球はアメリカの旗をみつめていた。

切開された軍港の中で、

みんなは黙つて荷物ばかりいじくつていた。

密造酒を下げた女たちが、
青い山からこつそりと出てきた。

砕けた探空聴音機が、
砂上に散らばつていた。

流木のかげで、
小さな蟹が虚無のはさみをかざしていた。

昔ながらの波が、
どうどうと鳴つていた。

（昭和二十二年十月五日、佐世保に上陸して。）

ひと日の終りに

江口榛一

ひと日の終りにたそがれがおとずれる、
恰度それと同じように僕らの人生の旅路にも
かならず死という果てが來る。
その寂しいうすずみ色の日の暮れ時、
生は去り死のしのび寄る時。

うからと共にある者はみとりの腕にやさしく抱かれ

ふしどにやすらかに眠ればよいが、
しかし獨り行く者はどうしよう。
ひと生の終りをどうしてむかえたらよいだろう。

ある時、僕はこんな老人の死を見たことがある——、
彼はこときれていた　荒野のほとりに。
夕日の淡い殘光が汚れたその髮を染めていた。
そして彫り深い顏容を孤獨が氣高く隈どつていたが………。

ああ　あんなふうに獨り行く者は死なねばならぬ。
かばねを自然の風化にまかせ、
道べに朽ちたおれたいつぽんの木のように。
——それが僕らすべて創る者らのさだめである。

ポジション（5）

安藤一郎

あけがたの　夢から醒めるやうに
私の額を
光る泡がただよひ　旋つてゐる

（私はいま　一篇の詩を書き上げた）

ひとしきり　もがき闘つてゐた自分から
少しづつ　何かが遠ざかつてゆく
虚無の方へ………

私の抵抗は和らいだ
だが　まだ本當に解放されてゐない

私は　一層ひとりぼつちだ
どこにも　應へる者はなく
しいんと澄んだ　自分のまはりだけの靜穏
ひとときの救ひを取り卷いて
直ぐ　例の暗闇――「死」がやつて來る
私は　それを知つてゐる

するとまた
一個の　寂しい強烈な營みが始まるのだ
（次に
私の新しい戰きは　何をもたらすであらう？）
刻々と　暗闇が輪を縮めてゐる
一つの女體から離れたやうに
私は　暫らくうつろだ

ポジション（6）

私のそばに
白く　溫かく　柔かに
おまへの横たはつた形があつた
濕つたくぼみや皺を殘して
おまへのゐる世界とおまへのゐない外部
硬い　ぎざぎざの　殘酷な
市街の廻轉の中で
私は　次第に乾いてゆく

雪の中の少年 他一篇

浅井十三郎

谷間ふかく
にわかに夕暮れがせまつてくる
川の底え
落葉を沈めて
雪が降りつめている。
國境近くの　淵を過ぎると
白蛇がのたうつている　急流の
しぶきや泡をあびて
秀わ、おうきく石を飛び、川を越える。

樹の間や
崖を傳つて
小屋近くなると
欲しいものわ、巨木に斧を振る父の聲だけだ
「また遊んで來たずらが」
目づらでしめす
促しに
秀わ、ぷんと鼻をならし
雨具をぬぐもどかしく
窯の前に立つ。
すばやくアラシをくれる。
ダッと吹きかえしてくる猛烈な火つ氣。
白熱の森林をしずかに横たえながら、熱火の頂點にふみこら
える

秀の眼わ、燃えうるむ。

ぷるんと雪で顔を冷やすと「おれだつて一人前さ」と、ほざ

く秀。
汗にまみれ、素灰(すばい)にまみれ、搔(か)きだしや選炭が終る、と
「秀！立て込みすら出來んで、てめい、さつき何んてつた」
と、たたみこまれる。
「おーい來年のこつたい」とケロリとしている秀。

幾度びか
吹雪の中で灯わ消え
背にある俵の重みが、楢や山毛欅(ぶな)の巨大な年輪に呼びとめら
　れたりする。
秀わ、父にならつて又おうきく石を飛び
川を越える。

2

――あしたは供米の検査だし
――また繩の出し番だ、早く寢ろや。
しんしんと降りつむ雪を窓にしながら
一枚の寫眞に話しかけられる
秀の眠りわ深く――

（いつしか、海鳥しきりに飛び交い、絶壁をえぐつて巨砲
が凝視している。北千島の凍原地帯で、兄貴と肩を並べて
歩いている秀。眦をあげてカラカラと笑う兄の足なみは早
く、たちまち荒海を襲つてくる雲煙わかち難い吹雪の中に
消え去つてしまう。秀わ、泣きながらその後を追いかける
眼に入るものわ自分に向けられた巨砲だけだ。）

3

ただ白一色の
凸凹をめがけて
雪は霏々として降りやます
山野みな茫漠として瞼に落ちてくる
吹雪の中から
默々とあるいてくる
一團。
その後を追つて
ぐんぐん押しよせてくる森羅萬象。
いつのまにか世界わ、かわり
道ゆく人々に
擧手を交わし

じいつと聲をひそめて待つ　童たちの
口をついて湧き上る歡聲。
（ああ天國も地獄もこんなところにいたのか）
積雪數米の底を劃つてどよもす
童たちの萬歳の中から
さつと擧手の禮があがる。
濛々と煙をあげて遠ざかる巨体の中え、若者たちの姿が消える。

一鳥啼かず
雪わ霏々として降りやます
ただ白一色の凸凹の底から、はたはたと部落の夢をゆさぶつてくる
日章旗の朱（あか）が、瞼に重なり暮れのこる。

驛頭で
秀わ、ぽつりと涙をおとす。
よんべの夢——巨砲を向けて叱りつけた兄の眦。たつた一枚の赤紙が多くの若者たちを興奮のまつただ中えひつさらつて行くのが不思議でならなかつた。
道々、頭わ火のように熱く——

秀は狂氣のように蒼ざめて
こそつと納屋にもぐりこんだ。
秀わ、眼をつむつて
ガチャリ押切りに力をいれた
右指二本。つけねから切り落され、耐えきれない痛みが押切臺を眞つ赤にそめた。

4

「馬鹿野郎！指を馬に喰わす奴があるか」
「おーい、ちがわい」
秀わベソをかきながら
朝夕、道を踏む。

雪道わ新しく
日一日と高さをましてゆく
幾朝夕となく踏みかためられてきた
出入口の急勾配をのぼると
天わいつもそこからひらけて
秀に二本の指の在りかを示した。

秀わ、猛吹雪の中にさえ恐しく魅力をたくわいていつた。

5

二本の指のカタキわとらねばならない。

はちきれるばかりの
おもいを
せつせと叺に織り込んでいる
秀の聲わ明るく、ときおり雲霧をさいて飛びこんでくる光
の中で
「おうい、俺だつて一人前さ」
と大聲あげる。
その叺の出來榮えわ一層よくみがかれ
塵をのける手さばきもみごとだ、
はるかに遠雷をききながら、
窓をうつてくる雪の肌ざわりや
空の高さにも
秀の望みわ大きく
秀わ、その手を休めない。
二本の指の仇わ、とらねばならない。

（一九四一年作）

『夜』の議席

1 誰もいない、がらんどうの議席。
2 荷物をあけるとなまあたらしい片腕がとびでてきた。
3 床下から慄えるようなうめきが聞える。
父うちゃん、父うちゃんとゆり起されてからも、生き埋めにされていたのわ、僕であつた、とゆう意識が、余りにもハッキリと浮びあがつてきたのに驚いた。

○

4 翌朝。新聞わレイレイしく決議事項を賑わす。
5 曰く、知らざるものわ幸福なり。
曰く、多數決万歳。
6 糞でも喰らえ、それわ僕たち庶民の合言葉でもあつたが……
……。

新刊書評

『氾濫』について

大島博光

北川冬彦の長篇敍事詩集「氾濫」は全く画期的な詩集だと思う。それは内容と形式において、画期的だといえると思う。

もう長いこと、今までの弱々しい抒情詩や、主観的で、ひとり勝手な象徴詩にたいして、レアリズムの、堂々たる詩の出現がのぞまれてきた。詩と民衆をつなぐ橋はもう長いこと折れているが、その橋をかけるためにも、もつと民衆の立場に立つた、社会的な場面をとらえ歌つた詩がのぞまれてきた。その意味で、わたしは戦後のサカイ・トクゾオの長篇敍事詩に注目していたし、長篇敍事詩のさかんになることをねがつていたもののひとりである。

いま「氾濫」をよむに及んで、日本にも近代的な長篇敍事詩の時代がはじまつたという感が深い。「氾濫」はまさに、それに先鞭をつけたといえよう。

「氾濫」をつらぬいている幅のひろいレアリズムは日本の詩壇にとつて、全く新しい、革命的な分野をきりひらき、今までにない、線の太い、社会的な調子をつくりだしている。象牙の塔と、抒情詩人のせまい主観からぬけでて日本の詩は、「氾濫」においてはじめて、ひろい、荒々しい社会的な場面に躍りでたといえる。

とくに、「曠野の中」における群衆、勞働の場面、日本の帝國主義的資本主義の、侵略的觸手のカラクリなどの描寫は、ひろい社会的なレアリズムなしには捉えられなかつたであろう。

「曠野の中」は革命的な作品である。詩の革命は、口に革命をとなえながら個人主義的で、觀念的な象徴詩を書くことには望むべくもなく、「曠野の中」におけるような、社会的なレアリズムの方向にのみ、詩の革命も可能であるだろう。

作者は、「曠野の中」にふれて、これは「私の「民衆の中へ」を志向した青年期純情の所産」といつているが、それはまた、この社会的なレアリズムの所産なのである。この詩集で驅使されている映画的なイメージのとらえ方、テンポ、構成も作者の社会的なレアリズムによつて生かされているのであつて、レアリズムの眼がーカメラがくもるとき、それは崩れざるをえない。例えば「狐」という作品の結末がそれを示している。この作品の最後の一行は、それまでの緊張した場面を、一瞬にしてぼやかし、この作品を單なる一つのエピソードに落してしまう結果となつている。

「氾濫」をよんで

飯島正

「氾濫」をよんで感じたことを、すこしばかり書きとめてみよう。

北川君はこれを長篇敍事詩と名ずけているが、もちろんこれは、北川君もいつているように、正確な意味でいつているのではなく、長篇敍事詩のない日本の詩壇への提言の意味においてこそ、そういいたてることに價値があるので、作品だけをにらんでも北川君の眞意はでてこない（これは作品一個の價値とは別問題）

なぜこんなことをまずいうかというと、讀

後の純粋な藝術的感興からいえば、集中もつとも感心したのは、「早春」であり、「狐」、「氾濫」がそれにつぐものであつたからである。ところが、これらは、分量からいつても、内容からいつても、長篇敍事詩にちかいものとはいえず「氾濫」一卷を長篇敍事詩を見る見かたはしばらくおく「曠野の中」のような最長篇の作品が、趣旨からいえば、もつとも代表的であるべきであるにもかかわらずどうも詩としての印象がうすかつたのである。これはおそらくこの作品がほかのものよりも特に小說としてすくなくともその當時―まず書かれたためであろうとおもう。

――といえば。「早春」その他も最初小說として―その当時――書かれたことも事實であつた。そこで。問題の「書きなおし」になるのだが、「早春」のその他は、發想が――事實上――詩的であつたために、「行ワケ」がごく自然であり、當然それがよみやすくもなれば、イメエジもはつきり出た。これに對して「曠野の中」は事件が重大また復雜であり、說明も必要、したがつて文章もよほど散文化されている。この作品の「行ワケ」については、北川君もおそらく苦心をされたであろう。なぜならば、もとの文章が、わりに息がながいからである。

そこで考えてみたのだが、その息のながさを考慮にいれ、場合によつては「行ワケ」をもうすこし遠慮した方が効果としてよかつたのではないだろうか。

――というのは、イメエジの單位が、ほかの作品ほど小キザミではない――映画でいう一種のシイクエンスにちかい――からでもある。おそらく敍事詩では、小キザミなのは無理であろう。逆に、ほかの作品では。小キザミのイメジが、それぞれのあいだに、よりひろい磁場をもつている、ということにもなる。

こういつたことは、小說の「行ワケ」的書きかえという特殊な場合にかぎらず、ひろく長篇敍事詩を考えるときにも大切なことがらであるとおもう。すなわちそれは長篇としての見地から見た構成とかリズムとかに関係しているからである。ぼくは、これについてこれ以上なにをいう資格もないが、やはりそれは、なんらかの意味で作品全体に通じる（定型的といつてはいいすぎかも知れないが）一つの樣式をもたなければならないのではなかろうか。――章ワケ、行ワケ、對立シイクエンスのモンタアジエなどについて。その点で、北川君のこんどのこころみは、「詩人の小說」の詩的復元の方法をとつているので詩の生態的研究の意味からも、非常に興味がある。だがなんにせよ、「書きなおし」は常態ではないこともちろんであるが、それが樣式の發見に利する点があるとすれば、これはやはり貴重な實驗である。

特に北川君は、イメエジで詩を書く傾向のひとであるだけにイメエジに直結することばの單位にこめられた表現の責任が實におもい。長篇敍事詩が、ともすればダラダラしたものになる心配があるとしたら、（いままでのものにはそれがおおい）イメエジから出發する北川君の長篇敍事詩は從來のそれとはかなりちがつた樣式のものとなるはずである。またそうでなければ、これをあたらしくはじめる意味もない。その点でも「氾濫」一卷の實驗は、今後の出發点として、注目すべきデイタをふくんでいるとおもう。以上少少「曠野の中」に酷であつたかも知れないが、「早春」その他はいままでの北川君そのままで書けるものそのすぐれた藝術性はいまさら說くまでもない「野曠の中」はこれから書く敍事詩の作者北川君の研究材料として、という意味で以上の、ぼくの勝手なあげつらいをゆるしていただきたい。あたらしいイメエジの詩としての長篇敍事詩それを切りひらいて行く北川君のサツソオたるすがたを想像して、ぼくははなはだ愉快である。きつとなにか会心の作をなすだろう。れ、そうではないか。

「氾濫」評

今村太平

戰爭中北川冬彦氏は一時改名していたことがある。そのころ氏の文章は別人のやうに氣力がなかつた。そして軍報道部に徴用され、二年ばかりして歸つてきたが、氏の頭はすつかり霜をいたゞいていたこの間、氏は兩親をうしない、二人の子の父となり、家を燒かれ、信州に疎開し、つぶさに辛酸をなめてゐる。このいきさつは「夜陰」のなかに躍如としているこの夏浦和の寓居を訪れたとき、停電の家で、むらがるやぶ蚊を拂いのけつゝ、木を割り火をおこす氏を私は見た「夜陰」の「馬のなげき」は、いまなおつゞいているようにもおもわれる。

さいきんの氏の文章を私はおもに「キネマ旬報」の映画批評で讀んでいるが、そこには父となり世帯苦をへた氏の変貌がみてとれる。それは才智や特異の影をひそめ、やわらかい質實な落着いた文章にかわつている。ゴツゴツしたところがなくなり阿Qや「古い鏡」のボーイにみるやうな茫洋とした表情がのぞいている。

「私はこのごろ妥協的になつたと氏はなにかに書いたことがある。フランス映画「高原の情熱」を見て雜談したおり、「私はこのごろアヴアンギヤルドよりも古典をもとめている」ともいつた。この変化は「夜陰」に如實にしめされている。そこにはもはや観念の遊戲はなく、平明な語句が、生活を描寫しているのを見るのである。氏の詩はいまや超現實からリアリズムにかえりつゝあるようにおもわれる「氾濫」はこの変化をさらに明確にあらわした作である。それは前に小説として書かれたものであるが、改行によるたゞの改作ではない。あたらしい詩の誕生である。

私も前に「レール」を讀んだが、それは讀みづらかつた。讀みづらいためイメーヂが明瞭をかき観念小説のにおい濃厚なものがあつた。しかるに「曠野の中」のイメーヂは、まるで映画のやうに鮮明である「むすびの地平の彼方では、ソビエートロシヤが胸をのばしていた」まで、私は一氣に讀まされたものである。

改行は北川冬彦にとつて、過去の彼自身の脱皮であると同時に、また小説そのものゝ分解でもある。。この分解から小説のなかで眠りこけていた詩が掘りだされた感がある、凡庸な散文のたい積の底深くで胸をおされ、氣息えんえんとしていた詩が、いまや天日を仰ぎ、光をあび、春空めざして羽ばたきはじめたのである、それでなければ――これほどに「氾濫」に活力の横溢するわけがない。

こゝにはあたらしい詩の生誕がある。それはあたらしい生命の生誕であるがゆえに脈動し、息づき水々しい。これをしめすものは、平明な語句がうみだす、すばらしい速度と律動である。「助かるかしら、駄目かもしれぬ、いやそんなことはない」「古い鏡」遠のいていた親しみのない空が降りてき、河下から、海からがさがさにさゝくれたつた廣ゝとした河面を、生暖い風がなぜた「早春」日々春の陽ざしは、河を、街を人々の上を、すべてのもの丶上を照らした　（氾濫）このようなリズムを読者は随所にみるであろう。それはことさらふまれた韻ではなく、意識されたリズムではない、作者と読者の交流が、おのづからうみだす内部からの、血のかよう脈博である。

いつか氏はキネマ旬報社えゆく途中「私はこのごろいくらでも詩が書ける。面白いように書け、書きなぐる」ともらしたことがある

氏の小説は不器用で読みづらいものがあるそれは氏が散文の藝術家ではないからであろう。それゆえに小説のなかではすくなからず苦しんだにちがいない散文になめさせられたこの苦澁はしかし無益ではなかつたであろうなぜなら散文を通過することにより氏の詩はいよいよ肉体化されたとおもわれるからであるとくべつの言葉やとくべつの技巧を必要としなくなつたからである。詩は今や氏の平生の念いとゝもにある。それゆえ、私は、氏が散文のように、思うことをのべるときになりたつ　詩は小説がそうであるやうに氏の生活であり吐く息である。それゆえリズムはおのづからうまれてくる。それは、生けるものすべてにある血の流れとして、脈博として、氏の詩のなかで鼓動しているかのごとくである

「曠野の中」を読みおえたとき、私はプドフキンの「アジアの嵐」を見たあとのやうな印象をうけた。「氾濫」はひとつの映画詩であり、映画と綜合したあたらしい文學である。これは氏が映画批評にたづさわるからではなく、氏の資性が映画的だからである。

「古い鏡」も「早春」も「曠野の中」もきわめて悲惨である。それには殖民地民衆のいたましい物語である。しかるにこれを見る氏の眼には感傷がなく、レンズのやうに冷やかだ。エソを切り開くメスのやうに、筆はたゞれくさり痛む患部をグイグイえぐる。惨めな情景はレンズにうつる外景のやうに情潔で冷然としている。こゝに敍事詩や映画に共通する客観的な態度がある。

北川冬彦の詩はまたきわめて物質的である。氏はつねに物を通して考え、抽象と思辯をきらう、それは氏の感覚が、たえず科學者のように外景にむかつてひらかれているからであろうたゞ物から物え氏の眼は馳ける。それゆえ氏の詩は視覚的であり記録的である。

記録映画において、観念の表出は、もつぱらモンタージュによる。そのように氏の☆もまた随所にモンタージュをもちいている。そのいちゞるしい例は「古い鏡」の「註」であり、「曠野の中」のメッカチ老婆である。このやうなモンタージュによつて現象記録は平板を脱け強力な構成をあたえられる。それゆえ氏のユーマニズムは感情的でなく理智的である。それは、エイゼンスティンの映画のやうに、画面と画面が切断されつながれるところにあらわれる。それは情景のなかにでなく、情景のつみかされのなかに構成としてあらわれる。こゝに氏がシナリオに関心をいだく理由がある。

物をえがくことは、氏をしてたえず動きと事件を追わせている。氷の河をわたるサイレン　脈をおうニール、走る列車にしばりつけられた劉、虞。それらをみな動的であり活劇的である。こゝにもまた映画や敍事詩とおなじ性格をみることができる。

私は「氾濫」の作がすべて長篇敍事詩の名を適当とするかどうかしらない。しかしそれが散文のなかにうづもれ、小説に紙おくれていたあたらしい詩の誕生であることはうたがいない事實である。同時にそれを、散文に愿かれ、散文のなかで窒息していた北川冬彦のあたらしい目ざめでもあるようである。この目ざめが、氏の詩の、リアリズムえの轉回にともなつている事實は私にはきわめて意味ぶかくおもわれる。

（一九四八、十二、廿七）

望郷詩篇

――放送用組詩曲――

杉浦伊作

一、伊良湖岬

わがふるさとの　想ひ出は
海に潮騒ひ　わぎもたつ
伊良湖ヶ岬（いらこがさき）の　荒磯や
海の怒りの　たけき日は
夜もまた晝も　わきあがる
とどろとどろの　波の音

二、ながらめ賣り

言葉訛（なまり）の　なつかしや
のんのんもんし　のんもんもんし
荒磯でとれた　ながらめを
のんのんもんし　かわんかん
濱街道（はまかいどう）の　まひるどき

三、いちはつ

ふるさとにきて　人訪ふは
かなしからずや　いちはつの
白く咲きたる　草屋根の
想ひを遠く　かへりきぬ

四、ポンポン蒸氣

山にのぼりて　海を見る
デルタの先の　赤い屋根
ボンボン蒸氣の　船つき場
別離の哀愁　ドラが鳴る

山にのぼりて　海を見る
海は內海　春かすみ
ボンボン蒸氣の　船長は
パイプくわえて　呑氣さう
ポンポンポンポン　音たてて
島は篠島（しのじま）　佐久（さく）の島（しま）
五つの島を　めぐりゆく。

五、松　葉

海ちかきほとりの　砂地にのぞめば
松葉あまたしげれ　松葉まさぐれば
眞砂いとどこぼれぬ　いたつきの身にしあれば
なにごとぞかかることしも　悲しく思ひぞはるか。

作曲　山田昌弘
歌手　畑中更子

冬ちかく

湯口三郎

かすかに
目にみえぬ程かすかに
垂れこめた密雲が移ろい流れて行く。
海の方え。
うすい膜を透したように鈍く沈んでゐる風物を、時折サッと
　雲が切れて
弱々しい光の縞が裂いて行く。
それが消えると・
ふたたび冬近い曇天の下
固く貝殼を閉ざして何物かに耐えてゐるあれら……。
迷彩の剝げたトタン屋根、錆の噴いたドラム罐。
ポスターの貼り跡だらけのコンクリート塀。
あばら骨の醜く露出してゐる飢え吠える野良犬の群れ。
枯れ蔟がるアレチヨモギの向う
スト中の工場の煙突はもう幾日を煙を噴き出してゐないのだ
ろう。
ひとつの斷層。
さうだ、斷層には違ひあるまい。
その斷層を埋めるための血みどろな人間のいとなみをも、
すべては虚しいと投げやらねばならぬのか。
寥しいと云えば寥しい風景だろう。
或いは
未來永劫。
これは變らぬ風景かも知れないのだ。
眞ッ晝間。
不思議に人ッ子ひとり出會はない。
ガランとしたこの眞空地帶（エア・ポケット）のような俺の心の
峽間めがけて
しぶき。
冷たく傾斜する雨がひかり。

重苦しいあれらの雲の亂れは
少しづつ
これらの風景をも海の方えと押し流して行くのだ。

おなじく

おや。あんな處に高射砲？
冬近い北千住の黄昏れ。
骸炭の山から謐かに白い鶴が上つてゐる。
なあんだ。クレーンぢやねえか。
どきッとしたよ。

おなじく

夕鶴が
ボンベイの山を越え
市街の方から押し流されてくる骸炭の野ッ原。
ぶよぶよ崩れた倉庫の混凝土。
丈よりも高い芒の穂の尖頭。
杳く
鋸歯狀屋根に鈍光消え、
かすかに
地平が炎えてゐる。
　あのところ
すり墮ちる地球の傾斜の一角で
未だ
人間どもは叫んでゐるのだらう。
バサバサ
一せいに
蝙蝠の大群が飛翔し、
叢むらに
虫の
聲なし。

（二三、一一、三）

沼　第五章

My Young Days

祝　算之介

手賀沼
…………

私はすつかり平靜にかえつている
汽車の窓から
雨にけむる沼のひろがりが
私の心のすみずみにまでひろがつてくる
靜かに位置を變えてゆく沼を
はなさず見入つていても
なにも感じない
なにも心にうずくものをもたない
私の幼年時代は
もはやこの沼とともに
永遠に過ぎ去つたものとして
つめたく凝結してしまつてゆくことだろう

2

私はさきほどからの心の動きを
しずかにかえりみた
私は攻めたてられる幼年の追憶に心を突きあげられ
我孫子の驛でかけ降りた
そしてそれはまつたくなんの不自然さもなかつた
折柄
反對側のホームに
常磐線上り列車が滑りこんできた
そうすることがまえまえからあらかじめ
筋書きされてあつたことのごとく
私はその列車にとびのつた
買い出し客で昇降口はかなり混み合つていた
無理に押しあげ
からだをよじらせ
さいごにからだをふんぞつて
むりやり
ガラス扉をしめきつた
汽車は大地をすべつていた
雨はぼつぼつとしだいにほん降りになつてきた

3

ガラス越しに

私は外界の風物に見入つていた
私はいまがいままで
なにをしにきたのであつたか
考えても見なかつた　それでいて
すべては來ただけのことは
のこらず果しおおせたあとのような
さばさばした氣持に
しだいに陥ちこんでいつた

4

やがて
どんよりと落ち窪んだ沼が見えはじめた
雨しずくがひとすじ
私の見ているまえで
窓ガラスをはすかいに搔つ切つた
まつ二つに裂けた沼は
降りしきる雨にけむり
やがて次第に
かすれて
見えなくなつてしまつた

終

アメリカ詩人論の準備

安藤一郎

最近、アメリカの新しい詩に就いて、いろいろ訊かれたり、また原稿を頼まれたりすることが多くなつてきたので、一つ思ひきつて暫らく、この方面を組織的に調べてみることにした。

尤も戦前に一度着手し、「現代のアメリカ文學」（昭和十六年三省堂刊）にその概観をかいたのだが、空襲で貴重な書物やノートを焼失してしまつたので、また始めからやり直さなければならない。それに、戦争前の六、七年の期間に於ける動きを探ることも必要だ。日本に來てゐるアメリカ人で、現代詩のことに通じ、新判の詩集を持つてゐるひとは殆んどないし、また雑誌のニュースや書評位では、甚だ心細い古本では、これといふのは見つからず、急にかく集することも出來ないので、友人知己の書物を借覧する外ない。それから、あとはCIEのライブラリーを利用する。ところが、さういふ圖書館通ひする暇が仲々ない。土曜の午後か、日曜しかあいてない身なので、ほんの二時間、三時間を割いて、手が痛むほどぶつつけに筆記してくる。

丁度蜂が少し宛蜜をためるやうに、徐々とした資料集めも、決して馬鹿にならず、もう數册のノートが出來て。取扱つた現代のアメリカ詩人は、三十人を超えてゐる。經歴と著作目錄と文献の整理は大體終つたから、これから出來るだけ系統的に作品を讀んで、アメリカ現代詩人を一人宛、仕上げてゆかうと思つてゐる。

今年中か來年にかけて、現代アメリカ詩人論をまとめる計畫である。アメリカ文學研究家は、どういふものか、詩の分野に深くふれようとしない。アメリカの詩は、嚴密に言へば、それほどレヴェルは高くない。併し、二十世紀のアメリカニズムの精神は、ベストセラーの小説などよりは、もつと顯著に、詩に表示されてゐることは確かである。

アメリカ詩人たちの經歴を調べて感銘したことは、それぞれ若いときに、よく勉強してゐること、それから、急進的な詩人は、大抵一種の「脱出家（エスケイピスト）」であることである。我々の方ではアメリカ詩人として見做しても。彼等は、何らかの意味で、アメリカから一旦脱出して。アメリカを烈しく批判してゐるのだ。パウンドを始め　スタイン、カミングズ、フレッチャー、H D等みなさうである。

もう一つ羨ましいと思つたことは、詩人の助成機関が多い事實である。グッゲンハイム財團の奨學金は、若い詩人たちにとつて、大きな恩恵になつてゐる。詩賞としては、最高の名譽たるピューリッツア賞の他、アメリカ藝術院賞、アメリカ詩協會賞があり、「ポエトリー」誌のレヴインスン賞、「ダイアル」誌のダイアル賞など——學術的な詩人たちも一應みとめられて、過去にかういふものを受けてゐる。それに、フロストとかサンドバーグとかいつた、第一級の詩人になると、方々の大學から名譽學位を贈られてゐる。また、國會圖書館の詩部顧問には有望な詩人が任命されるが。かつてマックリーシがさうであり、今度はロバートロウエルが選ばれている。

アメリカは、商業と物質の國と一般に考へられるが、かういふところを見ると、詩人の社會から受ける待遇は、日本の比ではない。

併し、多くの詩人は、處女詩集を自費で刊してゐる。だが、一度世に出ると、非常に立派な裝幀で、ちやんと詩集を出してくれる書肆があるらしい——これは、出版が中央集權的でなく、各地方で獨立してゐるといつた文化狀態によるのであらう。日本の現狀とひきくらべると、感慨無量といふところだ。そして。詩歴十年内至十五年になると、大抵の詩人は、「全詩集」また「選詩集」を作つてゐる。一昨年來朝したロスコレンコ氏は、詩集は精々二千部しか賣れないと言つたが、それにしても、かういふ風に仕事を順々にまとめてゆけるのは、非常に羨ましい。

アメリカには、アンソロジーで便利なのが澤山あることも、注目すべきだ。ルイスアンタマンヤーのやうに、アンソロジー編纂を専門にやつてゐる詩人がある。勿論中には、古い觀念を出でないか、または局部的なグループに限られるとか、我々には全く結らないアンソロジーもある。併し。コンラッドエイケンの編纂した、モダンライブラリー叢書の「近代アメリカ詩選集」（新版）は、包括的と銘うつてあるだけ、作品も多く、ブラックマー、シャピロ、デイロン、パッチエンといつた、新しいところまで入つてゐる。かういふアンソロジーは、日本の場合でも必要である。今度一つ、うんと廣汎な、そして嚴選した現代日本詩集を作つてみようなどと考へたりしだ。

とにかく、現代アメリカ詩人のことをやつてゐるうちに、刺激を受けることが少くない――自分の詩作と詩論の中に、何かをプラスしてくれることもあるだらう。いづれ、順次に、新鮮で豊富なインフォーメイションによつてアメリカ詩人論を書いてゆくつもりである。

サナトリアム通信（一）

杉浦伊作

第三回の手術も終つて、冬の最中だといふのに、ぽかぽかと暖かい個室で、詩を書き、人を想ふことせつなる日よ。

宮崎孝政

昨年のいつ頃であつたか、一寸どう忘れましたが入院前のことだから、三日以前のことである。ある夜、北川さんのお宅から「めずらしいお客が來てゐるから遊びに來ませんか」と案内を受けたので「誰かしら」と考へながら早速参上したら宮崎孝政の大人がもう一杯きこしめして、あのとくゆうの歯のまわりで嗤ふやうな高聲で、怪氣焔をあげてゐた。「これはとばかりに」挨拶すると、すぐ一杯呑めと云ふ。昔にきこえた上戸に北川さんも自分も下戸、一杯きり貰つて、あとは（とても孝政老の酒を奪つて呑む氣がしない酒に目のない人だ）返杯して彼を見つめると、老はいささか手がふるへてゐるやうだ。だが、その酒杯を持つ手のなんと嬉しさうなことよ、且て、一升びんさげて人形町の彼氏のアパートを死んだ倉橋君と訪れ、酒仙の此の二人が忽ちにして一升を空にした元氣に、あつけんからんと、どぎも抜かれた自分、今、いささか老いこんだ宮崎の大人がさほどでもなさすらなのに、陶然として酔ひ、いささか。ろれつもあやしくなりながらも、こと詩に關することになると、きりりとして、がいたんされるところなぞ、まことに往年の宮崎孝政らしくて甚だ心強い。「まるで、氣骨のある詩人がいなくなつたぢやないか」と、目を据ゑる。云ふ通り全く、その氣骨のある詩人がゐなくなつた。北川冬彦も宮崎孝政と同年輩の年だ。一人は現役のばりばりの氣骨の詩人、詩壇の大久保彦左のやうな、宮崎老を今年は一つ引ぱり出して、なにかと、活動させたら面白いと思ふ。昨年あたり、ちよいちよいと、此の老人皮肉な胡椒をきかしてゐたよ。岡本彌太を最初に俺が見出したと云ふた男をやゆしたり、「儂の處に一年詩を送りなさいよ、大家にしてあげますよ」と云ふ（今もかわらぬ東京には愉快な詩人がゐるといふ）その詩人に「おれがひするわ。××さま」なんて人を喰つた愉快な老人だ。老人だ。老だと云ふとかんかんに怒るかもしれぬが、死んだ、倉橋の家に一寸ゐたことのある、彼の總領が、まだその頃は八甲の受驗に來てゐて小學生であつたのに、今では、復員再入學（假卒業したのださうだが）の帝大生、その息に可愛い子供があるときくからにしては、孫に逢ひない。孫が出來れば、おぢいちやんぢやないか。ああ、詩人も老いぬるものかな人事でない。自分も、もう娘が二十一才になつた。いつなんどき老と云はれる日が來ないとも限らない。宮崎老よ、お敵るしなさい。

山田昌弘

山田昌弘君は。詩人ではない音樂家だ。未知の人か多いから紹介する。大いに御交誼と彼を宣傳して欲い事だ。山田君とはここ清瀬のサナトリアムで知り合ひになつた。君が僕の郷里の都市、豊橋の住人だときいて、大いに談をあたためたら、前住ひが、私の娘の家の近くそれがら、又ぢや前に丸山薫氏が今度山形から引きあげての、寄偶先に近いではないかと云ふと「それは、　私の音樂のお弟子さんの家だと云ふ」いやはや緣はいなもの。その山田君が、僕の音樂家の唯一の友人畑中良輔君の親友で上野を同期に出た人だと云ふのだ。そんなこんなの奇緣で、今度畑中君の奥さんの畑中更子さんが　ＮＨＫの音樂時間に放送する詩曲を山田君に依頼しその作詩を僕が引き受けて、作つたのが「望郷詩篇」の五篇である。僕はまた、第三回目の手術をして、十日ばかしたつたばかしで、絶對安靜の仰臥であつた僕はなにもかも取り揃つた嬉しいトリオなので傷のいたみもそつちのけで、三日がかりで作りあげた勿論ペンがまだ持てないがら附添ひの家内に口述筆記し、出來あがつた分を清書して貰ひ、それを壁にはつて眺め、推敲した。完成すると、それを家内が山田君の病室に運び、山田君は、それを又ベットの上で、作曲する。作曲に必要なピアノがない。そこで、山田君は、安靜あけの僅な時間をぬけ出して、このサナトリアムの近くにある織木といふお醫者さんの宅のピアノを拜借に走り、完成すると、今度は私の病室に來て、山田君は、伴奏も口で、そして、詩曲も私に歌つてきかせる。山田君はもともと聲樂家なのだ。今は病氣の都合で歌ふことを、隱えに隱えてゐるだけに、なんか藝術的な昂奮が、うつぼつとして、胸にわだかまつてゐたのだ。それだけにそのパッション堰をきつたやうに作曲面に表はれた。だから、神氣が漂ふやうなものがあつて、まつたくその美しいメロデーの構成は、神氣にちかいものがある。私は、ナイーブで、そして東洋的の鄕愁の漂ふ美しいメロデーに、こつとうとして私の詩に、こんなにも美しいリズムがひそんでゐたのかと、前の發見者の山田君に感謝し彼山田君の技量に今更ながら感心した。そのメロデーにあはせて私は私で、又、詩に倚一層の推敲を加へたのであつた。山田君は山田君で外泊を願ひ出て、歌手の畑中更子さんと打合せに出かけて行つた。前の山田君の處女作にも近いこの作品は、先張友人知己等の間に新進の作曲家のホープとして絕大の人氣を得たと云ふ、嬉しいことである。機會があつたら、是非一度山田君の美しいメロデーを聽取し、そして後援してほしい。

鈴木惣之助

名古屋の詩人鈴木惣之助が「名古屋文學」に據つて十年振りくらひでカンバックした。今の若い人はあまり知らないかもわからぬが、今から二十年くらひ前名古屋で「社會詩人」といふ雜誌を發行してゐた貨にき骨のある詩人だ。「宮崎孝政の大人よ。ここに白髮を染めてカンバックした彼を知つて與れ「東海詩人協會華やかりし頃の鈴木惣之助、そしてそのカフエーサロン太陽の經營者鈴木惣之助代議士のやうな名を持つてゐる鈴木惣之助その惣之助が今どうやら、臥龍の狀態で細君の里に（中京から、いささか離れた處の）蟄居してゐて、忘れられない詩にカンバックしたのは頬笑しく又嬉しい。往年の闘士として、いささか有類の親分のやうだつたサロン太陽の主人が、野にひそみ百姓姿で詩作生活を營むなんて、又一寸おかしいが――好漢、惣之助の活躍の日も亦近しか。大いにガンバレ。

編集後記

△現在詩及び詩人の社会的存在は薄ばしいものではない。総合雑誌に詩の掲載と云うことは、昭和初頭、われわれジェネレーションの開拓して以来行われてはいるが、詩が文芸時評の対象となることは殆どない。毎年の終りに、新聞などで文壇の回顧記事が出るがそれに詩壇が取り上げられることは先ずないと云つた有様である。このように詩は文壇の片隅に追いやられてはいるがしかし果して現代詩はそのように貧しいものだろうか。私は決してそうとは思わない。昨年の秋から冬にかけて、私は宝文館の詩叢書のために「詩の話」一冊を書きおろしたが、現代詩人の業績は明治大正のそれに比して劣るどころか、優位していることの確信を得た。現代詩は、一般社会に認められるに価する資質を充分備えているのである。詩及び詩人が、社会的に認められていないについては、その資質の貧しさにその原因があるのではなく、詩人の物ぐさによるところが少くない。詩人他の芸術ジャンルではすべて団体を結成して社会的存在を示しているのに詩人にはそれがない。これは詩及び詩人にとつて大変不利である。最近。詩人の団体を要望する声もぼつぼつあがつているが。これは是非とも実現させなければならない。権威あるそれを結成せねばならぬ。

私は、敗戦後、長篇叙事詩の復興を唱えているが、これを唱える動機の一つに詩の社会的存在の向上と云うことが考えのなかにあつたことはたしかである。物語と構成のある長篇叙事詩を書くことによつて。小説に拮抗しようとする意図を持つていたのである。この号では長篇叙事詩に関する論議を特集した。これは、詩壇にとつて有意な企てである必読の文字であると信じて疑わない。

「長篇叙事詩運動」の展開によつて新たに詩のジャンルが復興確立され、詩及び詩人の社会的存在の向上がもたらせることが私の願望であるともかくあらゆる方法と機会をとらえて不当に低められている詩及び詩人の社会的地位の確立が期せられればならない。

△本号で連載の祝算之介作「沼」を完結した。

△小宅を建てゝ引越したこんどの私住居は、都心にしては閑静なところだが、これでも、省線の音、飛行機の飛ぶ音、など浦和に位べると何となく騒然としている。浦和の住居は旧中仙道に沿つた旅館であつたが、今にしてみれば。たしかに陰棲であつた。連絡のための諸会のこともあるし、これから私は積極的に自分の仕事を押しすゝめねばならぬであろう。前号にも書いたが、どうか初めての訪問者は、予め連絡をとつた上で日曜の午后訪れて貰いたい。省線信濃町駅下車が一番近い

△いよいよ予告した「長篇叙事詩研究会」を始める。参加希望者は申込んで貰いたい今のところ規約は設けてない。

北川冬彦

◎次輯は作品特集号又五月号は九六頁堂々たる企画特集をやるつもりである。尚別広告の如く河村と小生の詩集が刊行されるぜひ後援願いたい。（浅井十三郎）

編集に関する一切は左記のこと
東京都新宿区四谷須賀町一〇ノ一
北川冬彦宛

現代詩同人

安西冬衛　笹沢美明
安藤一郎　杉浦伊作
浅井十三郎　杉山平一
江口榛一　壺田花子
江間章子　永瀬清子
瀧口修造　村野四郎
北川冬彦　山中散生
北園克衛　吉田一穂
阪本越郎
（順序不同）

現代詩　第四巻第三号
定価　金四拾円送料弐円
直接購読会費　一ケ年四二〇円
昭和廿四年二月廿五日印刷
昭和廿四年三月一日発行
編集者　北川冬彦
編集兼発行人　関矢与三郎　新潟県北魚沼郡広瀬村大字並柳
印刷人　佐藤利平　新潟県古志郡［illegible］町
発行所　新潟県北魚沼郡広瀬村大字並柳乙一一九番地
詩と詩人社
浅井十三郎
日本出版協会員番号　A二九〇二九
配給元　日本出版配給株式会社

昭和二十四年二月廿五日印刷納本
昭和二十四年三月一日發行
昭和二十三年五月二十八日第三種郵便物認可

現代詩（第二十八集）

定價金四十圓

現代詩
四月号
THE CONTEMPORARY POETRY
昭和二十四年三月廿五日印刷納本
昭和二十四年四月一日發行（毎月一回一日發行）
昭和二十三年五月廿八日第三種
現代詩
四號（通巻二十九集）
作品特集
詩と詩人社

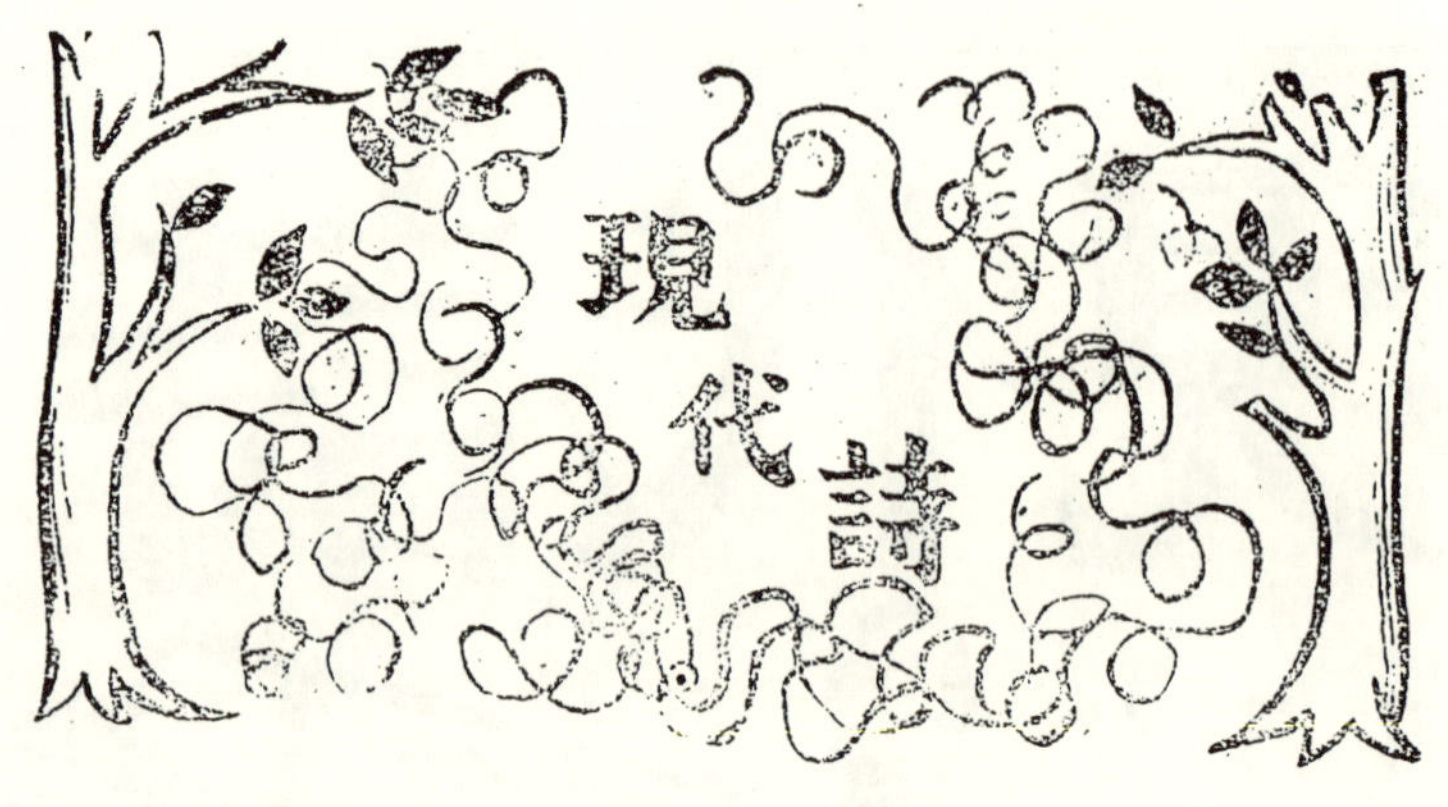

昭和24年 四月號 目次

長篇敍事詩運動……北川冬彦

コレスポンダンス――（奥山潤・飛鳥敬・古谷津順郎・北川冬彦）

（評論）
禪の詩について……北川桃雄
現代詩の黎明……大森忠行
新藝術至上主義……濱田耕作
夜の肖像……木原啓允
音樂家の求める詩について……山田昌弘

作品特集

坂本越郎 永瀨清子 壺田花子
北園克衞 杉浦伊作 池田克己
杉山平一 牧章造 祝算之介
安彥敦雄 山崎馨 吉川仁
小野連司 高嶋高 高村智
船水清 岩倉憲吾
瀧口武士 殿內芳樹

（書評）マルクス詩集について……岩佐東一郎

（後記）……（北川冬彦・淺井十三郎）

現代詩

四月号

長篇叙事詩運動

北川冬彦

長篇叙事詩運動に、はやくもケチを付ける者が出てきた。長篇叙事詩運動は文學の運動であつて詩の運動ではないと或る者はチョッカイを出したが、こんな偏狭な考えを持つているから、詩は社會の片隅へ追い込まれる仕儀となるのだ。抒情詩否定が舊抒情詩へのアンチイテーゼの意義を持つことが判らないと同樣叙事詩强調の意義を洞察し得ない徒輩が若干ある。手元に掲載誌がないのでハッキリは出來ないが、素讀の記憶では永瀬清子が「爐」で長篇叙事詩を頭ごなしに否定していたようだ。間もなく僕へ手紙が寄せられ「氾濫」を讀んであの説を訂正しなければならなくなりましたとあつたが、輕率なことである。長篇叙事詩運動は始つたばかりだが、この運動への共鳴者の少くないのは、この運動が時代の要求に基いている證據である。これを如何にすゝめるべきかは今後の研究に待たねばならないけれど、始つたこの運動は頭から否定さるべき性質のものでは絶對にないのだ。自分がやりたくなければ、默つていたらいゝし、能力がなければ人にやつて貰う雅量を持ちたいものである。

禪の詩について

北川桃雄

○

禪僧にして詩人、または詩人にして禪を解するものの漢詩形の作品は、いづれも、いはゆる「禪味」があると稱せられてゐる。しかし、詩が詩である所以は、もとよりそれが藝術性に富んでゐて、讀む人の詩的感情に訴へるからである。かならずしも禪味を解しなくともいゝわけである。禪的意味をもつ水墨畫を美術作品として鑑賞するためには、べつに禪的悟りを必要としないと同様である。白隱や仙厓のユニークな墨畫の形成と彼の禪的心境とはもちろん深い繋がりがあるが、その繪がすぐれてゐるとみられるのは、事實、結果として創られた繪そのものが、高い藝術價値を要求してゐるからである。藝術の創作的技術如何によるのである。禪詩も同じである。

禪畫も禪詩も象徴的であり、その目的とするところは結局、禪心の暗示である。禪畫は墨一色の簡潔な描法で對象をかなりデフオルメしてゐる。しかし、大抵描かれてゐるものが、知識的に判斷できるか、想像しやすい場合が多い。したがつて、それに對する美的享受は比較的に容易である。これに比らべて、禪詩は今日のわれわれに縁遠い難解な文字藝術である、概念化されてゐて、知的努力が相當に要る。或る程度その文字的意味が判り、行間の詩情が汲みとれゝば、普通の文學鑑賞としてはまづいゝとしなければなるまい。この詩情が、幽玄だの枯淡などといふ形容を冠せられる或る種のニユアンスを帶びてゐるとすれば、それは作者の禪的精神にもとづく感覺表現の結果であらう、その文字的表現をとほして作者の究竟の目的とする禪境が會得できるには、それに相應した禪悟を、讀み手がもたなければならないことになる。さうなれば悟りの境界から遠い、俗人である僕なんぞには、禪詩を悦ぶ資格はないわけであるが、詩（藝術）を鑑賞すると云ふ立場からは智慧分別を越した詩的雰圍氣を感覺的に享受できるといふ程度でいゝんぢやないかと思つてゐる。悟達にはいつてゐる人のはうが、さうでない人よりも禪詩に味到できることはいふまでもないが、悟つた坊さん、かならずしも藝術を享受する感覺にめぐまれてゐるわけではない。

禪的詩は作者が時に應じ感興にまかせてつくつたほかに、碧巖錄など禪問答集の中に一種の讃美的な感想詩（頌）もあるし、水墨畫中の題讃の詩もある。中國では禪の盛んになつた宋時代に詩的才能にめぐまれた禪僧が輩出して、禪畫とともに、かういふ宗教文學が大いに流行し出した。その影響をうけて、わが國では鎌倉、室町時代にいはゆる五山文學が盛んだつたことは諸君の知るとほりである。

○

禪詩は概して事柄や行爲を詠つたものよりも、自然現象や風景を描いた作のはうが判りやすい。作者當時の語句や形容に對する感覺と現代のそれとちがつてゐても、文字面を今日の感覺で受けとつて味はふからであらう。たとへば寒山詩集に

目に見る天臺の頂
孤高衆群に出づ
風はゆるがす松竹の韻
月あらわれて海潮しきりなり
…………………

などの詩句は普通に文字的に解しても、壯大な自然美を印象させられるであらう。

我れ山中に居り

人の識るなし
白雲の中
常に寂し

繰り返し口誦さんでゐると、わづか四行の中に一種の虚無的な情緒がただよつて心に迫る。詩の眞意はそれだけの享受ではほんたうとは云へないかも知れぬが。

寒山詩を愛讀した良寛の詩にも

青山は白雲の父
白雲は青山の兒
白雲終日傍うて
青山すべて知らず

といふ短詩がある。僕は信州に行つて山に對つてゐるとき、不意にこの詩を憶ひだし、實感的に判る氣がした。良寛の眞意とは別に、自然の非情の美しさの象徴として、いや、そんな理屈もつけず、一片の白雲のただよふ青山そのともの實在（リアリティ）を直下（ぢきげ）に感じた。

誰だつたか作者は忘れたが、「堪レ對二暮雲歸未レ合、遠山無限碧層層」などといふ句も、氣分象徴ゆたかな自然詩して心に殘つてゐる。

現代の若い詩人諸君は詩に志してゐる以上、もちろん東西古今の名詩もよく熟讀されてゐるにちがひない。が、或ひは、中國の詩形などは陳腐として全然みむきもしないかも知れない、譯の判らない禪詩などは眞平だと手をふるかも知れない。「譯の判らない」といふ點では、飜譯された佛蘭西象徴詩だつて同じことである。西歐的な感覺の匂ひを除いては。又、かうした東洋の詩が、現代の生活感情に即さぬばかりか、とかく隱遁的、厭世的、虚無的な——要するに非社會的な消極の一面をあらはしてゐることも爭はれぬ事實である。しかし、歴史的にみても、禪の眞意は社會現實に對して積極的にはたらきかける逞くましい一面を十分もつてゐるのである。ただ、現代のやうな變轉きわまりない世界、浮き沈みのはげしい人生においては、この世界、この人生を超して、或ひは、それ自体の中に、時間と空間と物質の束縛に煩はされぬ世界を求める心は、さらにつよいやうである。積極的に神や佛（この頃は世界的でヒューマニスティックなキリスト敎ばやりらしいが）の信仰にまで到らなくつても、とにかく泡沫のやうに移り變る現象に動かされぬ心境をもたうとする人も少なくはないであらう。さういふ人にとつては、時に、かゝる詩境も魅力はあるのだ。かならずしも歳のせいばかりではない。

○

先日僕は鈴木大拙先生の近著〝LIVING BY ZEN〟を讀み、その中に宋代の禪僧雪竇（せつこう）の詩を解釋した一節を得た。英文であるため漢詩や漢字からくる因襲的な匂ひをまぬがれ、別趣の味があり興味をおぼえたので、こゝに紹介する。禪詩鑑賞上の一助となれば幸ひである。

一／を取りのけ
七／を手放すな
天上天下そして四界に
彼と竝らびたつものはどこにも見當らない　(1)
彼は呟やき流るゝ水の上をしづかに歩み
虚空（そら）を見わたし、飛び去りし鳥、影をあとづける　(2)
水草は生（お）ひはびこり
雲は頭上に垂れこめてゐる　(3)
洞をめぐりて花降りそゝぐところに

須菩提（スブーチ）は瞑想（おもい）にふけつてゐる。
その「空」の教は侮辱と隣眠に値するだけだ。　(4)
こゝには揺らげる何ものもない
もし汝が少しでも揺ぐならば
たちどころに卅棒が下らう　(5)

雪竇（せつちよう）の短詩はまた不可思議である。その意味を一般の讀者に近づかせるためには二三の註釋が要る。

（1）この詩では一と七といふ數字は雲門（うんもん）（宋代禪僧）の「十五」「十五番目」を想起させる以外に、主題とはあまり關係はない。だから「一を脇に取りのけ」「七を手放すな」に眞意はなく、數、すなわち概念に執着して、辯證法的綱目にがんじ搦めにならぬやうに警告を發するのが目的である。しかし、人がかゝる執着ともつれから自由になるときには、彼は「天上天下唯我獨尊」である――佛陀がその誕生に當つて發したと傳へられる言葉のごとく。

（2）「唯我獨尊」の人の現れるや、彼はあまねく奇蹟をはたらかす。しづかに流の上を歩いて、水も無事にこれを支へる。虚空を凝視して、飛鳥の跡を劃する。けれども、これらは單に、彼が行ふ、さらに大きな、本質的に獨得な奇蹟を象徴するものにすぎぬ。何故かといへば、彼はわれ〳〵と同様、はなはだ散文的な業（カーマ）に縛られた道に生きてゐるのであるが、その內的生活では毫も業（カーマ）に縛られず、諸法則につながれず、あらゆる意味において、自由であり自己の主であるからである。彼は「絕對的現在」をすでに把握し、そこに生きるのであるが、外見上、その生活はわれわれと同じく、時間とその諸限定の中に規定されてゐる。彼はアダム（すなわち時間と空間）に死し、キリスト（絕對的現在）に生きる。彼は燃えさかる火中にあつて燒かれず、大海の波濤に呑まれても溺れぬ。何故か？彼は今や生命そのもの――時間と空間がそこから織り出される生命そのものであるからだ。

（3）悟りがそれ自身の世界を得たときは、それは多様の世界にもまた見つけることが出來る。事實後者（多様の世界）を避けるやうな悟りなら、眞の悟りであるはづがない。それは不活發、不內容の「空（スンヤター）」と決して同一物であつてはならぬ。ゆゑに水草は豊かに茂り、雲はおもく頭を醖ふのである。悟りは分別化の中にも榮えるべきである。悟りが時間、空間とそれによつて決定される事物を超越するとき　悟りはそれらの中にも存する。悟りがそれらに浸透しそれらと同一物となるとき、意味ふかきものとなるのである。

（4）神、その他一切の天上的な存在は、あらゆる現世的な束縛（きづな）と情欲を離脱し、「虚空」に住んでゐる「一人」に對して、純一無礙な尊敬の情を寄せるかもしれぬ。自我を否定し、現世を忘れるサマーディ（三昧瞑想）に沒入する苦行者としての須菩提（スブーチ）（釋迦十大弟子の一人）に、天から花を降らせるかもしれぬ。が、悟りはそこにない。悟りはむしろこれに反して、輕蔑しないまでも、憐憫をもつて　かゝる一面的な超越主義（トランセンデンタリズム）や、全てを滅する絶對主義（アブソリューチズム）を見下すのである。

（5）この點にわれわれが動揺することは許されぬ、いさゝかの妥協も不可能である。悟りの道はわれらに先立つてあらゆる二元的な複雑性を一掃する。もしわれわれが「絶對的現在」において、　悟りとともに眞すぐ進むことができないときは、まさに雪竇の三十棒に値するであらう。

時評

小林　明

新日本文學會の平和宣言發表以來、數多くの文學者によつて「平和への意志」が再確認され「暴力否定戰爭反對」が表明されはしたが、いづれも大同小異のオ説ゴモツトモ式論議にすぎず、云つてみれば、社會人としての良識ある言説であつたにしても、文學者としてこのオリジナリテイに立つ强烈な主張は終に見られなかつた。それは、宛も、街頭に立つてメガホンで姦しく叫ぶ募金の學生たちのように、その目的の崇高さと正しさの前に一言半句もなくて從事しなければならなくなつた者の、假面のような白々しさすらあふれていた事も稀ではなかつた。そして、全く、多くの論議はその白々しさ故に、反つて戰爭を期待挑發しているのではないかと錯覺せしめさえしたのだ。處で、我々には街頭の學生たちと同様に「博愛」の主体性は確立されておらなくとも、正午を報せるサイレンの音を耳にしてさえ、不意に皮下の筋肉がゆるゆると喑く凝縮するほどに、慘虐な日の記憶はなまなましく印せられている。無論、主体性がないわけでないのだ。そして………正に、語るに落ちる。喑い記憶を詠われねばならない。それは凡百の平和論議に優ること數等であり、然のみならず、誰が本當に抵抗しているか反對しているかも同時に判然とするだらう。現在、反フアツシズムを唱える人々が本音は戰爭禮讃者であつた？などという案外な答えがでなければ幸いである。ああ。

死刑宣告

永瀬清子

思ひかけぬ瞬間に執行人は來た。
むしろさわやかにそれは宣告せられた。
わが眉の動かなかつたかを私は氣にする。
もう私の口にするどんな言葉も憐れまれるにすぎない。
何もかもあきらめたのだが
その憐憫と言ふ事をこばみたい虛榮だけがまだ殘つてゐるらしいのだ。
それと氣づいて片頰のかたいほゝえみも次第におさめた。

それは仲々自由にならなかつた。
幸に外光はまばゆく、
凪とともに樹々はかゞやき
私にはそれだけをよろこびとした。
最後にはその微少な事にもすがりたいのだ。
私は重く歩をはこぶ。
今はたゞこの數分の忽ち過ぎんことを願ひ
あゝしかもなんとくるしい思ひ出の壓倒。
そははげしく打たるゝごとく彈（ひ）かるゝごとく。
然しこの時一切の準備は終り
私は錘りのごとく垂れ下つた。
そしてたちまち思ひ出は
鳩のごとくに
　燃えつゝ飛び去つた。

雪

壺田花子

たへまなく　たへまなく
降つて來る雪よ
誰れがこの見えない　をさで織るのでせう
淸らかな
婚姻の日のいでたちを

たれが　まとつたらいいのでせう
この白ぎぬを——
雪が降るたびに
こころが水仙の花のやうに　かほります
純潔な乙女よ　全き勝利よ
これは　そなたのための贈物でせうか

美しく地上に展のべられた白絹よ

いいえ　すでに召された人たちが
もう一度　逢ひに來る姿です
「ごきげん　いかが
お仕合せにお暮しですか」
あまりにさみしい冬のため
彼の人たちはなぐさめ顔に降りて來る
雪の雲にのり　ほんのわづかなひとときを

「行つておくれ　冷たいものたち
私が抱いてゐるのは年老いて來たからたちのいばら
長ぐつもない　みじめさだ」
訪ねて來た戸口では、見知らぬ女が笑つてゐた
「行つておくれ　冷たいものたち
お前が與へて呉れた着物はすでにない
私は別な働き着を用意してゐる」
訪ねて來た戸口では　健康な男が笑つてゐる

降りて來た者たちは　あわてて
煙のやうに馳けあがつてゆく　眼をこする
これが　かつてのわれ等の世界か

われ等の世界は眞實
凍つた噓のふたと　金貨の威嚇があるばかり
あまり氣兼ねは　いらなくなつた
金がないだけが　金がないだけが苦しみだ

雪が降る
あてのはづれた雪がふる
美しい曲線　やさしいものごし
汚れて溶けて　雪がふる

暗い鏡

北園克衛

菫の垂れた鉛
の車
星の縞

私は
切斷
fancyは切斷

泡の

または綿の
よろめく圓筒につき刺る
骨の翼
影響の
輪のないトルソオ

凪の
鞭の
水の
幻影の
梯子らは田園を行く

その髭
その羽飾
そのRiddon
その骨

ひとつの聲は縊られ
ひとつの聲は燒かれ
商人たちの
肥えた星の下に
衰へて
綠の頰と頸と
頭髮の鉛のひとよ
かれは死ぬ

（一九四九年一月）

ガス燈

杉浦伊作

その頃、夜が來ると、街角から、不意に脚立を持つた男があらはれて、軒ごとに、ぽーつとふくらむ、あの、あを白い、炎の袋　ガス燈に灯を入れて行つた。

ぢぢぢーつと羽蟲の群のとぶやうな、あの幽音をたてて、茄子紺色（なすこんいろ）の闇に、夕顔花のやうな光を開くあのガス燈。

その灯が点（とも）ると、街の人々は、なにかしらほつとして、ほのぼのと心をあたためられ、湯上りのやうな愉しさでそれを眺め入つてゐた。

それなのに、私は、うらぶれた悲しい氣持で、蝙蝠のやうに、ガス燈のとどかない暗い露次に、ぴたぴたとどぶ板を踏みしめて歸らなければならなかつた。

殺伐たる夜の部屋で、冷飯に白湯（さゆ）をかけて、さらさらと夕食をすます侘しさに、とても、起きてゐられなく、すぐに冷たい布團のなかにもぐりこんだ。

郷愁にいく夜眠れなく、いつも私は、床の中で遠い友に手紙を書いたことか。


ああ、そんな風に、私の青春が消耗され、私のやうな寄宿人を置いてゐた露次の裏町も今は、さだかに探すことの出來ない荒寥たる燒野原になつてゐる。

想ひ出のなにものかも失はれた街。壞れた瓦（かはら）。瓦（かはら）の土留（とどめ）のあたりに、ひこばえの菜種の花が細々たる莖に支へられて韮色く咲いてゐるのは寂しい極みだ。

うらぶれ、荒地の中に埋れてしまつた想ひ出の街よ。今は夜になつても蝙蝠もとばないであらう。

ああ、それにしても、今日の
天は　いささか快晴すぎる―。

千本の手

池田克己

僕の頭には
千本の手が生えてゐる
千本のその手は
霰となつてふりかゝる奇蹟を支えている
　野蠻人のような
顔貌をした僕が
金屬やガラスの

まぶしく光る街を往來する
だらりと肩から垂れ下つた
親譲りの二本の僕の手は
鈍重に
地を這ひずつている
だから僕の掌は
いつでも眞黒く汚れている

僕の頭に生えた千本の手は
怒髪のやうに逆立つている
その手に支えた
思想や
戰爭や
政治や

雲脂や
　肩から下の僕のあきらめで
　僕の身体はコンゴ人形のように
　びつこをひいている
　不均衡なその運動で
　僕は年中腹を空かせている
僕の頭に生えた
千本の手は
天を掻いている
おそろしい自信で――

小木炭坑集合所

杉山平一

それは十一月も終りごろの、うすら寒い夕暮であつた。私は人と落合ふために、その驛の待合室へ入つて行つた。三・四〇坪ぐらいの待合室は、かなり人がたてこんでゐたが、見わたしたところ目ざす相手も見當らぬやうだし、まだすこし約束の時間に間があるので、どこか席をとらうと、風呂敷包みをまくらに寢そべつてゐる男の傍にわづかの空隙を見つけて、私は腰を降した。すると左手の方五六人さきの角のところに腰かけて本を見てゐる男の横顔に氣がついた。中瀬じやないか。よく見るとやはりさうだつた。

「中瀬君」

私は立上つて、彼の前へ行くと、さう呼んだ。

「お」

彼は顔をあげると、私をすぐ思出したらしかつた。

「久しぶりだな、學校以來、たしか一ぺんも逢はないよ、いま如何してる」

「うん、まあ何だかかんだか……」

さういつて彼は言葉を濁してしまつた。

彼は學校時分からさうだつた。私はさう親しくなかつたけれども、また彼と特に親しいものは殆どゐなかつたが、家庭の話などになるとすぐ口を噤んでしまふのだつた。コンパなど賑やかにやつてゐると、急に一寸用事があるといつて立つて行つてしまつたりすることがたびたびだつた。決して威張つてゐるのでなく、人づき合ひはとてもいいのに、自分を人に識られるのを極度におそれるかのやうであつた。何かその孤高の様子が私には一種の魅力であつた。彼は他のもののやうに、一人散歩したりするのでなく、我々と離れて、雑踏の中へまぎれこんで、自分を識らない人々の中で安住するやうな態度だつた。文科のくせに理科のものと親しくしたりしてゐた。學校を出ても地方の大學へ行き、自分を否定するやうな職業に、すゝんでつくやうに見えた。それが、ひどい自己嫌悪なのか、差恥なのか、私には遂にわからなかつた。

いま十數年ぶりに見る中瀬の顔色は、あまり健康とは見えなかつた。服裝はそんなにひどくはないが、極めて無造作に身につけてゐるといふ感じだつた。

私のいまの職業や住所をいつたり、ありきたりの誰彼の噂をした後、彼のリユツクサツクに私は氣がついた。

「けふは、そして、どこへ?」

「うん、一寸、しばらく……」

さういつてまた言葉を濁してしまつた。

あまり話したがらない様子でもあるので、言葉のと絶えたのをきつかけに、私はそこを離れて、待合所の壁のポスターを見たり、人々の顔を見たりして、その室の中を行きゝした。

ふと氣付くと　左手の入口の上に、　白い紙きれがぶらさげてあつて、下手な筆の字で「小木炭坑集合所」と書かれてあるのが見えた。小木炭坑といふのは、どこの炭坑かきいたこともないが、その紙きれといひ字体といひいかにも佗しげな小さな炭坑のやうな感じがした。

私はあらためてそのあたりの人を見廻した。たしかにその炭坑ゆきらしい人がすこしかたまつてゐた。私はそこへ寄つて行つた。

みどり色のボール紙製のトランクの傍に、菜葉服をきた色の黒い目の大きな男がゐた。妻君らしいのがねんねこで子供をおぶつてよりそつてゐる。

いかにも善良さうな妻君は男に、同じ言葉をくりかへしてゐる。

「――ちやん、すぐ送つておくれね」

男は、空返事で、妻君の背中の幼子の方を向き、太い指で、子供の頬をついてゐるが、子供は寝てゐて眼をさまさない。

私は目をおとして、足元を見た。すつかりちびた下駄、鼻緒は赤と黒の片ちんばになつてゐるらしいが、よごれて、どちらも黒に見えた。

人間の足元、その履物はいつも人生を暗示する。私はなんだか悲しくなつた。目をうつすと、男は古い地下足袋をはき、片方のさきが穴があき、親指が赤く痛々しい、何か濡れたやうな感じで見えてゐた。

すぐとなりに、かかとが斜めに四十五度以上にすりへつた靴があつた。どこを、どんな用事で歩き廻つてゐたのであらう　その疲れた靴の上によれよれの鼠色のズボン、そして身体には小さすぎる形ばかりの背廣をきたその人はもう五十ちかくに見えた。短かすぎる袖からむき出しの手には、ひどくふくれた、擦れて白くなつた革かばんをぶらさげてゐた。

すぐ送つておくれ、といふ言葉から、私は何かその炭坑では、うんと金を貰へるやうな話になつてゐるのかと想像した。

炭坑の係りらしい人はまだ三十四・五に見える。ヂャンバアをきこみ、厚紙を表紙にした書類をひらいて　名簿を整理してゐる。それを覗きこんでしきりに何かいつてゐるのは二十をすぎたばかりらしい若者で血色がいい。首に手拭をまいてゐる。

腰かけてさきほどから、菜葉服のポケットから手紙を出しては、繰返し読んでゐる若者も、やはりその一群の人らしい。鉛筆字のその手紙には何が書いてあるのかどこからきたのか　もうくしやくしやになつてゐる。

その傍には、鳥打帽をかぶつて下駄をはいた中年の人がゐた。彼は片目を白くにごしてゐる。そして十三・四の少年を連れてゐる。おそらく彼の子供なのであらう。何かしきりに子供に話しかけてゐるが、子供はうなづくだけで、だまつて遠くの方を見てゐた。少年は藁ぞうりをはいたままだ坑道は暗いだらう。そしてどんな風が吹くのだらう。

「養老院のおばあちやんに……」

ふとそんな會話が、うしろできこえた。私はふりかへつた。六つ位の男の子の手をひいたお内儀さん風の人とやせた四十くらいの男の人だつた。貰つた餞別の袋を三つ四つ手に、何か留守の指圖をしてゐる様子だつた。子供が何か片言をいつて笑つてゐる。

擴聲機が　鳴り出した。

「六時四十五分發　博多行　改札……」

あたりがざはめき出した。炭坑の係りの人も鉛筆をポケットにしまふと、見廻して合圖した。人々もそれぞれ荷物をもち、うごき出した。總勢十人足らず、そのあとに見送りのねんねこの妻君らがまぢつて、灯のつく前のうす暗の中にごつちやに出て行つた。

私はそのとき、待合所の向ふ側にゐた中瀬が立ち上つたのに氣がついた。私は別れの合圖をしようとしたが、彼はこちらを見ずに、そのまま出てしまつた。私はふといままで見てゐた炭坑の人たちと彼をむすびつけて感じた。あらためて、彼の急いで行つた改札の方を見すかしてみた。しかしもう、うすやみの人ごみは見分けられなかつた。

カタカタカタカタ、走つてくる下駄の音がして、一人の背のひくい男が待合室へとびこんできたしばらくうろうろして丸い眼で炭坑の紙きれを見あげ　あわててそのあたりの人に何か二言三言いつたと思ふと、改札の方へまたかけ出して行つた。

私の待つ人はまだ現はれない。

（四七、三、二一）

奥の闇

阪本越郎

○○○●○○○○○○○○○○○○○○○○○○○○○○○○○○

森ではカッコウが間遠に鳴いて
さびしい夕暮がしのびよる
夕闇がかへりの道をかくして
森の魔法使ひが
つめたい風の手をひろげる
いちごをつみにいつたまゝ
歸つて來ないヘンデルとグレーテルよ
闇の奥では
したしい家も見知らぬ森となり
木々が異様にきしんでいる
きようもどこかで
おびえて泣く幼ない者の聲がする
お母さんを呼んでいる子供の聲がする

夜の肖像

木原啓允

人はマックス・ジャコブのことを、余り語らない、それが單に、キュビズムといふ特殊の一詩派に屬するにすぎぬものであるからか或はもう古い後衛的存在であるからか、だが何れにしても、少くともヴアレリイより古くはないジャコブのことを、僕たちは今も、もつと語つていゝのではないか、殊に僕たちの祖先の詩を、最も本質的に理解してくれ、その後とかく不遇な僕たちの散文的な現代詩に一の强力な定型の根據を暗示し、與へてくれさうな、あの見事な、貴重な散文詩論をとくジャコブのことを。たとへさうでなくとも、この偉大な魂の天使のように無力な悔悛者をナチが殊酷に暗殺するてんまつに關してのジャン・ルスロの「証言」を讀んで、云ひようのないはげしい焦燥にとり憑かれ、思はず何かをしやべり出さずには居れなくなるのは、僕だけなのであらうか。いや、さうではあるまい、そのことについてはもう、やはり僕たちはさながらに檢問されるジャコブ自身のようにすつかり頓珍漢にしやべるか、もしくは結局深く、おし默つてしまふより外ないのであらう。

だが、何れにしても語られねばならぬ、アランは言つた、「詩人とは最初に思想を持たぬ者だ」と。だが、おそらく僕たちは何時までも古代に生きてゐる譯ではあるまい、おそらくアランは、古代悲劇の、アリストテレスのいはゆる「カタルシス」の作用を受けすぎたのだ。たしかに、アランの言ひ方に間違ひはあるまい、にも拘らずこの見事な詩と散文の解説者を嘲笑ふふうに、今日すでに詩人といえど、いかなる特權もなく、最初から思想を持たされてゐるのだといえぬだらうか。詩の可能の土台骨を搖すつて、今日すでに人類の視野に急迫し、倒れかゝらんばかりの、復雜にして奇怪な生存様式の壁は、その處理のために是が非でもさしあたり僕たちに、その「証明と要約と結論」をつまり「思想」を强要してゐるのではなからうか。その時アランにとつて、詩とは豫め決定された「空虚な形式」に響應する一つの諧調、一つの信仰の所産でしかなかつたといふ固定性は、もういゝ語り草とならう。このように不逞の强要を迫る未知の夜壁の所在を、すでにボードレエルや、ランボオや、ロオトレアモンが身を以て豫告したのであつた。ヴアレリイは無恥の頬かむりをして、彼もまたアランのように、ひたすら「大いなる傳統」に凝固したのだ。この意味でたしかにエリオットのいふように、ランボオはヴアレリイの宇宙意識よりも更に擴大された宇宙意識を待ち得た。たゞ、それは完成されなかつたのである。このことはつまり、十九世紀がその所産の完成をひかえてすでに新たに断層の如く直面するに至つた壁思想を强要するその壁がやゝもすればそれに立ち向ふ者を逆に壓殺するほど、困難なものであることを物語るものだらう。かくて、ランボオやロオトレアモンを呑みこんで、その犧牲の痕跡によつて一度びそれが露呈されるや、たとえばヴアレリイがいかに「その泥沼を掻乾すことに努力」（スウポオ）しようとも、もはや「何らの疑ひもなく、ヴアレリイはフランス詩の最も〔進歩した〕試みではない」（エリオット）彼はしよせん、十九世紀の完壁の完成である。そしてたしかにランボオは完成されなかつた。その故に一層、大いに感謝されればならぬランボオとても、反つて今では」たゞ無秩序へ、絶望へと導くにすぎない。とにかく彼が不用意に我々に遺したものは。「宝石商の店先であつて、寳石ではない」。マックスジャコブはいふのである、「詩は構成物である。決して寳石商の店先ではない。散文詩は一つの寳石なのである」。

かつてクウルティウスはヴアレリイの詩を評していつた、「完璧無比のダイヤモンド」と。

僕たちはこの二つのダイヤモンドと寳石とを、よく比較してみる必要がある。一の宇宙意識の實在として限定されるヴアレリイのダイヤモンドと、つれにあらゆる宇宙意識を包攝して結晶させ位置せしめしかも決して限定されることのないジャコブの宝石とを。或は文音樂の交響による象徴的宇宙像と、意味の構成による具象的宇宙像とを。そして、その上に尙今日の僕たちの急迫が、もはや具象的以外の何物でも與へられるものでないことをしる時、僕たちはジャコブの宝石の價値の貴重さを、ランボオに對する彼の記念さるべき「位置」の重大さをしろであらう。

「發句は物をとり合すれば出來る物」で、その場合「こがねを打のべたるやうにありたし」（去來抄）といはれ、或は「耳をもて俳諧を聞べからず、目をもて俳諧を見るべし」（俳諧十論）といはれる、所謂「日本の三行詩」がジャコブらの注意をひいたのも、決して偶然ではない。二十一代の象徴主義詩を經て、日本の詩は俳句に於てヴエルレエヌの願望通りに、又俳諧詩人ヴオカンスの斷定通りに、すでに「雄辯を捉へて、その首をひれ」つてゐたのである。少くともその五七五形式が、和歌に於ける韻律定型と同類のものでないことは、明白である。いはゞ目を以て見るべき具象的宇宙像の構成原理として、宝石の結晶原理として、いさゝか小さすぎる定型。文學として致命的なその場合の時間性の喪失は、当然補綴されればならなかつた。空間單位としての發句を、時間的に連結する連句の所在を無視して、当時のいはゆる俳諧は考へられない。そしてかゝる綜合藝術としての連句を、寺田寅彦は人もしる通り映画藝術の一歩前と呼ぶのである。かくて發句の時間性の喪失の故に、連句の非個人性の故に、日本の詩は天明の頃すでに盛んに行はれてゐた「俳諧大和詩」或は蕪村の突然の試み「普我追悼曲」の如き、現代詩風の散文的な長詩に解体展開せざるをえないものであつた。だから日本現代詩はかくあらねばならぬと、僕は今更ジャコブの肖像をかつぎ出す氣は毛頭ない。實際には、一切の現實を無視して、たとえば日本文學史上、旋頭歌の早い消滅についで万葉前期に属すべき、押韻定型詩の如きが今おくめんもなく往行してゐる現狀のある。一方ジャコブ自身が又その「宝石」をいつまでももて遊んでゐた訳では決してなかつた。一九四八年の今日、いま僕は何をいふべきだらうか要するにダダイストの幾人かは自殺し、ジャコブは暗殺され、又、たとえばジイドはノーベル賞をもらつたのである。

新藝術至上主義

濱田耕作

杞憂という言葉がある。もちろんその語源

なぞ言わなくてもわかつているだろう。が、いつ天が落ちて來るかわからないという心配は、決して荒唐無稽ではないようだ。

　ところで最近、「コスモス」十二号を読んでみると、北川冬彦氏の「出てくれ、現代の魔法使いよ」という詩を引例して、佐藤さち子という女性が「詩的行爲について」という一文で氏を論難しているが、僕はこれを奇怪に思つた。魔法とは政治だけを意味しているものであろうか？魔法とは、科學であると僕は解釈する。「松葉杖による人が、松葉杖が要らなくなるような」――そんなにするものは科學ではないのか？電子一個を遊離させることによつて水銀を金に変える可能を實證した科學の發達は、將來、石ころを芋に変えるようになるかもしれないのだ。

　ところで再び。杞憂という言葉がある。神のいないこの氣紛れな自動体である守宙の中で第二のハレー彗星の出現が、いやもつと恐しい天体変異が人類をおびやかし、また實際に地球に壞滅を與えないとも限らない。それをどうして政治で防止できよう。神がいないのだから仕方がない、というのは舊式なニヒリストのいうことで、眞に宇宙の虚無を實感する者なら、新しい――神に代るものを創造しようとするのが本当ではないだろうか。佐藤氏のエッセイは一應もつとものようだが、あまりに政治に偏向しすぎているように思われる。何も片寄るということそれ自体は悪いことではないがもしれないが、詩人が藝術家である以上、たとえ共產主義者であつても、（思想の主張は別として）何もかにも藝術を政治と結びつけなければならないという理由はない。ただ、社会のこのきびしい現實から逃避して遊んでいる詩人の作品がつまらないだけだ。上田幸法氏がいいことを言つている「ヒモジイ的藝術はいいが、藝術的ヒモジイはつまらない」。と。また後藤一夫氏の場合なぞ、彼はシネポエムばかり書いているようだがその中に社会悪に對しての抵抗がある点でたとえそれが政治と結合していないからと言つて無價値だとは考えられない。藝術家にとつては、やつぱりどこまでも藝術を政治の上位に置くのが正常に思われる。と言つて、藝術が社会悪に反逆し人類平和のためのものならば、それが反革命――資本主義擁護や、オポチュニストの言になるわけはないだろう

　ところで僕はプロレタリアートなのだ。それも谷底の。それゆえに佐藤氏の言いたいことは充分わかるが、「自らは手を拱いて、現代の魔法使いを待望している北川冬彦の（庶民の自由」は、つながれた山羊の鎖の長さは限定される。」という一言は明らかに不当だと言いたい。どうして腕組みしていてあれほど多くの社会詩が書けるであろう。もちろんつながれた山羊である僕等プロレタリアの窮狀はわかりすぎている。そして北川氏自身もその一人にちがいない。が、急激な革命が、果して流血なしで行えるであろうか？流血は絶對に好ましくないのだ。それにまた、現代の魔法を政治だと断定しているのは、あまりにも女性的單純さではないだろうか？――或いは、僕がまだ三十にみたない若さのせいかもしれないが、僕には社会というものが、一筋縄では縛れない復雜なもののように思えてならないのである。

　だいぶ前、アナキストの植村諦氏が「リベルテ」（創刊号）という雜誌を送つてよこされたが、その中に、「政治と文學についてのノート」というエッセイがのつていた。読んでみると、たしかに正常な論である。もちろん人類最高の理想社會が無政治無制度であることはわかつているか、しかし一足とびに、

ナフタレンが昇華するように現代の現實から「人間とは人が考えているよりも二十倍も惡いものだ」（あるロシヤ人の言）という非人間的な人間どもの混在する――それをそのまま無政府狀態に移行できるかどうか。できないとしたら、その人間の天變地異や犯罪やプロレタリアの生活難はどうすればいいのか。

僕がまだ若いので、むやみに社会を復雜に考えすぎているのかもしれないが。僕には、政治的な立揚から離れてヒューマニズムを主張する――淺井十三郎氏の行き方も正しいように思われる。社會を構成するものが個々の人間である以上、正しい政治を慾求すると共にその人間の中の惡を徹底的にえぐり出し、（北川冬彦氏は長篇叙事詩集「氾濫」の中でそれをやつている）人間改造への藝術的協力も重要のように思われる。

　更に。詭辯のように誤解されるかもしれないが。――人類永遠の不滅のために、突然おころかもしれない危險を豫想して、（太陽系か、或いは太陽系以外の）第二の地球の發見とそこへの移住法、またそれの實現を可能にする機械の發明、それらの研究に沒頭して政治に関心を持つひまがないとしだならば、それはいつたい惡いことであろうか？もう一つの例。――ある科學者か、人間が戰爭を始めたり殺人・强盜・强姦をやつたりするのは大腦が異常しているからだと考えて、頭腦改良機の發明に熱中のため政治を全く念頭においていないとしたならば、それはいつたい惡いことであろうか？

　詩人と科學者とでは立場がちがうかもしれないが、科學者には科學者の本分があるように、詩人には詩人の本分があるのだと僕は考えている。（その立場で行爲してこそ、それが本當の詩的行爲ではないだろうか？）北川氏の場合、もとより科學者のそれとは違つているけれど、個性の强烈な氏が、藝術家の立場の自由さを欲求する点で、社会的な詩を書きながら政治的藝術團体に加入しないことは決して政治に對しての無知を露出しているという結論になりはしない。藝術家がコンミュニストであつてはいけないという道理がないように、藝術家はコンミュニストにならなければいけないという理窟もない筈である。ただ、言えることは、コンミュニストであるないに拘らず、搾取政治、軍國主義、（更にそれらと結託して、宿命観――諦らめの心を植えつけ、貧しいのも病氣も戰爭もみな神の意志だという）宗教主義に反逆しなければならないことだ。それが先決問題なのだ。

　が、詩人は、どこまでも藝術家の場に立つてそれを遂行する必要があり、またそんな立場でこそ革命もあろう。僕等プロレタリア詩人は、そのために、美しく同時に感動的な詩を書かなければならない。（岡田芳彦氏の作品には、同じプロ的立場でも、ある一派のそれには見られない美しさと感動がある点で、僕は現在の彼に人間的共感を覚えている）が更に僕は、科學の正しい發達のためにも詩の必要を感じている。（軍隊生活は僕に非科學的な人間の野蠻さを教えてくれた）

　そして僕は、唯物論に立脚して搾取制度に反逆し、（藝術を政治の場から獨立させて）どこまでも藝術本來の美とヒューマニテイを失わない、現在と同時に未來も考えた――新藝術至上主義を主張する。たとえ單獨でも。

×

（僕がこの一文を、敢えて「現代詩」の編集者であり当面の被難者である北川冬彦氏のもとにおくるのは、國旗揭揚台の頂上で結婚式を擧げたアメリカ人の抑壓されない奇拔さというより堂々さが、詩人にもあつて惡くないと考えたからである）

日沒前の檢屍

牧　章　造

急に西え傾いてしまつた冬の陽ざしが、どんより濁つたひろい河の面に冷たく力なく光つている向う側の河岸にそつて、鳴りをひそめた工場の列、動かないクレーン。ときたま、往き來する小蒸氣が、そんな河の面を割つて遠ざかつていく。その波が、灰白に翼をよごした鷗の群を飛び立たせる。

こちらの河岸ではマストをつけた百噸あまりの木造船が横づけになつて、船倉から夥だしい小麥粉の袋が水揚げされている。（PACIFIC EXPORT FLOUR）袋には横文字がうつすらと讀まれる。今日も朝から荷役の一團が白蟻みたいになつて、それを倉庫のなかに搬んでいるのだ。船から白い一本の道がついて、それは倉庫のなかに消えている。

河岸の鋪裝道路を距てて、大きなコンクリートの頑丈な倉庫が、百萬の荷物のひしめきをごおんとひそめて立ち竝んでいる。夕陽を斜斷したそれら倉庫の影は長く延びて、ひとつひとつ、その突端を河岸から折つて、汚物を寄せて淀んでいる河面にひたしている。

癪にさはる程つめたい空つ風が、絶え間なく素通りしている鋪裝道路の上は、大かた倉庫の陰になつているので、靴音も人聲も、一層凍てついた音にかはつている。

木造船の舳から投げた綱をつかまえている完全な護岸工事をほどこされた河岸から、すこし離れて小屋がふたつ建つている。ひとつは荷役業組合事務所。そのむこうは、このあたりを見張る水上警察の出張所だ。その水上警察の小屋の脇に、こわれそうな古い木の棧橋がある。そこに、さつきからしきりに人だかりがしている。人垣からのぞいてみれば、そこには莚をかぶせた一個の屍体が横たはつているのだ。屍体はこの朝、河に泛んで漂よつていたのをみつけて、警察が小舟で引いて、ここに揚げたのだと、誰の口からとなく聞えてくる。

警官が三人。そしてもうひとり、検屍人らしいのがいる。四十がらみの黒い顔のその男の手が、屍体の莚を取拂つた。人だかりがぐつと増えたようである。ざわめきがやんで、一瞬みんなの眼が屍体に吸い寄せられた。

屍体は若い女であつた。青ぶくれした顔。額の大きな傷痕。水にぬれた髪が、そのままぎゆつとしぼつたように固まつている。半眼をひらいて、口もとが血で染つて。

これは自殺ではない。誤つて河に落ちた水死人でもない。あきらかに他殺である。素人眼にも理解できることは、頸に締め殺されたときの、赤い細い帯紐が巻きついているのを見ても譯る。

検屍の男は、手にした小鋏で臆面もなくつまみあげた屍体の着物や下着を切りひらいて見ている仰向きのまま、露はにされていく下半身。ふくらんだ腹と太腿。とりわけそのあたりは異様である

――こいつは妊んでいるぜ。

誰かのささやくような聲がする。

――うーん。

誰かのうめくような聲が洩れる。

緊張した數瞬が、見物するものの眼に光る。見物人といえば、その大かたは獵奇心にかられて集

つたあざとい荷役ばかりである。

女が殺された。とにかく、誰の眼にも觸れ得ないところで女が殺されたのである。極道だ。無慙だ。この犯人はどこにいるのだ？　いかがわしい夜の女か。それとも、ちやんとした夫をもつ女だつたのか。物盜りか、それとも、不意の凌辱強姦の果の所行か。

檢屍にはそう永い時間は費やさなかつたであろう。しかしそれを見たものの眼には永い。もう、ものも言はぬその屍体の物語る時間が、想像の映寫幕に、さまざまな悲劇の場面をうつして見せるのだ。……屍体に、莚がもと通りかぶせられた。

莚のはしから白足袋の足がのぞいている。その白足袋のむくんだ足のつまさきに、喰いついたように放れないフエルト草履、死後もなおフエルト草履を履いたままの、その兩足が小幅をひらいて河の方を向いていた。

人だかりは散つた。歩きながら、若い顏の荷役のひとりが仲間に言つた。

――むごたらしいね。へどが出そうだ。

彼はやたらに唾を吐き散らす。

――さんざ、いいことした上、殺して河におつぽり込みやがつたんだろう。

――なにがなんだか、わかつたもんぢやねえ。ひでえことしやがつたもんだよ。

復雜でいやな氣持である。酷薄な罪惡感が話合つている荷役たちの胸に一樣につかえているのだ色の白い、眼鏡をかけた若い顏の荷役は、それなり默つてしまつた。役は荷役業組合の小屋を背中にして立停る。いまのいま、あの數分間の屍体の目撃から、何をひき出そうとするのか。しきりに考え込んでいるが、彼には、はつきりした批判も解答も出てこない。彼のなかで、すぐ首をもたげる愚衆の好奇心。へんに冷やかな傍觀者。そしてもうひとりの感傷家。

始めて、それこそ始めて見たこの犯罪の結末の一齣の畫面が、彼の心をやり切れない袋小路みたいなところに叩き込んでいるのだ。そこで、彼はぶるぶる顫えているのだ。
一、二日して新聞の社會面が獵奇じみた、しかし すこぶるありきたりな記事で、この犯罪の結末を報ずるにすぎない。讀んだ者はまたかと思うにすぎない。誰もそれを讀んで眞に心からの慟哭を感じる者はいない。そして凶惡な犯罪の上に一層殘忍な眼が重なつていく。
ここ倉庫附近は、荷役と呼ばれ、仲仕と呼ばれる者の世界である。つまり、呑む、打つ、買うのやくざ渡世が生活の地盤とする場所である。

重い大きな荷物を手掛けはじめた荷役たちの、もの憂げな、しかしその實、はらわたを絞る力仕事が始まつたようである。それは倉庫の奧まつた暗いところから掛け聲になつて起り倉庫全体を搖するのである。そのあいまあいまに、重いものの音が地ひびきになつて傳はり、河底に眠つている魚を眼ざませる。

ひどい日沒である。それにしても、途方もない勇氣をふるい起して耐えなければならない。風がすさまじい砂塵を吹き上げてやつてくる。身ぐるみ追いまくるであろうその風に對峙しなければならぬ。

一瞬、立ちすくんだ私の体をつき抜けて、風が去つた。私の立つている道路の位置から、しきりに日沒前の空に眞紅の血の流れが仰がれた。それは、慘憺たる地上の荒廢と非情を、模倣しつくしているかに見えた。

町

祝算之介

はげしく崩れかかる浪の音。ぼくは押し倒されながら、きびしく身構える、

わわわ。わわわ。海ぞこからきしみ鳴りする響き。それをすつかり聞きとつてから、ぼくはいま喫いおわつた煙草に、べつのいつぽんをくわえなおす。

――はじめに町があつた。とびとびに建物があつた。流動する町の背景。ぐるりを駈けめぐる稀薄な意識。そこを踏みこえないかぎり、海はひらけなかつた。

棧橋の見える灣。そこまでのめりこんだ町。耳慣れた波止場の騒音。

ぼくには考えなければならないことが多くなつた。それはぼくをじつとさせておかない。ぼくは驅りたてられるように、見なれた町なかをうろつきまわる。

どうしてもぼくは、こうしたぼくを許せないのだが、ぼくをすべての人が許してくれるのを、ぼくは待とう。

ぼくはかなしい。ぼくのおかれた地位から、のびあがろうとしているぼくの姿が、ぼくをこんな

にじつとさせておかないのだ、きつと。

ぼくにたえず眼をそそいでくれ、そのことによつてぼくをつねに許してくれてきた人びと……。

ぼくは言おう。ぼくはのびあがるだろう。ぼくは主張するだろう。

さかんにぼくは言いつずけるだろう。「ぼくが國會議員です」「ぼくが組合執行委員です」「ぼくが組織勞働者です」

權利と義務と。あるいは平等と不平等と。ぼくのおかれたのつぴきならぬ場所。そこから口をつむごうとしない、いたけだかなぼく。

——はつしと振りあげた斧は、しばらくの間もそのままではいなかつた。もんどりうつて倒れかかる地べたの黒い影。かげつていないところには、にぶい白日の投影が、じりじりと砂利道路にからみついている。

ぼくはぼくのなにに、ひたむきになつているのだろう。なにがぼくを、なにをぼくが、もとめずにいられないのだろう。

町へ！ぼくを叩きおこしにやつてくる烈しい情熱。町へ！

やがてぼくは到達するだろう。ぼくは獲得するだろう。それが仮空におわらぬことを、ぼくはたしかに、この兩の眼でたしかめるだろう。

町へ！

續風二題（散文詩）

安彦敦雄

曉天

曉は地の底から音も無くたち上つて來た。夜の色が次第に遠くに押しやられ、空はもう薔薇色の鮮やかさだ。此のあたり、レールは幾重にも幾重にも迷路のやうに重なり、絡み合い、キラキラ朝露を受けて美しい。その頃、構内常夜燈は白白しくつて陰欝なくらいだつたが、その先の溝川の小さな鐵橋の上をD五二型機關車が、巨大な尾を引いて轟然と僕等の作業を中斷して行つた。と、その一瞬、一陣の冷い風が遠い北國の白菜の匂いを吹きつけて行つた。すでに夜業に飽きた僕の腕は、たちまち二匹の乾魚となつてレールの上を列車の後を追つて急速度に滑り出した。

午後三時の凪

海はたしかに怒りを靜めたようだ。遥か彼方の港のあたり――純白の燈台が秋風にほつこり浮きでて、見捨てられた突提につき出た貨物引込線のレールの尖端は淋しすぎるくらいだ。時折、玩具の樣な舊式機關車がゴトゴト音をたてて這入つて來ると、人ッ子一人見えなかつたこの界隈は、忽ちあの凪太郎達獨特のかけ聲があちこちで立ちはじめる。と、荷おろしがすむとまたもとの靜けさにかえつてしまうのだが、その轉換のあまりの鮮やかさに、僕は輕い吐氣を催す事がある。そんな時、ぽかりぽかり海月が顔を出しはじめた海面は、もう眼をあいてはいられないほど眩しかつた。

（「機關車と花」集より）

長女誕生

山崎馨

妻は長女を生み落した。

昨夜、妻は急に苦痛し、二十四時間中意識を失い、生れ出る嬰兒のために魔氣の如く身を砕き慄え聲をあげて疲勞した。そして、暗黒の枕に幾點かの涙を殘しながら、しかも唇のべにも褪せつくしてしまう。その痛みを、妻は堅信と、勇氣と、忍耐と、愛の心を胸に抱き、滿身には僞らぬ力を亂して、汗は一すじに連なり、額の丸みからまつすぐに流れ落ちた。私は、ただこのありさまを眼の前にみて、如何に慰さめてよいものか、口を噤むばかりだ。妻はみるみる痩せて、眉間には深き皺を加えて、まつたくあまりに毛ばだつていて、私はたまらなく、やたらに妻のまわりを這い廻つていた。そして妻は二十四時間中苦しみ續けて、けろりと、すこぶる潔らかに、すこぶる明るく、妻は長女を生み落したのだ。ああ如何なる　CONTRAST　ぞ。このとき恐ろしき天と地の激怒さつて、妻は一つの責任を果してか、すこやかに滋潤しく凱美しい限りである。この朝、皮膚に痛く太陽のぼり、草と木は綠蔭をやどして、風は少女の氣息の如く輕く　妻は長女を堅くいだいて。感激の涙はややもすると私のほほから落ちそうだ。

だが、それからどつすればいいのだろう。妻の喜びが一つとなつて閃々と光を生じている。長女は「希望」の聲をはりあげ泣きさけぶのだ。いつたい私はどうすればいいのか、その眼の前には、夥しい密蜂の群が忙しげに飛んで歌う、血腥い歌聲が充ち滿ちている。それが私の生活のきざしなのか、それとも、それが私の慰藉なのか、私は知らない。ただ私の知るものは今日の喜びよりも、明日の疲勞である。そして明日からは妻と子を背負つてさ迷はねばならぬのか、それでなくとも、生きるといふことは、たいへんなことなのだ。この理念の一瞬が、忽ち私の眼前にあらわれ、私の心は忽ち黒鉄（くろがね）の塊に變つてしまつて、重く重く沈んで往つた。そうした私の魂は、しかも懸命に首を差し伸し、けれど手は空のまま。この私を、いつたいどうしろといふのか、疲勞のするどき視線は私の心臓を刺し、私はそれを凝視しようとするのだ。すると、どこかで悔恨と希望との香りを感じた、その妻の笑顔が、その子の泣顔が、眼をあげて大空に向い、夢みつづける風情に見えるのでそれを意識しながら、私は何も云はずに默つていた。それでいて、私はいまだ親のスネを嚙ろうとしているのか、考えると、みんなそれぞれ善良で、單純で、氣の弱い人間たちなのだ。父も、母も息子のために生涯疲勞を續けてきたのだ。その私に嫁を娶り、孫の顔を見る今日の日まで、ことばをなさぬ言葉を默し、ひたすらこの日の希望を願つて生きていたのだ。妻は妻で、「私の性質もすつかり變つてしまいました」と、そんな生活の境遇の中で、妻はずつと單純で、私の機嫌を伺いながら、今日こうして呼吸し感覺し、健氣な速歩を踏んできた。あたかも時間が客觀的なものででもあるかのように、私はその周圍をぐるぐる廻つていたのだ、私は、螺旋にまかれて動き出す機械人形であるのか。日毎、嬰兒の夜泣はこの運命を切斷する。私にはその能力は今や抑つて自分を不安にし同時にまたつかみどころのない悲しみを帶びてくる、いつたい私はどうすればいいのか。その私から何を求めることが出來よう？善良で、單純で、氣の弱い人間たちの中で、このまつたくづつしりと重い苦惱を押しのけようとして疲勞した。そして私の心は重く沈むばかりだつた。妻は長女を生み落したといふのに。

——一九四八年六月六日——

北風　他一篇

吉川仁

北風

雪げむりをたてて襲来する。
刄物の舌端にべらべらなめられると
人体も曲がる。
これでもかといわぬばかりに吹き荒れ
ついに日本列島の褶曲となる。

この堂々たる体軀の正体はシベリアだ。

塘沽

夕暮れの結氷がはじまつていた。風が水面を一渡りするごとに波はしゆつしゆつと死んでいつた

引揚の日本兵が數千、埠頭廣場のぬかるみを埋め、一様に岸壁に近づく船腹を見まもつていた。

そこには日本兵とそつくりの服裝をした人々が甲板の手すりに顏をならべていた。みんないぶかし

げにささやいた。いまどき日本から軍隊が送られてくるのは奇怪至極であつたから。――あれは一

体何んだ。

やがて、上陸がはじまつた。どんどんタラップを降りてくるカーキー色の群。奇聲を發しながら

進んでくるさまを見てみんなびつくりした。それは日本の炭坑から送り返された苦力群であつた。

もの凄い勢いで、可なり敵意にみちて、廣場にはびこつてくるこれら日本軍隊の苦力達に出くわ

して、一同いささかへきえきした。

俄然。ごつたがへす雜踏が現出した。日本兵と苦力群とがすつかり混合してしまい、折からうす闇

に見わけもつかなくなつた。見渡すかぎりの乱闘にも似たうごめき。

何たる個人の一切を無視した出來事であろう。

收拾のつかぬこの不覺の人間交流を抱いたまま、港は刻々、闇に沈んでいつた。

むろん、數名の脫走した日本兵を探し出すすべもなく、はるか、凍てた塩田の上に街の灯が点々

とのつていた。

髪の歴史

小野連司

1

そこがどうして創成されたかは神話の世界である。わたしが自己の生存を意識したところが、頬の藝術園であつたと申すより致し方なく、はるか右頬にて歌ふ一本の生毛に心惹かれてならぬ、已に少年でないまでに成長を遂げてゐたわたしは、丁度旅程の半ば近くまで達したと想はれる頃　突然！それは全く突然！によつきり出現した生活の山脈に遇はなければならなかつた。

2

人々が鼻と名附けたその山脈を超ゆべく努力して、ああ、わたしは幾篇轉落の詩を綴つた事であらうそれはもう、諦觀の歌を綴らうとした刹那、一入高く耳に入つた一本の生毛の歌聲は、わたしをして決死的覺悟による、最後の登攀に追ひ込んだのは意識してゐるが、噴火でもあつた爲なんだらうか、この身悶に染つて黑身と化したのは？

3

そして、わたしは見た。唇、感傷に溺れて開花すればしただけ、氷の理智をひらめかし、わたしの生存を許さぬ齒の世界を。されば憧憬、堪へきれぬまでに高まつた時、君は下齒の如く働けよ、われは上唇の如く美しからむ――といふ、あれ、あれはあの一本の生毛の歌聲ではないか！さうか、彼女も亦、この牢獄のやうな隣りの鼻孔に住む身となつてゐたのか、誰の爲に？ああ、誰の爲に、誰の爲に……。

4

人前でコンパクトを用ひる風俗は、化粧といふ文字の精神に反する事、之より夥しいものはない。その眞髓は夫が眼覺めた時、よくもまあ、こんなに美しく化け粧うたものだと驚かすところにある。極端に形容するならば、どのやうな美人にでも、平氣で鼻毛を拔く樣を見せつけられたなら、百年の戀も醒めてしまふに違ひない。尤も毛拔きと申すものが存在しなかつた頃は、或は鼻毛の伸び具合や色澤が、美人の條件の一つに加へられてゐたかも知れない。併しわたしの生存してゐた時局には、それは放任主義のやうに醜く、されぱそのいでたちで音樂會なぞに臨んだわたしの所屬するお孃さんは、公衆の中で大變愧を搔き、机に對ふや否やあたり見廻し毛拔きを手にとつた。

5

それは實に驚くべき出來事であつたが、更に驚くべき出來事は、その爲に私が夢に見てゐた結婚が實現出來たといふ事である。即ちわたしは結婚とは偶然である。幸福とは偶然である。といふ命題を得たわけであるが、併しそこは紙の上。丁度その時、お孃さんが栞をはさんでゐた一頁の上。ちつとも顏の肉の柔軟も溫度もないところの……と、附言したいのだが、なんと申す皮肉なことであらう、詩神とやら稱されてゐるヴアレリイの「海邊の墓地」然も、風が立つた。……生きねばならぬ。

大きな風がわたしの書物をひるがへし淚を岩の上に千々に碎いた
わたしの上のまぶしい頁よ、飛び去るがいい

といふあの絕唱の活字の上、ああ、へつぽこ詩人のわたしなれば、苦心慘澹骨だらけになり　つひにたどり着いた境地も詩神とはまるつきり反對。

風がやんだ。……死なねばならぬ。

かくしてこの命も亦、その歌にしたがはなければならぬ運命であつたのか。

と！風が立つた。

　なんだか知らんが風が立つた
　大きな風がお孃さんの書物をひるがへし
　　鼻毛を吹き飛ばし

氣が附いてみたらわたし達は、子供を半分宛連つてまつ毛と申すものになつてゐた。（そして、ウヰンクとは離れ離れとなつたわたし達が、會話を交す便宜上、謂はば無線電信の一種として發明したものであつたが……。乃ち、カップが、無線電信をウヰンクをした時のまつ毛の Organ—Projection と看なかつたのは、彼の研究の爲に惜しむべきである）

6

想へば、はじめ——頬の國土に生享けたわたしを成長さしてくれたのは、涙と申すものではなかつたらうか。どこにあらう、これ以上の感謝の對象は？一度は鼻毛にまで身を落したわたしなればこそ、いまこころゆくばかり洗ひ淨められて、ただ勿体なかつた。わたし達は眼に入る塵埃と黴菌を防ぐ仕事に生涯を捧げてなんの悔ももたなかつた。さうして、爰に於てはじめてわたし達は生きる事の意義と幸福を識つた。

7

わたし達の子孫の數は增した。わたし達の衆議は、どちらかといふと病弱で、輪踊りの上手な可憐なもののみを此處に選み殘す事に決した。

　世の人たちが悉く、手を握り合ふその時は、地球をめぐつて輪踊りを踊る事さへ出來ませう

と、まつ毛達がポール・フォールの詩の一節を歌ふ聲はかなしかつたけれど、他は全部額への移住を開始した。この大平原を埋め盡すほど繁榮せずにおくものかといふ野望の中に、眼の爲に、わたし達の手に負へなかつた汗の不潔を防禦するこころも含めて。

8

げにわたし達は涙の恩愛にばかりひたつてはゐられぬのであつた。死人でない限り、涙に對する當然の報酬として汗を流さなければならぬ事を知つた。働かぬ事を、綺麗な手をしてゐる事を、汗を流さぬ事を、品位ある人、貴い人の證左として羨望してゐた生活について冷汗を流さなければならぬ事を知つた。ああ、額こそはわたし達の尊い職場であり、田地であり　さうして其處にきざまれてゆく畝のやうな皺こそは辛苦の負傷でもある事を知つた。

9

だからと申してこの地に殘るものは、生活的に安きを求めたものとしての汚名を永遠に着なければならぬのであらうか。かく申す所以は眼を防衛するものとして、まつ毛の存在だけではなんだか不安に想はれるから。乃ち築城の設計に於ける植林の必要に倣ひ、眉と申すものを幾毛か其處に殘して、更にわたし達は居住地を覺める事とした。そのもの達ははじ一列に續ひて並んでゐたが、フリードリッヒ・ハルトマンの「橋梁美學」完全合目的說にしたがふこととした。即ち實用價値に美的價値も同時に加へてこそ完全合目的性を得られるものと考へ、その部分の毛達を退化させることとした。退化した部分は眉間と稱せられるやうになつた。

10

地球が平面的なものではなく、球形である事に氣附いたトスカネリの功績を讃へてゐるのは笑止の沙汰だ。その幾年前であつたらう、わたし達が、首が球形であるといふ事を識つたのは？だからコロンブスがアメリカ大陸を發見するはるか以前に、わたし達は東部を……つまり、頭部を發見し髮となつて住んでゐた。

11

其處の肥沃にわたし達は、こころゆくばかり伸びる事が出來、今日観られるやうな發展を遂げた。そして今や、顏の秩序も全く整ひ、鼻毛でさへも石炭の發掘に從事し、耳毛でさへも石油の湧出に努め、生毛も、まつ毛も、眉毛も、各自の職場で必死になつてゐる姿は、彼等こそ頭髮十万本の中から選まれた代表的出張員なりとの感が深い。勿論頭部でも一日四十本から八十本の脫毛者、つまり、殉職者を出してゐるが、昔ながらの風が立つ度に、そよりと地方出張員の慰問に出掛け、さて、或日の勞働組合總會の記錄。ゴテゴテした白粉には全く窒息しさうだと怒る生毛。長さ五分程もある附けまつ毛だけでも邪魔になつて閉口してゐるのに、おまけに蠟など引かれるので涙も流されをせんと嘆くまつ毛。映畫といふものの影響でせう、ガルボ眉なるものを描かれる爲に、わたしやあ全然剃り落されて、然も自己本來の地位よりぐつと引き下げられちやふんですとこぼす眉。つい委員長たるわたしまで調子にのつて、近頃流行してゐるらしいパーマネントなるものの電熱に、火傷を負ふ事じつに屢々、これこの通り赤茶けちやつてまだ全治しませんなどと……。時に、人間といふものの住む地球では、日本といふ國が戰爭に負けたといふ事を風が風の便りで傳へてきたといふ耳毛の耳寄りでもない話。われわれ黑色直狀毛は、日本といふ國に住む人間の身体に所屬するといふ話だが……道理で近頃床屋へ行つても耳毛もとられず不潔で喜ばしい。うつかりとつて貰ふと丹毒菌に冒されて死んでしまふといふ耳毛の耳寄りな話。ああ、のどかなりけり髮の世界。むかしながらの風が立つ度に、慰め合つたり、語つたり。

北方

高島高

切り削(そ)がれた山膚ら

重量ある雪は青い水に等しい
死は生より更に生であるか。氷の剃刀。剃刀の氷よ
ひねもす吹雪は歌うのだ焰の歌を
だまりつゝ人みなが泣く
さゝくれ立つさゞらの凪。凪のさゞら
そこより生きる笑ひがある

同じく

日毎に雪崩くる情感のかなしみ
あくまで雪は原始の孤獨を夢みて暗い
さかんなる生命のほどばしりよ！
身は落ちてゆく

現代詩の黎明

大森忠行

たへず小説におされ氣味な現代詩の貧困は多くの原因を待つが、先ず云へるのはその內容形式共に量的な微弱さであらう。詩のみしか書けぬ文學者、小説のみ評論のみの文學者の多い、又、詩人かリーダーシップを持つこもなく持たせることのなかつた日本文學へ、新時代の詩人のする反省と苦惱が、その暗い極限の果に、始めて經驗し得る一つの可能性を把握し、舊時代への決別と新しくダイナミツクな文學的意志となり、それが、必然的に求める表現形式、それば長篇組詩の構成、長篇敍事詩に外ならない、

原稿用紙の四百字を、ただうめることとしかしてゐない樣に思はれる散文家や、雜多なボキヤブラリイの貯畜に專念しながら、單に文字の虫と墮した惑情詩人が、やかて生存したまま歷史的遺物となる日はさう遠くない。二十世紀のレアレテに於ては、全く新しいメソオドのたゆまざる發見と實踐のうちに、內的にも外的にも、新時代の詩人達は、元來の十四行程度の短詩形態には入りきれぬ。彼等は量的にはげしい文學意欲をもつものである。もつとも短詩形に、そのヴイジョンの豊かさを見せる詩人の場合も考へられるが、俳句、和歌から、その歷史の短かさに致命傷を負ふ日本現代詩が、形式內容共に振幅の狹さの故に、生長し得なかつた点を見れば、この振幅を廣める爲、いま敢て長篇詩の實踐を云ふのは私のみではあるまい。

長篇敍事詩又は長篇組詩が、小説の魅力を喪失せしめることを私は考へる。他の文學のあらゆるジャンルを浸し領土化し、かつその中樞神經ともなる明らかな蓋然性について。

今迄詩はいたずらに文藝上の一般讀者より孤立することが許されてゐた。わからせることは、エスプリを低くするとでも信じられて來もした。が、長篇詩は、一般讀者との間に一つの架橋工作を果すであらう。小説の持つ冗漫さの完全省略、また平明な言葉の使用と、コムポジションの確立。明快な詩句によるウイツトとサタイア、さらに文明批評。そして何よりも讀者を魅了せしめるに相異ないのは、小説には見られぬこころよいリズムと一行一行説明ぬきの的確な表現と。その能力を保持しつつ發展するダイナミツクな物語性であらう。

しかしながら、出發途上にあるこの作品活動には思はぬ陷穽が待つてゐる筈である。散文詩としてではなく、その物語性に左右され詩を喪つて極端に散文化してしまひ結局小説を行分けしたもののやうになる場合があるかも知れず、これは恐れねばならない。あくまでも一行一行を詩句として定着しつつ持續する極度の勞作に耐えねばならぬ。この運動の先驅として、すでに北川冬彥氏の「氾濫」がある。いづれ、各方面に於て問題となるものであらうが、私はここに現代詩の黎明を見るものである

音樂家の求める詩について

——歌劇にことよせて——

山田昌弘

最近私は杉浦任作氏と全く偶然の機会から知偶を得、そして杉浦氏等の長篇叙事詩に對する新しい運動を知つて誠によろこばしい限りである。と云ふのは我々音樂家にとつてそれは歌劇、交聲曲等の台本を或る意味に於て與へられることになるからである。

從來の日本の音樂家に依つて作曲された聲樂曲の大部分は獨唱歌曲（リード）であり、混聲、單聲の合唱（コーラス）であり、歌劇交聲曲等の獨唱、重唱、合唱　管絃樂の大規模な作品は極めて少い。それは音樂家の技術の問題でもあるが、又他面に於てその樣な詩に觸れる機会も又少いからであるとも云へる。詩と音樂と云ず根本問題はさておいて、音樂家の求める詩についてのべて見樣。

或るリズムを持つた詩を求めると云ふ簡單な事實の外に、歌劇、交聲曲を作曲する場合に於ては、それは一つの綜合藝術としての要素を多分に持つたものであれば實にうれしい

歌劇の音樂について考へると管絃樂、重奏獨奏、それに種々の聲樂曲が加はり多彩なものになつてゐるが、こゝでは詩に關係のある歌劇の中の聲樂曲について考へて見樣。

詠唱（アリア）――歌劇の中の獨立性を持つた獨唱曲で、叙唱とは違つて著しく旋律的なものが多く主觀的なもの、表明、自然の讃美等よく扱はれる題材である。

重唱（二重唱、三重唱、四重唱、五重唱、六重唱）――二人（以下それに準じて）の異つた聲部よりなる聲樂曲で、その登上人物に依り實に多彩な表現が出來るものである。例へば二人の戀人が室内に於てお互ひに語り合ふ二重唱と、戸外で悪だくみをしてゐる男女の二重唱とが同時に演奏されて聽衆は内容的に全然異つた二重唱を音樂的に四重唱として聽くことが出來る、と云つた樣な實に面白い場面と音樂を聽くことが出來る。歌劇に於て詠唱は花であるが重唱は幹に相當する大切な部分である。

叙唱（レチタティーヴォ）――これは所謂台詞（せりふ）であつて、劇的或ひは叙述的部分に使はれる半ば喋べる樣な、話をする樣な歌曲と云ふ。從つて旋律的なものではなく、言語的リズムを使用する、例へば「オイ」とか云ふ呼びかけから「今日は」と云ふ日常語、「オ、怖やブル〳〵」と云つた具合に短的に使用する。あまり叙唱は一人で長く歌ふ樣にすると音樂的に面白味がなくなつてしまふので、掛合ひにするかにして短く使はれる場合が多い劇的表現にはく欠べからざるものである。

合唱「混聲（男女）と單聲（男聲合唱、女聲合唱）」劇に於て村人とか船員とか、女工員とか團体として扱ふ人々に用ひてある。これも面白い効果があるもので、例へば村の娘達（女聲合唱）が陸の上から海上の船員達（男聲合唱）とワイ〳〵と囃すところなど實に面白いものである。それに重唱、獨唱等か加はり愈々面白味が立体化してゆくところは歌劇でなくては味はへぬところであらう。

以上の樣な具合で聲樂曲が數に組合づて歌劇は出來上る。そして音樂家として詩を求める場合、（詠唱、重唱、叙唱、合唱等の各部分の巧みな配合。）（各場、各幕に於ける個々の舞台に於ける配合も含めて）そして一つの間と云つたもの、時間的移り變り或ひは登上人物の動きを前後の詩に依つて表現して戴ければ全くうれしい。何故なら舞台ではのべつなく歌はれるのではなく手を振り、足を動かし、登上人物の出入り等種々の動きがあるからである。そしてその部分は作曲的技術に依り管絃樂か前奏、後奏、間奏的に一つの雰圍氣を醸し出して奏されるか或ひは全く何も奏

されない一瞬もあり得るからである。
そしてもつと問題となるのはそれに使はれてある文体、用語であらう。「なかんべー」では一寸作曲するのに閙にだし、かと云つて「なりけり」では一寸肩苦しい様に思ふ。勿論上演される劇の時代的、民族的、登上人物の種類に依つて用語等変つてはくるが、音樂がつけられる以上音樂にして一番ぴつたりくる文体、用語なるものを研究してみる必要があるのではなからうか。アリアにはアリアのスタイルがあるであらうし、重唱には重唱、レチタティーヴォ、合唱と夫々の特徴を生かした文体、用語がある様に思ふ。最近藤原歌劇團が多くの外國歌劇を飜訳上演してゐるが正直なところ未だ〱ぴつたりくるものとは云へないし又日本人の手に依る歌劇も上演されてゐるが日本人の手に依るものである以上そこのところは作詩と作曲の完全な一致が聴衆を閙にしてなされなければならないと思ふこの三者のどれ一つが欠けても成立しない。

音樂を問題外にして純詩作されても何も云へないが、音樂家は常に新しい詩、音樂になる詩、演奏出來る詩を心から求めてゐる。心から感動を受けた詩に曲をつけたくても不可能な場合位残念なことはない。不可能と云ふことはないかも知れないが、少くとも作曲して見てそこに實に変態的な音樂が出來上る場合が（作曲技術的に）多くある。音樂家は心から感動を受ける詩を勿論求めてゐるが、それと同時に音樂になる詩を心から求めてゐる

（筆者は上野出の聲樂家）

それ

高村智

それは私が眼を動かす方向にいつも先廻りして左右によく動いた
人がこちらを向いて笑うと息を感じてゆらゆらゆらめいた
婦人達でも話しかけようものなら羞しそうにあとすざりして私にもたれかゝつて來た
扇子が香水をあおぎたてるとそれは私の眼の前をたまらんとでもいうようにひらひら舞い上つた
月の夜道を歸途についた時それはさも安心したように私の前を默々と歩いた
電燈のスイッチをひねると私は言つた
——人前に出たからといつて、何時もと違つた風にしなくたつていゝだろう？
——いゝえ、これがわたしのつとめなんです。みんなあなたの爲なんです。ですが、
本當のところ、今日はわたし一人で本當にさびしくて辛ろうございました。
それは甘えるように私の胸にもたれかゝつて來た
私がしつかり抱きしめると、呟くのだつた
——あゝ、わたしはいつそのこと女になつてしまつた方がどんなに樂か知れない！
やがてそれはいつものように私の体に素直に溶け込み
私たちは手をとり合つて夢の世界を彷徨うのであつた

水

船水清

すむべき土地も
家も失つて
その朝がガラスのコップで飯をたべた
いかりにふるえながらも
眞劍に惜んでたべた
かなしいとは思わなかつたが
心の飢えがあまりにも見えすぎた
異民族のながめるなかで
裸のように羞恥した
ふみよごされた雪の上に
日が目の前に光つていた
またその日がめぐつて來た
もう四回目の元旦が

故園の水
ただ無限なものの
忿（いか）りのごとく
この朝のコップに澄明である

失地の人

その人々は徒列をなしてゆく
彼らはみな恭謙な教徒であるという
では誰の弟子なのか
それをひきつれる者は誰なのか
つぎ〳〵に枯草はその徒列をかくす
この失われた土地には地平線がない
渇した人々は水を探している
しかし水は一滴も湧かない
茫々と夕暮の落ちる枯草
もう人々の徒列も見分けがたい

黄昏

岩倉憲吾

外は霙れ……。

街裏にある古道具屋。

品物が雜然とならべてある。

――奥まつた勘定臺の傍で氣丈夫さうな老婆が編物をしながら店番をしてゐる。手仕事に興がのつて床を足でコッコッやりながら小聲で唄を口ずさむ。……人の氣配がしたので編物のほかの動作をやめる。――まるでラスコリニコフを思はせるやうな若い男が入つて來る。

男　（……品物を吟味する振りをしながら老婆や周圍の樣子をうかがふ）

老婆　（手仕事をつづけながら氣を配ることを怠らない）
……この狀態がしばらくつづく。

男　（……焦燥。ためらふ。……意を決するとオウバアの內側へ右手を入れてつかつかと老婆にむかふ。……老婆の前でその勢がくずれる。……虚ろな眼をしてオウバアの内側から銃を取出すと黙つて老婆の眼先へつき出す……）

老婆　（……若い男の眼の中をじつと見つめると、しつかりした口調で）賣るのかね。

男　（……息をつめてゐたが、ほつとして頷づく）

老婆　（銃を受取つて調べる。……金を渡しながら）こんなもんだが、いいかね。

男　（頷づいて受取る）……ありがたう。

老婆　外は寒さうだね。

男　……雨、霙れです。

老婆　どふりで、冷えると思つた。

男　（……もう一度老婆ともつと別なものへとへ）ありがたう。

（歩き出す）

老婆　（あたたかく）氣をつけてな。

男　（その言葉に振り返り……口も利けないほどの感動に頷づいて微笑する。……出て行く）

老婆　（それを見送り……。もはや店を閉めるために扉のカアテンをひく。店先のランプを吹き消す。元の場所へもどる。奥のランプの明りがやはらかく老婆をつつむ）もうすこしで、アリヨウナ婆さんのやうな目にあふところだつた。

（……十字をきる）

――エンド。

朱欒（ざぼん）

殿内芳樹

Zamboa……Zamboa…………ざぼんの葉には、ひろい翅が咲いていた。きみは「ざんぼあ」を不吉なひびきだというけれど、翅のあるものはみんな幸福なのだ。翅があれば風にばさばさとはばたいて、沖の雲になる。そこから、きみの冀いの透明な次元が見える。　植物のように、區別のない素裸の世界が見える。

天使たちはざぼんの翅をとばして遊んだ。濱邊の遊園地はみどりの矢で埋つた。素枯れた思想のはてに狂ほしくうまれた肉体の惨めさをいろどつた。ざぼんの花はみどりのなかでは目に泌みて白かつた。きみの肉体もそれに埋れた。花が實になつて、いくらか橙色に染まると、天使たちはそれが黄金の玉となつて燦爛と輝く日を待つた。いつもざぼんの歌をうたつた。それは切ないイメージを掻きたてた。

Zamboa……Zamboa……みなみの異郷の濱にざぼんはいちめんに咲いた。砲車を、銃火を、あなたの裳裾のように白々と覆つた。塹壕の鎖をたちきると、わたしは逃れた。砲身をくぐり、地下道にひそみ、夜闇を這い、素裸になつて港へ逃れた。わたしを待つものは飢渇と疲勞だつた。意志を喪い、手足だけが蹌踉とうごめいた。

わたしは港で苦力の群に投じた。崖を切り、岩を倅き、トロッコを押した。トロッコもざぼんの花に埋れた。山頂からくだる軌道のカーブで、トロッコは屡々宙に飛んで谿に吸われた。夕暮に死骸は海へ投げられた。わたしもいつ海へ搬ばれるかわからなかつい。鱗だらけの肉体は悲しく喘ぎつずけた。

鰯雲が泳ぐと、ざぼんは夕日のようにきらきら輝いた。Zamboa……Zamboa……わたしは絶望と苦悶のうちにいて、心のざぼんを失わなかつた。黄金の實はあさごとにわたしを蘇生させた。オデイシウスの冀いの實を忘れはしなかつた。素枯れた思想のはての惨めな肉体を、あなたの裳裾は白々と包んだ。

Zamboa……Zamboa……

天使は宵の星をみて

「星が咲いているよ」といつた。ざぼんを想つているらしかつた。リキュール・グラスもカーペットも、母の乳房も、天使には咲くものなのだ。何をみてもざぼんを想うのだ。

「星も大きくなるの?」

天使はつぶらな瞳でわたしに訊いた。わたしは胸に熱い流れをかんじた。トロッコが谿へ吸いこまれ、星々が悲痛にまたたいた。

「うん、星だつて、大きくなるさ。みんな大きくなるんだよ」

そう答えて、わたしはぼろぼろと泪をこぼした。……Zamboa……Zamboa……こよいも海のトロンペットが崩れて鳴る。

夕暮

瀧口武士

夕暮の道を歸つてゐると
家々には電燈がともり
食器の音がきこえて來たりする
人通りもなくなつた村の道の
さむざむとした景色の中で
明るく家々を照してゐる電燈よ
今日の仕事を終えた家族らに
あたゝかい光を與えてくれる電燈よ
お前が燃えて
人々に安息を與える光を見ながら
ひとり暮れ果てた村の道を歸る

農家

日が上る

もうみんな起きてゐる
お日様は心の旗だ
光に向つて、希望にみちて精一杯働きさへすれば
お日様が助けて下さると信じてゐる一家だ
杉垣には雀がさえずつてゐる
厩の藁の上には牛が日を浴びてゐる
子供が秣桶の中で湯氣を立てて駄のものを作つてゐる
小さい、その弟が庭を掃いてゐる
親爺が白い息して外から歸つてくる
厨ではおふくろが味噌汁をたぎらせながら
もう朝飯の用意もできてゐる
少しばかり朝寢の年寄りももう顔を洗つて
お日様に手を合せてゐる
泥沼のような世の中で
お日様と共に起き出で
お日様をいただいて生きてゆく
貧しいが元氣で樂しく働いてゆく
その一日が今開かれようとしてゐる
朝日は古びた屋根を染める
瓦は海のように輝いてゐる

雪國

奥山潤

　雪深い日本の屋根、飛驒の土地から、北國のふるさと秋田へ歸つて早くもふた月になるあかるいフランス映画のエクランの様な飛驒の冬とはちがつて、ここは灰色のいんうつな空から身を切る朔風がちぎれ飛ぶ北西海岸である。飛驒山中を歩くこと七年、既刊一册の詩集と、一束の未刊詩稿を殘して來たのみである、そこでは地學徒である私と、詩をかく私とが常に爭つて生きてゐた。だが詩をかく私の憧憬は、地學徒である私の業蹟の前に脱帽せねばならなかつたやうである。

　北上山地を除いて日本に唯一ケ所、日本列島構造の一つの鍵をにぎると言はれつゝもなほ深くヴェールをかぶつてゐた山の海底、三億五千万年前の珊瑚や海百合の素晴らしい化石層の存在を究明した時の驚きや喜びと、ハンマーを捨てて、雷雨の日本アルプスに山男として我が身をさらして詩を求めてゐた時の私と、私はいつたい何れをとるべきであらうか。

　いづれにせよ、そこでは、人間の秘密の根底に根ざした一個の行動者としての價値を問ふべきてある。知性や科學的頭腦だけでは、何の役にも立たない。何々との對快などとは机に座つて頭の中でなすべき仕事ではない。私は詩人は詩の環境の中に身をおくべくはげしく自ら戰はなければならないと考へる。このごろ多くの詩人の多くの詩がいたづらに類型的で、一つの傳染病にかゝつた感じをうけることを私は卒直な批判としたい。獨創の精神は失はれたのだらうか。吾々は吾々の作品がより多く恐怖にみちたものである様、平生心掛けるべきだ。別れて來た飛彈の國には、限を覚ませば三尺も五尺もつもつてゐるあの大きな雪が音を立てて降つてゐるだらう。私の山々も私の化石も凍結してゐるだらう。

　ここでは私も、私の詩も、日本海の海鳴りを聴き、びゆうびゆう吹き荒れる北の風に吹かれて、如何なる歌を謡ふつもりなのか。これは私にとつても興味深いことである。

二つの世界

飛鳥敬

　現代詩一月号で丸山薫氏が「批評の厳正を希む」と。北川氏が後記で「散文詩とは何かこれは一度突きつめて見る必要があると考へる」と書いてをられる。諸氏の散文詩に就ての文章を注意して読むと一つの疑問が出た。

　笹澤美明氏の　散文詩管見
　杉山平一氏の　散文詩の周辺

を較べると　ずれがあり　そのずれと同質の問題が湯口君の「はらのたつたことひとつ」となつてゐる。

　先づ笹澤氏は

　1　詩的散文
　2　詩的精神を持つ散文 A——
　　　　　　　　　　　 B——

と分類して考へ

　1の詩的散文の所で「そして直裁的な人間感情や、いはゆる「胸をうつ」といふやうな單純な感動の表現をもつて一つの短い散文を書くことをもつて散文詩だと主張する別派もあるわけである。これも必然の存在理由があり詮じつめればこの二つの觀念が現代詩を形づくつてゐるのだからその一つをも否定することは出來ないだらう。」と。つまり笹澤氏は「胸をうつ」單純な感動表現を詩的散文とする見解にある

杉山氏は四五頁下段から四六頁へかけて、「由來我國には散文と見へるものにも實はしばり切れない情緒様のものが漂つてゐる、絵にも音樂にも情緒的なものを詩があるといふやうに私小説　隨筆と呼ばれる詩的散文が非常に多い。しかし散文詩はその成立過程から見て情緒をたち切ろうとするところから生れる故に詩的散文とは區別されればならない」と。

つまり杉山氏の抱く散文詩としての質は笹澤氏にあつては詩的散文として抱かれてゐる現代の中堅的な二詩人の間にすら此ういふずれがある。單に二人の詩人の間のずれであれば、輪をかけるやうなことはたづれたくないが、このずれは廣く詩人の間でも、又詩人と大衆との間でも詩人と新潮社編輯部の人との間でもある。この喰ひ違ひをずつと伸ばして行くと詩が相不變大衆に解らないといはれる場所が見えてくる。つまり、詩が廣く讀まれたり或る時代の啓蒙運動として要請されたりするのは詩であるよりも詩的であるにかゝつてゐる。結局、詩的の的を、棄てた所に詩があるとすれば、的をすてた世界は非常に主觀的で獨斷になると大衆はいうのである。

ともあれ、この二氏のずれは、非常に微妙なもので見逃され易い。が　物理や數學の世界はこういふ一見小さなずれがどんなに問題になるかわからない、少くともそういふ嚴しさを、はつきり詩的散文と散文詩の上におしひろめて行くことは、非常に大事なことだ。

北川氏がつきつめて見る要といつてゐる良心を信ずる故に二詩人の論を詳しく開陳されんことを。今迄詩とよばれたものと、これから詩とよばれ得べきものとの、差違が解るだろうし、湯口君が新潮社編輯者へはらがたつた點もよくわかる。一体、日本では人々が善良で溫和で高尚で詩的でありすぎるのだ。風景が美し過ぎて人間がやせてゐるのだ。詩的であるといふ點で讀まれるならば戰時中の愛國詩もよく讀まれた。よく讀まれた、讀まれるといふことは文化的なことだと單純に受け入れるのはジャーナリズム根性で、何等詩人の世界に關係のないことだ。腹がたつのはこの日本で待ち受けてゐる詩的風景だ。家も燒き國はガタガタになつて、ブラツマクーケツトはべとべとの股眼になれば仰向けになつて小さく眠る、馬鹿らしさだ。まるでこの島はどんな土質をしてゐるのか解らぬ。すべては美しく過ぎ　流されてゆく精神風景の中で、詩を大事に思ふ、詩人の合理的なきびしい眼が　世相百般の中で　一つの認識として撥止とうち、レアリテに直結しない限り、今日詩を書くといふことは何事であらう。雜誌は空吹く風と讀み流され、盲信者めいたヒューマニストや、節ん棒みたいな抒情派は、余りにぼやけ過ぎてゐるにしか過ぎない。詩と詩的との混同がつづいてゐる限り、詩人は益々きびしい眼を　持續するだろう、二氏のずれは、二人だけの問題だけでなく、今の日本の詩人の間でぼやけてゐる風景だから、そういふ空模樣の中で　僕は一つの異變がおこらない限り詩がほんとうに詩だと腹の底へしみこまないと思ふ。ジャーナリズムに腹をたてることを正當におしすすめてゆくために、詩的の的を僕等は、はつきりと切る精神のきびしさを、現代幾人の詩人がやつてゐるか、二氏の論を押しすすめて一九四九年の出發点から火花を出すべきだ。「現代詩」は日本でも少い定期的によくつづく、僅かな詩誌の一つであり、それによつて支へられる詩人も非常に

多い。そういふ雑誌の責任と敢爲の精神を信じて疑はない。笹澤氏、杉山氏は新舊の詩に望む態度をはつきり見せるべき導火線になつてゐる、僕は北川氏を信じ、この論のつきつめられてゆく世界を望みます。

「詩の位置」

古谷津順郎

詩が他の藝術に比して不振といわれる理由を、一口に言うことはむずかしいが、技術的にいえば、詩は他のジャンルの支配を受けており、かかる他の藝術に對する詩の被支配的隷属的位置が、詩をして不振たらしめる重要な要素となつていることは理解される、所謂象徴詩は繪画に、所謂散文詩は小説に、或いは映画（シナリオ）技術の導入など、明らかに詩の技術の貧因が他の藝術の詩的技術　詩的方法の吸收をどんらんにしているのであつて、かかる吸收が單なる移植に終る限り、詩は他の藝術によつて被支配的、隷属的地位を强いられるのであり、經濟的には更にそれが明確にされる　詩が歴史社会の生產関係を反映する一定の詩的觀念（觀念形態）である以上、詩の自律性もそれに保たれるのであるが、詩が從來の如く他の藝術方法の摸倣としてのポエムの技巧のみを事とする限り、あくまでそれはポエムの技巧のみに終つて、詩の自律性の確立と新しい發展をとうてい望み得ないことはいうまでもない。

新しい詩は、かかる詩をポエム（作品としての詩）から解放して、ポエジイ（詩的精神）に飛躍させるところに展開する。即ちそこにおける詩（ポエジイ）は散文でも韻文でもなく、詩であると同時に全文學全藝術の方法エスプリとして君臨し得る。（かくして藝術はすべてポエジイによつて表現される）

かかる發展への課程は、他のジャンルの遺產を継承することに始まるべきであるが、詩人が他の藝術の被支配的、隷属的存在としての自己の意識と自覚を持たない限り、文學革命の社会的環境を理解することは不可能であり、口で文學革命を唱えながら現實から遊離してしまう。先ず詩に對する支配的ジャンルの實体を知るべきである。次に詩の被支配的隷属的位置を自覚しなければならぬ

飛鳥君に與える

北川冬彦

飛鳥君の提出している「二つの世界」は現代にとつてきはめて重要な問題である。とりあえず、この小さな余白を利用して（余白でなぞ書くには問題が大きすぎるがしかしその解明の一端には觸れ得ると思う）答えたい。

飛鳥君は、笹澤美明、杉山平一兩氏の散文詩論にズレを見ている。相反する詩觀と見たが、更めてもう一々読みなおしたところでは笹澤氏は、飛鳥君の見たように、「胸をうつ」單純な感動表現を詩的散文とばかりは云つていないと私は読む。笹澤氏は、ひろく啓蒙的に、いろいろな詩的散文を、あそこでは考えたと私は読む、「舊美學的立場からでなく新技術による美學的見地から新しい詩的散文を主張する人もある」とこれをも認めていると思う。私には、もしも笹澤氏のように「散文詩」を「詩的散文」と考えるならば、1、2の區別は考えられない。區別の必要がない。と云うのは、私は「散文詩」を「詩的散文」とは考えないからだ。ここに根本的な考えの違いがある。私は「散文詩」は「詩的散文」ではなく散文的詩であると考える。その形式は散文ではあるがあくまで詩であると考える。その点、私の見解ば杉山平一氏の見解に近い。私の場合、散文詩は舊韻文否定の「新散文詩運動」の結果として生れ來たつたもので、目的ではない。散文詩と云うジャンルを設定して。書くものではない。だから從來の散文詩と區別して新散文詩と名付けたわけである。だから、中原中也や伊藤靜雄の例にはにわかに讃同し難いが、「新散文詩運動」の果てには、新たなる行ワケ詩への實現を企圖するのである。飛鳥君は、「二つの世界」で、むしろ、この散文詩の問題から、現代詩にあつて詩と云われているものは何かを問題としている。これは簡單には述べられない。いずれ特集でもして皆で問題としたいと思うがここでは飛鳥君の笹澤、杉山兩氏の散文詩觀の新舊の在り方の差異だけを解明するに止める。

書評

「マルクス」詩集

岩佐東一郎

この間、映画舘で「マルクス捕物帳」を見乍ら、一ヶ所だけ、いち早く彼の洒落が判つて、いち早く大いに笑うことが出來た。それは、彼ら三兄弟の一人であるグルーチョが、洋酒ジンのコルク栓を拔こうとすると、そのコルク栓が突拍子もなく長くて仲々に拔き切れない。やつとのことで、ポンと栓が取れたやれ嬉しやとワイングラスに注ごうとすると、一滴もない空らつぽの瓶だつた。とたんに、グルーチョが曰く、「ドライ・ジン」。

その後、笹澤美明、安岡時夫共訳の「マルクス詩集」を貰つた時、この「ドライ・ジン」を思い出したが、あれはグルーチョ・マルクス、これはカール・マルクス。似ても似つかぬマルクス異人なのである。表紙カバアのカール・マルクスの肖像は、半顔これ鬚と云う、實にマルクシストたちの憧憬と禮拜を受けるにふさわしい社会革命思想家の風貌であつたが鼻下の一直線の黒く太い髯だけは、グルーチョと共通に思われた。それにしても、カール・マルクスが詩を書いたと云うことは、珍らしくもあり、不思議な氣さえした。その興味でこの一冊を讀んだ。日本の多くの讀者も、やはりこの「マルクス詩集」を讀むのは、先ずキユリオジテからではなかろうか。それがいけない。マルクスが詩を書こうが、エンゲルスが詩を書こうが、不思議がる方が反つて不思議なことに氣が付いた。わが日本では、詩人は詩だけ書き、小説家は小説だけを書いているのが正道であつて、それ以外に手を伸ばすと、怪しからぬ邪道のように思われがちなのだ。まことに窮屈千万な話で、全く神代ながらの島國根性のケチな現われだ。

さて、この「マルクス詩集」で、最も興味があるのは、一人のマルクスの詩を、二人の飜訳者が分擔して訳出したことで、一人は詩の味わいをも含めて訳してあるのに、一人は語學者の固苦しさで譯文譯語ではありながら譯詩にまで到つていないと云う、區別を示してくれている。第一、安岡時夫なんて聞いたこともない人間だ。あとがきを見るとこの名前は匿名だそうだが、どうでもいい。何故、笹澤美明ひとりで、この譯詩を爲しとげなかつたかと惜しまれる位いだ。語學者だの教授だのと云う輩は、「彼は云つた」とか、「彼は云えり」とか云う以外に、「てなことを云つた」なんて自由な譯語は使えぬものらしいこれは、ほんの一例だが。

詩は、マルクスよりも、エンゲルスの方がうまい。それだからと云つて、うまくないマルクスの詩だつて、日本のプロ詩人や左翼詩人の書く傳單標語的作品とは比らべものにならぬほど、「詩」であり、恒久性がある。だが、マルクスの詩も、エンゲルスの詩も、約百年も前の作品なのだから、その点を考えて讀む必要があろう。あわてて飛びつくと、カビが手につく。本文の作品を讀む前に、先ず巻末の解説略傳を見ることだ。

譯詩者笹澤美明の努力に對して、希望したいのは、この次は是非、リンゲルナッツが、クラブントの作品を、扱つてほしいのだ。マルクスよりも、リンゲルナッツこそ、彼に適任であると信じるのだ。また、日本には板倉鞆音譯の「運河の岸辺」第一書房版しか紹介されていないのだから。この一冊すら讀んでいないものの方が多いのだから。（東京都文京區元町二ノ七若樹社刊定價一七〇円）

編集後記

△一月は「散文詩論」を、二月は、「何ぜ散文形で書くか」を三月は「長篇敍事詩論」をそれぞれ特集したが極めて好評なので氣をよくしている。二月号から印刷所の関係で遅刊しているが、（尤も遅刊と云つても、それまで一ケ月前に店頭に現われていたのに比しての話で、遅刊と云うほどのものでもないが）漸次、取戻されることと思う。原稿を無償で書くことも並大抵のことではないが、詩の雑誌を經營することの困難も大変なことのようだ。私は質のいい詩と詩人社の会員（「現代詩」「詩と詩人」の直接讀者）を獲得するのに努力している以外、經營的には少しも関與していないのでよくは知らぬが、現在の出版界、讀者界の滯頓行詰から推測してその困難は想像以上だと思つている。それは詩の雑誌が漸次影と消してゆくのでも判るのである。今一人前の詩の雑誌で定期的に出ているのは、「詩學」と、「現代詩」と「詩と詩人」「未來派」「新詩人」位のものだろう。大阪の「詩文化」もこの中に入れてもいいかも知れないが、半歳やそこらではいつどうなるか判つたものではない。「爐」もしつかり出てはいるが少し片々とし過ぎているから一人前の詩の雑誌としては数え難い。「コスモス」や「歴程は思い出したように出ている程度で至つて心細い。こゝら当りで「現代詩」も、旺んな讀者の支持によつて、文學通りの確固不拔の地歩を占めたいものだと思う。淺井君の北國人特有のねばに强さはそれを實現してゆくであろうし、編集を引受けている僕もそうねばりのない方でもないし、頑張る積りである。「詩と詩人」は新人養成機關としてその旗識をはつきりしつゝあるが、「現代詩」は、現代詩のオオソドワクス樹立を目指し。最高レベルを堅持しようとしている。まだまだ至らないが、その目標に向つてマイ進しつゝあることは断言出來るのであるいまゝで僕は浦和の辺地に隱棲の形であつて、同人會も碌に催せなかつたが地の利を占めたこれからは、每月催せるし、本誌もいよいよ活潑な活動を展開することになるであろう。その点、讀者は期待されていゝ。

△本号は各力面の待望もあつて、作品特集号とした。北園克衞君が一年ぶりに詩稿を出したのは、スランプ脱出の第一聲と見てよろこばしい。依然として同人外からの寄稿多く、池田、牧、祝、安彦、山崎（馨）、吉川、小野、高島、殿内諸君の援助を得ている。船水、三樹、高村三君は詩と詩人社、会員作品として推薦した河合俊郎の作は杉浦君の紹介であるが次号廻しとなつた。岩倉憲吾君の「黄昏」は、本詩投稿詩から選んだ。作品特集号のこの機會に、瑕瑜紹介したいと思つて山積の投稿詩を一まとめにして讀破して見たが、この一篇しか收獲はなかつた。しかしこの一篇は、從來の詩の形式を破り、作者は散文詩の積りで書いたと云つているが、むしろ、シナリオまたはドラマの形式に近い。一断片ではあるが、これで纒つた作品である。杉山平一、牧章造、小野連司諸君の作品は、散文とすれずれの仕事をしている（尤も杉山君はこれは小説ですがと書き添えているが）この傾向ば、現代詩の進行の一方向として目立つものだが、これが叙事詩として整理されるにはしばしの時間が要ることであろう。

△巻頭「禪の詩について」の筆者北川桃雄氏は、美術評論家の權威鈴木大拙の「禪と日本文化」、（英文より）の譯者である。嘗て、ヘルマン・ヘッセは「朝日」で日本の文學者に與えるとして、日本の文學は西洋の思想をしきりに云々しているが、日本には禪と云う獨自な思想があるではないかと警告したことがあるが、そう云う点から熟讀を要するエッセイである。エッセイは他に試みとして木原啓允、浜田耕作、大森忠行、山田昌弘。飛鳥敬諸君等新人のものを入れて見た。

△なほ、二月号後記に、「大島博先生にも」とあるのは、勿論「大島博光君にも」の誤植である。「博光の光が先となり、次手に先生となつたと見える。大島君もさぞかし苦笑したことであろう。

△それから長篇敍事詩運動を押しすゝめるため「長篇叙事詩研究会」を設け毎月一回會合して研究することゝした。現在、参加希望者は、大江満雄、扇谷義男、祝算之介、牧章造、伊藤桂一、安彦敎雄、山崎馨、浜田耕作、高村智、鶴岡冬一郎、三樹實、木暮克彦なぞである。なお希望者があれば、長篇敍事詩に對する見解を添えて僕宛に申込まれたい。但し野次馬は遠慮して貰いたいのである。

（北川冬彦）

編集に關する一切は左記
東京都新宿區四谷須賀町一〇ノ一
北川冬彦宛のこと

☆日本の經濟が竹馬經濟と呼ばれているように、どうやら日本の文化もその域をでていないように見える。口に百萬言を費して文化國家を叫んでみたところで、理論と行動のズレさえ正そうとすることの出来ない政治のヒステリー症状をみてさえ、余りに公式的な惰性胃腸カタルの文化でしかない。地すべりで三十何軒の部落が今にも倒壊するばかりの家の中におびえていても、何らの法を施す術もない政治のズレ。人員と一日の延時間を計算したなら一枚の偽券を組むにも何時間を要している勘定になる廿四時間制。夜は危険で歩けない橋梁の朽穴。等々数えあげればきりがないがこう云うことすら解決出来ない「解っている」話はとうてい我等庶民の解りきれない問題である。このような日常的な生活さえ解決出来ないで、平和を叫んでも、それが果して身に浸み込んでいるものかどうか疑わしい「臭いものにはフタをせよ」と云うがそれが日本國民の性情としてあるならば誠に怖るべき病氣を持っていることになる。そしてその「フタ」そのものが金儲であり、高價であり、選民意識であるならば、暴力を否定する暴力主義者が我意を得たりとそれを身につけてベッコするやも知れぬ。實に理論と行動のズレを繕ってもぐり歩く不屈な根生に向って我等庶民の詩の一行はそれらの溝をうずめるためにも僕ら自身の未来を呼び戻さればならない。

☆ジャーナリズムに乗る既にヤッ・キになって手当り次第に詩稿の持込みをやっている詩人が多いと聞く。それが悪いと云うのでない。知らず知らずの中に根生が腐ったり、一個の商品としてしか藝術を扱うことしか知らぬ、詩人や出版雑誌の編集者の傲慢さが現れてくる所のこの國の臭氣を恐れたいのだ。

☆最近「詩學」の時評子が「現代詩」を戰災者アパートとか言っていたが、これなども自ら戰災をうけない貴公子然とした然も自らのクサさを他に誇づくことによってそれにフタをしようとする現代商人の悪ラツなる根生にしかすぎんのだ。なぜならそれは、時評の杖を備えていない彼らの卓越根生がなせる反庶民的悪罵に等しいものだからだ。

☆三月廿日。越後山脈は猛吹雪にくれているそこらあたりポカポカといゝ氣になっている詩誌と同じであってはならない、違ったればりを一層ハッキリさせてゆくだろうと云うことを讀者諸氏に傳えると共に直接会員として積極的に支持して戴きたいと思う。

（淺井十三郎）

現代詩同人

安西冬衛　笹澤美明
安藤一郎　杉浦伊作
淺井十三郎　杉山平一
江口榛一　壺田花子
江間章子　永瀬清子
瀧口修造　村野四郎
北川冬彦　山中散生
北園克衛　吉田一穂
阪本越郎　（順序不同）

現代詩　第四巻 第四号
定價　金四拾円送料弐円
直接購読会費　一ヶ年四二〇円
昭和廿四年三月廿五日印刷
昭和廿四年四月一日發行
編集者　北川冬彦
編集兼發行人　關矢與三郎
新潟縣北魚沼郡廣瀬村大字並柳
印刷人　佐藤利平
新潟縣古志郡大内町
發行所　新潟縣北魚沼郡廣瀬村大字並柳乙一一九番地
詩と詩人社
淺井十三郎
日本出版協会員番号 A 一二九〇九
配給元　日本出版配給株式会社

昭和二十四年三月廿五日印刷納本
昭和二十四年四月一日發行
昭和二十三年五月廿八日第三種郵便物認可
現代詩（第二十九集）
定價金四十圓

現代詩
五月号
昭和二十四年四月廿五日印刷納本
昭和二十四年五月一日發行
日發行）
現代
五號
（通卷三十集）
THE CONTEMPORARY POETRY
詩と詩人社

現　代　詩

五　月　号

進歩か否か

笹澤美明

村野四郎が現代詩が進歩していると言つたら岡本潤が否と反對している。村野は技術の問題に根ざして居り岡本の論據はよく判らぬがどうも觀念論的だ。主觀的には黑も白と論斷できる。岡本がイデオロギーを根據にしているのか大衆とか社會から遊離しているために取殘されていることから進歩していないと言うのかはつきりしないが、いずれにしても彼の立場を考えれば論斷の態度には首肯できる。しかし技術と云うものは作詩上第一の問題であり、この觀念は表現上のことばかりでなく、詩人の知識思想經驗態度生活などに關係がある。その意味から言つて、時代の進歩と共にその形態上技法上の問題では實際に進歩している。「詩と詩論」以後の現代詩が萩原調以前の作品に變革の實をあげたが、現在例えば「荒地」の同人達の方法技術は一時代前の傾向と變つている。詩人が詩人の世界だけに安住せず社會人としてその知識や思想や生活の內容を豊富にし感情を更に廣い世界に擴充させる。この世界觀と世界感情は一つの大きな革新であると思う。變革すなわち進歩で若あり、その變革が進歩していないとか退歩していると言う論斷は主觀の問題である。し民衆のためとか民衆の手にとか言うスローガンだとしたらその傾向には進歩していないなぜなら一般民衆の物資生活と同樣精神生活は最も遲れているからである。

現代詩五月號 目次

卷頭言……笹澤美明…一
詩の運命……安西冬衞…四
安西冬衞・小野十三郎合同歡迎・の辭……北川冬彦…九
カアルシヤピロについて……安藤一郎…三六
現代叙事詩論……小野連司…三六

コレスポンダンス
詩人の會合……（笹澤美明）　地球船以來……（上田幸法）
近　狀……（安彥敦雄）　○……（安西冬衞）…二〇
主觀的批評……（濱田耕作）　迷惑記……（岩佐東一郎）

作

ポジション……安藤一郎…一四
詩三篇……山中散生…一六
眼……青山雞一…一八
鱒……伊藤桂一…二五
馬の國……長谷川龍生…二八
暗い日の肖像……日村晃…三〇
松原……河合俊郎…三一

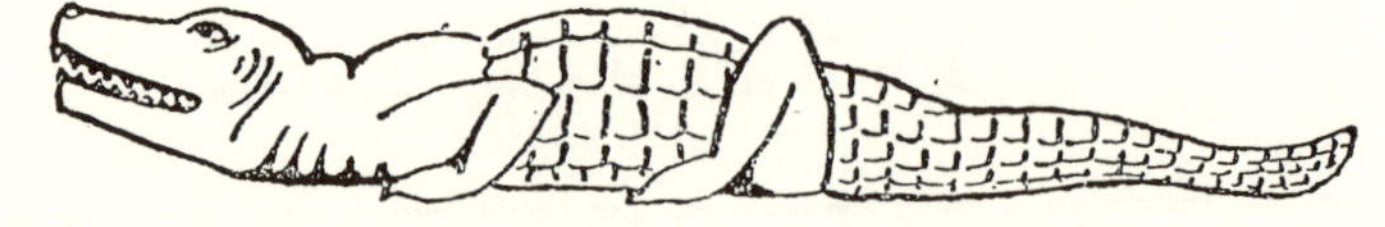

品

赤　　石……町田志津子…三四
しべりや詩集……長尾辰夫…四一
亀さんたちのはなし……三樹實…四四
睡　　眠……鶴岡登一郎…五五
作品第三號……上田幸法…八六
蕩　　兒（長詩）……川路明…四六

特集

詩的現實とは何か

リアリテイと言葉の問題……植村諦…六八
詩のリアリテイについて……笹澤美明…七一
獨斷表白……青山雞一…七三
詩的リアリテイについて……木原啓允…七四
詩に於ける現實に就いての斷片……永瀬淸子…七九
詩的現實抄……北川冬彦…八三
淺井十三郎論（一）……小田邦雄…九二
（隨筆）落葉……吉川仁…九一
長篇抒事詩研究会の發足について……六六
（後記）……北川冬彦・安西冬衛・淺井十三郎…九六

詩の運命

——「日本未來派」主催詩の會に於ける講演の概要——

安西冬衛

安西であります。

この度、私共西の方に居ります二人の藝術院會員——これには註釋を要します——菊岡久利君が任命いたしました所謂菊岡 issue の藝術院會員が上京いたしましたについて、斯くも盛大な歡迎の會合をお設け下さいましたことは、望外の光榮とするところであります。

この機會に、將來の御交誼を冀ふ意味で、平素私の考へて居ります詩についての卑見の一端を申し述べまして、向後みなさんの博大な御提撕を仰ぎ度いと存じます。

演題は「詩の運命」と假に致して居りますが、大したことは何も持ち合せて居りません。ただ、豫て詩の一つの方法としてコレスポンダンス——照應と申しますか、合一といひますか、隠微の際に働く精神感應の狀態を詩の樣式に持ち込むことに關して少しく解義を試みて御參考に供してみたいと存じます。

實は昨日熱海に參りまして、獨立會員の高畠達四郎さんの伊豆山の別邸で御厄介になつてきたのであります。熱海は春雨で、梅は夙く過ぎ、今彼岸櫻のあたたかさ、浴泉を馳走になつりコンフアタブルな一夜を高畠さんと打ち寛いだのでありますが、その折の話題に、全体として東京は大きくやられてゐる。しかし部分は燒けてゐない。いや原形は猶根強く殘つてゐる。六年ぶりの上京で最初の晩は四谷須賀町で北川冬彦の新居に泊つたのだが、あの邊の山の手の燒けのこりの町にしてみても、菰でくるんだ水道栓。古ぼけたしみたの勤人風の家。霜柱でふやけたボコボコの赤土。自分の少年時代とそつくりそのまゝの風物ではないか、五反田の島津山でゆうべは泊つたのだが、舊島津公爵邸の明治開化風の洋館は欝然とした杜の頂に飾煉瓦を隱見させてゐる。東京は燒けてませんよ。變つたが變つちやゐない。依稀として昨日の如しだと、話したのであります。

するとと高畠さんが島津山なら兄の屋敷があつたといふ話。話は少しデイテエルに亘りますが、私は大阪府の仕事に多少タッチして居ります。その關係で今度の上京に際して在京中の宿所に五反田にある府の出張所を當て、事前に八日間部屋をレザーブして參つたのであります。しかし六年ぶりでやつて參りましたので、舊友の諸君から來て家へ泊れといふ好意で最初の日は北川、これは突然小野君と二人で襲つたのでありますが、次の晩は鎌倉の池田君、その翌日は岩佐君、それから春山行夫君の家といふ風に、すつかり歡待をうけ、廿四日の夜になつて、こちらに滯在中に片づけねばならぬ多少の仕事もあり、旁々ひとりになるために初めて五反田島津山の事務所へ顏を出したのであります。この邸は新宿の中村屋がその女婿の亡命客ビハリ・ボース氏のために建てた堅牢な——バルコニーに銃眼のあるやうな、壯大な建物でありますがボース氏の歿後他に讓り渡したものであり、戰後に大阪府が更にこれを買收して府の官公吏のための旅館に當ててゐるのであります。

ところが高畠さんと段々話をしてゐる中に燒け殘つた島津さんの屋敷といふ二人の間の共通の條件から話は九天直下して參りまして、高畠さんの兄さんの故宅は、イーコール大阪事務所つまり私の泊つたところといふ果然、合一、一体といふ結論に相成つてしまつたのであります。これは奇遇である。なんだ兄の家で泊つたのですか、そして翌晩は弟である僕の家！喜んでしまつて、高畠さんはいきなり手をさし伸べて私に握手をする始末。あすこなら五味だめの隅まで己は知り拔いてゐる。質に愉快極まるといふ譯で、私たちは前後三度握手をして快笑した次第です。

この暗合。はかり知らない因緣の綾にかがられた奇しきこの事實。私はこれをコレスポンダンスと申すのであります。

この際、聊か余談に亘りますが、申し上げて置きたいことは、北川冬彦とはこんど二十何年ぶりかの再會なのであります。私と彼が初めて識り合ひましたのは、大過でありますが、彼がまだ東大の法學部の學生であつた夏休みに、はじめて會つたのであります。忘れもしない八月十日。八月十日といふ日は黄海の海戰の記念日であるといふことで當時の私達が銘記してゐたので、今だに覺えてゐます。「詩と詩論」の運動の始まる以前で、私どもがやりました「亞」といふムーブメントの直前でありました。

惟ふに私の詩の開始は、北川も亦左樣でありますが 彼と私の出會ひによつて遂げられたのであります。かの「詩と詩論」の運動は、かういふ前夜のコレスポンダンスがその發展のモチーフとなつてゐるのであります。

一つのエコールがその運動の史的發展過程にあつて、必然避け難い内部抗爭が、軈て私共の上にも到來いたしました。あるトラブルが仔細は精しく今申し述べる時間がありませんから省略いたしますが、あるトラブルが私と北川の間を裂き以後の文學行動を別々にした。私は少々つむじまがりで、「風は己が好むところに吹く」といふ風習の男ですから、彼がこの數年來そんな確執を忘れてしまつてゐると言つてゐるにも拘はらず、私は覺えてゐる。ですから交通はしなかつた。近年私は北川の著書を鳥渡も貰つてゐなければ、私も彼に與えることをしない。そんなことでした。しかし私は北川と會へば立所に釋然とする。なんでもない。さういふ確信を私はつねづね抱懷して居りました。果して 今度上京して參つて即夜忽ち彼の新居に御厄介になつちまひました。茫々二十幾年の乖離は一瞬に合一を遂げた。コレスポンダンス。まあそんなことであります。

話はまだ濟んでゐない。

側道から本道に戻して、高島さんとの挿話に還りますが、そんな譯で、私は愉しい一夜を熱海で過して、今朝、山莊を辭したのであります。その砌、玄關の花瓶にミモザの花が投げ込まれてゐるのを見まして、ミモザ花咲く私の大連時代をばしなくも想起して舊懷の情に堪へなかつたのであります。旁々私は今日の詩の會の諸友にこれを頒ち度いと思ひ、乞ひ得たミモザの一枝を携へて今夜の席に臨んだのであります。ところが、會場に案內されて參りますと、主催者側では來賓の方々のために徽章として不圖も同じミモザの花を用意してゐられるではありませんか。

私の申すこれが第二のコレスポンダンス。

惟ふに私の詩は、エピソードとして只今申し上げましたやうな、かういふデータの上に立つてゐるのであります。

私はそれを「リリプットの紐」と命づけて居ります。これも解說を要しますが、昨年の春、私が「ガリバー旅行記」の試寫を觀ました晩 歸宅して、手元にあつた「ゴンクールの日記」を何氣なく披いてみたのであります。すると、いきなり「倒れた檞の木に常春藤の蔓がからみついてゐる。まるでリリプットの紐のやうだ」といふ章句が眼にとびこんできたのであります。巷間映畫で觀た巨人ガリバー。がんじがらみにする小人リリプットの紐。はしなくもそれにつながる章句。………

毆打的にかういふ照應が、私の場合實に頻發して參るのであります。

私はこの因果關係についての小さいエッセイを「リリプットの紐」と題して「文學雜誌」に發表し、どうも辻褄が合ひ過ぎて僕の場合困るんだといふ次第を、杉山平一君に提示して、私の詩法解明のキイノートにしたのです。

後日杉山君に會つた節、このことを杉山君と更に談じたのでありますが、彼の云ふには、それは誰しもあることだ。しかし誰しも看過してしまふことだ。安西さんの場合、重要なことは、その强い認識に存する。安西さんの詩は强引なその組立のなんとか、大体まあかういふ私にとつては非常に知己の言説を彼が呉れたのであります。

或はさうかも知れません。

いや、實のところさうなのです

私が詩を構造する場合、あらかじめモチーフを設定いたして置きまして、それからモチーフを展開させて參るのでありますが、その場合、言葉と言葉、文字と文字が目に見えない紐、透明な帶でつながつて參るのであります。妙なことですが、次に入用な言葉なり乃至は文字が待ち伏せしてゐる。この際へたな形容を許して頂きまするなれば、いきなり向ふ脛をカッ拂ふが如く、精神傳達の役目を果す言葉乃至は文字が私をタックルして、がんじがらめに縛り上げて仕舞ふ。ですから私はドリブルをつづけてゐれば敵がやつてくれる。そして私はただ凱歌をあげればいいといふ、甚だ愉快至極な現象を演ずるのでありますが、いたし方がありません。

別言すれば、私は私の詩を展開させるために、あらかじめ構造計算を試み、可能の範圍と限界の最大且つ最長の縱幅深に於て一つの設計を遂げるのであります。この場合計算外の計算が必ず私を援けて止まない。………

ですから、一見極めて唐突なオブジエとオブジエ。一應至つて非常なエスプリとエスプリとが、結果に於て極めて友誼的な、至つてじつこん的な關係に於て妥結する。

まあ、大体こんなことになるのであります。ただ、この場合、傳達の困難、解讀の難澁といふ問題が必至に起つて參るでありませう。

實をいへば安西詩に對する、非詩の言、或は否定の辭は、この解讀の困難。傳達の難澁。ディフィカリティ乃至はオブスキュリティに主として注がれてゐるやうであります。そしてドグマとかマンネリズムといふやうな惡体をとどのつまり今日まで私が屡々受取つて參つた次第であります。

私はドグマをオリジンだと考へて居ります。マンネリズムを紋切型と譯しませう。紋切型になれたら大したものです。殘念ながら私はまだ紋切型にはなれない。…………左様考へて居ります。

話は又しても變りますが、竹中郁が平俗といふことを提唱してゐます。詩を廣く一般化し、更に大衆的にもちこむために、勉めて平俗にといふのが彼の意思であります。

しかし、彼の詩集「動物磁氣」に於けるレトリックは矢張一般にはむづかしいのであります。彼のレトリック乃至はメタホオルは或る鍛練の上の所産であり、幾度か裏返し裏返して參つてゐるその思考の綾又は精神の曲は、左様容易には大衆には直に受取られない。固よりそれでいゝのであり、又さうなくては叶はないのでありますが、是と彼、竹中と安西を對比して前者を平易とし後者を難澁といたすことは、これは相對のことであつて、絶對とはならない。假にその理解系數を一〇〇の中、竹中を七〇とし安西を三としてみませう。すると七〇と三との較差は一應六十七と答が出て參り、それだけ私の詩より彼の作品の方が大衆的乃至は一般化だといふデータになるやうであります。

おことわりして置きますが、私は竹中の詩を惡くいふのではない。又竹中もさういふ算術をやつて居る譯ではありません。

ただ、かういふ至つて頭の回轉の簡單な答式をもつて詩の平易化といふことをジャーナリスティックに解して事終れりとなしてゐる一部の人達に對して私は異議をもつてゐるのであります。

私は私の三を、竹中の七〇と均等だと考へて居ります。

間違つて頂かないやうに。私の設定した七〇といふ數字も、三といふ數字も、ともに假定の數字であり、或は私が七〇であり案外竹中が三かも知れません。

いづれにいたしましても、詩は難解になつて參る。これは社會の進化、自然の推移と共に人意の克く之を妨ぎ得るところではないのであります。

整數から負數へ。プラスの世界からマイナスの世界へ。零コンマ小数点以下何位かの巨大な分野へ、入つて參らざるを得ない。

その道程に於て私共は詩を、詩といふ至極厄介なしかし又極めて有難い荷物を擔いで、軈て私共の後にやつてくる次代人にそれをアンカーせねばならないのです。

アンカーするまで私共は否が應でも、この尨大な荷物を投げ出す譯には參りません。

私は私の解釋に從つて私の流儀でこの荷物を擔いで參るより仕方がない。

「詩の運命。」

假に私が演題といたしました所以は大体かういふことであります。

長時間に亘つて、ひとり勝手なことを申し上げて相濟みません。失禮いたしました。

安西冬衛　小野十三郎　合同歡迎の辭

北川冬彦

安西冬衛、小野十三郎兩名が去る二月半ばの夕方、突然現われました。そこで安西君を「現代詩」で小野君を「未來派」で、別々に歡迎するのが至當なのですが　別々では兩君にとつて煩わしいことだろうと考え　私は「現代詩」と「未來派」合同歡迎會を催したらどうかと、翌日　ともかく安西　小野兩君が連絡場所である「毎日」に行くと云うので一緒に出掛けました。すると、「毎日」に池田克己君がいて、兩名の歡迎講演會の打ち合せにこれから菊岡久利君のところへ行くのですと云いますので、連絡を濟ませた安西、小野兩君と共に菊岡君の事務所なる三陽ビルへ出向きました。そこで、相談の上、講演會の始まる前に「現代詩」「未來派」の合同歡迎會を催すことに決め、私は在京「現代詩」同人諸君に速達で連絡したのでした。當日(二月廿六日)は「現代詩」側では笹澤美明、村野四郎、安藤一郎の諸君と私が出席しました。(吉田、江間、齋田の三君からは後で差支あつたこと聞かされました。)「未來派」側では、菊岡、池田兩君をはじめ、緒方昇、梅木三郎、高橋宗近などの諸君、それに山之口貘君が出席しました。會場は菊岡君の世話で、酒「自烈亭」の階上、和氣藹々の裡に數刻を過しました。初めこの講演會では私は自作詩の朗讀と云うことに決められていましたが、それより何か詩話にしようと云うと長篇敍事詩についてがよいと云うことになり、そう心決めしていましたが、いざこの演壇に立つて見ますと、どうも長篇敍事詩について話す氣がしません。それより、安西、小野兩君について思い付くことを若干話し歡迎の辭を述べたいと思います。

安西君は、先程、興味深い趣意の立派な話をしましたが、その中で、「詩と詩論」のいきさつ以來、私とは別れ別れになつていた、と云いました。私の所に泊つた晩もそのことを云いましたが、私はあのことをすつかり忘れていたのでしたたゞ「亞細亞の鹹湖」「渇ける神」「梅の實」などの本を一向贈つて來ないので、買い取りが大變なのだな位に考え、こちらでもそういうことがあるから贈らなかつたのでした。ところが、安西は、「詩と詩論」のいきさつ以來、つむじを曲げていたと云うのです。「詩と詩論」のいきさつとは外でもありません。「詩と詩論」から、「詩・現實」が分裂したときのことであります。「詩と詩論」は初め春山行夫と私とがはじめたのですが、四、五冊出すうちに春山行夫が衒學にして獨斷の編集をやり出したので、三好達治、神原泰、私などは別に淀野隆三等と「詩・現實」を出すべく、安西などにも勸誘狀を出したところ、安西は「詩と詩論」に居殘る樣子でそのことに對し、私は多年のよしみを踏みにじるものとして憤慨、安西のよこした手紙を一束ねにして絶交狀を送つたのであります。そしてこちらからやつた手紙も返えせと云つてやりましたが、安西は返えして來ませんでした。(私が安西からの手紙を送りかえし、安西は送つて來ませんでしたがために、安西と私とのとりかわした兩方の手紙は、戰災からまぬがれましたのは偶然の拾いものであります。當時はまるで戀人のように手紙の交換をしていたものであります。)しかし、絶交狀を送つた私は自らの世界を切り拓くのに忙しく恬淡として、いつの間にか安西との絶交など忘れてしまい、杉浦君の編集していた頃の「現代詩」に、近代詩說話の一つとして「韃靼海峽と蝶」の解說をしたりしました。そのとき、「好意は感じる」なんてハガキが安西から來ましたが、妙な云い方もあるものだと一寸首をかしげたことを思い起します。（安西は私のことをお爺さんになつたといひますが風子自身歯つカケの好々爺になつているではありませんか）安西は廿年近く、コダワッていたのであります。曾つて安西は釋然としたと云います。（それを豫期し、こんどの上京の重要な目的の一つはそこにあつたとも歸阪後云つてきた。）私の家に泊つたときも、「コダワルところにいいところあるやろ、」と云いました。たしかにそうであります。コダワリなくして、恐らく安西の詩業は成り立たないでありませう。安西はコダワルことを、むしろ望んでいる風であります。その氣質は底なしの樂天家と云つているのです。私は、昨年の秋、「詩の話」と云うのを書いていて安西冬衛の解説批判に及んだときハタと戸まどいました。と云うのは、一つには最も難解な現代詩の見本として、安西の詩作品のなかでも特に難解な作品を選び出したところもありますが、それが難解至極なのです。そこで思い切つて、解説してくれと云つて手紙をやつたところ、「驚いたな、北川に解説を試みんならんとは。それも又面白い」と云つて解説して來ました。その一つを擧げれば、

物

曇天は魚を有つ「卵に毛あり。鷄は三足。」

この詩が判ると云つて除得られる人がありますならば手を擧げて戴きたい。誰にも判らないでせう。ところが、この會に先立つ歡迎會の席上でも話に出しましたが、池田克己君が「詩學」に安西冬衛論を書いたその中に、この詩が事もなげに何の解説もなく引用してあるのであります。（この「安西冬衛論」はいまゝで出た安西論の中では出色のもので、殊に安西作品の本質を分析して、たての糸を感覺の震動ともいうべき現象採取、よこの糸を知性の羽搏きとしての「幻想」としたのは卓見であります）そこで私は「池田君、あの「物」と云う詩判りますか」と尋ねて見ました。すると、驚いたことには「そんな詩、どこにありますか？」と云うのです。席にその安西論の載つている雜誌を持つている人があつて、見せますと、まさしく池田克己は自ら書いた安西論に「物」を引用しているのを發見したのであります。菊岡久利君は、「池田らしくて面白い」ととりなしましたが、これは池田克己の場合ばかりではないでありませう。安西冬衛のどんな雜

解な詩も、一見すると面白いのであります。何となく面白いのであります。私のごときも「物」が「詩と詩論」に發表されたとき、「ふゝん面白いな」と思つていたのですが、いざ解説しようとすると解らなくなつてくるのでした。「物」と云う詩についての安西の解說は次の通りであります。

「『物』はオブジエ。曇天といふ一つのワクを設定することでオブジエを提出したのだ。「卵に毛あり。鷄は三足」は中國の古典「淮南子」の哲學です。卵は孵化して毛のある生物になる、だからあのツルッツルの卵に毛があるんだ。鷄は二本の足で歩く。しかしそれを步かせる至上命令みたいなものがある、それが一本。だから鷄の足は三つなのだ。そんな思想なのだ。この法はアブストライクの世界だね」この解說によつて安西詩の難解は溶け去ると云うものでしょう。が、あとに殘るのは、このような解說なくしては詩が了解され得ないと云うことは妥當であろうか、と云う問題であります。安西は「人の氣に入るばかりに書いてはいられない」と詩作記に書いていたと思いますが、この態度は立派であるとしても一つの自慰であるとの非難はまぬがれ得ないところでありましょう。その安西が、先頃「わが愛情の背景をなす鐵道遂」を書きました。これは、第一詩集「軍艦茉莉」の作風への復歸でありまして、私の大いに喜びとするところなのであります。難解さは微塵もない作風なのであります。

安西冬衞君には廿年ぶりでしたが、小野十三郎君には六、七年ぶりであります。私が白紙で、南方に派遣さるべく大阪の梅田驛附近の安ホテルに待期させられていたとき、田中克己等を尋ねてきた小野に遇いました。それより十數年まえ東京で多分宮崎孝政の下宿していた旅館で會つたと思うのですが、その頃の小野君は白皙の痩せ形だつたのが豊頬の、それに赤味さえおびた背こそ低いががつしりとした充實の肉体の姿に變つていました。こんどもそのときとあんまり變つていません。たゞ、あのときほどの充實感はなく少し痩せ氣味です。私は、やはり――「詩の話」で小野十三郎の詩を解說批判しましたが、小野十三郎の詩集「大阪」「風景抄」の中にある「葦原の方」とか「工業」などの詩が、その構想においていまゝでの日本の詩には現われていない雄大さを持つていることを更めて認識しました。この構想の雄大さでは、菊岡久利の「天皇ヒューマニズム」說が僅かに匹敵する位。菊岡久利の「天皇ヒューマニズム」說には、異論ある人も少くないでありましょう。現に先程、秋山淸君は、あの論は疑問であるとし、「未來派」の讀者は警戒せねばならぬと說きましたが、しかし、説の當否は別として、その構想の雄大さはこれを認めねばならぬのであります）ところが、詩集「大海邊」「抒情詩集」となりますと、こゝでは小野は、身近な現實に壓倒されて、徴用中身を入れた機械や仲間の朝鮮人へのノスタールジーを抒情するに止まつているのであります。私はこゝに小野の卑小な姿を見て、輕蔑するよりも、むしろ、正直な日本人の姿を見たのであります。（小野は徴用されたとき、宿願を達したと喜び勇んで、工場へ行つたそうであります。それを文章にして發表もしたそうであります。）だが、「大海邊」「抒情詩集」では嘗ての雄大な構想は潰え果てゝいるのであります。小野十三郎は、エッセイ集「詩論」の中で、短歌的抒情を否定、異質の抒情なるものを强調し、抒情の底には批評の錘をおろしていなければならぬことを云つていますが、「大海邊」「抒情詩集」にある詩が果して、異質の抒情でありますかどうか。「詩論」は、いわゆる支那事變續行中書かれたものであり、詩集「大阪」「風景抄」の裏付けとしてはたしかにふさわしいものでありますが、戰後の詩集「大海邊」「抒情詩集」は、敗戰と云う大變動によつて、潰え崩れた精神が抒情した産物であり、「詩論」とは著しく背馳するものなのであります。先程も、小野君は詩の本質は抒情であるが、そこには批評の錘がなければならぬと云つたと思います。この詩の本質を抒情とする考えは、萩原朔太郎の「詩の原理」以來、日本現代詩人の頭に牢固抜くことの出來ない詩觀として植え付けられているところのものでありますが、私は詩の本質は抒情だなぞと考えません。抒情も詩の本質の一要素をなす場合はありますが、抒情はその本質ではありません。抒情と言うような云い方からすれば叙事も批評も對蹠の觀念なのであります。私はそれならば、私は詩の本質を何だとするのか。詩の本質は、宇宙に遍在する動物精氣だと考えるのであります。動物精氣であります。それは犬でも馬でも持つているところのものであります。人間は誰でも持つているところのものであります。人間の中でそれを濃厚に持つているのが詩人なのであります。その濃厚に持つている動物精氣を、知性によつて端的な處理を行うところの詩人の意志が、詩作品の形式をもたらすのであります。だから、私にとつて、抒情は、叙事や批評と對蹠のものでありまして、抒情は詩の本質ではないのであります。抒情の流露は動物精氣の惡質部分の表出としか私は考えないのであります。むしろ抒情を抑制、豫定するところに、良質の動物精氣が現われるのであると、考えるのであります。いやしくも「詩論」の著者ともあらう者が、戰後に「抒情詩集」なぞと銘打つた詩集を出すことは以つての外と云わねばならぬのです。とんだ小野十三郎歡迎の辞になつてしまいました。（微笑）小野十三郎君は、先程の講演の結びで、フランスの詩人たちは、その不幸な時代を處するに、レジスタンス（抵抗）を以つてした、この精神は、われわれも今後持たねばならぬところであると云う意味のことを云いましたが、小野十三郎の作品實踐において抒情が、抵抗の意志に代わることを私は希求して止まないものであります。

（これは「未來派」主催の詩の講演会で私の話したことの一部である●この外に、はじめ喋らない積りでいた長篇叙事詩談義を一くさりやつたが、それは省畧する。なお、私は喋り下手、その上いつも草稿を作らず出たとこ勝負なので云おうとしていて云い落した處がかなりあるのでこゝで補足した。）

ポジション（7）

安藤一郎

私の部屋から　遠のいてゆくもの
縮れてゐる花
乾いた紙

言葉の中の　醒めた夢……
既に　私の聲も變つてゐる

ポジション（8）

樹々は　おのづから退く
夕かげりの中に
長い　織地のやうな影を伸ばし
夜の方へ　移つてゆく

（樹々は　存在を消したのではない）

晝の光りに　きつちりとかこまれて
微塵のやうな明暗に
浮き上るエッチング
あれは　誰かの意識に燒きつけられた！

樹々は　闇の奥へ沈む――
かつての幻像とは　全く別なものになつて

私が見つめてゐると
彼等は　ひとかたまりのおぼろな構成の中で
密かに息づき　何かを話す
彼等の囁きは　私の言葉だ

時々　星の瞬きや月明りにあらはれるのは
樹々自身ではない
そこに隱れてゐる　私の思想なのだ
樹々の叫び　樹々の悲しみ
それらをみな　私は知つてゐるから

詩三篇

山中散生

土橋の中程で

土橋の中程で　つと立ちどまり
バカ笑い

曇天の眞晝　牛は鳴かない
河はちかちかと曲りくねつていた
田舎には咲く菜の花ざかり
手足も黄ばむ　かすまんばかり

たそがれの一筋道を

たそがれの一筋道を
跣足の少女が駈けていつた後
ハープの一弾きのような
遠い海鳴りがのこつていた

わが髪の毛はばさばさとして
風を大いに孕み
ノスタルジックな匂ひに染まるのであつた

雨の滴り

雨の滴り、あなたの生ぶ毛も濡れるだろう
昔の人は眼鏡を外して立ちどまる

さうしてそのままに、汽笛が一ツ

眼

青山鶏一

沼澤地帶の水域は　灰色な空を　迷路のやうに映してゐた
この家のドアはいつも閉されてゐる
あゝ　內部の全景は蒼暗な懸崖の斷層
そこに半盲の眼は眼の底から　蔓草のやうなパンヌスに蔽れてゐる
その眼の底の蠟色の　無數の　だらりと垂れてゐる　蛇

又

眼の底のバンヌスは　くねつて　奇異な幻の扇をひらいた
或ひは飢渇さながら　無限に　あがく操作をする
その忌はしい生態の中で　凝つと　十字架上の　あの眼が見てゐる
その眼　――おれは
あゝ　バンヌスの蛇どもと同じく　汝を仇敵とする

詩人の會合

笹澤美明

二月末の安西、小野兩詩人の歡迎會は愉快だつた。主催は「日本未來派」と「現代詩」で、「コスモス」の同人も二三見えた。安西氏は久しぶりで顔も変つたろうし、小野十三郎氏とは初對面だつたので、定刻に出席した私は誰れも知らない人達の中で甚だ手持無沙汰であつた。そこに小野、「至上律」の眞壁仁、緒方、池田諸氏が居たのを後で知つた始末である。そこは銀座裏の菊岡事務所で、そこで始めてミモザの花を見た。細かい白い花を一杯つけた花を見て、傳說的な話を想い出していた。會場へ着くと、安西君が靴をぬぐ所であつた。向うでは忘れていた。その後で紹介されて小野十三郎氏と初對面の挨拶をした寫眞で見ると、病的に鋭い、何か特殊の面貌を想像していたが、會つて見ると、關西人らしい柔かみのある、愛嬌のある、色白のふつくらした顔であつた。村野四郎が遅れて來た安西君は彼をも忘れていた。安藤君、北川兩君が見えて、やがて酒がでると、だんだん打ち解けて來て、安西君の行屆いた紹介や座談が座興を添えた。彼の話では熱海から直行して來たと言い、今ミモザの花盛りだと言つた今まで日本にあると思わなかつたのも迂濶だが、空想の中の花を見てしまつたのも惜しい氣がした。おくれて岡本潤が來た。同君に会わぬこと二十年近い。昔、新宿で酒の會と言うと活躍した彼も、めつきり年とつた。美少年であつた彼も老人めいて、一寸淋しかつた「コスモス」や「日本未來派」の連中は元氣であつた。緒方氏も廣澤氏も社會人だし、活々していた。昔のプロレタリア詩人達より知的な感じがした。その席で背中を向けていた梅木と云う詩人が、東毎の社会部長黑崎君とは氣がつかず、同君から「笹澤氏には迷惑をかけている。」と言われて初めてそれと知つた。迷惑と云うのは、出版のことだが、こつちも隨分迷惑をかけたと思つた。

会が終つて「耕一路」の講演会に行くために散会したとき私の前にいきなり來て「あんたのことは忘れない」と言われたので何かあつたかなと思いながら当の人物廣澤一雄氏に「怒られるんじやないかな。」と言うと、反對だと言う。昔、そう有名でない同人雜誌で、私が彼の作品の批評をしたが、それが彼が言つて貰いたかつたことを私が言つてくれたのでそれ以來忘れないと言う。私は無論忘れていた。健忘症なのだ。しかし私は嬉しかつた。圖らずも十何年振りかで、こうした感動的会話が交わされるのも人生だと思つた。彼の態度もリファインされ淡々として、餘計嬉しかつた。廣澤氏と別れて、前へ行く岡本君に、今度、「現代詩」で君のことを惡く言うよと言つたら「惡く言つてくれるのは好い。」と答えた。彼の言葉も好感が持てた。五時の汽車で高崎へ歸るので、耕一路の昇降機の前で皆に別れた。淡白な連中との会合だけに後味が好くて數日反スウしていた。

近狀

安彦敦雄

全くの肉体労働者もあの線路工夫のそれとなつて早や八ケ月になろうとして居ります。弱かつた身体も案外健康になり、普段知識に遠ざかつている故か知識慾も旺盛になつてまいりました。不自然な自意識の過剰に惱む事もなく、むしろ單純明快な日常生活がそのまま反映されている現狀です。只、金の乏しいのが今のところ最大の苦痛ですが、これも今迄の罰だと諦觀した氣持です。宗敎も目下無緣の有様ですがぼちぼち勉强且つ實踐して行きたい氣持で居ります。政治に興味はありませんが、その点多少時勢おくれであるかも知れません。私は、子供のころから好きだつた動的風景やその主演者たる機關車を思うざま鐵道人としての身近かさと詩人としての外側から眺められる立場を嬉こぶばかりなのです線路工夫達も決して世間一般（そこに入る迄の私自身さえも）の人の考えのような無恥乱暴な集團ではなく、むしろ肉体の普断の活用と技術の練磨がもたらす、常識的で人なつこい好人物が多いようです、私は中學生のころから念願していた小說家になりたいという大望の手初めとして線路工夫の一生を主材としたバルザック張りの一大ケッ作をものしたい野心をあたためて居ります。また近ごろ詩人や小說家志望の青年と友人になりたい希望を持つようになつて來ました。性來狷介孤獨なので友人といつて一人もいなかつたのですが、世間に出てはじめて人戀しの念に驅られるようになつて來たのです。一月の末ごろ、無理して九洲は八代まで遠出してみました。上田幸法という新進詩人と近しくなりたい爲です。彼は南國の人らしい逞しい情熱をもつた良い詩人でした、原田久、荒木力、本田眞一などという隱れたる偉材も發見してまいりました。大宮の山崎馨や日村晃との友情の復活、浜田耕作とも親しく語らいたいものです近藤東氏には時折おめにかかつて居りますが扇谷義男、關矢忠雄の二先輩にも御逢いしたいと思つて居ります。未知の新人では、祝算之介、牧章造、岡田芳彦、小野連司、小林明青山雞一、田村隆一（順不同）の人達と友情を持ちたいなどと近ごろしきりに考えて居ります。長尾辰夫さんには行き違つて逢えず殘念至極です。どうやら近く肉体労働者を卒業してもう少し上級の方へ進まれそうな氣配なのですが、早く生活をたて直してじつくり良いものを書いたり勉强したりしたい氣持で一杯です。今年こそは――といつた强い心組であります。

『地球船』以來

上田幸法

僕が「地球船」を同郷の士三名とともに始めたのは昭和二十二年の三月であつたからもう足かけ三年、丸二年になる。

僕は「地球船」をもつて、一つのはつきりした方向をもたせるよりも、その頃のまだ終戰後のこんとんがつづいているような詩界では、呉越相乘り、自からその船の運命を決めたがいいと思つたので、恰度、「氣球」か主知詩という新しい造語をもつて登場していたのを幸い、主知詩と、所謂、抒情詩を、地球船上で討論研究し、詩界にいささかのプラスをしたいと思つてその線にそつて企画した。

いわば、地球線は主知と抒情の討論會場として、提供し兩者に大いに論戰してもろうことにして出發したわけであつた。そのために氣球の安彦敦雄、山崎馨の兩兄に主知派の代表として參加を懇請し、抒情派からは京都の「詩風土」の吉村英夫、小池吉昌の兩兄に出馬を乞うだ。兩派代表ともエトセトラを同伴して參加することを快諾してくれた。

この、地球船上での討論の結果、殘るものは殘り、消えるものは消えるだろうと、僕は深く確信するところがあつた。

そして、創刊号には、主知派から、安彦の「主知詩断想」山崎の「愛に結ぶ詩」が、また抒情派からは、小池の「現代詩について」と吉村英夫の「第二次的現實論」をのせることが出來た。ことに安彦の主知詩断想と小池の現代詩については、過激な文章で、その反響は大きく、主知派の先輩、抒情派の先雅からも、讃否兩論、激勵やら、もうれつないかりやらを喰つだ。まことに青年詩人の結集体としての面目を最初からもつことができた

第二号には安彦の「惡抒情詩撲滅論」が天下の耳目をひき、僕は主宰者として企画の半ば成功を喜んだものである。然しそれも、地球船上、主知、抒情のいづれかが破れ去る前に、雜誌そのものが、御多分にもれぬ資金難から、その秋、第四号で難船してしまつた。

然し、船は難船したが、その短かい航海だつたにもかかわらず、航跡の余波は大きく、主知と抒情の是非は忽ち、詩界を賑わしたことは、御承知の通りである。

その後一年たつて現在の「詩旗」に改題して復刊したが、その頃から抒情派の凋落は詩界全体にめだつて來はじめた。勿論、吉村も小池も「詩旗」になつてからは何も書いてくれなくなつてしまつた。

殘つたのは主知派の安彦と山崎の兩兄と、地球船の末期から參加した、浜田耕作と、日村晃だけになつた。かくて、僕が、はじめに考えていた通り、破れるものは破れ去つたのである。素朴ないいかたであるが、主知派が大勝利を收めたのである。「地球船」という小雜誌上の運命のみでなく、抒情詩の沒落の運命は時代のものであつたのである。

抒情詩は凋落の一途を辿り、主知詩は盛んになつた。そして主知詩を唱えた者は今また新しく、北川冬彦氏の長篇敍事詩の提唱に「主知詩の極点としての叙事詩」という見解のもとに双手をあげて參加しようとしている。敍事詩という現代詩の最高段の勉强を開始したのである。

足かけ三年、丸二年前、地球船によつて交友をはじめた、安彦兄と僕とは、今では同一詩論をもつ同志となり、今年の一月末にはわざわざ九洲の涯まで訪ねてくれるような深い間柄となつでしまつた。

想い出多い「地球船」ではあつたものである

主觀的批評

濱田耕作

だいたい詩人は批評家でなければならないということは尤も至極な話であるが、その場合の批評家というのは、全身で感じとるということで、理論化することでなくてもいいと思つている。（上田幸法）――僕はこういう説にはいきなり納得できない。たとえそれが主観的な批評であつても、やはり理論は大切だと思う。なぜかというと、一つの作品を全身で感じとるということは、單に形容にしかすぎないものだから。實際は頭腦で批判しているからだ。そしてその頭腦で感じとるとい

うことは、もしそれが理論的でなかつたら、しばしば印象批評——好き嫌いで決定してしまうからである。

　ここに一つの實例をあげよう。

　最近「詩學」の二・三月号を讀んでみるとその中の「詩壇時評」でこんなことを書いていた。「ナマのシナリオには詩を感じても北川の叙事詩には詩がないというも過言ではない」(そのあとでまじめに新叙事詩を研究していることに對して茶化したように書いている)——こうした態度を、僕は感情批評だと言いたいのだ。

　「詩がない」と言う以上、どのように詩がないかを指摘しないのは、作者に對して不親切であり、社会に對しては無責任であり、五流批評家の言といわれても仕方ないであろうあるいはその筆者が、新叙事詩というものがてんでわからなく、また生理的に嫌いであり新しいものには何かと一應ケチをつけないと氣がすまない、——そんなカテゴリーに属している人間かもしれないが。嫌いであるのなら、「北川の叙事詩は嫌いだ」と言えば、却つて納得させるかもしれないのに。どんな人間でも好き嫌いはあるものだから。……詩とはちがつて、およそ説得力のない評論ほどつまらないものはない。非理論的で。批評というものは、もつと神経質であつてもいいようである。

　僕の場合、北川冬彦の叙事詩は、「氾濫」一連の作品にしろ「タヒチの女」(改造二月号)にしろ好きであるし、また新叙事の可能性を肯定し詩情を認識しているので、(そのことについては別誌に書いた)あえて主観的批評にその一文を反バクするわけである。客観的批評をするには枚数が足りない。

　幾分は主觀的であるが、とにかく正鵠を射た批評としては、田中久介が鮎川信夫の誤謬を突いた「人間のいない抒情詩」(藝術前衛創刊号)は納得させるものを持つていた。その他では、「天牛」四号で誰かが金子光晴のある詩を「不愉快な作品」と片づけていたがこれは批評としてではなく雑記だからそれでもいいだろう。

(敬称略、謝罪)

○

安西冬衛

北川には言つて置いたが、「現代詩」が田舎臭いといふこと。さういふ專らの評判ださうだが、いいではないか。

　さういへば、繪の方の「獨立」とよく似てゐる。会員がみんな年期を喰つちまつてゐてモダニズムになんか根つから縁のなささうな面つきをしてゐるところ、

　成程、田舎臭い。うまいことを人はいふ。さうなると、さしづめ「未來派」は二科で「サンドル」は自由美術といふところかな。

　いづれにしても、現代のこの三つの團体、なんらかの意味で、その存在と位置の在り方が面白い。

　そしてこの三つが。いづれも田舎から發行され、東京で編輯してゐるといふ條件が同じなのも、詩の雑誌の当來の傾向として現象的に見て面白い現象だ。

　獨立のこと比喩に言つたので、それに關聯して觸れて置くが、野口彌太郎がへんな鶏をしつように描いてゐるところなぞ、北川の長編抒事詩の粘りこい仕事に氣質が似てゐる。あのニワトリ相当なものだ。

迷惑記

岩佐東一郎

★「現代詩」二月号の編集後記で北川君も一筆していたが、私の家へも、打合せも紹介もなしに、突然出現して面談を强要する無名詩人が多くなつた。三十分でも十五分でもいいから、詩の話がききたいと云う熱情は大いに多とするが、初對面の者に、そんなに註文通りうまく詩の話なんか出來るものか。第一こつちだつて色々と豫定を立てて仕事している最中に、玄關に呼び出されるだけでも迷惑だ。とに角、断わると不滿足な表情で、でもやつて來たのですが、と押付けがましいことを云う。こつちの知つたことではないのに。先輩を訪問するのに紹介狀も、名刺も持たずに、だし拔けに現われる方が惡いのだ。

★この印刷出版困難時代にも關わらず、中央地方を問わず、毎月、私のところへ寄贈される詩雜誌の多いことはうれしい。出來るだけ全部に目を通すよう努力している。所が、今日來た「白木綿」と云う地方誌の後記を見たら「次号には詩人壺井繁治氏、岩佐東一郎氏、尾崎喜八氏等の同人外の人達に書いて貰える筈期待して欲しい。」と書いてある。期待するにも何にも、全然、私の知らぬことなのだ。勿論、交渉されたつて書く筈はないが何の前ぶれもなく平氣で書いてる無禮さよ。

★この頃、送つて來る地方誌の頁の中に、「是非今号の讀後感か詩を一篇折返し送つてくれ」と書いた紙片れを見ると、急に嫌やな氣がしてしまう。全く冗談云うなと云いたくなる。

☆世田谷區北澤から出ている、投書家相手の片々たる雜誌「文章世界」を人から見せられてびつくりしたが、私がいつの間にやら詩欄の選者にされていて、毎号選評を書いているのだ。知らぬ人が見たら本当にするかも知れないが、勿論これも私の全然知らぬこと。氏名詐稱のインチキ編集なのだ。詰問したら一ケ月もして怪しげな辯明狀をよこした。

鱒

伊藤桂一

月の美しい晩でありました。

あまり美しい月夜なので、一匹の澤蟹が岩の上で、ながれの音をききながら、うつとりしてをりました。

すると、眼の前の淺い瀬の上を、いつぴきの鱒が、ピチピチ横になつて瀬を泳ぎのぼつてくるのがみえました。小砂や、岩や、水苔の上をピチピチ泳ぎのぼつて、ちよとした深みへ出ると、そこで鱒はほつとためいきをしてゆるやかに泳ぎまはり、月のかげを砕きながら、しばらくひれをやすませてゐました。

澤蟹がたづねました。

「ずいぶん遠くから　旅をして來られたやうですね。あなたはどなたですか」

「私ですか？鱒（ます）といふ魚です」

「さうですか。鱒つてもつと大きなおさかなかと思つてゐましたよ。でもあなたはずいぶん小さい魚なんですね」

「いいえ。小さくはありません。もつともつと、いまの何倍も大きなお魚だつたのですよ」

澤蟹は、しばらくふしぎさうにみてゐました。なんだか噓みたいに思へたからでせう。すると鱒は言葉をつづけました。

「この川を下つてゆくと、さう何百里もあるでせうね。そこの湖の中に私たちは住んでゐます。

――いいお月夜ですね。丁度こんな晩でした。私が旅へ出たのは」

鱒は昔を考へるやうな眼で　空の月に見入つてゐましたが、ほかのどんな魚にもみられないやうな、それは澄んだきれいな眼をしてゐました。

「もう何年も旅をしてゐるのですね。いつたいどこへゆくのですか」

「どこだか私にも分りません。ただこの川をさかのぼつて行きさへすればいいのです。あとは神さまだけが知つてゐますもの」

「でも、これ以上川上へゆくと、もつと淺いところや、けはしいところもあつて、行けるかどうか分らないではありませんか」

すると、鱒は微笑していひました。

「大丈夫ですよ。それが私の生きてゆくたつたひとつの道なのですから。私は昔は大きな魚でしたが、長い旅のあひだに、旅がし易いやうに、だんだん小さくなつたのです。神さまはたくさんの魚の中で、私たちにだけかうした惠みをたれて下さいました。だから、もつともつと私は小さくなるでせう。私たちは川をさかのぼればさかのぼるだけ小さくなつてゆくのですよ。それはつまり、それだけじぶんが美しくなつてゆくことだと、私はおもつてゐます」

「では、川のいちばん源へいつたら、メダカ位になりますね」

鱒は、また微笑したやうでした。

「えゝ、えゝ、さうですとも」

「では、それよりもつともつと川上へいつたら、しまひにはどうなるのですか？ぽつんぽつん、岩のあひだから水の落ちてる、川のいちばんみなもとまでもしいつたら？」

「さうですね。きつと私は一滴の雫になつてしまうでせう。もう魚ではありません。どこもかもすきとほつた一滴のしづくです」

さうして、鱒の眼はそのとき月の光をうけて、ちやうど一滴の雫みたいに、美しい光を滞びてかがやきました。澤蟹ばその鱒の眼のうつくしいのに、またうつとりしてしまひました。

美しい月夜は、そののち、いくどもいくども訪れてきました。その度に澤蟹は岩の上で考へました。小さい小さい小さい鱒が、淺い瀬の上をピチピチ泳ぎのぼつてゆくさまを。あの美しい魚の眼を。

さうしてときには、

「もう一滴の雫になつたかもしれない」

と、水の底の月をながめながら、そのことをまるで信じられないほど美しい、この世の出來事のやうに、かんがへたりしました。

馬の國

長谷川龍生

未明から
黄色い影がふえる。
ながいのがひよろりと搖れては
廣つばの群がりが前の方にヅラシ詰まる。
かしらの眇のやつが
靜かに反芻をやつて、
どこか荒つぽい巣でつめてきた
雜食をこなしつづけている。
遠く驅けつける老耄も交つている。
ただいつもばらつばらつで、
放談はいつかな高まらず、
夜明けの「日傭ひ」を待ちあぐみつづける。
あいつはあいつなりの小惡魔を育てているよ。

おそろしぐつめたい個性のあるやつを。
馬らしい日常はずつと人間を避けていく。
ときどきいやな想い出があるのだ。
たとえば曳かれていたら、
ひよんとふしぎな街に出た、
行先の土地會社は向ふ岸らしいが、
この界隈は息づまるまでに白白しい。
ひとりでは恥かしくつてとても歩けやしない、
あのでかいのが鐘ケ淵紡績
まつさをな塗りの車がかるく停ると
白帽の艶々しい大男が葉卷をくわえて下りた。
バイヤー風だね。
恐らくボンベイかカルカツタ地區の商事らしい。

五円貨幣大のマシーンを幾つも漁つているのだよ。
あの大男を見ていると
かつかつと火のやうに燃えさかつてくる
専務とか何んとかいふ階級だらう。
まるで生殖器をひきのばした淒さじやないか。
ひとつ莫迦野郎と叫んでやれ、
そうだ、どんどん黙殺しきつて
過ぎ去つてもいい。
それからもうひとつ、
この街には霧が降る。
霧の霽れまから、
ゆつたりと小船はくる。
珠数つながりに横づけになる。
どろどろの液汁は夕暮までに満杯される。
たぷたぷとふくらむで
赤い汚物も埋没したように交つている。
たまらないほど穢ない濃色さだ。
追い風だからぷんぷん匂はないが
夥しい厚顔の垂れながしには少うしてれるのだ。
運搬企畫は成ると想ふ
たとえば何喰はぬ顔でホースは糞尿プールを、数個しつらえ
た大汽船で西え下つていく。
もつとも迅速に、
もちろん夜間作業だが
豪華なサーチライト球を照らしてさ。
こんな想い出にはとても笑えない氣持があるものだ。
けふはどすぐろい海の場え行こう。
華國の南沿海では競率はもうれつらしいが、
ここはここなりで小一時間
あらゆる策略をもつて親方にぶつつかる
あのあぶれる唄はせつないものだ
けふは五十七番といふ木札。
わかい雑種も加はるが
ひそかに牙を研いでいるやつは居ない。
路上でよく見た暴れ馬もまつたく居ない。
ごく自然らしく
穏やかに夜明けまで
かすかに嘶いたり嚔をしたりする
ただそれだけ。

暗い日の肖像

日村晃

何の感動もなく　當もない。生きていることに不思議の小首をかしげ、しげしげと周圍を眺めそしてかすかに微笑する。日常の悲しさ。切なさ。しかも長らえてゆこうとする懸命な彼の、こつけいなレトリツ。彼は、自分が誰であるかわからない。何物であるのか。彼は、流れゆく時に向つて反問する。（晝と夜がわかるかい。昨日と今日がわかるかい。西洋つてどこだい。それじやあ、東半球つて何だい。燒土つていうのは？ちえッ、あの原子核つて奴は？）

彼は生臭い檻を思う。せめかこまれた、せまい棺の世界を思う。しみだらけのこの世の樫間。どうにもかうにも動きのとれない円周。繁殖の理念はうすれ、消えかかる地上の生命の設計。曇り日のいまわしい臭氣ばかりが、重たく漂い、古めかしい風俗の垢じみた陰影に点火する。その刹那、めらめらと西日は燃えて、うすくらい都會の畫像に淀んでゆく。

廣大な沙漠の暗轉。彼はよろめく。吹きすさぶ風の底に、塵埃はあかあかと立ちこめ、家並を塗りこめ、一瞬、もんどりうつて、地の果てに押してゆく。がつくりときりとられた視界に、彼は、ゆがんだ父と母の、哀願する顔を見る。喘えぎつゞける群衆の、汚れて黄色い皮膚を見る。

その中に、はいずりまわりのたうちまわる、自分のいやしい正体――。彼は、目を閉じる。しばらくは、じつと動かない。彼はいま、何物も考えない。（ゾルレン。ゾルレン。ゾルレン。ゾルレン。否々、ザイン。ザイン。ゾルレン？・ザイン？）ああ、このとほうもない次元のけだるさ。彼は、すべてをたち截ろうとする。忘れよう、と心にきめつける。だが、あきらかに、彼はふるえている。びくびくとこめかみをけいれんさせ、ぶるぶる。ぶるぶる。わななくようにふるえている。そのまま――いつか支えを失つたように、どうと倒れる。ふと彼の頬が動く。ちかツと光る一筋（ひとすじ）の涙が流れる。彼は死んでゆく。間違いなく、死んでゆくだろう。そして、そこに雑草が生える。どんどんはびこつてゆくだろう。過ぎ去つてゆく時間のように、太陽を追いぬいて、ぐんぐん伸びてゆくだろう。

彼には、どうしようもない。それだけを、唯ひとつ、それだけを彼は知つている。彼はじたばたしない。ゆうぜんとあぐらをかく。小首をかしげ、しげしげと周囲を眺め、そしてかすかに微笑する彼の日常。だが、いつまでも、その悲愁の底に、彼の小さい意識だけが、死にたくないという意識だけが、しんりのように凝り固つて、うづいている。しめつけるように。血脈をしぼるように。

松原

河合俊郎

拓いた村だという
やせた砂地の小松原にたつた五十八軒
杉皮葺きの小屋へむかつて
春の砂塵が吹きあがる
軍衣が干され
野兎が走り
豌豆の花がふたつみつつ
いく坪かの畠には麥が疎らにのび
赤んぼうを背にくぐつた子供がひとり
人の聲もきこえない
井戸もない
電燈もない

かまどの見える厨の
破れた戸板をばたばたあおり
春の砂塵が吹きつける
焼けだされたり引きあげて來たり
そういう人びとの拓いた村だという
お役人にすすめられて來たが
もう行く所はないという
いくら働いても
この砂地には作物はできない
トラクターもあり
肥料もあるが
作物は實のらない

肥料は遠くの農家で米とかえたそうだ
ガソリンは賣つて食つてしまつたそうだ
家畜も喰いつくし
毎日ひとりぐらい斃れるという
いまあるものは松林ばかり
曳き抜かれた根にはチエンの痕がのこり
爆彈で堀れた穴は池となり
いくつもいくつも水すましが走る
ここは祕密の試砲場だつた
伊良湖の陸のつきるところ
松原は直線につづいて海へ
ちいさい砂丘のいくつかの起伏をこえると
白く裂けた藍色の沖から
渚から
春の西風がつめたく吹きつける
枯れた蔓荊の實の吹きたまる窪みに
眞紅の薹のボウフウが埋れて
芽だけが出てひわ色に燃え
眞砂子を押しのけている
あたりには彈片がちらばり

黒く錆びつき鋭く尖り
松の根株にもつきささつている
三年まえまでは祕境だつた松原
ここをきり拓くという噂をきいて
近郷の人びとはあざけりわらつた
いまも坐つて煙草をふかしながら呟く
俺らの先祖さんがひつこした土地だもの
あんな土に住めるなら住んで見ろ！
敗けたつて馬鹿者は死に絶えんわい
お役人のだますことあかわりつこねえ
…………それ以上は問ひつめなかつた

赤石

町田志津子

梅の花
かなしい生命（いのち）の發條
陽はさりげなく
花うらを染め…………

かげろう野末
赤石の山脈（やまなみ）の雪

ひそかな思いに堪えて
仰ぐ
赤石の山脈（のまなみ）の雪

囘歸

西風（にし）はあの世に逃げていつた
ぬれた岩に
海苔が陽をあびている
星がその座を易えるよう尼
魚族は黒くひしめき

貯藏庫の蜜柑は
互いの体温に上氣する

イタリー風のそよかぜに
くちづけして
素足になる

カール・シャピロについて

――現代アメリカ詩人論（一）――

安藤一郎

カール・シャピロ（Karl Shapiro）は、一九一三年、ボルチモアに生れた。ジヨン・ホプキンズ大學を卒へて、一九四一年から一九四五年まで、アメリカ陸軍衛生部隊に入つて、アメリカ國内、オーストリア、南太平洋に駐屯した。最初の詩は、ボルチモアの小さな雑誌に發表したが、その後「ポエトリー」詩に寄稿、編輯に携はつてゐた先輩の詩人ヂョーヂ・デイロン（George Dillon）に認められ、更にヂエームズ・ラフリン（James Laughlin）編纂の「アメリカ青年詩人五人集」（Five Young American Poets）の中に選ばれたがこれで、彼は最も注目され、現在の地歩を得るスタートとなつた。處女詩集「人、場所、物」（Person, Place and Thing）は、一九四二年にオーストラリアで刊された。次いで、同年實驗的な、エロテイシズムを取扱つた「愛の場所」を、やはりオーストラリアで出版したが、これは、恐らく、アメリカで飜刻されることはないとおもはれる。

一九四四年に上梓した、南太平洋に於ける戰鬪體驗からものした第三詩集「V・レター」（V・Letter）は、彼の主題と才能の鋭くマッチしたものとして、絶讃を集めて、詩人シヤピロの姿は、アメリカ文學界に大きくクローズ・アップされるに至つた。これによつて、彼は一九四六年度のピューリッツァ詩賞を獲得した、序でに説明しておくとV・レターといふのは　現地の兵隊と銃後の間に交はされる、或る定まつた形式で記し　縮小寫眞のフィルムに撮つて輸送する、一種の軍事郵便である。一九四五年に歸國すると、彼は從軍中から着手してゐた「脚韻論」（Essay on Rime）を發表した――これは、詩と韻律に關する問題を論じたところの長い評論詩といつたもので（かういふ詩で評論をするといふ形式は、イギリスの古典派詩人ドライデン、ポープが屢々試みてゐるところである、）近代詩に於ける矛盾と混亂を指摘して、詩壇に爆竹を投げこんだのであつた。「パーティザン・レヴュー」誌などを中心として、論爭の渦を卷き起し、毀譽褒貶相半ばしたが、彼は、これで益々有名になつた。一九四七年には、「詩人の裁判」Trialof A Pqet といふ劇詩と稱するものを完成してゐる、恐らく、今日のアメリカ詩壇で、最も活潑に仕事をしてゐる詩人として、第一に擧げられるのは、シャピロであらう　或る批評家はかう言ふ――「彼は、あらゆる點に於いて、多くの時期にわたつて稀にしかあらわれることのない、アメリカの若い天才である……彼には、深さと幅の兩方があり……諷刺家の超然とした特質を具へてゐる。」

日本流に言ふと、本年三十七歳――寫眞で見るシャピロの風貌は、まるで蹴球選手のやうに逞ましいと共に、純粹に輝やく、やや子供めいた眼を持つてゐる、唇は、皮肉らしく、少し歪んでみえる――この印象は、やさしい情緒があり、烈しい精神に燃え、しかも智的に鋭い彼の作風を少からず暗示するものがある。彼の詩は、野性的に新鮮な感覺があると同時に、苦々しい皮肉に滿ちてゐるのだ。

「詩人」（Poet）といふ詩の中で、シャピロは、現代詩人の運命を、自嘲的に、かう言ふのである――

途方もなく痩せて、背中をこごめ、パイのやうに小ざつぱりし、泥のやうに無知で猿のやうにエロティックで思春期のやうに夢み勝ち――そして垢だらけの髮！部屋の中へカンガルーのやうに跳びこむ、耳を最高級の獵犬のそれのやうにはためかして、綠色のボンボンを口にして、頭を下げながら、彼の頭はあらゆる問題を受け入れる。

或ひは、詩人といふものは、彼によると、かうでもある――

詩人の何たるかを知つてゐるために、人々に蔑まれる、また彼自身にも蔑まれる。併し彼は女性のために存在する、丁度少女たちに對する人形のやうに、男たちに對する申分ない細君のやうに、彼は女性に對してゐる。そして彼自身にとつては、一つの物であり、あらゆる時代であり、性別もなく、職業もない。少女や妻君にとつてはいつも生きて悲運にあるもの、男たちと學者にとつてはギリシャ語のやうに死んだもので、いつも誤譯されてゐる。

以上は、ただ大意を摑んで、散文體に書き更へたものだが、シャピロは更に、眞面目と諧謔を交ぜながら、恐しい位に詩人の自己意識を抉り出して、かう結んでゐる。

彼は美の取引をする商賣人（ビジネスマン）だ。
藝術と思想の商人で、ユダヤ人のやうに、
貧民窟と恃まれた方言の中から起つて、
痛恨の塔と聳える。いつも他國人で、
追ひ廻され、それから探し出される。
恰も異なつた民族の大使の如く
音樂に滿ちあふれるテーブルに坐らされる。
彼は花を喰べ、蜂蜜を嚙み、苦汁の唾を吐く。
人々はすべて微笑み、彼を愛し、彼を憐む。

彼は溺れて死ぬことになるだらう。
天の純粋な空氣の最後の泡が
彼の喉の中にたゆたふ、あのときに、
安らかにベッドの上で、小さな永遠の船首像（顏）を恐怖に歪め、
彼は聲を上げ、藥の日々を摑むだらう、
襲ひかかる眞黒い波の前で。最後に、彼の墓は
草の凹みの間に傾きくづれて、

誰も彼の名を語る者はないであらう。

彼は、明らかに、現代危機を底の底まで知り拔いてゐる。殆んど惡魔的な意地惡さを以て、痛烈に自分の環境を批判するのである。「詩人の審判」の中には、また次のやうな文句が見出される。

然しながら、未來がめぐつて來て我々を檢べ、
我々の不細工な遺物について話すとき、
人々は我々がみづから手を貸して築いた
その時代に立向つた我々の罪過を見出してくれるだらう。
彼等は我々が承けついだ野蠻な世紀に關はる
樣々な事實を知るに相違ない。
そのときにこそ、彼等はかう結論するだらう——
捉はれた者とその一味たちの詩を除いては、いかなる詩も我々の立場にとつて眞實でなかつたのだ、と。
我々は危機に生き、危機を呼吸し、しかも危機の終りを見ない、

だからして、「噓つき者には勝手に藝術を滑らかなものにさせ　正確な、抑揚のある、優雅な韻律で詩を作らせるがいい。」と彼は、痛切に言ひ放つ「危機に生き、危機を呼吸し、しかも危機の終りを見ない」——さういふ戰爭と戰後の時代を深刻に意識してゐるところに、私たち日本人にも強く訴へるものがある　シヤピロは、また「亡命者のための旅行案內」（Travelogue for Exiles）といふ詩の中で「見てごらんなさい、そしてよく憶えておきなさいこの國をごらんなさい。遠く、工場と草原の彼方を。きつと、そこを　きつと、彼等はあなた方を通らせてくれるだらう。それから話しかけ、森や沃土に訊いてごらんなさい。あなた方は何を聞くか？　この國は何を命じるか？　土地はふさがつてゐる、これはあなた方の住みどころでない、と。かういふ流竄者の悲哀を、彼は胸奧にひそめてゐる

のである。「詩人の審判」では、シャピロは、イタリーにゐて、敵國のために宣傳放送をしたといふ廉で、叛逆罪に問はれようとしたエズラ・パウンド——彼はいま狂人として精神病院にゐるが、その「ピザ詩章」（Pisan Cantos）は、新しい詩人たちの尊敬を集めてゐる——を果して暗示したのかどうか分らないか、詩人と詩人でない者の相違は種度といふことよりも種類に關するもので、從つて、自分の國民とはいつも相容れず、必要な場合には、叛逆的になることとさへある、といふことを信じてゐるとみえることを書いてゐる。私は、彼を現代のアメリカのバイロンのやうに感じる。

シャピロは、苦々しい諷刺だけの詩人ではない、その功妙な隱喩には、明暗の鮮やかな心理的イメヂと生々しい肉體的な感覺が交互に織り交ぜられてゐる。「花火」（Fireworks）の中には次のやうな一節がある——

僕たちの耳の深みに破裂する壯嚴な砲撃は
僕たちの頭の髮を逆立て、轟音の中に
完全な砂壞の硫黄、僕たちの歳月の終りを知らせる。
おゝ　僕たちの祕密と安定の薔薇を打碎く最後の大審判！

一方、故國を離れた戰地で書かれた「ノスタルヂア」（Nostalgia）といふ一詩に流れてゐる、若々しい。率直なそして柔かいリリシズムは、仲々捨て難い。その最初の二聯を、次に譯出しておかう——

わたしの魂はわたしの部屋の窓にたたずむ、
わたしは一萬マイル離れてゐるのだ。
わたしの日々は太洋の恐ろしい響きや、
塩や雲やからい飛沫で滿ちてゐる。
風よ、吹かば吹け　やがて多くの人が死ぬのだから。

わたしの身勝手な青春、金の縁取りした本、
知識やその他すべてが街を見下してゐる。
出窓においた鉢植ゑの植物も
おのおの身勝手な美しい生命をもつて見下してゐる、
風よ、吹かば吹け、やがて多くの人が死ぬのだから。

(March 1949)

しべりや詩集 (3)

長尾辰夫

糧秣車

闇の曠野を、ひた走りに走り續けていた糧秣車が、中間の部落にさしかゝると、ランプの合圖でぴたりと止つた。うつらうつら夢路を辿つていた私は、はつとして眼を醒した。

と、ごそりと音がして、九〇瓩の麻袋がするすると引き下されて行くではないか。私は思わず眼を凝らし、息を呑んだ。それから、ソーセージが、砂糖が、パンが、魚の樽が……次々に闇の中に消えて行くのを、じつと、見て見ぬ振りをしていた私の胸は、張り裂けるように疼いて來た。

だが、この眼は、この耳は、生きて永遠に殘るであろう。

糧秣は四〇粁離れた街の倉庫から運び込まれて來たが、主計や歩哨がぐるになつて、途中幾度か捌かれていたことを、いまはめつきり少くなつた糧秣の數で、それと知ることが出來た。いつも途中の時刻が夜になるのもそれがためであつた。

みんな飢えているのか。そうだ。飢えているのだ。

またしても、はげしい氷雨が横なぐりに吹きつけて來た。私は今にも息絶えんとして、崩れかゝつた麻袋のかげに身を隠すと、今度はすばやく小刀を取り出していた。そこにぶらさがつた山羊の肉を切りとると、息をもつかすぐつと一呑みにした。もう何も僞ることはない。

明方近く糧秣車が宿舎に着くと、たまりかねた仲間たちは、わあつ！という歡聲をあげて、馳け寄つて來たが糧秣の少ないのを見ると、またしよぼしよぼと引き返して行つた。炊事の大釜の中では、今しも、漱ぎたての雜草が、さかんに青い汁を噴き上げていた。

陰氣に塞ぎこんだアジンスクの仲間たちよ。

パン泥棒

ある朝、衛兵所の前には人が黑山のようにたかつていた。そこには、顔にコールタールを塗られた二人の男が「私はパン泥棒です」という札を、胸にして立たされていた。

次の日も、日に幾人となく　十字の烙印を捺された顔を、にゆつとつき出して、死の牢獄からもどつて來た。

——お前たちは絶對に歸還は許されない。

カードの記帳を受けながら、仲間たちはさめざめと無念の涙を呑んでいた。それは許しがたい屈辱であつた。いまは一歩たりとも退くことは出來ない。そういう羽目にたゝされていたのだ。

一寸退れば一寸のいのち、三歩讓れば三歩のいのちが切りとられた。何一つ賴るべきものとてもなくなつた、まつくらな洞穴の中に絕望の日が近づいてくる。

それから四日目の朝のことである。本部當番を勤めていた男が、眞靑な顔をしてとび込んで來たが、當番の話では、昨日コールタールを塗られた男が「パン泥棒は隊長だ！」といつたというので、かつとなつた隊長が、薪で一つくらはせると、ころりと逝つたというのである。

私はその男の卒直な行爲に感動、また得がたい人間だと思つた。

屍はすぐ醫務室に擔ぎ込まれて行つたが、軍醫の診斷では榮養失調となつていた。

こうした慘虐を幾度經驗したことであろう。氷雪と泥濘と塵埃と、凸凹のはげしい悪道を、裝具を背にあてどもなくさ迷い行く羊の群れのそれであつた。

何というわびしい追憶であろう。

餓飢道

こゝに二十八種の雜草がある。

十三種の菌子がある。

とかげ、いたち、松喰虫……これさえあれば、おれたちのからだはまた生々と甦つてくる。そう思うと矢も楯もたまらなかつた。

嚴重な監視の網をくぐつて、おれたちは栗鼠のようにすばしこく立ち廻つていた。しこたま詰め込んだ袋を擔いで、柵をのり越えて歸つて來た。

柵の内側に掘り廻わされた壕の中にもぐり込むと、いそいそ炊さんの支度に取りかゝつた。そこは樂しい人生の裏町となり、いつも話題にのぼるのは、日本のなつかしい食べもののことであつた。おれは鼻唄を唄いながらふいと、妻子のことを思い出したが、それつきり眼がくらんで、胸がづきづき痛んで來た。

午前二時になると空が仄かに明るんでくる。それでも樂しげに炊さんは續き、壕の中は明方まで雜踏を極めていた。

滿腹すると、あとはぐつすり睡ることが出來た。翌朝厠へ行くと、糞の色は忽ち眞靑な色に變つていた。

ソ連人は、この貪食飽くなき樣を見て、おそるべき人種だと言い、顔を顰めて擯斥した。否應なしに、おれたちはこの一本道を下りて來たのだ。もうどこにも行くところはなかつた。

九月になると冬が訪れて來た。地上から一切のものが姿を消してゆくと、おれたちの仲間も次々に姿を消して行つた。

いまは誰一人草食うものもなくなつた。壕の壁を一匹の虫がよろめき上つてゆく。

亀さん達のはなし

三樹　實

阿武隈山脈の末流は
福島縣を出て茨城縣を北から南に走り
別名高鈴山脈と云はれておる
この山脈は茨城縣の久慈郡を連ぬき
日立鑛山を擁し
中里村を準平原となしている
この地方は杉がよく生える
斜面には部落が散在している
更に山を登ると
そこに「龜さん」一家がある
家ではない洞窟なのだ
―流れ者―

土地の人はそう呼ぶのだ
「亀さん」には一人の娘がいる
「龜さん」は六十前後の歳である
娘はいつのまにか子供を産んでいた
「龜さん」も娘も働こうとはしなかつた
働こうとも思わなかつた
精神薄弱者なのである
この土地へ來るまで
どうして生きて來たのだらう
それは謎である
「龜さん」ばかりでなく
誰の生活もそうかも知れないが

この土地では民生委員が
毎月金を恵んでいる
それだと云つて「亀さん」は
何の感動も表さない
　山のどてつ腹に
口を開けている洞窟
一枚の炭俵が吊されている
それが戸なのだ
その中で「龜さん」は坐つていた
一日中榾を焚いているのだ
「おいどうだい」
民生委員が炭俵の向側から聲を掛ける。と

紫色に燻る
生木の榾の煙の中から
朦朧とした姿は
じつとしたまゝ
—サツの旦那かれ—
鈍い聲で返つてくる
毎月繰かえされる臺詞である
—民生委員だ—と云つても
少しの間は分らないのである
雨でも降ると
下に敷いた一握りの藁まで
しめつてしまい
どろどろした粘土が
体中にねばり着くのである
—雨が降つて大変だらう—
同情すると
—なあに　こゝは漏りやせん—
「亀さん」は威張つて見せるのだ
何氣なく云つたのかも知れない
本当は威張つたのかも知れない

だが時にはこんな言葉も
その錆ついた歯から出る
「俺あ　樺太　北海道と
いつて來たがこんな酷い事は始めてだ」
榾火の一杯染み込んだ目は
何の感慨も浮べてはいない
木を切つて家を建てると云つても
—ばあ—と面倒そうに答え
雨が漏らないと自慢し
もやもやとした煙の中で
膝を折つている「亀さん」
娘は
恥かしいのである
洞穴の曲りくれつた中で
殆ど丸裸の体を隠しているのだろう
　この高鈴山脈には
「亀さん」一家ばかりではない
半分山窩の箕作達が
民生委員の保護を受けているのだ
　こんな話もある

箕作の中で婚禮があつた
花嫁は着るものがなかつた
着物ではない体を覆う布がである
それで仲人に腰巻を借りていつたのだ
花婿の所に着いた時
仲人が腰巻を返せといつたと云う
　民生委員から金が這入ると
一度に白米を買つて喰つてしまう彼等
第何期層とか云う古い土質を
さらけ出している高鈴山脈
山脈の胴腹に
缺けた茶碗や蓋のない鍋が
散らばつている
彼等は泥の中で生きている
泥は乾いても
彼等の体にものぐさくへばりついているのだ
生きている化石
ぽかんと取り殘されたまゝの大空
高鈴山脈は聳えている

蕩兒

川路明

蕩兒の確信

いとも怡しい父爺に對し
生れて甫めての異見を主張した
不良少年の遣瀨ない淚の反抗
その烈しい力の思ひ出が
今　蕩兒の胸の裏を鶩るのだつた

雲よ
山向ふの國の嵐の嘆唉を語つておくれだね
山嶺の太陽の樂劇を歌つておくれだね
いのちを賭けた彼のひとへの戀が
傷しい心のときめきで

高翔の翼をわたしに與へてしまつた
世代のひらきといふものが
血緣をも斷ちきつて
彼のひとの許へわたしを遣つたのだ
その細胞分裂のかなしい裂聲は
尙もこの耳に聞えてくるのだ
その傷しい哀音が
この軀に厨房の母々のにほひを
戀はせるのだ

雲よ

（だか………）

多恨の絢燦(きらめき)をうちに臓して
山上に流れゆくものよ
お前の旅心(びごころ)がわたしに理會された時
既にして悲しかつたのだ
何がわたしを呼ぶのか
今は彼(あ)のひとさへ忘れて
裏山の野いちごの實を喰(くら)ひつゝ
貧容(うらぶ)れゆく軀(み)とはなつてゐた

雲よ
いとも怡(やさ)しい父祖(ちゝうへ)に遡(さから)つた
不良少年の日の物語
苦しくも恥しいにきび少年の美談を
お前は信じておくれだね

　蕩兒の確信は燃えてゐた
　西空の陽光にも彌増すばかり
　彼は杖をふり擧げた
　彼の頬は光つた
　彼(あ)のひとへの思慕
　　そして忘却
　更に何ものかの呼び聲

蕩兒の確信は再び燃え昂(あが)つたのだ

蕩兒の惡夢

人を呼ぶ聲だ
　いのちを求める聲だ
　　殂(にし)れ　蕩兒よ
　　　救ひを求める聲だ

秋風を裂ぐ捨子(すてご)の聲が
　冬近き氷に戰慄(わなな)く河々を越えて
　　蕩兒の腸(はらわた)を貫いてゆくのだ

於戯(なゝ)　お前を擁(いだ)きしめようか
お前に接吻を與へようか
この體温でお前を煦(あたゝ)める術(すべ)しか知らないわたし
乳に飢(う)ゑ　食に餓(かつ)ゑたお前は
この無縁塚の前に逝つてしまはねばならない
人の子を愛する爲にわたしに出來るのは
徒(たゞ)　哭くことだけだ
この軀(み)乏しくして

與ふるに麪包なく
授ぐるに人德もない
わたしも悲しいのだ
　　哀れなのだ
飢ゑ寒く顫へてゐるのだ
――だから――
於戯　だから――

わたしも救はれていゝとはいへないだらうか
愛を偶像化し
愛を献身にのみ見ることが許されるだらうか
わたしは疑ふ
わたしも亦この子の如く飢ゑて寒い
人を救ふなどとは贅澤だ
わたしも救はれていゝのだ
ゑい　この子を叩き斬つてしまへ
血を見るのだ
野性の力を思ふのだ
血飛沫が撥ねるのだ
　思ひ出せ
　　念せ出せ
わか千早振御祖等の惡業

血を見たのだ!!
この子を叩き斬つたのだ！

此處に無辜のいのちひとつ
無慙に叩つ斬られて眠る
奈者か　憐憫を桂けてやれ
　救つてやれ
わたしはこの子の血を吞み
腦髓を喰ひ　肥滿るのだ

晩秋の夜の月の頃の惡魔よ
サタンの森
デエモンの嶽から降りきたつて
われを讃美へよ

踊る〱
死人の輪
永却に解け得ぬ死人の輪――
　猫だ　猫だ　黑猫だ！

蕩兒は黒猫の群を追ひ
黒猫の群に追はれ
名も知れぬ山に消えていつたのだ

——正しかつたか——
——知らない——

頑強に拒む
蒼古い岩山のかげ
夢さめて蕩兒は
碧い海をみつめ
人の世を思つた

わたしの生きることは正しい
あの子の生きることも正しい
だがあの時あの子を生かすためには
わたしはこの血の全てを與へてしまつただらう
わたしがあの子を斬らねば
あの子はわたしを斬つただらう
思へ　わたしは生きるのだ
思へ　あの子も生きるのだ

波は岩山を博つ
碎け〳〵と岩山を博つ
千尋の海底は海男らの精靈を祕め
彼等が撞く鐘の音は
珊瑚を縫つて聞えてくる
「聴け　その鐘の音
捨てよ　蕩兒よ
心澄まし
聴け
　鐘の音」

蕩兒の投身

無意味に交す戀人達の微笑
その底の遐い逢初めの日への悔恨
幾度か嵐にも堪へた白い花々
幾度か雨に哭いた花々
微笑は無意味に交されるのだ………

馬鹿!!
蕩兒は一喝した
激怒の奔流彼を驅つて

偉駄天る快足を生ぜしめ
手力男る怪力を現ぜしめた

左様
曩に幼兒を打ち切つた彼の惡魔は
戀人にも累を及ぼすのであつたのか

　　蕩兒は頭を抱へて横轉した
――嗚乎――
われ未だ幼くして
馳るに脫兎の機敏なく
闘ふに暴虎の力なく
眼弱く太陽に暈み
この軀弱く風に仆れし時
わが父爺はわれを致へ給ひき
わが母々はわれを育み給ひき

憎惡しやな　憎惡しやな
わが弱きを知れる爺母
一切の束縛を脫れ
纖弱き諦觀の自由ならざる

一切の自由を覦み
放浪の王者たり
全世の暴王たらんものに
同情と愛と憐憫とを柱けし
諸々の者共
憎惡きかな　憎惡きかな

されば彼等の溫情を斷たんとて
將　旣製　先在の愛を絕たんとて
死人の山超え
常綠の海越え
常夏の島にて
かの白面の戀人を捕へしが――
　眩むが如き接吻
　溺るゝが如き抱擁――
　　　　それも終つた
今は何といふ態だ
この無意味な微笑
戀人同志の千萬言を祕むるといふ微笑

嗤はすな!!
蕩兒は山に向つて怒號した

荒れ狂ふ海に對つて罵號した
阿呆
蕩兒は節くれ粗き棍棒をふり擧げ
太陽も砕けよと一振した
光!!
　奔るのだ〱
　　南海の明光にのつて
　　彼は一散に奔つた
——怒は涙と同じか
　　せつないセンチンメタルか——

吁々

蕩兒は断崖に軀を投じ
深淵深く呑まれていつた

　——彼は永却に去つたであらうか

否　蕩兒は岩稜をゴツゴシと這ひ攀つてくるではないか

父爺を斬るのだ
母々を殺すのだ
戀人を叩つ切るのだ

　咄　激浪にわかに崇高つて
　一瞬にして蕩兒を呑み去つた

岩稜に必死の抵抗を試みるもの
一切の自由を覗めるものを
卒然と奪つた波は
恰も永遠の如くであつた

悲鬼蕩兒

ひと夜　蕩兒は隙間漏る光の中にたつて
温い歡樂の家庭を窃み見た
長老の翁は白髯をしごき
「柔軟の幼兒は無心に笑つてゐた
おつむてんてんあゝばあば
優勁の母々の眼は煖爐の火よりも煦く
動揺ぐランプの宴卓を包んでゐた
筋骨巖の如き兒長男は

過ぎし日の獲物噺に聲をはづませ
聽き入る弟三男は
腰の刀　壁の弓に眼をやつて血を躍らせた
　――蕩兒は懷しげに戸口に跼りよつたのである

蕩兒よ
お前は疲れたのか
昨日潛つて來た潮騷の祭
海男らの赤銅の歌聲
珊瑚の鐘の音
眩く宮殿の高階の思ひ出
美酒に美女と戯れし
お前の優美しい姿

――「兄さん!!」
いつの間にか弟の聲が忍びよつてきた
「弟!」
兄の聲だ
「息子よ　よい子よ」
於戯　爺母の聲だ

蕩兒は心靜かに泣涕いてゐた
すべてに頭を垂下れ
田舍家の庭木の蔭に
心優美しく聖母さへ祈つてゐた

――眞實　その通りであつたらうか
於戯蕩兒の頰に陞りくる奈やらの笑
それを見る人はゐないのか
東天滿月ゆんらりと沖つて
庭々を照し出した
皎き木々　青き葩々
月光の中にたつ蕩兒の面貌
氣嵩くも蒼ざめしその頰に………
見よ　逞しい微笑の翳が陞つたではないか

血塗られた愛の憶ひ出だ
健氣な自由の鬪ひだ

成程
幼兒の笑ひは天涯無極かも知れぬ

長老の髯は闊達の仁
母の眸は包容の愛
長男と三男の力は積極の自由かも知れぬ
だが南極に苦しむ難民を救ふこと能はず
北極に苦しむ細民を見殺しにし
寒さの冬に負け
暑さの夏に負け
老と死と病に敗れ
尚恬淡として恥ぢざるもの
お前達なのだ
わたしは全てをこの懐胸に抱へて救ひ
偏愛を捨てるのだ
溺愛と既製の愛を拒絶するのだ
母々も敵となつた
父爺も敵となつた
戀人も敵となつた
全ての敵をうち破つて無極の愛を叫ぶのだ
――蕩兒はずばりと劍をひき抜いた
わが御祖
千早振荒神の御祖

豊けかりしこの世を治し
剰すところなく愛を施し
餘すところなく勝利を獲しもの

蕩兒は劍をふるつた
　月光の中に踊つた

欸戯　下降りてくる
　　下降りてくる
貴様達はみんな敵なのか
斬るぞ
刺すぞ
天下無敵と謳はれて
放蕩無頼
恥しくも俺は蕩兒なのだ
　一尖貫世の月の中
　狂ふ蕩兒の荒男髪
　燃ゆる炎の双の頬
　ふり翳したる白刃は
　この世をなべて薙ぎ斃す

この世をなべて薙ぎ斃し
果（はて）は自ら死なむとか

於戯（をゝ）　見よや　見よや
庭は崩れ
木は潰れ
欄欒（くわんらん）の屋も拉（ひし）げ散り
月の中に燃え狂ふではないか

悚（おそろ）し　蕩兒は克つたのか

知らず
　彼は燃えたか消えたのか

否

血を見た蕩兒の刀は收められ
彼は月の中か朝に向つて出立した

全ての愛をほどこし
全ての自由を獲んがため
わたしは太陽と化身するのだ

神といふ限りなき統一を得んがため
より强き最大のもの太陽を斃さねばならない
糸を切つたら自由になると誤信した
奴凧（やつこだこ）の痴呆かも知れないが
天にふたつの陽は照らず
わたしは太陽を擊滅するのだ！

やよ　先在の太陽よ
疾（と）く來れ
ひむがしの朝燒にのぼれ
みはるかす海原越えて
急ぎ來れ

見よ　太陽はしず〳〵と現れた
全身無情の肯定もて
悠然と現れた
悲しむべし
彼蕩兒は尖鋭の刄（やいば）を拔いたではないか
噫乎（あゝ）　一散の突擊
彼は白刄（はくじん）ふり翳して
太陽へ突擊していつた

睡　眠

鶴　岡　登　一　郎

群落の星座は
一擧にして地に墜ちた
光は完く地の底に埋もれ去つた
何が何やらわからなかつたが
月は瀕死の滿月だつた
曠茫として
風もなく
花花の姿はどこえやら
狼の咆哮すら聞こえぬのだつた

現代叙事詩論

小野連司

3

前に私は徒らに頽廢に溺れて人間の眞實の姿を見失はぬ手段として、人間を歷史の中に把握すべきことを說いたわけだが、それはいはば現在の自分の位置からみるならば他山の石的な價値といふことになる。絕望者も唯美主義者もすべてのエコールの詩人は一樣に稀有の太平洋戰爭を記錄しておく必要がある。歷史上稀有のこの敗戰社會に人間がいかに生きたか、或はいかに生くべきかを書き、文化遺產としてのこしておく義務がある。まさにこの時代に生きたわれわれが最も活々としたものを書ける筈だからであるが、この場合も古典詩歷史詩と同樣長篇叙事詩形式をとらなければ書けないことになる。玆で私は現代の叙事詩は從來の如く何も一篇のものとして書く必要はなく、詩集一冊を以て一篇として構成すればそれでよいのではないかと考へたのである。理論よりも具体的な例が大切であると考へる。

最近私の親友であるところの萩野卓司氏が『夕暮と風の中で』といふ詩集を出した。彼は長い間一貫して書いてゐる詩人なので、大變勝れた詩集であると考へる。彼は醫師である收錄されてゐる作品は二十四篇であるが、その中の代表作は『晩秋』といふのであらう。枚數の都合があるので散文体に書き流してみる。1「晩い往診から歸ると　疲れがさせたのであらうか、なんでもないことに、ふと稚い妻を叱つてしまつた」2「腹はすいてゐるはずだつたのに、味氣なく夕飯を終へると、それが長い慣はしになつてゐた莨も吸はず、ひとり夜の戶外に逃れた」3「空は晴れてゐたが、秋も終りの星は冷たく、ぽんと下駄の先で蹴つた小石の、流れに落ちる空虛さ」4「妻よ、おまへを憎んでゐるのではない。人間が生きてゆくにはどれほど悲しみに耐へなければならないのか」5「歸つてみれば、子供に添乳しながら、いつしか安らかに妻は眠つてゐた、睫毛にいつぱい淚をためて」詩人の泥棒や詐欺漢まで出現してゐる現在、人に誇るべき人格的な生活を營んでゐる彼が、その生活から生み出したものなので普通の抒情詩人の抒情詩よりはるかにすぐれ、石川啄木の名作「友がみなわれより偉くみゆる日よ、花を買ひ來て妻としたしむ」をおもはしめるものがある。ところで萩野氏の詩についてこれはこれでいいとおもひ乍ら現代のわれわれは物足りなさを感じないであらうか。彼をして何の罪もない無心の妻を叱りつけるほど不氣嫌にせしめたといふことには何か原因がなければならぬ筈である。その原因がつまらないものであるならば萩野君はつまらない人であり、この詩もつまらないものであるとみなければならぬ。いはゆる「八ッ當り」であり、「八ッ當り詩集」であるといふことになる。で、この詩の場合、柱となつてゐるのは第四聯目といふことになるが、「人間が生きてゆくにはどれほど悲しみに耐へなければならないのか」といふことは　現下の社會組織が惡いからさういふことになるのである。萩野氏のやうに人格者で働き者の人には社會組織に矛盾さへなかつたら、奥さんに八ッ當りしたりするやうな不氣嫌におそはれるわけはないのである。この詩集は敗戰から最近までの醫師としての彼が書いた作品を集めたものであるが、たとへば社會保險制度などといふものは大きな矛盾をもつてゐるものである。

病人は激增してゐるが病院に訪れる患者は減少してゐる。國民大衆の大部分は既に醫療費を賄ふ余力をなくしてゐるからである。どこの病院でも一般來診患者や入院患者は減少し社會保險患者、生活保護法によるものが大部分となつてゐるこのことは社會保險醫療が大衆の生活を守るただ一つの殘された道であることを物語つてゐる。醫者の多くが社會保險患者を喜ばないのは、社保の診療費があまり低廉過ぎ、支拂が遲く、事務が繁雜なためであつて、これなどは幾度となく論議されつつ依然として解決されてゐない社會保險制度の欠陷であるが、使用材料の原價をAとしBを所得としA十Bを請求しても四ヶ月遲れるといふ支拂遲延のため現金を受取つた時には、AがA十B以上になつてゐたり、財務局や稅務當局が社保診療と一般患者診療の差別をつけぬため、例へば、一般患者を診療して一万円の總收入を得、うち三千円の利益となつた場合、その醫師が更に社保患者を診療し、一万円の總收入を得たとすれば五百円ほどの利益となり、合計二万円の總收入に三千五百円の利益であるが、課稅對象は總收入にかかるから大体四千円の課稅となつて五百円の赤字となり、逆に社保患者を忌避して、一般患者のみを扱ひ、一万円の總收入を得た醫師は大体二千円の課稅で一千円の余剩を生むことになる。だとすれば社會保險制度に對する醫師の熱意に水をかけるものは果して何者であるか。

末端稅務當局の課稅實情を仔細に見ると、醫師の總收入に對して約六割（五割五分乃至六割五分）を乘じて所得と認定し、收支決算による所得を對象としてゐない。具体的に、へば社會保險醫が百円の藥品を靜脈注射する場合、注射料八円を加へ、百八円の六割を所得とみなすといふ亂暴なやり方なのである。醫師はその損害補てんを一般患者の診療費に織り込むか、社保患者を忌避するか、道はその二つよりないことになる。社會保險制度の重要な公共性を認め、あくまでそれを擁護しようとする醫師はその手持資材を失ひ、その醫療施設を荒廢にまかせざるを得ない。この有樣で、大衆診療を徹底するとか、その內容を高めるなどといふことはおよそ沙汰の限りであつて、最近とみに惡醫がはびこり出した原因もこんなところにあるといつてよい。社會保險制度が、大衆の生命線であることは今日のきびしい事實であるが、從來あつたこの制度自体の缺陷に加へ、その公共性や薄利性を無視した全く無茶な課稅方法によつて間接ながら大衆の生命線が壓殺されようとしてゐるのもまた今日のきびしい事實なのであるわれわれには別に醫師の利益を擁護する筋はないが、社會保險醫が社保患者を放棄しなければならぬ狀態におかれてゐること、そしてそのことが大衆醫療の最後の線を脅かしてゐるのだといふことを指摘せずにはゐられないのである。

結論をいへば社保制度そのものの缺陷はしばらく措き、社會保險、生命保險法その他公費診療による醫師所得には當然所得稅を免除すべきであるこれはあくまで保險醫自身に免稅するのではなく、社會保險の絕對的な必要性、公共性に對して免稅するのであつて、これが實現されたならば、健保患者は優遇され、これ等を多く取扱ふ病院の施設がその線に沿つて整備されるであらう。一般患者よりも診療費が安くとも稅がないだけ割がよいことになるから、醫師も保險患者へ門戶を廣く開く形になり、この經營面の打開はやがて設備の擴充診療內容の充實となつて再び大衆に還元されて行くであらうことも豫想される。醫院は個人の所有であつても醫院設備は大衆を對象とする。この觀點からいへば一般開業醫院の設備が何等かの活路を得て整備されることは日本の厚生施設が間設的に擴充されることに他ならない。そして何者よりも、社會保險制度を本來の姿に復活させ、大衆がおずおずとまるで乞食のやうに健保手帳を出さねばならぬ悲しい現實面を解決し、激增する病人は激增する公費患者となつて現れ、そしてそのことが醫師の門戶をよろこんで開放させる動因ともなれば、免稅が生む社會保健制度の充實は免稅による何程かのマイナスを相殺してあまりあることになるのである。

（以上は大分以前に書いたもので、書き改めなければならなくなつた。しかしまだ矛盾があるわけである。二十二年九月健康保險料の一點單價が六大都市は十一円（舊六円五十錢）に、その他の地區は十円（舊六円）に引きあげられ、中北海道は十一月から四月まで冬季の燃料事情から六大都市なみの十一円の徵收が認められたが、この結果、昨春まで冬期間の入院患者からとつてゐた燃料代一日七点（四十二円）の徵收はまかりならぬといふことになつたためこの矛盾是正につき再三厚生省に對して陳情したが受理されぬまま冬を迎へたもので、このままでは健保の入院患者のためつぶれてしまうと悲鳴をあげた各公立病院では燃料代七点（七十円）の徴收復活が出來なければ冬期間は健保による入院患者の取扱停止を一月十二日に決議し、即日田中道知事に申入れするとともに厚生省に陳情書を提出した。これは私の住んでゐる北海道の話であるが、萩野氏の住んでゐる富山も雪の多いのでは日本的に有名なのであるから、この問題に惱まされるのは同樣であらう。われわれの立場として醫師横暴を叫んでみても仕方なく、又單なる社會保險制度のみの改善をはかつてみたところで仕方なく、社會組織の根源の改革を考へざるを得ない。）このやうなことを詩に融和させることは不可能であり强引に融和させようとするとそれは詩でなくなると本人は考へるかもしれぬ。私なら一應はやつてみる。長篇叙事詩形式をとつても一篇の詩に融和させるとどうもしつくりしないといふやうな場合、散文のままでもよろしいから、この詩集の適當な個所に位置せしめるとよいのである。その散文はたしかに散文であつて詩ではない。しかし、そのことによつて萩野氏が可愛い奥さんをふと怒つてみたくなつたりする立場もわかり、この『晩秋』を讀んでもなるほどと頷くことが出來るのであるし、光る作品として受け入れることも可能なのである。

『冬の歌』にある「妻よ（略）落葉かきよせ、もう手をかざし、焚火せよ、ひたと寄りそへど、いのち生きがたき世なれば」といふやうな詩句も光を帶びてくるのである。いかに愛情ふかき奥さんがあり、ひたとよりそつてゐたところで社會組織がもたらす矛盾感におそはれてゐる限り、われわれの悲哀はなくなるものではない。こんなにまで愛情ふかく信ずべき奥さんがあるのに何故「いのち生きがたき世」なのであるか――それだ、そこを考へ　それが書かれてゐなければ蜂に螫されて泣いてゐる幼兒が、蜂に螫されたゆゑに痛いのだといふことを知らないでただ泣いてゐるのと同樣といふのほかはない。われわれはその原因を知り、更にその痛みを癒すすべを知り、二度と螫されぬやうにする方法を考へるゆゑに大人なのであり、近代人といはれるのである。戰爭末期の話ではあるが、實際の例を擧げてみよう。函館で私がかかりつけてゐた粂川秀武といふ醫學博士は、戰爭中その藥を入手出來れば癒せるのだ、といふことを知識的にわかつてゐながら、その藥を入手することが出來ず、醫師としての責任感から神經衰弱のやうになつてゐた。ヤミならばある。しかしそれは莫大に高價なものであつて、一方醫療費は公定價格でしばられてゐる。ヤミで癒してやらうとしても、その醫療費を拂へぬ患者が續出の狀態である。使用人が徵用され、したがつてもちろんその後任を割り當てられず、自分で煖房を焚かなければならぬことになつた。体の弱い人である。看護婦達の給料も上げてやらなければ可哀想である。老人は死なしてもいい、若くて戦場や生産方面で再び活躍出來さうな患者だけを救けるやうにすればいい、といふ思想が常識になつてゐるのだから、死なうが生きようがかまはない、經濟的に間に合ふやうに効力を稀薄にした藥をあたへてやつてゆけばよろしいのであるが――普通の醫師は皆さうであつた――醫師としてといふより人間としての良心が許さず、函館最高の名醫といはれたこの人は、結局宇都宮の田舍へ引つ込んでしまつた。前にも斷つたやうに萩野氏の詩集は終戰後の作品を集めたものであるが、かういつた醫師の態度を問題にしてゐるのもよろしからうし、氏自身が「いのち生きがたき世」と嘆じてゐるのには、何かこの粂川博士と通ずる原因があるのであらうし、若しないのだとしたらこの詩は單なる感傷を放出したものに過ぎないといふことになる。われわれは玆に明瞭に單なる抒情詩の限界をみるのである。そしてわれわれが大人であり、近代人であるためにはこの限界を超えなければならぬことを知るのである。几帳面で眞面目な萩野氏は『醫療日記』のやうなものをつけてゐるに違ひない。その一部分でもよいから、敍事詩として詩の中に融和せしめることが出來なかつたならば『日記より』とでもして、散文のままでよろしいから、この詩集の適當の位置に加へて戴きたかつたのである。

函館の三吉良太郎氏は『秋風の饗宴』といふ詩集で、病床日記の詩化を企て、日記の中の感想をそのまま叩きこんだりしてゐるが非常に成功してゐる。この場合、散文の部分と詩の部分とが表裏一体をなすのであつて、獨立した各篇の詩と散文が收められてゐる形になつてゐても、それは全体を合して一篇の敍事詩とみなければならない。書く方も全体を合して一篇の詩を書くつもりで書かなければならない。私も三吉氏と同樣すでに散文と詩を交互配置させた『ラーメン詩集』といふのを書き上げてゐるが、二人共詩にも散文にも題を附さず、番號を打つてゐるだけである。

ジイドをはじめとして、小説には、その中に日記のほか書簡、手記などを挿入することによつて、その作品に迫眞性をあたへることに成功してゐるものが多い。日本の最近のものでは太宰治の『斜陽』がそれにあたる。詩集を一篇の敍事詩とみなすならば、小説と同樣にその中に書簡を加へたり（殊に戀愛敍事詩の場合は成功する）日記、手記を加へたり、色々な工夫が生れてくるのは必然である。私の『ラーメン詩集』の卷頭には古代などといふものを加へたりした。又、稀代の色魔チヤック・カサノヴアは關係した三千幾人かの女のことを日記につけてゐる筈であるが、上田幸法氏は關係したパンパンのことを次々と詩にしてゐるが、最近社會性を帶びはじめてきてゐる。敗戰が貧しい社會にどのやうな變化をもたらしたかといふことをわれわれはたしかに知る必要があるのであり、バンバン世界からのぞいた現在の社會――政治はどのやうなものであるかの方向に、詩集一冊一篇の態度でむかつてきてゐる。これなどはあきらかに詩集一冊一篇の態度でなければ、社會をのぞくことは不可能である一篇だけをとらへて單なるエロ詩人の名前を献上することをよして、しばらく靜觀してみよう。

くりかへすけれど、親友の萩野卓司氏の詩集は抒情詩集としては勝れたものである。或抒情詩の大家といはれてゐる人は「私は絶望して、穴の中にゐるやうな氣分である」といふやうな詩を書いてゐるが、何故自己が絶望したかを知らぬものはいくら大家だかなんだかしらないが、今日の詩人の眼から見ると一介の馬鹿者であり、したがつて馬鹿者でよい詩人の詩集には「何故自分が絶望したか」についてその原因が描かれてゐなければ詩も光らず價値を帶びぬ。その原因を描くといふことは、必然的にその作者がその時生きてゐた社會組織其他にもふれざるを得ぬことを意味し、すべての詩集が叙事性を帶びずにはゐぬといふことである。ニイチエは抒情詩を悲劇的、叙事詩を樂天的といふ風にいつてゐたが、さういふ氣質の問題を超えて、われわれが現在生きてゐるこの現實は、われわれの詩が單なる抒情詩や主知詩を止揚して新らしい叙事詩形式をつくることを要求してゐるのである。

4

私は今玆に北川冬彦氏が自ら長篇叙事詩集と銘打たれてゐるところの『氾濫』を手にした。この詩集に收められてゐる五篇の文學叙事詩は（但し北川氏は『あとがき』に「こゝにある五つの叙事詩は、北方――滿蒙の地に材を取れるいわば連作として一貫するところがないのであるから」云々と書いてゐる）昭和六年に書かれたものであり、當時小說として發表されたものださうであるが、作者が「詩的發想によりながら、形式は散文によつてゐたのである」といつてゐるところに徵してみてもこれははじめから詩として書かれたものであることはあきらかなのである。私は北川氏が第一散文詩運動をはじめた時の文献を今手にしてをらず、その引用が出來ないのであるから、高橋玄一郎氏の『現代日本詩史』に據り、所謂孫引の形でその發展の跡を辿つてみるならば次の如くである。都合によつて私が番號を附してみる。

1 新しい詩の構成法がきびしく追求されれば、追求されるほど、無暗に行をかへ、聯を切ることの必然性が失はれてくる。そして外觀は、散文と殆んど異らないものとなるここに眞の自由詩への鍵が藏はれてゐるのである。

2 眞の自由詩への道とは何んであるか。「新散文詩」への道これである。

3だが「新散文詩運動」を「詩の散文化」と見るのは當らない。それは、あまりにも言葉の「音樂」を尊重しすぎた過去の詩人の考へ方である。舊韻文學に毒された舊サムボリスムの見方に過ぎない。そもそも日本の詩に「音樂」を要求するのは無意義である。日本語といふものは、フランス語のやうな音樂的な言葉ではないからだ。日本の詩はすみやかに言葉の音樂には諦めをつけ、言葉の結合の生む「メカニスム」の力にその本然の姿を見なければならぬ。

4定型を離れた詩はもう行くところが決つてゐる。散文の中へ行くべきだ。

5詩人にとつて小說を書くといふことは、新しい叙事詩を書くことによつて新しい抒情詩にまで高まることであらう。

以上によつて讀者は北川氏の散文詩運動なるものが、やがて新叙事詩運動に解消してゆくべき性質のものであり、散文詩運動なるものは結局は新叙事運動の母胎であることを知るであらう。散文体で書くとか、行わけで書くとか、それは個人差の間題に過ぎないのである。つまり、生理差、修練差——得意差、理論差に過ぎないのである。『氾濫』の中で一番先に公にされたところの『レール』が發表されたのは昭和六年十二月の『中央公論』であるが、滿洲事變が勃發したのは同年九月十八日である。そして今北川氏が本格的に叙事詩運動を計畫し、作品の書き變へを行つたのは太平洋戰爭が終つてからである。叙事詩といふものは原則として、社會的、政治的に大變動、大事變が勃發した時、或はその後にそれを眺め廻す余裕をもつてからさかんになるものであり、それが取材の基盤となるものなのである。福田正夫氏も叙事詩を待望し、一九二二年一月『高原の處女』の跋に「日本にまだ叙事詩は生れてゐない。よしあつたとしても泰西の雄篇に匹敵するものを見ない。私は自分がかうした詩作をする者として最も適當な力を持つてゐて、抒事詩の小篇に沒頭するためには却つて自分の稟性を殺すことの多いのを自ら知つてゐる。この一篇は實はさうした意味での處女作であり、詩作である」と書いてをり、『唉きの孔雀』の再版跋に「自分はいつも情熱の詩の使徒として、若い人々への文學の道を歩いて來た。また生きてゐる限り、その情熱でつらぬいて行きたいと願つてゐる。いま、中篇小說を脫稿しようとしつつあり、外にこの形式（小野註、長篇叙事詩形式を指す）の作品を新しく構想して、よいリズム形式を完備して、次の時代の詩の分野にこの形式を嗣いで詩人の生れる道を拓いておきたいと思つてゐる。その願望が、充たされるかどうかは　新しい讀者諸君の支持による外は無いし、またその人々の情熱が、より高貴な詩性をこの形式で生み出して呉れるかどうかにあらう。自分は情熱には執着するが、自分の作品には執着してはゐないからである。そしてそれよりも新生の世に處して新人のなは生まれ出づるを俟つことしきりなのである。これを言ふのも、このジャンルの持つ精神が、純粹詩性の待望に應へる普遍性を持つと考へるからなのである」といつてゐて、まことに涙ぐましくなるものを感じさせるのでありますが、如何せん、氏の敍事詩は本質的に明治の敍事詩から一歩も進歩したものではない。形式的にも內容的にも進歩してゐない。今回の敍事詩運動におけるところの北川氏の功績は、詩に第八藝術、映畫のシナリオの加味を考へて新形式を創造し、以て現代の敍事詩となさんとした點である。有名なモンタージュ論が書かれてゐるヴエ・プドーフキンの「映畫監督と映畫脚本論」を見ると「作家は彼の支點と詳細な敍述によつて、劇作家はまた臺詞によつて表現することが出來る。しかし、脚本作家は造型的（外形的）な手段によつて一切を思考しなければならない。彼はすべての思想をスクリインの上に現はさるべき現象の連續によつて思ひ浮べるやうに、彼の想像力を訓練しなければならない。更に彼はこれらの現象を支配することを學び、また彼の頭に浮んで來る觀念の集積のなかから最も明白な、最も表現的なものを選擇することを學ばなければならない。彼は作家が言葉を、劇作家が對話を支配すると可じやうに、それらのものを驅使することを學ばねばたらない。形成の透徹さと明瞭さは、飽くまでも主題の明瞭な、平易な表現に依存する」と書かれてゐるが、かういつた藝術を敍事詩に利用するといふことは頭のよいことであるし、當然考へられなければならぬところである。

　もつとも往年シネ・ポエムといふものが存在した。その時のシネ・ポエムは超現實主義の流行の時に行はれたものであつて、現在北川氏が指向してゐるやうな物語性とか敍事性とかとの結合を考へたものでないことはいふまでもない。「腕」などといふ作品によつて北川氏はその方面の代表的な詩人の一人でもあつたが、元來このシネ・ポエムなる語は映畫の詩的なもの、或は映畫的な詩、どちらにも解釋されるあいまい性を有するものであるが、映畫の技法を文學に移入しようとしたカイエ・デユ・モワ一派さへシネ・ポエムなる言葉を使はなかつたといふことであり、むしろフランスに於てより日本に於て勝れた映畫的な詩が生れたものと考へられるのである。

　日本の映畫は西洋の映畫に比べるとずゐぶん劣つてゐるやうであるが、それは機械藝術でもあるからではあるまいか。――それから資本の關係。繪畫は北齊とトガの關係など考へてみても、むかしから日本のものは西洋のものに劣らぬやうに思ふ。視覺主義の詩もルネ・マグリツトやアポリネエルのものに劣らぬものが日本の詩人によつて書かれてゐるのではないか。少くとも日本詩人は視覺主義の詩を書くことが好きであつたし、視覺藝術では日本人は相當勝れた天分が發揮出來るのではあるまいか。ゴールトン・シャルコー・ビネーの研究以來知られてゐるやうに、人間がある物を表象記憶する場合、視覺型の人間はその物の形狀色彩等によつてこれをなし、聽覺型の人間はその物の形に伴ふ音響(例へばその名稱)によつてこれをなし、運動型の人間は觸覺等の運動感覺を通じてこれをなすわけである。以上の三つの型のうち特に藝術と深い關係を有するものは視覺型と聽覺型であり、藝術全般のうち造形藝術は視覺を根底として成立する空間藝術であつて、視覺を通じて外界把握と自己表現を行ふ視覺的人間にしてはじめて可能な藝術であるが、これに反して音響の藝術であるところの音樂は專ら聽覺の上に成立する時間藝術であり世界を音響として感得し、表現する聽覺型の人間にのみ可能にして適當せる藝術である。言語藝術即ち文學は造形芸術と音響芸術との中間を占め、双方の要素を含み、双方の要求に應じ得るものであるが、ここでも亦世界を特に空間的に形体色彩等として体驗し表現する作家と、特に時間的に音響、律動として体驗表現する作家とに區別されるわけでてる。大体に於て敍事詩人は前者に、抒情詩人は後者に屬するといはれてゐるわけであるが、心理學に於ける定石的な理論では、視覺は客觀的であり、聽覺は主觀的であるといはれてゐる。私が方法的に敍事詩形式をとり給へといふことは、要するに、現代は少しでも客觀的な詩を書かねばならぬ時だと思ふからであるが、それには詩は音樂なりを相變らず金料玉條としてゐる人達があまりに多い現狀である。後で述べるところのユナニミスムのジュル・ロメンが、一方においては自然科學にも研究心を有し「網膜外視覺と超視覺的感動」といふ論文を書いてゐる点にわれわれは注目しなければならない。小林英夫氏は「かの子文体論おぼえがき」においてルスといふ人の動態美學『芸術創作論』を擧げ「芸術は單なる技巧ではなく、內部燃焼の外的表現でなければならない」――といふ表現の仕方を、第一類、繪畫的特性をそなへてゐる作家、第二類、音樂的特性をそなへてゐる作家に分類し、文學でいへば第一類の傾向の作品は「讀んで情景がはつきり映像として目のうちに結ばれる」といひ、そして「人間の大多數が聽覺型よりも視覺型に屬するとゆう性格學的事實にてらし合わせてみれば、第二類の作家の書く作品が、いつぱん的にいつて、多くの讀者をもちえないこと、よしもちえたとしても、それにわ相當の時日を要すること、またよし比較的はやく世評をかちえたとしても、それわむしろ他の條件によるものであることが、たやすく理解されよう」といつてゐて、小林氏は第一類の作家よりも第二類の作家(日本でいへば岡本かの子や室生犀星)の方を高く評價されてゐるやうな印象を與へるが、松本亦太郎博士の「精神及身体發達の研究」には綿密な聽覺の研究の結果「即ち耳のよいものには比較的知能の高いものが多いが折々は知能が高くないものも又中には非常に知能の低い者もあつた。殊に上級に進んで來るとそうで、又成人の場合には知能との關係は殆んどない樣に思はれる」と書かれてゐる。「耳のよいものには比較的知能の高いものが多いが」とはたとへばクライスラーのやうな音樂家を指すのであらうが、我國で音樂家と非常に交際の多い歌謠家作詞のサトー・ハチロー氏などは文學者とかその他の藝術家との比較において音樂家ほど頭の惡いものはないとはつきりいつてゐる。殊に現代の人間――殊にわれわれ文學に關係する者に一番大切な思索性に欠如してゐることが考へられる。思索性といふ点になると、わが國の音樂家で一番頭の良いらしい堀内敬三氏だつて疑問である。面白いことに一時期の我國で一番思索的な戯曲を書いた眞船豊氏が聾者にちかい聽覺の持主であることが氏の隨筆に書かれてゐる。音樂の中で一番思索的だとかいはれてゐるベートーベンの交響樂は　彼が聾者になつてから作られたものであることを思へば、盲目は人間を音樂的にし。聾は人間を思索的にするものであるやうに考へられる。それならば盲で聾ならば最も勝れた藝術家になれる筈ではないか、といはれると困るのであるが。とくに今日のわれわれの詩文學は音樂と結びつく必要はないのである。それは思想性、社會性、歴史性等の具体性の追放を意味するものであるから、むしろ音樂性の追放に今日らしい詩文學開拓の新境地があるものと否做さなければならぬのであり。北川氏が敍事詩運動以前に「濡れた文体」の排撃を唱へ、「枯れた文体」の殷賑を唱へたのは今私が述べたところと通ずるものであつて卓見であつたといはなければならぬ。

洮南の城門が向うに小さく見える、
材料置場である
四角に積み上げた材木の山。
レールの畑
その一隅
若い男が同じところを行つたり來たりしてゐる
検印をつける白いチョークを方手に握つて。
ラッコの襟付の外套を見ると日本人としか見えないか
短靴からのぞいてゐる紺の派手な靴下は
中國人だと語つてゐる。
その男は立ち止つた。
チラと横目を使つた。
枕木の山に背をもたせかけた早田の眼は足元に落ちてゐたので
視線は大倉組の代理人の眼にぶつかつた。
すぐ外らしてまた歩き出した。

以上は「曠野の中」の或部分の抄出に過ぎないが、北川氏の映畫的なカンの鋭さが窺はれるであらうし、又新しい敍事詩形式といふものを映畫との結合にもとめた氏の功績が十分讃へられてよいものであることをしるであらう。北川氏はそのシナリオ論で、故伊丹万作監督の畫面に對する鋭さを久保田万太郎のある句の例を擧げて説明してゐたことがある。何分舊いことであり、万太郎の句を失念したので、千代女の句を以て代へると「朝顔につるべとられて貰ひ水」と書かれてゐる場合と「貰ひ水つるべとられて朝顔に」と書かれてゐる場合の映畫人としての感じ方についての差異であるが、さういふことを論じてゐた北川氏の映畫批評家としての鋭さも私の記憶にのこつてゐて……今ふとそれがよみがへつてきた（續）

「長編敍事詩研究會」の發足について

新しい我々の時代の覚醒と認識に基いて澎湃として起つてきた敍事詩に関する問題は、漸くいま有識者間の話題として取り上げられて來たのであるが、それより逸早く「現代詩」に據る北川冬彦氏によつて作品及び理論的實踐がさきがけられていたことは我々の承知している處である。そしていま、「現代詩」を基盤とする「長編敍事詩運動」が同人以外にこれに關心を持つ多くの詩人の參加を挨つて展開されはじめていることは非常に重要な問題を提起していると思はれる。一方、それら作品活動と理論的實踐の上に更に研究會の定期的運營によつて運動の推進を圖ろうという懸案を主唱者である北川氏が抱懷していたことも半歳以前からのことであつたが、その機會が熟して去る三月十三日(日)の午後、北川氏の新居に於て、第一回の研究會が持たれたのであつた。當日は座談的な寛いだ氣分のうちで終始肩の凝らない意見か交されたが、極めて重要な課題が發言者の一呼吸一呼吸から吐かれた、その高度な理論的見解から微細な創作意識に到るまでここに書き止め得ないのは殘念である。私としては限られた枚數でもあるからその概略を記すことにしよう。

具体的な作品批評から始めた方がいいという北川氏の意見によつて、敍事詩「黑い蛾」(杉浦伊作)がその始めに取り上げられた。偶々この作品については「現代詩」三月号の「コレスポンダンス」欄で吉村比呂詩氏が觸れているが、それは氏が山村の「詩と文化の会」に招かれたとき、持参した「現代詩」のなかの敍事詩「黑い蛾」を居合せた若い女たちが順次回覧し異常な感動を呼び起したという記事なのだが、これについて、大江滿雄氏から文化的レベルの低い人々に對する、作品であるという意見が出たが、私としては「黑い蛾」には戰後の日本に於ける一女性の悲劇が問題として取上げられるし、文化レベルの低い人々を說得する力を持つことも大切なことであり、その平易性が一應の普辺的作品價値として取上げられていいと云つたわけだつた。次いで「沼」(祝算之介)が批評の對照となり鋭くその不成功の理由が追求された。「沼」の周辺をぐるぐるまわつただけで敍事的性格としての川へのそそぎ込み、その清新な流れを持たないということが失敗だつた比喩的に大江氏から述べられた。「沼」は全部で五章から成つているが、わずかにその第四章だけが高潮を示している。第一章の低調さが第二章、第三章でもそのままで、やつと第四章で盛り返しているというのでは遲いことと構成上の難点が全体として指摘された。しかし祝氏が「沼」を書いたことは、書き得ないことより數段いいのであるから、その意圖は壯としなければならない。次作へのよい試金石であらう。

更に北川氏の「タヒチの女」(「改造」二月号)について。この作品の成功はかかつて北川氏の身についたシナリオ形式のお陰である(安彥敦雄)との見解が述べられた。ここで北川氏は長偏敍事詩の實作上の体驗から「說明による描寫ということを考へている」と述べた。また北川氏によつて、この作品の綴綿が構想されているが斯待したいと思う。長編敍事詩の行分けと散文型の書流しで行く方法について論議が出た。北川氏の場合、行分けの方法としては、云うまでもなく映寫幕の画面を次々にイメーヂしていくシナリオ型式と同一の印象が、その必然的行分けとなるのであるが、氏はそれ以外に「讀み易くするために行を分ける」ということを云つた。このことは長編敍事詩に對する讀者の理解を促進するためにも尤も必要な考えだと思う。そして從來から、一行の詩の言葉の表現のために苦しんできた詩人の体驗は、恐らく長編敍事詩に取組む際も、單なる行分け不用意な行分けに終るような軽率は冒さすまいと思う。前後するが「沼」の作者祝算之介の場合、彼の「龍」以來の散文詩（はつきりと詩の焦点をつかまない抽象的な感じ－それが彼の散文詩のもち味になつている）に見られた獨得な個性が「沼」では行分けの方法に從つたせいか、全々といつてもいい位發見出來ないのである。或は彼が散文詩に結集出來た力量が、「沼」に於ては散らばつて、分解された形で存在しているのかも知れないとも思へるのだが小說の場合でも短編作家と長編作家との相異があるように、詩人にも案外あるのではないかと私には突嗟に考えられた。そんなとき安彦氏から「ぼくなども、短かく表現しようということばかり考えてきた」ということが云はれたが、たしかに詩人は、文章の呼吸が短かいのである。その永い間の訓練が、所謂普通の詩の創作の適するようになつてしまつたのだと思う。

ところで伊藤桂一氏や私などの場合は、散文型によつて詩をつくつている關係で、その散文詩の發展性の上に敍事詩えの創作を考慮していろわけでもある。結局、行分け詩型による方法と散文詩型による長編敍事詩があつていいという意見がみんなの間で納得出來たのであつた。

長編敍事詩は單なる長詩を作るだけの考え方からは創作されないし、されたとしても內容性のない無意義なものに墮すほかはないのである。卽ち何故に長編敍事詩を書かればならぬかということは、詩人の內部的を使命感のあるなしに係はる問題である。大江氏は敍事詩は解放期に現はれるという定說をもつているが、私もまた人間の自由精神が解放される時代には敍事詩が興ると理解している。アプトン、シンクレアの「ラニイ、バット」は超大作であるが、これなども考えようによつては小說でありながら、偉大な敍事詩であるとさへ考えられると思つている。世界的視圏に立つた大敍事詩。これの生れ出る時期に我々はめぐり合つているという覚醒は是非共必要であろう。だから今年あたりから、我々詩人の仲間からも力作、大作といはれるべき長編敍事詩が現れるだろうという期待も持つていていい筈である。川路明氏（柳虹氏息）なども此の点については關心ある意見を述べていた。新日本文學会の詩部会あたりでも、この長編敍事詩問題は積極的に取り上げなければならぬ性質のものだと思うが、まだ運動としても現われていない（大江氏）ということも重要な見解である。なお大江氏は敍事詩が書かれなければならない時代的を認識を持つている人であるが、氏自身としては抒情詩でそれを追求し、ドラマで書いてみたい希望をもつているようであつた。この實驗は是非示して貰いたいと思う。

予定の枚數が起過してしまつたので、このレポートの區切りをもうつけなければならないことになつたが、要は從來からのあらゆる詩の流派傾向がそれ自体の枠內で止まることなくそれを推進して、敍事詩への發展的形態にまで高める必要がある。短詩に於ける敍事性も考えられるが、長編敍事詩とその運動の性格は、すべての詩の流派傾向を抱擁し、同時に人間の思想や內面的な矛盾をも妊みつつ向上してゆく大きい豊かな容器であり、內面的形式であることが理解できるわけである。

北川氏が「現代詩」三月号の編集後記で「私は、敗戰後、長編敍事詩の復興を唱えているが、これを唱える動機の一つに詩の社会的存在の向上と云うことが考えの中にあつたことはたしかである。物語と構成のある長編敍事詩を書くことによつて、小說に拮抗しようとする意圖を持つていたのである。云々」ということを書いているが、この日の「長編敍事詩研究会」で取り上げられたいろいろな問題と共に重要な課題として、長編敍事詩えの志向を持つ者は考えなければならないであろう。

当日の出席者　（参会順）

鶴岡登一郎　木原啓允　牧　章造
安彦敦雄　川路　明　伊藤桂一
浜田耕作　大江滿雄　北川冬彥
（欠席　笹澤美明、扇谷義男、祝算之介
山崎馨、三樹實　等、）

特集

詩的現實とは何か

リアリテイと言葉の問題

植村諦

北川冬彦様

この度あなたの方で「詩的リアリテイとは何か」という問題について特集をされるそうで私にも意見を求められました文學の上のあらゆる流派や技巧も、詮じつめればどうしたらリアリステツクに表現できるかという苦心に外ならないと思いはす。從つてこの問題は何時まで經つても藝術の出發としてまたその歸結として提出されることであろうと思います。しかし僕は歸結の方の表現技術の問題については、いわゆる詩の專問家でありませんので、そういう方々に任せるとして、その出發の方を少しばかり述べて見たいと思います。

しかしそれも僕流に極めて素朴なものか知れません

僕がいつも不思議に思うことは、文學の上で、これ程リアリズムということがやかましく言われていながら、リアルとは何かということについては、はつきりされていないばかりでなく、論者によつて無數多樣な相違を持つているということです。甚しいのになるとわれわれの感覺によつて觸れ得るものだけが具体的で最もリアルであるというような素朴實在論的な認識から始まつて、精神的なものだけが眞の實在であるというようなところまで、その間にいろいろな差異を示しているわけです。しかし僕はリアリテイ—というものを問題にする前に、「リアルとは何か」という認識がもつと明確にされなければならないと思います。外部世界の表面を感覚で這い廻るような、いわゆる糞リアリズムなどと云われるものも、この認識の淺薄さから生れるのだと思います。しかし今此處でその認識論をやつている餘裕はありませんので、僕の結論だけを云いますと、外部世界の統一体としての、精神と肉体、その理知と感情と意志の綜合体としての生命、その生命が最も如實に生きた姿を以て表現されることが芸術に於けるリアリテイーだと考えます。從つて具体的なものだけがリアルで、觀念的なものはすべて非現實的なものだというような認識には與みすることはできません。芸術が精神構成の表現である以上。どんな具体的なものも、その背後に觀念の創造活動無くしては成立しないからです。

さてこの生命活動のもろもろの姿をリアルに表現しようとする場合われわれは、ことばを以つて表現しなければならぬ悲しい運命を負はされている文學者であり、詩人なのです。音とか、形象とか、色彩とかいうような直接的な手段を用いて表現する藝術と異つて、ことばの藝術は、ことばそれ自身の中に藝術表現上の矛盾を含んでいるからであります。

申すまでもありませんがことばはその發生の最初から對象の統一と概念化を以て出發しています。對象を一つのことばを以て表現するということは、撰擇と捨象と統一の最初の認識活動であります。それは物自体の直接的自己表現ではなくて、多くの捨象と統一が行われるのは止むを得ません。それでも「はじめにことばありき」といわれている意味のことばの初發の動機には、比較的純粋な自己表現に近いものを以て滿されていたのでありますが、それが今日のように傳達の記號として、ますます多くの人に共通性を要求されるようになりますと、それはますます固定化し概念化し、無生命化するのは止むを得ないでしよう。この概念化し、固定化したことばを以て、もつとも個性的なものをヴアイタルに表現しなければならないという自己矛盾を文學者や詩人は負わされているのであります。ことばは發聲者の口を一とたびはなれてしまいますと、それは本人の意志や感情から離れて、獨立した存在としてそれ自身の機能を發揮します。ことばの魔術というなようなこともここから生れるのです。ことばは考えれば考えるほど恐ろしいものです。こういうものを媒介として人はどれほど自分の內容を全的に他人に傳え得ているでしょうか。僕は隨分多くの人の詩論を讀みましたが。それらの多くの人が詩として考えている內容はみんなちがうのです。それほどちがつた內容をわれわれは「詩」というたつた一字で表現しなければならないし、またしているのです。ここにことばに對するもどかしさ、ことばのわれわれに對する反逆があります。「愛する」という一つのことばの內包さえ、深く考えて見ればおそらく人類の數ほどちがうのです。ことばを以てわれわれが他人に立ち向つたとき感ずることは遂には眞に觸れ合うことの出來ない精神の孤獨感です。この意味から僕は文學上のあらゆる流派もテクニックも歸する所は、如何にしてこの概念化したことばを以て、自己の精神內に構成されている藝術の全內容を表現するかと云う苦心に外ならないと思います。もつと端的に云えば概念化してしまつていることばを以つて如何に生命的なものを表現するかということにもなりましよう。そこに起るものはことばの構成であり、テクニックです。この意味であなたが詩における抒情ということを排して、敍事ということを强調される意味もわかりますしまた象徴派の人々や超現實派の人々の表現方法もわかりません。そこには高遠な哲學や藝術論の裏づけもあるのでしようが、端的に云えば、常識と概念に汚れたことばを、世間的な法則で構成していては自分の內部的なものが表現できないという苦心に外ならないとも云えます。

しかしこれはあまりにもことばの面からばかり見て來た嫌いがありましよう。一つのことばさえ、それが發言されるためには、その人の內部に自己と外界との構成と統一の絶えざるはたらきが始まつているでしよう。一つの詩が紙の上にことばを素材としてはじめて構成されて行くのではなくて、それ以前にその人の生命が自己と外界との接觸と營みの中で、あるがままの姿と、あるべき姿への欲求とが常に創造の形ではたらいているでしよう。それはまだ形を持つてはいませんが、感動という生命の綜合的な流動体として湧き起つています。詩や文學は、それをことばを以て形象化しようとするのです。從つて形象化された場合のリアリテイは、この生命の生きた働きが如實に表現されていればいる程確實にされるでしよう。ことばの藝術は勿論ですが、音や、形象や、色彩のような素材による藝術でも、そのような物理的な素材が構成によつて、生命化されることによつて藝術となるのだと思います。この意味で詩人は概念化され、固定化され、記號化さえされたことばを、新しい構成によつて生命化するということがリアリテイの第一の要件となるでしよう。これを僕は詩人は手垢のついた汚れたことばを、その発聲の純粹動機に戻せといつております。

しかしリアリテイの根底はそういうことばに現われる以前の現實認識そのものが、果してリアルなものであるかどうかということが問われなければならないでしよう。この世界をこの世界の流れを、その中のおのれと他人を、眞實の姿に於て認識しているかどうかということがリアリテイの根底になるでしよう。もしそれがなかつたら詩人の感動や感性も單なる生理的な感動に過ぎないものでしよう。感情だとか、知性だとか、意志だとかいうようなことばは、われわれの精神を分折的に説明する時に使われはしますが、本來われわれの精神はそんなものが分立して存在するのではなく常に精神という統一体の現われ方に過ぎません。從つて詩は抒情でなければならんとか、敍事でなければならんとかいうような規定的な見方には僕は何れも讃成できません。感情のない知性、知性のない感情などというものは詩人の世界にはあり得ません高い抒情は高い知性の中からのみ生れるということは、僕は昔から主張してきたところです。詩人は感情で思索することを知つているのです。また知性を以つて感動するのです。もし知性を感ずることのできない抒情詩があつたら、それは動物的な生理の反應に過ぎないでしょうし、一篇の敍事詩を讀んでもしわれわれが美しい感情をよび起されなかつたとしたら、その作品は藝術とはなつていないでしょう。

色彩や、音響や、形象のような物理的な素材でさえも人はそれを概念と固定化で手垢をつけてしまうのです。あらゆる造型藝術家の歪曲表現の問題はこういうことへの彼等の反逆だ思います。まして今日のようにことばがその發聲の動機から離れてしまつて、いわゆる合言葉としてリアリテイを確保しようとする詩人や文學者は悲しい自己矛盾の運命を負はされています。しかしそのことばをいのちあるものとして、万人共感の世界を形成できるなら、詩や文學のリアリテイは完成するのだと思いますし、それが詩人の念願でなければなりますまい。それには眞實なる現實認識と、高い感動と、それを表現する適確な言語構成があつて始めてそれが達成されると思います。

（一九四九、三、九）

詩のリアリテーに就て

笹澤美明

リアリテイが藝術に社會的自覺を與えたのは、十九世紀末からではないだろうか。藝術家自身の自覺は、すでに古くからあつたに違いないが、「自然は藝術を摸倣する。」というオスカー・ワイルドの発言以來、藝術家は社會に對して「藝術のリアリテイ」を公言できるようになつたことに間違いないのである。何故なら、自然はとつくの昔、人間にこのリアリテイの權能と自覺を與えていたのだから。

自然の花と藝術化された花の概念が全く違うことはもう常識になつている。そこから生じて來る美の觀念も又、違つていることも同然である。女性が自然の花を美しいと感じるのと畫家が畫面に描いた花に對する感覺は別である。彼女が自然の與えた花の色やその上に置かれた露や葉との配合によつて映し出された美と畫家が感じた實物の光と影がかも出す美とは根本から違つているからである。

我々日本人もようやく藝術的リアリテイを味覺するように訓練されて來ている、これは主として民衆に繪を接近させる機會を與えた展覽會の力によるお蔭もあるが、そうでなくても、誰れでも自然の美しい風景に接すると、「繪のようね！」と驚嘆する。繪が古來それほど民衆に親しまれ、美的教養を施して來た證據である。藝術的美が與えた觀念は、むろん色彩や形態などの單純なものにあるのだが、そしてそれが、繪という藝術の存在をはつきり承認しているだけのことだがこんな些細な例が藝術のリアリテイを證明しているわけではないか？

音樂の場合でも、大砲の擬音や靴の音や雨だれの音などがそれが現實に近ければ近いほど、音樂を好む民衆は腹を立てるだろうし、低級扱いにするだろう。音樂には嚴然とした獨自の權限世界があり、リアリテイが存在しているが、現在人々は、雜音世界の中から音樂的諧調やリズムを發見して歡喜することがある。つまり結論的に言つてしまえば、人間にはそうした藝術本能が元來あつて、それが今日までに自覺され意識され、發達し、進步し、訓練されて來たと言えると思う

我々が言葉という手段に訴えて、創作し詩作する場合も、繪や音樂と同じことが言えると思う、最も自然を尊重する俳句でも　あの寫生の態度は寫眞師のそれとは違うだろう。忠實に自然を尊重しながらも、作者が主觀を重んじて、それに順じてリアリテイを表現しようとしている。寫生の意味は觀察とか觀照にあるので、構成や表現にはない。少くとも前者に於てその責任は果されている。それを混同して寫生を强調するものはないだろう。あつたら確かに誤りである。表現技術の段階に來ているのは、觀察の段階が次の段階に浸入し混同しているので、このことは誰れにも起るここで名人巨匠にもあることである。表現技術は獨立した段階のようだが、實は觀察や感應に屬するものと言わなくてはならないと思う。

現代詩が最早、自然現象や社會の事實を寫生するものでないことは言うまでもない。むしろ觀念の世界や抽象の世界に來ている。そこから詩的現實のリアリテイが生れることは誰れしも承知しているのである。今日問題にしているリアリテイの眞因は、極端に觀念化され抽象化されようとする現象に肉体感を與えようとする要求や意欲にあるのではないのか？

獨斷表白

青山鶏一

私は詩的リアリテイの問題について、そんなに卓見といふものを持つてゐない。だから私の考へが、若しも甚だしい獨斷と過失そのものであるとしたら、私は全く、とんでもない態度で詩を書き、詩を考へてゐたものと言ふことが出來る。だが、然し、私はやぶさかならざるそれの是正に先き立ち、私の詩的リアリテイの見解といふものを、單的に述べてみることにしよう。

まづ私は、詩的リアリテイ實體について、こんな解答を提出する。それは詩の如何なる主材、表現形式を問はず、この詩的リアリテイの存在が、その作品の價値を決定する眞に大切な要素そのものであるといふ考へ方である。それ故　私に言はしむれば、この詩的リアリテイとは、まことに詩人の心象に鋭敏に捉へられた、遺憾ない生の實體であり、その多様な生の核心でもみる。前にも述べたやうに、主材の自由、表現形式の自由についての考へは、私が廣汎な態度に位置して私の好惡といふやうな一局部的な評價を絕對に避けてゐることによるのであり、それは私が大變慾の深い、「あの花この花」式な立場を愉しんでゐるからではない。私が凡そ秀拔な詩と價値した作品において、この詩的リアリテイの失れてゐる作品は未だかつて、あり得ないからである。私は私の所有する能力と公正を信じてゐるから、過信による作品への障害の經驗を行爲したことはない。それにしてもこの詩的リアリテイの實體といふものは、たしかに表現形式の不完全や皮相さやのゴマカシといふものを、實に強固に排除してゐるのである。作品の單なる小手先や思ひつきといふ機能では、この詩的リアリテイの實體は、生きることを欲しないと見へる。これ程、私達にとつて怖るべき存在は又とあるまい。それならば、この詩的リアリテイの實體こそ、詩人の思考の唯一の結晶體であり、詩人のイメエジの有能な操作の成果であり、技術の適切な効用性による、能力そのものの總決算體であるとも考へられる。さて再び私は主材の自由表現形式の自由の言を用ひるのであるが、詩的リアリテイの存在は、所謂、了解し安い作品、或ひは、難解な作品と二分して、それがいづれでも、遂に、この實體は、凡庸な淺瀬や、怠惰な平地帶や甘いユウトピヤ的所在地を嗤つて去るものであるらしい。つまり彼は外面の平明とか福雜とか、さうした類性には俘虜となることなく　全く有能な詩人の壓力によく堪え、その世界においてのみ生きることを欲するものであり、多分に秀れた虛構を有する作品の中で最もヴイビットにその獨自な存在を発揮するものである。それは何か、永遠に生きるもののやうに普遍な力に溢れて、新鮮である。そこで私は私い謙的リアリテイへの考への、實證方法として、幾つかの秀れた作品例記することが　甚だ効果的な結びとなるのであるが、　こをの稿では、あえて、それを省略する。それにしても、はたして、私に呈出されたこの問題への、これは可能な答になつたか、どうか。この一文も又、私の表題の「獨斷表白」の危に伴侶とならなければ、佳良である。

詩的リアリテーに就て

木原啓允

ノリとハサミ、他人の借り着でしかものを語れない、僕の浮薄なキザツポさをゆるしていただきたい。ことわるまでもない。借り着はつねに、自分の衣裳簞笥が空つぽだからだ。

詩的リアリテイとは何か。

詩人。君の一種の言語的唯物主義。――と　たとえば　ポウルヴアレリイはいうのである「小說家　哲學者　その他すべての輕信によつて言葉に服從してゐる人々を、君は高所から見下してさしつかえない。――彼等は、自分たちの言辭はその中味によつて、現實的であり、或る現實を意味すると信じなければならぬのだ。しかし君は、一言辭の現實とは、單に語のみであり、形式であることを、知つてゐる。」散文に對する詩の効能書について、いわば詩が獨自に可能とする詩的リアリテイについて、アランや本居宣長や、さまざまの人が指、ほぼこれに類したようなことをいう。かくて、マラルメは、「一つの紙面を星空の力にまで高めた」のである。詩的リアリテイはここに於てきわまつたかにみえる――というのは嘘である。すぐそのあとに、もつと下卑で、しまつにつかぬ二十世紀の現實の地べたというものが、ひかえてゐた。だからヴアレリイ自身が告白する、現代の趣味とか、次代の趣味の豫感とか、近代的背景とか……などから（なし能う限り）獨立した「絶對的な相貌の下」にのみ企圖された、いわばそのような「マラルメの位置」を、すでに、ジヤンコクトオは笑うのである。もう、この律義者の、完全なブゾルジアワの、高雅なアリストクラストの、信心深い工人の、金銀細工師の代表者マラルメよりも、現代の青年は、夜見世にごろごろしてゐるような出たらめな靈媒者や、やくざな欺僞師のほうを面白がると。もしくは散文詩人マックスジヤコブはいうであろう。「理解するということは、ただ高いところからばかりものを見ることではなく、實に同一水平線上に身を置くことである。詩人達は「至上」の言をなす。讀者は詩人達を馬鹿にしてゐる。然も多くの場合、世間の方が尤もなのである。」

詩とは何か、という涯しのない議論はこのさいぬきにして少くとも僕たちに分ることは、落層し、重壓され、分裂し、復雜化する世界の歴史的現實のまえに、詩は、それが詩であり、且そうあろうとする限り、近代とともに、つねにその可能性の危機に脅かされつづけはじめてきたということだ。

少くとも詩とは韻文詩以外のものを意味しなかつた、從來の詩ねの概念に對し、重大なる不信、もしくは訂正がなさればならなくなつた。ということだ。すでにマラルメ以前に、ボードレエルは、「諸々の大都會えの往來と、それらの相錯綜した無數の交渉とによつて、」詩としてのその成功を危惧しながらも、尚「宿望」のごとく、とにかくベルトランの「あくまで繪畫的な描寫に用いたあの手法」によつて、すでにもうまた、「夜のガスパアル」とさえも「似ても似つかぬ何ごとかを」、試みてみずにはおかれなかつた。コクトオがボードエルに對しては、皺はよるが、驚くべき若々しさを保つてゐるというのは、決して理由のないことではない。詩人にとて一言辭の現實とは、單に語のみであり、形式であるというヴアレリイの一般論に、むろん異存などある筈がない。詩的アリコテイとは散文の場合のように「言辭の中味によるものでなく實に「語」そのもの、つまり「形式」によつて形成される。つまり詩的リアリテイとは、言語藝術としての形式が創造し、決定するものである。詩とは何か。即ち詩とはそのようなものなのである。そして、問題はその次にある。その「形式」を決定するのは、決して單に個人やエコールの勝手な思いつきや趣味や信仰や、もしくは持ちこされた慣習でさえない。少し大げさないい方をしてみれば、いわば寸時も停滯することのない實存在の世界が、詩の内部に入りこみ、内からその形式を決定する。つまりそのことを逆にいえば、詩人はつねに、全くアンテナのような、晴雨計のストラディヴアリウスのような、音叉のような、いわば「様々な現象の本部」でなければならぬ その時詩人は、世界のどんな脈動や血のかげりをも逸早く豫感し、瞬時にして受信し、それを必要あらば、たとえばボードレエルのようにその成功を危ぶみながらも、とにかく「何ごとか」を、「詩的散文の奇蹟」を試みてみずにはおれない。詩的リアリテイが一に形式によつて創造され、形成され、決定されるものであることは、もう僕たちにいうまでもないことのようだが、以上のように考えてくると、詩的ヴアリテイとは、いわば實存在の世界の運命を予感する、詩人の絶えざる一種の革命精神なのだ、などといえぬだらうか。いささか、これは僕の放言であろう。だが、この頃の僕は、放言よりほかのものに余り興味がもてなくなつてしまつた。そしておそらく象徴主義そのものがその逆説的本質によつて 實は最もよく當時の時代的象徴たりえてゐるのであろうが、しかしそれにしても、多分に個人的趣味によつて、前代の遺產の完璧の完成をなしとげたマラルメの、「洗練され、苦心された上品な深い皺」が、驚くべき若々しさのボードレエルの皺に比し、 「運命上の予言をするものとしてではなく、 單に裝飾的なものとしての掌の筋と同じような外見を與える」などと、山師ジャンコクトオによてつなは放言されるのも、それもやはりしかたのないことなのでいか。ジャコブが新しい藝術としての散文詩を美學づけにるあたり、ひたすらにその詩としての可能を求めて、「ステイル」と「位置」を强調した。そしていつた。「マラルメの作品は、位置してゐる作品の典型的なものである。」まさしくそうだ。たしかに、それは冒頭引用したアヴアテイの言葉と同じように正しい。問題は位置の場所の具体的相貌である神棚の上か、机の上か、並べたそのものの中にか。詩的リアリテイはたしかに、練金術か金銀細工式の形式そのものの配置の强力さによつて、その創造や形成を可能とするだろうが、だが、それがあの一種の革命精神によつて裏打ちされてない限り、それは運命の予言をするのではない、單に裝飾にすぎない掌の筋となる。このことは、あのように革命の華々しい出発をとげたジャコブが、やがて抹香くさく、もはや同一水平線上にでなく、高所に坊主になりすます時、それからのジャコブ自身についても、やはりいえないことではないかもしれぬ。革命を口にする僕がまた、或はそのリアリテイの裏打ちをどこに求めるか、様々な現象の本部が實さいには何處にあるのか、そのあげく詩が、つまり形式が世界とともにどのように變貌すべきなのか、實は何ひとつしつてゐないかもしれぬように。革命をとくことはやさしい。今はもうとんだ語り草だが、戰後もこつけいな大見出しをかかげ、「詩の革命」をといた、小兒病的まやかしの徒輩が、我國にも決してゐないわけではなかつた。

　むしろ今では、言語藝術そのものに現代用の効用や、未練をあまりみとめたくなくなつてきた僕に、たとえば一九四九年の日本詩にとつての詩的リアリテイが、どんなふうに具現すべきなのが、僕に觸知される方向も、いい知慧もない。ただ次のことぐらいはおぼろにいえる。敗戰後の日本の肌の底に、今漸く、恰も第一次戰後のヨーロッパのそれに似た（決して單にそれだけのことではないが）複雑な、おもい錯乱の血が流れそめてゐるのではないかと。それから日本の詩が、少くともキュビスムの存在と意味をふくめた散文詩、そして今は更にそれ以上の領域に進出、展開すべきだろうということなど。それというのが、僕は僕なりのささやかな知識から日本の詩は、すでに連歌を通じての和歌から俳諧えの轉移に於て、いわば新古今から談林えの變貌に於て、恰もフランス詩が十九世紀から二十世紀にかけて、正統的に象徴主義韻文詩えの反動克服という題目でジャコブらの散文詩を發生せしめた、その間の事情に色々と極めて類似するいくつかの面のあることを、僕は實にがんこに信じてゐるものである。事實そのさい、先達の日本詩の場合が、フランス詩のために、ささやかながらも可成り見事な見本ともなりえてゐる。和歌から俳諧えの進展が、主觀的から客觀的、感情的から悟性的、つまり詩歌的から繪畫的、抒情的から敍事的etcえの轉化であるなどということは、すでに狐づらの國文學者諸先生さえ、よく理解し、且つ指摘する所である。短詩形の俳諧の「日本的性格」については、むろん徹底して糾彈されねばならない。事實また、明治開化の新体詩をまつまでもなく、すでにそれは當然、蕪村あたりで「晋我追悼曲」となろうし、もしくは又いささか畸型的ではあるが、もともと俳諧の本道ともいうべき連句形式は、その具象的映像の空間單位を時間的に持續し、展開せしむるという綜合形式によつて、すでに八番目のミューズ映畫藝術の出現を予感さえしてゐるといわれたりしてゐる。いわば新体詩以來の八十年の日本現代詩史ははしなくも明治の解放によつて專ら近代精神の移植確立に費消された、內容面でのおくればせの足ぶみにほかならなかつたとも、みられよう。朔太郎から春山行夫え、そして春山行夫に血を瀦流させるこんどの大敗戰の事實によつて、日本詩はここに西洋詩による八十年の精神試練と、俳諧連句などの到逹してゐた既得の詩形式を想起したりして、今やあらためて、その可能と具現を痛烈に再檢討、再認識さるべきであるように思う。そして日本語の特性のこともあつて、僕たちがその時逸早く想到するのは、やはり散文詩の問題であろう。僕も詩の言語的唯物主義から、散文詩の詩としての形式に思い煩い、結局、從來の韻律定型に代る散文詩の詩としての新しい定型をといたと思われる、ジャコブのキュビズムの理論に、長いこと思いをひそめてきたが、どうやらしかしそれは僕ひとりの古めかしい、私的な嗜好に終りそうである。しかし何れにしても僕たちは、日本現代詩の專らイマジュの轉換に利すとみらるべき散文的な雨だれ形式を、決して卑下したり、不信したりだけはしなくともいいらしい。フランス詩に於ける散文詩運動の効果をまつまでもなく、さしも華麗な傳統を誇つてきたヨーロッパの韻文詩自体が内部から、たとえばリルケやエリオットらがその偉大な詩人性によつて必然的に示したように、ついに厳正な韻律、殊に脚韻のしがらみを諸所に破つて、その散文化的徴候の一般性を明らかにした。そしてはからずもそれらの詩形式が、全く嗤われ、卑下された僕たち日本現代詩の、あの雨だれ式詩形式を想起させないではおかぬほど、類似してきたのだから。事實、このような時（といつてももう一九二〇年代の頃のことだが）かつての俳諧の刺戟のように、日本現代詩の散文的雨だれ形式が再びフランスに迎えられ、更に大西洋の彼方、アメリカのモダニスト詩人らによつても明らかに意識的に採用され、その作品のあるものには、すでに、ヴァレリイの「完璧無比のダイヤモンド」に類似し、匹敵すると評價されたりしてゐる痕跡がある。むろんこんないい方は、田舎者の誇大なお國自慢にほかならぬ。ただ僕は、世界的な詩の散文化的傾向と、それに對するいくぶん先驅的な日本現代詩の詩形式の位置を、いいたかつたまでだ。そして、そのように宿命的な日本詩の形式と、たとしば又俳諧に於てどこに早く過せられてゐた客觀性具象性、叙事性……etc的傾向の進度と、さらにこんどの大敗戰の諸事實と、それらを思い合せ、その視界のレンズを紋る時、僕たちが思いねがう日本現代詩の可能の相貌が、可成り鮮明に浮かび上り、具現するのではないかと思われる。僕の單なる錯覺であろうか。少くとも戰後に生きる今の僕たちの人間形態として最も欲せられるのは、たとえば俳諧などが象徴的にもつ一面の、あの直觀的に寸断し直ちに典型化しもしくは隱遁し、エアポケットを作る、いわゆる「日本的空白」の精神ではなく全くその逆のものであろう。客觀的理知的に、たえず裸出し、持續し、構築し、擴大する精神であろう。すると、そのような現象の本部にゐるべき詩人が、何を感受し、何を具現し、何を予言すべきか、いわばそのような全現實の核髄的結晶ともいうべき詩的リアリテイが、貧さいには、どのような結晶形式によつて形成し、具現されねばならぬか、——だが、空つぽ、怠け者の僕の割あて枚數が、うまい具合に、丁度ここで盡きたのである。

詩に於ける現實に就いての斷片

永瀬清子

○詩は勝たねばならない。

詩は常に見えざる額縁をもつてゐる。これは最も平凡且根元的な眞理である。つまり詩は單にガラスですかした風景ではなくて詩は表現されたるものである。

この故にいかに寫實的にみえる詩であつてもそれはより内的なもの、人間の創作物であらねばならない。

詩は常に現實と腕角力をしてゐる。

現實があまりに詩人にとつて痛烈である場合にはしば〱現實に押されて詩人は萎縮してしまふ。詩人はそれにむかつて戰はねばならない。その腕角力に於て少くとも一歩の勝利を占めなくては作品は成立しない。詩は現實をマスターレなくてはならない。つまり詩の開花は現實以上である。

○汝禦せよ

あまりの悲しみ、あまりの歡喜、あまりの戀、あまりの自然。その生きた尾と嘴を押え料理するのだ。その魚が大きければ大きい程詩人も大きくなることを必要とする。

つまりは現實と云ふものは詩人を大にするために存在するやうなものだ。

汝萎縮する勿れ。

例へば癩者の詩篇にしば〱出てくる自虐的な言葉、その惡臭をさらけだしたぐろてすく。それは必ずしも詩としての力强さそのものではない。私はむしろ心をはげまして彼方にその臭氣をもらさぬやうに注意せずにはゐられない。

母が突然亡くなつたその夜、たゞ一人その枕邊に座つてゐた時、詩の一句さへ出やうとは思へなかつた。私にはその餘裕はあり得なかつた。そして茂吉の「死にたまふ母」にしても賢治の「無聲慟哭」にしても、つまりは一種の「作品」であることを了解した。

汝制禦せよ。

その生な感情。その荒馬をのりこなせることは詩人の資格である。

○抒情とは何か

抒情とは感情のおもむくまゝに流れることか。抒情とは詩人の智慧によつて心の深さを發揮する詩である。いたづらに詠嘆、弱い感情への陶醉。韻律に對する溺れ、歳事詩的雰圍氣への逃避。それらが抒情詩を潛稱してゐる。そのために詩人と云ふものは弱いものだと云ふ一般概念さへ出來上つてゐる。

詩人それはあらゆる事に共感しうる心靈の柔軟さを持つ者である。

視るもの、それは詩人にとつて何かである。

經驗するもの、想像するもの、それは詩人にとつてすべて我が事である。

現實。それが自然的のものであらうと 個人的のものであらうと、若しくは社會的なそれであらうと、それはすべて我が事である。

宮澤賢治が何故に菜食を通したか。それは簡單である。

彼は戒律のためではなくて彼のシンセリテイのために動物を自己の生命の犧牲に供する事が出來なかつた。殺される時の小動物の眸を彼は感じたから、その最後の恐れと苦しみを思ふに忍びなかつたから、彼は動物食を採ることが出來なかつた。

それは彼が詩人であつた事と同意義のものであつた。

かくれたる死語にさへ詩人は共感と生命感を發見する事が出來る。

ミケランジエロが大理石のなかに天使を發見してすみやかにその石の呪文を解いてやつたそのやうに、詩人は死せるものゝ中に生命を發見する。

現實。その中に詩人は人の見得なかつた意味を發見する。

かくて抒情とそのものは、弱きが故の詠嘆ではなくして、豊富なる故の深まり、心柔かき故の共感。現實に對する知慧の判斷そして批評。

その額緣の中の作品は人を打ちゆする。それが抒情詩。

○叙事詩及び抒情詩の精神について

現實に對するルポルタージユそれは現代に於ける叙事詩の土臺であらう

叙事詩はもと民族的銘記の方法であつた。

抒情詩それは個人的感情の眞實を發見する事である。

嚴密に云へばその二つは別々のものであつた。

然し現代に於ては民族的とそのことは意味を失つてゐる。

個人と云ふものは社會に溶解してゐる。事實の銘記と云ふことは、個人の感情とうちまざつてゐる。現實の把握は即ち個人の感情の外形をなしてゐる。

現實を正しく視る事、人間性をふかく堀りさげること、それらは抒情詩の據点である。

大きな現實に對する正確なるそしてヴイヴイツトな報導。それは叙事詩の土臺ではあるがそれはその發生當時のごとく沒個人的なものではあり得ない。その取捨、その編輯。そのスピードあるカツテング、その移動、その溶暗。そのあらゆる技術方法はつまり非常に大きな意味での抒情と相通するであらう。現實をほとんどゆがめることなしに展開してゐるとみせる事、それも一つの技術であるが故に、叙事的方法は現代の抒情詩と複雑にうちまじる筈である。

抒情詩は最も人間性の眞實に對する求心的な運動である。叙事詩のそれが遠心的なそれであるのに對して。

然し現實的裏づけによつてその空虚ならぬ音聲を傳えうるのである。今、詩に於ける知性的傾向と抒情的傾向とをそれぞれの主義として樹てる事の無意味さをとき、眞實の意識が抒情詩に於て占める重要さを思ふ時、現實性と云ふことは、最も大きなポイントである。

但し現實性と云ふことは事實性或は現象性と云ふ事と同意語ではない。

抒情詩に於ける現實性と云ふものは、より多く個人的眞理に據つてゐる故に、時には飛躍しすぎる場合を想像することが出來る。その故に絶えずその遊戯的な流離的な飛翔に對する反省を必要とする。そしてこの場合叙事的沒我的現實把握法が起死回生の藥になるであらう。

○その分量について

現實は尨大である。且微細である。

かつてあるアンケートで若い人々のために私のかいた言葉。

「最も大きな立場からお書きなさい。
最も微少なことに心をおとめなさい。」

叙事詩はしばしば雄大な構圖を採るが、俳句も時にその一種ではないかと私は考へる。たゞその固定した形と極端なる短かさの故に問題は機智の線の上を彷徨するのだ。

散文詩も亦内的風景のための重要な形式であるが、行を切らぬとは、つまり韻律におもねらぬ事は、全体が音樂的機構をもつことをさまたげない。

抒情詩はより個体的である故に生理的必然からしても大体の寸法はきまつてくる。ことに日本人としては。

長さ。それは詩自身に原因がある。

現實はどこにでもあるが、それをはつきりした理智のもとに捕へることは困難なことに屬する。且それを生命のまゝにわが手中におさめることは至難なことである。ましてその眞實で人の心を拉するまでに表現することは難事である。

○現實と空想

散文的なる現實と詩における現實とではその外貌に於ていくらかちがふのも當然である。

我に於いて生命あるもの、それは現實である。散文の世界に於て空想とみられるもの、それも詩に於ける現實となる。

○韻律と現實

韻律の魔術は現代に於てその力を失つた。韻律によつてつれてゆかれる所に眞實の影がついうすれてゐることを現代は發見した。その目をこすりなほしてみる所に現實に對する尊重の意識がある。

然し韻律と眞實はどんでん返しにその所をかつてしまつたらうか。韻律にとつてかわるものは現實そのものであるか。

事實としての現實はきわめて隈雜なものである。その中から心にとめて忘れまいとする事をとらへるのが詩の本能だ。

それは記銘の方法だ。

わが生涯にこれだけは記憶したいと云ふ精神の要求が詩をかく。

それ故に現象のうちからすてゝかへりみない個所は山ほどある。

詩的現實とはその捨象ののちの砂金だ。感銘を腦裡にきざむためにそれが必要なのだ。然しその必要のためにこそ且ては存したかの韻律。なぜならば昔の詩歌は印刷してなかつたのだ。口から口へと傳へるほかにはそのすべがなかつたのだ今は印刷を通して感銘をよみ取るから昔風な韻律の値打が下つたのだ。

とは云へ人体の生理の眞理の上から、人間が鼓動によつて生きてゐるかぎり それにかわる他種の韻律は要求せられる筈であらう。眞實をより眞實であらしめる所の。現實がより現實であるがための隈雜なる現象世界より抽きだして 或は視覺的に或は音調的に、計算せられたる記銘の方法があるべき筈である。

リズミカルでなくても音樂的であることは出來る。構圖的それも一種の音樂である。音樂的でなくても生命感的である事は出來る。その方法は発見されねばならぬ。自己の詩的活動の上でのみ探求されねばならぬ。

詩的現實抄

北川冬彦

「詩人は常に汚濁な現實への反逆者である」（**失名氏**）

「フランスに於ける天才の現象の中には反抗心が大きな分け前を持つている。安泰、贅澤、居心地のよさ。すべてこれ等のものは藝術家から創造能力を奪い去る」（**コクトオ**）

「或る一國が食べ慣れない食物を同化するには多くの年月を要するのだ。然るに、ドイツはどんな食物でも、見る間に食べ、噛みこみ消化し、同化する、何も彼も一つ胃袋に入れてしまふ。」（**コクトオ**）

「現實の外にどこに眞實があるかと問ふことなかれ。眞實はやがて現實となるのである」（**湯川秀樹**）

「我々の夢想も、結局、事物と同じ材料で出來てゐるのだ」（**アラン**）

「藝術に於て、眞實への愛が、極端に押し進められる時についに藝術は否定され、破壞される。即ち、こゝに一つの微妙な限界があり、エスプリはそれに到達し且つそれを越えてはならない。」（**ルヴエルデイ**）

「物質を構成する原子や電子の性質は、その一つ一つを出來るだけ自由な狀態に置いた場合に、よりあらはになるのである。それには原子や電子同士を出來るだけ引離すこと。即ち、物質を出來るだけ稀薄にすることが必要であつた。」（湯川秀樹）

「自然は自然であつて、詩ではない。詩を生むものは、自然が、ある人々の氣質の上に喚び起す反作用である。オーケストラの與へるものを、自然は與えない。」（**ルベルデイ**）

「これらの繪畫は、實際は現實の影さへとゞめないにも拘らず、實に偉大な眞實性を示してゐる。この畫家は、現實の世界を、その極めて微細な部分までも熟知して居て、それを自分の美しい魂を表現する方法として用ゐたのだ。これそこ眞のイデアリズムだ。現實が、その作品にあつて如何にも眞實らしい感じを、見る人に與へ得る、實際上の手法を自由に

使驅することを、この畫家は心得てゐた。」（**ゲエテ**）

「この頃の若い山水畫家は多く自然の寫生その儘すなわち寫生帖をそつくり繪にする向が多い。私はそうした方法をとらない。特に何處の眞景と銘打つ場合の外は全く寫生帖を見ないで唯自分の頭の中に描いた風景を自由に絹の上に表わすそうしてこれを鑑賞してくれる人があたかも何處かの景色の寫生であるかのように感じてくれるようでありたいと思う。そうした寫實感を繪の上に盛る爲に日常たえまなく寫生につとめる、間斷なく自然を寫生することこそ自分が創造する山水「實在感を盛る唯一の道だと考えている。」（**兒玉希望**）

詩の二大方向。――リアルなる素材よりの出発を意味し『自然の眞實への忠實なる執着』による力を、イマジネエションの變容力によつて、新しい感情、超自然なる感情の方向へ進めようとするのである。他の一つは、これに反して、その起点を超自然的な素材とその取扱ひに持つ、 そしてその意圖とする方向は、それらに藝術的な眞實を、つまり一種のリアルな感情を付與せんとするところにある。何人と雖も、若し彼を取圍む世界における超自然を感覺する力を所有するならば、かゝる詩にリアルの感情を発見するに違ひない。」（**失各氏**）

「彼等のパッションス及び感覺性は、主知を通過したものである。」（**コルリチ**）

「彼等は、その知的、分析的方法によつて、現實の底にある暗黒の底にまでそのセンシビリテイに戰慄する觸手をのばした。」（**コルリチ**）

「われわれの世界の底の暗黒をわれわれの意識運動の上に『明析』ならしめんとするとき、詩人達に熱心なフォルムに對する意識が生れるにちがひない」（**失名氏**）

「フォルムは實体から形成せられるものではあるが、しかも實体以前に存在する。」（**コルリチ**）

「T・Sエリオットのフォルムは聯想詩派のフォルムである。彼はイマアジュに特別の興味を持つてゐない。むしろ、イマアジュとイマアジュとの關係、イマアジュの觀念がその原理活動になつてゐる。」（失名氏）

「詩とは精神と現實とが沸騰的な交渉の後に、沈澱して、生じた結晶である。」（**ルベルデイ**）

「感覺が至上權を揮つているところでは、現實性は屈服し消滅する。自然主義はこの感覺的な現實性への服從の一例である。

結果について云えば、眞實であると云ふことは問題ではない。藝術においては、今日の眞實が明日の虚僞であるからこの故に、詩人は未だかつて眞實についての心を煩はしたことはない。たゞ常に、要するに現實に就て心を潛めてゐる。」（**ルベルデイ**）

「藝術とは形を與へることである。その証據には、鏡の中ではすべてが美しく見える。」（ジヤコブ）

「デッサンを正確だと思つたりすることは大まちがひだ。デッサンと云ふものは或る一つの形の意志である、即ち意志が強く且つ研究されてゐればゐるほどデッサンは美しいのである。そしてまたそれだけなのである。だからプリミチフの畫家の最上なるものは誤り將へられ傳へられているやうにその稚拙なるが故に尊いのではなく、せんじつめればデッサンに歸する。この全体としての苦心によつてゞある。優れたキユビストも亦彼等に似てゐる。」（ジヤコブ）

「一つの作品の各々の部分が、その全体（アンサンブル）をなしてゐる場合に初めてそれは完成されたのである。その各々の運動が、地球の運動と似てゐると否とを問はず、地球から分離してゐる時、初めてその作品は作者から分離して獨立の實在となるのである。地球がその運動の源から分離してゐるやうに、地球から分離してゐると呼ぶことの出來る作品は稀にしか存在しない。」（ジヤコブ）

「僕の心のうちには、よしそれが調子つばづれでもいゝから調和音（アッコオル）以上のものを求め、不調和でもかまわないから色彩以上のものを求め、新造語でもかまわないから言葉以上ののを求める或るものが存在するが、思うに、それは感情でもなく智慧でもなく、一種の調和のある狂氣を求める心である眞の抒情味に對するこの甘美な欲求はめつたに滿足を與へられない。そして、現代詩人以外に如何なる作者も之を滿してくれない。」（ジヤコブ）

「美しい音の不連續が重要だ。」（ブルトン）

「近代芸術のことを、人々はよく云ふのである、これは聯想でしかないと。さうかも知れない。だが、一体君の思想はどんなにして聯想しますか？、元來、空想と云ふものも要するに聯想以外の何ものでもないのである。」（ジヤコブ）

「無駄を剝ぎ去つた芸術を、だが芸術の剝ぎ皮ではなしに」（ジヤコブ）

「魂だの心だのと云うものを禁止する事――さもなくば絶對に必要な場合に限つて是を許可すること。」（ジヤコブ）

「美は沈默を包藏してゐる。美はまた沈默の中に創造する先きに私が姿勢の備はつた作品又は高處に住む作品と呼んだのは、沈默にとり圍まれた作品の意である。」（ジヤコブ）

「藝術を通して人生を理解することは出來る。然し人生を通じて藝術を理解することは出來ない。」（ジヤコブ）

「藝術は、一個の調子のとれた人間が、自分自身と出會つた後の大動亂である。」（ジヤコブ）

「藝術作品が何ら與り知らない、個人的聯想によつて起つた偶発にすぎないやうな心情のすべての種類を引き起すやう

（九十頁へ續く）

作品第三號

上田幸法

彼にすれば口のはれるような一級酒であつた。友人がおごつてくれた。友人のかたわらで例のタイピストは一言も口をきかず彼を正視していた彼は高價な指輪でも眺めるようにふるえる手にさかづきをのせながらときどきうわめに彼女をぬすみみては、そのたびにどやされたように頭をたれた。とてもながく同席は出來なかつた。彼はびんぼうな足をひよろつかせながら廊下をつたつて玄關に出た。友人は部屋で、失敬するよといつて出なかつたが、途中まで送つてくれた女は、彼の服裝にべつしの眼をおよがせながら、玄關に來たときはもう、きこえぬ舌うちを殘して消えていた。どた靴をさがして玄關を出るとき、ついたての蔭から、じろじろとかんししている愼重にして冷たい人間の眼を、彼は背なかにかんじた。兩手をわざと、うしろから見えるようにひろげて、携行物のないことをかなしく誇示した。そこの一廓を出て燒跡に出ると、ぢかに寒夜の星が彼のすぼめた肩におりてきた。空を仰ぐとほつと肩の凝りがほどけ不思議な安堵をおぼえた。燒跡を横切り近道すると、油を溶したような川が流れ、その川を危ふく渡る橋がほのじろくかかつていた。どろどろの水面には向うぎしの灯が繪本の繪のようにとけていた。と、橋のたもとから、ひらりと道路に出てきた黑い影をみとめて彼はおもわず立ちどまつたじつとみつめるひまもなく黑い影はほんのすこし、みづくろいをしたが、すぐ方向を決めると、こうもりのように足音もたてず闇のなかに消えていつた。するとそのあとを追うように、こんどは小さな影が同じ橋の下から出てきた。小さな影は道路の闇をじつとすかしていたが、ひくい聲で、かあちやん、はやくかえつてネ、とつぶやいた。まだ小さな女の子だつた。彼は橋を渡つた。こころなしか、遠い電車のひびきに水面は灯をまたたかせていた。一切がわかりすぎる生活がそこにもあつた。彼は橋を渡つていつた。

煙草の箱をさがしたが、へしやげた箱には勿論、一本も殘つていなかつた。料亭のまぶしい部屋で　おそるおそる一本貰つて吸つたピースの味が彼をいらだたせた。ちえッと舌うちした。珍しいことだつた。したうちするなどという、やけくそが彼にまだ殘つていたのか、彼は自分の聲におどろき、空箱を足でふみにじつた。友人にひつぱられたおもいがけないふるまい酒だつた。醉いがさめはじめると　にがにがしく胸がやけ、喉がむしようにかわいた。窓をしめきつた車内は冬だというのにむしあつかつた。疲れた人間の体臭が車内にむれているのだ窓の外をみると、西の空が、何かの豫感のようにやけていた。大風は明日の朝だそうです。よけいなことをささやきあつているものがいた。大風！そういえば彼の妻はもう一刻もゆうよはなくなつているはずだ。豫定の日も刻々に迫つている。子供がまたまたうまれることであつた。子供はうまれてもいい。だがしかし、いうだけ野暮だつた。問題はそこにあつた。

かつぎやらしいお神が向いあつて腰かけていた。三十を過ぎたばかりと思われる女は、痛みに顔をしかめて、しきりにはりつめた乳房をしぼつている。うすよごれたてぬぐいをしぼつては、また、はじらいもなくむきだしにした乳房をしぼらている。汽車のショックに、ときどきてぬぐいがはづれ、なまぬるい濁つた液がとびちつた。今日は品物のさばきが惡く、ふた汽車もおくれてしまつてと、お神はそのたびに繰かえしながら、あたりにわびるようにつぶやいた。彼は眼をそむけた。明日の朝は大風がくるのだという。ほんとうかもしれない。このお神の眼もおびえている。乳のみ子を家にのこして商賣に出たのに、商賣はおもわしくなく、今頃、子供は火のついたように泣き叫んでいるというのだ。よごれたてぬぐいをしぼつては顔をしかめて乳をしぼるお神のその顔のなかに、子供のかんだかい泣聲があつた。次第に西の空の赤やけは海のようにひろがつていた。大火事があつているのかもしれなかつた。

夜おそくかえつてきた。妻がいた。のけぞるように腹をかかえ、顔のむくんだ、動作のどんじゆうな妻がいた三つと五つの二人の、彼がさげているものは、すべて食べものではないかと、いちおうつよくうたぐつてみる、さいぎしんに底びかりのするへこんだ眼をもつた、ひもじい子供がいた。そしてそのまま親子四人は、一枚のふとんにくるまつて黙つてねた。反目しあつているのではないが、おつくうなのだ。いやそれよりか、口をきくことがおそろしいのだ。朝はまだ暗いうちになんの感動もなく妻が渡す辨當箱をさげて、家を出て驛に急いだ。家庭となにか、十里の汽車に乘つた。汽車を降りて、廣場に出ると、マイクが、彼の姿を待ちかまえてでもいたように、百貨店だの、食堂だの、キッサ店だのと列べたてていた。彼はマイクのぜいたくな、きものや、たべものの宣傳に、自分のびんぼうを罪惡だとせめたてられている氣がした。表情はとつくの昔に死んでいた。電車を待つて長い行列が出來、その行列のなかで誰か死んだのだろうとおもつた。するとまた、明日の朝は大風がある！誰かがよけいなことをささやきあつた。恰度　シュウクリイムは〇〇屋えどうぞ、とマイクの聲がしたとき、彼はぼうぎれのように、電車にまきこまれていつた。彼の後には同じ彼が、すでに不平を喪失していた。

コンクリートのみにくく禿げあがつたホームは、半日のおおわれていた暗さから、ようやくあけはなされた。一日に、午前と午后の二回しか運行しない支線の汽車が、午前の客を滿載してぎしぎしきしみながら、発車したばかりだつた。ぬか雨がぽつと白んでいた。停車していた線路には一定の距離をおいて糞と新聞紙が重なりあつている。天氣のいい日だと銀蠅がわあんとたかる光景だつたが、今日はぬか雨にぬれて、糞は代用食のようにふやけはじめた。もう二回も吸つては大切にしまつておいた煙草をさぐり、硫黄マッチをなんかいもぱつぱつとすつた。やつと火がつくと、氣流の加減で糞尿の臭氣が胸をつきあげるように襲つてくる。その臭氣といつしよにひといき大きく吸つた。糞はますますふやけていつた。男は放心したようにそれを見守つて動かなかつた。しばらくおもいだしたように腰をあげると、あさぎ服の男は重い足どりで轉轍器の方に歩いていつた。顔色が惡かつた。がん丈なポイントのハンドルにあさぎの服ごと投げつけるように、こんしんの力でとびかかつていつた。ハンドルはなかばもおきなかつた。はじかれたように男はせきこんでしまつた。ぬか雨がしづくになり、それがこのむせびこんでいる蒼い驛夫のとがつた頬からいくつものしづくになつておちた。金モールと白い清潔な手套の恐怖を、その時驛夫は、ぎよつとかんじた。

彼はこの光景をみていた。そしておもわずあれもひどい熱だとひとりごちてしまつた。彼の腦裡にその時の光景が浮び、消えてはまた浮んだ。次第に蒼い驛夫が彼自身にかわつていつた。

まだ若いが頬ぼねのとがつた痩せた女靴みがきだつた。ネッカチーフは色あせてしまつてほこりがつんでいたはでなもようの色あせたのには眼をそむけたかつた。女は紳士の足もとにうずくまり、せつせと肩をふるわせていた。突然、ごぼごぼと苦しくせきあげてしまつた。艶をましかけていた紳士の靴に結核特有の青いたんかとびちつた。紳士は眼を三角にして怒りを刄のようにふりあげた。すると、それまで女のうしろで砂いじりをして遊んでいた五つばかりの女の子がくるりと後ろをむき、女靴みがきの肩を小さな手でおさえた　脊なかをさすりはじめた。紳士は金も投げずどこかに去つた。女の子は、おかあちやま、おかちやまと叫んだ。

一本の電柱が半分に折れおちたままになつていた。電線はそこの空地にみだれていた。誰も片づけようともしない　足にまとわりついても、それだけで、おつくうにもおもわなかつた。靴みがきの同僚たちは、ただ一度だけ、母子をふりむいたが、さあみんなみがいたみがいたと、通行人をどなりつけた。女の子の眼の色と髪の色が違つていた。彼は腹がへつていた。そばに寄ると、靴みがきたちの、しつこいさそいがおそろしく、ただものかげから呆然とながめていた、お前はたしかガアド下だつたね、いいえ、驛前でしたわ。じやあ、ここからずつと西の方の——そこの空は昨夜、まつかに燒けていたつけ、大風のある前兆のように。彼は彼の肩いちめんにふりかかるほこりもはらわず、たちつくしていた。電車は不吉なエンヂンの音をたてたまま動かなかつた。それないくつかの停留所をすぎていた。街がうしろに流れ、そうだ、自潰寸前の地球の自轉のギアが狂つたのかもしれなかつた。電車がとまつた。彼は逃げるように電車を降りた。

ある日のかえりの汽車のなかの出來ごとであつた。眼の色をかえてやつと席をさがして腰をおろし、ほつと顔をあげると、彼の眼の前に年老いた人間がたつていた。かつて彼たちに國漢を教えてくれた教師だつた。彼はこの老いた師に席をゆずつた。師は固辞したが、いちどいいだした以上、彼もひつこみがつかなかつた。あたりの者は、すきがあれば自分でもその席を奪おうとたんたんと睨んでいた。師は腰をひくく、くどくどと謝辞をのべながらおどおどと腰をおろした。きけばこの秋、十五年の教職をくびになり、職を求めて今は、十里の汽車をわざわざK市に出てきたのだといつた。師はその服裝に不似合なピースの箱をとりだした。一本をぬいて火をつけた。きせるより外に吸つたことのない、ぶきようなてつきだつた。口にすつたところがツバにべつとりぬれ、火をつけてひといき吸つたとたん、ピースはみにくく切腹した。老師はあわてて、おろおろと應急處置をほどこしたが、とうとう一本は駄目になつた。師は、はな紙をとりだし、駄目になつた煙草をていねいにつつんで、胸のポケットに大切にしまつた。そしてあたりを盜見て、ひくつにへへへへとわらつた。車内は相變らずむし暑い西の空を見た。まつかにやけていた。と、大風は明日の朝だそうです、と、また誰かがささやきあつていた。彼は、はて?と自分をうたぐつた。ひたいに手をあてる。熱だ！ それもひどい。

家にかえると、彼の妻は腹をおさえてうなつていた。停電してまつくらな部屋のなかで、妻のうめき聲は、だんまつまの牛のようにせいさんにひびいていた。彼は、さては！と、てさぐりの部屋にがくぜんとなつた。

なセンチメンタルな人間は不完全な藝術家である。蓋し、藝術家においては、藝術品からうけたこれらの暗示は純然たる個人的のものであるが、幾多の經驗から來る他の多くの暗示と融合して遂にもはや純然たる個人的のものではない新しい事物を作り出すことになる。何故ならば、それは藝術作品そのものであるから。」（エリオット）

附記。　詩的現實とは何かを、主として海外現代詩人の詩論斷片によつて、モンタージュして見た。私には私なりの見解はあるがそれも、こゝではモンタージュ断片として使用することを故意に控えた。しかし、これら詩人達（詩人以外の論説斷片も挿入してはあるが）の詩論斷片のモンタージュはとりもなおさず私の詩論のイマージュとなつているものであることは云うまでもない。

尚、モンタージュ斷片のかなづかいは譯者のかなづかいの儘とした。それから、一々譯者の名を揭げるべきが禮儀であろうが、煩わしいので省略させて貰うことにした。この点、訳者の諒解を得たい

落差

吉川仁

およそ詩人というものには会うものではない。会えば必ず失望どころではない。甚大な被害をこうむることしばしばである。これは詩人の描いて來た詩の世界をその人柄の中に見つけようとするからで、詩人と作品とをごつちやにした所からくる錯覚に過ぎぬものであるかも知れぬ。或は詩人というものを特殊の存在として、甘えてかかるこちらの人間の狭さ、不完全さにあるかも知れぬ。もつと謙虚に、もつと眼を見開いて詩人に会わればならぬのかも知れぬ――しかし何にしても、詩人には會いたくないつ。

人間としての詩人を考える前に、詩の内と外とを考えなければならぬ。詩の内で詩人に會うことは易易たるものである。そこには、けんらんたる衣裳につつまれた詩人が、一点非の打ちどころのない完璧な姿でおさまりかえつている。讀者はその前に鞠躬如として詩人に打たれるのである。反對に詩の外部で詩人に会う場合はどうであるか。せんさいな白金の骨格と、花弁の肉片で構成された實に氣障な人間のお化け（時にそれは精神上の畸型としか見えぬ場合がある。）が現れるのである。かれらが談しばしば金銭のことがらに及ぼすときの身の毛もよだつ不氣味さ。謂わば人間としての詩人は常に、も抜けの殻に等しい。作品即ちかれのエキスを放出し盡したあとの、擬物という感じがつきまとつている。詩の内部で会う場合と、外部で會う場合とではこれほどの落差がある。初めに言つた失望とはこの落差のことに外ならぬ。

いい詩には、その奥底から讀者を呼ぶ詩人の聲がする。實に不思議な魅力をもつて呼びかけてくる。しかし、うつかりその聲にひかれて、直接詩の外部で詩人と会うものならそれこそ大変な目に遭うことがある。詩には魔術と同じ仕掛けが施してあるのだから。

と云つても、詩人も人間である。いい人間もあれば、みなが皆ロクなものでないというのではないが、詩の内と外とで、さして落差を感じないような詩人に、不幸ながらまだ出會つたことがない。これは非常にいたましい事實である、しかもいい詩を書く詩人ほど、外で會うとその落差は大きいようである。これを逆に言うならば、會いたいと思う詩人はいい詩を書く詩人である。けれども過去の經驗から推して、こちらでは、もしやその落差の大きかつた場合のことを憂慮するの余り、もうその詩人には会いたくなくなつているだけである。――つまり、会いたくない詩人こそが、實は喉から手が出るほどに会いたい詩人なのである。

こうなると、「会いたくない」という意味は異つてしまつて、全く氣障な、「奥歯に物」の言い方になつてしまつたが、このような面倒臭い理窟を引つぱり廻されればならぬほど、そして自棄に、もうどんな詩人にも一切會いたくないと言いきつてしまわればならぬほどに、いだましい事實なのである。

何とかして少しの落差も感じないような詩人の國に早くなつて欲しいものである。

淺井十三郎論（一）

小田邦雄

最近の若いジエネレエションの中には、淺井十三郎の影響をうけている者が予想外に多いことを、私は彼らとの懇談の中でうけとることしばしばである。しかも方々に散見している雑誌にはエピコネーンも出現しているかに見け受けられる。

氏が詩集として作品をまとめられたものは「断層」「越後山脈」の二卷だけで、ジャナリズムの上で盛名をはせている詩人に比べれば量的には著しく尠しとしなければならないこれは單に氏が孤高を持して狷介であるという意味ではなく、むしろ地方に在つて純粋に詩作に專念しているがらであらう。しかも氏は賣文を嫌い、虚名を得ることを極力、戒心してきたからであると云わなければならない

例えば氏の經營にかゝる「現代詩」とか「詩と詩人」などが今日の詩壇では大きな役割をもつものであるが、詩と詩人社の發足は、始めから所謂、功利的なものではなく、地方の堅實な同人誌的な役割を負つていたものが終戰後、用紙の統制のために自然に强大になつてきたに過ぎなく。詩と詩人社の經營がいぜんとして窮乏を續けていることには変りがないのである。詩に對する稀にみる愛情だけが氏を雜誌經營にかりたてゝいるのである。

氏は珍らしく自らを汚さざる詩人である。文を賣らず名を賣らざる詩人である。これは高踏的で思い上つているためでわない。かえつて氏は庶民の平の一人として存在してきたのである。氏は庶民として在ることを語りながら、已れを育てゝきた詩人の一人なのである。それでいながら、氏に所謂、群衆心理に左右されたり、流派をうち樹てることを急ぐことはなかつた。むしろ凡ゆる流派に對しては、きびしい批判がなされてきたのである。そこに淺井十三郎氏の本質的な生理作用があると云わなければならない。氏は社會や政治に對しても猛烈な関心がある。しかしながら社會に向つての文學運動とが、或種の政黨の前衛的な文學の役割を自ら求めて買つて出ようとはしないのである。この点では、あくまで自由な觸手を基盤としているに違いないのである。

惡寒

いたわる必要はない
傷はなおさればならない
たとえそれが死を意味するとしても
いまや天変地異をじんじろのわ　おろかなことだ
この血だらけの肉体
川の底にうずまつた部落をみている
まるで、ぐれつな政治が下痢してるんだ
病菌のぜつめつは
ぜつたい　きゆうをようするんだ。

「夜」の議席

1誰もいない、がらんどうの議席、

2荷物をあけるとなまあたらしい片腕がとびでてきた。

3床下から慄えるようなうめきが聞える。

父うちやん、父うちやんとゆり起されてから、生き埋めにされていたのわ、僕であつたとゆう意識が、余りにもハツキリと浮びあがつてきたのに驚いた。

○

4翌朝、新聞わレイレイしく決議事項を賑わす。

5曰く、知らざるものわ幸福なり。

曰く、多数決万歳

6　糞でも喰らえ、それわ僕たち庶民の合言葉でもあつたが………………。

こういうような家作の歩み方は「越後山脈」以後の道程である。社会に對して酷別な批判をしながら、否定すべきものを、きびしく否定してきたのである。氏は次のように述べている。

「どんな文學だつて政治性とか階級性とかみんないちようにもつているものだ。それにもかかわらず政治への絶縁を云々するのは文學の政治への適應性を政治運動と誤解するところから初まつている。立派な政治と立派な文學とわその精神を等しくしているものだとおもうが、どちらかがその適應性をひつつかんで對手をドレイ的な立場に追込んで應用しようとするからいけんのである。藝術が藝術としてあるのわ當然すぎるほど當然であるが、その適應性を自ら否定して藝術を縮小された自己内に限定してしまつてそこに藝術の本質をみ出そうとすることわ、藝術を自己のための藝術にすりかえようとすることでしかない勿論、藝術が自己の存在證明であることを否定しようとするものでわない。むしろ今日ほどその自己探求のキビシサを必要とする時わないが藝術が藝術としてあるためにわ、この政治性や社会性と言われるものを充分消化していなければならない筈である。」

2

ここに引用したものは、淺井十三郎氏の藝術や詩に對する立場を識るために甚だ都合がよいのである。氏の作品を特長ずけているものは、政治えの適應を認め、これを普遍的な視野に展げて行こうとするところにある。しかもそれは何よりも氏をして創造えの情熱とするところにある。この意味で淺井十三郎は全く新しい地點において庶民詩人として立つているのである。日本詩壇における氏の獨自な自己形應は十分注意されなければならない淺井十三郎氏における否定的な精神は終戰後、一層のきびしさを加えて、ニヒリステックなパトス的な展開となつて注目されるにいたつた。しかし敗戰の悲劇は日本民族をして苦惱のどん底に叩きこんでしまつたのである日本は今、この苦惱の中から鍛えられ、新生をこゝろざしている。そして思想は生の現實を透して生れてくるのである。戰爭中、日本精神によつて開花された民族哲學は、既に瀑露され、今日では深い內省と懺悔の思索が生誕しようとしているのである。哲學は思辨の意味を止めて哲學することの本能を揚棄するかに見られるのである。こうして哲學はニヒリズム一色におほはれつゝあるのである。ハイデッカーやヤスパースからサルトルにいたる實存哲學乃至實存主義の文學、世界革命を通して無階級社會を要望するマルクス主義、政治的な危機は日本民族の知性をして虛無の深淵をのぞかせないわけに行かないのだ。絶えず、眞人間の姿を求め、社会の改革を望んで何らかの合理的な解決を得ようと喘いでいるのである。こうして今日では、不安と絶望が既に肉体的な切迫感をもつて普遍的な事實になつているのである。淺井十三郎が次のように述べているところは、この意味で非常に注目される。

「勿論そうした人々によつてヴアレリイだエリオットだサルトルだと博識ぶりを振舞つてもそれらの現實逃避の文學か價値があがるわけではなく又その小市民的なエゴやニイチエ的暴力わ今進展しつゝある、革命に對する青少年の魔醉藥的役割以外にとりあげて言うべきことわない。如何に彼らが精神の優越性を說こうと、自己革命と共に社會革命を必要とする日本の今日の歷史的場を現實の中に把握することができぬならば、それはとりもなおさず勞働の中に價値を見出すことを拒否する反動的幽靈にしかすぎないであろう。」

彼は所謂、ニヒリストではない。今日の社会惡と不正義の生態に鬪をいどむのである。拒否すべき現實に對しては、飽くことなく、これを拒否し續けるのである。氏は一切否定の立場には立たない。むしろ否定することを前提として創造の精神を絶えず燃し續ける。この故にニイチエのように道德的な常識性に嘔吐をして人間克服の要請にいたそうとする精神とも違うのである。氏の背後にある土俗的人間社会に氏は非常に素朴な愛があるのである。彼の拒否する精神はこの故に愛を樹ち立てるための、きびしさとなつてムチを乱打するのである。「現代詩」三月号の「雪の中の少年」を瞥見するならば、このことは明曉である。

「雪の中の少年」の一節

3

ただ白一色の
凸凹をめがけて
雪はひよう〳〵として降りやまず
山野みな茫漠として瞼に落ちてくる
吹雪の中から
默々とあるいてくる
一團。
その後を追つて

ぐんぐん押しよせてくる森羅萬象。
いつのまにか世界わ、かわり
道ゆく人々に
擧手を交わし
じいつと聲をひそめて待つ　童たちの
口をついて湧き上る歡聲。
（ああ天國も地獄もこんなところにいたの
か）
積雪數米の底を割つてどよもす
童たちの萬歳の中から
さつと擧手の禮があがる。
濛々と煙をあげて遠ざかる正体の中え、若
者たちの姿が消える。

一鳥啼かず
雪わひよう〳〵として降りやまず
ただ白一色の凸凹の底から、はたはたと部
落の夢をゆさぶつてくる
日章旗の朱が、瞼に重なり暮れのころ。
驛頭で

秀わ、ぽつりと涙をおとす。
よんべの夢——巨砲を向けて叱りつけた兄
の眦。たつた一枚の赤紙が多くの若者たちを
興奮のまつただ中えひつさらつて行くのが不
思議でならなかつた。
道々頭わ火のように熱く——
秀は狂氣のように蒼ざめて
こそつと納屋にもぐりこんだ。

秀わ、眼をつむつて
ガチヤリ押切りに力をいれた。
右指二本。つけねから切り落され、耐えさ
れない痛みが押切台を眞つ赤にそめた。

——後略——

氏の拒否の精神は、むしろ愛そのものの保存のためのきびしい闘いなのである。終戦後における、おびただしい氏のエピコネーンは氏の二義的な外貌を本質的なものとすり換えているにすぎないのである。

この「雪の中の少年」は雪國の美しい人間風景である。農村のほの暗さがひし々と迫つてくるものがある。作中の少年「秀わ」一つの生命感をもつて讀むものの眼にヂカに迫つてくるものがある。これは言葉としての詩からくるのではない。人間の深い脈搏からくるものである。

この作品のごとき土俗的な人間像は日本詩にはじめて誕生してきたものである。抒情を否定したところに生れてきた、逞しい抒情の典型的な美しさであると云えよう。小野詩論の提起する「短歌的抒情の否定」の要望を、氏は逸早く成功したかに見られるのである。

氏の烈々たる社會批判と人間追究の眼が、如何なる社會像と人間立像を描きうるであろうか。氏とジユネレエションを同じくする私などが氏に期待するものは實に大きいと云わなければならない。

☆　☆　☆　☆　☆　☆　☆　☆

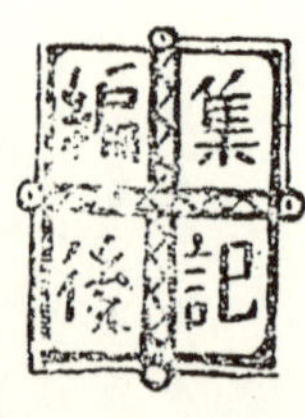

△淺井君から五月号九十六頁でいきましょうと云つて來た。急の事とていさゝかあわて氣味でプランを樹てたが、特集の執筆者諸君、安西、安藤、笹澤諸君の協力を獲て、案じたよりもヴォリュームのある內容となつたのはうれしい。

△近頃、現實と詩の上のリアリティとを混同している向きがあるので、詩的現實とは何か、詩におけるリアリティとは何か、これの追求の必要が痛感されるので特集して見た。これはなかなかむづかしい問題で、他に幾人かの人にも依頼したが、締切までに届かないのが若干ある。ことによつたら、もう一度やるかも知れぬ。力作を寄せられた植村君に深謝する。

△安藤一郎君は、かれて予告の「アメリカ詩人論」その一をものしてくれた。これはたしかに、この雜誌に光彩を添えるものだ。

△この間、安西、小野両君が上京してきて、「未來派」が歡迎講演會を催したとき、安西君のやつた講演が安西冬衛の作品を理解する上にもつてこいのものだつたので、すゝめて原稿にして貰つた。次手に私もあのとき喋つたことを發表することにした次第だ。

△若手の詩人、日村、鶴岡、三樹諸君は「詩と詩人」の會員である。長尾、伊藤、上田三君はもう紹介の必要もなかろう。長谷川龍生君については、安西君が紹介している。長詩「蕩兒」の川路明君は、こんどが詩壇初登場である。どのような反響があるか、期待している。河合君は杉浦君のすいせんである。

△小野連司君の「現代敍事詩論」は長篇論文で、まだ續く。かれて予告の「長篇敍事詩論研究會」は去る二月十三日第一回の會合を持つた。牧君が要領のいゝレポートを出してくれた。會員希望者がボツボツ出てきているが、それが地方の人々であるので一寸まごついている。私の發表が不用意だつたことが顧みられるが、希望者は作品を添えて申込んでほしいのである。まだ規約なんか出來ていないが、そのうち會としての形が整えられてゆくだろう。

△一年越しの詩人の團体結成に、實は菊岡、村野、岩佐、笹澤諸君と數回の世話人会を持つて、案を練りに練つているが、恐らくこの雜誌か出る頃にはすでに出來上つていることであろう。なかなかシンの疲れる仕事だつた。

△近頃、不快憤慨に堪えぬことは、「詩學」が、不眞面な匿名の「詩壇時評」を掲げていることだ。まるで社會部の下つ葉新聞記者でも書いたような詩に對して何の愛情をも持つていない筆者に、匿名の暴力をふるわせているのだ。責任者城左門は一体何と心得ているのだろう。日頃、「詩學」は公器たろうとしているのだと口癖のように後記で書いているが、あのようなヨタ記事を時評の名において掲げては公器もヘツタクレもあつたものではない匿名の「詩壇時評」は雜誌の主張であり社説であることをわきまえないとは、呆れた編集者があつたものだ。これは私の敍事詩が的外れのやつつけられ方をしているからばかりではない、論調の態度そのものが不眞面至極なのである。

△それから、「文藝往來」第二号の匿名詩壇時評氏も困つたものである。論の当否は別としても、「現代詩」の編集者、編集者と難くせをつけているがどうも変だと思つら、取り上げているのは私の文章ではなかつた。よほどあわて者と見える。こう云う手合がまた現われないとも限らないので、現在の「現代詩」編集の責任は私であることを明かにするために、ゴヂックで署名しで置こうと思う。

△「造形文學」か現代詩集を特集するのはいゝが、予告を見ると、熱筆者の顔觸れの中にひし山修三が、這入つている。この札付きの剽竊漢と私は席を同じうすることをいさぎよしとしない。私は執筆承諾はしたが、書かないことにした。福田律郎も、こんな無神經さでは末見込みがない。詩人たるものすべからく潔癖でありたいものである。

◎これは遅延の報告で、そして紙面を借りるのは少し躊躇もされるが、昨年末、笹澤、安藤、淺井、私の四人が發起人となつて、（私が事務擔當）淺井君と倶に本誌の創刊者であり編集者であつた。杉浦伊作君のためさゝやかな病氣見舞金を、本誌同人をはじめ、同君の詩友から集めたが、微力思うようにはかどらず、漸く去る三月、總額五千四百八十二円也を杉浦君の病床に屆けることが出來た。杉浦君の感謝は非常なもので、御讃同いたゞいた諸君に發起人を代表してこゝに感謝の意を表する次第である。

（北川冬彦）

◎長川谷龍生について、僕はあまりよく識らない。

リユウセイと読ませるのか、タツヲと稱ぶのか、その辺も僕にははつきりしない。

昔から僕には迷信があつて名前に傾斜（スタイル）のない奴は、いくらたつたつて詩人にはなれない――さう思ひ決めてゐる。ところがこれは迷信でもなんでもない、極めて明晢な蓋然性なのだ。

この方式からいへば長谷川龍生は既に彼の詩以前に詩人だと僕は信用してゐる。

時々、彼と路傍の人として會ふ。オツトセイのホーコーのやうな笑ひで笑ひ、洞然として物を云ふ男だ、

ところが、このカルカチアが直に彼の詩の發想法につながるのだから面白い。

（安西冬衛）

◉永瀬清子氏岡山縣最初の岡山縣文化賞を受けた。

○今集わ、みられるとうりの編集であるが、何分、遠方同志のこととて種々の不便も加つて編集をやつて戴いている北川氏の努力の全部をだしきれない憾わあるが、今日に於ける出版狀勢の危機に對して最善の努力を盡そうとしている僕の心情だけわ讀者からもくみとつて貰いたい。昔とちがつて、各々の能力が協力なしにわ達成でき難い狀態に、日一日と突き刺つているのである。紙店、印刷所。編集、執筆者、讀者、經營者と凡てが相互に各々を保つ綜合的な立場を離れてわ立派な雜誌わでき難いのである。一つの雜誌に對する質的なものよりも、一般ジャーナリステックな感性的なものが、その雜誌の評判をつくつたりする非合理的のものを僕らわ、月毎に破壞してゆくより仕方がない。

○如何に公器を標ぼうしても、それが公器的な權威を保つていた日本の詩雜誌はかつての「日本詩人」以外、今日も存在していない。「未來派」は「未來派」なりに「詩學」わ「詩學」なりにいづれも秤の量目に就いてわ、一つの氣候的な狂いを生じている。一つの運動を持たない證據である。

（淺井十三郎）

現代詩同人

安西冬衛　笹澤美明
安藤一郎　杉浦伊作
淺井十三郎　杉山平一
江口榛一　蒻田花子
江間章子　永瀬清子
瀧口修造　村野四郎
北川冬彦　山中散生
北園克衛　吉田一穗
阪本越郎　（順序不同）

現代詩　第四巻 第五号
定價 金六拾円 送料弐円
直接購讀会費 一ケ年四二〇円
昭和廿四年四月廿五日印刷
昭和廿四年五月一日發行
編集者　北川冬彦
編集兼發行人　関矢與三郎　新潟縣北魚沼郡廣瀬村大字並柳
印刷人　佐藤利平　新潟縣古志郡宮内町
發行所　新潟縣北魚沼郡廣瀬村大字並柳乙一一九番地
詩と詩人社
淺井十三郎
日本出版協会員番号 A二一九〇元
配給元　日本出版配給株式会社

昭和二十四年四月廿五日印刷納本　昭和二十四年五月一日發行　昭和二十三年五月廿八日第三種郵便物認可　現代詩（第[illegible]十集）

定價 金六十圓

編者紹介

大川内夏樹（おおかわち・なつき）

早稲田大学大学院文学研究科日本語・日本文学コース博士後期課程在学期間満了退学。「北園克衛「記号説」論―モホリ＝ナギ《大都市のダイナミズム》を手がかりに―」（『日本近代文学』第93集、2015年11月）、「北園克衛のシュルレアリスム―反復表現がもたらすもの―」（『国文学研究』第178集、2016年3月）、「北園克衛『円錐詩集』論―〈抽象映画〉およびシュルレアリスムとの関わりから―」（『昭和文学研究』第73集、2016年9月）。

コレクション・戦後詩誌
第6巻　戦前詩人の結集Ⅱ

2017年2月16日　印刷
2017年2月24日　第1版第1刷発行

［編集］　大川内夏樹
［監修］　和田博文

［発行者］　荒井秀夫
［発行所］　株式会社ゆまに書房
〒101-0047　東京都千代田区内神田2-7-6
tel. 03-5296-0491 / fax. 03-5296-0493
http://www.yumani.co.jp

［印刷］　株式会社平河工業社
［製本］　東和製本株式会社

落丁・乱丁本はお取り替えいたします。　Printed in Japan
定価：本体25,000円＋税　ISBN978-4-8433-5072-0 C3392